Jandy Nelson

ICH GEBE DIR DIE SONNE

Bild: © Sonya Sones

DIE AUTORIN

Jandy Nelsons Debüt *Über mir der Himmel* stand auf mehreren Bestenlisten und wurde ein großer internationaler Erfolg. Ihr zweiter Roman *Ich gebe dir die Sonne* ist New York Times-Bestseller, und wurde mit zahlreichen Preisen ausgezeichnet, u. a. mit dem Printz Award. Derzeit lebt Jandy Nelson in Kalifornien – nicht weit von den Schauplätzen aus *Über mir der Himmel* und I*ch gebe dir die Sonne* –, wo sie sich ganz dem Schreiben widmet.

Von Jandy Nelson sind ebenfalls bei cbj erschienen:
Über mir der Himmel (31123)

Jandy Nelson

ICH GEBE DIR DIE SONNE

Aus dem Englischen
von Catrin Frischer

cbt

Bei diesem Buch wurden die durch das verwendete Material und die Produktion entstandenen CO_2-Emissionen ausgeglichen, indem der cbj-Verlag ein Projekt zur Aufforstung in Brasilien unterstützt.
Weitere Informationen zu dem Projekt unter:
www.ClimatePartner.com/14044-1912-1001
Weitere Informationen zu dem Projekt unter:

MIX
Papier aus verantwortungsvollen Quellen
FSC® C014496
FSC
www.fsc.org

Wir produzieren
Klimaneutral
ClimatePartner.com/14044-1912-1001
Druckprodukt

Verlagsgruppe Random House
FSC® N001967

2. Auflage 2020
Erstmals als cbt Taschenbuch August 2018

Die Originalausgabe erschien unter dem Titel
»I'll give you the sun« bei Dial Books for Young Readers, USA.
Used with permission of Pippin Properties,
Inc. through Rights People, London.
Aus dem Englischen von Catrin Frischer
Umschlaggestaltung: *zeichenpool, München
Umschlagmotive © Shutterstock (ghenadie)
he · Herstellung: LW
Satz: Buch-Werkstatt GmbH, Bad Aibling
Druck: GGP Media GmbH, Pößneck
ISBN 978-3-570-31222-3
Printed in Germany

www.cbj-verlag.de
Dieses Buch ist auch als E-Book erhältlich.

Für Dad und Carol

Da draußen jenseits der Vorstellungen von Falsch und Richtig liegt ein Feld. Da wollen wir uns treffen.

– RUMI

Ich glaube an nichts außer an die Heiligkeit der Herzensregungen und die Wahrheit der Vorstellungskraft.

– JOHN KEATS

Wo große Liebe ist, gibt es immer Wunder.

– WILLA CATHER

Man braucht Mut dazu, erwachsen und der zu werden, der man wirklich ist.

– E. E. CUMMINGS

Das unsichtbare Museum

Noah
13 Jahre

So fängt alles an.

Mit Zephyr und Fry – den Soziopathen von nebenan –, die hinter mir hergeschossen kommen, und dem Waldboden, der unter meinen Füßen bebt, während ich durch Luft, Bäume, gleißend grelle Panik sprenge.

»Du gehst über die Kante, du Pussy!«, brüllt Fry.

Dann ist Zephyr auf mir, drückt mir einen, beide Arme auf den Rücken, und Fry hat sich meinen Skizzenblock gegrapscht. Ich will ihn mir zurückholen, doch ich bin armlos, hilflos, versuche, mich aus Zephyrs Griff zu winden. Keine Chance. Ich blinzele, damit die beiden sich in Motten verwandeln. Nichts da. Sie sind immer noch sie selbst: Fünf Meter lange Arschgeigen aus der Zehnten, die aus lauter Jux und Tollerei lebende, atmende dreizehnjährige Menschen wie mich von der Klippe stoßen.

Zephyr hat mich in den Schwitzkasten genommen, seine Brust brandet an meinen Rücken, mein Rücken an seine Brust. Wir schwimmen in Schweiß. Fry blättert den Block durch. »Was hastn gemalt, Bubble?« Ich stelle mir vor, wie er von einem Laster überrollt wird. Er hält ein Blatt mit

Skizzen hoch. »Zeph, guck dir mal die ganzen nackten Kerle an.«

In meinem Körper stockt das Blut.

»Das sind keine Kerle. Das ist der David«, stoße ich hervor und bete, dass ich mich nicht anhöre wie eine Rennmaus, bete, dass er nicht weiterblättert zu den Zeichnungen, die ich heute gemacht habe, als ich sie heimlich beobachtet habe, Zeichnungen von ihnen, wie sie aus dem Wasser gestiegen sind, mit ihren Surfbrettern unterm Arm, ohne Neoprenanzüge, ohne alles, total glitzernd und – äh – Händchen haltend. Da habe ich mir vielleicht ein wenig künstlerische Freiheit zugestanden. Sie werden also denken ... Oh Mann, das war's dann wohl. Ich bin so gut wie tot. Die Welt beginnt Saltos zu schlagen. Ich schleudere Fry Worte entgegen: »Sagt dir das was? Michelangelo? Schon mal gehört?« Ich werde nicht so handeln wie sonst immer. *Mach auf hart, dann bist du hart,* wie Dad immer sagt und sagt und sagt – so als wäre ich irgendein kaputter Regenschirm.

»Ja, von dem hab ich gehört«, kommt über Frys fette Punschlippen, die sich mit seinen übrigen feist wulstenden Zügen unter der gewaltigsten Stirn der Welt drängeln, sodass man ihn nur allzu leicht mit einem Nilpferd verwechseln könnte. Er reißt das Blatt aus dem Block. »Hab gehört, der war schwul.«

War er wirklich – meine Mom hat ein ganzes Buch über ihn geschrieben. Was Fry natürlich nicht weiß. Er nennt jeden schwul, wenn er nicht gerade Homo oder Pussy besser findet. Und in meinem Fall: Homo und Pussy und Bubble.

Zephyr lacht ein finsteres Dämonenlachen, dessen Vibrationen mich durchlaufen.

Fry hält die nächste Skizze hoch. Noch ein David. Die untere Hälfte von ihm. Eine Detailstudie. Ich erstarre.

Jetzt lachen sie beide. Es hallt im Wald wider. Es kommt aus Vögeln raus.

Wieder versuche ich, mich aus Zephyrs Griff zu befreien, damit ich Fry den Block aus der Hand reißen kann, aber Zephyr packt nur noch fester zu. Zephyr, der der verdammte Thor ist. Einer seiner Arme schlingt sich um meinen Hals, der andere spannt sich über meinen Rumpf wie ein Sicherheitsgurt. Er ist oben ohne, kommt direkt vom Strand, und seine Hitze sickert durch mein T-Shirt. Sein Kokossonnenöl kriecht mir in die Nase, den ganzen Kopf – der starke Geruch des Meeres auch, so als würde er es auf dem Rücken tragen … Zephyr, der die Gezeiten hinter sich herschleppt wie eine Wolldecke … Das wäre gut, ja, das wär's doch (Porträt: *Der Junge, der sich mit dem Meer davonmachte*) – aber nicht jetzt, Noah, das ist jetzt überhaupt nicht der Moment für ein Kopfbild von diesem Vollidioten. Blitzschnell bin ich wieder da, schmecke das Salz auf den Lippen, rufe mir in Erinnerung, dass ich gleich sterben werde …

Zephyrs langes Algenhaar tropft mir auf Nacken und Schultern. Wir atmen synchron, schwere, wuchtige Atemzüge. Ich versuche, diesen Rhythmus zu durchbrechen, ich versuche die Gesetze der Schwerkraft außer Gefecht zu setzen und nach oben zu gleiten. Schaffe weder das eine noch das andere. Kann nichts machen. Der Wind reißt Fetzen meiner Zeichnungen – jetzt hauptsächlich Familienporträts – aus Frys Händen, während der ein Blatt nach dem anderen zerfetzt. Er reißt eins von mir und Jude mittendurch, reißt mich raus aus dem Bild.

Ich beobachte, wie ich weggeweht werde.

Ich beobachte, wie er den Zeichnungen immer näher kommt, die mich das Leben kosten werden.

Der Puls dröhnt mir in den Ohren.

Dann sagt Zephyr: »Zerreiß sie nicht, Fry. Seine Schwester sagt, er ist gut.« Weil er Jude mag? Die meisten mögen sie jetzt, weil sie härter surft als alle anderen, gern von Klippen springt und keine Angst hat, vor gar nichts, nicht mal vor großen weißen Haien oder Dad. Und wegen ihrer Haare – ich verbrauche all mein Gelb, wenn ich die male. Sie sind Hunderte von Meilen lang, und in Nordkalifornien muss jeder befürchten, sich darin zu verheddern, besonders kleine Kinder und Pudel und jetzt auch noch Arschgeigensurfer.

Und dann sind da auch noch ihre Möpse, die per Nachtkurier geliefert wurden, ich schwör's.

Unglaublich, Fry hört auf Zephyr und lässt den Block fallen.

Jude guckt vom Blatt zu mir hoch, sonnig, wissend. *Danke,* sage ich im Kopf zu ihr. Sie rettet mich ständig, und normalerweise ist das peinlich, aber jetzt nicht. Das war bloß fair.

(Porträt, Selbstporträt: *Zwillinge: Noah in den Spiegel schauend, Jude aus dem Spiegel heraus schauend*)

»Du weißt, was wir mit dir machen, oder?«, keucht Zephyr mir ins Ohr, der wieder in die Menschen mordende Werkseinstellung zurückgefallen ist. In seinem Atem ist zu viel von ihm. Auf mir ist zu viel von ihm.

»Bitte, Jungs«, flehe ich.

»Bitte, Jungs«, äfft mich Fry mit quietschender Mädchenstimme nach.

Mir dreht sich der Magen um. Der Devil's Drop, die zweithöchste Absprungstelle des Hügels, von dem sie mich werfen wollen, trägt diesen Namen nicht ohne Grund. Darunter befinden sich eine Gruppe zerklüfteter Felsen und fiese Strudel, die tote Gebeine in die Unterwelt hinabzerren.

Wieder versuche ich, Zephyrs Griff zu entkommen. Und noch mal.

»Nimm seine Beine, Fry!«

Fry stürzt sich mit seinen ganzen sechstausend Nilpferdpfund auf meine Knöchel. Sorry – das passiert jetzt nicht in echt, oder? Das geht einfach nicht. Ich hasse das Wasser, ich neige nämlich dazu, zu ertrinken und nach Asien abzutreiben. Und ich brauche meinen Schädel noch, heil und intakt. Wenn der jetzt zertrümmert wird, wär das so, als würde man sich mit der Abrissbirne über ein geheimes Museum hermachen, bevor irgendjemand überhaupt sehen konnte, was da drinnen ist.

Also wachse ich. Und wachse und wachse, bis ich mit dem Kopf an den Himmel knalle. Dann zähle ich bis drei und raste total aus, dabei danke ich Dad im Geiste für all die Ringkämpfe auf der Terrasse, zu denen er mich gezwungen hat. Kämpfe auf Leben und Tod, bei denen er nur einen Arm einsetzen durfte und ich alles – und trotzdem hat er mich immer auf die Matte gedrückt, weil er zehn Meter groß ist und aus Lastwagenteilen besteht.

Aber ich bin sein Sohn, sein ungeheuerlicher Sohn. Ich bin ein wirbelnder, arschtretender Goliath, ein Taifun aus Fleisch und Blut – und auf einmal winde ich mich, schlage um mich und versuche mich zu befreien, und sie ringen mich wieder nieder, lachen und sagen Sachen wie: »Was für eine Schwuchtel.« Und ich meine Respekt herauszuhören, sogar aus Zephyrs Stimme, der sagt: »Ich kann ihn nicht unten halten, der ist wie ein verfickter Aal.« Und das spornt mich nur noch mehr an. Ich liebe Aale, vor allem die elektrischen – ich stelle mir vor, dass ich eine unter Strom stehende Leitung bin, voll geladen mit meiner ganz persönlichen Voltzahl, während ich mal hierhin, mal dahin peitsche und spüre, wie sich ihre Körper um meinen winden, warm und glitschig. Beide drücken mich immer wieder auf den Boden und ich breche immer wieder aus, all unsere Gliedmaßen sind miteinander verflochten, und jetzt drückt Zephyr mir den Kopf auf die Brust und Fry ist mit hundert Händen hinter mir und es fühlt sich nur noch nach Bewegung und Durcheinander an und ich gehe darin unter, bin verloren, verloren, verloren, als sich in mir der Verdacht regt … als mir klar wird, dass ich ein Rohr habe, ein übernatürlich großes, hartes Rohr, das sich in Zephyrs Bauch bohrt. Furcht in hoher Oktanzahl kreist in mir. Ich rufe das blutigste, höllisch widerlichste Machetenmassaker in meiner Vorstellung wach – mein effektivster Schlaffmacher –, doch es ist zu spät. Zephyr erstarrt für einen Moment, dann springt er von mir runter.

»Was zum …?«

Fry wälzt sich auf die Knie. »Was ist los?«, keucht er in Zephyrs Richtung.

Ich bin herumgewirbelt und auf dem Hintern gelandet, mit den Knien an der Brust. Aufstehen kann ich nicht, aus Angst vor einem Zelt, deshalb lege ich alle Anstrengung in den Versuch, nicht zu weinen. Das widerliche Gefühl, ertappt worden zu sein, wühlt sich in jeden Winkel meines Körpers, als ich meine letzten Atemzüge keuche. Und selbst wenn sie mich nicht jetzt und hier umbringen, bis heute Abend wird jeder auf dem Hügel wissen, was eben vorgefallen ist. Ich kann auch gleich eine angezündete Stange Dynamit schlucken und mich selbst vom Devil's Drop stürzen. Das hier ist schlimmer, so viel schlimmer, als dass sie ein paar blöde Zeichnungen sehen.

(Selbstporträt: *Begräbnis im Wald*)

Doch Zephyr sagt nichts, er steht bloß da, so ganz Wikinger wie immer, nur irgendwie komisch und stumm. Warum?

Habe ich ihn mit meinen mentalen Fähigkeiten lahmgelegt?

Nein. Mit einer Handbewegung Richtung Meer sagt er zu Fry: »Scheiß drauf. Wir schnappen uns die Bretter und dann raus.«

Die Erleichterung verschlingt mich mit Haut und Haar. Kann es sein, dass er es nicht gespürt hat? Nein, keine Chance – das war Stahl, und er hat völlig panisch einen Satz zurück gemacht. Er ist immer noch total erschrocken. Warum pussyhomobubbelt er mich also nicht? Weil er Jude mag?

Fry lässt einen Finger neben seinem Kopf kreisen, als er zu Zephyr sagt: »Da tickt jemand nicht ganz richtig, Alter.« Dann zu mir: »Irgendwann, wenn du am wenigsten damit rechnest, Bubble ...« Mit seiner Pranke mimt er meinen freien Fall vom Devil's Drop.

Es ist vorbei. Sie machen sich wieder auf zum Strand.

Ehe diese Neandertaler es sich anders überlegen können, husche ich zu meinem Block, klemme ihn mir unter den Arm, und ohne mich umzudrehen, gehe ich im Sturmschritt in den Wald, wie jemand, dessen Herz nicht zittert, dem das Wasser nicht in die Augen steigt, wie jemand, der nicht soeben knapp dem Tod entronnen ist.

Als ich aus der Gefahrenzone bin, starte ich durch wie ein

Berglöwe, die kommen in drei Sekunden von null auf hundert, und das schaffe ich praktisch auch. Ich bin der Viertschnellste in der siebten Klasse. Ich kann mir ein Loch in die Luft machen und darin verschwinden – und genau das tue ich, bis ich weit weg bin von ihnen und dem, was geschehen ist. Wenigstens bin ich keine Eintagsfliege. Männliche Eintagsfliegen müssen sich mit zwei Schwänzen plagen. Ich verbringe schon wegen meines einen das halbe Leben unter der Dusche, wo ich an Dinge denke, an die ich einfach nicht aufhören kann zu denken, egal, wie sehr ich es versuche, denn ich denke echt, echt gern an sie. Oh Mann, und wie.

In der Bucht springe ich von Fels zu Fels, bis ich eine gute Höhle finde, von der aus ich für die nächsten hundert Jahre die im Wasser dümpelnde Sonne beobachten kann. Es müsste ein Horn oder einen Gong oder so was geben, mit dem man Gott wecken kann. Ich würde nämlich gern mal ein Wörtchen mit ihm reden. Drei Worte, genauer gesagt.

WAS SOLL DAS?!

Nach einer Weile, in der ich wie üblich keine Antwort gekriegt habe, hole ich die Zeichenkohle aus meiner hinteren Hosentasche. Irgendwie hat sie die Torturen unbeschadet überstanden. Ich setze mich und schlage den Skizzenblock auf. Eine ganze leere Seite schwärze ich, dann noch eine und noch eine. Ich drücke so fest auf, dass ich ein Stück Kohle nach dem anderen zerbreche, verbrauche jedes einzelne bis zum letzten Stummel, bis es so aussieht, als ob die Schwärze aus meinen Fingern käme, als ob sie direkt aus mir auf das Blatt fließen würde. Ich male den Rest des Blockes voll. Es dauert Stunden.

(Serie: *Junge in einer Kiste Dunkelheit*)

Am nächsten Abend beim Essen verkündet Mom, Grandma Sweetwine sei an diesem Nachmittag mit ihr Auto gefahren und sie habe eine Botschaft für Jude und mich gehabt.

Grandma ist allerdings tot.

»Endlich!«, ruft Jude laut und lässt sich auf den Stuhl zurückfallen. »Sie hat es mir versprochen.«

Was Grandma Jude versprochen hat, kurz bevor sie vor drei Monaten im Schlaf gestorben ist, war, dass sie blitzschnell da sein würde, falls Jude sie einmal dringend brauchen sollte. Jude war ihr Liebling.

Mom lächelt Jude an und legt die Hände auf den Tisch. Ich lege meine auch auf den Tisch, doch dann wird mir klar, dass ich ein Mom-Spiegel bin, und ich verstecke die Hände im Schoß. Mom ist echt ansteckend.

Und nicht von dieser Welt – manche Menschen sind einfach nicht von hier, und zu denen gehört sie. Seit Jahren sammele ich Beweismaterial. Davon später mehr.

Aber jetzt: Ihr Gesicht strahlt und flimmert wie sonst was, als sie den Boden bereitet für ihre Inszenierung, indem sie beschreibt, wie zuerst Großmutters Parfüm durchs Auto zog. »Wisst ihr noch, wie der Duft immer schon vor ihr in den Raum geweht ist?«

Dramatisch atmet Mom ein, so als ob die Küche von Grandmas schwerem, blumigen Duft erfüllt wäre. Ich atme theatralisch ein, Jude atmet theatralisch ein. Jedermann in Kalifornien, den Vereinigten Staaten, der Erde atmet theatralisch ein.

Nur Dad nicht. Er räuspert sich.

Er kauft ihr das nicht ab. Denn er ist eine Artischocke. Das waren die Worte seiner eigenen Mutter, Grandma Sweetwine, die nie verstanden hat, wie sie so einen Distelkopf zur Welt bringen und aufziehen konnte. Ich kapiere es auch nicht.

Ein Distelkopf, der sich mit Parasiten befasst. Kein Kommentar.

Ich mustere ihn flüchtig mit seiner Rettungsschwimmerbräune und den Muskeln, mit den Zähnen, die im Dunkeln leuchten, mit all seiner im Dunkeln leuchtenden Normalität, und mir stockt das Blut in den Adern – denn was würde geschehen, wenn er es wüsste?

Bis jetzt hat Zephyr nichts ausgeplaudert. Wahrscheinlich ist es nicht allgemein bekannt, wahrscheinlich bin ich so ungefähr der Einzige auf der Welt, der das weiß, aber ein Walpenis sieht aus wie ein Torpedo. Und der Torpedo eines Blauwals ist zweieinhalb Meter lang. Ich wiederhole: zweieinhalb Meter laaaaaang! Und so ein Gefühl hab ich seit diesem Vorfall gestern.

(Selbstporträt: *Der Betontorpedo*)

Tja.

Aber manchmal glaube ich, Dad hat einen Verdacht. Manchmal denke ich allerdings auch, der Toaster weiß was.

Unter dem Tisch versetzt Jude mir einen Tritt, damit ich meine Aufmerksamkeit vom Salzstreuer abziehe, den ich – wie mir jetzt auffällt – in Grund und Boden starre. Sie deutet mit dem Kinn zu Mom hinüber, die nun die Augen schließt und die Hände über dem Herzen kreuzt. Dann zu Dad, der Mom anguckt, als würden ihr die Augenbrauen übers Kinn kriechen. Wir gucken uns an, lassen die Augen dabei aus den Höhlen treten, und ich beiße mir in die Backe, damit ich nicht lache. Jude auch – sie und ich, wir haben einen gemeinsamen Lachschalter. Unter dem Tisch pressen wir unsere Füße zusammen.

(Familienporträt: *Mom kommuniziert beim Abendessen mit den Toten*)

»Und?«, bohrt Jude. »Wie lautet die Botschaft?«

Mom macht die Augen auf, zwinkert uns zu, schließt sie wieder und fährt mit der wabernden Stimme eines Mediums fort: »Ich habe den blumigen Duft eingeatmet und da war so ein Schimmern …« Sie wirbelt mit den Armen herum wie mit Tüchern, kostet den Augenblick voll aus. Deshalb geht die Auszeichnung »Professorin des Jahres« so oft an sie – jeder will mit ihr in ihrem Film sein. Für ihre nächsten Worte, für die Botschaft von Oben, lehnen wir uns nach vorn, aber dann platzt Dad dazwischen und schmeißt eine ganze Ladung Langweilig auf diesen Augenblick.

Er ist noch nie als »Professor des Jahres« ausgezeichnet worden. Nicht ein einziges Mal. Kein Kommentar.

»Es ist wichtig, den Kindern klarzumachen, dass du all das metaphorisch meinst, Schatz«, sagt er und setzt sich gerade hin, sodass sein Kopf durch die Decke stößt. In den meisten meiner Zeichnungen ist er so groß, dass ich ihn nicht ganz aufs Blatt bekomme, deshalb lasse ich den Kopf weg.

Mom sieht auf, ihre Heiterkeit ist wie weggeblasen. »Ich meine es aber nicht metaphorisch, Benjamin.« Früher hat Dad Mom zum Strahlen gebracht, jetzt bringt er sie zum Zähneknirschen. Keine Ahnung, warum. »Ich meine es genau so, wie ich es gesagt habe: Die einzigartige Grandma Sweetwine, gestorben und von uns gegangen, saß neben mir im Auto, ganz einfach.« Sie lächelt Jude an. »Sie hatte sich schön gemacht, trug eins ihrer Schwebenden Kleider und sah umwerfend aus.«

Das Schwebende Kleid war Grandmas Modelabel.

»Oh! Welches? Das blaue?« Die Art, wie Jude das fragt, versetzt mir einen Stich.

»Nein, das mit den orangen Blumen.«

»Na klar«, antwortet Jude. »Perfekt für einen Geist. Wir haben mal drüber geredet, wie wohl ihre Aufmachung im Jenseits sein würde.« Mir kommt der Gedanke, dass Mom sich all das vielleicht ausdenkt, weil Jude nicht aufhören kann, Grandma zu vermissen. Am Ende ist sie kaum noch von ihrem Bett gewichen. Als Mom sie an diesem letzten Morgen fand, die eine schlafend, die andere tot, hielten sie sich bei den Händen. Ich fand das extrem gruselig, aber das habe ich für mich behalten.

»Und …?« Jude zieht eine Augenbraue hoch. »Die Botschaft?«

»Wisst ihr, was ich gut fände?« Dad drängelt sich schnaufend und keuchend wieder ins Gespräch, sodass wir wohl nie erfahren werden, was jetzt die Scheißbotschaft ist. »Ich fände es gut, wenn wir die Herrschaft der Lächerlichkeit endlich für beendet erklären.« Das schon wieder. Die Herrschaft, auf die er anspielt, begann mit Grandmas Einzug bei uns. Dad, »ein Mann der Wissenschaft«, schärfte uns ein, dem abergläubischen Gewäsch, das aus dem Mund seiner Mutter kam, keinen Glauben zu schenken. Grandma dagegen sagte, wir dürften nicht auf ihren Artischockensohn hören.

Dann holte sie ihre »Bibel« hervor – ein riesiges in Leder gebundenes Buch, in dem die bescheuertsten Dinge stehen (Gewäsch) –, und fing an, das Evangelium zu verkünden. Hauptsächlich für Jude.

Dad nimmt ein Stück Pizza von seinem Teller. Käse quillt

über den Rand. Er guckt mich an. »Und was ist damit, Noah? Bist du nicht erleichtert, dass wir keinen von Grandmas glücksbringenden Eintöpfen löffeln müssen?«

Ich bleibe stumm. Netter Versuch. Ich liebe Pizza, das heißt so viel wie: Selbst wenn wir gerade beim Pizzaessen sind, so mittendrin, wünsche ich mir, ich würde Pizza essen, aber ich würde nicht mal auf Dads Zug aufspringen, wenn Michelangelo mitfahren würde. Er und ich kommen nicht miteinander aus, obwohl er das manchmal vergisst. Ich vergesse es nie. Wenn mich seine laute Dröhnstimme verfolgt, weil ich mir ein Footballspiel angucken soll oder irgendeinen blöden Film, in dem alles in die Luft fliegt, oder Jazz hören, bei dem ich das Gefühl kriege, verkehrt rum in meinem Körper zu stecken, mach ich mein Fenster auf, springe raus und verschwinde im Wald.

Manchmal, wenn keiner zu Hause ist, gehe ich in sein Büro und mache seine Bleistifte kaputt. Einmal, nach einer besonders kotzwürdigen »Noah, der kaputte Regenschirm«-Ansprache, als er lachte und sagte, wenn Jude nicht mein Zwilling wäre, würde er glauben, ich sei durch Parthenogenese entstanden (hab es nachgeschlagen: Empfängnis ohne Vater), bin ich in die Garage geschlichen, als alle schliefen, und hab sein Auto zerkratzt.

Weil ich manchmal die Seelen der Menschen sehen kann, wenn ich sie zeichne, weiß ich Folgendes: Mom hat eine riesige Sonnenblume als Seele, die so groß ist, dass in ihrem Inneren kaum noch Platz für Organe ist. Jude und ich haben eine gemeinsame Seele, die wir uns teilen müssen: ein Baum, dessen Blätter in Flammen stehen. Und Dad hat einen Teller Maden als Seele.

Jude sagt zu ihm: »Glaubst du etwa, Grandma hätte nicht gehört, dass du gerade ihre Kochkunst beleidigt hast?«

»Ich geb's auf«, seufzt Dad und zieht sich die Pizza rein. Sein ganzer Mund glänzt vom Fett.

Jude steht auf. Die Haare hängen wie blonde Eiszapfen um ihren Kopf herum. Sie guckt an die Decke und verkündet: »Ich hab dein Essen immer geliebt, Grandma.«

Mom langt über den Tisch und drückt ihre Hand, dann sagt sie zur Decke: »Ich auch, Cassandra.«

Jude lächelt von innen nach außen.

Dad schießt sich mit dem Zeigefinger in den Kopf.

Mom runzelt die Stirn – so sieht sie aus wie hundert. »Nimm das Geheimnisvolle mit offenen Armen auf, Professor«, sagt sie. Dazu fordert sie Dad immer wieder auf, aber früher hat sie es anders gesagt. Da klang es, als würde sie eine Tür für ihn öffnen, damit er hindurchgehen kann – nicht, als würde sie sie ihm vor der Nase zuknallen.

»Ich habe das Geheimnisvolle geheiratet, Professor«, erwidert er wie üblich, aber früher hörte sich das immer an wie ein Kompliment.

Wir essen alle unsere Pizza, aber schön ist es nicht. Moms und Dads Gedanken färben die Luft schwarz. Ich höre mich selbst kauen, als Judes Fuß unter dem Tisch meinen wiederfindet. Ich drücke zurück.

»Und die Botschaft von Grandma?«, wirft sie mit hoffnungsvollem Lächeln in die angespannte Stille.

Dad guckt sie an und sein Blick wird weich. Sie ist auch sein Liebling. Mom hat keinen Liebling, was heißt, dass der Platz noch zu haben ist.

»Wie ich schon sagte ...« Dieses Mal spricht Mom mit ihrer normalen Stimme, die so rauchig ist, als würde eine Höhle mit einem reden. »Ich bin heute Nachmittag an der CSA vorbeigefahren, der Kunst-Highschool, und da kam Grandma angeschwirrt, um zu sagen, dass das für euch beide doch genau das Richtige wäre.« Sie schüttelt den Kopf, ihr Gesicht hellt sich auf und sie nimmt wieder ihr normales Alter an. »Und sie hat recht. Ich kann nicht fassen, dass mir dieser Gedanke noch nie gekommen ist. Ich denke immer an diesen Ausspruch von Picasso: ›Jedes Kind ist ein Künstler. Die Schwierigkeit liegt darin, ein Künstler zu bleiben, wenn man erwachsen wird.‹« Sie hat diesen durchgeknallten Ausdruck im Gesicht, den sie häufig im Museum bekommt, so als wollte sie die Kunstwerke klauen. »Das ist die Chance eures Lebens. Ich will nicht, dass euer Geist abstumpft, so wie …« Anstatt den Satz zu beenden, fährt sie sich mit einer Hand durchs Haar – schwarz und wirr wie meines –, dann wendet sie sich an Dad. »Ich wünsche mir das wirklich für die beiden, Benjamin. Ich weiß, es wird teuer, aber es ist eine Riesenchance …«

»Das ist alles?«, fällt Jude ihr ins Wort. »Mehr hat Grandma nicht gesagt? Das war die Botschaft aus dem Jenseits? Es ging um eine Schule?« Sie sieht aus, als würde sie gleich anfangen zu weinen.

Im Gegensatz zu mir. Eine Kunstschule? So was hätte ich mir nie träumen lassen, ich bin immer davon ausgegangen, dass ich auf die Roosevelt gehen würde, auf die Arschgeigen-Highschool, mit allen anderen. Ich bin mir ziemlich sicher, dass das Blut in mir soeben angefangen hat zu glühen.

(Selbstporträt: *In meiner Brust fliegt ein Fenster auf*)

Mom hat wieder diesen abgedrehten Gesichtsausdruck.

»Nicht einfach irgendeine Schule, Jude. Eine Schule, die euch vier Jahre lang jeden einzelnen Tag so begeistern wird, dass ihr es laut in die Welt hinausschreien werdet.«

»Im Ernst?«, fragt Jude.

Das veranlasst Dad zu einem leisen, disteligen Kichern. »Ich weiß nicht, Di«, sagt er. »Das ist so eingleisig. Du vergisst, dass für die meisten Leute Kunst bloß Kunst ist, keine Religion.« Mom nimmt ein Messer und rammt es ihm in den Wanst, dreht es um. Doch Dad fährt unbeirrt fort: »Außerdem sind sie erst in der siebten Klasse. Ist noch lange hin bis zur Highschool.«

»Ich will da hin!«, bricht es aus mir heraus. »Ich will nicht abstumpfen!« Mir wird klar, dass dies die ersten Worte sind, die ich während der gesamten Mahlzeit laut geäußert habe. Mom strahlt mich an. Das hier kann er ihr nicht ausreden. Und da sind keine Surfidioten, ich weiß es. Wahrscheinlich nur Leute, deren Blut leuchtet. Nur Revolutionäre.

Mom sagt zu Dad: »Sie werden dieses Jahr für die Vorbereitung brauchen. Die CSA ist eine der besten Kunst-Highschools im Land, auch akademisch erstklassig, das ist also kein Problem. Und es ist gleich nebenan!« Ihre Aufregung ist ansteckend. Ich fange jeden Moment an, mit den Armen zu flattern. »Dort reinzukommen ist wirklich schwierig, aber ihr beide habt das Zeug dazu. Eine natürliche Begabung – und ihr wisst schon sehr viel.« Sie lächelt uns mit so viel Stolz an, es ist, als würde die Sonne über dem Tisch aufgehen. Es ist wahr. Andere Kinder hatten Bilderbücher, wir hatten Kunstbände. »Dieses Wochenende fangen wir mit den Museumsbesuchen und den Galerien an. Das wird toll. Ihr beide könnt euch Zeichenwettstreits liefern.«

Jude reihert blau fluoreszierende Kotze über den ganzen Tisch, aber ich bin der Einzige, der das bemerkt. Sie kann einigermaßen zeichnen, aber für sie hat es nicht die gleiche Bedeutung wie für mich. Für mich hat die Schule erst aufgehört, eine achtstündige Magenoperation zu sein, als mir klar wurde, dass alle lieber von mir gezeichnet werden wollten, als mit mir zu reden oder mir die Fresse zu polieren. Jude wollte noch nie jemand die Fresse polieren. Sie glänzt, ist lustig und normal, kein Revolutionär, und sie redet mit allen. Ich rede mit mir. Und natürlich mit Jude, aber das meistens schweigend, denn so machen wir das. Und mit Mom, weil sie nicht von dieser Welt ist. (Schnell, die Beweise: Bis jetzt ist sie zwar noch nicht durch die Wand gegangen oder hat mittels ihrer Gedanken das Haus angehoben, die Zeit zum Stillstand gebracht oder sonst was total Durchgeknalltes vollbracht, aber es hat da so Sachen gegeben. Neulich morgens zum Beispiel, da war sie draußen auf der Terrasse und hat wie gewöhnlich ihren Tee getrunken, und als ich näher kam, sah ich, dass sie schwebte. Jedenfalls sah das für mich so aus. Und das entscheidende Argument ist: Sie hat keine Eltern. Sie ist ein Findelkind! Sie ist einfach in irgendeiner Kirche in Reno, Nevada abgelegt worden, als Baby. Hallo? Wer hat sie da wohl abgelegt?) Oh, und ich rede auch noch mit Rascal von nebenan, der eigentlich ein Pferd ist, aber was soll's.

Deshalb: Bubble.

Ehrlich, meistens fühle ich mich wie eine Geisel.

Dad stützt die Ellenbogen auf den Tisch. »Dianna, überleg doch mal, was du da tust. Ich glaube wirklich, du projizierst deine eigenen Träume auf die beiden. Lass die Vergangenheit ruhen …«

Mom lässt ihn kein weiteres Wort sagen. Ihre Zähne knirschen wie verrückt. Sie sieht aus, als würde sie ein Lexikon übler Schimpfworte zurückhalten oder einen Atomkrieg. »NoahundJude, nehmt eure Teller und geht ins Wohnzimmer. Ich muss mit eurem Vater reden.«

Wir rühren uns nicht. »NoahundJude, sofort.«

»Jude, Noah«, sagt Dad.

Ich schnappe mir meinen Teller und hefte mich auf dem Weg nach draußen an Judes Fersen. Sie reicht mir eine Hand nach hinten und ich nehme sie. Da fällt mir auf, dass ihr Kleid so bunt ist wie ein Clownfisch. Sie hat von Grandma gelernt, sich ihre Kleider selber zu machen. Oh! Durchs offene Fenster höre ich Prophet, den neuen Papagei unserer Nachbarn. »Verdammt, wo ist Ralph?«, krächzt er. »Verdammt, wo ist Ralph?« Das ist das Einzige, was er sagt, und er sagt es rund um die Uhr, sieben Tage die Woche. Keiner weiß, wer – geschweige denn wo – Ralph ist.

»Gottverdammter blöder Papagei!«, brüllt Dad mit so einer Gewalt, dass unsere Haare nach hinten wehen.

»Er meint es nicht so«, sage ich im Kopf zu Prophet, erst dann wird mir klar, dass ich es laut gesagt habe. Manchmal fliegen mir die Worte wie warzige Kröten aus dem Mund. Ich fange an, Dad zu erklären, dass ich mit dem Vogel gesprochen habe, höre aber auf, weil das nicht gut ankommen wird, und stoße stattdessen ein seltsames Blöken aus, worauf alle – mit Ausnahme von Jude – mich komisch angucken. Wir stürzen zur Tür.

Einen Augenblick später sind wir auf dem Sofa. Den Fernseher schalten wir nicht an, damit wir lauschen können, aber sie reden in wütendem Flüsterton, unmöglich zu entschlüsseln. Nachdem ich mein Stück Pizza Bissen um Bissen mit Jude geteilt habe, weil sie ihren Teller vergessen hat, sagt sie: »Ich dachte, Grandma würde uns was Umwerfendes mitteilen in ihrer Botschaft. Ob es im Himmel ein Meer gibt oder so, du weißt schon.«

Ich lehne mich zurück, froh, mit Jude allein zu sein. Wenn wir zu zweit sind, habe ich nie das Gefühl, ich wäre als Geisel genommen worden. »Ach, ja, das gibt es, da gibt es ganz bestimmt ein Meer, aber es ist lila und der Sand ist blau und der Himmel ist gritzegrün.«

Sie lächelt, denkt einen Moment nach, dann sagt sie: »Und wenn man müde ist, kriecht man in seine Blume und schläft. Während des Tages verständigen sich alle mit Farben statt mit Tönen. Es ist ganz still.« Sie schließt die Augen und sagt langsam: »Wenn Leute sich verlieben, gehen sie in Flammen auf.« Das war einer von Grandmas Lieblingssprüchen – Jude liebt ihn. Als wir klein waren, haben wir das immer mit ihr gespielt: »Bring mich weg von hier«, hat sie dann gesagt, oder manchmal: »Holt mich verdammt noch mal hier raus, Kinder!«

Als Jude die Augen wieder aufmacht, ist die ganze Magie wie von ihrem Gesicht gewischt. Sie seufzt.

»Was?«, frage ich.

»Ich geh nicht auf diese Schule. Da gehen nur Aliens hin.«

»Aliens?«

»Genau, Verrückte, Freaks. California School of the Aliens, das sagen die Leute dazu.«

Oh Mann, oh Mann, danke, Grandma. Dad muss nachgeben. Ich muss da hin. Freaks, die Kunst machen! Ich bin so glücklich, ich fühle mich wie auf dem Trampolin, boing, boing, ich springe in mir selber herum.

Jude nicht. Sie sieht jetzt völlig finster aus. Um sie aufzuheitern, sage ich: »Vielleicht hat Grandma deine fliegenden Frauen gesehen und will deshalb, dass wir hingehen.« Drei Buchten weiter hat Jude sie aus nassem Sand gemacht. Dieselben, die sie immer aus Kartoffelbrei macht oder aus Dads Rasierschaum oder woraus auch immer, wenn sie glaubt, dass keiner guckt. Ich hab von der Klippe aus beobachtet, wie sie diese größeren Sandversionen geschaffen hat, und ich weiß, dass sie versucht mit Grandma zu reden. Ich weiß immer, was in Jude vorgeht. Umgekehrt ist es nicht so leicht zu erkennen, weil ich Rollläden habe, die ich runterlasse, wenn es sein muss. In letzter Zeit ziemlich häufig.

(Selbstporträt: *Der Junge, der sich in dem Jungen versteckt, der sich in dem Jungen versteckt*)

»Ich glaube nicht, dass die Kunst sind. Sie sind ...« Sie bringt den Satz nicht zu Ende. »Es geht dabei um dich, Noah. Und du solltest aufhören, mir an den Strand nachzulaufen. Was, wenn ich dort mit jemandem rumgeknutscht hätte?«

»Mit wem denn?« Ich bin nur zwei Stunden, siebenunddreißig Minuten und dreizehn Sekunden jünger als Jude, aber sie gibt mir immer das Gefühl, ihr kleiner Bruder zu sein. Das hasse ich. »Mit wem solltest du denn rumknutschen? Hast du mit jemandem geknutscht?«

»Ich erzähle es dir, wenn du mir erzählst, was gestern passiert ist. Ich weiß, dass was war, sonst hättest du heute Morgen den normalen Weg zur Schule genommen.« Ich wollte nicht Zephyr oder Fry begegnen. Die Highschool liegt neben unserer Schule. Ich will die beiden niemals wiedersehen. Jude berührt meinen Arm. »Wenn dir einer was getan oder was Blödes gesagt hat, erzähl's mir.«

Sie versucht, in meinen Kopf hineinzusehen, also mache ich die Rolläden dicht. Schnell ziehe ich sie runter, ich bleibe auf der einen Seite, sie auf der anderen. Dies hier ist nicht so wie die anderen Horrorszenarien. Wie im letzten Jahr, als sie dem Fleisch gewordenen Bollwerk Michael Stein während eines Fußballspiels mit der Faust ins Gesicht geschlagen hat, weil er mich einen Spasti genannt hat, als ich von einem extrem coolen Ameisenhaufen abgelenkt wurde. Oder damals, als ich in einen Strudel geraten war, und sie und Dad mich vor einem ganzen Strand voller Surfidioten aus dem Meer ziehen mussten. Dies hier ist anders. Dieses Geheimnis ist so, als hätte ich ständig glühende Kohlen unter den nackten Füßen. Ich stehe von der Couch auf, um ihren Röntgenaugen zu entgehen – und da dringt das Gebrüll zu uns durch.

Es ist so laut, dass man meinen könnte, das Haus bricht mittendurch. Genauso wie bei den anderen Malen in letzter Zeit.

Ich setze mich wieder. Jude guckt mich an. Ihre Augen sind ganz hell, gletscherblau, ich nehme hauptsächlich weiß, wenn ich sie male. Normalerweise geben sie einem das Gefühl zu schweben, man denkt an bauschige Wolken und hört Harfenklänge, aber im Moment sehen sie einfach nur verschreckt aus. Alles andere ist vergessen.

(Porträt: *Mom und Dad mit kreischenden Teekesseln als Köpfen*)

Als Jude spricht, klingt sie wie das kleine Mädchen von früher, ihre Stimme ist aus Lametta. »Glaubst du wirklich, dass Grandma deshalb will, dass wir auf diese Schule gehen? Weil sie meine fliegenden Sandfrauen gesehen hat?«

»Ja«, lüge ich. Aber ich glaube, dass sie eben recht hatte. Ich glaube, es geht hier um mich.

Sie rutscht ein Stück näher, sodass wir Schulter an Schulter sitzen. Das sind wir. Das ist unsere Stellung. Aneinandergeschmiegt. Sogar auf der Ultraschallaufnahme von uns in Moms Bauch sieht man uns so, und so hatte ich uns auch auf dem Bild gemalt, das Fry gestern zerrissen hat. Im Gegensatz zu fast allen anderen Menschen auf der Erde sind wir von den ersten Zellen an zusammen gewesen, wir sind zusammen hierhergekommen. Deshalb bemerkt kaum jemand, dass Jude meistens das Reden für uns beide übernimmt, warum wir nur vierhändig Klavier spielen können und allein überhaupt nicht, warum wir nie *Schere, Stein, Papier* spielen können, weil wir in dreizehn Jahren nicht ein einziges Mal eine unterschiedliche Wahl getroffen haben. Immer: zwei Steine, zwei Mal Papier, zwei Scheren. Wenn ich uns nicht so zeichne, dann zeichne ich uns als halbe Menschen.

Die Ruhe des Aneinandergeschmiegtseins durchströmt mich. Jude atmet ein und ich atme mit. Vielleicht sind wir zu alt, um das immer noch zu machen, aber egal. Ich kann sie lächeln sehen, obwohl ich geradeaus gucke. Wir atmen zusammen aus, zusammen ein, ausatmen, einatmen, ein und aus, aus und ein, bis nicht mal die Bäume sich erinnern, was gestern im Wald passiert ist, bis aus den wütenden Stimmen von Mom und Dad Musik geworden ist, bis wir nicht nur gleich alt, sondern die gleiche Person sind.

Eine Woche später ändert sich alles.

Es ist Samstag, und Mom, Jude und ich sind in der Stadt auf dem Dachcafé des Museums, weil Mom sich bei dem Streit durchgesetzt hat und wir uns beide im nächsten Jahr an der CSA bewerben werden.

Jude sitzt mir gegenüber neben Mom, unterhält sich mit ihr und schickt mir gleichzeitig stumme Todesdrohungen, weil sie glaubt, dass meine Zeichnungen besser geworden sind als ihre – und wir sind im Wettstreit. Mom ist die Richterin. Na schön, vielleicht hätte ich nicht versuchen sollen, Judes Bild zu verbessern. Sie ist überzeugt, dass ich es ruinieren wollte. Kein Kommentar.

Ganz verstohlen verdreht sie die Augen in meine Richtung. Das sind 6,3 auf der Richterskala. Ich überlege, ob ich ihr unterm Tisch vors Schienbein treten soll, widerstehe jedoch. Stattdessen trinke ich heißen Kakao und beobachte insgeheim eine Gruppe älterer Jungs zu meiner Linken. Bis jetzt hatte mein fünf Meter langer Betontorpedo noch keine Konsequenzen, nur in meinem Kopf (Selbstporträt: *Junge wird Stück für Stück an einen Schwarm Feuerameisen verfüttert*). Aber vielleicht erzählt Zephyr es ja wirklich niemandem weiter.

Die Typen am Nebentisch haben Gummiplugs in den Ohrläppchen und gepiercte Augenbrauen und sie albern miteinander rum wie die Otter. Wahrscheinlich gehen sie auf die CSA, denke ich, und dieser Gedanke bringt meinen ganzen Körper zum Surren. Einer von denen hat ein Mondgesicht und blaue Augen so groß wie Untertassen und einen prallen roten Mund, wie Renoir ihn malt. Solche Münder liebe ich. Ich mache schnell eine Skizze von seinem Gesicht – unterm Tisch, mit dem Finger auf die Hose, als er mich beim

Glotzen ertappt. Doch statt mich böse anzufunkeln, damit ich mich um meinen eigenen Kram kümmere, zwinkert er mir zu – langsam, sodass kein Zweifel besteht –, dann widmet er seine Aufmerksamkeit wieder seinen Freunden, während ich vom Festen ins Flüssige übergehe.

Er hat mir zugezwinkert. So als ob er Bescheid wüsste. Aber es ist kein schlechtes Gefühl. Ganz und gar nicht. Ehrlich gesagt, ich wünschte, ich könnte aufhören zu lächeln, und jetzt – oh, wow – guckt er wieder rüber und lächelt auch. Mein Gesicht fängt an zu glühen.

Ich versuche, mich auf Mom und Jude zu konzentrieren. Sie reden über Grandmas Gewäschbibel. Mal wieder. Dass es eine Enzyklopädie ungewöhnlicher Überzeugungen ist, wie Mom immer meint. Dass Grandma Ideen gesammelt hat, von überall, von allen, dass sie die Bibel immer aufgeschlagen neben der Kasse ihres Kleiderladens hat liegen lassen, sodass auch alle ihre Kunden ihr abergläubisches Gewäsch reinschreiben konnten.

»Auf der allerletzten Seite«, sagt Mom zu Jude, »steht, dass das Buch im Falle ihres zu frühen Todes dein Eigentum wird.«

»Dann gehört es jetzt mir?« Jude wirft mir einen ihrer selbstgefälligsten Blicke zu. »Mir ganz allein?« Jetzt ist sie ganz in Geschenkpapier gehüllt. Egal. Als ob ich irgendeine Bibel haben wollen würde.

Mom sagt: »Ich zitiere: ‚Dieses gute Buch vermache ich meiner Enkelin, Jude Sweetwine, der nunmehr letzten Trägerin der Sweetwine-Gabe.«

Ich kotze grellgrün über den ganzen Tisch.

Grandma Sweetwine beschloss, dass Jude über die Gabe

der Sweetwines verfügte, als sie entdeckte, dass Jude den Blumenzungentrick beherrschte. Wir waren vier Jahre alt. Danach verbrachte Jude mit mir ganze Tage vorm Spiegel, drückte ihren Finger immer wieder in meine Zunge, um es mir auch beizubringen, damit ich auch die Sweetwine-Gabe haben konnte. Aber es nützte nichts. Meine Zunge konnte sich recken, strecken, rollen, aber blühen wollte sie nicht.

Ich sehe wieder rüber zum Ottertisch. Sie packen zusammen und wollen gehen. Das blinzelnde Mondgesicht schwingt den Rucksack über die Schulter und sagt mir mit den Lippen *Ciao*.

Ich schlucke, blicke nach unten und gehe in Flammen auf.

Dann fange ich an, im Kopf aus dem Gedächtnis ein Bild von ihm zu malen.

Als ich mich Minuten später wieder einklinke, erzählt Mom Jude gerade, an Grandma Sweetwines Stelle würde sie uns rund um die Uhr beharrlich und aufdringlich verfolgen – keine schnellen Besuche im Auto, mit ihr nicht. »Ich wäre die Art Geist, die sich in alles einmischt.« Sie lacht ihr grollendes Lachen und ihre Hände fuchteln in der Luft herum. »Ich bin ein Kontrollfreak. Ihr würdet mich nie loswerden. Niemals!« *Buhahahaaa*.

Komisch ist, dass sie plötzlich aussieht wie in einem Sturm. Die Haare wehen ihr um den Kopf und ihr Kleid bauscht sich ein wenig. Ich gucke unter den Tisch, um nachzusehen, ob dort ein Ventilator steht oder so was, aber da ist nichts. Krass, oder? Andere Mütter haben nicht ihr ganz persönliches Wetter. Sie lächelt uns so warm an, als wären wir Hundewelpen, und es versetzt mir einen Stich.

Ich mache dicht, während die beiden genauer ausführen,

was für eine Art Geist Mom abgeben würde. Die Sonne ginge aus, wenn Mom sterben würde. Punkt.

Stattdessen denke ich an heute.

Wie ich von Gemälde zu Gemälde gegangen bin und jedes gebeten habe, mich zu verschlingen – und jedes hat es getan.

Wie meine Haut die ganze Zeit gepasst hat, sich nicht ein einziges Mal an meinen Knöcheln geringelt oder meinen Kopf auf Stecknadelgröße gequetscht hat.

Moms Trommelwirbel auf dem Tisch holt mich wieder zurück. »So, dann zeigt mal die Zeichenblöcke her«, sagt sie aufgeregt. Ich habe vier Pastellzeichnungen in der Dauerausstellung gemacht, einen Chagall, einen Franz Marc und zwei Picassos. Die habe ich mir ausgesucht, weil ich gemerkt hab, dass die Bilder mich genauso intensiv angeguckt haben wie ich sie. Sie hatte gesagt, wir müssten nichts genau abmalen, das Gefühl sollten wir nicht haben. Ich habe überhaupt nicht kopiert. Ich hab die Originale in meinem Kopf aufgeschüttelt und sie dann mit mir bedeckt rausgelassen.

»Ich zuerst«, sage ich und drücke Mom meinen Block in die Hände. Dieses Mal ist Judes Augenrollen auf der Richterskala eine 7,2, die das ganze Gebäude ins Schwanken bringt. Ist mir egal, ich kann nicht warten. Heute, als ich gezeichnet habe, ist etwas passiert. Meine Augen sind gegen bessere eingetauscht worden. Ich will, dass Mom das bemerkt.

Ich beobachte sie beim langsamen Blättern, dann setzt sie die Oma-Brille auf, die an ihrem Hals baumelt, und sie geht die Zeichnungen noch einmal durch – und noch mal. An einer Stelle schaut sie zu mir auf, als ob ich mich in einen sternnasigen Maulwurf verwandelt hätte, dann widmet sie sich wieder dem Block.

Sämtliche Cafégeräusche – die Stimmen, das Surren der Espressomaschine, das Klirren und Klappern von Gläsern und Tellern – verstummen, als ich ihren Zeigefinger über jedem Teil des Blattes verharren sehe. Ich sehe durch ihre Augen, und was ich sehe, ist das: Meine Zeichnungen sind gut. Ich fühle mich wie bei einem Raketenstart. Ich werde bei der CSA angenommen werden, so viel steht fest! Und ich hab noch ein ganzes Jahr, um dafür zu sorgen, dass daran nicht zu rütteln ist. Mr Grady, den Kunstlehrer, habe ich schon gefragt, ob er mir nach der Schule zeigt, wie man Ölfarben mischt. Und er hat Ja gesagt. Als Mom endlich bei der letzten Zeichnung angekommen ist, blättert sie noch mal zum Anfang und fängt von vorne an. Sie kann nicht aufhören. Das Glück fällt über ihr Gesicht her. Oh, ich dreh gleich durch vor Freude.

Bis ich unter Beschuss genommen werde. Ein psychischer Luftangriff von Jude. (Porträt: *Grün vor Neid*) Haut: limonengrün. Haar: hellgrün. Augen: waldgrün. Sie als Ganzes: grün, grün, grün. Ich beobachte, wie sie ein Päckchen Zucker aufreißt, etwas auf dem Tisch verstreut und dann einen Fingerabdruck aus Kristallen auf den Deckel ihres Skizzenblocks drückt. Abergläubisches Gewäsch aus Grandmas Bibel, das Glück bringen soll. In meinem Bauch wickelt sich etwas zur Spirale. Ich hätte Mom meinen Skizzenblock längst aus den Händen reißen sollen, aber ich tu es nicht. Ich kann's nicht.

Jedes Mal, wenn Grandma S. Jude und mir aus der Hand gelesen hat, hat sie uns gesagt, die Eifersucht, die in unseren Linien steckte, würde ausreichen, um unser Leben zehn Mal zu ruinieren. Damit hat sie recht, das weiß ich. Wenn ich Jude und mich mit durchsichtiger Haut male, dann sind immer Klapperschlangen in unseren Bäuchen. Ich habe nur ein paar. Jude hatte siebzehn bei der letzten Zählung.

Schließlich klappt Mom meinen Block zu, gibt ihn mir wieder und sagt zu uns: »Eigentlich sind Wettbewerbe albern. Lasst uns doch einfach im nächsten Jahr die Samstage mit Kunstbetrachtungen verbringen und damit, das Handwerk zu erlernen. Na, was meint ihr?«

Judes Block hat sie noch nicht mal aufgeschlagen, als sie das sagt.

Mom nimmt ihren heißen Kakao, trinkt aber nicht. »Unglaublich«, murmelt sie und wiegt den Kopf langsam hin und her. Hat sie Judes Block etwa vergessen? »Ich sehe die Sensibilität Chagalls mit der Palette Gauguins, aber die Perspektive scheint dabei immer ganz deine zu sein. Dabei bist du noch so jung. Das ist außergewöhnlich, Noah. Schlicht außergewöhnlich.«

(Selbstporträt: *Junge taucht in einen See aus Licht*)

»Wirklich?«, flüstere ich.

»Wirklich«, sagt sie ernst. »Ich bin überwältigt.« Etwas ist anders in ihrem Gesicht – es sieht aus, als hätte jemand einen Vorhang aufgezogen. Verstohlen schaue ich zu Jude und stelle fest, dass sie sich in eine Ecke ihrer selbst zusammengekauert hat, genauso wie ich es in Notlagen mache. Da ist ein Kriechgang in mir, in den niemand reinkommt, egal, was auch passiert. Ich wusste gar nicht, dass sie auch so was hat.

Mom merkt nichts, obwohl sie normalerweise alles merkt. Aber sie sitzt nur da und merkt überhaupt nichts, es ist, als würde sie vor unseren Augen träumen.

Als sie schließlich wieder zu sich kommt, ist es zu spät.

»Jude, Schatz, zeig deinen Block mal her, ich bin so gespannt darauf, was du gezeichnet hast.«

»Schon in Ordnung«, sagt Jude mit ihrer Lamettastimme, der Block ist schon tief in ihrer Tasche verstaut.

Jude und ich spielen viele Spiele. Eins ihrer liebsten ist: *Wie würdest du am liebsten sterben?* (Jude: erfrieren, ich: verbrennen), und das *Ertrinkspiel.* Das geht so: Wenn Mom und Dad im Begriff wären zu ertrinken, wen würden wir zuerst retten? (Ich: Mom, ist doch klar. Jude: Kommt auf ihre Stimmung an). Und dann ist da noch die andere Variante: Wenn wir kurz vorm Ertrinken wären, wen würde Dad zuerst retten? (Jude.) Dreizehn Jahre lang hat Mom uns Rätsel aufgegeben. Wir hatten absolut keine Ahnung, wen sie zuerst aus dem Wasser ziehen würde.

Bis jetzt.

Und wir müssen uns nicht ansehen, wir wissen es beide.

Die Geschichte des Glücks

Jude
16 Jahre

3 Jahre später

Hier bin ich.

Mit einem vierblättrigen Kleeblatt in der Tasche stehe ich im Atelier der CSA neben meiner Skulptur. Den ganzen Morgen habe ich auf allen vieren in einem Kleeflecken vor der Schule verbracht – für nichts und wieder nichts, alles leer gepflückt. Aber dann – heureka! – hab ich mir mit Kraftkleber ein viertes Blatt an ein gewöhnliches dreiblättriges Kleeblatt geklebt, es in Zellophan gewickelt und in die Tasche meiner Kapuzenjacke gesteckt, gleich neben die Zwiebel.

Ich bin eine Bibeltreue. Andere Leute haben das Evangelium, ich hab die Grandma-Sweetwine-Bibel. Hier einige exemplarische Auszüge:

Ein Mensch, der im Besitz eines vierblättrigen Kleeblatts ist, vermag alle üblen Einflüsse abzuwehren. (Die Kunstschule ist voller übler Einflüsse. Besonders heute, denn da ist nicht nur mein Feedback-Tag, ich

habe auch noch eine Besprechung mit meinem Tutor
und werde vielleicht rausgeworfen.)

Zur Abwehr ernster Krankheiten habe stets eine
Zwiebel in der Tasche.
(Hab ich. Man kann nicht vorsichtig genug sein.)

Wenn ein Junge einem Mädchen eine Orange schenkt,
wird ihre Liebe zu ihm um ein Vielfaches stärker
werden.
(Kann ich nicht beurteilen. Bis jetzt hat mir noch kein
Junge eine Orange geschenkt.)

Die Füße eines Geistes berühren nie den Boden.
(Darauf kommen wir noch. Bald.)

Es klingelt zum Unterricht.

Und da sind sie. Die anderen aus dem zweiten Jahr der Tongruppe. Jeder Einzelne von ihnen ist bereit, mich mit einem Kissen zu ersticken. Ups, ich meine: Jeder Einzelne von ihnen starrt entgeistert auf meine Skulptur. Die Aufgabe war mal wieder ein Selbstporträt. Ich bin abstrakt geworden – mit anderen Worten: Matschklops. Degas schuf Tänzerinnen, ich Matschklopse. Kaputte, zusammengeklebte Klopse. Dies ist mein achter.

»Was funktioniert an dieser Arbeit?«, fragt Sandy Ellis, der Keramikmeister, Ton-Lehrer – und mein Tutor. So fängt bei ihm jede Kritik an.

Keiner sagt ein Wort. Anfang und Ende des typischen Feedback-Sandwiches von Kaliforniens Schule der Aliens ist

Lob – dazwischen sagen die Leute die schrecklichen Dinge, die sie wirklich denken.

Ohne den Kopf zu bewegen, scanne ich den Raum. Die Tongruppe zwei ist repräsentativ für die Schülerschaft der gesamten CSA: Freakflaggen in allen Variationen flattern stolz und laut. Ganz normale, durchschnittliche Leute wie ich – na ja, abgesehen von ein paar kleinen Ticks, klar, aber die hat ja jeder – sind die Ausnahme.

Ich weiß, was ihr denkt. Noah gehört hierher, aber ich nicht.

Sandy guckt über seine runde, getönte Brille hinweg die Klasse an.

Normalerweise gehen alle gleich in die Vollen, aber das einzige Geräusch ist das elektrische Summen der Neonröhren. Ich studiere die Zeit auf Moms alter Armbanduhr, die jetzt an meinem Handgelenk tickt (sie hat sie getragen, als ihr Auto vor zwei Jahren über die Klippe segelte und sie beim Aufprall umkam).

Regen im Dezember bringt ein
unvorhergesehenes Begräbnis.
(Bevor sie starb, hatte es fast den
ganzen Dezember geregnet.)

»Nun mal los, Leute, positive Eindrücke zu *Kaputte Unform Nr. 8?«* Sandy streicht sich langsam über den schütteren Bart. Wenn wir uns alle in unsere Spiegeltiere verwandeln würden (ein Spiel, das Noah andauernd mit mir spielen wollte, als wir klein waren), dann würde Sandy mit einem Puff zu einem Ziegenbock werden. »Wir haben doch neulich über

Perspektive gesprochen«, sagt er. »Also lasst uns mal über CJs reden, einverstanden?«

CJ, die Abkürzung für Chaos-Jude, so nennen mich alle in der Schule, weil bei mir alles schiefläuft. Nicht nur wegen der Sachen, die beim Brennen im Ofen kaputtgehen. Letztes Jahr in Keramik haben sich angeblich einige meiner Schalen nachts von den Regalen gestürzt, bei geschlossenen Fenstern, weit und breit kein Mensch in der Nähe und das nächste Erdbeben in Indonesien. Der Nachtwächter war verblüfft.

Das waren alle, nur ich nicht.

Caleb Cartwright hebt langsam beide Hände, was seinen Pantomimenaufzug noch unterstreicht: schwarzer Rollkragenpullover, enge schwarze Jeans, schwarzer Eyeliner, schwarzer Bowlerhut. Eigentlich ist er ganz schön heiß, so auf die Künstler-Cabaret-Tour, aber nicht, dass mir das auffallen würde. Ich zieh den Jungs-Boykott voll durch. Meine Standardausrüstung besteht aus Scheuklappen und einer todsicheren Unsichtbarkeitsuniform:

Wie man sich in Luft auflöst: Schneide einen knappen Meter blonde Locken ab und stopfe die restlichen Haare unter eine schwarze Mütze. Sorg dafür, dass keiner die Tätowierung sieht. Trage ausschließlich zu große Hoodies, weite Jeans und Turnschuhe. Verhalte dich ruhig.

(Gelegentlich verfasse ich auch mal selber eine Bibelpassage.)

Caleb schaut sich im Raum um. »Ich spreche einfach mal für alle, okay?« Er macht eine Pause und bemüht sich sehr, die geeignetsten Worte zu finden, um mich über Bord zu werfen. »Es ist unmöglich, CJs Arbeiten zu beurteilen, weil es eigentlich immer zusammengeklebte Trümmerhaufen sind, so wie das hier. Was soll man dazu sagen?«

Ich stelle mir vor, auf einer Wiese zu sein. Dazu hat mir der Schulpsychologe geraten, wenn ich das Gefühl kriege durchzudrehen (oder nicht alle Latten am Zaun zu haben, wie Grandma immer gesagt hat).

Und falls irgendjemand noch daran zweifeln sollte: Selbst gebastelte Viererklees haben keine Kraft.

»Nun, was sagt das aus?«, fragt Sandy die Klasse.

Randall »Ist nicht böse gemeint, aber« Brown fängt an zu plappern. Er ist eins von diesen Megaarschlöchern, die der Meinung sind, in der Feedbackrunde die krassesten Sachen sagen zu können, die man sich nur vorstellen kann, solange man nur ein »Ist nicht böse gemeint, aber ...« voranschickt. Am liebsten würde ich ihm einen Pfeil mit Beruhigungsmittel in den Arsch schießen. »Es würde viel mehr aussagen, Sandy, wenn es beabsichtigt wäre.« Er guckt mich an. Und jetzt kommt's: »Ist nicht böse gemeint, CJ, aber ich fürchte, du bist einfach durch und durch schlampig. Die einzige rationale Erklärung für so viel Bruch im Brennofen ist, dass du den Ton nicht ausreichend knetest oder deine Arbeiten nicht gleichmäßig trocknen lässt.«

Den Nagel auf den Kopf getroffen. Da haben wir's. Bingo.

Manchmal sind Erklärungen aber nicht rational.

Es geschehen die seltsamsten Dinge. Und wenn wir reden dürften, während unsere Arbeiten besprochen werden, und wenn ich von jemandem ganz oben, Gott zum Beispiel, eine eidesstattliche Versicherung dafür kriegen könnte, dass ich nicht zur Strafe für den Rest meines Lebens weggesperrt werde, dann würde ich sagen: »Hat etwa keiner von euch eine tote Mutter, die so wütend auf euch ist, dass sie sich aus dem Grab erhebt und eure Arbeiten kaputt macht?«

Denn dann würden sie verstehen, womit ich es zu tun habe.

»Randall bringt hier einen interessanten Punkt ins Spiel«, sagt Sandy. »Ist Intentionalität bei unserer Wahrnehmung und Bewertung von Kunst von Bedeutung? Wenn CJs fertige Skulptur in Stücken vor uns liegt, spielt ihr ursprüngliches Konzept von Ganzheit dann überhaupt noch eine Rolle? Geht es um die Absicht oder allein um das Ergebnis?«

Da summt die ganze Klasse wie ein glücklicher Bienenschwarm, und Sandy bricht eine theoretische Diskussion darüber vom Zaun, ob der Künstler nach der Erschaffung des Kunstwerks überhaupt noch wichtig ist.

Ich denke lieber an saure Gurken.

»Ich auch – an dicke, fette, saftige Gurken mit Dill. Mmmh. Mmmh. Mmmh«, flüstert Grandma Sweetwine in meinem Kopf. Sie ist tot wie Mom, aber anders als Mom, die nur Sachen kaputt macht, spricht Grandma mit mir und zeigt sich auch oft. Sie ist der gute Cop in meiner Geisterwelt, Mom der böse. Ich bemühe mich um eine ausdruckslose Miene, während sie fortfährt. »Mannomann, ist das öde. Aber das ist echt ein ziemlich hässliches Dings, das du da fabriziert hast. Was reden die denn so um den heißen Brei herum? Warum wünschen sie dir nicht einfach mehr Glück fürs nächste Mal und machen sich über ihr nächstes Opfer her, zum Beispiel über den Typen da, dem die Bananen aus dem Kopf wuchern.«

»Das sind blonde Dreadlocks, Grandma«, erkläre ich ihr im Geiste, wobei ich sorgfältig darauf achte, nicht den Mund zu bewegen.

»Ich rate dir, hau bloß schnell ab hier, Schatz.«

»Ganz deiner Meinung.«

Kleine Ticks? Ich gebe zu, ganz so klein sind sie vielleicht doch nicht.

Aber fürs Protokoll: Zweiundzwanzig Prozent der Weltbevölkerung sehen Geister, das sind mehr als anderthalb Milliarden Menschen weltweit. (Professorenkind. Überdurchschnittliche Recherche-Fähigkeiten.)

Während sich das theoretische Gedröhne fortsetzt, amüsiere ich mich mit einer Runde *Wie möchtest du am liebsten sterben?*. Ich bin der amtierende Champion dieses Spiels. Es ist nicht so leicht, wie man meinen könnte, denn man braucht enorme Fähigkeiten, um die Tode auf beiden Seiten der Gleichung ähnlich schrecklich zu gestalten. Zum Beispiel: eine Handvoll Glasscherben nach der anderen essen oder …

Ich werde unterbrochen, denn zu meiner Überraschung und der aller anderen ebenso, hat Fisch (ist nicht der Nachname) die Hand erhoben. Und da Fisch eine Stumme ist, so wie ich, ist das durchaus bemerkenswert.

»CJ ist technisch gut«, sagt sie, und ihr Zungenpiercing blitzt wie ein Stern in ihrem Mund. »Ich würde daher vermuten, dass ein Geist ihre Arbeiten zerstört.«

Alle lachen darüber, hahaha, Sandy eingeschlossen. Aber mich haut das um. Das war kein Witz, das merke ich. Sie sieht mir in die Augen, dann hebt sie ihr Handgelenk und schüttelt es unauffällig. Sie trägt ein cooles punkiges Armband, das perfekt zu allem anderen an ihr passt: lila Haare, Tattoo-Ärmel, Acid-Look. Dann erkenne ich die Anhänger an ihrem Armband wieder: drei Stücke rubinrotes Meerglas, zwei Viererklees aus Plastik, eine Handvoll Sanddollar-Muscheln – alle auf ein zerfranstes schwarzes Lederband gefädelt. Wow. Mir war gar nicht klar, dass ich so viel Glück in ihre Tasche geschmuggelt habe, in die Tasche von ihrem Arbeitskittel. Sie wirkt einfach immer so traurig unter all dem gruseligen Make-up. Aber woher wusste sie, dass ich das war? Und wissen die anderen das auch? Dieser hibbelige Neue zum Beispiel, der ganz eindeutig nicht alle Latten am Zaun hat? Dem habe ich schon haufenweise Sanddollar-Muscheln zugesteckt.

Aber Fischs erstaunlich treffende Erklärung und das Armband sind einsame Lichtblitze. Den Rest der Stunde knöpfen sich alle anderen, einer nach dem anderen, die *Kaputte Uniform Nr. 8* vor, und mir wird immer deutlicher bewusst, dass ich meine Hände in so fester Umklammerung vor mir halte, dass die Knöchel weiß geworden sind. Sie jucken. Sie jucken heftig. Schließlich löse ich die Umklammerung und versuche sie mir heimlich anzusehen. Keine Spur von einem Stich oder Ausschlag. Ich suche nach einem roten Fleck, der auf nekrotisierende Fasziitis hinweisen könnte, die als fleischfressende Krankheit besser bekannt ist und über die ich in Dads medizinischen Zeitschriften alles gelesen habe …

Okay, ich hab's: Woran würdest du lieber sterben? An einem Haufen Glasscherben oder an nekrotisierender Fasziitis?

Die Stimme von Felicity Stiles – wenn sie sich einschaltet, weiß man: Das Ende ist nah – holt mich aus dieser hirnzermarternden Frage heraus, bei der ich zum Glas essen tendiere.

»Darf ich den Abschluss machen, Sandy?«, fragt sie, so wie sie es immer macht. Sie hat diesen hinreißenden säuselnden Südstaatenakzent, mit dem sie am Ende einer jeden Kritiksession ihren Sermon abgibt. Sie ist wie eine sprechende Blume – eine predigende Narzisse. Fisch mimt verstohlen, wie ein Dolch in ihre Brust stößt. Ich lächele sie an und mache mich aufs Schlimmste gefasst. »Ich finde es einfach traurig«, sagt Felicity und hält dann inne, bis der Raum ihr gehört, was nicht länger als eine Sekunde dauert, weil sie nicht nur klingt wie eine Narzisse, sondern auch so aussieht und sich so verhält – und in ihrer Gegenwart werden wir alle zu menschlichen Seufzern. Sie deutet auf meinen Klops. »In dieser Arbeit kann ich den Schmerz der ganzen weiten Welt spüren.« Diese Welt muss eine volle Umdrehung machen, bis sie all diese Wörter gesäuselt hat. »Denn wir sind alle zerbrochen. Findet ihr nicht? Ich bin es. Die ganze weite Welt ist es. Wir versuchen alle unser Bestes zu tun – und das kommt dabei heraus. Ein ums andere Mal. Das sagt mir CJs Arbeit – und es macht mich wirklich, wirklich traurig.« Sie spricht mich direkt an. »Ich verstehe, wie traurig du bist, CJ. Das tu ich wirklich.« Ihre Augen sind groß, verzehrend. Oh, wie ich die Kunstschule hasse. Sie hebt die zur Faust geballte Hand, schlägt sie drei Mal an ihre Brust und sagt dabei: »Ich. Verstehe. Dich.«

Ich kann nicht anders. Ich nicke, als wäre ich auch eine Blume, als der Tisch unter *Kaputte Unform Nr. 8* plötzlich nachgibt und mein Selbstporträt auf den Boden kracht und in Stücke zerspringt. Schon wieder.

Das ist gemein, sage ich im Kopf zu Mom.

»Seht ihr?«, verkündet Fisch. »Ein Geist.«

Dieses Mal lacht keiner. Caleb schüttelt den Kopf. »Kann doch nicht sein.« Randall: »Was zum Geier?« Ja, sagt's mir, Mitbürger. Im Gegensatz zu Casper und Grandma S. ist Mom kein freundlicher Geist.

Sandy ist unterm Tisch. »Eine Schraube ist rausgefallen«, sagt er ungläubig.

Ich hole den Besen, den ich für solche Gelegenheiten an meinem Arbeitsplatz bereithalte, und fege die kaputte *Unform Nr. 8* auf, während alle murmeln, was ich doch für ein Pech habe. Ich werfe die Scherben in einen Mülleimer. Den Trümmern meines Selbstporträts folgt das nutzlose selbst gebastelte Kleeblatt.

Vielleicht hat Sandy ja Mitleid mit mir und verschiebt unsere große Besprechung bis nach den Winterferien, die morgen anfangen, denke ich gerade, als er mir »Komm in mein Büro« zuraunt und auf die Tür zeigt. Ich gehe quer durchs Atelier.

Geh immer mit dem rechten Fuß zuerst vorwärts,
um Unheil abzuwenden, das dich von links befällt.

Ich bin gegenüber von Sandy in einen tiefen Ledersessel gesunken. Er hat sich gerade wegen der rausgefallenen Schraube entschuldigt und scherzhaft bemerkt, dass Fisch ja vielleicht recht hatte mit dem Geist, was, CJ?

Höfliches Schmunzeln über diese absurde Vorstellung.

Seine Finger spielen Klavier auf der Tischplatte. Keiner von uns redet. Das ist okay für mich.

Zu seiner Linken hängt ein lebensgroßer Druck von Michelangelos David, der im fahlen Nachmittagslicht so lebendig wirkt, dass ich die ganze Zeit darauf warte, dass seine Brust sich hebt, wenn er seinen ersten Atemzug einfordert. Sandy folgt meinem Blick über seine Schulter hinweg zu dem großartigen Steinmann.

»Tolle Biografie, die deine Mutter da geschrieben hat«, bricht er das Schweigen. »Furchtlos in ihrer Auseinandersetzung mit seiner Sexualität. Das Buch hat jedes Lob verdient, das es bekommen hat.« Er nimmt die Brille ab und legt sie auf den Tisch. »Rede mit mir, CJ.«

Ich gucke aus dem Fenster auf den lang gestreckten Strand, der vom Nebel verhüllt ist. »Das gibt ein Whiteout, so viel ist sicher«, sage ich. Lost Cove ist berühmt dafür, dass die Stadt so oft verschwindet. »Wusstest du, dass einige Ureinwohner glauben, der Nebel birgt die ruhelosen Geister der Toten?« Ist aus Grandmas Bibel.

»Ist das so?« Er streicht sich über den Bart und hinterlässt darin ein paar Tonkrümel von seiner Hand. »Das ist interessant, aber jetzt müssen wir über dich reden. Die Lage ist sehr ernst.«

Ich dachte, ich würde über mich reden.

Wieder mal herrscht Schweigen … und ich habe beschlossen, die Glasscherben zu essen. Endgültige Antwort.

Sandy seufzt. Weil ich ihn beunruhige? Ich habe nämlich festgestellt, dass ich Leute beunruhige. Früher war das nicht so.

»Hör mal, ich weiß, dass du eine außerordentlich schwere

Zeit durchgemacht hast, CJ.« Mit seinen freundlichen Ziegenbockaugen sieht er mir forschend ins Gesicht. Es ist qualvoll. »Und im letzten Jahr haben wir dir aufgrund der tragischen Umstände mehr oder weniger einen Freifahrschein gegeben.« Er hat seinen Das-arme-mutterlose-Mädchen-Blick aufgesetzt – das machen alle Erwachsenen irgendwann im Laufe eines Gesprächs mit mir, so als wäre ich dem Untergang geweiht, ohne Fallschirm aus dem Flugzeug gestoßen worden, denn Mütter sind die Fallschirme. Ich senke den Blick und bemerke ein tödliches Melanom auf seinem Arm, sehe sein Leben vor meinen Augen vorüberziehen, stelle dann jedoch erleichtert fest, dass er sich nur mit Ton beschmiert hat. »Aber an der CSA gelten feste Regeln«, sagt er mit mehr Strenge. »Wenn man einen praktischen Kurs nicht besteht, ist das ein Grund für einen Rauswurf – und wir hatten lediglich beschlossen, dir eine Bewährungszeit zu geben.« Er lehnt sich vor. »Es ist nicht wegen dem ganzen Bruch im Brennofen. So was passiert eben. Sicher, es scheint immer dir zu passieren, was Zweifel an deiner Technik und Konzentration aufkommen lässt, aber was uns am meisten Sorgen bereitet, ist die Tatsache, dass du dich völlig isoliert hast und dich eindeutig nicht einbringst. Du musst doch wissen, dass junge Künstler aus dem ganzen Land an unsere Türen hämmern, weil sie einen Platz haben wollen, genau deinen Platz.«

Ich denke, wie sehr Noah meinen Platz verdient hat. Ist es nicht das, was Moms Geist mir mitteilt, indem er alles, was ich mache, zerstört?

Ich weiß, dass es das ist.

Ich atme durch und sage: »Dann sollen sie meinen Platz haben. Ehrlich, sie haben ihn sicher mehr verdient als ich.«

Ich hebe den Kopf und schaue in seine verblüfften Augen. »Ich gehöre nicht hierher, Sandy.«

»Verstehe«, sagt er. »Nun, du magst das so empfinden, aber das Kollegium der CSA denkt anders. Auch ich denke anders.« Er nimmt seine Brille zur Hand und fängt an, sie mit seinem mit Ton bespritzten Hemd zu reinigen, wobei er sie nur noch schmutziger macht. »Da war etwas so Einzigartiges an diesen Frauen, die du aus Sand gemacht hast, denen aus deiner Bewerbungsmappe.«

Hä?

Für einen Moment schließt er die Augen, so als würde er Musik in der Ferne lauschen. »Sie waren so voller Freude, so skurril. Da war so viel Bewegung, so viel Emotion.«

Wovon redet er?

»Sandy, ich habe Schnittmuster für Kleider eingereicht und ein paar Kleider, die ich gemacht habe. Über die Sandskulpturen habe ich in meinem Essay geschrieben.«

»Ja, ich erinnere mich an den Essay. Und ich erinnere mich an die Kleider. Schön. Zu schade, dass wir keine Modelinie haben. Aber die Fotos von diesen wundervollen Skulpturen sind der Grund dafür, dass du auf diesem Stuhl sitzt.«

Es gibt keine Fotos von diesen Skulpturen.

Okay, mir schwirrt ein bisschen der Kopf.

Niemand hat sie je zu Gesicht bekommen. Dafür habe ich gesorgt, ich habe mich ganz weit den Strand entlang geschlichen, bis zu einer einsamen Bucht, und die Flut hat sie mitgenommen … nur Noah hat mir ein Mal, nein, zwei Mal erzählt, dass er mir gefolgt ist und mir beim Bauen zugesehen hat. Aber hat er Fotos gemacht? Und sie an die CSA geschickt? Nein, das kann ich mir nicht vorstellen.

Als er erfahren hat, dass ich angenommen worden war und er nicht, hat er alles vernichtet, was er je gemacht hat. Nicht die kleinste Kritzelei ist übrig geblieben. Seitdem hat er keinen Bleistift, kein Stück Pastellkreide oder Zeichenkohle und keinen Pinsel mehr in die Hand genommen.

Ich schaue auf zu Sandy, der mit den Fingerknöcheln auf den Tisch klopft. Moment mal, hat er eben gesagt, dass meine Sandskulpturen wundervoll waren? Hat er, glaube ich. Als er sieht, dass ich wieder zuhöre, hört er auf mit dem Geklopfe und fährt fort: »Ich weiß, in euren ersten zwei Jahren hier überschwemmen wir euch mit einer Flut von Theorie, aber lass uns beide jetzt mal auf das Grundlegende zurückkommen. Eine einfache Frage, CJ: Gibt es nichts mehr, was du noch machen möchtest? Für jemanden, der so jung ist, hast du sehr viel durchgemacht. Gibt es nichts mehr, das du sagen möchtest? Nichts, was du sagen musst?« Seine Stimme klingt jetzt ganz ernst und eindringlich. »Denn darum geht es hier. Um nichts anderes. Wir wünschen mit unseren Händen, das ist es, was wir als Künstler tun.«

Seine Worte lösen etwas in mir. Das gefällt mir nicht.

»Denk drüber nach«, sagt er sanfter. »Ich werde dich noch einmal fragen. Gibt es etwas auf der Welt, das nur deine beiden Hände erschaffen können?«

Ich spüre einen glühenden Schmerz in der Brust.

»Gibt es so etwas, CJ?« Er lässt nicht locker.

Oh ja. Aber das ist tabu. Ich stelle mir jetzt eine Wiese vor.

»Nein«, sage ich.

Er verzieht das Gesicht. »Das glaube ich dir nicht.«

»Es gibt nichts«, sage ich und presse die Hände so fest ich kann im Schoß zusammen. »Nada. Nothing.«

Enttäuscht schüttelt er den Kopf. »Na dann, okay.«

Ich schaue hoch zu David ...

»CJ, wo bist du?«

»Hier. Ich bin hier. Entschuldige.« Ich richte meine Aufmerksamkeit wieder auf ihn.

Er ist eindeutig aufgewühlt. Warum? Warum nimmt er sich das so zu Herzen? Wie er schon sagte, im ganzen Land würden junge Künstler sterben für meinen Platz. »Wir müssen mit deinem Vater sprechen«, sagt er. »Du gibst eine einmalige Chance auf. Bist du sicher, dass du das willst?«

Mein Blick schweift wieder zu David. Es ist, als wäre er aus Licht gemacht. Was ich will? Ich will nur eines ...

Dann ist es, als würde David von der Wand springen, mich in seine gewaltigen Steinarme reißen und mir ins Ohr flüstern.

Er erinnert mich daran, dass Michelangelo ihn vor über fünfhundert Jahren geschaffen hat.

»Willst du wirklich die Schule verlassen?«

»Nein!« Die Heftigkeit in meiner Stimme überrascht uns beide. »Ich muss mit Stein arbeiten.« Ich zeige auf David. In mir explodiert eine Idee.

»Da ist etwas, das ich machen muss«, sage ich. Etwas Ungestümes ist in mir, als müsste ich nach Luft schnappen. »Unbedingt.« Ich wollte es schon machen, seit ich hier hergekommen bin, aber ich hätte es nicht ertragen, wenn Mom es kaputt gemacht hätte. Ich hätte es einfach nicht ertragen.

»Das freut mich ungemein.« Sandy legt die Hände zusammen.

»Aber es kann nicht aus Ton gemacht werden. Kein Ofen«, sage ich. »Es muss Stein sein.«

»Viel widerstandsfähiger«, sagt er lächelnd. Er hat's begriffen. Nun ja, einen Teil davon.

»Genau«, sage ich. Das wird sie nicht so leicht kaputt machen können! Und, noch wichtiger, sie wird es nicht wollen. Ich werde sie damit überwältigen, ich werde mit ihr kommunizieren. Das ist der richtige Weg. »Es tut mir so leid, Jude«, wird sie mir ins Ohr flüstern. »Ich hatte ja keine Ahnung, was alles in dir steckt.«

Und dann wird sie mir vielleicht vergeben.

Mir wird bewusst, dass Sandy gerade etwas gesagt hat, er bemerkt die anschwellende Musik nicht, die die Mutter-Tochter-Versöhnung in meinem Kopf unterlegt. Ich versuche mich zu konzentrieren.

»Das Problem ist, wir haben niemanden im Fachbereich, der dir helfen kann, weil Ivan dieses Jahr in Italien ist. Wenn du mit Ton arbeiten würdest, um dann einen Abguss in Bronze zu machen, könnte ich …«

»Nein, es muss Stein sein – je härter, desto besser, vielleicht sogar Granit.« Das wäre genial.

Er lacht, jetzt ist er wieder der ganz normale freundliche, auf der Wiese grasende Ziegenbock. »Vielleicht, hm, vielleicht … wäre es okay für dich, von jemandem betreut zu werden, der nicht zur Schule gehört?«

»Klar.« Soll das ein Witz sein? Das wär der Hammer!

Sandy streicht sich den Bart und denkt.

Und denkt.

»Was ist denn?«, frage ich.

»Nun, es gibt da jemanden.« Sandy zieht die Augenbrauen hoch. »Ein Meister unter den Steinbildhauern. Vielleicht einer der Letzten, die es noch gibt. Aber, nein, ich glaube nicht, dass sich das machen lässt.« Er schiebt die Idee mit einer Handbewegung von sich. »Er unterrichtet nicht mehr. Stellt nicht mehr aus. Irgendwas ist ihm zugestoßen. Keiner weiß, was genau passiert ist, und schon vor all dem war er nicht … na, wie soll ich das formulieren?« Er schaut an die Decke und findet dort das Wort. »Nicht ganz menschlich.« Er lacht und fängt an, in einem Haufen Zeitschriften auf seinem Schreibtisch zu wühlen. »Ein außergewöhnlicher Bildhauer und ein umwerfender Redner. In meinem Studium habe ich ihn mal gehört, faszinierend, er …«

»Wenn er nicht menschlich ist, was ist er dann?«, unterbreche ich ihn neugierig.

»Ehrlich gesagt …« Er lächelt mich an. »Ich glaube, deine Mutter hat es am besten ausgedrückt.«

»Meine Mutter?« Ich brauche die Gabe der Sweetwines nicht, um zu wissen, dass dies ein Zeichen ist.

»Ja, deine Mutter hat über ihn geschrieben, in *Art Tomorrow.* Komisch, ich hab mir das Interview neulich erst wieder durchgelesen.« Er blättert ein paar Ausgaben der Zeitschrift durch, für die Mom geschrieben hat, findet den Artikel jedoch nicht. »Ach, was soll's«, sagt er und gibt die Suche auf. Er lehnt sich auf seinem Stuhl zurück. »Lass mich nachdenken … was waren doch gleich ihre Worte? Oh ja, ja, sie hat geschrieben: ›Er ist ein Mann, der sämtliche Mauern zum Einsturz bringt, wenn er einen Raum betritt.‹«

Ein Mann, der einen Raum betritt, und sämtliche Mauern stürzen ein? »Wie heißt er?«, frage ich und fühle mich ein wenig atemlos.

Er presst eine ganze Weile die Lippen zusammen und betrachtet mich, dann scheint er eine Entscheidung zu treffen:

»Ich rufe ihn erst mal an. Wenn er grünes Licht gibt, kannst du ihm nach den Winterferien einen Besuch abstatten.« Er schreibt einen Namen und eine Adresse auf ein Stück Papier und reicht es mir.

Lächelnd sagt er: »Und sag nicht, du wärst nicht gewarnt worden.«

Grandma Sweetwine und ich verlieren uns im Nebel, wir können kaum etwas erkennen, als wir uns durch die Bodenwolke zur Day Street im Zentrum von Lost Cove aufmachen, wo das Atelier von Guillermo Garcia liegt. So heißt der Bildhauer, dessen Namen Sandy auf den Zettel geschrieben hat. Ich will nicht abwarten, bis er grünes Licht gibt. Ich will sofort grünes Licht.

Vor dem Verlassen des Schulgeländes habe ich das Orakel befragt: Google. Internet-Recherchen sind besser als Kaffeesatz oder Tarotkarten. Man stellt seine Frage: Bin ich ein schlechter Mensch? Sind diese Kopfschmerzen das Symptom eines inoperablen Hirntumors? Warum will der Geist meiner Mutter nicht mit mir sprechen? Was soll ich wegen Noah unternehmen? Dann sichtet man die Ergebnisse und legt die Weissagung fest.

Als ich die Frage stellte: Soll ich Guillermo Garcia bitten, mein Mentor zu werden?, tauchte sofort ein Link für die Zeitschrift *Interview* auf. Ich habe ihn angeklickt. Es war ein Foto von einem düsteren, imposanten Mann mit radioaktiv grünen Augen, der mit einem Baseballschläger auf Rodins wunderbar romantische Skulptur *Der Kuss* losgeht.

Die Überschrift lautete: »Guillermo Garcia, der Rockstar des Bildhaueruniversums«. Auf dem Cover von *Interview!* Da habe ich dann aufgehört, weil ich Herzbeschwerden bekam.

»In diesem Aufzug siehst du aus wie ein Strolch«, sagt Grandma Sweetwine, die neben mir eine gute Handbreit über dem Boden schwebt und dabei, ohne dem miesen Wetter Beachtung zu schenken, einen purpurroten Sonnenschirm wirbeln lässt. Sie ist total aufgetakelt wie immer, trägt ein farbenfrohes Schwebendes Kleid, in dem sie aussieht wie ein sich bauschender Sonnenuntergang, und eine riesige Filmstarsonnenbrille mit Schildpattgestell. Sie ist barfuß. Für Schuhe hat man nicht viel Verwendung, wenn man schwebt. Was ihre Füße angeht, hat sie echt Glück gehabt.

Manche Besucher aus dem Jenseits kehren mit
nach hinten zeigenden Füßen zurück.
(Überaus verstörend. Glücklicherweise sind
Grandmas richtig rum.)

Sie fährt fort: »Du siehst aus wie dieser Typ, du weißt schon, wie heißt er noch ... Dingenskirchen.«

»Eminem?«, frage ich mit einem Lächeln. Der Nebel ist so dick, dass ich mit vorgestreckten Armen laufen muss, um nicht mit irgendwelchen Briefkästen, Telefonmasten oder Bäumen zusammenzustoßen.

»Ja!« Sie klopft mit dem Sonnenschirm auf das Pflaster. »Genau den meine ich.« Jetzt zeigt der Sonnenschirm auf mich. »Und all die Kleider, die du genäht hast, sind in deinem Zimmer weggesperrt. Das ist doch der glatte Hohn.«

Sie seufzt einen ihrer ewig langen Seufzer. »Was ist mit den Verehrern, Jude?«

»Ich hab keine Verehrer, Grandma.«

»Genau das meine ich ja, Liebling«, sagt sie, dann gackert sie entzückt über ihren eigenen Witz.

Eine Frau mit zwei Kindern im Nebelgeschirr – mit anderen Worten: an der Leine – geht an uns vorbei, so was ist in Lost Cove während eines Whiteout nichts Ungewöhnliches.

Ich schaue runter auf meine Unsichtbarkeitsuniform. Grandma hat's immer noch nicht kapiert, also sage ich: »Mit Jungs zusammen zu sein ist für mich noch viel gefährlicher, als eine Heuschrecke zu erschlagen oder dass mir ein Vogel ins Haus fliegt.« Das sind andere ernst zu nehmende Vorboten des Todes. »Das weißt du.«

»Unsinn. Ich weiß nur, dass du eine beneidenswerte Liebeslinie auf deiner Handfläche hast, genau wie dein Bruder, aber selbst das Schicksal braucht manchmal einen kleinen Tritt in den Hintern. Du solltest endlich aufhören, dich wie ein Sack Steckrüben zu kleiden. Und lass die Haare endlich wieder wachsen, zum Teufel.«

»Du bist total oberflächlich, Grandma.«

Sie brummt eingeschnappt.

Ich brumme zurück und drehe den Spieß um. »Ich will dich ja nicht beunruhigen, aber ich glaube, deine Füße fangen an, in die falsche Richtung zu zeigen. Du weißt ja, was man sagt. Nichts ruiniert ein Outfit so sehr wie arschwärts gewandte Füße.«

Sie keucht erschrocken und guckt nach unten. »Wie kannst du eine alte, tote Frau nur so erschrecken!«

Bis wir die Day Street erreicht haben, bin ich durchnässt

und zittere. Eine kleine Kirche am Ende der Straße fällt mir ins Auge, das ist der ideale Ort, um meine Kleider ein wenig trocknen zu lassen, mich aufzuwärmen und eine Strategie zu entwickeln, wie ich diesen Guillermo Garcia dazu überreden kann, mein Mentor zu werden.

»Ich warte draußen«, sagt Grandma. »Aber, bitte, lass dir ruhig Zeit. Mach dir keine Sorgen um mich, ganz allein hier draußen im kalten, feuchten Nebel.« Sie wackelt mit ihren nackten Zehen. »Ohne Schuhe, ohne Geld – und tot.«

»Wie subtil«, sage ich und gehe auf die Kirche zu.

»Schöne Grüße an Clark Gable«, ruft sie mir hinterher, als ich schon am Ring ziehe, um die Tür zu öffnen. Clark Gable ist ihr Kosename für Gott.

Eine Welle von Wärme und Licht umfängt mich, als ich eintrete. Mom ist ständig in Kirchen gegangen, und Noah und mich hat sie immer mitgeschleift – aber nie, wenn gerade Gottesdienst war. Sie sagte immer, sie würde einfach gern an heiligen Orten sitzen. Ich jetzt auch.

Wenn du göttliche Hilfe brauchst, öffne an einer Andachtsstätte ein Schraubglas und verschließe es wieder, bevor du gehst.

(Mom hat uns erzählt, dass sie sich früher manchmal in Kirchen versteckt hat, um den »Umständen« in ihren Pflegestellen zu entfliehen. Ich habe den Verdacht, dass sie oft mehr als ein Glas voll Hilfe gebraucht hat, doch über diese Zeit in ihrem Leben wollte sie nie reden.)

Dieser Raum ist wie ein schönes Schiff aus dunklem Holz mit strahlenden Buntglasfenstern, auf denen – wie könnte es anders sein? – Noah die Arche baut, Noah die Tiere begrüßt, die hineingehen. Noah, Noah, Noah. Ich seufze.

In jedem Zwillingspaar gibt es einen Engel
und einen Teufel.

Ich setze mich auf einen Platz in der zweiten Reihe. Während ich mir wie wild die Arme reibe, um mich aufzuwärmen, denke ich darüber nach, was ich zu Guillermo Garcia sagen werde. Was sagt eine kaputte Unform zum Rockstar des Bildhaueruniversums? Einem Mann, der einen Raum betritt … und alle Mauern stürzen ein. Wie werde ich ihm vermitteln, dass es absolut notwendig ist, dass er mein Mentor wird? Dass mit der Arbeit an dieser Skulptur …

Ein lautes Scheppern reißt mich aus meinen Gedanken, von meinem Sitz und aus meiner Haut – alles auf einmal.

»Oh, verflucht, hast du mich erschreckt!« Die tiefe Stimme mit dem englischen Akzent kommt aus einem nach vorn gebeugten Typen am Altar, der jetzt die Kerze wieder hinstellt, die er gerade umgestoßen hat. »Oh Gott! Ich kann's nicht fassen, ich hab ›verflucht‹ gesagt, in der Kirche. Und Gott, jetzt hab ich auch noch Gott gesagt! Himmel!« Er steht auf, legt die Kerze auf den Tisch, dann lächelt er das schiefste Lächeln, das ich je gesehen habe … wie das von Picasso. »Dann bin ich wohl verdammt.« Eine Narbe läuft im Zickzack über seine linke Wange und eine von der Nasenwurzel zur Lippe. »Na, was soll's«, fährt er in einem Bühnenflüstern fort. »Hab sowieso immer gedacht, dass es im Himmel scheiße sein muss. All diese lächerlichen Wattewölkchen. Das ganze todlangweilige Weiß. All diese selbstgerechten, moralisch einwandfreien Mustermenschen.« Sein schiefes Grinsen nimmt sein ganzes Gesicht gefangen. Es ist ein ungeduldiges Nach-mir-die-Sintflut-Lächeln mit abgebrochenem Zahn in einem seltsamen, asymmetrischen Gesicht. Er sieht total irre aus, irgendwie heiß, auf eine verwegene Art. Also, nicht, dass mir das aufgefallen wäre.

Jede ausgeprägte Eigentümlichkeit des Gesichts weist auf einen entsprechend eigentümlichen Charakterzug hin.
(Hm.)

Und wo kommt er denn nur her? Aus England offensichtlich, aber ist er mitten in seinem Monolog hierher teleportiert worden?

»Sorry«, flüstert er und betrachtet mich. Ich merke, dass ich immer noch wie erstarrt dastehe, mit offenem Mund, die Hand vor Überraschung an die Brust gelegt. Schnell sortiere ich mich. »Ich wollte dich nicht erschrecken«, sagt er. »Hätte nicht gedacht, dass sonst noch jemand hier ist. Hier ist nie jemand.« Also kommt er oft in diese Kirche? Wahrscheinlich um die Beichte abzulegen. Er sieht aus, als hätte er jede Menge zu beichten. Er zeigt auf eine Tür hinter dem Altar. »Ich hab mich nur hier rumgedrückt, ein paar Fotos gemacht.« Er hält inne, legt den Kopf schräg und mustert mich neugierig. Mein Blick fällt auf eine blaue Tätowierung, die aus seinem Kragen lugt.

»Mann, was bist du bloß für eine Sabbeltasche, man kommt ja gar nicht zu Wort.«

Ich spüre ein Lächeln durch mein Gesicht manövrieren, aber ich dränge es zurück. Er hat was Anziehendes, aber dagegen bin ich völlig immun. Anziehendes bringt Unheil. Mir fällt gar nicht auf, dass er ein ziemlich schlauer Sündiger zu sein scheint, auch nicht, wie groß er ist oder wie die wirren braunen Haare ihm ins Gesicht fallen und sein eines Auge verdecken. Ebenso wenig die schwarze Motorradlederjacke, die perfekt eingetragen und abartig cool ist. Er hat eine ramponierte Umhängetasche über der Schulter, die voller Bücher ist – College-Bücher? Vielleicht. Falls er noch auf der Highschool ist, dann ganz bestimmt in der Abschlussklasse. Und er hat eine Kamera um den Hals hängen, die jetzt auf mich gerichtet ist.

»Nein«, kreische ich so laut, dass sich das Dach hebt, während ich hinter der Kirchenbank in Deckung gehe. Ich muss aussehen wie ein frierendes, nasses Frettchen. Ich will nicht, dass dieser Typ ein Bild von mir hat, auf dem ich aussehe wie ein frierendes, nasses Frettchen. Denn Eitelkeit hin oder her:

Jedes Bild, das von dir gemacht wird, nimmt dir etwas von deiner Seele und verkürzt dein Leben.

»Hm, ich seh schon«, flüstert er. »Du bist eine von denen, die Angst haben, dass die Kamera ihnen die Seele stiehlt oder dergleichen.« Ich beäuge ihn. Kennt er sich aus mit »dergleichen«? »Aber du solltest hier nicht so rumschreien, immerhin sind wir in einer Kirche.« Er grinst auf seine chaotische Art, dann richtet er die Kamera auf die hölzerne Decke und drückt ab. Da ist noch etwas anderes, das mich nicht im Geringsten irritiert. Irgendwie kommt er mir bekannt vor, so als wären wir uns schon mal begegnet, aber ich habe keine Ahnung, wo oder wann.

Ich nehme die Mütze ab und fahre mir mit den Fingern durch das störrische, vernachlässigte Haar ... so als wäre ich kein Mädchen mit Jungs-Scheuklappen. Was denke ich mir bloß dabei? Ich rufe mir in Erinnerung, dass auch er früher oder später verfällt, wie jedes andere lebende Wesen. Und dass ich eine bibeltreue kaputte Unform mit hypochondrischen Neigungen bin und meine einzige Freundin möglicherweise nur eine Ausgeburt meiner Fantasie ist. (Sorry, Grandma. Ich mache mir nur klar, dass er wahrscheinlich mehr Unheil bringt als alle schwarzen Katzen und zerbrochenen Spiegel der Welt zusammen. Ich rufe mir nur in Erinnerung, dass manche Mädchen es verdienen, allein zu sein.)

Ehe ich meine Mütze wieder aufsetzen kann, sagt er mit normaler Sprechstimme, einer ziemlich tiefen, samtigen (nicht dass ich das bemerken würde): »Kannst du nicht mal eine Ausnahme machen? Bitte. Ich werde darauf bestehen müssen.« Er richtet wieder die Kamera auf mich.

Ich schüttele den Kopf, um ihm zu verstehen zu geben, dass ich auf keinen Fall eine Ausnahme machen werde. Die Mütze setze ich wieder auf, ziehe sie weit runter, praktisch über die Augen, aber dann lege ich mit einem »Psst« den Zeigefinger an die Lippen, was der unbeteiligte Betrachter als Flirten auslegen könnte, aber zum Glück sind ja keine unbeteiligten Betrachter anwesend. Anscheinend kann ich nichts dagegen machen, auch wenn ich ihn nie wiedersehen werde.

Er lächelt und senkt die Stimme wieder zum Flüstern. »Richtig, hab eine Minute lang vergessen, wo wir sind.« Er betrachtet mich einen langen, nervenaufreibenden Moment. Es ist, als hätte er einen Scheinwerfer auf mich gerichtet. Ehrlich gesagt weiß ich gar nicht, ob es legal ist, jemanden so anzusehen. Meine Brust fängt an zu summen. »Zu schade, das mit dem Foto«, sagt er. »Du siehst nämlich gerade aus wie ein Engel, wenn ich das mal so sagen darf.« Er presst die Lippen zusammen, als ob er darüber nachdenken würde. »Aber irgendwie verkleidet, als wärst du eben erst vom Himmel gefallen und hättest dir die Klamotten von irgendeinem Kerl geliehen.«

Was soll ich dazu sagen? Jetzt, wo das Summen in der Brust zu einem Presslufthämmern geworden ist.

»Aber egal, ich kann es dir nicht verübeln, dass du rauswolltest aus der Engelshierarchie.« Er grinst wieder und ich rotiere. »Wahrscheinlich ist es um einiges interessanter unter uns verkorksten Sterblichen. Wie ich schon sagte.« Er ist nicht auf den Mund gefallen. War bei mir genauso, früher mal, aber das wird er nie erfahren. Er muss glauben, dass mir der Kiefer zusammengeschweißt worden ist.

Oh Mann. Jetzt guckt er mich schon wieder so an, als wollte er mir unter die Haut sehen.

»Komm schon, lass mich …«, sagt er, während seine Hand das Objektiv umfasst, und es klingt eher wie ein Befehl als wie eine Bitte. »Nur eins.« Da ist etwas in seiner Stimme, in seinem Blick, in seinem ganzen Wesen, etwas Hungriges und Beharrliches – und das löst bei mir die Stricke.

Ich nicke. Ich kann es nicht glauben, aber ich nicke. Zum Teufel mit meiner Eitelkeit, meiner Seele, einem langen Leben. »Okay«, sage ich, meine Stimme ist heiser und fremd. »Aber nur eins.« Gut möglich, dass er mich in Trance versetzt hat. So was kommt vor. Es gibt Leute, die Hypnotiseure sind. Steht in der Bibel.

Er hockt sich hinter die erste Bankreihe und dreht ein paarmal an der Linse, während er durch die Kamera schaut. »Oh Gott«, sagt er. »Ja. Perfekt. Absolut perfekt.«

Ich weiß, dass er hundert Bilder macht, aber das ist mir inzwischen egal. Eine Serie glühender Schauer durchläuft mich, als er weiterklickt und sagt: »Ja, danke, das ist es, aber total, scheißperfekt, ja, ja, verdammt, Gott, guck dir das an.« Es ist, als würden wir uns küssen, aber viel mehr als küssen. Ich hab nicht die geringste Ahnung, wie mein Gesicht gerade aussieht.

»Du bist es«, sagt er schließlich und schraubt den Deckel auf die Linse. »Da bin ich mir sicher.«

»Wer?«, frage ich.

Aber er antwortet nicht, geht nur den Mittelgang entlang auf mich zu, sein träger, schlaksiger Gang erinnert mich an Sommer. Jetzt ist er total entspannt – in dem Augenblick, in dem er den Deckel auf die Linse gesetzt hat, hat er von hundert auf null umgeschaltet. Als er näher kommt, sehe ich, dass er ein grünes und ein braunes Auge hat, so als wäre er zwei Menschen in einem, zwei sehr gefühlstiefe Menschen in einem.

»Na gut«, sagt er, als er an meiner Seite ist. Er bleibt da stehen, als ob er noch mehr sagen wollte, zum Beispiel, wie ich hoffe, was er mit »Du bist es« gemeint hat, aber stattdessen sagt er nur noch: »Dann lass ich dich mal weitermachen« – und er zeigt hoch zu Clark Gable.

Jetzt wo ich ihn so aus der Nähe betrachte, bin ich mir ganz sicher, dass es nicht das erste Mal ist, dass ich diesen absolut unglaublichen Typen zu Gesicht bekomme.

Okay, Scheiße, ich hab's bemerkt.

Ich rechne damit, dass er mir die Hand schüttelt, meine Schulter berührt oder sonst was, aber er geht einfach weiter den Gang runter. Ich drehe mich um und beobachte, wie er lässig zur Tür schlendert, als müsste er eigentlich einen Grashalm im Mundwinkel haben. Er nimmt ein Stativ, das ich beim Reinkommen gar nicht bemerkt hatte, und legt es sich über die Schulter. Als er zur Tür rausgeht, dreht er sich nicht um, sondern hebt nur die freie Hand und winkt ein bisschen, so als wüsste er genau, dass ich ihn beobachte.

Was ich tue.

Ich verlasse die Kirche ein paar Minuten später und fühle mich aufgewärmt, trockener und irgendwie so, als wäre ich gerade noch mal davongekommen. Von Grandma Sweetwine ist weit und breit nichts zu sehen.

Zügig gehe ich die Straße entlang und halte nach der Adresse des Bildhauerateliers Ausschau.

Um es ganz klar zu sagen, für ein Mädchen wie mich sind Typen wie er Kryptonit. Nicht dass ich je so einem Typen begegnet wäre, der einem das Gefühl gibt, geküsst zu werden, nein, geschändet, und das quer durch den Raum. Er schien auch das Absperrband um mich herum nicht zu bemerken. Aber es ist trotzdem da und so soll es bleiben. Ich muss wachsam bleiben. Meine Mutter hatte doch recht. So ein Mädchen will ich nicht sein. Auf keinen Fall.

Was jemand unmittelbar vor seinem Tod
zu dir sagt, wird wahr.
(Ich war auf dem Weg zu einer Party. Sie
zeigte auf mein Spiegelbild und sagte zu mir:
»Willst du wirklich so ein Mädchen sein?«
Das war am Abend vor ihrem Tod.)

Es war auch nicht das erste Mal, dass sie es gesagt hatte. »Willst du wirklich so ein Mädchen sein, Jude?«

Oh ja, wollte ich, denn so ein Mädchen bekam ihre Aufmerksamkeit. So ein Mädchen bekam die Aufmerksamkeit aller.

Besonders die der älteren Jungs auf dem Hügel, Michael Ravens zum Beispiel, alias Zephyr, bei dem ich jedes Mal das Gefühl bekam, ganz schwach zu werden, wenn er mit mir redete, wenn er mir bei einer Welle den Vortritt ließ, wenn er mir abends eine Mail oder SMS schickte oder wenn er mich im Gespräch so ganz beiläufig berührte – und vor allem aber dieses eine Mal, als er den Finger durch den Plastikring an meiner Bikinihose steckte, mich an sich zog und mir »Komm mit« ins Ohr flüsterte.

Ich ging mit.

Du kannst auch Nein sagen, hat er gesagt.

Er atmete keuchend, seine riesigen Hände waren überall auf mir, seine Finger in mir, der Sand sengte sich in meinen Rücken, mein brandneues Engelstattoo sengte sich in meinen Bauch. Die Sonne versengte den Himmel. *Du kannst echt Nein sagen, Jude.* Das war es, was er sagte, aber er schien das Gegenteil zu meinen. Er schien so viel zu wiegen wie der Ozean, es war, als hätte er meine Bikinihose längst in seine Hand geknüllt, als würde ich von dieser Welle mitgerissen, von der ich immer gehofft hatte, nicht erwischt zu werden – die, die einen nach unten zieht, einem den Atem raubt und die Orientierung, die einen völlig durcheinanderbringt, sodass man nicht mehr weiß, wo oben und unten ist, und die einen nie wieder auftauchen lässt. *Du kannst auch Nein sagen.* Die Worte poltern zwischen uns. Warum hab ich es nicht getan? Erst schien sich mein Mund mit Sand zu füllen. Dann die ganze Welt. Gar nichts hab ich gesagt. Wenigstens nicht laut.

Es ging alles so schnell. Wir hatten uns ein paar Buchten von den anderen entfernt, waren hinter Felsen vom Strandbetrieb abgeschirmt. Minuten zuvor hatten wir noch über die Brandung geredet und über seinen Freund, der mein Tattoo gestochen hatte, über die Party, auf der wir am Abend davor gewesen waren, wo ich auf seinem Schoß gesessen und das erste Bier meines Lebens getrunken hatte. Ich war gerade vierzehn geworden. Er war fast vier Jahre älter als ich.

Dann hörten wir auf zu reden und er küsste mich. Unser erster Kuss.

Ich küsste zurück. Seine Lippen schmeckten salzig. Er roch nach Kokossonnenmilch. Zwischen den Küssen sagte er meinen Namen, so als würde der ihm den Mund verbrühen. Dann schob er die Körbchen meines gelben Bikinioberteils zur Seite und schluckte hörbar, als er mich anschaute. Ich rückte den Stoff wieder an seinen Platz, nicht, weil ich nicht wollte, dass er mich so anstarrte, sondern einfach so, weil mir das peinlich war. Es war das erste Mal, dass mich ein Junge ohne BH oder sonst was gesehen hatte, und meine Wangen brannten feuerrot. Er lächelte. Seine Pupillen waren groß und schwarz, seine Augen ganz dunkel, als er mich auf den Sand legte und langsam den Stoff meines Oberteils wieder zur Seite schob. Dieses Mal ließ ich ihn. Ich ließ mich von ihm anschauen. Ich ließ meine Wangen brennen. In meinem Körper konnte ich seinen Atem hören. Er fing an, meine Brüste zu küssen. Ich wusste nicht recht, ob mir das gefiel. Dann war sein Mund auf meinem, so fest, dass ich kaum Luft bekam. Seine Augen wurden blicklos und seine Hände, Hände, Hände waren überall zugleich. Er fing an mir zu sagen, ich könne auch Nein sagen – aber ich hab es nicht getan. Dann drückte mich sein schwerer Körper in den heißen Sand, begrub mich darin. Ich dachte immerzu, es ist in Ordnung, ich komme damit klar. Ich kann das. Es ist okay, okay, okay. Aber das war es nicht und ich kam nicht damit klar.

Ich wusste nicht, dass man in seinem eigenen Schweigen begraben werden kann.

Und dann war es vorbei.

Und dann war alles vorbei.

Da ist noch mehr, aber davon will ich jetzt nicht anfangen. Nur so viel: Ich habe fast einen Meter blondes Haar abgeschnitten und Jungs auf ewig abgeschworen, denn nachdem das da mit Zephyr passiert war, ist meine Mutter gestorben. Direkt danach. Das war meine Schuld. Ich hab das Unheil über uns gebracht.

Dieser Boykott ist keine Laune. Für mich riechen Jungs nicht nach Seife, Shampoo oder frisch gemähtem Gras oder Schweiß vom Fußballtraining, Sonnencreme, dem Meer, nach Stunden in den grünen Fängen einer Welle – sie riechen wie der Tod.

Ich atme aus, befördere all das mit einem schnellen Tritt

aus der Tür in meinem Kopf, nehme einen tiefen Zug der feucht pulsierenden Luft und mache mich auf die Suche nach Guillermo Garcias Atelier. Ich muss an Mom denken und an diese Skulptur, die ich machen will. Ich werde mit meinen Händen wünschen. Ich werde heftig wünschen.

Wenige Augenblicke später stehe ich vor einem großen gemauerten Lagerhaus: Day Street 225.

Der Nebel hat sich kaum gelichtet und die Lautstärke der Welt ist ganz weit runter geregelt – ich bin allein in der Stille.

An der Tür ist keine Klingel – da war mal eine, aber die ist abgeschraubt worden oder von einem wilden Tier zerkaut, nur ein Bündel Drähte ragt noch raus. Wie einladend. Das war also kein Witz von Sandy. Ich kreuze die Finger der linken Hand, was mir Glück bringen soll, und klopfe mit der rechten an die Tür.

Nichts.

Ich schaue mich nach Grandma um, die nirgendwo zu sehen ist – ich wünschte, sie hätte mir ihren Terminkalender ausgedruckt, bevor sie verschwindet –, und versuche es noch mal.

Dann klopfe ich ein drittes Mal, aber etwas zögerlicher, denn vielleicht ist das hier doch keine so gute Idee. Sandy hat gesagt, dieser Bildhauer habe nichts Menschliches an sich oder so – äh, was soll das eigentlich heißen? Und was meine Mutter da über die Mauern gesagt hat? So richtig beruhigend hörte sich das doch auch nicht an, oder? Im Ernst, wie komme ich eigentlich dazu, hier aufzulaufen? Und das noch bevor Sandy mit ihm geredet und abgecheckt hat, ob er überhaupt noch ganz bei Trost ist. Und in diesem Nebel, der kalt, gruselig und absolut unheilverkündend ist?

Ich drehe mich um, mache einen Satz die Treppe runter und will gerade im Nebel verschwinden, als die Tür sich knarrend öffnet.

Ein Knarren wie im Horrorfilm.

Ein stattlicher Mann, der mehrere Jahrhunderte geschlafen hat, steht im Türrahmen. Igor, denke ich; wenn er/es einen Namen hat, dann wäre das Igor. Haare kriechen überall auf seinem Kopf herum, sie kulminieren in einem drahtigen schwarzen Bart, dessen Locken in alle Richtungen auf einmal abstehen.

Üppige Gesichtsbehaarung weist auf das
unregierbare Wesen eines Mannes hin.
(Gar keine Frage.)

Seine Handflächen sind praktisch blau von dicken Schwielen, ganz als wäre er sein Leben lang auf Händen gelaufen. Das kann nicht derselbe Mann sein wie auf dem Foto. Das kann nicht Guillermo Garcia sein, der Rockstar des Bildhaueruniversums.

»Entschuldigen Sie bitte«, sage ich schnell. »Ich wollte Sie nicht stören.« Ich muss hier weg. Wer immer das ist – *ist nicht böse gemeint, aber* er frisst Welpen.

Er streicht sich die Haare aus den Augen und Farbe sprudelt aus ihnen hervor – ein leichtes Grün, das beinahe fluoresziert wie auf dem Bild. Er ist es also doch. Alles sagt mir, dass ich mich umdrehen und wegrennen soll, aber irgendwie kann ich den Blick nicht abwenden, und ich glaube, genau wie dieser Engländer hat auch Igor nie gelernt, dass Leute anstarren unhöflich ist. Wir können nicht vor noch zurück –

unsere Blicke kleben praktisch aneinander –, bis er über ein unsichtbares Hindernis stolpert, beinahe hinfällt und sich an der Tür festhalten muss, um aufrecht stehen zu bleiben. Ist er betrunken? Ich atme tief ein, und ja, ganz schwach ist der süße, beißende Geruch von Alkohol wahrzunehmen.

Irgendwas ist ihm zugestoßen, hatte Sandy gesagt. *Keiner weiß, was genau passiert ist.*

»Alles in Ordnung?«, frage ich, meine Stimme ist kaum zu hören. Er scheint aus der Zeit gefallen zu sein.

»Nein«, antwortet er bestimmt. »Nichts ist in Ordnung.« Ein spanischer Akzent färbt seine Worte.

Seine Antwort überrascht mich, ich denke: Oh, bei mir auch nicht, gar nichts ist in Ordnung und das nun schon ewig, und aus irgendeinem Grund habe ich Lust, das zu diesem Verrückten laut zu sagen. Vielleicht bin ich mit ihm aus der Zeit gefallen.

Er mustert mich, als würde er eine Bestandsaufnahme meines gesamten Wesens vornehmen. Sandy und Mom hatten recht. Der Typ ist nicht normal. Sein Blick landet wieder in meinen Augen – es ist wie ein Elektroschock, ein Schlag direkt in mein Innerstes.

»Geh weg«, sagt er mit Nachdruck, seine Stimme ist so groß wie die ganze Straße. »Wer auch immer du bist, was auch immer du willst, komm nicht wieder hierher zurück.« Dann dreht er sich schwankend um, packt den Türgriff, um das Gleichgewicht nicht zu verlieren, und macht die Tür zu.

Ich bleibe lange da stehen und lasse mich nach und nach vom Nebel ausradieren.

Dann klopfe ich noch mal. Kräftig. Ich werde nicht weggehen. Ich kann nicht. Ich muss diese Skulptur machen.

»So ist's recht.« Das ist Grandma in meinem Kopf. »Das ist mein Mädchen.«

Aber dieses Mal ist es nicht Igor, der die Tür aufmacht, sondern der Engländer aus der Kirche.

Heilige Scheiße.

Als er mich erkennt, schlägt Überraschung Funken in seinen ungleichen Augen. Aus dem Atelier höre ich es knallen und klirren und splittern, so als würden irgendwelche Übermenschen sich einen Wettstreit im Möbelweitwurf liefern. »Kein guter Zeitpunkt«, sagt er. Dann höre ich Igors Stimme in Spanisch ausbrechen, während er – so hört es sich jedenfalls an – ein Auto quer durch den Raum wirft. Der Engländer guckt über seine Schulter, dann wieder zu mir, sein wildes Gesicht ist jetzt wild vor Sorge. Sein ganzes dreistes Selbstvertrauen, seine Fröhlichkeit, seine Flirterei sind verschwunden. »Bedaure«, sagt er höflich wie ein englischer Butler im Film, dann klappt er ohne ein weiteres Wort die Tür vor meiner Nase zu.

Eine halbe Stunde später haben Grandma und ich uns im Gestrüpp oberhalb des Strands versteckt und warten darauf, gegebenenfalls Noah das Leben zu retten. Auf dem Heimweg vom Trunkenen Igor, während ich schon Pläne für meine Rückkehr schmiedete, bekam ich eine Notruf-SMS von Heather, meiner Informantin. *Noah am Devil's Drop in 15 Min.*

Wenn es um Noah und das Meer geht, kann ich kein Risiko eingehen.

Als ich das letzte Mal den Fuß ins Wasser gesetzt habe, geschah das, um ihn rauszuzerren. Vor zwei Jahren, ein paar Wochen nach Moms Tod, war er von eben diesem Devil's Drop gesprungen, in einen Strudel geraten und beinahe ertrunken. Als ich seinen Körper – doppelt so groß wie ich, die Brust reglos wie Stein, die Augen verdreht – endlich ans Ufer gezogen und wiederbelebt hatte, war ich so wütend, dass ich ihn beinahe wieder in die Brandung gewälzt hätte.

Wenn Zwillinge getrennt werden, stiehlt sich der eine Geist davon, um den anderen zu finden.

Hier am Meer hat der Nebel sich zum größten Teil verzogen. Lost Cove ist von drei Seiten vom Wasser umgeben und überall sonst ist Wald, es ist das äußerste Ende, der westlichste Punkt, den man erreichen kann, bevor man runterfällt von der Welt. Ich suche die Klippen nach unserem roten Haus ab, eine der vielen Bruchbuden hier oben, die sich an den Rand des Kontinents klammern. Früher habe ich es geliebt, auf den Klippen zu leben, ich bin so viel gesurft und geschwommen, dass ich selbst dann, wenn ich gar nicht im Wasser war, gespürt habe, dass der Boden unter meinen Füßen schaukelte wie ein vor Anker liegendes Boot.

Wieder geht mein prüfender Blick zur Kante. Immer noch kein Noah.

Über ihre Sonnenbrille hinweg sieht Grandma mich an. »Was für ein Paar, diese beiden Burschen. Der Ältere hatte keine einzige Latte mehr am Zaun.«

»Was du nicht sagst.« Ich grabe meine Finger in den kalten Sand. Wie soll ich diesen haarigen, betrunkenen, Möbel werfenden Horror-Igor bloß dazu kriegen, mein Mentor zu werden? Und wenn ich es doch schaffe, wie soll ich mich von diesem völlig unscheinbaren, dumpfen englischen Typen mit dem langweiligen Gesicht fernhalten, der die Boykotteurin in mir innerhalb von Sekunden zu einer klebrigen Masse hat schmelzen lassen – ausgerechnet in einer Kirche?

Ein Schwarm Möwen stürzt sich in die Wellen, kreischend, mit ausgebreiteten Flügeln.

Und aus irgendeinem Grund wünsche ich mir immer noch, ich hätte dem Trunkenen Igor gesagt, dass bei mir auch nicht alles in Ordnung ist.

Grandma lässt ihren Sonnenschirm in die Luft fliegen. Ich schaue auf, sehe die rosa Scheibe in den stahlgrauen Himmel wirbeln. Schön. Wie etwas, das Noah gemalt hätte, als er noch gemalt hat. »Du musst was unternehmen«, sagt sie. »Das weißt du. Er hätte der nächste Chagall werden sollen, nicht der nächste Türstopper. Du bist deines Bruders Hüter, meine Liebe.«

Das ist einer ihrer Kehrreime. Sie ist wie mein Gewissen oder so. Jedenfalls hat das die Schulpsychologin über Grandmas und Moms Geister gesagt, was sicherlich ziemlich clever von ihr war, wenn man mal bedenkt, dass ich kaum was erzählt habe.

Einmal hat sie mich so eine Meditationsübung machen lassen, bei der ich mir vorstellen musste, wie ich durch den Wald gehe, und ihr erzählen sollte, was ich sehe. Ich hab Wald gesehen. Aber dann tauchte ein Haus auf, nur konnte man nicht reinkommen. Keine Türen, keine Fenster. Megaunheimlich. Das Haus bin ich, hat sie gesagt. Schuld ist ein Gefängnis, hat sie gesagt. Ich gehe nicht mehr zu ihr.

Unwillkürlich suche ich meine Handflächen nach serpentinenartigen Läsionen ab, dem Hautmaulwurf, der sich *Larva migrans cutanea* nennt, bis Grandma die Augen verdreht. Da wird einem schwindelig. Ich bin mir ziemlich sicher, dass ich diese Fähigkeit von ihr erworben habe.

»Hakenwurm«, sage ich kleinlaut.

»Tu uns allen einen Gefallen, du Morbide«, schimpft sie. »Lass die Finger von den medizinischen Zeitschriften deines Vaters.«

Obwohl sie schon über drei Jahre tot ist, hat Grandma erst vor zwei Jahren angefangen mich zu besuchen. Kurz nach Moms Tod habe ich die alte Singer aus dem Schrank geholt, und als ich den Hebel umgelegt hatte und das vertraute Summen ihrer Nähmaschine wie der Herzschlag eines Kolibris mein Zimmer durchdrang, war sie plötzlich da. Sie saß neben mir auf dem Stuhl, wie immer mit Stecknadeln im Mund, und sagte: »Der Zickzack-Stich ist der letzte Schrei. Die Säume werden ganz fantastisch. Warte nur, du wirst schon sehen.«

Wir nähten zusammen und gingen zusammen auf Glücksjagd: Vierblättrige Kleeblätter, Sanddollar-Muscheln, rotes Meerglas, herzförmige Wolken, die ersten Narzissen des Frühlings, Marienkäfer, Damen mit übergroßen Hüten. *Das Beste ist, du wettest auf sämtliche Pferde, Liebes,* hat sie immer gesagt. *Schnell, wünsch dir was,* hat sie gesagt. Ich hab gewettet. Ich hab mir was gewünscht. Ich war ihre Schülerin. Das bin ich noch immer.

»Da sind sie«, sage ich, und in Erwartung des Sprunges fängt mein Herz an, in der Brust auf und ab zu laufen.

Noah und Heather stehen am Rand des Kliffs und lassen den Blick über die weißen Schaumkronen schweifen. Er hat eine Badehose an, sie einen langen blauen Mantel. Heather ist eine großartige Informantin, denn sie ist nie weiter als einen Schrei von meinem Bruder entfernt. Sie ist wie sein Seelentier, ein sanftes, seltsames, quicklebendiges Wesen, das bestimmt irgendwo einen ganzen Vorrat Feenstaub lagert. Unser geheimes Abkommen, Noah vor dem Ertrinken zu bewahren, existiert nun schon eine ganze Weile. Das einzige Problem ist, dass sie selbst nicht das Zeug zur Rettungsschwimmerin hat. Sie geht nie ins Wasser.

Einen Augenblick später fliegt Noah durch die Luft, mit ausgestreckten Armen, wie am Kreuz. Ich bekomme einen Adrenalinschub.

Und dann passiert das, was immer passiert: Er wird langsamer. Ich kann es nicht erklären, aber mein Bruder braucht ewig, bis er auf die Wasseroberfläche trifft. Ich blinzele ein paarmal zu ihm rüber, während er mitten in der Luft hängt wie an einem straffen Seil. Ich bin zu dem Schluss gekommen, dass er entweder irgendeinen Deal mit der Schwerkraft laufen hat oder dass mir mehr als ein paar Latten fehlen. Ich hab mal gelesen, dass Angst die Raum-Zeit-Wahrnehmung signifikant verändern kann.

Normalerweise wendet Noah sich Richtung Horizont, nicht zur Küste, wenn er springt, deshalb habe ich meinen Bruder bisher noch nie frontal vom Scheitel bis zur Sohle anschauen können, während er durch den Raum fällt. Sein Hals ist gereckt, seine Brust vorgestreckt, und selbst aus dieser Entfernung kann ich erkennen, dass sein Gesicht frei geweht ist, so wie es früher war, und jetzt greifen seine Arme nach oben, als wollte er den ganzen armseligen Himmel mit seinen Fingerspitzen am Platz halten.

»Sieh dir das an«, sagt Grandma mit einem Hauch Verwunderung in der Stimme. »Da ist er. Unser Junge ist wieder da. Er ist im Himmel.«

»Er ist wie eins seiner Bilder«, flüstere ich.

Springt er deshalb immer wieder? Um einen kurzen Augenblick wieder der sein zu können, der er früher war? Denn das Schlimmste, das Noah je passieren konnte, ist geschehen. Er ist normal geworden. Er hat die richtige Anzahl Latten.

Bis auf das hier. Seine Fixierung darauf, vom Devil's Drop zu springen.

Schließlich trifft Noah ohne einen Spritzer auf dem Wasser auf, so als habe er auf dem Weg nach unten keine Fahrt aufgenommen, als wäre er von einem freundlichen Riesen sanft abgesetzt worden. Und dann ist er unter Wasser. *Komm rein,* sage ich ihm. Aber unsere Zwillingstelepathie gibt es schon lange nicht mehr. Als Mom starb, hat er den Draht zu mir gekappt. Und jetzt, weil all das passiert ist, meiden wir einander, schlimmer noch, wir stoßen einander ab.

Einmal sehe ich ihn mit den Armen rudern. Kämpft er? Das Wasser muss eiskalt sein. Er trägt auch nicht die Badehose, in die ich schützende Kräuter eingenäht habe. Okay, er schwimmt jetzt angestrengt, durch das Chaos der Strudel vor den Klippen … und dann ist er außer Gefahr. Laut stoße ich die Luft aus, bis dahin war mir gar nicht bewusst, dass ich den Atem angehalten hatte.

Ich beobachte, wie er erst den Strand, dann die Klippen hochklettert, mit gesenktem Kopf, hängenden Schultern und an Clark Gable weiß was denkend. Keine Spur mehr von dem, was ich eben in seinem Gesicht, seinem ganzen Wesen gesehen habe. Seine Seele hat sich wieder in ihren Schützengraben verkrochen.

Am liebsten würde ich die Hand meines Bruders packen und mit ihm durch die Zeit zurücklaufen, dabei Jahre abstreifen wie Mäntel, die uns von den Schultern fallen.

Meist kommt alles anders, als man denkt.

Willst du eine Wende des Schicksals herbeiführen, stell dich auf eine Wiese und halte die Spitze eines Messers in Windrichtung.

Das unsichtbare Museum

Noah

13½ Jahre

Keine Terrorgefahr in der Nachbarschaft, stelle ich fest, als ich mit Dads Fernglas vom Wald und der Straße vor unserem Haus zu den Klippen und dem Meer hinterm Haus spähe. Ich bin auf dem Dach, dem besten Observierungsplatz, und Fry und Zephyr paddeln auf ihren Surfboards durch die Wellen. Ich weiß, dass sie es sind, weil über ihren Köpfen eine Neonanzeige blinkt, auf der zu lesen ist: Pockenjuckende, pestbeulenstinkende, hirnverbrannte Soziopathenarschlöcher. Gut. In einer Stunde muss ich vom Hügel runter und zur CSA, und jetzt kann ich endlich mal die Straße nehmen, statt durch den Wald zu rennen und zu versuchen, Fry abzuhängen. Zephyr lässt mich jetzt aus irgendeinem Grund (wegen Jude? Oder dem Betonrohr?) in Ruhe, aber wohin ich auch gehe, Fry ist da, wie ein verrückter Hund, der einen Braten wittert. Und er will mich vom Devil's Drop schmeißen, davon ist er diesen Sommer besessen.

In Gedanken schicke ich einen Schwarm ausgehungerter weißer Haie in ihre Richtung, dann entdecke ich Jude am Strand und zoome heran. Sie ist von derselben Gruppe Mädchen umgeben, mit der sie schon den ganzen Frühling und den halben Sommer verbracht hat – statt mit mir. Hübsche Hornissen-Mädchen in bunten Bikinis mit einer Sonnenbräune, die meilenweit glitzert. Ich weiß alles über Hornissen: Wenn eine ein Notsignal sendet, geht manchmal der ganze Schwarm zum Angriff über. So was kann für Leute wie mich tödlich enden.

Mom sagt, es liegt an den Hormonen, dass Jude sich so benimmt, aber ich weiß, dass ihr Hass auf mich der Grund dafür ist. Sie geht schon seit Ewigkeiten nicht mehr mit uns in Museen und das ist wahrscheinlich auch gut so, denn als sie noch mitging, hat ihr Schatten immer versucht, meinen zu erwürgen. An den Wänden und auf dem Boden konnte ich das genau beobachten. In letzter Zeit erwische ich ihren Schatten manchmal nachts dabei, wie er um mein Bett herumschleicht und versucht, mir die Träume aus dem Kopf zu ziehen. Ich habe eine ziemlich genaue Vorstellung davon, was sie tut, während Mom und ich ins Museum gehen. Drei Mal habe ich nun schon Knutschflecke an ihrem Hals gesehen. Mückenstiche, sagt sie. Klar. Beim Spionieren habe ich gehört, dass sie und Courtney Barrett manchmal am Wochenende auf ihren Rädern zur Strandpromenade gefahren sind, nur um auszutesten, wer mehr Jungs küssen kann.

(Porträt: *Jude, die einen Jungen nach dem anderen in ihre Haare flicht*)

Die Wahrheit ist: Jude braucht ihren Schatten gar nicht auf mich zu hetzen. Sie könnte stattdessen einfach mit Mom an den Strand runtergehen und ihr eine ihrer Fliegenden Sandfrauen zeigen, ehe die von der Flut weggewischt werden. Das würde alles ändern. Nicht, dass ich das wollen würde.

Kein Stück.

Neulich habe ich von den Klippen aus beobachtet, wie sie eine gemacht hat. Sie war an ihrem Platz, drei Buchten weiter. Dieses Mal war es eine große runde Frau, ein Halbrelief wie immer, nur dass sie zur Hälfte zum Vogel geworden war – so unglaublich, dass mir der Kopf davon vibrierte. Ich hab mit Dads Kamera ein Foto gemacht, aber dann überkam mich was echt Furchtbares und Madenartiges, und sobald Jude weggegangen und außer Sichtweite war, bin ich den ganzen Abhang runtergerutscht, durch den Sand gerannt und hab mich wie ein Brüllaffe röhrend – und sein Schrei ist legendär – mit dem ganzen Körper auf die fantastische Vogelfrau gestürzt, mich gewälzt und getrampelt, bis nichts von ihr übrig war. Dieses Mal hab ich es nicht mal fertiggebracht abzuwarten, bis die Flut sie mitnahm. Ich hatte den Sand überall, in den Augen und Ohren, im Hals. Noch Tage später fand ich welchen in meinem Bett, in meinen Kleidern, unter den Nägeln. Aber ich musste es tun. Sie war zu gut.

Was, wenn Mom einen Spaziergang gemacht und sie gesehen hätte?

Denn was, wenn Jude diejenige ist, die *es* hat? Warum sollte das nicht so sein? Sie surft haushohe Wellen und springt von jeder Klippe. Ihre Haut sitzt wie angegossen, sie hat Freunde und Dad und die Gabe der Sweetwines und Kiemen und Flossen als Ergänzung zu Lungen und Füßen.

Sie verströmt Licht. Ich verströme Dunkelheit.

(Porträt, Selbstporträt: *Zwillinge. Das Blitzlicht und das Blitzdunkel)*

Oh, bei dem Gedanken daran wird mein Körper hart wie ein gewrungenes Handtuch.

Und aus allem wird die Farbe rausgequetscht.

(Selbstporträt: *Grauer Noah isst graue Äpfel auf grauem Gras*)

Ich spähe den nun farblosen Hügel wieder hoch bis zu dem nun farblosen Umzugswagen, der vor dem nun farblosen Haus zwei Häuser weiter parkt …

»Verdammt, wo ist Ralph? Verdammt, wo ist Ralph?«, kreischt Prophet, der Papagei nebenan.

»Keine Ahnung, mein Freund. Das weiß niemand«, sage ich leise, während ich die Möbelpacker aufs Korn nehme, dieselben zwei Typen wie gestern – nicht farblos, oh Mann, alles andere als farblos –, Pferde, alle beide, das hab ich schon beschlossen, ein Fuchs, ein Palomino. Sie wuchten ein schwarzes Klavier ins Haus. Ich zoome sie heran, bis ich den Schweiß auf ihren rot angelaufenen Stirnen sehe, der ihnen den Hals runterläuft und nasse durchsichtige Flecken auf ihren weißen T-Shirts zurücklässt, die an ihrer Haut kleben … Dieses Fernglas ist fantastisch. Jedes Mal wenn der Fuchs die Arme hebt, blitzt ein gebräunter Streifen Haut von seinem glatten Bauch unter dem T-Shirt hervor. Noch straffer als der David. Ich setze mich, stütze die Ellenbogen auf die Knie und gucke und gucke, das schwimmende, durstige Gefühl überrollt mich. Jetzt tragen sie ein Sofa die vordere Treppe hoch …

Aber dann lasse ich das Fernglas sinken, denn vom Dach des Hauses, das ich beobachte, richtet ein Junge ein Teleskop direkt auf mich. Wie lange ist der schon da? Durch meine Haare spähe ich zu ihm hoch. Er trägt einen komischen Hut, so einen wie aus einem alten Gangsterfilm, weißblondes Surferhaar sprießt darunter in alle Richtungen hervor. Na toll, noch so ein Surfidiot. Selbst ohne Fernglas kann ich sehen, dass er grinst. Lacht er mich aus? Jetzt schon? Weiß er, dass ich die Möbelpacker beobachtet habe? Denkt er etwa …? Garantiert denkt er das. Ich verkrampfe mich, Angst steigt in meiner Kehle hoch. Aber vielleicht denkt er auch etwas ganz anderes. Vielleicht grinst er ja auf eine Hallo-ich-bin-der-Neue-Art? Vielleicht denkt er ja, dass ich mir das Klavier angeguckt hab. Arschlöcher haben doch normalerweise keine Teleskope, oder? Und dann dieser Hut?

Ich stehe auf, sehe, dass er etwas aus seiner Tasche holt, mit dem Arm ausholt und dann was immer das auch ist in die Luft zwischen unseren Häusern schleudert. Hoppla. Ich strecke den Arm aus, halte die Handfläche auf und da knallt etwas mitten rein. Es fühlt sich an, als hätte es mir ein Loch in die Hand gebrannt und das Handgelenk gebrochen, aber ich zucke nicht mit der Wimper.

»Guter Fang«, brüllt er.

Ha! Das ist das erste Mal in meinem Leben, dass jemand diese Worte zu mir sagt. Ich wünschte, Dad hätte das gehört. Ich wünschte, ein Reporter von der *Lost Cove Gazette* hätte das gehört. Ich bin allergisch gegen Fangen, Werfen und Kicken und alle Arten von Dribbeln. *Noah ist kein Teamplayer.* Ach nee. Revolutionäre sind eben keine Teamplayer.

Ich begutachte den flachen schwarzen Stein in meiner Hand. Er hat in etwa die Größe einer Fünfundzwanzig-Cent-Münze und ist von Rissen durchzogen. Was soll ich damit machen? Ich gucke wieder zu ihm rüber. Er richtet sein Teleskop nach oben. Ich überlege, was für ein Tier er ist. Mit den Haaren … vielleicht ein Weißer Tiger?

Und wo guckt er hin? Ich bin nie auf den Gedanken gekommen, dass die Sterne auch am Tag, wenn wir sie nicht sehen können, immer noch da oben scheinen. Der Typ dreht sich nicht wieder in meine Richtung. Ich stecke den Stein in die Tasche.

»Verdammt, wo ist Ralph?«, tönt es von nebenan, als ich schnell die Leiter an der Hauswand runterklettere. Vielleicht ist er ja Ralph, denke ich. Endlich. Das wär's.

Ich flitze über die Straße, um doch durch den Wald vom Hügel runter zur CSA zu rennen, weil es mir zu peinlich ist, an dem Neuen vorbeizulaufen. Außerdem ist es jetzt, wo alles wieder Farbe angenommen hat, auf überirdische Weise fantastisch, von Bäumen umgeben zu sein.

Die Menschen denken immer, sie hätten alles in der Hand, aber sie irren sich, es sind die Bäume.

Ich fange an zu rennen, fange an, zu Luft zu werden, das Blau rast vom Himmel, rast hinter mir her, während ich ins Grün sinke, Grün in allen Schattierungen, das ins Gelbe wirbelt, ein irres Gelb, das dann frontal in das Punkhaarlila von Lupinen kracht: überall. Ich sauge es auf, alles, rein, rein – (Selbstporträt: *Junge lässt Granate hellen Wahnsinns hochgehen*) – und werde glücklich, auf diese luftschnappend atemlose Weise, die einem das Gefühl gibt, tausend Leben wären ins eigene mickrige gestopft worden – und dann, ehe es mir bewusst wird, bin ich an der CSA.

Vor zwei Wochen, als die Ferien anfingen, habe ich mit dem Auskundschaften begonnen, heimlich in die Ateliers geguckt, als keiner da war. Ich musste die Arbeiten der Schüler sehen, musste herausfinden, ob sie besser waren als meine, musste wissen, ob ich tatsächlich eine Chance habe. In den letzten sechs Monaten bin ich fast jeden Tag länger in der Schule geblieben und habe mit Mr Grady in Öl gemalt. Ich glaube, er wünscht sich ebenso sehr wie Mom, dass ich an der CSA angenommen werde.

Die Arbeiten müssen allerdings irgendwo anders aufbewahrt werden, denn während meiner ganzen heimlichen Nachforschungen habe ich nicht ein einziges Gemälde zu Gesicht bekommen. Lediglich auf einen Kurs in Aktzeichnen bin ich gestoßen, der in einem Ateliergebäude abseits des Schulgeländes stattfindet, ein Gebäude, das hinter dicken, alten Bäumen versteckt liegt. Ein verdammtes Wunder. Denn was könnte mich daran hindern, an diesem Kurs teilzunehmen? Im Verborgenen, draußen vor dem offenen Fenster?

Hier bin ich also. In beiden Stunden bisher saß ein echtes lebendiges nacktes Mädchen mit Granatenmöpsen auf einem Podest und wir machen alle drei Minuten eine Speedskizze von ihr. Total cool, selbst wenn man auf Zehenspitzen stehen muss, um überhaupt reinschauen zu können, und sich dann zum Zeichnen bücken – egal. Das Wichtigste ist, dass ich den Lehrer hören kann, und ich hab schon diese völlig neue Art gelernt, die Kohle so zu halten, dass man zeichnen kann, als würde man von einem Motor angetrieben.

Heute bin ich als Erster da – den Rücken an das warme Gebäude gelehnt warte ich darauf, dass der Kurs anfängt, während sich durch eine Lücke in den Bäumen die Sonne auf mich ergießt. Ich hole den schwarzen Stein aus der Tasche. Warum hat der Junge auf dem Dach mir den gegeben? Warum hat er mich so angelächelt? Fies wirkte das nicht, wirklich nicht, es schien einfach nur … ein Geräusch bricht in meine Gedanken, ein sehr menschliches Geräusch, knackende Äste: Schritte.

Ich will gerade wieder in den Wald abhauen, als ich eine

Bewegung auf der anderen Seite des Gebäudes wahrnehme, dann höre ich es wieder knacken, als sich die Schritte zurückziehen. Wo vorher nichts war, liegt jetzt eine braune Tüte auf dem Boden. Seltsam. Ich warte ein bisschen, dann schleiche ich mich auf die andere Seite des Gebäudes und gucke um die Ecke: da ist niemand. Ich gehe wieder zu der Tüte, hocke mich hin und wünschte, ich hätte Röntgenaugen. Vorsichtig schüttele ich sie, damit sie aufgeht. Es ist eine Flasche drin. Ich hole sie raus: Sapphire Gin, halb voll. Ein geheimer Vorrat. Schnell stopfe ich das Zeug wieder in die Tüte, lege sie auf den Boden und pirsche zurück zu meiner Seite des Gebäudes. Hallo? Ich werde mich doch nicht mit Alkohol erwischen lassen, sonst komme ich noch auf die schwarze Liste der CSA und werde nicht angenommen.

Als ich durchs Fenster spähe, sehe ich, dass jetzt alle da sind. Der Lehrer, der einen weißen Bart hat und sich beim Sprechen seinen Kugelbauch hält, steht mit einem Schüler an der Tür. Die anderen Kursteilnehmer stellen ihre Blöcke auf die Staffeleien. Ich hatte übrigens recht: In dieser Schule brauchen sie die Deckenbeleuchtung nicht einzuschalten. Alle Schüler haben leuchtendes Blut. Alles Revolutionäre. Ein Raum voller Bubbles. Kein Arschloch oder Surfidiot ist darunter und keine Hornisse.

Der Vorhang der Umkleidekabine des Modells geht auf und ein großer Kerl in einem blauen Morgenmantel kommt raus. Ein Kerl! Er macht den Mantel auf, hängt ihn an einen Haken, geht nackt zum Podium, springt die Stufe hoch, fällt dabei fast hin und macht dann irgendeinen Witz, der alle zum Lachen bringt. Wegen des Hitzesturms, der durch meinen Körper rast, verstehe ich nichts. Er ist so nackt, viel nackter als das weibliche Modell gewesen ist. Und anders als das Mädchen, das dasaß und mit seinen knochigen Armen einzelne Körperteile bedeckte, posiert dieser Typ ganz provokant auf dem Podium, die Hand auf die Hüfte gestützt. Gott. Ich kriege keine Luft. Dann sagt jemand etwas, das ich wieder nicht mitkriege, aber das Modell lächelt – und da ist es, als würden sämtliche seiner Züge verrutschen und sich zu einem völlig chaotischen Gesicht neu zusammenfügen. Ein Gesicht in einem gesprungenen Spiegel. Krass.

Ich klemme meinen Block gegen die Wand und halte ihn mit der rechten Hand und dem Knie dort fest. Als meine linke Hand endlich aufhört zu zittern, fange ich an zu zeichnen. Meine Augen kleben an ihm, ich sehe gar nicht, was ich mache. Ich arbeite an seinem Körper, fühle die Linien und Kurven, Muskeln und Knochen, fühle, wie einfach alles an ihm bis auf die letzte Einzelheit durch meine Augen bis in die Finger strömt. Die Stimme des Lehrers klingt wie Wellen, die sich an der Küste brechen. Ich höre nichts … bis das Modell redet. Ich weiß nicht, ob zehn Minuten vergangen sind oder eine Stunde. »Wie wär's mit einer Pause?«, sagt er. Ich registriere einen englischen Akzent. Er schüttelt den Arm, dann die Beine. Ich auch. Dabei merke ich, wie verkrampft ich bin, dass mein linker Arm eingeschlafen ist, dass ich auf einem Bein balanciere, dass mein Knie wehtut und taub ist, weil ich es gegen die Wand geklemmt habe. Ich beobachte, wie er zur Umkleidekabine geht, und stelle fest, dass er ein bisschen schwankt. Da geht mir auf, dass die braune Tüte ihm gehört.

Eine Minute später schlendert er in seinem Bademantel langsam durch den Klassenraum zur Tür – er bewegt sich wie

Kleister. Ob er wohl hier irgendwo aufs College geht, so wie das weibliche Modell? Der Lehrer hatte es erwähnt. Dieser Typ wirkt jünger als sie. Bestimmt wird er sich die Tüte holen, das weiß ich schon, bevor ich den Zigarettenrauch rieche und die Schritte höre. Ich denke darüber nach, schleunigst in den Wald zu verschwinden, doch ich bin wie erstarrt.

Er kommt um die Ecke, lehnt sich mit dem Rücken an die Mauer und lässt sich sofort auf den Boden hinuntergleiten, ohne dass er mich bemerkt, obwohl ich keinen Meter weiter stehe. Sein blauer Morgenmantel glitzert in der Sonne wie eine königliche Robe. Er drückt die Zigarette im Sand aus und lässt den Kopf in die Hände sinken – Moment mal, was? Und da sehe ich es. Das ist die echte Pose: den Kopf in die Hände gestützt, mit einer Traurigkeit, die von ihm zu mir rüberspringt.

(Porträt: *Junge löst sich in Staubwolke auf*)

Er greift nach der Tüte, holt die Flasche raus und schraubt sie auf, dann schüttet er das Zeug mit geschlossenen Augen in sich rein. So sollte man auf keinen Fall Alkohol trinken, er kippt den Gin runter, als wäre es Orangensaft. Ich weiß, dass ich nicht zugucken sollte, ich dürfte gar nicht hier sein. Aber ich rühre keinen Muskel, denn ich fürchte, er könnte meine Anwesenheit spüren und merken, dass er einen Zeugen hat. Ein paar Sekunden vergehen, in denen er sich die Flasche ans Gesicht drückt wie eine Kompresse, die Augen immer noch geschlossen, während die Sonne auf ihn herabströmt wie auf einen Auserwählten. Er nimmt noch einen Schluck, schlägt die Augen auf und dreht den Kopf in meine Richtung.

Meine Arme fliegen hoch, um seinen Blick abzuwehren,

und er rutscht erschrocken zurück. »Himmel!«, sagt er. »Wo zum Teufel kommst du denn her?«

Ich kann nirgendwo Worte finden.

Er fängt sich schnell wieder. »Du hast mir einen Mordsschrecken eingejagt, Junge«, sagt er. Dann lacht und hickst er gleichzeitig. Er schaut von mir zu meinem Block, der an der Wand lehnt, die Skizze von ihm ist aufgeschlagen. Er schraubt die Flasche zu.

»Hat die Katze deine Zunge gestohlen? Moment mal – sagt ihr Amerikaner das überhaupt?«

Ich nicke.

»Na, okay. Gut zu wissen. Bin erst ein paar Monate hier.« Er steht auf, stützt sich dabei an der Wand ab. »Dann zeig mal her«, sagt er und kommt unsicher wankend zu mir rüber. Er fummelt eine Zigarette aus einem Päckchen, das in der Tasche des Morgenmantels steckte. Seine Traurigkeit scheint völlig verdampft zu sein. Mir fällt etwas Bemerkenswertes auf.

»Deine Augen haben zwei verschiedene Farben«, platze ich heraus. Wie bei einem sibirischen Husky!

»Toll, du kannst ja doch sprechen!«, sagt er, dabei lächelt er so, dass in seinem Gesicht wieder Aufruhr herrscht. Er zündet die Zigarette an, inhaliert tief und stößt den Rauch aus der Nase aus wie ein Drache. Er zeigt auf seine Augen und sagt: »Heterochromia iridium, früher hätten die mich mit den Hexen auf dem Scheiterhaufen verbrannt, fürchte ich.« Ich will sagen, wie ausgesprochen cool das ist, aber ich kriege kein Wort heraus. Ich kann jetzt nur daran denken, dass ich ihn nackt gesehen habe, dass ich *ihn* gesehen habe. Ich bete, dass meine Wangen nicht so rot sind, wie sie sich anfühlen. Mit einer Kopfbewegung deutet er auf meinen Block. »Darf ich?«

Ich zögere, es verunsichert mich, dass er sich das angucken will. »Na los«, sagt er und fordert mich mit einer Geste auf, den Block zu holen. Wenn er redet, klingt es wie Gesang. Ich nehme den Block, reiche ihn ihm und will erklären, dass ich eine krakenähnliche Position einnehmen musste, weil ich keine Staffelei hatte, dass ich beim Zeichnen kaum nach unten geschaut habe, dass ich scheiße bin. Dass mein Blut überhaupt nicht leuchtet. Doch ich schlucke das alles runter und sage gar nichts. »Das ist gut«, sagt er nach einer Weile begeistert. »Sehr gut sogar.« Er scheint es wirklich so zu meinen. »Konntest du dir den Sommerkurs nicht leisten?«

»Ich bin hier nicht Schüler.«

»Solltest du aber sein«, sagt er, und meine heißen Wangen werden noch heißer. Er drückt seine Zigarette an der Mauer aus, rote Funken fliegen. Er ist eindeutig nicht von hier, sonst wüsste er, dass Waldbrandzeit ist. Alles wartet nur darauf in Flammen aufzugehen.

»Mal sehen, ob ich dir in der nächsten Pause nicht ein Zeichenbrett rausschmuggeln kann.« Er verstaut die Tüte hinter einem Stein. Dann hält er die Hand hoch und richtet den Zeigefinger auf mich. »Du sagst nichts, ich sag nichts«, sagt er, so als wären wir jetzt Verbündete. Ich nicke lächelnd. Leute aus England sind ja so was von keine Arschlöcher. Ich werde dahin ziehen. William Blake war Engländer. Frances Bacon, der hammermäßigste Maler überhaupt, auch. Ich beobachte ihn beim Weggehen, was wegen seines Faultiertempos ewig dauert, und will noch mehr zu ihm sagen, aber ich weiß nicht, was. Ehe er um die Ecke biegt, fällt mir doch noch was ein. »Bist du Künstler?«

»Ich bin ein Wrack, das bin ich«, sagt er und hält sich am Gebäude fest. »Ein verdammtes Wrack. Du bist der Künstler, Kumpel.« Dann ist er weg.

Ich nehme den Block und gucke mir die Zeichnung an, die ich von ihm gemacht habe, seine breiten Schultern, die schmalen Hüften, die langen Beine, den Streifen Haare, der vom Nabel nach unten läuft, nach unten, unten, unten. »Ich bin ein verdammtes Wrack«, sage ich laut mit seinem blubbernden Akzent, mir ist ganz schwindelig. »Ich bin ein verdammter Künstler, Kumpel. Ein Scheißwrack.« Das sage ich noch ein paar Mal, immer lauter und mit wachsender Begeisterung, bis mir bewusst wird, dass ich mit englischem Akzent auf einen Haufen Bäume einrede, also gehe ich wieder auf meinen Platz zurück.

In der folgenden Sitzung guckt der Typ mich ein paarmal direkt an und zwinkert mir zu, weil wir jetzt Verbündete sind! Und in der nächsten Pause bringt er mir eine Staffelei und einen Schemel, damit ich richtig in den Raum schauen kann. Ich stelle sie auf – es ist perfekt! –, dann lehne ich mich neben ihn an die Wand, während er kleine Schlucke aus der Flasche trinkt und raucht. Ich komme mir unheimlich cool vor, wie mit Sonnenbrille, dabei trage ich gar keine. Wir sind Freunde, wir sind Kumpel, nur sagt er dieses Mal nichts zu mir, gar nichts, seine Augen sind trübe und dumpf geworden. Es ist, als wurde er zu einer Pfütze seiner selbst zerschmelzen.

»Alles okay?«, frage ich.

»Nein«, antwortet er. »Ganz und gar nicht.« Dann wirft er die brennende Zigarette ins trockene Gras, steht auf und torkelt davon, ohne sich noch mal umzudrehen oder zu verabschieden. Ich trampele auf dem Feuer herum, das er gelegt hat, bis es ganz tot ist. So freudentaumelig wie ich vorhin war, so trübsinnig fühle ich mich jetzt.

Mit dem neuen Schemel kann ich alles drinnen sehen, sogar sämtliche Füße, ich werde also Zeuge dessen, was sich jetzt abspielt, in allen Einzelheiten. Der Lehrer fängt das Modell an der Tür ab und geht mit ihm raus auf den Flur. Kurze Zeit später kommt der Engländer wieder herein, geht mit hängendem Kopf quer durch den Raum zu seiner Umkleidekabine, und als er angezogen wieder auftaucht, wirkt er noch verlorener und weggetretener als in der letzten Pause. Auf seinem Weg nach draußen guckt er weder zu den Schülern, noch zu mir.

Der Lehrer erklärt, dass er nicht nüchtern war und nicht mehr für die CSA Modell stehen wird, denn für die CSA gelte die Null-Toleranz-Regel und bla, bla, bla. Wir sollen unsere Zeichnungen nach dem Gedächtnis zu Ende bringen. Ich warte ein wenig, vielleicht kommt der Engländer ja noch mal, wenigstens um seine Flasche zu holen. Doch er tut es nicht, also verstecke ich für die nächste Woche Staffelei und Schemel in den Büschen und mache mich auf den Weg durch den Wald zurück nach Hause.

Nach ein paar Schritten sehe ich den Jungen vom Dach, er lehnt an einem Baum, mit demselben Grinsen und demselben grünen Hut, den er jetzt auf der Hand kreiseln lässt. Seine Haare sind loderndes weißes Feuer.

Ich blinzele, denn manchmal sehe ich Sachen, die gar nicht da sind.

Blinzele weiter. Dann liefert er den Beweis für seine Existenz, indem er spricht.

»Wie war der Kurs?«, fragt er, so als wäre es nicht die Spur seltsam, dass ich Zeichenkurse vor und nicht im Klassenraum nehme, als wäre es nicht seltsam, dass wir einander nicht kennen, und als wäre es nicht seltsam, dass er mir gefolgt ist, denn eine andere Erklärung dafür, dass er hier vor mir steht, gibt es nicht. Und als hätte er mich denken hören, sagt er nun: »Ja, Mann, ich bin dir gefolgt, wollte den Wald mal auschecken, aber ich hatte mit meinem eigenen Kram zu tun.« Er zeigt auf einen offenen Koffer voller Steine. Er sammelt Steine? Und schleppt sie in einem Koffer mit sich herum? »Meine Meteoritentasche ist noch nicht ausgepackt«, sagt er – und ich nicke, als ob das eine Erklärung wäre. Meteore sind doch am Himmel und nicht auf der Erde, oder? Ich gucke mir den Jungen genauer an. Er ist ein bisschen älter als ich, größer und breiter sowieso. Welche Farbe soll ich für seine Augen nehmen? Keine Ahnung. Absolut nicht. Heute ist eindeutig der Tag für Leute mit überaus einzigartigen Augen.

Seine haben ein ganz helles Braun, sie sind praktisch gelb ... oder vielleicht kupferfarben ... und voller grüner Sprenkel. Aber man sieht die Farbe nur ganz kurz aufblitzen, weil er die Augen zusammenkneift, was echt cool aussieht. Vielleicht ist er ja doch kein Tiger ...

»Was glotzt du denn so?«, fragt er.

Wie peinlich, ich senke den Blick. Bin ich eigentlich bescheuert? Mein Nacken juckt und glüht. Mit der Schuhspitze schichte ich Tannennadeln zu einer Pyramide auf.

Er sagt: »Na, vielleicht kannst du nicht anders, weil du diesen betrunkenen Typen heute so lange angestarrt hast.«

Ich schaue auf. Hat er die ganze Zeit hinter mir herspioniert? Neugierig beäugt er meinen Zeichenblock. »Und er war nackt?« Er atmet ein, als er das sagt, und da sackt mein Magen in den Keller. Ich bemühe mich, das Gesicht ganz ruhig zu halten. Ich denke daran, wie er mich beobachtet hat, als ich die Möbelpacker beobachtet habe, wie er mir hierher gefolgt ist. Sein Blick streift wieder meinen Block. Will er, dass ich ihm die Zeichnungen von dem nackten Engländer zeige? Ich glaube, er will. Und ich auch. Übelst. Eine Hitzewelle, noch heftiger als die vorige, rast durch mich hindurch. Ich wurde gekidnappt und mein Gehirn wird jetzt fremdgesteuert, da bin ich mir ziemlich sicher. Diese merkwürdigen kupferfarbenen blinzelnden Augen sind es. Die hypnotisieren mich. Dann lächelt er, aber nur mit halbem Mund, und mir fällt auf, dass er eine Lücke zwischen den Schneidezähnen hat, auch das sieht außerordentlich cool aus. Mit einem Lachen in der Stimme sagt er: »Hör mal, Mann, ich hab keine Ahnung, wie ich nach Hause kommen soll. Ich hab's versucht und bin nur wieder hier gelandet. Da hab ich auf dich gewartet, damit du vorangehst.« Er setzt den Hut auf.

Ich zeige in die Richtung, in die wir müssen, und zwinge meinen gekidnappten Körper, sich in Bewegung zu setzen. Er lässt die Schlösser des Koffers voller Steine (hallo?) einschnappen, nimmt ihn am Griff und folgt mir. Ich versuche, mich nicht zu ihm umzudrehen. Ich will ihn los sein. Denke ich. Ich richte den Blick auf die Bäume. Bäume sind harmlos.

Und still.

Ich will ihm die Nacktbilder auf meinem Block nicht zeigen! Der Weg ist weit, es geht hauptsächlich bergan, und aus dem Wald sickert jede Minute mehr Tageslicht heraus. Neben mir wippt der Typ unter seinem Hut daher, als ob seine Beine Sprungfedern hätten, dabei muss der Koffer schwer sein, denn er wechselt ständig den Arm.

Nach einer Weile haben die Bäume mich beruhigt und ich stecke wieder in meiner Haut.

Oder liegt es vielleicht an ihm?

Denn so furchtbar ist es eigentlich gar nicht, mit ihm durch den Wald zu gehen. Er strahlt Ruhe aus – vielleicht sondert er sie aus einem Finger ab, denn ja, ich fühle mich jetzt ganz entspannt, ich meine, übernatürlich entspannt, so wie Butter in Raumtemperatur. Das ist echt seltsam.

Er bleibt immer wieder stehen, um Steine aufzusammeln, sie zu untersuchen und sie dann entweder wieder wegzuwerfen oder in die Tasche von seiner Sweatshirtjacke zu stecken, die vom Gewicht mehr und mehr in die Länge gezogen wird. Ich stehe einfach nur daneben, wenn er das macht, aber ich würde ihn gern fragen, wonach er sucht. Ich möchte ihn fragen, warum er mir gefolgt ist. Möchte ihn nach dem Teleskop fragen und ob er die Sterne bei Tag sehen kann. Möchte fragen, wo er herkommt und wie er heißt und ob er surft und wie alt er ist und auf welche Schule er im Herbst gehen wird. Ein paarmal versuche ich eine Frage so zu formulieren, dass es ganz entspannt und normal klingt, aber jedes Mal verfangen sich die Worte irgendwo in meinem Hals und können einfach nicht raus. Schließlich gebe ich auf, ich hole meine unsichtbaren Pinsel raus und fange einfach im Kopf an zu malen. Da kommt mir der Gedanke, dass er ohne das Gewicht der Steine vielleicht längst in die Luft aufgestiegen wäre …

Wir laufen und laufen durch die aschegraue Dämmerung und der Wald schläft langsam ein: Die Bäume legen sich nebeneinander hin, der Bach hört mit dem Fließen auf, die Pflanzen ziehen sich wieder in die Erde zurück, die Tiere tauschen mit ihren Schatten die Plätze, genau wie wir.

Als wir aus dem Wald raus auf unsere Straße kommen, wirbelt er herum.

»Heilige Scheiße! So lange bin ich noch nie gelaufen, ohne zu reden. Noch nie! Das war wie Luft anhalten! Ich hab mit mir selbst gewettet, dass ich es hinkriege. Bist du immer so?«

»Wie?«, sage ich. Meine Stimme ist heiser.

»Mann!«, brüllt er. »Das war das erste Wort, das du gesagt hast, ist dir das eigentlich klar?« Ist es nicht. »Mann. Du bist wie Buddha oder so was. Meine Mom ist Buddhistin. Sie geht auf diese Silent Retreats. Du wärst genau der richtige Umgang für sie. Also mal abgesehen von Sprüchen wie ›Ich bin ein verdammter Künstler, ein Scheißwrack, Kumpel‹ und so.« Das Letzte sagt er mit einem starken englischen Akzent, dann schüttet er sich aus vor Lachen.

Er hat mich gehört! Wie ich mit den Bäumen geredet habe! Mir schießt so viel Blut in den Kopf, dass er mir jeden Moment vom Hals platzen könnte. Die ganzen Wörter, die er während unserer stummen Wanderung zurückgehalten hat, sprudeln jetzt wie verrückt aus ihm heraus, und ich stelle fest, dass er jemand ist, der viel lacht, es überkommt ihn ganz einfach und bringt ihn total zum Leuchten, und obwohl er über mich lacht, habe ich das Gefühl in Ordnung zu sein, akzeptiert, und ich spüre ein leichtes Perlen im Kopf, als das Lachen auch in mir wie Kohlensäure hochzischt.

Schon klar, das war bestimmt total witzig, wie ich da mit englischem Akzent losgejammert habe, so ganz allein. Und dann wiederholt er es mit superfettem Akzent: »Ich bin ein verdammter Künstler«, und ich sage: »Ein verdammtes Wrack, Kumpel«, und irgendwas in mir öffnet sich und ich lache frei heraus, und er sagt es noch mal und ich auch und wir lachen uns beide schlapp, wir krümmen uns vor Lachen, und es dauert ewig, bis wir uns wieder beruhigt haben, denn jedes Mal, wenn einer von uns runterkommt, sagt der andere: »Ich bin ein verdammtes Wrack, Kumpel«, und alles fängt wieder von vorne an.

Als wir uns endlich einkriegen, geht mir auf, dass ich keine Ahnung habe, was gerade mit mir passiert ist. So was hab ich noch nie erlebt. Das eben war ein Gefühl wie Fliegen oder so.

Er zeigt auf meinen Block. »Ich vermute mal, du redest einfach da drinnen, stimmt's?«

»Ja, ist wohl so«, sage ich. Wir stehen unter einer Straßenlaterne, und ich versuche, ihn nicht anzustarren, doch das ist schwer. Ich wünschte, die Welt würde stehen bleiben wie eine Uhr, damit ich ihn so lange ansehen kann, wie ich will. In seinem Gesicht passiert gerade was Seltsames, etwas sehr Helles versucht rauszukommen – ein Damm hält eine Mauer aus Licht zurück. Seine Seele könnte eine Sonne sein. Mir ist noch nie jemand begegnet, der eine Sonne als Seele hatte.

Ich will noch etwas sagen, damit er nicht weggeht. Ich fühle mich so gut, so auf diese irre blättergrüne Art gut. »Ich male in meinem Kopf«, sage ich zu ihm. »Das habe ich eben die ganze Zeit gemacht.« Noch nie habe ich das jemandem erzählt, nicht mal Jude, keine Ahnung, warum ich es ihm sage. Ich habe noch nie jemanden in das unsichtbare Museum gelassen.

»Was hast du gemalt?«

»Dich.«

Er reißt überrascht die Augen auf. Das hätte ich nicht sagen sollen. Wollte ich auch eigentlich nicht, ist einfach so rausgerutscht. Die Luft fühlt sich plötzlich ganz rissig an und sein Lächeln ist verschwunden. Nur Meter weiter ist mein Haus, ein rettender Leuchtturm. Ohne nachzudenken, flitze ich über die Straße, mit einem miesen Gefühl im Bauch, so als hätte ich alles kaputtgemacht – das war dieser letzte Pinselstrich, der immer das ganze Bild zerstört. Wahrscheinlich wird er morgen mit Fry zusammen versuchen, mich vom Devil's Drop zu werfen. Wahrscheinlich nimmt er diese Steine und …

Als ich die Vordertreppe erreiche, höre ich ihn fragen: »Und wie bin ich geworden?« In seiner Stimme ist Neugier, nicht die Spur Arschgeige.

Ich drehe mich um. Er ist aus dem Licht getreten. Ich kann nur eine Schattengestalt auf der Straße erkennen. Und so ist er geworden: Er schwebt davon, hoch über dem schlafenden Wald, sein grüner Hut wirbelt ein gutes Stück über seinem Kopf. In der Hand hält er den offenen Koffer und daraus ergießt sich ein Himmel voller Sterne.

Aber das kann ich ihm schlecht sagen – also drehe ich mich wieder um, springe die Stufen hoch und verschwinde im Haus, ohne mich noch mal umzusehen.

Am nächsten Morgen ruft Jude mich aus dem Flur – das bedeutet, sie wird gleich in mein Zimmer platzen. Ich schlage das Blatt von meinem Zeichenblock um, damit sie nicht sieht, woran ich gearbeitet habe: die dritte Version des kupferäugigen, Steine sammelnden, Sterne guckenden, unbändig lachenden Neuen, der mit seinem grünen Hut und dem Koffer voller Sterne in den Himmel schwebt. Endlich habe ich die Farbe perfekt getroffen, das Blinzeln ist genau richtig, und wenn ich das Bild angucke, kriege ich dasselbe gekaperte Gefühl wie beim Anblick der echten Augen. Ich war so aufgeregt, als ich es hingekriegt hatte, dass ich etwa fünfzig Mal um meinen Stuhl rumlaufen musste, bevor ich mich wieder beruhigen konnte.

Jetzt nehme ich ein Stück Pastellkreide in die Hand und tu so, als würde ich an dem Porträt des nackten Engländers arbeiten, mit dem ich gestern Abend fertig geworden bin. Ich bin es kubistisch angegangen, sodass sein Gesicht einem gesprungenen Spiegel noch ähnlicher sieht. Jude stakst in einem winzigen blauen Kleid und High Heels herein. Mom und sie streiten immerzu wegen dem, was sie gerade anziehen will. Viel ist es nicht. Ihre Haare schlängeln sich um ihren Körper. Wenn sie so nass sind wie jetzt, nimmt ihr das sonst immer das Märchenhafte, Weiche, sie wirkt dann normaler, mehr so wie wir anderen, aber heute nicht. Sie hat Schminke übers ganze Gesicht verteilt. Darüber streiten sie auch. Und darüber, dass sie abends später nach Hause kommt als vereinbart, Widerworte gibt, mit den Türen knallt, Jungs textet, die nicht aus unserer Schule sind, mit den älteren Surfidioten surft, vom Dead Man's Dive springt – der furchteinflößendsten Absprungstelle auf dem Hügel –, praktisch jede Nacht bei einer der Hornissen zu Hause übernachten will, ihr Taschengeld für einen Lippenstift namens Boiling Point ausgibt, heimlich aus ihrem Fenster klettert … Im Grunde wegen allem. Mich fragt ja keiner, aber ich glaube, sie ist BeelzeJude geworden und will jetzt von jedem Typen in Lost Cove geküsst werden, weil Mom an diesem ersten Tag im Museum vergessen hat, sich ihren Skizzenblock anzugucken.

Und weil wir sie damals vergessen haben, in der Jackson-Pollock-Ausstellung. Mom und ich hatten ewig vor dem Gemälde *One: Number 31* gestanden – das war der Hammer! –, und als wir das Museum verließen, war Pollocks leuchtende, spinnenwebartige Farbe immer noch überall an uns, an den Leuten auf dem Bürgersteig, von oben bis unten an den Häusern, an unserem endlosen Gespräch im Auto über seine Technik – und wir waren schon halb über die Brücke, als wir merkten, dass Jude nicht bei uns war.

Mom sagte immer nur: »Ohgottogott, ohgottogott, ohgottogott«, während wir zurückrasten. Sämtliche Organe verließen meinen Körper. Als wir mit kreischenden Bremsen vor dem Museum hielten, saß Jude auf dem Bürgersteig, den Kopf zwischen den Knien. Sie sah aus wie ein zerknülltes Stück Papier.

Die Wahrheit ist: Ich glaube, Mom und ich hatten uns angewöhnt, sie nicht zu bemerken, wenn wir drei zusammen waren.

Jude bringt eine Schachtel mit rein, die sie auf dem Bett absetzt, dann tritt sie hinter mich an den Schreibtisch und guckt mir über die Schulter. Ein feuchtes Seil aus Haaren landet in meinem Nacken. Ich schüttele es ab.

Das Gesicht des nackten Engländers starrt vom Block zu uns hoch. Ich wollte diesen Schizoblick einfangen, diesen total entgleisten Ausdruck, bevor das Elend ihn übermannte, deshalb bin ich abstrakter geworden als sonst. Wahrscheinlich würde er sich nicht wiedererkennen, aber es ist ganz gut geworden.

»Wer ist das?«, fragt sie.

»Niemand.«

»Im Ernst, wer ist das?« Sie lässt nicht locker.

»Nur einer, den ich mir ausgedacht habe«, sage ich und schiebe mir noch einen nassen Eichhörnchenschwanz ihrer Haare aus dem Nacken.

»Von wegen ausgedacht, der ist echt. Du lügst, das merke ich.«

»Tu ich nicht, Jude. Ich schwör's.« Ich will es ihr nicht erzählen. Sie soll nicht auf irgendwelche Gedanken kommen. Was, wenn sie sich auch runterschleicht und heimlich Kurse an der CSA besucht?

Sie beugt sich vor, um das Bild näher zu betrachten.

»Ich wünschte, er wäre echt«, sagt sie. »Er sieht echt cool aus. Irgendwie ... Keine Ahnung ... Der hat so was an sich ...« Das ist seltsam. So hat sie schon lange nicht mehr reagiert, wenn sie meine Arbeiten sieht. Normalerweise guckt sie, als hätte sie ein Stück Scheiße im Mund. Sie verschränkt die Arme vor der Brust, die jetzt so voller Titten ist, als würde da der Kampf der Giganten stattfinden. »Kann ich das haben?«

Das ist ein Schock für mich. Sie hat mich noch nie um eine Zeichnung gebeten. Ich hasse es, Zeichnungen zu verschenken. »Für die Sonne, die Sterne, die Meere und alle Bäume würde ich drüber nachdenken, sie wegzugeben«, sage ich, weil ich weiß, dass sie sich niemals darauf einlassen würde. Sie weiß, wie sehr ich die Sonne und die Bäume haben will. Seit wir fünf sind, teilen wir die Erde zwischen uns auf und zum ersten Mal ist die Herrschaft über das Universum für mich in Reichweite.

»Machst du Witze?«, sagt sie und stellt sich gerade hin. Es macht mich sauer, dass sie so groß geworden ist. Als würde sie sich nachts strecken lassen. »Dann bleiben mir ja nur noch die Blumen, Noah.«

Gut, denke ich, darauf wird sie sich niemals einlassen, das wäre also erledigt. Doch das ist es nicht. Sie greift nach dem Block und hält ihn schräg, dabei guckt sie das Porträt so an, als würde sie erwarten, dass der Engländer mit ihr spricht.

»Okay«, sagt sie. »Bäume, Sterne, Meere. In Ordnung.«

»Und die Sonne, Jude.«

»Oh, na gut«, sagt sie zu meiner großen Überraschung. »Ich geb dir die Sonne.«

»Dann hab ich jetzt praktisch alles!«, sage ich. »Du bist ja verrückt!«

»Aber ich habe ihn.« Vorsichtig reißt sie den nackten Engländer aus meinem Block, nimmt ihn mit rüber zum Bett und setzt sich. Zum Glück hat sie die Zeichnung darunter nicht bemerkt.

»Hast du den Neuen gesehen? Was für ein Freak«, sagt sie. Ich gucke auf meinen Skizzenblock, wo der Freak mit einem Farbschwall ins Zimmer explodiert. »Er trägt einen grünen Hut mit einer Feder dran. So was von uncool.« Sie lacht auf ihre neue schrecklich summende Art. »Der ist sogar noch abgedrehter als du.« Sie spricht nicht weiter. Ich warte, hoffe, dass sie sich wieder in meine Schwester verwandelt, so wie sie früher war, nicht diese Hornissenversion. »Na, wahrscheinlich ist er doch nicht abgedrehter als du.« Ich gucke sie an. Die Fühler auf ihrer Stirn wackeln hin und her. Sie ist hier, um mich zu Tode zu stechen. »Keiner ist abgedrehter als du.«

Ich hab mal eine Sendung über malaysische Ameisen gesehen, die bei Bedrohung in Flammen aufgehen. Sie warten, bis ihre Feinde (Hornissen zum Beispiel) nah genug rangekommen sind, dann werden sie zu einer detonierenden Giftbombe.

»Ich weiß nicht, Noah … Summ … Summ … Summ …«

Sie hat einen Lauf. Ich starte den Countdown zur Detonation. Zehn, neun, acht, sieben …

»Musst du denn immer so … summ, summ, summ, so du sein. Das ist …« Sie beendet den Satz nicht.

»Das ist was?«, frage ich und breche meine Pastellkreide entzwei, es knackt, wie wenn man jemandem den Hals umdreht.

Sie wirft die Hände hoch. »Es ist peinlich, okay?«

»Wenigstens bin ich immer noch ich.«

»Was soll das denn heißen?« Dann, etwas zögernder, sagt sie: »Mit mir ist alles in Ordnung. Es ist nichts verkehrt daran, andere Freunde zu haben. Andere Freunde als dich, welche, die nichts mit dir zu tun haben.«

»Ich hab auch andere Freunde«, sage ich und schaue auf den Skizzenblock.

»Ach, wen denn? Wer ist dein Freund? Erfundene zählen nicht. Die, die du zeichnest, auch nicht.«

Sechs, fünf, vier … was ich nicht genau weiß, ist, ob die malaysischen Ameisen sich bei der Vernichtung ihrer Feinde selbst vernichten.

»Na, der Neue zum Beispiel«, sage ich. Ich greife in meine Tasche und umschließe den Stein, den er mir geschenkt hat, mit den Fingern. »Und er ist nicht abgedreht.« Ist er wohl! Er hat einen Koffer voller Steine!

»Der ist dein Freund? Na klar«, sagt sie. »Ich wette, du weißt nicht mal, wie er heißt.«

Tja, jetzt hab ich ein Problem.

»Hab ich mir doch gedacht«, sagt sie zickig. Ich kann sie nicht ausstehen. Ich bin allergisch gegen sie. Ich betrachte den Chagall-Druck vor mir an der Wand und versuche, in den wirbelnden Traum hineinzutauchen. Das echte Leben schlägt zu. Gegen das bin ich auch allergisch. Als ich mit dem Neuen gelacht habe, fühlte sich das nicht an wie das echte Leben. Kein bisschen. Mit Jude zusammen zu sein fühlte sich früher auch nicht an wie das echte Leben. Jetzt ist es schlimmer als Kloschüsselauslecken. Als Jude einen Moment später wieder etwas sagt, klingt ihre Stimme scharf und gepresst. »Und was hast du eigentlich erwartet? Ich musste andere Freunde finden. Du verkriechst dich ja nur, machst deine lahmen Bilder und faselst immer nur mit Mom von dieser blöden Schule.«

Lahme Bilder?

Jetzt geht's los. Drei, zwei, eins: Ich gehe hoch, mit dem einzigen Sprengstoff, den ich habe. »Du bist bloß eifersüchtig, Jude«, sage ich. »Du bist jetzt immerzu nur noch eifersüchtig.«

Ich schlage ein leeres Blatt auf, nehme einen Bleistift für den Anfang. (Porträt: *Meine Hornissenschwester* – nein: Porträt: *Meine Spinnenschwester*, das passt besser, sie ist voller Gift und jagt auf ihren acht haarigen Beinen in der Dunkelheit herum.)

Als das Schweigen zwischen uns mir fast das Trommelfell zerfetzt hat, drehe ich mich um, damit ich sie anschauen kann. Ihre großen blauen Augen scheinen auf mich. Alles Hornissenartige ist aus ihr raus gesummt. Und von einer Spinne hat sie auch nichts mehr an sich.

Ich lege den Bleistift hin.

So leise, dass ich kaum ein Wort verstehen kann, sagt sie: »Sie ist auch meine Mutter. Warum kannst du nicht teilen?«

Der Schuldkick trifft direkt in die Magengrube. Ich drehe mich wieder zu Chagall, bettele ihn an, mich aufzusaugen, bitte – und genau da steht Dad in der Tür. Ein Handtuch hängt um seinen Hals, die sonnengebräunte Brust ist nackt. Seine Haare sind auch nass, er und Jude müssen zusammen schwimmen gewesen sein. Sie machen jetzt alles zusammen.

Fragend legt er den Kopf schräg, so als könnte er die im Raum verstreuten Leichenteile und Madeneingeweide sehen. »Alles in Ordnung bei euch?«

Wir nicken beide. Dad legt eine Hand auf jede Seite des Türrahmens, er füllt die ganze Tür aus, den ganzen nordamerikanischen Kontinent. Wie kann ich ihn nur hassen und mir gleichzeitig wünschen, ich wäre mehr wie er?

Ich hab mir nicht immer gewünscht, dass ein Haus auf ihn fällt. Als wir klein waren, haben Jude und ich immer wie zwei Entenküken, *seine* Entenküken, am Strand gesessen und darauf gewartet, dass er mit dem Schwimmen fertig wurde und sich wie Poseidon in weißem Schaum aus dem Meer erhob. Er stellte sich dann vor uns, so kolossal, dass er die Sonne verdeckte, und schüttelte den Kopf, sodass die Tropfen auf uns herabprasselten wie salziger Regen. Mich packte er zuerst und setzte mich auf eine Schulter, dann hievte er Jude auf die andere. So stieg er mit uns die Klippe hoch und machte all die anderen Kinder am Strand mit ihren mickrigen Vätern wahnsinnig vor Eifersucht.

Doch das war, ehe ihm klar wurde, dass ich ich bin. Und das geschah an dem Tag, an dem er am Strand umkehrte und statt die Klippe hinauf mit uns beiden auf den Schultern wieder ins Meer ging. Das Wasser war unruhig und hatte Schaumkronen, die Wellen klatschten von allen Seiten auf uns ein, aber Dad ging immer tiefer hinein. Ich hielt mich an seinem Arm fest, der mich umfangen hielt, und fühlte mich sicher, weil Dad das Kommando hatte und weil es seine Hand war, die jeden Morgen die Sonne an den Himmel hochzog und sie abends wieder runterholte.

Er sagte, wir sollten springen.

Ich dachte, ich hätte mich verhört, bis Jude mit einem aufgeregten Kreischer vom Sims seiner Schulter in die Luft sprang, sie lächelte irre auf dem ganzen Weg runter, bis das Meer sie verschluckte, und sie lächelte immer noch, als sie wieder an der Wasseroberfläche auftauchte, wo sie auf den Wellen hüpfte wie ein glücklicher Apfel, mit den Beinen trat und an alles dachte, was wir in unserem Schwimmkurs gelernt hatten, während ich, als ich spürte, wie Dads Arm sich von mir löste, verzweifelt seinen Kopf packte, seine Haare, sein Ohr, die glitschige Schräge seines Rückens, doch ich konnte nirgendwo an ihm Halt finden.

»In dieser Welt geht man entweder unter oder man schwimmt, Noah«, sagte er sehr ernst, und dann verwandelte sich der Sicherheitsgurt, der sein Arm gewesen war, in eine Schleuder, die mich ins Wasser katapultierte.

Ich ging unter.

Bis.

Ganz.

Auf.

Den.

Grund.

(Selbstporträt: *Noah und die Seegurken*)

An diesem Abend kam es zur ersten Kaputter-Regenschirm-Ansprache. *Du musst tapfer sein, auch wenn du Angst hast, denn sonst bist du kein Mann.* Darauf folgten weitere Ansprachen: *Sei ein echter Kerl, setz dich anständig hin, steh gerade, kämpfe hart, spiel Ball, schau mir in die Augen, denk nach, bevor du was sagst. Wenn Jude nicht dein Zwilling wäre, würde ich glauben, du wärst durch Partheno … was weiß ich entstanden. Wenn Jude nicht wäre, würden sie auf dem Fußballfeld Hackfleisch aus dir machen.* Wenn Jude nicht wäre. Wenn Jude nicht wäre. *Stört es dich gar nicht, dass ein Mädchen deine Schlachten für dich schlägt? Stört es dich gar nicht, dass du immer als Letzter in eine Mannschaft gewählt wirst? Stört es dich gar nicht, dass du immer allein bist? Stört es dich gar nicht, Noah? Nein? Wirklich nicht?*

Okay, ist ja gut. Halt die Klappe. Ja, es stört mich.

Musst du denn immer so sein, Noah?

Jetzt sind die beiden das Team, nicht Jude und ich. Tja, Pech. Warum sollte ich also Mom teilen?

»Alles okay heut Nachmittag, na klar«, sagt Jude zu Dad. Er lächelt sie an, als wäre sie ein Regenbogen, und dann – gadagum gadagum – geht er quer durchs Zimmer, klopft mir liebevoll auf den Kopf und verpasst mir eine Gehirnerschütterung.

Draußen krächzt Prophet: »Verdammt, wo ist Ralph? Verdammt, wo ist Ralph?«

Dad tut so, als würde er Prophet mit bloßen Händen erwürgen, dann sagt er zu mir: »Und wie ist das jetzt mit deinem Haarschnitt? Mit diesen langen dunklen Locken siehst du ziemlich präraffaelitisch aus.« Weil Mom so ansteckend ist, weiß sogar Dad trotz all seiner Arschgeigenhaftigkeit viel über Kunst, genug jedenfalls, um mich damit zu verletzen.

»Ich liebe die präraffaelitischen Gemälde«, murmele ich.

»Sie zu lieben und so auszusehen, als hätte man dafür Modell gestanden, sind aber zwei Paar Schuh, was, Häuptling?« Noch ein Schlag an den Kopf, noch eine Gehirnerschütterung.

Als er weg ist, sagt Jude: »Ich mag deine langen Haare.« Und das saugt irgendwie das ganze Bäh und Igitt zwischen uns weg – und all meine schabenartigen Gedanken gleich mit. In einem zögernd fröhlichen Ton sagt sie: »Hast du Lust auf ein Spiel?«

Ich drehe mich um und erinnere mich wieder daran, dass wir zusammen entstanden sind, Zelle für Zelle. Wir haben uns schon Gesellschaft geleistet, als wir weder Augen noch Hände hatten. Sogar noch bevor unsere Seele geliefert wurde.

Sie holt eine Art Brett aus der Schachtel, die sie mitgebracht hat.

»Was ist das?«, frage ich.

»Verdammt, wo ist Ralph? Verdammt, wo ist Ralph?« Prophet ist immer noch ganz aus dem Häuschen.

Jude lehnt sich aus dem Fenster am Bett und brüllt: »Sorry, Prophet, das weiß keiner!« Ich hatte ja keine Ahnung, dass sie auch mit Prophet redet. Ich lächele.

»Ein Ouija-Brett«, sagt sie. »Hab ich in Grandmas Zimmer

gefunden. Ich hab das mal mit ihr zusammen gemacht. Wir können Fragen stellen und dann kriegen wir Antworten.«

»Von wem?«, frage ich, obwohl ich so was schon mal in irgendeinem Film gesehen habe.

»Du weißt schon. Von den Geistern.« Sie lächelt und wackelt völlig übertrieben mit den Augenbrauen. Ich spüre, wie meine Mundwinkel sich zu einem Grinsen hochziehen. Ich möchte so gern wieder mit Jude ein Team sein, ich möchte, dass zwischen uns wieder alles so ist wie früher.

»Okay«, sage ich, »klar.«

Ihr Gesicht leuchtet auf. »Dann komm.« Und es ist, als hätte das ganze blöde, eklige Gespräch nie stattgefunden, als wären wir nicht beide gerade noch ziemlich fertig gewesen. Wie kann sich alles so schnell ändern?

Sie bringt mir bei, wie es gemacht wird, dass man den Zeiger nur ganz leicht berühren darf, damit die Hände der Geister ihn durch meine Hände zu dem Ja oder Nein schieben können, die in das Brett eingeritzt sind.

»Ich werde jetzt eine Frage stellen«, sagt sie, schließt die Augen und streckt die Arme aus, als würde sie gekreuzigt werden.

Ich fange an zu lachen. »Und ich bin der Irre? Echt?«

Sie klappt ein Auge auf. »So muss man das machen, ich schwör's, Grandma hat es mir beigebracht.« Sie klappt das Auge wieder zu. »Okay, Geister. Das ist meine Frage an euch: Liebt M. mich?«

»Wer ist M.?«

»Irgendwer, egal.«

»Michael Stein?«

»Igitt, niemals!«

»Nicht Max Fracker!«

»Gott, nein!«

»Wer denn?«

»Noah, die Geister kommen nicht, wenn du mich andauernd unterbrichst. Ich werde nicht sagen, wer es ist.«

»Gut.«

Sie streckt die Arme aus und fragt die Geister noch mal, dann legt sie die Hände auf den Zeiger.

Ich lege meine auch drauf. Er rutscht sofort auf Nein. Ich bin mir ziemlich sicher, dass ich ihn dahin geschoben habe.

»Du schummelst!«, ruft sie.

Beim nächsten Mal schummele ich nicht und er geht trotzdem zum Nein.

Jude wirkt ziemlich beunruhigt. »Wir versuchen es noch mal.«

Dieses Mal merke ich deutlich, dass sie den Zeiger auf Ja schiebt. »Jetzt schummelst du«, sage ich.

»Okay, noch mal.«

Er geht auf Nein.

»Letzter Versuch«, sagt sie.

Er zeigt auf Nein.

Sie seufzt. »Okay, stell du eine Frage.«

Ich schließe die Augen und frage still: *Werde ich nächstes Jahr an der CSA angenommen?*

»Sag's laut«, sagt sie genervt.

»Warum?«

»Weil die Geister dich in deinem Kopf nicht hören können.«

»Woher willst du das wissen?«

»Ich weiß es einfach. Jetzt raus damit. Und vergiss die Arme nicht.«

»In Ordnung.« Ich strecke die Arme aus wie am Kreuz und frage: »Werde ich nächstes Jahr an der CSA angenommen?«

»Das ist eine verschwendete Frage. Natürlich wirst du angenommen.«

»Ich will mir ganz sicher sein.«

Mehr als zehn Mal lasse ich es sie machen. Jedes Mal geht der Zeiger auf Nein. Schließlich kippt sie das Brett um. »Das ist bloß ein blödes Ding«, sagt sie, aber das glaubt sie nicht, das weiß ich. M. liebt sie nicht und ich werde nicht auf die CSA gehen.

»Lass uns fragen, ob du gehst«, sage ich.

»Das ist blöd. Auf keinen Fall komme ich da rein. Und wer weiß, ob ich mich überhaupt bewerbe? Ich will auf die Roosevelt wie alle anderen. Die haben eine Schwimmmannschaft.«

»Komm schon«, sage ich.

Der Zeiger deutet auf Ja.

Auch beim zweiten Mal.

Und noch mal.

Und noch mal.

Ich halte es keine Minute länger aus, wach im Bett zu liegen, deshalb ziehe ich mir was an und klettere aufs Dach, um nachzusehen, ob der Neue auch auf dem Dach ist. Ist er nicht, was nicht so furchtbar erstaunlich ist, weil es noch nicht mal sechs ist und es draußen gerade erst hell wird. Aber während ich im Bett rumgezappelt bin wie ein Fisch im Netz, hab ich mir vorgestellt, dass er auch wach ist und von seinem Dach aus seinen Fingern elektrische Blitze in mich reinschießt, durch die Mauern hindurch. Deshalb konnte ich nicht schlafen. Aber ich habe mich geirrt. Ich bin hier oben ganz allein mit dem verblassenden Pausbackenmond und den vielen kreischenden Möwen von nah und fern, die Lost Cove zu einem Morgenkonzert besuchen. So früh war ich noch nie draußen, ich wusste gar nicht, wie laut das ist. Und wie trist, denke ich, als ich die vielen zusammengekauerten grauen Männer wahrnehme, die sich als Bäume verkleidet haben.

Ich setze mich, schlage eine leere Seite im Skizzenblock auf und versuche zu zeichnen, kann mich aber nicht konzentrieren, nicht mal einen anständigen Strich kriege ich hin. Das liegt an dem Ouija-Brett. Was, wenn es recht hat und Jude an der CSA angenommen wird und ich nicht? Was, wenn ich mit dreitausend kloschüsselausleckenden Franklyn-Fry-Klonen auf die Roosevelt muss? Wenn ich scheiße bin im Malen? Wenn Mom und Mr Grady nur Mitleid mit mir hatten? Weil ich so peinlich bin, wie Jude sagt. Und Dad denkt. Ich lege den Kopf in die Hände, spüre die Hitze meiner Wangen auf den Handflächen und durchlebe noch mal, was im letzten Winter im Wald mit Fry und Zephyr passiert ist.

(Selbstporträt, Serie: *Kaputter Regenschirm Nr. 88*)

Ich hebe den Kopf und gucke noch mal rüber zum Dach des Neuen. Was, wenn ihm klar wird, dass ich ich bin? Ein kalter Wind fährt durch mich hindurch, als wäre ich ein leerer Raum, und plötzlich weiß ich, dass alles schrecklich wird und ich zum Scheitern verurteilt bin, und nicht nur ich, sondern die ganze triste, trübe graue Welt gleich mit.

Ich lege mich auf den Rücken, strecke die Arme so weit aus wie ich kann und flüstere: »Hilfe.«

Eine ganze Weile später wache ich vom Quietschen eines Garagentors auf. Ich stütze mich auf die Ellenbogen. Der Himmel ist blau geworden, azurblau, das Meer noch blauer, kobaltblau, die Bäume sind Wirbel in jedem verdammten Grünton, den es auf Erden gibt, und ein strahlendes Dottergelb legt sich über alles. Fantastisch. Der Jüngste Tag ist eindeutig abgesagt worden.

(Landschaft: *Wenn Gott über den Rand malt*)

Ich richte mich auf, dann sehe ich, welche Garage geöffnet worden ist – seine.

Ein paar Sekunden später, die sich anfühlen wie Jahre, schlendert er die Auffahrt runter. Quer über seiner Brust hängt eine schwarze sackartige Tasche. Die Meteoritentasche? Er hat eine Tasche für Meteoriten. Er trägt Stücke der Galaxie in einem Beutel mit sich rum. Oh Mann. Ich versuche den Ballon anzustechen, der mich in die Luft steigen lässt, indem ich mir sage, dass ich nicht so aufgeregt sein sollte, wenn ich einen Typen sehe, den ich erst einen Tag zuvor kennengelernt habe. Nicht mal, wenn dieser Typ die Galaxie in einem Beutel mit sich rumschleppt.

(Selbstporträt: *Letzte Sichtung des Jungen, der mit seinem Ballon in westliche Richtung über den Pazifik geweht wird*)

Er überquert die Straße, geht zum Wanderweg rüber, bleibt dort stehen, wo wir unseren Lachanfall hatten, zögert einen Moment, ehe er sich umdreht und mich direkt ansieht, so als hätte er die ganze Zeit gewusst, dass ich seit dem Morgengrauen hier auf ihn warte. Unsere Blicke treffen sich und ein elektrischer Schauder schießt mir das Rückgrat hoch. Ich bin mir ziemlich sicher, dass er mich telepathisch auffordert ihm zu folgen. Nach etwa einer Minute der Geistverschmelzung, wie ich sie bis jetzt nur mit Jude erlebt habe, dreht er sich wieder um und steuert auf den Wald zu.

Ich würde ihm gern folgen. Sehr gern sogar, wahnsinnig gern, nur kann ich nicht, weil meine Füße auf dem Dach einbetoniert sind. Aber warum? Was wäre eigentlich dabei? Immerhin ist er mir gestern bis zur CSA gefolgt! Leute freunden sich an. Das machen doch alle. Und ich kann das auch. Eigentlich ist es längst passiert – wir haben zusammen gelacht wie die Hyänen. Okay. Ich gehe hinterher. Ich schiebe den Skizzenblock in meinen Rucksack, klettere die Leiter runter und mache mich auf den Weg zum Wanderpfad.

Auf dem Pfad ist er nicht. Ich lausche auf Schritte, höre aber nichts außer meinem Puls, der in meinen Ohren hämmert. Ich gehe weiter den Pfad entlang, und hinter der ersten Biegung finde ich ihn vornübergebeugt am Boden kniend. Er hält etwas in der Hand, das er mit der Lupe untersucht. Was war das bloß für eine kloschüsselleckende Idee! Ich weiß doch gar nicht, was ich zu ihm sagen soll. Ich weiß nicht mal, was ich mit meinen Händen machen soll. Ich muss nach Hause. Sofort. Langsam schleiche ich mich rückwärts weg, da dreht er den Kopf und guckt zu mir hoch.

»Oh, hey«, sagt er lässig, stellt sich hin und lässt fallen, was immer er in der Hand hatte. Die meisten Menschen sehen anders aus, als man sie in Erinnerung hatte, wenn man sie wiedersieht. Er nicht. Er schimmert ganz genauso in der Luft, wie ich ihn im Kopf hatte. Eine einzige Lichtshow. Er geht auf mich zu. »Ich kenne den Wald nicht. Hatte gehofft …« Er spricht nicht weiter, lächelt nur ein wenig. Dieser Typ ist ja so was von keine Arschgeige. »Wie heißt du eigentlich?« Er ist jetzt nah genug für eine Berührung, nah genug zum Sommersprossenzählen. Ich hab ein Handproblem. Wie kann es sein, dass alle anderen immer wissen, was sie mit ihren Händen machen sollen? Taschen, fällt mir zu meiner Erleichterung ein, Taschen, ich liebe Taschen! Ich bringe meine Hände in Sicherheit und weiche seinem Blick aus. Da ist was mit seinen Augen. Ich werde auf seinen Mund gucken, wenn ich irgendwo hingucken muss.

Sein Blick ruht auf mir. Ich merke das, obwohl meine ungeteilte Aufmerksamkeit seinem Mund gilt. Hat er mich was gefragt? Ich glaube ja. Mein IQ sackt rapide ab.

»Ich könnte raten«, schlägt er vor. »Ich glaub, ich würde auf Van tippen. Nee, ich hab's: Miles, ja, du siehst absolut so aus wie ein Miles.«

»Noah«, blöke ich, als wäre mir dieses Wissen eben erst zugeflogen. »Ich bin Noah. Noah Sweetwine.« Gott, wie dämlich kann man eigentlich sein?

»Sicher?«

»Ja, ganz sicher«, sage ich, und meine Stimme klingt munter und eigenartig. Meine Hände sind jetzt ganz und gar gefangen. Taschen sind Handgefängnisse. Ich befreie sie, nur um sie aneinanderzuschlagen wie Zimbeln. Himmel.

»Oh, und wie heißt du?«, frage ich seinen Mund, mir ist nämlich eingefallen, dass er auch einen Namen haben muss, obwohl sich mein IQ nun eindeutig dem Gemüsebereich nähert.

»Brian«, sagt er – und mehr nicht, denn im Gegensatz zu mir ist er völlig klar im Kopf.

Auf seinen Mund zu gucken ist auch keine gute Idee, besonders wenn er spricht. Immer wieder kommt seine Zunge an diese Lücke zwischen den Schneidezähnen. Also gucke ich stattdessen einen Baum an.

»Wie alt bist du?«, frage ich den Baum.

»Vierzehn. Und du?«

»Ich auch«, sage ich. Oha.

Er nickt, glaubt mir natürlich, denn warum sollte ich lügen? Ich weiß ja selbst nicht, warum ich es tue!

»Ich geh auf ein Internat, drüben an der Ostküste«, sagt er. »Nächstes Jahr komm ich in die zehnte Klasse.« Wahrscheinlich sieht er, wie verwirrt ich den Baum angucke, denn er fügt hinzu: »Hab den Kindergarten übersprungen.«

»Ich gehe auf die California School of the Arts.« Diese Worte platzen mir ohne meine Einwilligung aus dem Mund. Verstohlen gucke ich ihn an. Er hat die Stirn gerunzelt, und da erinnere ich mich: California School of the Arts steht an so gut wie jeder Wand von diesem verdammten Gebäude. Er hat mich davor gesehen, nicht darin. Wahrscheinlich hat er auch gehört, wie ich dem nackten Engländer erzählt habe, dass ich kein Schüler der CSA bin.

Nun gibt es zwei Möglichkeiten: Nach Hause rennen und die nächsten zwei Monate nicht vor die Tür gehen, bis er wieder ins Internat fährt, oder …

»Also, ich geh da nicht wirklich hin«, offenbare ich dem Baum, denn jetzt hab ich echt Angst, ihn anzugucken. »Jedenfalls noch nicht. Aber ich würde gern. Wahnsinnig gern. Ich kann an nichts anderes mehr denken. Und ich bin immer noch dreizehn. Fast vierzehn. Na ja, in fünf Monaten. Am 21. November. Der Maler Magritte hat am selben Tag

Geburtstag. Er hat dieses Bild von dem Mann mit dem grünen Apfel vor dem Gesicht gemacht. Hast du wahrscheinlich schon mal gesehen. Und das von dem Mann, der einen Vogelkäfig anstelle des Oberkörpers hat. Total cool und abgedreht. Oh, und dann ist da auch noch dieses Bild von einem fliegenden Vogel, aber die Wolken sind im Vogel, nicht außerhalb. Echt Wahnsinn …« Ich bremse mich, denn – oh Mann, ich könnte immer so weitermachen. Plötzlich gibt es kein Bild, von dem ich dieser Eiche nicht in allen Einzelheiten erzählen möchte.

Langsam wende ich mich wieder Brian zu, der mich mit seinen Blinzelaugen anstarrt, ohne was zu sagen. Warum sagt er nichts? Hab ich vielleicht alle Wörter verbraucht? Oder ist er vielleicht total geschockt, dass ich erst was erlogen habe, dann wieder entlogen und dann zu einem psychotischen Vortrag über Kunstgeschichte angesetzt habe? Warum bin ich nicht einfach auf dem Dach geblieben? Ich muss mich hinsetzen. Sich mit jemandem anzufreunden ist echt total stressig. Ich schlucke ein paar Hundert Mal.

Schließlich zuckt er nur mit den Schultern. »Cool.« Er verzieht die Lippen zu einem kleinen Lächeln. »Du bist ein verdammtes Wrack, Kumpel«, sagt er mit englischem Akzent.

»Du sagst es.«

Dann treffen sich unsere Blicke und wir lachen beide los, als wären wir aus derselben Luft.

Auf einmal macht der Wald, der sich bisher rausgehalten hatte, auch mit. Ich nehme einen tiefen Zug Pinie und Eukalyptus, höre Nachtigallen und Möwen und dann das Rollen der Wellen in der Ferne. Ich entdecke drei Rehe, die Blätter mampfen, nur ein paar Meter von der Stelle entfernt, wo

Brian jetzt mit beiden Händen die Meteoritentasche durchwühlt.

»Hier gibt es Berglöwen«, sage ich. »Sie schlafen auf Bäumen.«

»Wahnsinn«, sagt er und sucht weiter. »Hast du mal einen gesehen?«

»Nee, aber eine Wildkatze. Zwei Mal schon.«

»Ich hab einen Bären gesehen«, murmelt er in die Tasche. Was sucht er denn?

»Einen Bären! Wow. Ich liebe Bären! Braun oder schwarz?«

»Schwarz«, antwortet er. »Eine Mutter mit zwei Jungen. Im Yosemite-Park.«

Darüber will ich alles wissen, ich setze schon zu einer Salve von Fragen an – vielleicht guckt er ja auch so gern Tiersendungen? –, als es so aussieht, als habe er gefunden, wonach er gesucht hat. Er hält voller Stolz einen ganz gewöhnlichen Stein hoch. Als würde er mir eine Kragenechse oder einen Großen Fetzenfisch zeigen, nicht einen stinknormalen ollen Klumpen.

»Hier«, sagt er und legt ihn mir in die Hand. Er ist so schwer, dass mein Handgelenk nachgibt. Ich muss es mit der anderen Hand abstützen, damit ich ihn nicht fallen lasse. »Magnetisiertes Nickel – eindeutig ein explodierter Stern.« Er zeigt auf meinen Rucksack, aus dem der Skizzenblock ragt. »Du könntest ihn zeichnen.« Ich schaue auf den schwarzen Klumpen in meiner Hand – das soll ein Stern sein? – und denke, dass es auf der Welt wohl kaum etwas gibt, das weniger interessant zu zeichnen wäre, aber ich sage: »Okay. Klar.«

»Super.« Er dreht sich um. Ich stehe da mit dem Stern in

der Hand und weiß nicht, was ich machen soll, bis er sich wieder umdreht und sagt: »Kommst du jetzt oder was? Ich hab extra eine zweite Lupe für dich mitgenommen.«

Das bringt den Boden in Schieflage. Er wusste, dass ich mitkommen würde, schon bevor er das Haus verlassen hat. Er wusste es. Und ich wusste es. Wir wussten es beide.

(Selbstporträt: *Ich stehe auf meinem eigenen Kopf*)

Er holt die zweite Lupe aus seiner hinteren Hosentasche und hält sie mir hin.

»Cool.« Ich schließe zu ihm auf und nehme die Lupe entgegen.

»Du könntest auch aufschreiben, was wir alles finden«, sagt er. »Oder du zeichnest die Fundstücke. Ehrlich gesagt, das wäre absolut spitze.«

»Was suchen wir denn?«, frage ich.

»Weltraummüll«, antwortet er, als läge das auf der Hand. »Es fällt ständig was vom Himmel. Andauernd. Du wirst schon sehen. Die Leute machen sich kein Bild davon.«

Nein, das machen sie nicht, denn sie sind keine Revolutionäre wie wir.

Stunden später haben wir noch immer keinen einzigen Meteoriten gefunden, nicht ein einziges Stück Weltraummüll, aber das ist mir so was von egal. Statt irgendwelche Fundstücke zu zeichnen, habe ich den größten Teil des Vormittags bäuchlings verbracht und mir Schnecken und Käfer durch die Lupe angeguckt. Brian textete mich die ganze Zeit mit seinem intergalaktischen Gebrabbel zu, während er um mich herumtappte und den Waldboden mit seiner Magnetharke filzte – ja, eine Magnetharke, hat er selbst gebaut! Er ist echt der coolste Typ überhaupt.

Er ist auch ein Reingewehter, keine Frage. Nicht aus einer anderen Welt hierhergeweht wie Mom, aber wahrscheinlich von irgendeinem Exoplaneten (das Wort habe ich gerade gelernt) mit sechs Sonnen. Das würde alles erklären: das Teleskop, diese irre Suche nach Stücken seiner Heimat, das Einsteingerede über Rote Riesen und Weiße und Gelbe Zwerge (!!!), die ich sofort angefangen habe zu zeichnen – ganz zu schweigen von seinen hypnotisierenden Augen und der Art, wie er mich zum Lachen bringt, so als wäre ich einer, dem seine Haut passt, einer mit haufenweise Freunden, der immer genau weiß, wo in einem Satz »*Mann*« und »*Kumpel*« hingehört. Er strahlt eine unglaubliche Ruhe aus. Kolibris lungern um ihn herum. Früchte fallen aus den Bäumen direkt in seine offenen Hände. Von den Mammutbäumen, die über uns ihre Äste hängen lassen, wollen wir gar nicht erst reden. Und von mir. So entspannt war ich in meinem ganzen Leben noch nicht. Immerzu vergesse ich meinen Körper und muss wieder zurückgehen und ihn holen.

(Porträt, Selbstporträt: *Der Junge, der den Jungen beobachtet, der die Welt hypnotisiert*)

Ich erzähle ihm von meiner Exoplaneten-Theorie, während wir auf einem Schieferfelsen am Ufer des Baches sitzen, das Wasser plätschert so langsam an uns vorbei, als wären wir in einem Steinboot.

»Die haben dich echt gut auf deine Reise vorbereitet, du könntest fast als Erdling durchgehen«, sage ich.

Er lächelt ein bisschen. Mir fällt ein Grübchen auf, das ich vorher gar nicht bemerkt hatte, oben an seiner Wange. »Kein Zweifel«, sagt er. »Sie haben mich bestens vorbereitet. Ich spiele sogar Baseball.« Er wirft einen Kiesel ins Wasser. Ich beobachte, wie er untergeht. Mit hochgezogener Augenbraue guckt er mich an: »Du hingegen …«

Ich nehme einen Stein und werfe ihn genau an die Stelle, an der sein Stein untergegangen ist. »Tja, keine Spur von irgendwelchen Vorbereitungen. Sie haben mich einfach ins kalte Wasser geworfen. Deshalb hab ich ja auch keine Ahnung von nichts.« Das war als Witz gemeint, kommt aber nicht so rüber. Denn es stimmt. Ich hab ja so was von gefehlt an dem Tag, an dem die Informationen über normales Teenagerverhalten ausgegeben wurden. Brian leckt sich die Unterlippe und reagiert nicht darauf.

Die Stimmung ist gekippt und ich weiß nicht, warum.

Ich betrachte ihn durch den Vorhang meiner Haare. Vom Porträtzeichnen weiß ich, dass man jemanden richtig lange anschauen muss, wenn man sehen will, was er verbirgt, wenn man sein inneres Gesicht sehen will. Und wenn man es schließlich wahrnimmt und zu Papier bringt, dann flippen die Leute aus darüber, wie genau sie auf der Zeichnung getroffen sind.

Brians inneres Gesicht ist besorgt.

»Also, dieses Bild …«, sagt er zögernd. Er macht eine Pause, dann leckt er sich noch mal die Unterlippe. Ist er nervös? Scheint so, plötzlich, obwohl ich das bis zu diesem Moment nicht für möglich gehalten hatte. Der Gedanke, er könnte nervös sein, macht mich nervös. Er leckt noch einmal mit der Zunge über die Unterlippe. Macht er das immer, wenn er nervös wird? Ich schlucke. Jetzt warte ich darauf, dass er es noch mal macht, versuche ihn mit Gedankenkraft dazu zu bringen. Starrt er mir auch auf den Mund? Ich kann nichts dagegen tun: Meine Zunge fährt über die Unterlippe.

Er wendet sich ab, feuert mit einer bionischen Bewegung aus dem Handgelenk maschinengewehrartig ein paar Kieselsteine ab, die mühelos über die Wasseroberfläche flitzen. Ich beobachte, wie er Sauerstoff in Kohlendioxyd umwandelt. Ich beobachte, wie er existiert und existiert. Und existiert. Ob er seinen Satz jemals beenden wird? Es vergehen noch einige Jahrhunderte des Schweigens, in denen die Luft immer kribbeliger und lebendiger wird, so als würden alle Moleküle erwachen, die er vorher schlafen gelegt hat. Und dann geht mir auf, dass er die Nacktbilder von gestern meint. Die meint er doch? Der Gedanke ist ein Blitzschlag.

»Von dem Engländer?«, quieke ich. Igitt, ich hör mich an wie ein Winzling. Ich wünschte, meine Stimme würde endlich aufhören, sich zu überschlagen, und tiefer werden!

Er schluckt und dreht sich zu mir um. »Nein, ich hab mich gefragt, ob du die Bilder, die du im Kopf machst, auch mal zu Papier bringst?«

»Manchmal«, antworte ich.

»Und, hast du es gemacht?« Sein Blick trifft mich unvorbereitet, fängt mich in einer Art Netz ein. Ich will seinen Namen sagen.

»Was?«, frage ich, um ihn hinzuhalten. Mein Herz kickt in der Brust herum. Jetzt weiß ich, welches Bild er meint.

»Das …«, er leckt sich die Unterlippe, »… von mir?«

Ich stürze mich wie ein Besessener auf den Block und blättere ihn durch, bis ich das Bild gefunden habe, die endgültige Version. Ich lege den Block in seine Hände und beobachte seine Augen, die hoch und runter flitzen, kreuz und quer. Ich kriege einen Fieberschub bei dem Versuch an seinem Gesicht abzulesen, ob ihm das Bild gefällt oder nicht. Ich kann's nicht sagen. Dann versuche ich, das Bild mit seinen Augen zu sehen, und mir rutscht das Herz in die Hose. Der Brian, den ich gezeichnet hab, fliegt mit einem Affenzahn in eine magische Wand hinein. Das hier hat nichts mit den Porträtzeichnungen zu tun, die ich in der Schule mache. Mit Entsetzen wird mir klar, dass es nicht einfach eine Zeichnung von einem Freund ist. Mir wird schwindelig. Jede Linie, jede Perspektive und Farbe schreit hinaus, wie sehr ich ihn mag. Ich komme mir vor wie in Plastik gewickelt und verschnürt. Und er sagt immer noch kein Wort. Nicht ein Wort!

Ich wünschte, ich wäre ein Pferd.

»Das muss dir nicht gefallen oder so«, sage ich schließlich und versuche, den Block wieder an mich zu nehmen. Mir platzt der Kopf. »Ist kein großes Ding. Ich zeichne alles und jeden.« Ich kann nicht aufhören zu reden. »Echt. Sogar Mistkäfer, Kartoffeln, Treibholz und Sandhaufen, Baumstümpfe von Mammutbäumen …«

»Spinnst du?«, unterbricht er mich, den Block hält er fest umklammert. Jetzt ist er dran mit Rotwerden. »Mir gefällt das total.« Er macht eine Pause. Ich beobachte ihn beim Atmen. Er atmet schnell. »Ich seh aus wie die verdammte Aurora borealis.« Keine Ahnung, was das ist, aber der Klang seiner Stimme verrät, dass es was sehr Cooles sein muss.

In meiner Brust springt eine Sicherung raus. Eine, von der ich gar nichts wusste.

»Mann, bin ich froh, dass ich kein Pferd bin!« Mir wird erst klar, dass ich das laut gesagt habe, als Brian »Was?« sagt.

»Nichts«, sage ich schnell. »Nichts.« Ich versuche mich zu beruhigen und aufzuhören zu lächeln. War der Himmel schon immer so rot?

Er lacht lauthals, so wie gestern. »Mann, du bist ja so was von seltsam. Hast du eben echt gesagt, du bist froh, kein Pferd zu sein?«

»Nein ...« Ich will nicht lachen, doch das gelingt mir nicht. »Ich hab gesagt ...«

Ehe ich noch ein weiteres Wort sagen kann, zerreißt eine Stimme diesen perfekten Moment. »Oh, wie romantisch!« Ich erstarre und weiß sofort, aus wessen Nilpferdschädel diese Arschgeigenworte kommen. Dieser Typ muss mir einen Chip eingepflanzt haben, mit dem er mich orten kann – das ist die einzige Erklärung.

Er wird von einem Menschenaffen begleitet: Bigfoot. Wenigstens nicht Zephyr.

»Kleines Bad gefällig, Bubble?«, sagt Fry.

Das ist mein Stichwort, abzuhauen ans andere Ende der Welt.

Wir müssen wegrennen, teile ich Brian telepathisch mit.

Doch als ich einen Blick zu ihm rüber werfe, sehe ich, dass er eine Mauer vor seinem Gesicht hochgezogen hat, und mir wird klar, dass Wegrennen nicht zu seinem Modus Operandi gehört. Was echt scheiße ist. Ich schlucke.

Dann brülle ich: »Verpisst euch, ihr kloschüsselausleckenden Soziopathen!«, aber es kommt kein Ton aus meinem Mund. Also schleudere ich stattdessen ein ganzes Gebirge auf sie, doch sie rühren sich nicht von der Stelle.

Mein ganzes Wesen konzentriert sich in einem Wunsch: *Bitte, lass nicht zu, dass ich vor Brian gedemütigt werde.*

Frys Aufmerksamkeit richtet sich jetzt auf Brian. Er grinst schmierig. »Schöner Hut.«

»Danke«, antwortet Brian so kühl, als würde ihm die Luft

der nördlichen Hemisphäre gehören. Er ist kein kaputter Regenschirm, so viel ist klar. Vor diesen müllköpfigen Drecksärschen scheint er kein bisschen Angst zu haben.

Fry zieht eine Augenbraue hoch, was seine gigantische fettige Stirn in eine 3-D-Landkarte verwandelt. Brian hat sein psychopathisches Interesse geweckt. Na toll. Ich taxiere Bigfoot. Er ist ein Betonklotz mit Baseballkappe. Die Hände stecken tief in den Taschen seiner Kapuzenjacke. Durch den Stoff wirken sie wie Granaten. Ich nehme den Umfang seines Handgelenks zur Kenntnis und schließe daraus, dass seine Faust vermutlich so groß ist wie mein ganzes Gesicht. Bisher bin ich noch nie so richtig zusammengeschlagen worden, nur herumgeschubst. Ich stelle es mir vor, sehe all die Bilder vor mir, die mir beim ersten Treffer aus dem Kopf platzen werden.

(Selbstporträt: *Wumm*)

»Und habt ihr Homos denn auch ein Picknickkörbchen dabei?«, sagt Fry zu Brian. Meine Muskeln verkrampfen sich.

Langsam steht Brian auf. »Ich gebe dir die Chance, dich zu entschuldigen«, sagt er zu Fry, seine Stimme ist eisig und ruhig, seine Augen genau das Gegenteil. Das Steinboot unter seinen Füßen lässt ihn größer aussehen, er schaut auf uns alle runter. Der Meteoritenbeutel hängt schwer an seiner Seite runter. Ich muss dringend aufstehen, habe aber keine Beine.

»Entschuldigen? Wofür?«, sagt Fry. »Weil ich Homos zu euch Homos gesagt hab?«

Bigfoot lacht, dass der Boden bebt. In Taipeh.

Ich kann sehen, dass Fry hocherfreut ist – keiner weit und breit fordert ihn heraus, schon gar keiner von uns jüngeren

Losern, die er schon Homos, Pussys und sonst was nennt, seit wir Ohren haben.

»Findest du das etwa witzig?«, fragt Brian. »Ich nämlich nicht.« Er tritt einen Schritt zurück, sodass er noch höher auf dem Felsen steht. Er hat sich in jemand anders verwandelt. Darth Vader, glaube ich. Er strahlt jetzt keine Ruhe mehr aus, sondern wirkt so, als würde er Menschenleber essen. Sautiert mit Augäpfeln und Zehenspitzen.

Er strahlt Hasswellen aus.

Am liebsten würde ich weglaufen, aber ich atme tief durch und stehe auf, verschränke die Arme, die in den letzten Minuten irgendwie magerer geworden sind, vor meiner frisch eingesunkenen Brust. Dabei versuche ich, so bedrohlich auszusehen wie möglich, und denke an Krokodile, Haie, schwarze Piranhas, um mir Mut zu machen. Klappt aber nicht. Dann fällt mir der Honigdachs ein – die mächtigste Kreatur auf Erden! Ein pelziger kleiner Killer, auch wenn man es ihm nicht zutraut. Ich kneife die Augen zusammen und presse die Lippen aufeinander.

Mein Albtraum wird wahr: Fry und Bigfoot lachen mich aus.

»Ooooh, wie unheimlich, Bubble«, gurrt Fry. Bigfoot verschränkt die Arme vor der Brust wie ich, und das findet Fry so zum Todlachen, dass er es gleich nachmacht.

Ich halte die Luft an, damit ich nicht zusammenbreche.

»Ich glaube wirklich, ihr beide solltet euch jetzt entschuldigen und euch vom Acker machen«, ertönt es hinter mir. »Ansonsten kann ich für nichts garantieren.«

Ich wirbele herum. Ist er denn völlig durchgeknallt? Ist ihm nicht klar, dass er die Hälfte von Fry ist und gerade mal ein Drittel von Bigfoot? Und dass ich ich bin? Hat er irgendwo ein Maschinengewehr stecken?

Aber er wirkt völlig unbeeindruckt da oben auf dem Felsen. Er wirft einen Stein von einer Hand in die andere, einen Stein wie den, den ich noch in der Tasche habe. Wir sehen zu, wie er zwischen den Handflächen hin und her hüpft, seine Hände bewegen sich kaum, er scheint ihn mit dem Geist springen zu lassen. »Ihr werdet also nicht freiwillig gehen?«, sagt er zu seinen Händen, dann sieht er Fry und Bigfoot an, ohne dabei aus dem Rhythmus zu kommen. Es ist unglaublich. »Dann sagt mir nur eins.«

Brian lächelt verhalten, ganz gelassen, aber die Ader an seinem Hals pulsiert wie verrückt, und es sieht so aus, als würde das, was als Nächstes aus seinem Mund kommen wird, uns umbringen.

Fry wirft Bigfoot einen Blick zu, die beiden scheinen sich schnell und schweigend darüber zu verständigen, was sie mit unseren sterblichen Überresten anfangen werden.

Wieder halte ich die Luft an. Wir warten alle darauf, dass Brian weiterspricht, und beobachten dabei den Stein, sind wie hypnotisiert von ihm, während die nahende Gewalt in der Luft brutzelt. Echte, rohe Gewalt. Die, die ins Krankenhausbett führt, wo dann nur noch ein Strohhalm aus dem Kopfverband ragt. Diese widerliche, auf alles einhämmernde Art Gewalt, bei der ich immer den Fernseher stumm stellen muss, um die Szene durchstehen zu können. Es sei denn, Dad ist in der Nähe, dann muss ich es ertragen. Hoffentlich gibt Mr Grady Mom die Bilder, die ich im Kunstraum liegen lassen habe. Sie können sie beim Gedenkgottesdienst zeigen – meine erste und letzte Ausstellung.

(Porträt, Selbstporträt: *Brian und Noah, Seite an Seite begraben*)

Ich balle die Faust, kann mich aber nicht erinnern, ob der Daumen drinnen oder draußen bleiben soll, wenn man zuschlägt. Warum hat Dad mir ausgerechnet das Ringen beigebracht? Wer in aller Welt ringt denn? Er hätte mir zeigen sollen, wie man eine verdammte Faust macht. Und was wird aus meinen Fingern? Werde ich noch zeichnen können, wenn das hier vorbei ist? Picasso war doch bestimmt mal in Schlägereien verwickelt. Van Gogh und Gauguin haben sich jedenfalls geprügelt. Das wird schon. Ganz bestimmt. Und ein blaues Auge ist cool, so schön bunt.

Dann plötzlich schnappt Brian den tanzenden Stein mit einer Hand – die Zeit bleibt stehen.

»Sagt mir nur eins«, wiederholt er und lässt jedes Wort schnarren, »wer zum Teufel hat euch aus euren Käfigen gelassen?«

»Dieser Typ ist doch unglaublich, was?«, sagt Fry zu Bigfoot, der was Unverständliches auf Bigfootisch grunzt. Dann greifen sie an …

Ich teile Grandma Sweetwine mit, dass ich in Kürze zu ihr stoßen werde, als ich Brians peitschende Armbewegung wahrnehme, Fry kurz danach aufschreit und die Hand ans Ohr reißt. »Scheiße, was ist das?«

Dann jault Bigfoot und hält sich die Arme über den Kopf. Ich wirbele herum und sehe Brians Hand im Beutel. Jetzt ducken sich Fry und Bigfoot, denn nun zischen die Meteoriten nur so auf sie zu, sie hageln auf sie nieder, sausen mit Schallgeschwindigkeit an ihren Schädeln vorbei, schneller noch, mit Lichtgeschwindigkeit, jedes Mal nah genug, um ihnen die Haare abzurasieren, einen Millimeter davon entfernt, ihre Hirnaktivität für immer zu beenden. »Hör auf!«, schreit Bigfoot. Die beiden verrenken sich, hüpfen hin und her und versuchen, ihre Köpfe mit den Armen zu schützen, während immer mehr Brocken vom herabgestürzten Himmel in Warpgeschwindigkeit durch die Luft sausen. Brian ist eine Maschine, ein Maschinengewehr, zwei Maschinengewehre auf einmal, drei, vier, als hätte er unendlich viele Hände. Seine Arme verschwimmen, er verschwimmt, jeder Stein – jeder Stern – geht nur knapp daneben, verschont Fry und Bigfoot nur um Haaresbreite, bis sie beide mit den Händen über dem Kopf zusammengerollt auf dem Boden liegen und »Bitte, Mann, hör auf!« wimmern.

»Tut mir leid. Ich habe die Entschuldigung nicht gehört«, sagt Brian und lässt einen Stein so dicht an Frys Kopf vorbeizischen, dass ich zusammenzucke. Dann noch ein paar weitere als Zugabe. »Also, eigentlich zwei Entschuldigungen. Eine für Noah. Und eine für mich. Und bitte so, als wär's ernst gemeint.«

»Sorry«, sagt Fry völlig erschüttert. Vielleicht ist ihm ja doch einer an den Kopf geknallt. »Jetzt hör auf.«

»Reicht nicht.« Noch ein Meteoritenschauer rast mit Lichtgeschwindigkeit auf ihre Schädel zu.

Fry brüllt los: »Sorry, Noah. Sorry, ich weiß nicht, wie du heißt.«

»Brian.«

»Sorry, Brian!«

»Nimmst du ihre Entschuldigung an, Noah?«

Ich nicke. Gott und sein Sohn sind vom Thron gestoßen worden.

»Und jetzt seht zu, dass ihr hier wegkommt«, sagt Brian zu ihnen. »Nächstes Mal werde ich eure dicken Schädel nicht mit Absicht verschonen.«

Und dann fliehen sie in einem zweiten Meteoritenschauer – sie halten die Arme wie Helme über den Kopf, während sie vor uns weglaufen.

»Ich nehme an, du bist beim Baseball der Werfer?« Ich schnappe mir meinen Block.

Er nickt. Ich sehe sein kleines Lächeln durch die Mauer seines Gesichts brechen. Er springt von der Felsenrutsche, sammelt die Meteoriten ein und packt sie wieder in seinen Beutel. Ich schnappe mir die Magnetharke, die daliegt wie ein Schwert. Dieser Typ ist magischer als alle anderen, er toppt sogar Picasso, Pollock oder Mom. Wir springen über den Bach und rennen zusammen durch den Wald – weiter weg von zu Hause, in die entgegengesetzte Richtung. Er ist genauso schnell wie ich, so schnell, als könnten wir Jumbojets überholen oder Kometen.

»Wir sind tot, das weißt du, oder?«, brülle ich und denke an die bevorstehende Vergeltung.

»Sei dir da nicht so sicher«, brüllt Brian zurück.

Stimmt, denke ich, wir sind unbesiegbar.

Wir sprinten mit Lichtgeschwindigkeit, bis der Boden unter uns verschwindet und wir in die Luft aufsteigen, so als würden wir eine unsichtbare Treppe hochrennen.

Ich höre auf zu zeichnen, schließe die Augen und lehne mich auf meinem Schreibtischstuhl zurück. In meinem Kopf kann ich Brian problemlos malen, wie er Blitze wirft, aber auf Papier ist das deutlich schwieriger.

»Was denn?«, ertönt es hinter mir. »Meditierst du jetzt auch noch, Swami Sweetwine?«

Ich lasse die Augen geschlossen. »Verschwinde, Jude.«

»Wo hast du die ganze Woche gesteckt?«

»Nirgendwo.«

»Was hast du gemacht?«

»Nichts.«

Seit Brian Fry und Bigfoot mit diesen Meteoriten bepfeffert hat – genau gesagt, seit fünf Tagen –, bin ich total von der Rolle und habe jeden Morgen, den Kopf zwei Handbreit über dem Hals, auf dem Dach darauf gewartet, dass seine Garage aufgeht, damit wir wieder in den Wald und in unsere Fantasie abtauchen können – anders kann ich es nicht beschreiben.

(Porträt, Selbstporträt: *Zwei Jungen springen in die Luft und bleiben oben*)

»Und, ist Brian nett?« Ich mache die Augen auf. Sie weiß seinen Namen. Hält sie ihn jetzt nicht mehr für einen Freak? Sie lehnt am Türrahmen, in ihrer limonengrünen Schlafanzughose und einem fuchsienroten Tanktop sieht sie aus wie einer dieser bunt geringelten Lollis, die man auf der Promenade kaufen kann. Wenn man die Augen etwas zusammenkneift, sehen ziemlich viele Mädchen aus wie diese Lollis.

Jude streckt die Hand vor sich aus und mustert fünf glänzende lila Fingernägel. »Alle reden von ihm, als wäre er ein Baseballgott, als wäre er auf dem Weg in die Spitzenmannschaften. Frys Cousin – der verbringt die Sommerferien hier –

hat gesagt, sein kleiner Bruder geht drüben im Osten auf dieselbe Schule wie Brian. Da nennen sie ihn ›die Axt‹ oder so.«

Ich pruste los. Die Axt. Brians Spitzname ist »die Axt«! Ich schlage ein neues Blatt auf und fange an, das zu zeichnen.

Hat es deshalb keine Racheaktion gegeben? Ist Fry deshalb neulich, als ich gerade im Gespräch mit Rascal dem Pferd war und nicht mal Zeit hatte, an eine Flucht nach Oregon zu denken, einfach an mir vorbeigegangen? Er hat mit dem Finger auf mich gezeigt und »Mann« gesagt. Und das war's.

»Und? Ist er?«, wiederholt sie. Ihre Haare sind heute Abend besonders blutrünstig, sie schlängeln sich überall im Zimmer herum, kriechen über die Möbel, winden sich an Stuhlbeinen hoch, recken sich über die Wände. Ich bin ihr nächstes Opfer.

»Ist er was?«

»Nett, Bubble, ist Brian, dein neuer bester Freund, nett?«

»Er ist in Ordnung«, sage ich und ignoriere das Bubble, was soll's. »Wie alle anderen.«

»Aber alle anderen magst du nicht.« Jetzt höre ich die Eifersucht. »Was für ein Tier ist er denn?« Sie wickelt sich eine Haarsträhne so fest um den Zeigefinger, dass die Spitze luftballonrot und so prall wird, dass sie jeden Moment platzen könnte.

»Ein Hamster«, sage ich.

Sie lacht. »Ja, ganz bestimmt. Die Axt ist ein Hamster.«

Ich muss sie von Brian abbringen. Rolläden bringen nichts – wenn ich die Chinesische Mauer um Brian und mich bauen könnte, würde ich es tun. »Und wer ist nun M.?«, frage ich, denn das arschgeigige Ouija-Brett fällt mir wieder ein.

»Niemand.«

Na gut. Ich wende mich wieder der Zeichnung von Brian, der Axt zu …

Da höre ich sie sagen: »Wie würdest du lieber sterben? Benzin trinken und dann ein Streichholz im Mund anzünden oder lebendig begraben werden?«

»Die Explosion«, sage ich und versuche mein Lächeln zu verbergen, denn nach all diesen Monaten, in denen sie mich nicht beachtet hat, schleimt sie sich plötzlich ein. »Tss. Ist doch wohl klar.«

»Jaja. Das war nur zum Aufwärmen. Ist ja schon eine Weile her. Wie ist es damit …«

Ein Klopfen am Fenster.

»Ist er das? Am Fenster?« Das Aufgeregte in ihrer Stimme gefällt mir nicht.

Ist er das wirklich? So spät abends? Ich habe beiläufig erwähnt, welches Zimmer meins ist – zur Straße hin, leicht zugänglich –, ein paar Dutzend Mal hab ich's erwähnt, denn, na ja, ich habe meine Gründe. Ich stehe vom Schreibtisch auf, gehe zum Fenster und ziehe das Rollo hoch. Er ist es. Kein Zweifel. Manchmal frage ich mich, ob ich mir das nicht alles nur ausdenke. Ob jemand, der von oben auf mich runtergucken würde, vielleicht den ganzen Tag nur mich sehen würde, wie ich ganz allein mitten im Wald mit mir selbst rede und lache.

Das Licht aus dem Zimmer rahmt ihn ein, er sieht aus, als hätte er den Zeh in eine Steckdose eingestöpselt. Er hat seinen Hut nicht auf und die Haare knistern um seinen Kopf herum. Auch die Augen sprühen Funken. Ich mache das Fenster auf.

»Ich will ihn unbedingt kennenlernen«, höre ich Jude hinter mir sagen.

Das will ich nicht. Nein. Sie soll in ein Loch fallen.

Ich bücke mich, stecke Kopf und Schultern raus und mache mich so breit wie möglich auf der Fensterbank, damit Jude nicht raus- und Brian nicht reingucken kann. Die Luft ist kühl und federleicht auf meinem Gesicht.

»Hey«, sage ich, so als würde er immer nachts an mein Fenster klopfen, als würde in mir nicht alles mit Höchstgeschwindigkeit rasen.

»Du musst mit hochkommen«, sagt er. »Unbedingt. Endlich ist klare Sicht. Und kein Mond. Das ist ein intergalaktisches Gelage da oben.«

Ohne Scheiß, wenn mir jemand sagen würde, ich könnte in da Vincis Atelier rumhängen, während er die Mona Lisa malt, oder nachts mit Brian aufs Dach gehen – dann wäre ich sofort auf dem Dach. Neulich hat er vorgeschlagen, dass wir uns so einen Film über eine Invasion von Aliens angucken könnten, und schon beim Gedanken daran bin ich fast ohnmächtig geworden. Ich würde lieber zwei Stunden neben Brian in einem dunklen Kino sitzen, als mich in eine Wandmalorgie mit Jackson Pollock zu stürzen. Der einzige Nachteil daran, den ganzen Tag mit ihm im Wald zu verbringen, ist, dass da so viel Platz ist. Der Kofferraum eines Autos wäre besser – oder ein Fingerhut.

Trotz aller Anstrengungen, das Fenster zu vereinnahmen, werde ich von Jude verdrängt, die neben mir den Kopf und dann die Schultern nach draußen schiebt, so als wären wir eine zweiköpfige Hydra. Ich sehe Brians Gesicht bei ihrem Anblick aufleuchten und werde seekrank.

(Porträt: *Jude. Gestreckt und gevierteilt*)

»Hi, Brian Connelly«, sagt sie auf eine flirtende, vergnügte Art, die meine Körpertemperatur um mehrere Grad sinken lässt. Wann hat sie gelernt, so zu reden?

»Wow, ihr beide seht euch ja überhaupt nicht ähnlich«, ruft Brian aus. »Ich dachte, du würdest aussehen wie Noah, nur …«

»Mit Titten?«, wirft Jude ein. Sie hat Titten zu ihm gesagt! Und wie kommt er überhaupt darauf, sich vorzustellen, wie sie wohl aussieht?

Brian lässt dieses kleine Lächeln aufblitzen. Ich muss ihm unbedingt eine Tüte über den Kopf stülpen, ehe Jude in den Bann seiner seltsamen blinzelnden Augen gerät. Gibt es so ein Burkadings auch für Jungs? Na ja, wenigstens hat er sich nicht die Lippen geleckt. »Äh, ja. Genau«, sagt er zu ihr und leckt sich die Lippen. »Obwohl ich mir ziemlich sicher bin, dass ich es anders ausgedrückt hätte.«

Es ist vorbei. Seine Augen blinzeln. Meine Schwester ist ein Lolli – alle lieben Lollis. Und ich habe jetzt einen Kohlkopf als Kopf.

»Du solltest auch mit hochkommen«, sagt er zu ihr. »Ich wollte deinem Bruder Gemini zeigen – die Zwillinge –, das ist doch perfekt.« Dein Bruder. Bin ich jetzt etwa ihr Bruder?

(Porträt: *Jude in ihrem neuen Zuhause in Timbuktu*)

Sie will gerade den Mund aufmachen und »Cool«, »Wahnsinn« oder »Ich liebe dich!« sagen, deshalb verpasse ich ihr einen Stoß mit dem Ellenbogen. Etwas anderes fällt mir jetzt nicht mehr ein. Sie reagiert darauf mit einem brutalen Rippenstoß. Wir sind verdeckte Kämpfe unter Restauranttischen oder zu Hause gewohnt, es ist also ganz leicht, Brian aus diesem Gerangel rauszuhalten, bis ich schließlich herausblöke: »Sie kann nicht mitkommen. Sie muss nach ubudowasw wegen sodojiokoa …« Ich mache nur Geräusche, stoße Silben aus, in der Hoffnung, dass sie irgendwie zusammenrasseln und in Brians Kopf eine Bedeutung annehmen. Dabei ziehe ich mich mit einer spektakulär spastischen Bewegung hoch und mache einen Froschsprung aus dem Fenster, wo ich gerade noch auf den Füßen lande anstatt kopfüber auf Brian. Ich richte mich auf und streiche mir die Haare aus der Stirn, dann drehe ich mich um und ziehe das Fenster runter. Erst in allerletzter Minute beschließe ich, meine Schwester nicht zu enthaupten, obwohl mir das eigentlich eine echt gute Idee zu sein scheint. Stattdessen gebe ich ihren Schultern einen Schubs, um sie und ihren würgenden Schweif gelber Haare, die lila Nägel, die glänzenden blauen Augen und die wippenden wackelnden Wopper wieder nach drinnen zu drängen …

»Himmel, Noah. Ich hab's ja kapiert. Nett, dich kennenzulernen, Brian«, kann sie noch sagen, bevor ich das Fenster zuknalle.

»Gleichfalls«, sagt er und klopft mit den Fingerknöcheln ans Glas. Sie erwidert das mit zwei selbstbewussten, wissenden Klopfern, die genau zu dem selbstbewussten, wissenden Lächeln auf ihrem Gesicht passen. Es ist, als würden sie schon ihr ganzes Leben so hin und her klopfen – in ihrem ganz persönlichen Bengalischer-Tiger-an-Lolli-Morsecode.

Brian und ich gehen schweigend die Straße runter. Ich habe einen Ganzkörperschweißausbruch. Es fühlt sich genauso an, wie wenn ich aus diesem Traum erwache, in dem ich nackt in der Cafeteria stehe und nur diese erbärmlichen kleinen Serviettenquadrate zum Bedecken habe.

Brian kommentiert kurz und prägnant, was eben passiert ist. »Mann«, sagt er. »Irre.«

Ich seufze und murmele: »Danke, Einstein.«

Und dann fängt er zu meiner Überraschung und Erleichterung an zu lachen. Ein fontänenartiges, bergehohes Lachen. »Total irre.« Er zerlegt die Luft mit Karateschlägen. »Ich dachte schon, du würdest sie mit dem Fenster zerlegen!« Das löst bei ihm einen völlig hysterischen Lachanfall aus, von dem ich auch bald erfasst werde. Als dann auch noch Prophet mit »Verdammt, wo ist Ralph? Verdammt, wo ist Ralph?« einstimmt, ist es vollends um uns geschehen.

»Oh mein Gott. Dieser verrückte Vogel.« Brian hält sich den Kopf mit beiden Händen. »Wir müssen Ralph finden, Mann. Unbedingt. Das ist ein nationaler Notstand.«

Anscheinend macht es ihm überhaupt nichts aus, dass Jude nicht mitgekommen ist. Vielleicht hab ich mir das alles nur eingebildet? Vielleicht hat sein Gesicht bei ihrem Anblick gar nicht angefangen zu leuchten? Vielleicht ist er gar nicht rot geworden bei ihren Worten? Vielleicht mag er gar keine Lollis?

»Brian, die Axt?«, sage ich. Mir geht's echt schon viel besser.

»Oh Mann.« Er stöhnt. »Das ging ja schnell.« In seiner Stimme liegt sowohl Verlegenheit als auch Stolz. Er hält den rechten Arm hoch. »Keiner legt sich mit der Axt an.« Die Axt geht auf meine Schulter nieder und er schubst mich. Wir sind unter einer Straßenlaterne, und ich bete darum, dass mein Gesicht nicht preisgibt, was bei diesem Körperkontakt in mir passiert. Das ist das erste Mal, dass er mich berührt.

Ich klettere hinter ihm die Leiter zum Dach hoch, meine Schulter kribbelt immer noch. Wenn die Leiter doch nur ein paar Kilometer länger wäre! (Porträt, Selbstporträt: *Die zwei Jungs brechen aus den zwei Jungs heraus*) Beim Klettern kann ich Pflanzen im Dunkeln wachsen hören, das Blut rast in mir.

Und dann umfängt uns der Duft von Jasmin.

Grandma Sweetwine hat uns immer geraten, die Luft anzuhalten, sobald wir in die Nähe von in der Nacht blühendem Jasmin geraten, sofern wir nicht alle unsere Geheimnisse ausplaudern wollten. Sie meinte, die Polizei würde viel besser fahren, wenn sie den Angeklagten Ranken der weißen Trompetenblüten geben würden statt sie an Lügendetektoren anzuschließen. Ich hoffe wirklich, dass wenigstens an diesem Gewäsch was dran ist. Ich will Brians Geheimnisse wissen.

Als wir oben sind, holt er eine Taschenlampe aus seiner Sweatshirttasche und leuchtet uns den Weg zum Teleskop. Das Licht ist rot, nicht weiß, erklärt er, damit unsere Nachtsicht nicht beeinträchtigt wird. Unsere Nachtsicht!

Während er sich über eine Tasche am Fuß des Teleskops beugt, lausche ich dem Rauschen des Meeres und stelle mir all die Fische vor, die durch die endlose eisige Dunkelheit schwimmen.

»Ein Fisch könnte ich nie sein«, sage ich.

»Ich auch nicht«, erwidert er, seinen Worten ist der Griff der Taschenlampe im Weg, die er im Mund hält, damit er beide Hände zum Durchwühlen der Tasche benutzen kann.

»Höchstens ein Aal vielleicht«, sage ich, immer noch verwundert darüber, dass ich so viele Sachen ausspreche, die ich sonst nur zu mir selbst sage. »Wäre doch cool, elektrische Körperteile zu haben, oder? Wie deine Haare zum Beispiel.«

Ich höre sein durch die Taschenlampe gedämpftes Lachen und werde vom Glück erschossen. Dass Brian nicht dagewesen ist, dem ich alles erzählen konnte, war wohl der einzige Grund dafür, dass ich all die Jahre so still gewesen bin. Er holt ein Buch aus der Tasche, steht auf und blättert darin herum, bis er findet, was er gesucht hat. Dann reicht er mir das aufgeschlagene Buch, kommt ganz nah an mich ran, damit er mit der Taschenlampe, die er jetzt wieder in der Hand hält, auf die Seite leuchten kann.

»Hier«, sagt er. »Die Zwillinge.«

Ich spüre seine Haare an meiner Wange, an meinem Hals.

Und ich fühle mich, als müsste ich gleich anfangen zu weinen.

»Dieser Stern«, sagt er und zeigt darauf, »ist Castor, der da ist Pollux. Die sind die Köpfe der Zwillinge.« Er holt einen Stift aus der Tasche und fängt an zu zeichnen – es ist ein Leuchtstift. Cool. Er zieht Lichtlinien zwischen den Sternen, bis zwei Strichmännchen sichtbar werden.

Ich kann sein Shampoo riechen, seinen Schweiß. Ich atme tief ein, ganz leise.

»Das sind beides Kerle«, sagt er. »Castor war sterblich. Pollux unsterblich.«

Stellen sich Jungs normalerweise so dicht neben andere Jungs? Ich wünschte, ich hätte früher mehr auf solche Sachen geachtet. Mir fällt auf, dass meine Finger zittern, und ich kann nicht hundertprozentig garantieren, dass ich nicht gleich rüberlange und sein nacktes Handgelenk oder seinen Hals berühre, deshalb stecke ich die Hände sicherheitshalber ins Taschengefängnis. Meine Finger umklammern den Stein, den er mir geschenkt hat.

»Als Castor starb«, fährt er fort, »hat Pollux ihn so sehr vermisst, dass er einen Deal gemacht und seine Unsterblichkeit mit ihm geteilt hat, und so sind sie am Ende beide an den Himmel gekommen.«

»Würde ich auch machen«, sage ich. »Auf jeden Fall.«

»Ach ja? Das muss so ein Zwillingsding sein«, sagt er – ein Missverständnis. »Obwohl ich das nach dem Mordversuch am Fenster nie für möglich gehalten hätte.« Ich merke, wie mein Gesicht rot anläuft, weil ich ihn gemeint habe, ist doch klar, meine Unsterblichkeit würde ich mit ihm teilen. *Ich hab dich gemeint,* will ich brüllen.

Brian beugt sich über das Teleskop und stellt irgendwas ein. »Es heißt, Die Zwillinge sind für Schiffsunglücke verantwortlich, man sagt, sie würden Seeleuten als Elmsfeuer erscheinen. Weißt du, was das ist?« Er wartet nicht auf die Antwort, sondern fährt auf seine Einsteinweise fort: »Das ist ein elektrisches Wetterphänomen, bei dem ein phosphoreszierendes Plasma gebildet wird, weil sich aufgeladene Partikel trennen und elektrische Lichtfelder entstehen, die wiederum diese Koronaentladung …«

»Boah, krass«, sage ich.

Er lacht, redet aber genauso unverständlich weiter. In welche Richtung das geht, kapiere ich ungefähr: Die Zwillinge können Gegenstände in Flammen aufgehen lassen. Er dreht sich um und leuchtet mir mit der Taschenlampe ins Gesicht. »Es ist verrückt, dass es passiert«, sagt er. »Aber es passiert einfach, und zwar immerzu.«

Er ist wie eine Tasche voller Persönlichkeiten, dieser Einstein. Der furchtlose, Meteoriten schleudernde Gott. Der Typ mit dem irren Lachen. Die Axt! Und er hat noch mehr

Persönlichkeiten, das weiß ich. Versteckte. Wahrere. Warum wäre sein inneres Gesicht denn sonst so sorgenvoll?

Ich schnappe mir die Taschenlampe und leuchte ihn damit an. Der Wind bauscht das T-Shirt an seiner Brust. Ich will die Falten mit der Hand glatt streichen, will es so sehr, dass mein Mund trocken wird.

Dieses Mal starre ich nicht allein.

»Der Duft von Jasmin bringt Menschen dazu, ihre Geheimnisse zu verraten.« Meine Stimme ist leise.

»Ist das Jasmin?«, fragt er und wirbelt mit der Hand durch die Luft.

Ich nicke. Die Taschenlampe strahlt sein Gesicht an. Das ist eine Inquisition.

»Wie kommst du darauf, dass ich Geheimnisse habe?« Er verschränkt die Arme.

»Hat doch jeder.«

»Erzählst du mir dann eins von deinen?«

Ich hole ein ziemlich harmloses hervor, doch pikant genug, um auch ihn dazu zu bringen, was Interessantes zu enthüllen. »Ich bespitzele Leute.«

»Wen?«

»Na ja, eigentlich alle. Die meiste Zeit zeichne ich, aber manchmal eben auch nicht. Ich verstecke mich in Bäumen, Büschen, auf meinem Dach mit dem Fernglas, oder sonst wo.«

»Bist du je erwischt worden?«

»Ja, zwei Mal. Beide Male von dir.«

Er lacht ein bisschen. »Und … hast du mich schon mal bespitzelt?« Bei dieser Frage stockt mir der Atem. Die Wahrheit ist: Nach einer gründlichen Untersuchung habe ich feststellen müssen, dass sein Zimmer bespitzelungssicher ist.

»Nein. Du bist dran.«

»Okay.« Er zeigt Richtung Meer. »Ich kann nicht schwimmen.«

»Echt?«

»Ja. Ich hasse Wasser. Allein das Geräusch macht mich wahnsinnig. Ich hab Höllenangst vorm Baden. Vor Haien. Hier zu wohnen. Du bist dran.«

»Ich hasse Sport.«

»Aber du bist schnell.«

Ich zucke die Achseln. »Jetzt du.«

»Okay.« Er leckt sich die Lippen, dann atmet er langsam aus. »Ich hab Platzangst.« Er runzelt die Stirn. »Deshalb kann ich jetzt nicht mehr Astronaut werden. Das ist Scheiße.«

»Also war das nicht immer so?«

»Nein.« Er guckt weg und für den Bruchteil einer Sekunde sehe ich wieder sein inneres Gesicht. »Du bist dran.«

Ich knipse die Taschenlampe aus.

Ich bin dran. Ich bin dran. Ich bin dran. *Ich will meine Hände auf deine Brust legen. Ich will mit dir in einem Fingerhut sein.*

»Ich hab mal das Auto von meinem Vater kurzgeschlossen«, sage ich.

»Ich hab ein Teleskop aus der Schule geklaut.«

Bei ausgeschalteter Taschenlampe ist es leichter. Im Dunkeln fallen die Wörter wie Äpfel von den Bäumen.

»Rascal, das Pferd von gegenüber, redet mit mir.«

Ich merke, dass er erst lächelt, dann nicht mehr. »Mein Dad ist abgehauen.«

Ich halte inne. »Ich wünschte, mein Dad würde das auch machen.«

»Nein, tust du nicht.« Seine Stimme ist ernst. »Das ist Scheiße. Meine Mom verbringt ihre ganze Zeit auf dieser Website, LostConnections, und schreibt ihm Nachrichten, die er niemals lesen wird. Total erbärmlich.« Schweigen. »Oh, bin ich immer noch dran? Ich löse Matheaufgaben im Kopf, immerzu. Sogar beim Baseball.«

»Jetzt auch?«

»Jetzt auch.«

»So wie ich im Kopf male?«

»Ja, wahrscheinlich.«

»Ich hab Angst, dass ich scheiße bin«, sage ich.

Er lacht. »Ich auch.«

»So richtig scheiße, meine ich.«

»Ich auch«, beharrt er.

Eine Sekunde lang sind wir still. Unter uns rumpelt das Meer.

Ich mache die Augen zu, hole tief Luft: »Ich hab noch nie jemanden geküsst.«

»Niemanden?«, sagt er. »Echt nicht?« Bedeutet das irgendwas?

»Nein, niemanden.«

Der Augenblick zieht und zieht sich in die Länge ... Dann knallt's. Er sagt: »Jemand aus dem Freundeskreis meiner Mom hat sich mal an mich rangemacht.«

Krass. Ich richte die Taschenlampe wieder auf sein Gesicht. Er blinzelt, guckt unsicher, verlegen. Ich beobachte seinen Adamsapfel, während er schluckt, ein Mal und dann noch mal.

»Wie alt? Wie weit?«, frage ich, statt zu fragen, was ich fragen will. Warum wird er nicht deutlicher? War das ein Freund oder eine Freundin?

»Nicht sehr alt. Und weit genug. Nur dieses eine Mal. Keine große Sache.« Er nimmt mir die Taschenlampe aus der Hand und geht wieder zum Teleskop, das Gespräch ist damit beendet. Von wegen »keine große Sache«. Ich würde ihm gern einen Haufen Fragen stellen, was er mit »weit genug« meint, behalte sie aber für mich.

Ich warte in der kalten Luft, wo eben noch sein Körper war.

»Okay«, sagt er wenig später. »Alles bereit.«

Ich stelle mich hinter das Teleskop, schaue in den Sucher und sämtliche Sterne knallen mir auf den Kopf. Es ist, als würde man im Kosmos duschen. Ich schnappe nach Luft.

»Ich wusste, du würdest ausflippen«, sagt er.

»Oh Mann. Der arme van Gogh«, sage ich. »Die *Sternennacht* wäre ja so viel cooler geworden, wenn er das gesehen hätte.«

»Wusste ich's doch!«, ruft er. »Wenn ich Künstler wäre, ich würd verrückt werden.« Ich brauche was zum Festhalten, mal abgesehen von ihm. Ich greife nach einem der Teleskopbeine. Noch nie war jemand so aufgeregt, weil er mir was zeigen wollte, nicht mal Mom. Und hat er mich gerade wirklich als Künstler bezeichnet?

(Selbstporträt: *Ich werfe Arme voll Luft in die Luft*)

Er stellt sich hinter mich. »Okay, nun guck dir mal das hier an. Du wirst komplett ausrasten.« Er beugt sich über meine Schulter und zieht einen Hebel, die Sterne rasen noch näher heran. Er hat recht, ich raste aus, aber dieses Mal nicht wegen der Sterne. »Kannst du die Zwillinge sehen?«, fragt er. »Sie sind im rechten oberen Quadranten.« Ich kann überhaupt nichts sehen, weil ich die Augen zu habe. Mein Interesse am Kosmos beschränkt sich auf das, was auf diesem Dach passiert. Was soll ich bloß sagen, damit er die Hand auf diesem Hebel behält und so nah bei mir bleibt, dass ich seinen Atem im Nacken spüre? Wenn ich Ja sage, tritt er wahrscheinlich einen Schritt zurück. Wenn ich Nein sage, stellt er das Teleskop vielleicht noch mal ein und wir können noch eine Minute länger so bleiben. »Ich glaube, ich sehe sie nicht«, sage ich, meine Stimme ist rau, wackelig. Das war die richtige Antwort, denn er sagt: »Okay, warte«, dann macht er was, das mir nicht nur die Sterne, sondern auch ihn einen Atemzug näherbringt.

Mein Herz hört auf zu schlagen.

Mein Rücken berührt seine Brust, und wenn ich mich nur ein paar Zentimeter nach hinten bewegen würde, würde ich auf ihn fallen. Wenn das ein Film wäre – keiner, den ich je gesehen hätte, so viel ist klar –, dann würden seine Hände mich jetzt überall berühren, das würden sie, ich weiß es, und dann würde ich mich umdrehen und wir würden verschmelzen wie heißes Wachs. In meinem Kopf kann ich das sehen. Ich rühre mich nicht von der Stelle.

»Und?« Er haucht dieses Wort mehr als dass er es sagt – und da weiß ich, dass er es auch fühlt. Ich denke an diese beiden Typen am Himmel, die Schiffe zum Sinken bringen, die Dinge in Flammen aufgehen lassen – einfach so, ohne Vorwarnung.

Es ist verrückt, dass es passiert, hat er über sie gesagt. *Aber es passiert einfach.*

Es passiert einfach.

Es passiert uns.

»Ich muss gehen«, sage ich hilflos.

Wie kommt es, dass man manchmal das Gegenteil von dem sagt, was jede Zelle im Körper schreien will?

»Ja«, antwortet er. »Okay.«

Die Hornissenmädchen – Courtney Barrett, Clementine Cohen, Lulu Mendes und Heather Wasweißich – lagern auf dem großen Felsen am Anfang des Waldpfades, als Brian und ich am Nachmittag darauf aus dem Wald kommen. Bei unserem Anblick springt Courtney von ihrem Hochsitz, landet mit den Händen auf den Hüften vor uns und wird zu einer in einen rosa Bikini gekleideten Straßensperre in Menschengestalt, die meine begeisterte Tirade über den Blobfisch unterbricht, das meistunterschätzte überflüssige Tier der Welt, das ewig im Schatten des Dreifingerfaultiers steht. Dieser Beitrag folgte Brians Sondermeldung über einen Jungen in Kroatien (von dem er im Internet gelesen hatte), der magnetisch ist. Seine Familie und seine Freunde bewerfen ihn mit Münzen, die an ihm kleben bleiben. Ebenso wie Bratpfannen. Brian behauptet, so was sei tatsächlich möglich – aus einem kauderwelschigen Grund, den ich nicht ganz nachvollziehen konnte.

»Hey«, sagt Courtney. Sie ist ein Jahr älter als die anderen Hornissen und wird nächstes Jahr auf die Highschool gehen, sie ist also genauso alt wie Brian. Ihr Lächeln besteht aus scharlachroten Lippen, blendend weißen Zähnen und Bedrohung. Die Antennen auf ihrem Kopf sind direkt auf ihn gerichtet. »Wow!«, ruft sie. »Wer hätte gedacht, dass du solche Augen unter diesem albernen Hut versteckst?« Ihr Bikinioberteil, zwei rosa Streifen und ein Band, bedeckt sehr wenig von ihr. Sie zupft an dem Band, enthüllt eine geheime Linie weißer Haut, die um ihren Hals läuft. Sie zupft daran wie an einer Gitarrensaite.

Ich beobachte, wie Brian das beobachtet. Dann beobachte ich, wie Brian von ihr beobachtet wird, und merke, dass Courtney registriert, wie sein T-Shirt über seine breite Brust fließt wie Wasser, dass sie die gebräunten starken Baseballarme registriert, die absolut coole Lücke zwischen den Zähnen, das Blinzeln, die Sommersprossen, und wie ihr aufgeht, dass es in ihrem Hornissenkopf kein Wort gibt, das die irre Farbe seiner Augen beschreiben kann.

»Das muss ich dann wohl als Beleidigung meines Glückshuts auffassen«, antwortet Brian so glatt und cool, dass es mir Dornen ins Trommelfell treibt. Ein anderer Brian kommt zum Vorschein, und ich bin mir sicher, dass mir der überhaupt nicht gefallen wird.

Mir kommt der Gedanke, dass Jude das genauso macht, sie verändert sich ständig, je nachdem, mit wem sie gerade zusammen ist. Sie sind wie Kröten, die die Farbe ihrer Haut ändern. Wie kann es sein, dass ich immer nur ich bin?

Courtney setzt ein Schmollen auf. »War nicht böse gemeint.« Sie lässt das Bikiniband los und schnippt mit zwei langen Fingern an die Hutkrempe. Ihre Nägel sind genauso lila wie Judes. »Warum ist das ein Glückshut?«, fragt sie und legt dabei den Kopf schräg – die ganze Welt legt sich schräg und alles fließt in ihre Richtung. Kein Zweifel, das ist das Mädchen, das Jude Flirtstunden gegeben hat. Hey, wo ist Jude eigentlich? Wie kann es sein, dass sie sich diesen Hinterhalt entgehen lässt?

»Das ist ein Glückshut«, sagt er, »weil mir lauter gute Sachen passieren, wenn ich ihn trage.« Es ist möglich, dass Brian mich eine Nanosekunde lang ansieht, als er das sagt, aber vieles ist möglich und zugleich extrem unwahrscheinlich, wie Weltfrieden und Schneestürme im Sommer und blaue Narzissen und was ich glaube, was gestern Abend auf dem Dach passiert ist. Hab ich mir das bloß eingebildet? Jedes Mal wenn ich daran denke, alle zehn Sekunden oder so, den ganzen Tag lang, falle ich innerlich in Ohnmacht.

Clementine, die ähnlich wie das weibliche Modell an der CSA auf dem Felsen posiert – ihr Körper besteht aus drei Dreiecken – sagt im selben Hornissendialekt wie Courtney: »Frys Cousin aus L.A. sagt, er wünschte, die Steine, mit denen du ihn beworfen hast, hätten getroffen, dann könnte er Leuten für Geld die Narben zeigen, wenn du für die großen Mannschaften spielst.« All das erzählt sie den lila lackierten Nägeln ihrer Hand. Himmel. Wie hingerissen müssen Fry und Bigfoot von der Axt und seinem bionischen Arm gewesen sein, wenn sie einem Schwarm Hornissen so eine Niederlage eingestanden haben?

»Gut zu wissen«, antwortet Brian. »Wenn er sich nächstes Mal wie ein Arschloch benimmt, wird das Spuren hinterlassen.«

Brians Bemerkung löst eine Welle der Ehrfurcht aus, die ein Mädchen nach dem anderen erfasst. Kotz. Kotz. Kotz. Etwas Beunruhigendes geht mir auf, es ist noch beunruhigender als die Tatsache, dass Jude diesem Lila-Lack-Kult beigetreten ist. Und das ist, dass Brian cool ist. Seine außerirdischen Verwandten haben ihn nicht nur darauf vorbereitet, mit den Menschen mithalten zu können, sondern sie noch zu übertreffen. Wahrscheinlich ist er übermenschlich beliebt in seinem Internat. Eine Sportskanone und beliebt! Wie konnte mir das entgehen? Die endlosen Geek-Vorträge über Kugelsternhaufen, die das Innere der Galaxie umkreisen, müssen mein Urteilsvermögen getrübt haben – Vorträge, die in der augenblicklichen Gesellschaft unter dem Deckel gehalten werden. Weiß er denn nicht, dass beliebte Leute mit Brandschutzausrüstung versehen sind? Weiß er nicht, dass beliebte Leute keine Revolutionäre sind?

Ich will ihn am Handgelenk packen und mit ihm wieder zurück in den Wald gehen, will diesen Leuten hier sagen: *Sorry, ich hab ihn zuerst entdeckt.* Aber dann denke ich, nein, das stimmt nicht. Er hat mich gefunden. Er hat mich verfolgt wie ein Tiger. Ich wünschte, er würde sich für diese Persönlichkeit entscheiden und dabei bleiben.

Clementine, die immer noch mit ihren Fingernägeln spricht, sagt: »Sollen wir dich ›die Axt‹ nennen? Oder vielleicht nur Axt? Ooooh.« Sie quiekt wie ein Warzenschwein. »Das gefällt mir.«

»Brian ist mir lieber«, sagt er.

»Okay, *Brian.*« Courtney spricht den Namen aus, als hätte sie ihn erfunden. »Ihr beiden solltet echt mal mit uns hier am Spot abhängen.« Sie guckt mich an. »So wie Jude.«

Es ist ein Schock für mich, wahrgenommen zu werden. Mein Kohlkopf nickt ohne meine Einwilligung.

Sie lächelt mich auf eine Weise an, die genauso gut missbilligend sein könnte. »Deine Schwester sagt, du bist eine Art Wunderkind.« Sie zupft an ihrem Bikiniband. »Vielleicht lasse ich mich ja irgendwann mal von dir malen.«

Brian verschränkt die Arme vor der Brust. »Äh, Moment

mal. Du könntest von Glück sagen, wenn er dich wirklich irgendwann mal Modell stehen lassen würde.«

Ich wachse fünfzehntausend Meter.

Aber dann schlägt Courtney sich auf das eigene Handgelenk und maunzt Brian an. »Böses Mädchen. Hab's kapiert.«

Okay, es wird Zeit, die Umgebung in Brand zu setzen. Und das Schlimmste ist, dass ihr blöder Spruch sein kleines Lächeln zum Vorschein bringt, woraufhin sie ihn anstrahlt.

(Selbstporträt: *Junge in Plastiktüte läuft blau an*)

Ein Stück weiter die Straße runter flattern ein paar Strandläufer auf Rascals Stall zu. Ich wünschte wirklich, ich wäre ein Pferd.

Kurz danach rutscht Lulu vom Felsen und stellt sich neben Courtney, Clementine gleitet neben Lulu. Die Hornissen schwärmen aus. Nur Heather bleibt auf dem Felsen sitzen.

»Surfst du?«, fragt Lulu Brian.

»Ich mach mir nicht viel aus dem Strand«, antwortet er.

»Du machst dir nichts aus dem Strand?«, rufen Lulu und Courtney sofort entgeistert, aber diese unglaubliche Aussage wird von Clementine in den Schatten gestellt, die fragt: »Kann ich deinen Hut mal aufprobieren?«

»Nein, lass mich!«, ruft Courtney.

»Ich will zuerst«, sagt Lulu.

Ich verdrehe die Augen – und dann höre ich jemanden lachen, ganz ohne Hornissensummen. Ich gucke zu Heather rüber, die meinen Blick so mitfühlend erwidert, als könne sie allein den Kohlkopf auf meinem Hals sehen. Ich hab sie kaum bemerkt da drüben. Oder überhaupt je. Obwohl sie die Einzige der Hornissen ist, die wie wir auf die staatliche Schule geht. Ein Gewirr schwarzer Locken, ganz ähnlich wie meine, umrahmt ihr kleines Gesicht. Keine Fühler. Und sie sieht eher aus wie ein Frosch als wie ein Lolli, ein Baumfrosch. Sie würde ich noch am ehesten malen, auf einer Eiche hockend, versteckt. Ich gucke auf ihre Nägel. Sie sind hellblau.

Brian hat den Hut abgenommen. »Hmm.«

»Du entscheidest«, sagt Courtney, voller Zuversicht, gewählt zu werden.

»Wie könnte ich?«, sagt Brian. Er lässt den Hut am Finger wirbeln. »Obwohl ...« Mit einer schnellen Bewegung aus dem Handgelenk wirft er mir den Hut auf den Kopf. Und ich schwebe davon. Ich nehme alles zurück. Er ist doch ein Revolutionär.

Bis ich merke, dass sie alle lachen, er auch, so als wäre es das Witzigste überhaupt gewesen.

»Hey, das gilt nicht«, sagt Courtney. Sie nimmt den Hut von meinem Kopf, als wäre ich ein Hutständer, und gibt ihn Brian zurück. »Na los, entscheide dich.«

Brian lächelt Courtney an und stellt dabei die Lücke zwischen seinen Zähnen zur Schau, dann zieht er ihr den Hut schräg über die Augenbrauen, wie sie schon erwartet hatte. Ihr Gesichtsausdruck lässt keinen Zweifel: Mission erfüllt.

Er lehnt sich zurück und betrachtet sie: »Steht dir.«

Ich will ihm den Schädel einschlagen.

Stattdessen lasse ich mich vom Wind in meinem Rücken in die Luft reißen und über die Klippen ins Meer schleudern.

»Ich bin dann mal weg«, sage ich, weil ich das mal irgendwo gehört habe, keine Ahnung, wo, aber ist ja auch egal, ich weiß nur, dass ich weg muss, bevor ich verdunste, verschrumpele oder anfange zu weinen. Einen hoffnungsvollen

Moment glaube ich, dass Brian mir folgen wird, aber er sagt nur: »Bis später.«

Mein Herz haut ab aus meinem Körper, macht sich auf nach Norden, nimmt die Fähre über die Beringsee und nistet sich bei Eisbären, Steinböcken und Langhornziegen in Sibirien ein, bis es sich in einen winzigen Gletscher verwandelt.

Also hab ich es mir doch bloß eingebildet. Letzte Nacht ist Folgendes passiert: Er hat einen Hebel am Teleskop gestellt, mehr nicht. Ich hab zufällig im Weg gestanden. *Noah hat eine blühende Fantasie,* stand auf jedem Zeugnis, das ich bisher bekommen habe. Und darüber lacht Mom dann immer und sagt: »Man kann eben nicht aus seiner Haut, was?«

Als ich ins Haus komme, gehe ich sofort zum Fenster, um sie zu beobachten. Am Himmel wimmeln orangefarbene Wolken, und jedes Mal, wenn eine nach unten schwebt, schlägt Brian sie wieder hoch wie einen Luftballon. Ich beobachte, wie er die Mädchen hypnotisiert und die Früchte an den Bäumen, die Wolken am Himmel – so wie er es mit mir gemacht hat. Nur Heather scheint immun zu sein. Sie liegt auf dem Felsen, und ihr Blick ist nicht auf ihn gerichtet, sondern auf das orangefarbene Paradies über ihr.

Ich sage mir: Er hat mich nicht gefunden, nicht verfolgt. Er ist kein Tiger. Er ist einfach nur ein Neuer, der einen ungefähr Gleichaltrigen getroffen und sich aus Versehen mit ihm angefreundet hat, bevor die coolen Kids kommen und ihn retten konnten.

Die Realität ist erdrückend. Die Welt ist ein Schuh in der falschen Größe. Wie soll man das aushalten?

(Selbstporträt: *Draußen bleiben*)

Ich höre Moms Schritte und dann spüre ich auch schon den Druck ihrer Hände auf den Schultern. »Schöner Himmel, was?« Ich atme ihr Parfum ein. Sie hat es gewechselt. Dieses riecht wie der Wald, wie Holz und Erde, vermischt mit ihr. Ich mache die Augen zu. Wie von ihren Händen hochgezogen steigt ein Schluchzen in mir hoch, aber ich unterdrücke es, indem ich sage: »Nur noch sechs Monate, bis die Bewerbung eingereicht werden muss.«

Sie drückt meine Schultern. »Ich bin so stolz auf dich.« Ihre Stimme ist ruhig, tief und fest. »Weißt du, wie stolz ich auf dich bin??« Das weiß ich. Es ist das Einzige, was ich weiß. Ich nicke und sie legt die Arme um mich. »Du bist meine Inspiration«, sagt sie, und gemeinsam erheben wir uns in die Luft. Sie ist zu meinen Augen geworden. Es ist, als hätte ich nichts gezeichnet oder gemalt, bevor sie es nicht gesehen hat, als wäre alles unsichtbar, bis sie diesen Ausdruck im Gesicht kriegt und sagt: »Du erschaffst die Welt neu, Noah. Mit jedem einzelnen Bild.« Ich würde ihr wahnsinnig gern die von Brian zeigen. Aber ich kann es nicht. Als hätte er mich an ihn denken gehört, dreht er sich in meine Richtung, eine Silhouette im Feuerlicht, ein perfektes Gemälde, so gut, dass meine Finger ganz zappelig werden. Aber ich werde ihn nicht mehr zeichnen. »Es ist in Ordnung, süchtig nach Schönheit zu sein«, sagt Mom ganz verträumt. »Emerson hat gesagt: Schönheit ist Gottes Handschrift.« Wenn sie darüber redet, wie es ist, Künstler zu sein, dann hat sie etwas in der Stimme, das mir das Gefühl gibt, der ganze Himmel wäre in meiner Brust. »Ich bin auch süchtig danach«, flüstert sie. »Die meisten Künstler sind es.«

»Aber du bist doch gar kein Künstler«, flüstere ich zurück.

Sie antwortet nicht darauf, ihr ganzer Körper verkrampft sich. Warum, weiß ich nicht.

»Verdammt, wo ist Ralph? Verdammt, wo ist Ralph?«

Da entspannt sie sich und lacht. »Ich hab so das Gefühl, dass Ralph schon unterwegs ist«, sagt sie. »Die Auferstehung ist nahe.« Sie gibt mir einen Kuss auf den Hinterkopf. »Alles wird gut, Liebling«, sagt sie, weil sie ein Menschenmechaniker ist und immer weiß, wenn ich nicht richtig funktioniere. Jedenfalls glaube ich, dass sie es deshalb sagt, bis sie hinzufügt: »Für jeden von uns. Versprochen.«

Noch bevor wir wieder auf dem Teppich gelandet sind, ist sie weg. Ich bleibe am Fenster und schaue raus, bis die Dunkelheit den Raum füllt, bis sie alle fünf in Richtung »Spot« gehen, Brians Glückshut sitzt auf Courtneys Glückskopf.

Ein paar Schritte hinter den anderen gleitet Heather dahin, sie schaut noch immer nach oben. Ich beobachte, wie sie schwanengleich die Arme hebt und dann wieder senkt. Ein Vogel, denke ich. Natürlich. Kein Frosch, überhaupt nicht. Ich habe mich geirrt.

In allem.

Am nächsten Morgen gehe ich nicht bei Sonnenaufgang hoch aufs Dach, weil ich mein Zimmer erst verlassen werde, wenn Brian wieder dreitausend Meilen weit weg von hier im Internat ist. Nur noch sieben Wochen, dann ist es so weit. Wenn ich durstig werde, trinke ich einfach das Blumenwasser. Ich liege auf dem Bett und starre an die Decke, wo ein Druck von Munchs *Schrei* hängt, ein total abgefahrenes

Bild – ich wünschte, ich hätte so eins von einem Jungen gemacht, der vor Wut platzt.

So wie ich.

Mom und Jude zanken sich auf der anderen Seite der Wand. Es wird langsam laut. Ich glaube, Jude hasst Mom jetzt noch mehr als mich.

Mom: Du hast noch Zeit genug, fünfundzwanzig zu sein, wenn du fünfundzwanzig bist.

Jude: Das ist bloß Lippenstift.

Mom: Lippenstift, den du nicht tragen wirst. Und wo ich schon mal dabei bin: Dieser Rock ist viel zu kurz.

Jude: Gefällt er dir? Ich hab ihn selbst gemacht.

Mom: Nun, du hättest etwas mehr Stoff dranlassen sollen. Guck doch mal in den Spiegel. Willst du wirklich *so ein* Mädchen sein?

Jude: Wer soll ich denn sonst sein? Fürs Protokoll: Dieses Mädchen im Spiegel bin ich!

Mom: Es macht mir echt Angst, wie du dich gebärdest. Ich erkenne dich nicht wieder.

Jude: Ich dich auch nicht, Mutter.

Mom benimmt sich in letzter Zeit wirklich ein bisschen seltsam, das ist mir auch aufgefallen. Zum Beispiel bleibt sie wie erstarrt vor Ampeln stehen, die längst grün geworden sind, und gibt erst Gas, wenn alle sie anhupen. Oder sie sagt, sie arbeitet in ihrem Büro, aber wenn man ihr hinterherspioniert, stellt sich heraus, dass sie in Wirklichkeit in Kartons mit alten Fotos kramt, die sie vom Dachboden geholt hat.

Und in ihr galoppieren jetzt Pferde. Ich kann sie hören.

Heute gehen Jude und sie zusammen in die Stadt, ein Mutter-Tochter-Tag, um zu sehen, ob sie dann besser miteinander auskommen. Aber der Anfang ist nicht sehr vielversprechend. Dad wollte mich früher immer dazu bewegen, mit ihm irgendein Spiel anzusehen, wenn die beiden in die Stadt gingen, aber die Mühe macht er sich nicht mehr, nachdem ich mal ein ganzes Fußballspiel lang ins Publikum geguckt hab statt aufs Spielfeld und Gesichter auf Servietten skizziert habe. Oder war es vielleicht ein Baseballspiel?

Baseball. Die Axt. Das Axtloch.

Jude klopft eine Maschinengewehrsalve, wartet aber nicht, bis ich »Herein« sage, sondern reißt einfach die Tür auf. Mom hat offenbar gewonnen, denn sie ist lippenstiftfrei und trägt ein farbenfrohes Sommerkleid, das ihr bis zu den Knien geht. Eins von Grandmas Schnittmustern. Sie sieht aus wie ein Pfauenschwanz. Ihre Haare sind ruhig, ein stiller gelber See um sie herum.

»Endlich bist du mal zu Hause.« Sie scheint aufrichtig froh zu sein, mich zu sehen, und lehnt sich an den Türrahmen. »Wenn Brian und ich am Ertrinken wären, wen würdest du zuerst retten?«

»Dich«, sage ich, froh, dass sie mir diese Frage nicht gestern gestellt hat.

»Dad und ich?«

»Ich bitte dich. Dich natürlich.«

»Mom und ich?«

Ich zögere, dann sage ich: »Dich.«

»Du hast gezögert.«

»Ich hab nicht gezögert.«

»Hast du wohl, ist aber okay. Hab ich verdient. Frag mich.«

»Mom oder mich?«

»Dich, Noah. Ich würde dich immer zuerst retten.« Ihre Augen sind zwei klare blaue Himmel. »Obwohl du mich neulich Abend fast enthauptet hättest.« Sie grinst. »Schon in Ordnung. Ich war schrecklich, was?«

»Absolut grauenhaft.«

Sie lässt die Augen hervortreten und macht so ein irres Gesicht, dass ich trotz meiner Stimmung einfach lachen muss. »Weißt du«, sagt sie, »diese Mädchen sind okay, aber die sind so normal. Das ist langweilig.« Sie macht einen albernen ballerinaartigen Sprung durchs Zimmer, landet auf dem Bett und drückt sich an meine Schulter. »Ist schon eine Weile her«, flüstert sie.

»Ewig.« Ich schließe die Augen.

Wir atmen und atmen und atmen zusammen. Sie nimmt meine Hand, und ich denke daran, wie Otter beim Schlafen auf dem Rücken liegend im Wasser treiben und sich genauso an den Händen halten, damit sie nachts nicht voneinander wegtreiben.

Nach einer Weile hebt sie ihre Faust. Ich mache dasselbe.

»Eins, zwei, drei«, sagen wir gleichzeitig.

Stein/Stein

Schere/Schere

Stein/Stein

Papier/Papier

Schere/Schere

»Ja!«, brüllt sie. »Es funktioniert noch, *ja!*« Sie springt auf. »Heute Abend könnten wir uns was auf dem Tierkanal angucken. Oder einen Film? Du darfst aussuchen.«

»Okay.«

»Ich will ...«

»Ich auch«, antworte ich, denn ich weiß, was sie sagen will. Ich will auch, dass wir wieder wir sind.

(Porträt, Selbstporträt: *Bruder und Schwester auf der Wippe, mit verbundenen Augen*)

Sie lächelt, berührt meinen Arm. »Sei nicht traurig.« Das sagt sie mit so einer Wärme, dass die Luft die Farbe wechselt. »Ich hab's durch die Wand gespürt, gestern Abend.« Als wir klein waren, ist es noch schlimmer gewesen. Wenn einer weinte, hat der andere auch geweint, sogar wenn einer am anderen Ende von Lost Cove war. Ich hätte nicht gedacht, dass so was noch mal passieren könnte.

»Mir geht es gut«, sage ich.

Sie nickt. »Dann bis heute Abend – wenn Mom und ich uns bis dahin nicht gegenseitig umbringen.« Sie salutiert und weg ist sie.

Ich weiß nicht, wie so was möglich ist, doch es geht: Ein Bild ist jedes Mal, wenn man es ansieht, sowohl ganz gleich als auch ganz anders. So ist das jetzt auch mit Jude und mir.

Kurz danach fällt mir ein, dass Donnerstag ist, und das bedeutet Aktzeichnen in der CSA, was wiederum bedeutet, dass ich meinen Hausarrest beende. Und überhaupt, warum sollte ich mich drinnen verbarrikadieren, nur weil Brian eine beliebte, feuerfeste Axtgeigen-Sportskanone ist, die auf kloschüsselausleckende Hornissenmädchen wie Courtney Barret steht.

Zeichenbrett und Hocker sind noch da, wo ich sie letzte Woche versteckt habe. Ich stelle sie auf und rede mir ein, dass außer der Aufnahme an der CSA nichts wichtig ist und ich den Rest des Sommers mit Jude verbringen kann. Und Rascal. Und ich kann mit Mom ins Museum gehen. Ich brauche Brian nicht.

Der Lehrer beginnt den Unterricht – heute ist ein anderes weibliches Modell da – mit einem Vortrag über positiven und negativen Raum, darüber, wie man eine Form entstehen lässt, indem man den Raum um eine Form herum malt. Das habe ich noch nie gemacht – ich vertiefe mich in die Übung und konzentriere mich darauf, das Modell zu finden, indem ich zeichne, was nicht sie ist.

Aber im zweiten Teil der Stunde setze ich mich mit dem Rücken an die Mauer gelehnt hin und fange an, Brian auf diese Von-außen-nach-innen-Weise zu zeichnen, obwohl ich mir geschworen hatte, dass ich ihn nie wieder zeichnen würde. Ich kann nichts dagegen tun. Er ist in mir und will raus. Ich mache eine Skizze nach der anderen.

Ich konzentriere mich so sehr, dass ich nicht merke, wie sich jemand nähert, bis ein Schatten auf meine Zeichnung fällt. Überrascht zucke ich zurück, und ein peinliches Genuschel fliegt mir aus dem Mund, während mein Hirn noch verarbeitet, dass *er* es ist – dass Brian vor mir steht. Er hat keinen Meteoritenbeutel dabei, keine Magnetharke, was bedeutet, dass er nur meinetwegen hierhergekommen ist. Wieder. Ich versuche meine Freude daran zu hindern, mir aus dem Gesicht zu platzen.

»Hab auf dich gewartet heute Morgen«, sagt er, und dann leckt er sich so nervös, so perfekt die Unterlippe, dass es tief in meiner Brust schmerzt. Er wirft einen Blick auf meinen Block. Ich blättere um, bevor er sich selbst sehen kann, dann stehe ich auf und bedeute ihm, wieder zurück in den Wald zu gehen, damit uns drinnen niemand hört. Staffelei und Schemel verstaue ich, dabei hoffe ich, dass meine Knie nicht versagen – oder alternativ dazu: dass ich nicht anfange, einen Freudentanz aufzuführen.

Er wartet am selben Baum auf mich wie letztes Mal.

»Und der Engländer«, sagt er, als wir losgehen, »ist der heute da?«

Wenn ich eines klar erkennen kann in einer Stimme, dann ist es – dank Jude – Eifersucht. Überglücklich atme ich durch. »Er ist letzte Woche rausgeflogen.«

»Weil er getrunken hat?«

»Ja.«

Der Wald ist still, bis auf das Knirschen unserer Schritte und das Schlagen einer Nachtigall irgendwo in den Bäumen.

»Noah?«

Ich schnappe nach Luft. Wie kann es sein, dass ich mich so fühle, wenn jemand nur meinen Namen sagt? »Ja?« In seinem Gesicht tummeln sich jede Menge Gefühle, aber ich weiß nicht, welche. Also konzentriere ich mich auf meine Schuhe.

Eine stille Minute nach der anderen vergeht.

»Also, es ist so …«, sagt er schließlich. Er ist stehen geblieben und zupft Borke vom Stamm einer Eiche. »Es gibt jede Menge Planeten, die aus den Planetensystemen herausgeworfen werden, in die sie ursprünglich gehörten, und die wandern dann einfach ganz allein durch die Tiefen des Weltalls, auf einsamer Bahn durch ein Universum ohne Sonne, weißt du, ewig …«

Seine Augen bitten mich zu verstehen, was er mir sagen

will. Ich denke über seine Worte nach. Er hat schon mal darüber gesprochen, über diese einsam dahinziehenden, sonnenlosen Planeten. Und? Was soll das? Will er damit sagen, dass er kein Außenseiter sein will wie ich? Na gut. Ich drehe mich um und will weggehen.

»Nein.« Er packt mich am Ärmel. *Er hat mich am Ärmel gepackt!*

Die Erde dreht sich nicht weiter.

»Ach, Scheiße.« Er leckt sich die Lippe und guckt mich verzweifelt an. »Es ist nur …«, sagt er. »Nur …«

Er stottert?

»Nur was?«, frage ich.

»Mach dir einfach keine Sorgen, okay?« Die Worte fliegen ihm aus dem Mund, ziehen eine Schlinge um mein Herz und reißen es mir direkt aus der Brust. Ich weiß, was er sagen will.

»Sorgen worum?«, frage ich, um ihn zu nerven.

Er lächelt sein kleines Lächeln. »Dass dich ein Asteroid am Kopf treffen könnte. Das ist extrem unwahrscheinlich.«

»Cool«, sage ich. »Dann bin ich beruhigt.«

Und damit höre ich auf, mir Sorgen zu machen.

Ich mache mir auch keine, als er ein paar Sekunden später mit breitem Grinsen sagt: »Ich hab doch gesehen, was du da vorhin gezeichnet hast, Mann.«

Ich mache mir keine Sorgen, als ich Jude an diesem Abend und allen darauf folgenden versetze. Ich mach mir keine Sorgen, als sie nach Haus kommt und Brian und die Hornissen auf der Terrasse antrifft, wo sämtliche Hornissen mir Modell stehen wie auf einem Foto, das sie in einer Zeitschrift gesehen haben. Ich mache mir keine Sorgen, als sie an diesem Abend zu mir sagt: »Mom war also nicht genug? Musstest du mir auch noch all meine Freunde wegnehmen?«

Ich mache mir keine Sorgen, als dies die letzten Worte sind, die sie in diesem Sommer zu mir sagt.

Ich mach mir keine Sorgen, als ich feststelle, dass ich aufgrund der neuen Umstände anscheinend cool geworden bin. Ich! Dass ich mit Brian und zahllosen Surfidioten und Arschgeigen und Hornissen am Spot abhänge, mich kaum noch wie eine Geisel fühle und meistens weiß, was ich mit meinen Händen machen soll. Keiner versucht mehr, mich vom Kliff zu schmeißen, und alle nennen mich jetzt Picasso, ein Spitzname, auf den ausgerechnet die Arschgeige Franklyn Fry gekommen ist.

Ich mach mir keine Sorgen, dass es gar nicht so schwer ist, wie ich dachte, so zu tun, als wäre ich wie alle anderen, die Farbe zu wechseln wie eine Kröte. Ein bisschen feuerfest zu sein.

Ich mache mir keine Sorgen darum, dass Brian einen elektrischen Zaun zwischen uns zieht, wenn er und ich allein im Wald sind oder bei ihm auf dem Dach oder im Wohnzimmer, um Baseball zu gucken (was soll's?), und ich riskiere kein einziges Mal, diesen Zaun zu streifen, aber wenn wir in der Öffentlichkeit sind, zum Beispiel am Spot, verschwindet der Zaun und wir werden zu ungeschickten Magneten, stoßen einander an, prallen zusammen, streifen Hände, Arme, Beine, Schultern, klopfen uns gegenseitig auf den Rücken, sogar gelegentlich aufs Bein, ohne guten Grund, nur weil es so ist, als würde man einen Blitz verschlucken.

Ich mache mir keine Sorgen, als unsere Beine während

des Films über die Invasion der Außerirdischen aufeinander zudriften: seines nach rechts, rechts, rechts, meines nach links, links, links, bis sie sich in der Mitte finden und sich für ein, zwei, drei, vier, fünf, sechs, sieben, acht rauschhafte Sekunden so fest aneinanderdrücken, dass ich aufstehen und aufs Klo rennen muss, weil ich explodiere. Ich mach mir keine Sorgen, als alles nach meiner Rückkehr wieder von vorn anfängt, doch dieses Mal finden unsere Beine sich sofort und er greift unter der Armlehne nach meiner Hand und drückt sie und wir kriegen einen elektrischen Schlag und sterben.

Ich mache mir keine Sorgen darüber, dass, während all das passiert, Heather an meiner Seite und Courtney an seiner sitzt.

Ich mache mir keine Sorgen darüber, dass Courtney immer noch nicht Brians Hut zurückgegeben hat oder dass Heather ihre uralten grauen Augen nicht von mir abwendet.

Ich mache mir keine Sorgen darüber, dass Brian und ich uns nie küssen, nicht ein einziges Mal, egal, wie sehr ich seine Gedanken auch zu manipulieren versuche, egal, wie sehr ich Gott, die Bäume, jedes Molekül, das mir über den Weg läuft, darum bitte.

Und das Wichtigste: Ich mache mir keine Sorgen, als ich eines Tages nach Hause komme und einen Zettel von Jude auf dem Küchentisch finde, die Mom bittet, an den Strand zu kommen, um sich eine Skulptur anzuschauen, die sie aus Sand baut. Ich mache mir keine Sorgen, als ich den Zettel nehme und ihn auf dem Grund des Mülleimers versenke. Ich mache mir keine Sorgen, jedenfalls nicht so richtig, obwohl mir der Bauch wehtut – nein, nicht der Bauch, meine Seele tut weh, weil ich so was tun konnte, weil ich es tatsächlich getan habe.

Ich hätte mir Sorgen machen sollen.

Ich hätte mir viel mehr Sorgen machen sollen.

Morgen früh reist Brian ab, er geht wieder zurück aufs Internat, den ganzen Herbst, und heute Abend bin ich in der Unterwelt und suche ihn. Ich war noch nie auf einer Party, wusste nicht, dass es so ist, als wäre man meilenweit unter der Erde, wo Dämonen mit brennenden Haaren herumlaufen. Ich bin mir ziemlich sicher, dass mich keiner hier sehen kann. Wahrscheinlich, weil ich zu jung bin und zu dünn oder so. Courtneys Eltern sind nicht da, und sie fand, wir sollten die Party ihrer älteren Schwester als Abschiedsfest für Brian nutzen. Ich will aber kein Abschiedsfest für Brian feiern, ich will mit ihm weggehen – in die Serengeti zum Beispiel, um die Wanderung der Blauen Streifengnus zu beobachten.

Ich bahne mir den Weg durch einen verrauchten, ziemlich vollen Flur, wo sich alle wie Menschen-Skulpturen an die Wände drücken. Die Gesichter sind seltsam verzerrt. Im nächsten Raum sind es die Körper, die grotesk wirken. Die Leute tanzen, und nachdem ich mich versichert habe, dass Brian noch nicht da ist, lehne ich mich an die Wand und lasse den ganzen Haufen schweißglänzender Leute mit Piercings und Federschmuck und rudernden Armen auf mich wirken, die hüpfen und schwanken, herumwirbeln und sich in die Luft erheben. Ich starre und starre, werde von der Musik verschlungen, kriege neue Augen – als sich eine Hand oder vielleicht auch eine Vogelkralle in meine Schulter bohrt. Ich drehe mich um und sehe ein älteres Mädchen mit haufenweise kräuseligen roten Haaren vor mir. Sie trägt ein glänzendes braunes Minikleid und ist ein ganzes Stück größer als ich. Um ihren Arm schlängelt sich ein ungewöhnliches Tattoo von einem feuerspeienden Drachen in Rot und Orange. »Hast du dich verirrt?«, fragt sie über die Musik hinweg, so als würde sie mit einem Fünfjährigen reden.

Offenbar bin ich doch nicht unsichtbar. Ihr ganzes Gesicht glitzert, besonders die smaragdgrünen Flügel um ihre eisblauen Augen. Ihre Pupillen sind riesige schwarze Höhlen, in denen Fledermäuse wohnen. »Du bist so süß«, brüllt sie mir ins Ohr. Sie hat einen seltsamen Akzent, wie Dracula irgendwie, und sieht aus wie eine der Frauen in Klimts Gemälden. »Deine Haare.« Sie zieht an einer Locke, bis sie absolut glatt ist. Ich kann nicht weggucken, so läuft das nämlich mit Dämonen. »So große, gefühlvolle Augen«, sagt sie langsam mit ihrem breiten Akzent, so als wollte sie jedes Wort voll auskosten. Die Musik ist leiser geworden und ihre Stimme zum Glück auch. »Ich wette, alle kleinen Mädchen sind hinter dir her.« Ich schüttele den Kopf. »Das werden sie aber, glaub mir.« Sie lächelt und auf einem ihrer Reißzähne klafft das Rot von Lippenstift. »Schon mal ein Mädchen geküsst?« Wieder schüttele ich den Kopf. Irgendwie kann ich weder lügen noch den dämonischen Bann brechen. Und dann drücken sich ihre rissigen Lippen ohne Vorwarnung auf meine … und zwischen meine, und ich kann sie schmecken, ganz verraucht und auf eklige Art süß, wie eine Apfelsine, die zu lange in der Sonne gelegen hat. Meine Augen sind offen, ich sehe schwarze spinnenbeinige Wimpern auf ihren Wangen ruhen. Sie küsst mich tatsächlich! Warum? Jetzt weicht sie zurück, macht die Augen auf und lacht, als sie meinen Gesichtsausdruck sieht. Dann legt sie wieder ihre Kralle auf meine Schulter, beugt sich zu mir rüber und flüstert mir ins Ohr: »In ein paar Jahren sehen wir uns wieder.« Dann dreht sie sich um und geht auf langen nackten Beinen davon, ihr Teufelsschwanz schwingt hin und her. Ich sehe, wie sich das Tattoo des feuerspeienden Drachen den Arm hinauf bis zu ihrer Schulter schlängelt und sich um ihren Hals legt.

Ist mir das eben wirklich passiert? Oder hab ich mir das bloß eingebildet? Ich glaube nicht, denn in meiner Fantasie hätte ich mir garantiert ein anderes Mädchen ausgesucht. Ich hebe die Hand zum Mund und wische mir über die Lippen. Rot färbt meine Finger, ihr Lippenstift. Es ist also wirklich passiert. Ob alle Menschen innen wie sonnenranzige Apfelsinen schmecken? Schmecke ich auch so? Oder Brian?

Brian.

Ich gehe auf die Haustür zu. Ich werde draußen auf ihn warten und ihn überreden, mit mir aufs Dach zu gehen an seinem letzten Abend, das wollte ich ohnehin, damit ein letztes Mal sämtliche Sterne auf unsere Köpfe fallen können, damit vielleicht endlich geschehen kann, was den ganzen Sommer nicht geschehen ist. Doch als ich in den Flur trete, sehe ich, wie er hinter Courtney die Treppe hochgeht, beobachte ihn, wie er messerscharf die Menge teilt, Jungs zunickt, das Lächeln von Mädchen erwidert, so als würde er dazugehören. Wie kann es sein, dass er überall dazugehört?

(Porträt: *Der Junge mit sämtlichen Schlüsseln und Schlössern der Welt*)

Oben angekommen, dreht er sich um. Seine Hände liegen

auf dem Geländer, als er sich vorbeugt, um sich einen Überblick über den Raum zu verschaffen. Sucht er mich? Ja, ich weiß, dass er das tut – und das verwandelt mich in einen Wasserfall. Kann man an diesem Gefühl sterben? Ich glaube ja. Ich kann es nicht mal aus mir herauszeichnen oder -malen. Wenn es mich überkommt – und das passiert jetzt andauernd –, muss ich mich auf den Rücken legen und mich davon wegspülen lassen.

Courtney zerrt an seinem Arm, und er gleitet hinter ihr her, ohne mich gefunden zu haben – deshalb nehme ich wieder Menschengestalt an.

Mit gesenktem Kopf drängele ich mich die Treppe hoch hinter ihnen her. Ich will keinen Blickkontakt, will von niemandem angesprochen oder geküsst werden. Ist das eigentlich normal, dass Leute auf Partys ohne jeden Grund andere Leute küssen? Ich habe keine Ahnung. Als ich fast oben angekommen bin, spüre ich eine Hand auf meinem Arm. Nicht schon wieder. Ein kleines Mädchen, das aussieht wie ein als Goth verkleidetes Backenhörnchen, reicht mir einen roten Plastikbecher mit Bier. »Hier«, sagt sie lächelnd. »Du siehst aus, als könntest du eins brauchen.« Ich bedanke mich und gehe weiter. Vielleicht brauche ich ja wirklich ein Bier. Ich höre sie sagen: »Ist der Kleine nicht heiß?« Und irgendjemand antwortet: »Lass die Finger von den kleinen Jungs.« Gott. Da haben die heimlichen Workouts mit Dads Gewichten in der Garage wohl nicht viel gebracht. Hier halten mich alle für ein Kindergartenkind. Aber bin ich heiß? Das kann doch nicht sein, oder? Ich dachte immer, die Mädchen würden mich angucken, weil sie mich für eigenartig halten, nicht weil sie mich süß finden. Mom sagt zwar immer, dass ich total gutaussehendhinreißendwunderbar bin, aber das ist ihr Job. Woher weiß man, ob man heiß ist? Der rothaarige küssende Dämon hat gesagt, meine Augen seien gefühlvoll.

Findet Brian mich heiß?

Dieser Gedanke zischt mir direkt in den Schoß und rüttelt mich wach. Im Kino hat er unter der Lehne meine Hand genommen. Wacher als wach. Ich bleibe stehen, atme, versuche mich unter Kontrolle zu kriegen, trinke einen Schluck Bier, nun ja, eher einen Riesenschluck. So schlimm schmeckt es gar nicht. Ich gehe weiter die Treppe hoch.

Der zweite Stock ist ganz das Gegenteil vom ersten, es ist der Himmel. Ich stehe in einem langen, mit weißem Teppich ausgelegten Flur mit wolkenweißen Wänden und einer Menge geschlossenen Türen zu beiden Seiten.

In welchem Raum sind Brian und Courtney verschwunden? Was, wenn sie allein sind? Was, wenn sie sich küssen? Oder Schlimmeres? Vielleicht hat er ihr schon das Shirt ausgezogen. Ich nehme noch einen Schluck Bier. Was, wenn er ihr die Möpse leckt? Auf so was stehen Jungs total. *Er hat gesagt, ich soll mir keine Sorgen machen. Er hat gesagt, ich soll mir keine Sorgen machen.* Das war doch ein Code, oder nicht? Ein Code für: *Ich werde Courtney Barrett nicht die Möpse lecken.* Oder? Ich trinke einen riesigen Schluck Bier und mache mir jede Menge Sorgen.

Im Film passieren immer ganz furchtbare Sachen an letzten Abenden, da geht es drunter und drüber.

Ich gehe den Flur runter, auf der linken Seite sieht es so aus, als würde eine der Türen einen Spaltbreit offen stehen. In einem Alkoven entdecke ich zwei Leute beim ekstatischen glühend heißen Herummachen. Ich weiche zurück, um sie zu beobachten. Der Typ hat einen unglaublichen Rücken, der zu den Jeans hin schmal zuläuft, und das Mädchen klemmt zwischen seinem Körper und der Wand. Sein Kopf bewegt sich, als könnte er sie nicht heftig oder schnell genug küssen. Ich sage mir, dass ich weitergehen soll, aber dann fällt mir etwas auf. Die Hände des Mädchens auf dem Rücken des Typen sind gar keine Mädchenhände – nein, ausgeschlossen, diese Hände müssen einem anderen Typen gehören. Meine Brust vibriert. Ich lehne mich nach links, und dann sehe ich kurz beide Gesichter, männliche Gesichter mit starken Knochen, die Augen wie Mondsicheln geschlossen, aneinandergepresste Nasen und Münder, die Körper klettern aneinander hoch und gleiten aneinander runter, beides zur gleichen Zeit. Meine Beine fangen an zu zittern, alles an mir fängt an zu zittern. (Selbstporträt: *Erdbeben*) Noch nie habe ich zwei Typen einander küssen sehen, als ob die Welt untergeht, nur in meiner Fantasie – und das war nicht halb so gut. Nicht annähernd. Sie sind so hungrig.

Ich mache einen Schritt zurück, damit ich außer Sichtweite bin, und lehne mich an die Wand.

Ich bin nicht traurig, alles andere als das, deshalb kann ich mir nicht erklären, warum mir Tränen aus den Augen quellen.

Dann höre ich auf der anderen Seite des Flurs eine Tür quietschen. Ich wische mir mit dem Handrücken übers Gesicht und drehe mich in die Richtung, aus der das Geräusch kommt. Heather tritt aus einem der Zimmer, alles in mir beruhigt sich. Es ist schrecklich, sie zu sehen, so als würde man aus dem besten Film aller Zeiten in den ganz gewöhnlichen langweilen Nachmittag hinaustreten.

»Oh!«, ruft sie, ihr Gesicht strahlt. »Ich wollte dich gerade suchen.« Ich schüttele den Kopf, damit die Haare mein Gesicht so gut wie möglich verdecken. Sie kommt auf mich zu, näher und näher an uns drei heran. Ich setze mich in Bewegung, eile ihr entgegen, um sie abzufangen. Ihr Lächeln wird immer breiter und einladender. Sie denkt, der Grund für meinen Sprint über den Flur wäre die Begeisterung, sie zu sehen, dabei wollte ich doch nur die küssenden Jungs vor ihr und vor der ganzen Welt schützen.

(Porträt: *Adam und Adam im Paradies*)

Als ich bei ihr bin, versuche ich, meinen Mund zu einem Lächeln zu bringen, aber es ist nicht so einfach. Ich höre ein unterdrücktes, raues Lachen hinter mir, gedämpfte Stimmen. Heather guckt mir über die Schulter.

»Wo sind die anderen?«, frage ich, um ihre Aufmerksamkeit wieder auf mich zu lenken. Ich zittere immer noch und stecke die freie Hand tief in die Tasche.

»Alles in Ordnung mit dir?« Sie legt den Kopf schräg. »Du wirkst so eigenartig.« Ihre ruhigen grauen Augen mustern mich eingehend. »Mehr als sonst, muss ich dazusagen.« Sie lächelt warm und ich entspanne mich ein bisschen. Heather und ich haben ein Geheimnis, aber … keine Ahnung, was für eines.

Ich wünschte, ich könnte ihr erzählen, was mir eben passiert ist, denn obwohl ich eigentlich nicht Teil dieses Kusses gewesen bin, habe ich das Gefühl, *mir* wäre das passiert. Ganz im Gegensatz zu dem Dämonenkuss unten, der mir wirklich passiert ist, sich aber nicht so anfühlt. Aber was sollte ich ihr auch erzählen? Wenn ich es zeichne, werde ich meine Haut durchsichtig machen und dann sieht man, dass alle Zootiere, die in mir stecken, aus ihren Käfigen ausgebrochen sind.

»Liegt vielleicht am Bier«, sage ich.

Sie kichert, hebt einen roten Plastikbecher und stößt meinen damit an. »Bei mir auch.«

Ihr Kichern überrascht mich. Normalerweise hat Heather nichts Kicheriges an sich. Im Gegenteil – mit ihr zusammen zu sein ist wie in einer leeren Kirche zu sitzen. Deshalb mag ich sie. Sie ist still und ernst und tausend Jahre alt und wirkt wie jemand, der mit dem Wind reden kann. Ich zeichne sie immer mit erhobenen Armen, so als würde sie gleich zum Fliegen abheben, oder mit gefalteten Händen, als würde sie beten. Sie ist kein Kicherer.

»Los, komm«, sagt sie. »Sind schon alle da drinnen.« Sie zeigt auf die Tür. »Wir haben auf dich gewartet. Na ja, ich hab auf dich gewartet.« Sie kichert wieder, und dann wird sie so rot, als wäre ein Geysir in ihr hochgegangen. Ich hab ein ausgesprochen schlechtes Gefühl.

Wir gehen in eine Art Wohnzimmer. Ich entdecke Brian sofort auf der anderen Seite des Raumes, wo er mit Courtney redet. Am liebsten würde ich uns mit einem Zwinkern in die Körper der Typen im Alkoven zaubern. Ich versuche es, könnte ja sein, dass es klappt. Dann überlege ich mir, wie viele Finger ich für eine Minute so mit ihm opfern würde – und entscheide mich für sieben. Oder sogar acht. Mit zwei Fingern könnte ich immer noch gut zeichnen, wenn einer der Daumen wäre.

Ich schaue mich um. Dieselben Hornissen und Surfidioten, die am Spot rumhängen, minus die älteren Typen wie Fry, Zephyr und Bigfoot, die wahrscheinlich unten sind. Mittlerweile hab ich mich an diese Leute gewöhnt und sie sich an mich. Es sind auch eine Menge Leute da, die ich nicht kenne, sie gehen wohl auf Courtneys Privatschule. Alle stehen in Gruppen rum, verlegen mit den Füßen scharrend, als würden sie auf etwas warten. Die Luft ist voll von Atmen. Und die Luft ist voll von Jude. Sie lehnt am Fensterbrett und redet mit circa fünfhundert Jungs auf einmal, in dem engen roten Rüschenkleid, das sie sich genäht hat – Mom hat ihr verboten, es jemals woanders als zu Hause anzuziehen. Ich bin total überrascht, sie zu sehen. Sie hat den ganzen Sommer lang einen großen, wütenden Bogen um mich gemacht und wusste, dass ich hier sein würde. Was sie Mom wohl erzählt hat? Ich hab nur gesagt, ich würde mich von Brian verabschieden. Auf solche Partys dürfen wir nämlich ganz bestimmt nicht gehen.

Ich fange ihren Blick auf, als Heather und ich durch den Raum gehen. Er sagt: *Nichts, nicht mal eine Welt, in der es Licht regnet, in der Schnee lila ist, in der Frösche reden, in der Sonnenuntergänge ein ganzes Jahr dauern, könnte ein Ausgleich dafür sein, dass du der schlimmste mutterstehlende, freundehamsternde Zwillingsbruder auf Erden bist.* Dann unterhält sie sich weiter mit ihrem Harem.

Mein mieses Gefühl ballt sich.

Ich richte meine Aufmerksamkeit wieder auf Brian, der am Bücherregal lehnt und immer noch mit Courtney redet. Worüber? Ich versuche, etwas von ihrem Gespräch aufzuschnappen, als wir uns ihnen nähern, dann merke ich, dass Heather mit mir spricht.

»Es ist absolut bescheuert. Das haben wir seit der fünften Klasse nicht mehr gespielt, aber was soll's. Wir nehmen es einfach mit Humor, oder?« Redet sie etwa schon die ganze Zeit?

»Was für ein Spiel?«, frage ich.

Courtney dreht sich um, als sie unsere Stimmen hört. »Oh, gut, dass ihr da seid.« Sie stupst Heather an, die wieder kichert. Dann wendet Courtney sich mir zu. »Das ist dein Glücksabend, Picasso. Magst du Spiele?«

»Eigentlich nicht«, sage ich. »Überhaupt nicht, genauer gesagt.«

»Dieses wird dir gefallen. Ganz bestimmt. Es ist ein Gruß aus der Vergangenheit. Heather, Jude und ich haben neulich über die Partys geredet, auf die wir früher gegangen sind. Einfache Voraussetzungen. Man sperrt einen Jungen und ein Mädchen für sieben Minuten in einen Wandschrank. Und guckt, was passiert.« Brian will mir nicht in die Augen schauen. »Keine Sorge, Picasso«, sagt sie. »Ist natürlich alles manipuliert.« Heathers Ohren färben sich rot. Die beiden haken sich unter, dann prusten sie los. Mein Magen schwappt. »Gib's zu, Mann«, sagt Courtney zu mir. »Du könntest ein bisschen Hilfe gebrauchen.«

Das könnte ich bestimmt.

Das könnte ich bestimmt, weil Judes Haare plötzlich wie ein Heer von Schlangen Ringel um Ringel in meine Richtung kriechen. Jude war dabei, hat Courtney gesagt. War das also Judes Idee? Weil sie weiß, dass ich diesen Zettel weggeworfen habe, den sie Mom hingelegt hatte? Weil sie weiß, wie ich für Brian empfinde?

(Porträt, Selbstporträt: *Zwillinge. Jude mit Klapperschlangenhaaren, Noah mit Klapperschlangenarmen*)

In meinem Mund ist ein metallischer Geschmack. Brian

studiert die Buchrücken im Regal, als würde er gleich abgefragt werden.

»Ich liebe dich«, sage ich zu ihm, aber aus meinem Mund kommt: »Hey.«

»Und ich dich erst«, erwidert er, aber man hört nur: »Mann.«

Er will mir immer noch nicht in die Augen schauen.

Courtney nimmt Brians Hut, der auf einem kleinen Tisch gelegen hat. Er ist mit zusammengefalteten Zetteln gefüllt. »Die Namen von allen Jungs sind schon drin, deiner auch«, sagt sie zu mir. »Die Mädchen dürfen ziehen.«

Sie und Heather gehen weg. Sobald sie außer Hörweite sind, sage ich zu Brian: »Komm, wir gehen.« Er reagiert nicht, also sage ich es noch mal. »Lass uns sehen, dass wir hier wegkommen. Wir klettern einfach aus dem Fenster.« Ich gucke mir das neben uns an, von dem Fensterbrett aus gelangt man auf einen hervorragend bekletterbaren Baum. Wir könnten es schaffen, absolut. »Komm schon«, sage ich. »Brian.«

»Ich will nicht gehen, klar?«, sagt er genervt. »Das ist nur ein blödes Spiel. Ist doch egal. Keine große Sache.«

Ich gucke ihn mir genau an. Will er spielen? Er will. Er muss.

Er will mit Courtney zusammen sein, weil es so festgelegt ist und weil Courtney das festgelegt hat und sich das alles folglich so abspielen muss. Deshalb will er mir nicht in die Augen schauen. Diese Erkenntnis saugt mir das Blut aus. Aber warum hat er gesagt, ich soll mir keine Sorgen machen? Warum hat er meine Hand genommen? Warum das alles?

Alle leeren Käfige in mir fangen an zu klappern.

Ich stolpere zu einem hässlichen beigen Sessel mitten in diesem hässlichen beigen Raum. Ich lasse mich darauf fallen, nur um festzustellen, dass er hart wie Stein ist und mir das Rückgrat in zwei Teile bricht. Ich sitze da, entzweigebrochen, stürze den Rest von meinem Bier runter, als wär's Orangensaft – und erinnere mich daran, wie der Engländer an jenem Tag damals den Gin gekippt hat. Dann schnappe ich mir noch einen Becher Bier, den jemand stehen gelassen hat, und trinke auch den aus. Fegefeuer, denke ich. Wenn unten die Hölle ist und der Flur der Himmel, dann muss das hier das Fegefeuer sein. Was passiert im Fegefeuer noch mal? Ich habe Bilder davon gesehen, kann mich aber nicht erinnern. Ich fühle mich extrem duselig. Bin ich betrunken?

Die Lampen blitzen, an – aus. Courtney steht am Lichtschalter, Heather an ihrer Seite. »Ladies and Gentlemen, das ist der Augenblick, auf den ihr gewartet habt.«

Clementine greift zuerst in den Hut und zieht einen Typen namens Dexter, einen langen Kerl mit einem coolen Haarschnitt und Klamotten, die viel zu groß für ihn sind, und den ich vorher noch nie gesehen habe. Alles johlt und grölt und führt sich allgemein nervig auf, als sie aufstehen und mit so einer Da-stehen-wir-drüber-Miene in den Wandschrank gehen. Courtney stellt die Eieruhr und macht eine Show daraus. Und ich kann nur denken, wie sehr ich sie hasse, wie sehr ich mir wünsche, dass sie von einer Horde total angepisster Schnappschildkröten zertrampelt wird, bevor sie mit Brian in diesen Schrank gehen kann.

Mithilfe der Armlehne stehe ich aus dem Sessel auf und kämpfe mich durch ein Dickicht aus Judes blonden Haaren in ein Bad, in dem ich mir kaltes Wasser ins Gesicht spritze.

Bier ist Scheiße. Ich hebe den Kopf. Das im Spiegel bin immer noch ich. Das bin ich doch noch, oder? Ganz sicher bin ich mir nicht. Und heiß bin ich bestimmt nicht, das kann ich sehen. Ich seh aus wie ein magerer erbärmlicher Feigling, der zu ängstlich ist, um von der Schulter seines Vaters ins Wasser zu springen. *In dieser Welt geht man entweder unter oder man schwimmt, Noah.*

Als ich den Raum wieder betrete, schlägt mir ein »Du bist ausgewählt worden, Alter«, »Heather hat dich gezogen« und »Du bist dran, Picasso« entgegen.

Ich schlucke. Mit dem Rücken zu mir studiert Brian noch immer diese Buchrücken, als Heather meine Hand nimmt und mich zum Schrank führt. Ihr Arm ist ganz straff, so als würde sie einen widerspenstigen Hund an der Leine mitzerren.

Was mir sofort an diesem Wandschrank auffällt, sind die tausend dunklen Anzüge, die überall hängen, wie Reihen von Männern auf einem Begräbnis.

Heather schaltet das Licht aus und sagt dann schüchtern: »Hilf mir dabei, dich zu finden, okay?« Ich überlege, ob ich mich in die hängenden Anzüge flüchten soll, mich den Männern in Trauer anschließen, bis die Eieruhr klingelt, aber dann stößt Heather mit mir zusammen und lacht. Schnell haben ihre Hände meine Arme gefunden. Ihre Berührung ist so leicht, als wären zwei Blätter auf mich gefallen.

»Wir müssen nicht«, flüstert sie. »Willst du?«

Ich spüre ihren Atem auf dem Gesicht. Ihre Haare riechen wie traurige Blumen.

»Okay«, sage ich, bewege aber keinen Muskel.

Zeit vergeht. Dem Gefühl nach jede Menge, so viel, dass

es, wenn wir aus diesem Schrank rauskommen, Zeit wird, aufs College zu gehen, vielleicht sogar zu sterben. Nur weil ich im Kopf mitzähle, weiß ich, dass von den sieben Minuten noch nicht mal sieben Sekunden verstrichen sind. Ich rechne gerade aus, wie viele Sekunden sieben Minuten haben, als ich spüre, wie ihre kleinen kühlen Hände meine Arme verlassen und auf meinen Wangen landen, dann streifen ihre Lippen meine, ein Mal, noch mal, beim zweiten Mal bleiben sie. Es ist, als würde man von einer Feder geküsst werden, nein, weicher, von einer Blüte. So weich. Zu weich. Wir sind Blütenmenschen. Ich denke an den Erdbebenkuss im Alkoven und möchte wieder weinen. Dieses Mal, weil ich traurig bin. Und ängstlich. Und weil mir meine Haut noch nie so schlecht gepasst hat wie jetzt gerade.

(Selbstporträt: *Junge im Mixer*)

Ich merke, dass meine Arme schlaff an den Seiten runterhängen. Irgendwas sollte ich mit ihnen wohl machen, oder? Ich lege eine Hand an ihre Taille, und das scheint der total falsche Platz dafür zu sein, deshalb schiebe ich sie auf ihren Rücken, was sich auch völlig falsch anfühlt, aber ehe ich sie woanders hinlegen kann, öffnen sich ihre Lippen, also öffne ich meine auch – es ist nicht eklig. Sie schmeckt nicht wie ranzige Apfelsinen, sondern nach Minze, so als hätte sie eben ein Pfefferminzbonbon gelutscht. Ich überlege, wie ich wohl schmecke, als ihre Zunge in meinen Mund gleitet. Es schockiert mich, wie nass sie ist. Und wie warm. Und zungig. Meine Zunge geht nirgendwohin. Ich sag ihr, sie soll sich bewegen und in ihren Mund hinein, aber sie will nicht auf mich hören. Ich hab's: Sieben Minuten sind 420 Sekunden. Etwa zwanzig Sekunden sind vergangen, was heißt, dass wir noch 400 Sekunden von dem hier vor uns haben. Oh Scheiße. Verdammte Scheiße.

Und dann passiert es. Brian erhebt sich aus der Finsternis meines Geistes, nimmt meine Hand, so wie er es im Kino getan hat, und zieht mich an sich. Ich kann seinen Schweiß riechen, ich kann seine Stimme hören. *Noah,* sagt er auf diese knochenschmelzende Art, und meine Hände sind in Heathers Haaren und ich presse meinen Körper an sie, heftig, ziehe sie näher an mich heran, schiebe meine Zunge tief in ihren Mund …

Wir müssen das Pling der Eieruhr überhört haben, denn ganz plötzlich geht das Licht an und all die trauernden Männer sind wieder um uns herum, ganz zu schweigen von Courtney, die in der Tür steht und auf eine unsichtbare Uhr an ihrem Handgelenk klopft. »Kommt schon, ihr Turteltauben. Die Zeit ist um.« Ich blinzele ein paar Hundert Mal gegen die Invasion des Lichtes an. Die Invasion der Wahrheit. Heather wirkt benommen, verträumt. Heather sieht hundertprozentig so aus wie Heather. Ich habe was Böses getan. Ihr, mir. Brian, obwohl es ihm egal ist, es fühlt sich trotzdem so an. Vielleicht hat das Mädchen da unten mich mit ihrem Kuss in einen Dämon verwandelt.

»Wow«, flüstert Heather. »Ich hab noch nie … Noch nie hat mich einer … Wow. Das war unglaublich.«

Sie kann kaum laufen. Ich gucke nach unten, um sicherzugehen, dass ich kein Zelt in der Hose habe, während sie meine Hand nimmt und wir wie zwei aus dem Winterquartier taumelnde Bärenjunge aus dem Schrank steigen. Alle fangen an zu pfeifen und dämliche Sprüche zu bringen wie: »Das Schlafzimmer ist ein paar Türen weiter.«

Ich suche den Raum nach Brian ab, erwarte, dass er immer noch die Buchrücken unter die Lupe nimmt, aber das tut er nicht. Mit so einem Gesicht habe ich ihn bisher nur ein einziges Mal gesehen: Eine Mauer aus Wut, so als wollte er mir einen Meteoriten an den Kopf schleudern, und der würde sein Ziel nicht verfehlen.

Warum?

Heather rennt los und schließt sich den Hornissen an. Der ganze Raum versinkt in Judes Haaren. Das ganze Universum versinkt darin. Ich falle in einen Sessel. Nichts ergibt einen Sinn. *Das ist nur ein blödes Spiel,* hat er gesagt. *Keine große Sache.* Aber *Keine große Sache* hat er auch gesagt, als er davon gesprochen hat, wie diese (oder dieser?) Bekannte ihn angebaggert hat, und das war anscheinend doch eine große Sache für ihn. Vielleicht ist *Keine große Sache* der Code für: *Das ist total verkorkst.*

Tut mir leid, sage ich in Gedanken zu ihm. *Das warst du,* sage ich zu ihm. *Ich habe dich geküsst.*

Ich lasse den Kopf in die Hände sinken und belausche, ohne es zu wollen, eine Gruppe Jungs hinter mir, die wohl eine Art Sport daraus machen, so oft wie möglich das Wort »schwul« anzubringen, und ständig sagen, wie »schwul« dies oder das ist, als jemand meine Schulter berührt. Es ist Heather.

Ich nicke ihr zu, dann versuche ich mich in meinen Haaren zu verstecken und sie durch Gedankenmanipulation dazu zu bringen, sich zu verziehen … an den Amazonas zum Beispiel. Ich merke, wie sie neben mir erstarrt, wahrscheinlich versteht sie nicht, warum ich sie nach so einem Kuss sechstausend Meilen weit weg in den Dschungel schicke. Ich hasse es, so zu ihr zu sein, aber ich weiß nicht, was ich sonst machen soll. Als ich ein paar Augenblicke später durch meine Haare gucke, ist sie weg. Ich hatte gar nicht gemerkt, dass ich die Luft angehalten habe. Und ich bin mitten beim Ausatmen, als ich sehe, wie Brian in den Wandschrank geführt wird, nicht von Courtney, sondern von *meiner Schwester.*

Meiner Schwester.

Wie ist das möglich? Das kann doch nicht wahr sein. Ich blinzele und blinzele, aber es passiert trotzdem. Ich gucke rüber zu Courtney, die die Hand in Brians Hut hat. Sie klappt die gefalteten Zettel auseinander und fragt sich, was schiefgelaufen ist. Das war Jude. Ich kann nicht fassen, dass sie so weit geht.

Ich muss was tun.

»Nein!«, brülle ich und springe vom Sessel auf. »Nein!«

Nur dass ich es nicht tue.

Ich laufe zur Eieruhr, schnappe sie mir vom Tisch und lasse sie klingeln, klingeln, klingeln.

Nur dass ich auch das nicht tue.

Ich tue nichts.

Ich kann nichts tun.

Mir sind die Eingeweide rausgenommen worden.

(Selbstporträt: *Ausgenommener Fisch*)

Brian und Jude werden sich küssen.

Wahrscheinlich sind sie in dieser Sekunde schon dabei.

Irgendwie schaffe ich es, aus dem Stuhl hochzukommen, stürze raus aus dem Zimmer, die Treppe runter und zur

Haustür hinaus. Ich wanke über die Veranda, hab bei jedem Schritt das Gefühl umzukippen. Verschwommene Menschen verschwimmen überall im Garten. Ich stolpere durch sie hindurch, durch die hinterhältige schwarze Luft auf die Straße zu. In meiner Benommenheit suche ich die Menge nach den wahnsinnig verliebten, rummachenden Jungs vom Alkoven ab, aber sie sind nirgends zu sehen. Wetten, ich hab sie mir eingebildet?

Wetten, es gibt sie gar nicht?

Ich gucke Richtung Wald, sehe zu, wie alle Bäume krachend umfallen.

(Gruppenporträt: *Alle Glasjungen zerspringen in Scherben*)

Hinter mir höre ich jemanden mit schleppendem englischen Akzent sagen: »Wenn das nicht der heimliche Künstler ist.« Ich drehe mich um und sehe den nackten Engländer vor mir, nur ist er jetzt bekleidet, mit Lederjacke, Jeans und Stiefeln. Er hat noch dasselbe irre Grinsen im selben irren Gesicht. Dieselben nicht zusammenpassenden Augen. Ich erinnere mich, dass Jude mir für meine Zeichnung von ihm die Sonne, die Sterne, alle Bäume und die Meere überlassen hat. Ich werde sie zurückstehlen. Ich werde ihr alles wegnehmen.

Wenn sie ertrinken würde, würde ich ihren Kopf unter Wasser drücken.

»Ich kenne dich, Kumpel«, sagt er und zeigt schwankend mit einer Schnapsflasche auf mich.

»Nein, tust du nicht«, sage ich. »Keiner tut das.«

Eine Sekunde lang werden seine Augen klar. »Du hast recht.«

Einen Moment lang starren wir uns an, ohne irgendwas zu

sagen. Ich erinnere mich, wie er nackt ausgesehen hat, aber es ist mir egal, weil ich tot bin. Ich werde zu den Maulwürfen umziehen und Erde atmen.

»Wie heißt du eigentlich?«, fragt er.

Wie heiße ich. Komische Frage. Bubble, glaube ich. Scheiße, ich glaube, ich heiße Bubble.

»Picasso«, sage ich.

Seine Augenbrauen gehen hoch. »Willst du mich verarschen?«

Was soll das denn heißen?

Er lallt weiter, wirft Wörter in die Luft um uns herum. »Na, da hängt die Latte ja schön tief, kein Problem, in diese Fußstapfen zu treten, ist so, als würde man sein Kind Shakespeare taufen. Was haben sie sich dabei gedacht, deine Eltern?« Er trinkt einen Schluck.

Ich bete zum Wald der umgestürzten Bäume, dass Brian aus dem Fenster guckt und mich hier mit dem nackten Engländer sieht. Und Jude auch.

»Du bist wie jemand aus einem Film«, denke und sage ich gleichzeitig.

Er lacht, sein Gesicht wird zum Kaleidoskop. »Das muss ein Scheißfilm sein. Ich schlaf schon seit Wochen im Park – bis auf die Nacht, die ich hinter Gittern verbracht habe, natürlich.«

Gefängnis? Ist er ein Verbrecher? Er sieht so aus. »Warum?«, frage ich.

»Trunkenheit, Erregung öffentlichen Ärgernisses. Ruhestörung. Hat man so was schon gehört?« Ich habe Mühe, seine besoffenen Worte zu entschlüsseln. »Gibt es irgendjemanden, der keine Ruhe stört? Welche Ruhe überhaupt, Picasso?« Ich zucke mit den Schultern und er nickt. »Genau das hab ich auch gesagt. Es gibt keine Ruhe, die gestört werden kann, Mann. Hab ich dem Bullen immer wieder gesagt: Keine. Ruhe. Die. Gestört. Werden. Kann.« Er steckt zwei Zigaretten in den Mund, zündet erst eine an, dann die andere, zieht an beiden. Ich hab noch nie jemanden zwei auf einmal rauchen sehen. Graue Rauchwölkchen steigen aus Nase und Mund. Er reicht mir eine der Zigaretten, und ich nehme sie, denn was soll ich sonst machen? »Bin aus dieser feinen Kunstschule rausgeflogen, auf die du nicht gehst.« Er legt mir eine Hand auf die Schulter, um Halt zu gewinnen. »Spielt keine Rolle, die hätten mich sowieso rausgeschmissen, sobald sie spitzgekriegt hätten, dass ich nicht wirklich achtzehn bin.« Ich spüre, wie wacklig er auf den Beinen ist, und stemme meine Füße in den Boden. Dann fällt mir die Zigarette in meiner Hand wieder ein und ich führe sie an die Lippen, nur um ein Mal dran zu ziehen und sofort alles wieder rauszuhusten. Er bemerkt es gar nicht. Er scheint so betrunken zu sein wie einer von diesen Kerlen, die mit Laternenpfählen reden, und ich bin der Laternenpfahl. Ich will ihm die Flasche wegnehmen und sie auskippen.

»Ich muss weiter«, sage ich, denn ich stelle mir gerade vor, wie Brian und Jude sich im Dunkeln berühren. Überall. Ich kann nicht damit aufhören.

»Gut«, sagt er, ohne mich anzugucken. »Gut.«

»Vielleicht solltest du nach Hause gehen«, sage ich, dann fällt mir das mit dem Park wieder ein – und dem Gefängnis.

Er nickt, Verzweiflung klebt überall in seinem Gesicht.

Ich gehe los und werfe als Erstes die Zigarette weg. Nach ein paar Schritten höre ich: »Picasso!« und drehe mich um.

Er zeigt mit der Flasche auf mich. »Ich hab ein paarmal für diesen brüllenden Irren von Bildhauer Modell gestanden, Guillermo Garcia heißt er. Der hat jede Menge Schüler. Ich bin sicher, er würde es gar nicht merken, wenn du da nachmittags mal auftauchen würdest. Dann könntest du mal mit einem Modell in einem Raum sein – wie dieser andere Picassoheini.«

»Wo?«, frage ich, und als er es mir gesagt hat, wiederhole ich die Adresse ein paarmal im Kopf, damit ich sie behalte. Nicht, dass ich da hingehen werde, denn bald sitze ich selber im Gefängnis für den Mord an meiner Zwillingsschwester.

Jude hat das geplant. Da bin ich mir sicher. Es war ihre Idee, das weiß ich. Sie war wegen Mom schon lange sauer auf mich. Wegen der Hornissen. Und sie muss den Zettel, den sie Mom geschrieben hat, im Müll gefunden haben. Das hier ist ihre Rache. Wahrscheinlich hat sie den Zettel mit Brians Namen drauf schon die ganze Zeit in der Hand gehabt.

Ohne dass irgendeine Hornisse es mitgekriegt hat, hat sie das ganze Nest auf mich gehetzt.

Auf dem Weg nach Hause bombardieren mich Bilder von Brian und Jude, er ist völlig in ihre Haare verwickelt, in ihr Licht, in ihr Normal. Das ist es, was er will. Deshalb hat er diesen Zaun zwischen uns gezogen. Und ihn dann elektrifiziert als doppelten Schutz gegen mich, mich Blöden, Bekloppten. Ich denke daran, wie ich Heather geküsst habe. Total gierig. Oh Gott. Ob Brian Jude so küsst? Und sie ihn? Ein grässliches, um sich schlagendes Ungeheuer von einem Geräusch kommt aus mir raus – und dann will der ganze widerliche Abend gleich mit raus. Ich renne an den Straßenrand und kotze jeden Tropfen Bier aus und diesen ekligen

Zug von der Zigarette und noch den letzten Rest von diesem verlogenen, abstoßenden Kuss, bis ich nur noch ein Sack klappernder Knochen bin.

Als ich zu Hause ankomme, sehe ich, dass im Wohnzimmer Licht brennt, also klettere ich durch mein Fenster, das immer einen Spalt weit offen steht, für den Fall, dass Brian beschließen sollte, nachts bei mir einzusteigen, was ich mir den ganzen Sommer lang vor dem Einschlafen vorgestellt habe. Ich bin mir selbst peinlich. Wegen meiner Wünsche.

(Landschaft: *Die zusammengebrochene Welt*)

Ich mache die Lampe in meinem Zimmer an und will Dads Kamera unter dem Bett hervorholen, wo ich sie immer liegen lasse, aber sie ist nicht da. Mit den Augen nehme ich das Zimmer auseinander, atme erst aus, als ich sie auf dem Schreibtisch entdecke, wo sie liegt wie eine tickende Bombe. Wer hat sie dahin gelegt? Wer hat sie verdammt noch mal dahin gelegt? War ich das? Vielleicht. Ich weiß es nicht. Ich stürze mich darauf und rufe die Fotos auf. Das erste, das auftaucht, ist vom letzten Jahr, als Grandma gestorben ist. Eine dicke, runde Sandfrau, die ihre Arme gen Himmel streckt, so als wollte sie gleich abheben. Total faszinierend. Ich lege den Finger auf den Knopf zum Löschen und drücke fest zu, mörderisch. Dann rufe ich die anderen Bilder auf, eines ist toller und seltsamer und cooler als das andere, und eines nach dem anderen lösche ich, bis jede Spur vom Talent meiner Schwester aus der Welt verschwunden ist und nur noch meins übrig ist.

Dann schleiche ich mich am Wohnzimmer vorbei – Mom und Dad sind vor irgendeinem Kriegsfilm eingeschlafen – und gehe in Judes Zimmer, nehme das Porträt vom nackten

Engländer von der Wand, reiße es in Stücke und verstreue sie wie Konfetti überall auf dem Fußboden. Als Nächstes gehe ich zurück in mein Zimmer und mache mich über die Zeichnungen von Brian her – es dauert ewig, bis ich sie alle in Stücke gerissen habe, es sind so viele. Als ich fertig bin, stopfe ich seine Überreste in drei große schwarze Plastikbeutel und verstaue sie unter dem Bett. Morgen schmeiße ich ihn weg, bis auf den letzten Fitzel, über die Kante vom Devil's Drop.

Weil er nicht schwimmen kann.

Und Jude ist immer noch nicht zu Hause. Sie ist jetzt eine Stunde länger weg, als wir in den Sommerferien weg sein dürfen. Ich kann mir vorstellen, was sie gerade macht, aber ich muss damit aufhören.

Ich muss aufhören, diesen Stein in der Hand zu halten und zu beten, *er* möge durchs Fenster kommen.

Er tut es nicht.

Die Geschichte des Glücks

Jude
16 Jahre

Ich werde mit meinen Händen wünschen, wie Sandy gesagt hat.

Ich werde das Orakel benutzen.

Ich werde hier an meinem Schreibtisch sitzen und es benutzen – auf traditionelle Weise –, um alles über Guillermo Garcia alias Trunkener Igor alias Der Rockstar des Bildhaueruniversums herauszufinden, was ich nur kann. Ich muss diese Skulptur machen und sie muss aus Stein sein, und er ist der Einzige, der mir dabei helfen kann. Das ist der einzige Weg, um zu Mom durchzudringen. Ich spüre es.

Doch bevor ich mich daranmache, werde ich aus dieser Zitrone das Leben rauslutschen – denn sie ist der Todfeind der aphrodisischen Orange.

Nichts bringt Liebe im Herzen so zum Gerinnen
wie Zitrone auf der Zunge.

Denn das hier muss ich im Keim ersticken.

Grandma meldet sich: »Ah ja, Er mit dem großen E – und ich meine nicht Mr Gable. Ein gewisser großer … böser … englischer … Wolf?« Sie kostet das letzte Wort so richtig aus.

»Keine Ahnung, was der an sich hatte«, sage ich ihr im Kopf. »Oh Mann. Der hatte ... einfach alles.« Das sage ich ihr außerhalb meines Kopfes.

Und dann kann ich nicht anders. Mit meinem besten englischen Akzent sage ich: »Was bist du bloß für eine Sabbeltasche, man kommt ja gar nicht zu Wort.« Das Lächeln, das ich ihm in der Kirche verweigert habe, macht sich auf meinem Gesicht breit, bis ich die Wand anstrahle.

Oh Clark Gable, stopp.

Ich schiebe die Zitronenhälfte in meinen Mund und Grandma aus meinem Kopf, sage mir, dass der Engländer – wie jeder andere heiße Typ in Lost Cove – Drüsenfieber, Herpes und faule Zähne hat, der Hattrick der Unküssbarkeit.

Läuse. Und was für Läuse. Englische Läuse!

Während die Säure mir den ganzen Kopf zusammenzieht und mein Jungs-Boykott wieder auf volle Touren kommt, fahre ich meinen Laptop hoch und tippe *Guillermo Garcia* und *Art Tomorrow* in das Orakel ein, in der Hoffnung, Moms Interview zu finden. Aber ich hab kein Glück. Die Zeitschrift hat kein Online-Archiv. Ich gebe seinen Namen noch mal ein und rufe die Bilder auf.

Das ist die Invasion der Granitriesen.

Riesenhafte Steingestalten. Wandernde Berge. Gefühlsexplosionen. Ich liebe sie sofort. Igor hat mir gesagt, bei ihm sei nichts in Ordnung. Nun ja, seine Kunst ist es definitiv nicht. Ich fange an, Kritiken und Artikel mit Lesezeichen zu versehen, wähle eine Arbeit, die mir das Herz schwer und weit zugleich macht, als Bildschirmschoner, dann schnappe ich mir mein Skulptur-Lehrbuch vom Regal, darin finde ich ihn bestimmt. Es kann nicht anders sein, denn seine Arbeiten sind einfach faszinierend.

Tatsächlich steht was über ihn drin, und ich lese gerade zum zweiten Mal seine echt abgefahrene Biografie, die eigentlich in Grandmas Bibel gehört und nicht in ein Schulbuch, weshalb ich sie rausgerissen und in das ledergebundene Buch geheftet habe, als ich die Haustür aufgehen höre, gefolgt von Stimmengewirr und Fußgetrampel auf dem Flur.

Noah.

Ich wünschte, ich hätte meine Tür zugemacht. Soll ich unters Bett abtauchen? Doch da stürmen sie auch schon vorbei, gucken mich an, als wäre ich die Dame mit Bart. Und irgendwo in diesem glücklich summenden Schwarm athletischer, unnatürlich normaler Teenager ist mein Bruder.

Dazu sollte man sich lieber hinsetzen:

Noah hat sich an der Roosevelt High einer Sportmannschaft angeschlossen.

Nun gut, es ist Cross-Country, nicht Football, und Heather ist auch in der Mannschaft, aber trotzdem. Er ist Mitglied einer Gang.

Zu meiner Überraschung kommt er einen Augenblick später zurück und betritt mein Zimmer – und es ist, als würde Mom vor mir stehen. So war das immer, ich bin blond wie Dad, er ist dunkelhaarig wie Mom, aber seine Ähnlichkeit mit ihr wird langsam unheimlich, es ist herzzerreißend. Ich hingegen habe nicht eine Spur von Mom an mir, nie gehabt. Wenn Leute nur uns beide allein gesehen haben, dachten sie bestimmt, ich wäre adoptiert.

Noah in meinem Zimmer, das ist ungewöhnlich. Mein Magen krampft sich zusammen. Ich hasse das, wie nervös es mich jetzt macht, in seiner Nähe zu sein. Abgesehen von dem, was Sandy heute gesagt hat. Dass jemand ohne mein Wissen Bilder von meinen fliegenden Sandfrauen gemacht und sie bei der CSA eingereicht hat. Das kann nur Noah gewesen sein und das bedeutet: Er hat mich da reingebracht, nur um letztlich allein auf die Roosevelt gehen zu müssen.

Ich schmecke Schuld durch den sauren Zitrusgeschmack hindurch.

»Hey«, sagt er und tritt dabei von einem matschverschmierten Laufschuh auf den anderen, sodass er den Dreck tiefer und tiefer in meinen flauschigen weißen Teppich reibt. Ich sage nichts dazu. Er könnte mir das Ohr abhacken und ich würde nichts dazu sagen. Sein Gesicht sieht völlig anders aus als vorhin am Himmel. Es ist mit einem Vorhängeschloss versehen. »Du weißt doch, dass Dad eine Woche wegfährt? Wir …« Er macht eine Kopfbewegung rüber zu seinem Zimmer, wo Musik, Gelächter und Uniformität widerhallen. »Wir dachten, es wäre cool, hier eine Party zu machen. Ist das okay für dich?«

Ich starre ihn an, beschwöre die Außerirdischen oder Clark Gable oder wer auch immer für Seelenentführungen zuständig sein mag, mir meinen Bruder zurückzubringen. Denn nicht genug damit, dass er sich gefährlichen Gangs angeschlossen hat und Party macht, dieser Noah geht auch mit Mädchen aus, trägt seine Haare ordentlich und raspelkurz, hängt am Spot ab und guckt mit Dad Sport. Für alle anderen sechzehnjährigen Jungs ist das prima, aber für Noah symbolisiert das nur eines: den Tod der Seele. Ein Buch mit der falschen Geschichte drin. Mein Bruder, der revolutionäre Spinner, trägt jetzt einen feuerfesten Schutzanzug, um es mit seinen Worten zu sagen. Dad ist natürlich hingerissen, er denkt, Noah und Heather wären ein Paar – aber das sind sie nicht. Offenbar bin ich der einzige Mensch, dem der Ernst der Lage bewusst ist.

»Äh, Jude, ist dir klar, dass deine Zähne in einer Zitrone stecken?«

»Na klar weiß ich das«, sage ich, doch aus verständlichen Gründen kommt nur Gebrabbel aus meinem Mund. Ah, da geht mir ein Licht auf! Ich nutze die plötzliche Sprachbarriere, gucke ihn direkt an und füge hinzu: »Was hast du mit meinem Bruder gemacht? Wenn du ihn siehst, dann sag ihm, dass ich ihn vermisse. Sag ihm, ich …«

»Hallo? Mit der Voodoo-Zitrone im Mund kann ich dich nicht verstehen.« Er schüttelt verächtlich den Kopf, wie Dad es immer macht, und ich ahne, dass er mir gleich Stress machen wird. Meine Interessen verstören ihn, womit wir vermutlich quitt sind. »Du weißt ja, ich hab mir neulich deinen Laptop geliehen, als Heather meinen benutzt hat, für ein Referat. Ich hab deinen Such-Verlauf gesehen.« Oje. »Himmel, Jude. Was glaubst du eigentlich, wie viele Krankheiten du an einem Abend haben kannst? Und all diese Scheißnachrufe, die du liest – von jeder einzelnen Gemeinde in Kalifornien.« Das scheint jetzt ein guter Zeitpunkt zu sein, mir die Wiese vorzustellen. Er zeigt auf die Bibel, die aufgeschlagen auf meinem Schoß liegt. »Und vielleicht könntest du dieses total öde Buch mal eine Weile zur Seite legen und – was weiß ich – mal rausgehen. Mal mit jemand anderem reden als mit unserer toten Großmutter. Mal an was anderes denken als ans Sterben. Das ist so …«

Ich nehme die Zitrone aus dem Mund. »Was? Peinlich?«

Ich erinnere mich, dass ich das mal zu ihm gesagt habe – wie peinlich er sei –, und schäme mich für mein früheres Selbst.

Kann es sein, dass unsere Persönlichkeiten die Körper getauscht haben? Ist so was möglich? In der dritten Klasse sollten wir für unsere Kunstlehrerin Mrs Michaels Selbstporträts malen. Wir saßen uns gegenüber in der Klasse und ohne auch nur einen Blick zu wechseln habe ich ihn gemalt und er mich. Manchmal fühlt sich das jetzt genauso an.

»Peinlich wollte ich nicht sagen.« Er fährt sich mit der Hand durch seine dichten Locken, nur um festzustellen, dass sie nicht mehr da sind. Stattdessen fasst er sich in den Nacken.

»Doch, wolltest du.«

»Okay, wollte ich. Das ist wirklich total peinlich. Heute will ich mein Mittagessen bezahlen – und hol die hier aus der Hosentasche.« Er greift in die Tasche und zeigt mir das Sortiment extrem schützender Bohnen und Saaten, die ich dort reingesteckt habe.

»Ich passe bloß auf dich auf, Noah, obwohl du eine ausgewiesene Artischocke bist.«

»Du bist ja so was von verdammt irre, Jude.«

»Weißt du, was ich für irre halte? Am zweiten Todestag deiner Mutter eine Party zu machen.«

Für eine Sekunde bekommt seine Fassade Risse, doch ebenso schnell ist wieder alles versiegelt. »Ich weiß, dass du da drinnen bist«, will ich schreien. Ich weiß es wirklich.

Warum ich mir so sicher bin:

Seine seltsame Besessenheit, vom Devil's Drop zu springen, und die unvergleichliche Art, wie er heute in den Himmel geschaut hat.

Es gibt Zeiten, wenn er in einem Sessel fläzt, auf seinem Bett liegt oder sich auf dem Sofa zusammengerollt hat, da kann ich mit der Hand vor seinem Gesicht rumwedeln und er blinzelt nicht mal. Es ist, als wäre er erblindet. Wo ist er dann? Was macht er da drinnen? Ich habe den Verdacht, dass er immer noch malt. Ich habe den Verdacht, dass in dieser unzugänglichen Festung der Konventionalität, zu der er geworden ist, ein total irres Museum ist.

Und besonders spricht dafür:

Ich habe entdeckt (Such-Verlauf-Schnüffelei funktioniert nämlich auch andersrum), dass Noah, der kaum mal ins Netz geht, der wahrscheinlich der einzige Teenager in Amerika ist, dem virtuelle Realität und soziale Medien total egal sind, Nachrichten auf einer Seite gepostet hat, die sich LostConnections.com nennt, immer derselbe Inhalt, so gut wie jede Woche.

Ich überprüfe das, er hat noch nie eine Antwort gekriegt. Ich bin mir sicher, dass die Nachricht für Brian bestimmt ist, den ich seit Moms Beerdigung nicht mehr gesehen habe und der, soweit ich weiß, nach dem Umzug seiner Mutter nicht wieder nach Lost Cove zurückgekommen ist.

Fürs Protokoll, ich wusste, was zwischen Brian und Noah läuft, auch wenn sonst keiner was geahnt hat. Da mals hat Noah den ganzen Sommer jeden Abend, wenn er von Unternehmungen mit Brian heimkam, Bilder von Noah und Brian gemalt, bis seine Finger so wund und geschwollen waren, dass er immer wieder zum Gefrierschrank gehen musste, wo er die Hand ins Eisfach steckte. Er wusste nicht, dass ich ihn oft vom Flur aus beobachtete, wie er sich an den Kühlschrank lehnte, die Stirn an die kalte Tür gedrückt, die Augen geschlossen, die Träume außerhalb seines Körpers.

Er wusste nicht, dass ich jeden Morgen, wenn er das Haus verließ, seinen geheimen Skizzenblock durchblätterte, den er unter seinem Bett versteckte. Es war, als hätte er ein völlig neues Farbspektrum entdeckt. Als hätte er die Bilderwelt einer anderen Galaxie gefunden. Es war, als hätte er mich ersetzt.

Um es ganz klar zu sagen: Ich wünschte, ich wäre nicht mit Brian in diesen Wandschrank gegangen. Aber die Geschichte der beiden war nicht in dieser Nacht zu Ende.

Ich wünschte, ich hätte vieles nicht getan, was ich damals getan habe.

Ich wünschte, mit Brian in den Schrank zu gehen, wäre das Schlimmste gewesen.

Der rechtshändige Zwilling sagt die Wahrheit,
der linkshändige Zwilling lügt.
(Noah und ich sind beide Linkshänder.)

Er guckt runter auf seine Füße. Angestrengt. Ich weiß nicht, was er denkt, meine Knochen fühlen sich hohl an. »Wir machen die Party ja nicht an ihrem Todestag. Es ist der Tag davor«, sagt er leise, seine dunklen Augen sind sanft, genau wie Moms.

Einen Haufen Hideaway-Hill-Surfer wie Zephyr Ravens irgendwo in meiner Nähe zu haben, ist so ungefähr das Letzte, was ich will, trotzdem sage ich: »Dann mach's.« Wenn ich die Voodoo-Zitrone noch im Mund hätte, würde ich stattdessen sagen: *Es tut mir leid. Alles.*

»Kommst du auch rüber, dieses eine Mal?« Er zeigt auf

die Wand. »Und ziehst du eins von denen an?« Im Gegensatz zu mir ist mein Zimmer der Inbegriff des Mädchenhaften, mit all den Kleidern, die ich nähe – schwebend und nicht schwebend – und die überall an den Wänden hängen. Es ist, als hätte man Freunde.

Ich zucke mit den Schultern. »Geselliges Beisammensein ist nichts für mich. Und die Kleider trage ich nicht.«

»Hast du aber früher.«

Ich sage nicht: »Und du hast früher Kunst gemacht und du mochtest Jungs und hast mit Pferden geredet und mir als Geburtstagsgeschenk den Mond durchs Fenster gezogen.«

Wenn Mom wiederkäme, würde sie bei einer polizeilichen Gegenüberstellung keinen von uns wiedererkennen.

Dad übrigens auch nicht, der sich gerade in der Tür materialisiert hat. Der neue Benjamin Sweetwine hat eine Haut wie grauer Ton. Seine Hosen sind immer zu groß und seine Gürtel sitzen komisch, sodass er aussieht wie eine Vogelscheuche, so als würde er zu einem Haufen Stroh zerfallen, wenn man am Gürtel zieht. Das könnte allerdings meine Schuld sein. Grandma und ich haben das Regiment in der Küche übernommen, die Bibel dient uns als Kochbuch.

Wenn du wieder Freude in eine trauernde Familie bringen willst, dann streue drei Esslöffel zerdrückte Eierschale über jede Mahlzeit

Dad taucht in letzter Zeit immer ganz plötzlich auf, aus dem Nichts, ohne irgendeine Vorwarnung durch – sagen wir mal – Schritte? Mein Blick wandert zu seinen Schuhen, die er tatsächlich an den Füßen hat, die tatsächlich auf dem Boden stehen und in die richtige Richtung zeigen. Gut. Nun ja, manchmal fragt man sich schon, wer jetzt eigentlich das Gespenst in der Familie ist. Und warum der tote Elternteil präsenter ist als der lebende. Meistens merke ich nur am Geräusch der Toilettenspülung oder des Fernsehers, dass Dad zu Hause ist. Er hört nie mehr Jazz und geht auch nicht mehr schwimmen. Meistens starrt er nur mit einem total entrückten Ausdruck auf dem Gesicht in die Ferne, so als würde er an einer unlösbaren mathematischen Gleichung tüfteln.

Und er macht Spaziergänge.

Das hat am Tag nach der Beerdigung angefangen, als das Haus noch voll war mit Moms Freunden und Kollegen. »Ich geh mal kurz raus«, sagte er zu mir und schlüpfte durch die Hintertür nach draußen. Er ließ mich einfach zurück (Noah war nicht aufzufinden) und kam erst wieder nach Hause, als alle weg waren. Am nächsten Tag war es genauso: »Ich geh mal eine Runde spazieren«, und so lief das die Tage, Wochen, Monate und Jahre darauf weiter, und die Leute erzählten mir immer, sie hätten meinen Dad oben an der Old Mine Road gesehen – das sind fünfzehn Meilen von hier! – oder am Bandit Beach, was noch weiter weg ist. Ich stelle mir vor, dass er von Autos angefahren wird, von Monsterwellen mitgerissen, von Berglöwen angegriffen. Ich stelle mir vor, er kommt nicht zurück. Früher hab ich ihm manchmal auf seinem Weg nach draußen aufgelauert und gefragt, ob ich ihn begleiten könnte, worauf er immer geantwortet hat: »Ich brauch einfach ein bisschen Zeit zum Nachdenken, Schatz.«

Während er nachdenkt, warte ich darauf, dass das Telefon klingelt und uns mitgeteilt wird, es habe einen Unfall gegeben.

Das sagen sie einem nämlich: *Es hat einen Unfall gegeben.*

Mom war auf dem Weg zu Dad, als es passiert ist. Sie waren seit ungefähr einem Monat getrennt und er wohnte in einem Hotel. Ehe sie an jenem Nachmittag losfuhr, hatte sie Noah gesagt, sie würde Dad bitten, wieder nach Hause zu kommen, damit wir wieder eine Familie sein könnten.

Aber stattdessen ist sie gestorben.

Um mich aufzuheitern, frage ich: »Dad, gibt es nicht so eine Krankheit, bei der das Gewebe verknöchert, bis der arme Betroffene in seinem eigenen Körper gefangen ist wie in einem steinernen Gefängnis? Ich bin mir ziemlich sicher, in einer deiner Zeitschriften was darüber gelesen zu haben.«

Er und Noah wechseln einen ihrer Blicke. Auf meine Kosten. Oh Clark Gable, stöhn.

Dad sagt: »Das nennt sich FOP und ist extrem selten, Jude. *Extrem* selten.«

»Oh, ich glaub nicht etwa, dass ich es habe oder so.« Jedenfalls nicht wirklich. Ich denke nur, dass wir alle drei im metaphorischen Sinn davon betroffen sind. Unser echtes Wesen hat sich in unserem Innersten verschanzt. Dads medizinische Fachzeitschriften können genauso erhellend sein wie Grandmas Bibel.

»Verdammt, wo ist Ralph? Verdammt, wo ist Ralph?« Ein spontanes familiäres Zusammengehörigkeitsgefühl wallt auf. Einstimmig verdrehen wir die Augen in dramatischer Grandma-Sweetwine-Manier. Aber dann runzelt sich Dads Stirn. »Schatz, gibt es einen Grund dafür, dass du eine riesige Zwiebel in der Tasche hast?«

Ich schaue runter auf meinen Krankheitsabweiser, der die Tasche meiner Sweatshirtjacke zum Gähnen bringt. Hatte ich ganz vergessen. Ob der Engländer die auch gesehen hat? Oje.

Dad sagt: »Jude, du solltest wirklich …« Aber was mit Sicherheit mal wieder ein Artischockenvortrag über meine bibeltreuen Neigungen oder meine Fernbeziehung zu Grandma werden soll (von Mom weiß er nicht), wird jäh beendet, denn er bekommt eins mit dem Elektroschocker verpasst.

»Dad?« Sein Gesicht ist ganz blass geworden – nun ja, noch blasser. »Dad?«, wiederhole ich und folge seinem verstörten Blick zum Computerbildschirm. Ist es die *Trauernde Familie?* Von allen Arbeiten Guillermo Garcias, die ich mir angesehen habe, war das mein Lieblingswerk. Ist aber sehr aufwühlend. Drei enorme, gramgebeutelte Steingiganten, die mich an uns erinnert haben. So müssen Dad, Noah und ich an Moms Grab ausgesehen haben, so als könnten wir mit hineinfallen. Dad scheint es auch daran zu erinnern.

Ich sehe Noah an und stelle fest, dass auch er gebannt auf den Bildschirm starrt. Das Vorhängeschloss ist weg. Rot glühende Emotion hat von seinem Gesicht und seinem Hals, sogar von seinen Händen Besitz ergriffen. Das ist vielversprechend. Er reagiert tatsächlich noch immer so heftig auf Kunst.

»Ich weiß«, sage ich zu den beiden. »Unglaublich, oder?«

Darauf antwortet keiner von beiden. Ich bin mir nicht mal sicher, ob sie mich überhaupt gehört haben.

Dann sagt Dad schroff: »Ich geh mal eine Runde spazieren«, und Noah sagt ebenso schroff: »Meine Freunde warten«, und weg sind sie.

Bin ich denn die einzige Fledermaus in diesem Glockenturm?

Die Sache ist die: Ich weiß, dass ich sie nicht alle habe. Tagtäglich sehe ich die Latten von meinem Zaun fallen und in alle Richtungen fliegen. Was mir bei Dad und Noah Sorgen macht, ist, dass sie zu glauben scheinen, mit ihnen wäre alles in Ordnung.

Ich gehe zum Fenster, mache es auf und das unheimliche Stöhnen und Krächzen der Seetaucher dringt herein, das Donnern der Winterbrandung, die Wellen müssen riesig sein. Einen Augenblick lang bin ich wieder auf meinem Brett, kämpfe mich durch die Brecherzone, kalte, salzige Luft in den Lungen – und im nächsten Moment schleppe ich Noah ans Ufer, und es ist wieder dieser Tag vor zwei Jahren, als er beinahe ertrunken wäre und uns sein Gewicht mit jedem Schwimmzug weiter in die Tiefe gezogen hat – nein.

Nein.

Ich mache das Fenster zu, zerre das Rollo herunter.

Wenn ein Zwilling sich schneidet, blutet der andere.

Später an diesem Abend setze ich mich an den Computer, um mehr über Guillermo Garcia zu erfahren, und muss feststellen, dass alle meine gespeicherten Lesezeichen gelöscht worden sind.

Der Bildschirmschoner, die *Trauernde Familie,* ist gegen eine einzelne lila Tulpe ausgetauscht worden.

Als ich Noah zur Rede stelle, behauptet er, nicht zu wissen, wovon ich rede. Aber ich glaube ihm nicht.

Noahs Party wütet überall um mich herum. Dad ist die ganze Woche bei seinem Parasitenkongress. Weihnachten war ein Reinfall. Und ich habe gerade zu einer frühen Neujahrsresolution gefunden, nein, es ist eine Revolution: Ich werde heute Abend wieder zu Guillermo Garcias Atelier gehen und ihn bitten, mein Mentor zu werden. Seit Anfang der Winterferien drücke ich mich davor. Denn was, wenn er Nein sagt? Was, wenn er Ja sagt? Was, wenn er mich mit einem Meißel niederknüppelt? Was, wenn der Engländer da ist? Was, wenn er nicht da ist? Was, wenn der mich mit einem Meißel niederknüppelt? Was, wenn meine Mutter Stein genauso leicht kaputt machen kann wie Ton? Was, wenn dieser Ausschlag auf meinem Arm Lepra ist?

Und so weiter.

Ich habe eben alle diese Fragen in das Orakel eingegeben und die Ergebnisse waren eindeutig. Es gibt keinen besseren Zeitpunkt als jetzt, kam dabei heraus, und ein weiterer Antrieb war, dass andauernd Leute von Noahs Party – Zephyr eingeschlossen – an meine Tür klopften, die ich mit einer Kommode versperrt hatte. Ich bin also aus dem Fenster geklettert, dabei habe ich die zwölf Sanddollarmuscheln eingesteckt, die ich auf meiner Fensterbank liegen hatte. Die bringen zwar nicht so viel Glück wie vierblättrige Kleeblätter oder gar rotes Meerglas, aber es muss reichen.

Ich gehe den Hügel runter, folge den gelben Reflektoren auf der Straßenmitte, lausche nach Autos oder Serienkillern. Es ist mal wieder Whiteout. Total unheimlich. Und das hier ist eine wirklich schlechte Idee. Aber ich habe mir das jetzt fest vorgenommen, also renne ich los durch das kalte, nasse Nichts und bete zu Clark Gable, dass Guillermo Garcia nur ein ganz normaler Irrer ist und keiner von der mädchenmordenden Sorte, und ich versuche, nicht daran zu denken, ob der Engländer nun da sein wird oder nicht. Ich versuche, nicht an seine verschiedenfarbigen Augen zu denken und an die knisternde Intensität, die er ausgestrahlt hat, und daran, wie bekannt er mir vorkam, und wie er mich einen gefallenen Engel genannt und gesagt hat: »Du bist es«, und ehe ich mich versehe, hat all dieses Nicht-Denken mich bis vor die Tür des Ateliers gebracht, unter der das Licht nach draußen strömt.

Der Trunkene Igor muss drinnen sein. Ich sehe ihn vor mir, mit seinen fettigen Haaren, dem drahtigen schwarzen Bart und den blauen schwieligen Fingern. Allein der Anblick löst einen Juckreiz aus. Ich bin mir sicher, dass er Läuse hat. Also, wenn ich eine Laus wäre, würde ich ihn mir zum Kolonisieren aussuchen. So viele Haare. *Ist nicht böse gemeint, aber* igitt.

Ich mache ein paar Schritte zurück, sehe eine Fensterreihe an der Seite des Hauses, komplett erleuchtet – das Atelier muss da hinten sein. Eine Idee nimmt Gestalt an. Eine tolle Idee. Vielleicht kann ich ja irgendwie unbemerkt in sein Studio spähen … ja, von dieser Feuerleiter da hinten zum Beispiel. Ich will die Giganten sehen. Den Trunkenen Igor will ich auch sehen, und hinter einer Scheibe wäre das geradezu ideal. Brillant, echt. Ehe es mir bewusst wird, bin ich schon über den Zaun geklettert und husche eine stockfinstere Gasse entlang, so eine, in der Mädchen mit Meißeln niedergeknüppelt werden.

Wenn man aufs Gesicht fällt, ist das wirklich großes Pech.

(Das ist ein waschechter Eintrag. Die Weisheit von Grandmas Bibel kennt wirklich keine Grenzen.)

Ich erreiche die Feuerleiter – lebend – und klettere mäuschenstill auf das Licht zu, das vom Treppenabsatz schrillt.

Was mache ich hier eigentlich?

Keine Ahnung, aber ich mache es. Am Kopf der Treppe gehe ich in die Hocke und husche wie ein Krebs unter den Fenstern entlang. Als ich dran vorbei bin, stehe ich wieder auf, klammere mich an die Mauer und spähe in einen enormen, hell erleuchteten Raum …

Und da sind sie: Riesen. Riesige Riesen. Aber anders als die auf den Fotos. Diese sind allesamt Paare. Über den Raum verteilt umarmen sich gewaltige Steinwesen wie in einem Tanzsaal, so als wären sie in der Bewegung erstarrt. Nein, eigentlich sind das keine Umarmungen. Noch nicht. Es ist, als würden sich jeder »Mann« und jede »Frau« leidenschaftlich, voller Verzweiflung aufeinander stürzen – doch die Zeit ist stehen geblieben, bevor sie die Arme des anderen erreicht hatten.

Adrenalin rast in mir. Kein Wunder, dass er im *Interview* mit dem Baseballschläger auf Rodins *Kuss* losgehen musste. Der ist so höflich und, na ja, so langweilig im Vergleich …

Mein Gedankengang wird unterbrochen, denn jetzt sprengt – als könnte die Haut das aufrührerische Blut in seinem Inneren nicht halten – der Trunkene Igor in diesen großen Raum. Nur ist er völlig verwandelt. Er hat sich rasiert, die Haare gewaschen und einen Arbeitskittel angezogen, der genauso mit Ton bespritzt ist wie die Wasserflasche, die er jetzt an die Lippen setzt. In seiner Biografie war nicht die Rede davon, dass er mit Ton arbeitet. Er trinkt so gierig aus der Flasche, als ob er mit Moses durch die Wüste gewandert wäre, leert sie und wirft sie in einen Mülleimer.

Irgendjemand hat ihn angeschlossen.

An einen Atomreaktor.

Ladies and Gentlemen: der Rockstar des Bildhaueruniversums.

Er bewegt sich auf eine angefangene Tonskulptur mitten im Raum zu, und als er etwa einen Meter davon entfernt ist, geht er langsam darum herum, wie ein Raubtier um seine Beute, und redet dabei mit einer grollenden tiefen Stimme, die ich durchs Fenster hören kann. Ich gucke zur Tür, weil ich davon ausgehe, dass jemand ihm folgen wird, jemand, der in dieses Gespräch mit ihm vertieft ist – zum Beispiel der Engländer, denke ich mit unruhigem Flattern –, aber niemand gesellt sich zu ihm. Ich verstehe kein Wort von dem, was er sagt. Es klingt wie Spanisch.

Vielleicht hat er ja auch seine Geister. Gut. Dann haben wir schon mal was gemeinsam.

Auf einmal stürzt er sich auf die Skulptur und presst die Stirn in ihren Bauch. Die Plötzlichkeit dieser Handlung lässt mir den Atem stocken. Wie eine Starkstromleitung, der plötzlich der Strom gekappt wird. *Ist nicht böse gemeint* (mal wieder), *aber* was für ein Irrer! Er umfasst die Skulptur mit seinen großen Händen, und so verharrt er, ohne sich zu bewegen, als würde er beten oder auf einen Puls lauschen oder als hätte er völlig den Verstand verloren. Dann sehe ich, wie seine Hände anfangen, sich langsam hoch und runter zu bewegen und über die Oberfläche der Figur zu streichen, dabei reißt er klumpenweise Ton herunter, den er auf den Boden klatscht, doch währenddessen hebt er nicht ein einziges Mal den Kopf und guckt, was er da tut. Er gestaltet blind. Oh, wow.

Ich wünschte, Noah könnte das hier sehen. Und Mom.

Schließlich tritt er zurück, irgendwie taumelnd, so als würde er aus einer Art Trance erwachen, holt eine Zigarettenschachtel aus der Kitteltasche und steckt sich eine an. An einen Tisch gelehnt raucht er und starrt auf die Skulptur, wobei er den Kopf nachdenklich hin und her wiegt. Ich erinnere mich an seine durchgeknallte Biografie. Darin stand, dass er einer langen Linie von auf Grabsteine spezialisierten kolumbianischen Steinmetzen abstammt und im Alter von fünf Jahren mit der Bearbeitung von Stein begonnen hat. Dass niemand je großartigere Engel als seine gesehen hat, und dass die Leute, die in der Nähe der Friedhöfe lebten, auf denen seine Statuen über die Toten wachten, schworen, sie würden sie nachts singen hören, schworen, dass ihre himmlischen Stimmen bis in ihre Häuser drangen, in ihren Schlaf, in ihre Träume. Und dass man munkelte, der junge Steinmetz sei verzaubert oder womöglich besessen.

Ich tippe auf Letzteres.

Er ist ein Mann, der sämtliche Mauern zum Einsturz bringt, wenn er einen Raum betritt.

Stimmt, Mom. Und damit stehe ich wieder am Anfang. Wie soll ich ihn bloß überzeugen, mein Mentor zu werden? Dieser Mann hier ist noch viel furchteinflößender als Igor.

Er wirft die Zigarette auf den Boden, nimmt einen großen Schluck Wasser aus dem Glas auf dem Tisch und spuckt es auf den Ton – ah, eklig! –, dann bearbeitet er den angefeuchteten Bereich wie wild mit den Fingern, diesmal klebt sein Blick an dem, was er tut. Er verliert sich darin, trinkt und spuckt und formt, trinkt und spuckt und formt, gestaltet, als würde er versuchen, etwas, das er braucht, dringend braucht, aus dem Ton zu ziehen. Die Zeit vergeht und vergeht und langsam sehe ich, wie ein Mann und eine Frau Gestalt annehmen – zwei Körper, die miteinander verflochten sind wie Zweige.

Das ist *mit den Händen wünschen.*

Keine Ahnung, wie viel Zeit vergeht, während ich und ein paar enorme Paare aus Stein ihn bei seiner Arbeit beobachten, während er mit den Händen harkt, von denen der nasse Ton tropft, sich durchs Haar fährt, immer und immer wieder, bis nicht mehr klar ist, ob er die Skulptur macht oder die Skulptur ihn.

Im Morgengrauen schleiche ich mich erneut auf Guillermo Garcias Feuerleiter. Sobald ich den Absatz erreicht habe, krieche ich unter den Fenstern entlang, bis ich wieder den Aussichtspunkt von gestern Abend erreiche, dann richte ich mich gerade so weit auf, dass ich ins Atelier gucken kann … Er ist immer noch da. Irgendwie habe ich gewusst, dass er da sein würde. Er sitzt mit dem Rücken zu mir auf dem Podest und lässt den Kopf hängen, sein ganzer Körper ist schlaff. Die Kleider hat er nicht gewechselt. Hat er überhaupt geschlafen? Die Tonskulptur neben ihm scheint jetzt fertig zu sein – er muss die ganze Nacht gearbeitet haben –, aber sie sieht überhaupt nicht mehr so aus wie zu dem Zeitpunkt, als ich gegangen bin. Die Liebenden liegen sich nicht mehr ineinander verstrickt in den Armen. Die männliche Figur liegt jetzt auf dem Rücken, und es sieht so aus, als würde die weibliche Figur sich aus ihr herausreißen, ihr direkt aus der Brust klettern.

Es ist schrecklich.

Da bemerke ich, dass Guillermo Garcias Schultern sich heben und senken. Weil er weint? Wie durch Osmose steigt ein dunkler Gefühlsschwall in mir auf. Ich schlucke heftig, quetsche die Schultern zusammen wie ein Akkordeon. Weinen würde ich nie.

Tränen der Trauer sollten gesammelt und dann zur Heilung der Seele eingenommen werden.
(Ich habe nie um Mom geweint, bei der Beerdigung musste ich so tun als ob. Ich bin damals immer wieder ins Badezimmer geschlichen und hab mir die Augen gerieben, bis sie angemessen rot aussahen. Ich wusste, wenn ich weinen würde, und sei es auch nur eine Träne, dann wäre das mein Untergang. Bei Noah war es anders. Monatelang war es, als würde man mit einem Monsun unter einem Dach leben.)

Ich kann den Bildhauer durchs Fenster hören – ein tiefes, dunkles Stöhnen, das die Luft aus der Luft saugt. Ich muss hier raus. Doch als ich mich ducke und den Rückweg antreten will, erinnere ich mich wieder an die Glück bringenden Sanddollarmuscheln, die ich gestern Abend in meine Tasche gesteckt habe. Er braucht sie. Ich bin gerade dabei, sie auf dem Fenstersims aufzureihen, als ich aus dem Augenwinkel eine blitzschnelle Bewegung wahrnehme. Sein Arm schnellt zurück und will nach vorn ausholen …

»Nein!«, brülle ich, ohne nachzudenken, und schlage mit meiner Hand ans Fenster, damit seine nichts berührt und die von Schmerz gequälten Liebenden in den Tod stürzen lässt.

Ehe ich die Feuerleiter runterfliege, sehe ich ihn zu mir hochstarren, der Ausdruck auf seinem Gesicht wandelt sich von Schock zu Wut.

Ich bin schon halb über den Zaun, als ich höre, wie die Haustür horrorfilmartig knarrend aufgeht, genau wie neulich, und am Rande meines Sichtfelds taucht seine enorme Gestalt auf. Es gibt zwei Möglichkeiten. Entweder verziehe ich mich wieder in die Gasse und werde überfallen oder ich springe auf den Bürgersteig und nehme die Beine unter den Arm. Keine großartigen Wahlmöglichkeiten, denke ich, während ich erfreulicherweise auf den Füßen lande, aber dann stolpere ich nach vorn und wäre extrem unglücklich auf dem Gesicht gelandet, hätte sich nicht eine sehr große Hand nach mir ausgestreckt, meinen Arm mit eisernem Griff gepackt und mein Gleichgewicht wieder hergestellt.

»Danke«, höre ich mich sagen. Danke? »Das wäre ein schlimmer Sturz geworden«, erkläre ich seinen Füßen und füge schnell hinzu: »Sie können sich gar nicht vorstellen, wie viele Hirnverletzungen durch Stürze verursacht werden – und wenn der Frontallappen betroffen ist, ist alles vorbei, dann kann man sich von seiner Persönlichkeit verabschieden, und da fragt man sich doch, was ein Mensch eigentlich ist, wenn er sich bloß mal den Kopf stoßen muss, um jemand ganz anderer zu werden, oder?« Puh, jetzt hab ich einen Lauf und bin nicht mehr zu stoppen, ich bin nur auf die Erde geschickt worden, um vor diesen riesigen tonbespritzten Schuhen zu monologisieren. »Wenn ich das zu entscheiden hätte«, fahre ich fort, weil irgendein bislang unbekannter Hebel umgelegt worden ist, »obwohl ich natürlich überhaupt nichts zu entscheiden habe, und wenn es nicht zu fürchterlichen Konflikten mit der Modewelt kommen würde, wäre ich dafür, dass wir alle von der Wiege bis zur Bahre ständig Titanhelme tragen. Schließlich kann einem jederzeit etwas auf den Kopf fallen. Haben Sie darüber schon mal nachgedacht? Eine Klimaanlage zum Beispiel, so ein Ding könnte ganz plötzlich aus einem Fenster im zweiten Stock stürzen und Sie zerschmettern, während sie nichts ahnend in der Main Street unterwegs sind, um Bagel zu kaufen.« Ich hole Luft. »Oder ein Ziegelstein. Vor fliegenden Ziegelsteinen sollte man echt Respekt haben.«

»Vor fliegenden Ziegelsteinen?« Das Timbre seiner Stimme ähnelt einem Donnergrollen.

»Ja, vor fliegenden Ziegelsteinen.«

»Fliegende Ziegelsteine?«

Was denn, ist er etwa schwer von Begriff? »Klar. Oder Kokosnüsse, die können einem auch auf den Kopf fallen, nehme ich an, zumindest wenn man in den Tropen lebt.«

»Du hast wohl den Vogel.«

»*Einen* Vogel«, sage ich leise. Den Kopf habe ich immer noch nicht gehoben, das halte ich für das Beste.

Eine Menge Spanisch kommt jetzt aus seinem Mund. Das

Wort *loca* höre ich ein paarmal heraus. Auf der Skala des Genervtseins ist er ungefähr bei zehn, schätze ich. Er riecht sehr streng, *nicht böse gemeint, aber* wir reden hier von einem total verschwitzten Affen. Doch kein Hauch von Alkohol. Igor ist nicht hier, dieser Wahnsinnige ist ganz Rockstar.

Ich halte mich an meine Blick-auf-die-Schuhe-Strategie, also kann ich nur vermuten, dass er den Griff um meinen Arm gelöst hat, damit er die spanische Schimpftirade mit fuchtelnden Handbewegungen untermalen kann. Entweder das – oder Vögel flattern über meinem Kopf herum. Als die Bewegung zum Stillstand kommt und das wütende Spanisch versiegt, nehme ich mich zusammen und hebe den Kopf, um mal kurz zu gucken, womit ich es da oben zu tun habe. Sein Anblick ist nicht gerade beruhigend. Er ist ein Wolkenkratzer, wahnsinnig imposant mit den jetzt kämpferisch vor der Brust verschränkten Armen. Er mustert mich wie eine neue Lebensform, und das, obwohl er selbst aus der Nähe betrachtet aussieht, als wäre er gerade aus dem Treibsand aufgetaucht – wie ein Sumpfwesen. Er ist von oben bis unten voll Ton, bis auf die Tränenstreifen auf seinen Wangen und die höllenfeuergrünen Augen, die sich in mich hineinbohren.

»Na?«, sagt er ungeduldig, als hätte er mir eine Frage gestellt, die ich noch nicht beantwortet habe.

Ich schlucke. »Tut mir leid«, sage ich. »Ich wollte nicht …« Äh, was wollte ich nicht? Über den Zaun springen, die Feuerleiter hochklettern und zugucken, wie Sie einen Nervenzusammenbruch haben?

Ich nehme einen neuen Anlauf. »Ich bin gestern Abend hierhergekommen …«

»Du warst die ganze Nacht da oben und hast mich beobachtet?«, röhrt er. »Ich hab dir doch neulich schon gesagt, dass du weggehen sollst, und du kommst zurück und beobachtest mich die ganze Nacht?«

Nicht nur Hundewelpen, dieser Mann frisst entzückende, quietschfidele Babys. »Nein. Nicht die ganze Nacht ...«, sage ich, und dann, ehe ich mich versehe, lege ich schon wieder los: »Ich wollte Sie fragen, ob sie mein Mentor werden wollen, Sie wissen schon, ich würde als Praktikantin bei Ihnen arbeiten und alles tun, was getan werden muss, aufräumen oder so, egal was, denn ich muss unbedingt diese Skulptur machen.« Ich sehe ihm in die Augen. »Die *muss* ich machen und sie muss aus Stein sein, das hat viele Gründe, auch welche, die sie nie glauben würden, und mein Lehrer Sandy sagt, Sie seien der Einzige weit und breit, der noch als Steinbildhauer arbeitet« – war das eben ein ganz schwaches Lächeln? –, »aber als ich neulich bei Ihnen war, da wirkten Sie so ... keine Ahnung ... Und natürlich haben Sie gesagt, ich soll abhauen, was ich ja auch gemacht habe, aber dann bin ich letzte Nacht wiedergekommen, weil ich dachte, ich versuch's noch mal, aber ich hab Schiss gekriegt, weil, okay, Sie sind schon ein bisschen furchteinflößend, also, ehrlich gesagt, *mega*furchteinflößend ...« Da gehen seine Augenbrauen hoch und der Ton auf seiner Stirn kriegt Risse. »Aber gestern Abend ... wie Sie da diese Figur blind geformt haben, das war ...« Ich versuche, die richtigen Worte dafür zu finden, aber sie fallen mir nicht ein. »Ich konnte es echt nicht fassen, und dann dachte ich, ich weiß auch nicht, dass Sie vielleicht irgendwie ein bisschen Zauberkräfte haben oder so, in meinem Skulpturlehrbuch stand nämlich so viel über diese Engel, die Sie als Kind immer gemacht haben, und dass man dachte, Sie wären verzaubert oder sogar besessen, ist nicht böse gemeint, und diese Skulptur, die ich machen muss, na ja, dafür brauche ich Hilfe, *Ihre* Hilfe, denn ich glaube, dass ich ein paar Dinge in Ordnung bringen kann, wenn ich sie mache, irgendwie wird irgendwer etwas Bestimmtes endlich verstehen, und das ist sehr wichtig für mich, sehr, sehr wichtig, weil diese Person mich nie verstanden hat, jedenfalls nicht richtig, und sie ist sehr wütend wegen etwas, das ich getan habe …« Ich hole Luft und ergänze: »Und ich bin auch traurig.« Ich seufze. »Bei mir ist auch nichts in Ordnung. Überhaupt nichts. Das wollte ich Ihnen das letzte Mal schon sagen, als ich hier war. Sandy hat mich sogar zur Schulpsychologin geschickt, aber die hat nur gesagt, ich soll mir eine Wiese vorstellen …« Mir wird klar, dass alles gesagt ist, also mache ich den Mund zu und stehe da und warte auf die Rettungssanitäter oder wer sonst mit der Zwangsjacke kommt.

Ich habe eben mehr geredet als in den letzten beiden Jahren zusammen.

Er hebt die Hand zum Mund und sieht mich jetzt nicht mehr so an wie einen Alien aus dem Weltraum, sondern eher so wie diese Skulptur letzte Nacht. Als er endlich spricht, sagt er zu meiner großen Überraschung und Erleichterung nicht: »Ich verständige die Behörden«, sondern »Wir trinken eine Tasse Kaffee, okay? Ich brauche eine Pause.«

Ich folge Guillermo Garcia in einen dunklen staubigen Flur mit vielen verschlossenen Türen, hinter denen all die anderen sechzehnjährigen Kunstschüler in Ketten gehalten werden. Mich streift der Gedanke, dass niemand weiß, dass ich hier bin. Plötzlich kommt mir diese ganze Sache mit der Grabsteinherstellung gar nicht mehr so vorteilhaft vor.

Wenn du dir Mut machen willst, sprich deinen Namen drei Mal in die geschlossene Hand.
(Wie wär's stattdessen mit einer Dose Pfefferspray, Grandma?)

Ich spreche meinen Namen drei Mal in die geschlossene Hand. Sechs Mal. Neun Mal und noch öfter …

Er dreht sich um, lächelt und hebt den Finger in die Luft. »Keiner macht so guten Kaffee wie Guillermo Garcia.«

Ich lächele zurück. Na, das kam mir gar nicht so mörderisch vor, aber vielleicht will er ja nur, dass ich mich entspanne, damit er mich in sein Haus locken kann, wie die Hexe in *Hänsel und Gretel.*

Gesundheitswarnung: Ein Beatmungsgerät ist erforderlich. Ganze Zivilisationen von Staubpartikeln sind in den dicken Lichtstreifen gefangen, die durch zwei große Fenster fallen. Ich schaue auf den Boden, jawohl, es ist so staubig, dass ich Fußabdrücke hinterlasse. Ich wünschte, ich könnte schweben, so wie Grandma S., damit ich nicht so viel Staub aufwirbele. Und dieser Muff – ich könnte schwören, dass giftige schwarze Schimmelsporen über diese Zementwände kriechen.

Wir betreten einen größeren Raum.

»Meine Poststelle«, sagt Guillermo.

Und das ist kein Witz. Auf Tischen, Stühlen, Sofas türmt sich lawinenartig die Post von Monaten, wenn nicht gar Jahren, einige Haufen sind schon auf den Boden gerutscht. Rechts von mir entdecke ich einen Küchenbereich – ich wende schnell die Augen ab, um mir keine Lebensmittelvergiftung zu holen – und eine weitere geschlossene Tür, hinter der sich garantiert weitere gefesselte und geknebelte Geiseln befinden, eine Treppe, die zu einem Loftbereich führt – ich kann ein ungemachtes Bett sehen –, und links von mir, oh Clark Gable, ja, zu meinem großen Glück steht da ein lebensgroßer Steinengel, der allem Anschein nach lange draußen gelebt hat, ehe er hier eingezogen ist.

Es ist einer von ihnen, ganz bestimmt. Jackpot! In seiner Biografie stand, die Leute in Kolumbien würden bis heute von nah und fern kommen, um ihre Wünsche in die kalten Steinohren von einem von Guillermo Garcias Engeln zu flüstern. Dieser ist atemberaubend, so groß wie ich, die steinernen langen Locken fließen wie Seide über seinen Rücken. Das große ovale Gesicht hält er gesenkt, so als würde er liebevoll auf ein Kind schauen, und seine Flügel ragen aus seinem Rücken wie die Freiheit. Er sieht aus wie der David in Sandys Büro, nur einen Atemzug vom Leben entfernt. Ich möchte ihn umarmen oder anfangen zu kreischen, doch stattdessen frage ich ruhig: »Singt er nachts für Sie?«

»Ich fürchte, die Engel singen nicht für mich«, sagt er.

»Tja, für mich auch nicht«, sage ich, was ihn aus irgendeinem Grund dazu veranlasst, sich umzudrehen und mich anzulächeln.

Als er mir wieder den Rücken zukehrt, biege ich scharf

nach links ab und schleiche mich auf Zehenspitzen durch den Raum. Ich kann nicht anders. Ich muss meinen Wunsch sofort ins Ohr dieses Engels flüstern.

Er wedelt mit dem Arm in der Luft herum. »Ja, ja, alle machen das. Wenn es doch nur funktionieren würde.«

Ich ignoriere seine Skepsis, nähere meinen Mund dem perfekten muschelförmigen Ohr des Engels und wünsche mir die Seele aus dem Leib. *Das Beste ist, du setzt auf sämtliche Pferde, Liebes!* Als ich fertig bin, fällt mir auf, dass die Wand hinter dem Engel über und über mit Skizzen bedeckt ist, von Liebenden, gesichtslosen Männern und Frauen, die sich umarmen oder besser: in ihrer Umarmung explodieren. Studien, nehme ich an, für die Giganten in den anderen Räumen? Ich werfe noch einen prüfenden Blick in den Postraum, sehe, dass die meisten Wände in der gleichen Weise bedeckt sind. Die Höhlenmalerei ist nur an einer einzigen Stelle unterbrochen, an der ein rahmenloses großes Gemälde hängt. Darauf sind ein Mann und eine Frau zu sehen, die sich auf einer Klippe am Meer küssen, während die ganze Welt um sie herum in einem Farbtornado verwirbelt – die Palette ist kühn und strahlend wie bei Kandinsky oder Franz Marc, dem Lieblingsmaler meiner Mom.

Ich hab gar nicht gewusst, dass er auch malt.

Ich gehe rüber zur Leinwand – oder vielleicht ist es auch andersrum. Manche Bilder bleiben an der Wand, dieses aber nicht. Die Farbe quillt über zwei Dimensionen hinaus, sodass ich sofort mittendrin bin, mittendrin in einem Kuss, der ein Mädchen, eines, das nicht alle Jungs boykottiert, dazu veranlassen könnte sich zu fragen, wo wohl ein gewisser Engländer sein könnte …

»So spart man Papier«, sagt Guillermo Garcia, und mir wird erst jetzt bewusst, dass meine Hand eine der Skizzen an der Wand betastet. Er lehnt an einem großen Spülbecken und beobachtet mich. »Die Bäume mag ich sehr.«

»Bäume sind cool«, sage ich geistesabwesend, ein wenig überwältigt von all den nackten Leibern, all der Liebe, der Lust überall um mich herum. »Aber die gehören meinem Bruder, nicht mir«, füge ich ohne nachzudenken hinzu. Ich gucke auf seine Hand. Trägt er einen Ehering? Nein. Und irgendetwas sagt mir, dass hier ewig keine Frau mehr gewesen ist. Aber was ist mit den gigantischen Paaren? Und der Frau, die sich aus der männlichen Form in der Skulptur herausschraubt, die er letzte Nacht geschaffen hat? Und mit diesem Gemälde von einem Kuss? Und diesen vielen lüsternen Höhlenzeichnungen? Und dem Trunkenen Igor? Und dem Schluchzen, dessen Augenzeuge ich geworden bin? Sandy hat gesagt, ihm wäre etwas zugestoßen – was war das? Was ist es? Irgendwas ist hier furchtbar schiefgelaufen, das ist deutlich zu spüren.

Der Ton auf Guillermos Stirn wird immer rissiger vor Verwirrung. Mir wird klar, was ich eben über die Bäume gesagt habe. »Oh, mein Bruder und ich haben die Welt zwischen uns aufgeteilt, als wir noch klein waren«, erkläre ich ihm. »Und dann musste ich ihm die Bäume und die Sonne und noch ein paar andere Sachen geben, weil ich ein unglaubliches kubistisches Porträt haben wollte, das er gemalt hatte.«

Die Überreste des Porträts befinden sich immer noch in einer Plastiktüte unter meinem Bett. Als ich in dieser Nacht von Brians Abschiedsparty nach Hause kam, sah ich, dass Noah es zerrissen und die Schnipsel in meinem ganzen

Zimmer verteilt hatte. Und ich dachte mir: Richtig so, ich habe keine Liebesgeschichte verdient. Nicht mehr. Liebesgeschichten werden nicht für Mädchen mit schwarzen Herzen geschrieben, Mädchen, die zu dem fähig sind, was ich gerade meinem Bruder angetan habe.

Trotzdem habe ich auch noch den letzten Fitzel von diesem Typen aufgesammelt. Und ich habe oft versucht, ihn wieder zusammenzusetzen – doch das ist unmöglich. Mittlerweile erinnere ich mich nicht mal mehr, wie er ausgesehen hat, aber ich werde nie vergessen, wie er auf mich gewirkt hat, als ich ihn das erste Mal auf Noahs Skizzenblock gesehen habe. Ich musste ihn einfach haben. Ich hätte ihm auch die echte Sonne gegeben, die imaginäre war also kein großes Opfer.

»Verstehe«, sagt Guillermo Garcia. »Und wie lange haben diese Verhandlungen gedauert? Die zur Aufteilung der Welt?«

»Es wurde ständig verhandelt.«

Er verschränkt die Arme, steht wieder in Kampfhaltung da. Das scheint seine bevorzugte Pose zu sein. »Ihr seid sehr mächtig, du und dein Bruder. Wie Götter«, sagt er. »Aber mal ehrlich, ich glaube nicht, dass du ein gutes Geschäft gemacht hast.« Er schüttelt den Kopf. »Du sagst, du bist so traurig, vielleicht ist das der Grund. Keine Sonne. Keine Bäume.«

»Die Sterne und die Meere habe ich auch verloren«, erzähle ich ihm.

»Das ist schrecklich.« Unter seiner Tonmaske werden die Augen ganz groß. »Du bist furchtbar schlecht im Verhandeln. Nächstes Mal brauchst du einen Anwalt.« In seiner Stimme schwingt Belustigung mit.

Ich lächele ihn an. »Die Blumen durfte ich aber behalten.«

»Gott sei Dank«, sagt er.

Etwas Seltsames geht hier vor, so seltsam, dass ich es nicht ganz glauben kann. Ich fühle mich wohl. Ausgerechnet hier, mit ihm.

Doch dann, ach, bemerke ich die Katze, die schwarze Katze. Guillermo bückt sich und nimmt das schwarze Bündel Pech in die Arme. Er drückt den Kopf in ihren Nacken und gurrt ihr etwas auf Spanisch vor. Die meisten Serienmörder sind tierlieb, habe ich mal gelesen.

»Das ist Frida Kahlo.« Er dreht sich um. »Kennst du Frida Kahlo?«

»Klar.« Moms Buch über sie und Diego Rivera habe ich von Anfang bis Ende gelesen.

»Wunderbare Künstlerin ... so vom Schicksal gequält.« Er hält die Katze hoch, sodass sie in sein Gesicht guckt. »Genau wie du«, sagt er zu ihr, dann setzt er sie wieder auf den Boden. Sie kommt gleich wieder angeschlichen, reibt sich an seinen Beinen und macht sich nichts draus, dass sie uns auf Jahre Unglück bringen wird.

»Wussten Sie, dass Toxoplasmose und Campylobacter-Bakterien von Katzenfäkalien auf Menschen übertragen werden?«, frage ich Guillermo.

Er zieht die Augenbrauen zusammen, in dem Ton auf seiner Stirn klaffen jetzt tiefere Risse. »Nein, das wusste ich nicht. Und ich will es auch nicht wissen.« Er lässt einen Topf in der Hand wirbeln. »Ich hab es schon aus meinem Kopf gelöscht. Weg. Puff. Solltest du auch machen. Erst fliegende Ziegelsteine und jetzt das. So was hab ich echt noch nie gehört.«

»Sie könnten blind werden oder Schlimmeres. Das passiert. Die Leute haben ja keine Ahnung, wie gefährlich es ist, Haustiere zu haben.«

»Und das glaubst du? Dass es gefährlich ist, eine kleine Miezekatze zu haben?«

»Auf jeden Fall. Besonders eine schwarze, aber das ist ein anderes Thema.«

»Okay«, sagt er. »Das glaubst du. Weißt du, was ich glaube? Ich glaube, du bist verrückt.« Er wirft den Kopf zurück und er lacht. Das wärmt die ganze Welt auf. »Vollkommen loca.« Er dreht sich um und fängt an Spanisch zu sprechen, sagt Clark Gable weiß was, während er seinen Kittel auszieht und ihn an einen Haken hängt. Darunter trägt er Jeans und ein schwarzes T-Shirt wie ein ganz normaler Mann. Er zieht einen Notizblock aus der vorderen Tasche des Kittels und steckt ihn in die hintere Hosentasche der Jeans. Ob das wohl ein Ideenblock ist? An der CSA werden wir dazu angehalten, immer einen Ideenblock bei uns zu haben. Meiner ist leer. Garcia dreht beide Wasserhähne voll auf, hält erst einen Arm drunter, dann den anderen und schrubbt beide mit Kernseife ab. Braunes Wasser rinnt in matschigen Bächen von ihm herunter. Als Nächstes steckt er den ganzen Kopf unter den Wasserhahn. Das kann dauern.

Ich hocke mich hin, um mit der Pech bringenden Frida Freundschaft zu schließen, die immer noch um Guillermos Füße kreist. Es heißt doch immer, man soll seine Feinde in der Nähe behalten. Das Seltsame ist, dass ich mich hier trotz Frida und der Toxoplasmose und diesem Mann, der mir aus so vielen Gründen Angst machen sollte, so zu Hause fühle wie sonst nirgendwo, seit Langem. Ich kratze mit den Fingern am Boden, versuche, die Aufmerksamkeit der Katze auf mich zu ziehen. »Frida«, sage ich leise.

Der Titel von Moms Buch über Kahlo und Rivera, *Wie ich dich liebe,* ist eine Zeile aus ihrem Lieblingsgedicht von Elizabeth Barrett Browning. »Kennst du es auswendig?«, habe ich sie gefragt an einem Tag, an dem wir zusammen durch den Wald gewandert waren, nur wir beide, eine Seltenheit.

»Natürlich.« Sie machte einen freudigen kleinen Hüpfer, zog mich an sich, sodass jeder Zentimeter von mir hüpfte und sich freute. »Wie ich dich liebe?«, begann sie, ihre großen dunklen Augen strahlten mich an, die Haare wippten um unsere Köpfe, vermischten und verzwirbelten sich im Wind. Es war ein romantisches Gedicht, das wusste ich, aber an diesem Tag fühlte es sich an wie ein Gedicht über uns, unser ganz persönliches Mutter-Tochter-Ding. »Lass mich zählen wie«, schmetterte sie …

Moment mal, sie schmettert es jetzt!

»Ich liebe dich so tief, so hoch, so weit, als meine Seele blindlings reicht …«

Sie ist es, hier, jetzt – ihre tiefe, raue Stimme rezitiert das Gedicht für mich!

»… wenn sie ihr Dasein abfühlt und die Ewigkeit. Mit allem Lächeln, aller Tränennot und allem Atem. Und wenn Gott es gibt, will ich dich besser lieben nach dem Tod.«

»Mom?«, flüstere ich. »Ich hore dich.«

Jeden Abend, wirklich jeden, lese ich ihr vor dem Zubettgehen dieses Gedicht laut vor und wünsche mir, dass sie irgendwie darauf reagiert.

»Alles okay da unten?« Ich schaue hoch in das unmaskierte Gesicht von Guillermo Garcia, der jetzt aussieht wie frisch dem Ozean entstiegen – das nasse schwarze Haar hat er nach hinten gestrichen und ein Handtuch um seine Schultern geworfen.

»Mir geht es bestens«, sage ich, doch ich bin weit davon entfernt. Der Geist meiner Mutter hat mit mir gesprochen. Sie hat meinen Gedichtvortrag erwidert. Sie hat mir gesagt, dass sie mich liebt. Trotz allem.

Ich richte mich auf. Wie muss ich ausgesehen haben? Auf dem Boden hockend, keine Katze in Sicht, völlig verloren mit meiner toten Mutter flüsternd.

Guillermos Gesicht ähnelt jetzt den Fotos, die ich online gesehen habe. Jeder seiner Züge wäre für sich genommen schon dramatisch, aber alle zusammen sind wie ein Revierkampf, eine territoriale Auseinandersetzung, Nase gegen Mund gegen blitzende Augen. Ich kann nicht sagen, ob er grotesk oder umwerfend ist.

Er mustert mich ebenfalls.

»Deine Knochen« – er berührt seine Wange – »sind sehr zart. Du hast Vogelknochen.« Sein Blick wandert abwärts, an meinen Brüsten vorbei, und landet verwirrt irgendwo in meiner Mitte. Ich schau an mir runter und rechne damit, dass er die Zwiebel entdeckt hat oder irgendeinen anderen Glücksbringer, den ich heute zufällig bei mir trage, doch das ist es nicht. Mein T-Shirt ist unter der offenen Kapuzenjacke hochgerutscht und er starrt auf meinen freien Bauch, auf mein Tattoo. Dann macht er einen Schritt auf mich zu und schiebt, ohne zu fragen, mein Shirt hoch, damit er das ganze Bild sehen kann. Junge. Jungejungejunge. Seine Hand hält den Stoff hoch. Ich spüre die Hitze seiner Fingerspitzen auf meinem Bauch. Mein Herz schlägt schneller. Das ist doch nicht angemessen, oder? Ich meine, er ist alt. Er könnte mein Vater sein. Nur dass er mir ganz bestimmt nicht vorkommt wie ein Vater.

Dann sehe ich in seinem Gesicht, dass mein Bauch ungefähr so interessant für ihn ist wie eine aufgezogene Leinwand. Er ist fasziniert von meinem Tattoo, nicht von mir. Ich weiß nicht recht, ob ich nun erleichtert oder beleidigt sein soll.

Er sieht mir in die Augen, nickt anerkennend. »Raphael auf dem Bauch«, sagt er. »Sehr schön.« Ich muss einfach lächeln. Er auch. Eine Woche vor Moms Tod habe ich jeden Penny, den ich je gespart hatte, für dieses Tattoo ausgegeben. Zephyr kannte so einen Typen, der Minderjährige tätowiert. Ich hatte mir Raphaels Engelsköpfe ausgesucht, weil sie mich an NoahundJude erinnerten – mehr eins als zwei. Außerdem können sie fliegen. Mittlerweile glaube ich, ich habe mir das Tattoo vor allem deshalb machen lassen, weil ich Mom eins auswischen wollte, doch ich habe es ihr nie zeigen können ... Wie können Leute sterben, obwohl man gerade Streit mit ihnen hat? Obwohl man sie gerade so richtig hasst? Obwohl absolut nichts geklärt ist?

Willst du dich mit einem Familienmitglied aussöhnen, so halte eine Schüssel in den Regen, bis sie sich füllt, dann trinke das Wasser beim ersten Sonnenstrahl nach dem Regen.
(Monate vor ihrem Tod verbrachten Mom und ich einen Mutter-Tochter-Tag in der Stadt, damit wir wieder besser miteinander klarkommen würden. Beim Mittagessen sagte sie mir, sie habe das Gefühl, sie sei

in Gedanken immer auf der Suche nach ihrer Mutter, die sie verlassen hatte. Am liebsten hätte ich gesagt: *Ja, ich auch.*)

Guillermo gibt mir mit einem Wink zu verstehen, dass ich ihm folgen soll, dann bleibt er am Eingang zum großen Atelier stehen, das im Gegensatz zum Rest des Hauses sonnendurchflutet ist und vergleichsweise aufgeräumt wirkt. Er deutet auf die Giganten. »Meine Steine – obwohl ich annehme, dass ihr euch bereits bekannt gemacht habt.«

Vermutlich habe ich mich mit ihnen bekannt gemacht, aber nur aus der Entfernung. Sie überragen uns wie Titanen.

»Ich komme mir so mickrig vor«, sage ich.

»Ich auch«, sagt er. »Wie eine Ameise.«

»Aber Sie sind ihr Erschaffer.«

»Vielleicht«, sagt er. »Ich weiß nicht. Wer weiß ...« Er murmelt was, das ich nicht hören kann, und dirigiert mit den Händen eine Symphonie, während er auf einen Tresen zugeht, auf dem eine Kochplatte mit einem Kessel darauf steht.

»Hey, vielleicht haben Sie das Alice-im-Wunderland-Syndrom!«, rufe ich ihm hinterher, die Vorstellung setzt sich in mir fest. »Das ist so ein absolut cooler neurologischer Zustand, in dem die Proportionen im Kopf verzerrt werden. Normalerweise erscheint Leuten, die das haben, alles winzig klein – Miniaturmenschen, die in Matchboxautos durch die Gegend fahren, so was – aber manchmal ist es auch andersrum.« Ich deute auf die Steingiganten, um meine Diagnose zu belegen.

Er scheint zu bezweifeln, dass er das Alice-im-Wunderland-Syndrom hat. Das merke ich daran, dass die *loca*-Tirade auf Spanisch wieder einsetzt, während er lautstark in den Schränken rumkramt. Er macht Kaffee und wettert dabei vor sich hin, gutmütig dieses Mal, glaube ich. Findet er mich amüsant? Ich umkreise indessen das Paar Liebender, das mir am nächsten ist, streiche mit den Fingern über ihr kalkig körniges Fleisch, trete dann zwischen sie und strecke mich an ihnen hoch, will ihre riesigen liebeswehen Körper erklimmen.

Vielleicht leidet er ja an einem ganz anderen Syndrom. Allem Anschein nach ist er liebeskrank, wenn das sich wiederholende Motiv in diesem Raum denn ein Indiz ist.

Meine neue Diagnose behalte ich für mich, als ich zu ihm an den Tresen gehe. Er gießt Wasser aus dem Kessel durch zwei auf den Bechern stehende Filter und singt jetzt auf Spanisch vor sich hin. Mir geht auf, was dieses unbekannte Gefühl ist, das von mir Besitz ergriffen hat: Wohlbefinden. Das entspannte Gefühl hat sich zu einem ausgeprägten Wohlbefinden gesteigert. Und vielleicht geht es ihm genauso, immerhin singt er ja und alles.

Vielleicht könnte ich hier einziehen. Ich würde meine Nähmaschine mitbringen und das wär's. Ich müsste nur diesem Engländer aus dem Weg gehen … der vielleicht Guillermos Sohn ist … ein Kind der Liebe, von dem er bis vor Kurzem nichts wusste und das in England aufgewachsen ist. Genau, das ist es!

Oje, ich brauche dringend eine Zitrone.

»Wie versprochen, Nektar der Götter«, sagt er und stellt zwei dampfende Becher auf einen Tisch. Ich setze mich auf das rote Sofa daneben. »Jetzt reden wir, okay?« Er kommt zu mir aufs Sofa und mit ihm sein Affenmanngeruch. Aber das macht mir gar nichts aus. Mir macht es nicht mal was aus, dass die Sonne in wenigen Jahren verglühen wird und alles Leben auf der Erde vorbei sein wird, na ja, ungefähr fünf Millionen Jahre noch, aber trotzdem – es juckt mich nicht. Wohlbefinden ist etwas Wunderbares.

Er nimmt eine Zuckerdose vom Tisch und fängt an, sich eine Tonne davon in seinen Becher zu schütten, ebenso viel geht daneben.

»Das bringt Glück«, sage ich.

»Was?«

»Wenn man Zucker verstreut. Salz verstreuen bringt Unglück, aber Zucker …«

»Das hab ich schon mal gehört.« Er lächelt, dann schlägt er mit dem Handrücken gegen die Dose, sodass sie umkippt und der Inhalt sich über den Fußboden ergießt. »So.«

Eine Welle des Entzückens erfasst mich. »Ich bin mir nicht sicher, ob es zählt, wenn man es mit Absicht macht.«

»Natürlich zählt das«, sagt er und klopft sich eine Zigarette aus einer zerknüllten Packung auf dem Tisch, die neben einem weiteren dieser Notizblöcke liegt. Er lehnt sich zurück, steckt sie an und inhaliert tief. Der Rauch kräuselt sich in der Luft zwischen uns. Wieder sieht er mich prüfend an. »Ich hab genau zugehört, was du draußen gesagt hast. Über das hier.« Er legt die Hand auf die Brust. »Du warst ehrlich zu mir, also bin ich ehrlich zu dir.« Er sieht mir in die Augen. Zum Schwindeligwerden. »Als du neulich hergekommen bist, da war ich in keiner guten Verfassung. Ich bin selten in guter Verfassung … Ich weiß, ich hab dir gesagt, du sollst abhauen. Keine Ahnung, was ich noch zu dir gesagt hab. Ich weiß nicht mehr viel … von der Woche.« Er wedelt mit der Zigarette. »Aber ich sage dir, ich unterrichte nicht mehr, und das hat einen Grund. Ich hab es nicht, das, was du brauchst. Ich hab es einfach nicht.« Er zieht an seiner Zigarette, stößt einen langen grauen Strom Rauch aus, dann zeigt er auf die Giganten.

»Ich bin wie sie. Jeden Tag denke ich so für mich: Früher oder später werde ich der Stein, den ich bearbeite.«

»Ich auch«, platzt es aus mir raus. »Ich bin auch aus Stein. Genau das dachte ich vor Kurzem auch. Ich glaube, meine ganze Familie ist so. Es gibt da diese Krankheit namens FOP …«

»Nein, nein, nein, du bist nicht aus Stein gemacht«, unterbricht er mich. »Du hast keine Krankheit namens FOP. Oder irgendeine andere Krankheit.« Zärtlich berührt er meine Wange mit seinen schwieligen Fingern und lässt sie dort. »Vertrau mir«, sagt er. »Wenn jemand das weiß, dann ich.«

Sein Blick ist sanft geworden. Ich schwimme darin.

Plötzlich ist es so ruhig in mir.

Ich nicke und er lächelt und nimmt seine Hand weg. Ich lege meine dahin, wo seine war, ohne zu verstehen, was da gerade passiert. Warum ich mir so sehr wünsche, seine Hand wieder auf meinem Gesicht zu spüren. Ich will, dass er wieder so meine Wange berührt und mir sagt, dass mit mir alles in Ordnung ist – immer wieder, bis mit mir wirklich alles in Ordnung ist.

Er drückt die Zigarette aus. »Bei mir ist das anders. Ich habe schon seit Jahren nicht mehr unterrichtet. Das werde ich auch nicht. Wahrscheinlich nie wieder. Also …«

Oh. Ich schlinge die Arme um mich. Ich habe mich furchtbar geirrt. Als er mich zum Kaffee eingeladen hat, dachte ich, er würde Ja sagen. Ich dachte, er würde mir helfen. Meine Lungen fühlen sich an, als würden sie dichtmachen.

»Ich will jetzt nur noch an meinen Skulpturen arbeiten.« Ein Schatten verdunkelt sein Gesicht. »Das ist alles, was ich habe. Das ist alles, was ich tun kann, um …« Er beendet den Satz nicht, sondern starrt nur zu den Giganten. »Die da sind die Einzigen, an die ich denken, um die ich mich kümmern will, verstehst du? Das ist es.« Seine Stimme ist ernst geworden, bleiern.

Ich gucke auf meine Hände, in mir staut sich Enttäuschung, schwarz, dicht und hoffnungslos.

»Ich denke mal, du gehst auf die CSA?«, fährt er fort. »Weil du von Sandy gesprochen hast.« Ich nicke. »Da gibt es doch jemanden, oder? Ivan irgendwas, er ist in dem Fachbereich und kann dir bestimmt helfen mit dieser Arbeit.«

»Er ist in Italien.« Meine Stimme bricht. Oh nein. Wie kann das sein? Ausgerechnet jetzt? Oh, nicht jetzt, bitte. Aber es geschieht jetzt. Zum ersten Mal seit zwei Jahren laufen mir Tränen übers Gesicht. Ich wische sie schnell weg, immer wieder. »Ich verstehe«, sage ich und stehe auf. »Wirklich. Alles gut. War eine blöde Idee. Vielen Dank für den Kaffee.« Ich muss hier raus. Ich muss aufhören zu weinen. In mir schwillt ein Schluchzen an, so kolossal und mächtig, dass es mir sämtliche Vogelknochen brechen wird. Das ist mein Ende. Ich klammere die Arme immer noch ganz fest um die Rippen, während ich meine zitternden Beine zwinge, durch das sonnige Atelier zu gehen, durch den Postraum und den dunklen muffigen Flur, wo mich der Kontrast völlig erblinden lässt. Da stoppt mich seine Baritonstimme.

»Diese Skulptur ist dir derart wichtig, dass du so weinst?«

Ich drehe mich um. Mit verschränkten Armen lehnt er an der Wand neben dem Kuss-Gemälde.

»Ja«, stoße ich keuchend hervor, dann sage ich ruhiger: »Ja.« Ändert er seine Meinung? Das Schluchzen schwillt ab.

Er streicht sich das Kinn. Sein Gesichtsausdruck wird weicher. »Du musst diese Skulptur so dringend machen, dass du dein junges Leben aufs Spiel setzen würdest, indem du den Raum mit einer Krankheiten übertragenden Katze teilst?«

»Ja. Absolut, ja. Bitte.«

»Und du bist dir sicher, dass du den warmen, feuchten Atem des Tons für die kalte, erbarmungslose Ewigkeit des Steins aufgeben willst?«

»Ich bin mir sicher.« Was immer das heißt.

»Dann komm morgen Nachmittag wieder. Bring deine Mappe mit und einen Skizzenblock. Und sag deinem Bruder, er soll dir die Sonne, die Bäume, die Sterne und all das wiedergeben. Ich glaube, du hast sie nötig.«

»Sie sagen Ja?«

»Genau. Ich weiß nicht warum, aber ich tu es.«

Ich will quer durch den Raum springen und ihn umarmen.

»Oh nein.« Er droht mit dem Finger. »Guck nicht so glücklich. Ich sag es dir lieber gleich. Alle meine Schüler verabscheuen mich.«

Ich ziehe Guillermos Haustür hinter mir zu, lehne mich dagegen und frage mich, was mit mir da drinnen passiert ist. Ich bin völlig desorientiert, so als hätte ich einen Film gesehen oder wäre eben aus einem Traum erwacht. Ich bedanke mich wieder und wieder bei dem wunderschönen Steinengel, der mir meinen Wunsch erfüllt hat. Bleibt noch das Problem mit meiner Mappe, die voll kaputter Schalen und Unformen ist. Und der Skizzenblock, den ich mitbringen soll, ist auch ein Problem, denn ich kann nicht skizzieren. Letztes Jahr habe ich eine Drei im Zeichnen gehabt. Zeichnen ist Noahs Ding.

Macht aber nichts. Er hat Ja gesagt.

Ich schaue mich um und lasse die Day Street auf mich wirken, sie ist breit, von Bäumen gesäumt, mit einer Mischung aus verfallenen viktorianischen Häusern, in denen Studenten wohnen, Lagerhäusern, ein paar Läden und *der* Kirche. Ich spüre, wie die erste Sonne, die sich in diesem Winter zeigt, in meine Knochen dringt. Dann höre ich plötzlich das Kreischen eines Motorrads und beobachte, wie der adrenalintrunkene Fahrer in so extremer Schräglage die Kurve nimmt, dass Metall über die Straße schrammt. Mann, *ist nicht böse gemeint, aber* was für ein blöder, waghalsiger Idiot.

Evel Knievel lässt die Maschine noch mal kreischen – dieses Mal zum Bremsen, keine fünf Meter vor mir –, und nimmt seinen Helm ab.

Oh.

Natürlich.

Und mit Sonnenbrille. Kann mal jemand den Rettungsdienst rufen?

»Oh, hey«, sagt er. »Der gefallene Engel ist zurückgekehrt.«

Er redet nicht, er zwitschert, seine Worte erheben sich wie Vögel in den Himmel. Warum hören Engländer sich eigentlich immer schlauer an als alle anderen? So als müssten sie für einen simplen Gruß schon den Nobelpreis einheimsen?

Ich ziehe den Reißverschluss meiner Sweatjacke bis zum Hals hoch.

Aber irgendwie gelingt es mir nicht, meine Jungsscheuklappen anzulegen.

Er ist immer noch ein waghalsiger Idiot, ja, aber er sieht verdammt gut aus, wie er da an diesem sonnigen Wintertag auf seinem Motorrad sitzt. Typen wie ihm müsste man das Motorradfahren echt verbieten. Die sollten auf Pogosticks rumhoppeln müssen oder besser noch: auf Hüpfbällen. Und kein heißer Typ sollte einen englischen Akzent haben dürfen und dazu noch Motorrad fahren.

Ganz zu schweigen von Lederjacken oder coolen Sonnenbrillen. Heiße Typen sollten in Pyjamas mit Füßlingen rumlaufen.

Ja, ja, der Boykott, der Boykott. Trotzdem würde ich dieses Mal gern etwas sagen, damit er mich nicht für stumm hält.

Ich versuche es mit einem: »Oh, hey«, und äffe ihn haargenau nach, mit englischem Akzent und allem. Oh nein. Ich merke, wie mein Gesicht rot anläuft. Ohne den Akzent sage ich schnell noch: »Schöne Kurve eben.«

»Ja, ich weiß schon«, sagt er beim Absteigen. »Ich hab Probleme mit der Impulskontrolle. Jedenfalls kriege ich das ständig zu hören.«

Na toll. Ein Meter fünfundachtzig Pech und Probleme mit der Impulskontrolle. Ich verschränke die Arme wie Guillermo. »Wahrscheinlich hast du einen unterentwickelten Frontallappen. Da sitzt nämlich die Selbstkontrolle.«

Das findet er zum Totlachen. Sein Gesicht ist plötzlich überall auf einmal. »Besten Dank für die Diagnose. Ich bin dir echt dankbar dafür.«

Es freut mich, dass ich ihn zum Lachen gebracht habe. Ein nettes Lachen, locker und freundlich, eigentlich wunderbar, aber nicht, dass mir das auffallen würde. Offen gestanden glaube ich, dass ich selbst Probleme mit der Impulskontrolle habe. Na, früher jedenfalls. Jetzt habe ich alles ziemlich gut unter Kontrolle. »Und welche Art von Impulsen kannst du nicht kontrollieren?«

»Keinen einzigen, fürchte ich«, sagt er. »Das ist ja das Problem.«

Das ist das Problem. Er ist das reinste Folterinstrument. Ich wette, er ist mindestens achtzehn, ich wette, er steht auf Partys allein an die Wand gelehnt da und kippt einen Schnaps nach dem anderen, während sich langbeinige Mädchen in feuerwehrautoroten Minikleidern an ihn ranwanzen. Okay, ich war in letzter Zeit nicht auf vielen Partys, aber ich habe jede Menge Filme gesehen und er ist genau dieser Typ: der gesetzlose einsame Wolf mit dem Hurrikan im Herzen, der Unheil und Verderben bringt, der durch die Stadt fegt, durch Mädchen, durch sein eigenes tragisches, missverstandenes Leben. Ein echter böser Bube, nicht einer von diesen Fakes aus meiner Schule, mit ihren Tattoos und den Piercings und den Treuhandfonds und den französischen Zigaretten.

Wetten, er ist gerade erst raus aus dem Knast?

Ich beschließe, seinem »Leiden« nachzugehen, weil das unter medizinische Recherche fällt, nicht etwa, weil ich von ihm fasziniert wäre oder mit ihm flirten würde oder so. »Soll das heißen, wenn du einen Knopf vor dir hättest, mit dem du die Explosion einer Atombombe auslösen könntest, du weißt schon, so einen Knopf, der dem Leben auf der Erde ein Ende setzen kann, würdest du diesen Knopf drücken? Einfach so?«

Wieder lacht er dieses wundervoll entspannte Lachen. »Kawumm«, sagt er und illustriert die Explosion mit den Händen.

Kawumm ist zutreffend.

Er schließt den Helm hinten auf dem Motorrad an, dann nimmt er eine Kameratasche vom Lenker. Die Kamera. Ich reagiere mit einem pawlowschen Reflex und erinnere mich daran, wie ich mich gefühlt habe, als wir in der Kirche waren und er mich durch den Sucher angesehen hat. Ich senke den Blick und wünsche mir, meine blasse Haut würde nicht so leicht rot werden.

»Und was hast du mit dem Rockstar zu tun?«, fragt er. »Lass mich raten. Du willst, dass er dein Mentor wird, wie alle Kunststudentinnen.«

Okay, das war fies. Und glaubt er wirklich, ich würde zur Uni gehen?

»Er ist einverstanden, er wird mein Mentor«, erwidere ich triumphierend und ohne auf seinen Seitenhieb einzugehen. Kein anderer Schüler, ganz gleich welchen Geschlechts, braucht seine Hilfe so sehr wie ich, um mit der toten Mutter die Dinge ins Reine zu bringen. Dies ist also eine ziemlich einzigartige Situation.

»Im Ernst?« Er ist irre erfreut. »Respekt.« Wieder stehe ich im Scheinwerferlicht seines Blickes und mich überkommt dasselbe Schwindelgefühl wie in der Kirche. »Ich fass es nicht. Wie hast du das nur hingekriegt? Es ist schon ewig her, seit er das letzte Mal einen Schüler angenommen hat.« Das macht mich nervös. Und ihn auch. Kawumm, krach, kaputt. Zeit zu gehen. Wozu das Bewegen der Beine erforderlich ist. *Beweg die Beine, Jude.*

»Ich hatte Glück«, sage ich und achte darauf, nicht über meine eigenen Füße zu stolpern, als ich an ihm vorbeigehe, die Hände tief in den Taschen meiner Sweatjacke vergraben – mit der einen umklammere ich die Zwiebel, mit der anderen eine Tüte Schutz verheißender Kräuter. »Du solltest das Ding da gegen einen Hippity Hop eintauschen. Ist viel sicherer.«

»Was ist ein Hippity Hop?«, fragt er meinen sich entfernenden Rücken. Mir fällt gar nicht auf, wie unglaublich süß es sich anhört, wenn er »Hippity Hop« sagt. Dieser Akzent!

Ohne mich umzudrehen antworte ich: »Ein großes, rundes Gummitier, auf dem man herumhüpft. Man hält sich an den Ohren fest.«

»Ah, klar, ein Space Hopper.« Er lacht. »In England heißen die Space Hopper. Ich hatte einen grünen«, brüllt er hinter mir her. »Einen Dinosaurier, den ich Godzilla getauft habe. Ich war ein sehr originelles Kind.« Mein Hüpfball war ein lila Pferd, das ich Pony getauft habe. Auch ich war sehr originell. »Na, war schön, dich wiederzusehen, wer immer du bist. Die Fotos von dir sind klasse. Ich war noch ein paarmal in der Kirche und hab nach dir Ausschau gehalten. Dachte, du wolltest sie vielleicht sehen.«

Er hat mich gesucht?

Ich drehe mich nicht um, meine Wangen glühen. *Ein paar Mal?* Cool sein. Cool bleiben. Ich atme tief ein, und immer noch mit dem Rücken zu ihm, hebe ich die Hand und winke zum Abschied, genau wie er an jenem Tag in der Kirche. Er lacht wieder. Oh Clark Gable. Dann höre ich: »Hey, warte mal.«

Das erwäge ich zu ignorieren, doch ich kann den Impuls nicht kontrollieren (seht ihr?) und drehe mich um.

»Hab gerade gemerkt, dass ich noch eine übrig habe«, sagt er und holt eine Orange aus der Tasche seiner Lederjacke. Er wirft sie mir zu.

Das soll wohl ein Witz sein. Passiert das hier wirklich? Eine Orange! Sozusagen die Anti-Zitrone:

Schenkt ein Junge einem Mädchen eine Orange, wird ihre Liebe zu ihm um ein Vielfaches stärker.

Ich fange sie in der offenen Hand.

»Oh nein, vergiss es«, sage ich und werfe sie gleich wieder zurück.

»Seltsame Reaktion«, sagt er und fängt. »Eindeutig eine seltsame Reaktion. Ich glaub, ich versuch's noch mal. Möchtest du eine Orange? Ich habe eine übrig.«

»Eigentlich würde ich dir die Orange gern schenken.«

Eine seiner Augenbrauen geht nach oben. »Tja, das ist gut und schön, aber es ist nicht deine und du kannst sie verdammt noch mal nicht verschenken.« Lächelnd hält er sie hoch. »Das ist meine Orange.«

Könnte es sein, dass ich die einzigen beiden Menschen in Lost Cove gefunden habe, die ich eher belustige als beunruhige?

»Ich schlage vor«, sage ich, »du schenkst sie mir und ich schenke sie dir zurück. Klingt das annehmbar?«

Ich geb's ja zu, ich flirte, aber das hier muss jetzt einfach sein. Und, wow, es ist wie mit dem Radfahren.

»Na gut.« Er kommt zu mir, ganz nah ran, so nah, dass ich mit dem Finger über seine Narben streichen könnte, wenn ich wollte. Sie sehen aus wie zwei hastig zusammengeflickte Nähte. Und ich stelle fest, dass sein braunes Auge einen grünen Sprenkel hat und das grüne einen braunen. Wie von Cézanne gemalt. Impressionistische Augen. Und seine Wimpern sind schwarz wie Kohle, exquisit. Er ist so nah, ich könnte mit den Fingern durch sein glänzendes, wirres braunes Haar fahren, über die feinen Fältchen, die sich spinnwebartig über seine Schläfen ziehen, über die dunklen besorgniserregenden Schatten darunter. Über seine samtigen roten Lippen. Ich glaube nicht, dass andere Typen derart rote Lippen haben. Und ich weiß, dass ihre Gesichter nicht so farbenfroh, so lebendig, so bewohnt, so herrlich schräg, so randvoll von dunkler, unberechenbarer Musik sind.

ABER, SCHEISSE, DAS FÄLLT MIR GAR NICHT AUF.

Auch nicht, dass er mein Gesicht mit der gleichen Intensität betrachtet wie ich seines. Wir sind zwei Gemälde, die sich gegenseitig anstarren. Und ich bin mir sicher, dass ich dieses Gemälde schon mal gesehen habe. Aber wo und wann? Wenn ich diesem Typen schon mal begegnet wäre, würde ich mich doch garantiert daran erinnern. Vielleicht hat er Ähnlichkeit mit irgendeinem Schauspieler? Oder mit irgendeinem Musiker? Jedenfalls hat er diese sexy Haare, die Musiker haben, eindeutig. Bassistenhaare.

Fürs Protokoll: Atmen ist überbewertet. Das Gehirn hält volle sechs Minuten ohne Sauerstoff durch. Ich bin bei drei luftlosen Minuten, als er sagt: »Also noch mal von vorn.« Er hält die Orange hoch. »Möchtest du eine Orange haben, wer immer du bist?«

»Ja, danke.« Ich nehme sie und sage dann: »Und jetzt möchte ich dir eine Orange schenken, wer immer du bist.«

»Nein danke«, sagt er und steckt die Hände in die Taschen. »Ich habe noch eine.« Die ganze heilige Hölle bricht in seinem Gesicht los, als er anfängt zu lächeln. Dann rast er wie der Blitz die Treppe hoch und verschwindet im Atelier.

Na warte, Freundchen. Ich gehe zu seinem Motorrad und stecke die Orange unter den Helm.

Es kostet mich meine ganze Selbstkontrolle, nicht in Gesang auszubrechen – er war in der Kirche, um mich zu suchen! Ein paar Mal! Wahrscheinlich wollte er mir sagen, was er damals mit »Du bist es!« gemeint hatte. Beschwingt mache ich mich auf den Heimweg. Ich könnte mich treten, weil ich so aufgeregt war, dass mir nicht mal in den Sinn gekommen ist zu fragen, in welcher Beziehung er denn zum Rockstar steht. Oder wie er heißt. Oder wie alt er ist. Oder wer sein Lieblingsfotograf ist. Oder …

Hör.

Auf.

Damit.

Ich bleibe stehen. Erinnere mich. Der Boykott ist kein Jux. Er ist eine Notwendigkeit. Das darf ich nicht vergessen. Schon gar nicht heute, am Jahrestag des Unfalls.

Und an keinem anderen Tag.

Wenn das Unglück weiß, wer du bist,
dann werde jemand anders.

Ich muss diese Skulptur machen und versuchen, mit meiner Mutter alles wieder in Ordnung zu bringen.

Ich muss mit meinen Händen wünschen.

Ich muss bis morgen früh sämtliche Zitronen in Lost Cove gegessen haben.

Es ist der Nachmittag darauf und ich eile den schmuddelig-pilzigen Flur in Guillermo Garcias Atelier entlang, weil niemand an die Tür gekommen ist, als ich geklopft habe. Ich schwitze, bin nervös und halte die letzten sechzehn Jahre für einen Fehler. Unter dem Arm habe ich meine CSA-Mappe mit kaputten Unformen und Schalen. Es gibt nur einen einzigen Grund dafür, dass ich überhaupt eine Mappe habe, man verlangt nämlich von uns, die Entwicklung jeder Arbeit, die wir anfertigen, fotografisch festzuhalten. Meine Entwicklungen sind irrsinnig und sprechen ganz bestimmt nicht für irgendwelche Fähigkeiten – sie sind eher so was wie der Inventurbericht eines Keramikladens nach einem Erdbeben.

Noch ehe ich den Postraum betrete, höre ich die Stimme mit dem englischen Akzent – und eine ganze Percussionsgruppe legt los in meiner Brust. Ich lehne mich an die Wand und versuche, das Hämmern zum Schweigen zu bringen. Ich hatte gehofft, er sei nicht hier. Und gehofft, er sei es doch. Und gehofft, ich würde aufhören zu hoffen, er sei es. Aber was soll's, ich bin vorbereitet.

Trägt man einen Kerzenstummel bei sich,
wird der eventuell aufflammende Liebesgefühle
zum Erlöschen bringen.
(linke Tasche, vorne)

Weiche einen Spiegel in Essig ein, um unerwünschte
Aufmerksamkeit abzuwehren.
(hintere Hosentasche)

Willst du die Neigungen des Herzens ändern,
so trage ein Wespennest auf dem Kopf.
(So verzweifelt bin ich dann doch nicht. Noch nicht.)

Auf das hier bin ich allerdings nicht vorbereitet: Sexgeräusche. Unmissverständliche Sexgeräusche. Stöhnen und Ächzen und obszönes Gemurmel. Ist deshalb niemand an die Tür gekommen? Mit englischem Akzent sagt einer: »Heilige Scheiße, ist das gut. Gott, soooo verdammt gut. Besser als Drogen, oh ja. Besser als alles andere.« Und darauf folgt ein lang gezogenes Stöhnen.

Dann ein tieferes Ächzen, das muss Guillermo sein. Denn die beiden sind ein Liebespaar! Na klar. Wie konnte ich nur so blöd sein? Der Engländer ist Guillermos Liebhaber, nicht sein lange verschollener Sohn. Aber er wirkte total hetero, als er in der Kirche die Bilder von mir gemacht hat, und gestern auch, als er vor dem Atelier mit mir geredet hat. So aufmerksam. Hab ich ihn falsch eingeschätzt? Oder ist er vielleicht bi? Und was hat es mit Guillermos hyper-heterosexuellen Kunstwerken auf sich?

Sollte ich lieber gehen? Sie scheinen sich beruhigt zu haben und sind zu einem Wortgeplänkel übergegangen. Ich höre genau hin. Der Engländer versucht Guillermo davon zu überzeugen, später am Nachmittag mit ihm zu irgendeinem Saunading zu gehen. Eindeutig schwul. Gut. Das sind doch großartige Neuigkeiten. Es wird ein Kinderspiel sein, den Boykott aufrechtzuerhalten, Orangen hin oder her.

Ich mache eine Menge Lärm, trampele auf den Boden, räuspere mich ein paarmal, trampele noch lauter, dann biege ich um die Ecke.

Vor mir sitzen sich ein vollständig bekleideter Guillermo und ein vollständig bekleideter Engländer an einem Schachbrett gegenüber. Nichts deutet darauf hin, dass sie sich eben noch in Qualen der Leidenschaft gewunden haben könnten. Jeder von ihnen hält einen angebissenen Donut in der Hand.

»Du hältst dich wohl für enorm schlau, was?«, sagt der Engländer sofort zu mir. »So einen hinterlistigen Trick hätte ich dir gar nicht zugetraut, wer immer du bist.« Mit seiner freien Hand greift er in die Umhängetasche neben ihm und holt *die Orange* raus. Blitzartig ist sie in der Luft, dann in meiner Hand, und sein Gesicht zersplittert in fünf Millionen Partikel Glückseligkeit. »Guter Fang«, sagt er.

Triumphierend beißt er von seinem Donut ab, dabei stöhnt er dramatisch.

Okay. Nicht schwul. Keine Liebenden, sie mögen nur allem Anschein nach Donuts lieber als andere Menschen. Und was mache ich nun? Meine Unsichtbarkeitsuniform scheint bei diesem Typen nichts ausrichten zu können. Und das Gleiche gilt für den in Essig eingeweichten Spiegel und den Kerzenstummel.

Ich stopfe die Orange zur Zwiebel und ziehe mir die Mütze tiefer ins Gesicht.

Guillermo wirft mir einen neugierigen Blick zu. »Du kennst den hauseigenen Guru also schon? Oscar versucht wie üblich, mich zu erleuchten.« Oscar. Er hat einen Namen und der lautet Oscar, nicht, dass mir das nicht völlig egal wäre, doch es gefällt mir, wie Guillermo ihn ausspricht: Oscore! Guillermo fährt fort: »Jeden Tag kommt er mit was anderem um die Ecke. Heute ist es Bikram-Yoga.« Ah, die Sauna. »Sagt dir das was?«, fragt er mich.

»Ich weiß, dass es in einem heißen verschwitzten Raum stattfindet, wo sich jede Menge Bakterien tummeln«, antworte ich Guillermo.

Er lacht schallend. »Sie ist verrückt mit ihren Bakterien, Oscore! Sie glaubt, Frida Kahlo wird mich umbringen.«

Das entspannt mich. Er entspannt mich. Wer hätte gedacht, dass Guillermo Garcia, der Rockstar des Bildhaueruniversums, eine so beruhigende Wirkung auf mich haben würde? Vielleicht ist er ja die Wiese!

Überraschung zeigt sich auf Oscars Gesicht, der erst Guillermo, dann mich betrachtet. »Wie habt ihr beide euch eigentlich kennengelernt?«, fragt er.

Ich lehne Mappe und Tasche an einen Sessel, der unter ungeöffneter Post begraben ist. »Er hat mich beim Spionieren auf der Feuerleiter erwischt.«

Oscar kriegt große Augen, aber seine Aufmerksamkeit ist wieder beim Schachbrett. »Und du lebst noch? Ich bin beeindruckt.« Er steckt sich das letzte Stück Donut in den Mund und schließt die Augen, während er langsam kaut und in einen Rausch der Verzückung gerät. Himmel, diese Donuts müssen echt der Hammer sein! Ich reiße den Blick von ihm los, was gar nicht so leicht ist.

»Sie hat mich rumgekriegt«, sagt Guillermo, der Oscars Zug studiert. »So wie du mich damals rumgekriegt hast, Oscore. Vor langer Zeit.« Sein Gesicht verfinstert sich. »*Ay, cabrón.*« Er fängt an auf Spanisch zu brabbeln und schiebt dabei eine Figur ein wenig vor.

»G. hat mir das Leben gerettet«, sagt Oscar liebevoll. »Und schachmatt, Kumpel.« Er lehnt sich auf dem Stuhl zurück, balanciert auf den hinteren Beinen und sagt: »Wie ich gehört habe, bietet die Seniorentagesstätte drüben auch Schachkurse an.«

Guillermo stöhnt, zum ersten Mal nicht donutbezogen, und kippt das Brett um, sodass die Figuren in alle Richtungen fliegen. »Ich töte dich im Schlaf«, sagt er, worüber Oscar lachen muss, dann nimmt Guillermo eine weiße Bäckertüte und hält sie mir hin.

Ich lehne ab, zum Essen bin ich zu nervös.

»Die Straße der Ausschweifungen führt zum Palast der Weisheit«, tut Oscar mir kund, der noch immer auf den Hinterbeinen seines Stuhls balanciert. »William Blake.«

Guillermo sagt zu ihm: »Ja, sehr gut, hast du das aus dem Zwölf-Schritte-Programm der Anonymen Alkoholiker, Oscore?« Ich gucke Oscore an. Ist er wirklich bei den Anonymen Alkoholikern? Kann man denn so jung schon Alkoholiker sein? Vielleicht ist er ja auch ein Junkie? Hat er nicht eben gesagt, keine Droge sei so gut wie dieser Donut? Außerdem hat er gesagt, er habe Probleme mit der Impulskontrolle.

»In der Tat«, sagt Oscar mit einem Lächeln. »Aber es ist ein Schritt, der nur dem inneren Kreis bekannt ist.«

»Wie haben Sie sein Leben gerettet?«, frage ich Guillermo, denn das will ich unbedingt wissen.

Aber Oscar antwortet. »Er hat mich halb tot von einer Pillen- und Schnapsorgie im Park gefunden und mich irgendwie wiedererkannt. Er schildert das so: ›Ich habe Oscore über meine Schultern gehievt wie ein Reh‹« – seine Guillermo-Garcia-Imitation ist perfekt, bis hin zu den Gesten – »›und ihn wie Supermann quer durch die Stadt getragen und ihn im Loft abgelegt.‹« Er verwandelt sich wieder zurück in sich selbst. »Ich weiß nur noch, dass ich G.s grässliches Gesicht direkt vor der Nase hatte, als ich aufgewacht bin« – er lacht sein abscheuliches Lachen –, »und ich hatte keine Ahnung, wie ich da hingekommen war. Es war verrückt. Er fing sofort an, mir Befehle zuzublaffen. Sagte, ich könne bleiben, wenn ich clean werden würde. ›Du gehst jeden Tag zur Selbsthilfegruppe, verstehst du, Oscore? Morgens und abends.‹ Und dann, vielleicht weil ich Engländer bin, keine Ahnung, zitierte er Winston Churchill: ›Wenn du durch die Hölle gehst, geh weiter. Verstehst du, Oscore?‹ Jeden Morgen, jeden Mittag und jeden Abend hat er das zu mir gesagt. ›Wenn du durch die Hölle gehst, geh weiter‹, und das hab ich auch gemacht. Ich bin immer weiter gegangen und jetzt bin ich an der Uni, statt irgendwo tot im Graben zu liegen – und so hat er mir das Leben gerettet. In der stark bereinigten Kurzfassung. Es war die Hölle.«

Deshalb zeigt Oscars Gesicht also Spuren von mehreren Leben.

Und er ist auf der Uni.

Ich schaue auf meine Schuhe und denke über das Churchill-Zitat nach. Was wäre, wenn es eine Zeit gegeben hätte, in der ich auch durch die Hölle gegangen bin, aber nicht den Mut hatte, weiter zu gehen? Also einfach stehen geblieben bin? Auf Pause gedrückt habe? Was, wenn ich immer noch auf Pause bin?

Guillermo sagt: »Und als Dank dafür, dass ich ihm das Leben gerettet habe, schlägt er mich seitdem jeden Tag im Schach.«

Ich sehe die beiden an, wie sie sich über den Tisch hinweg spiegeln, und mir wird klar: Sie sind tatsächlich Vater und Sohn, nur nicht blutsverwandt. Ich wusste nicht, dass

Familienmitglieder sich einfach finden und wählen konnten, so wie sie es getan haben. Dieses Konzept gefällt mir sehr. Und ich würde gern Dad und Noah gegen diese beiden eintauschen.

Guillermo schüttelt die Tüte vor mir. »Deine erste Lektion: Mein Atelier ist keine Demokratie. Iss einen Donut.«

Ich gehe rüber, werfe einen Blick in die Tüte. Es duftet so köstlich, dass mir fast die Knie weich werden – sie haben nicht übertrieben. »Wow«, höre ich mich sagen. Sie lächeln beide. Ich suche mir einen Donut aus. Er ist nicht mit Schokolade überzogen, sondern darin ertränkt worden. Und noch warm.

»Ich setze zehn Dollar darauf, dass du diesen Donut nicht ohne Stöhnen essen kannst«, sagt Oscar. »Oder ohne die Augen zu schließen.« Er guckt mich auf eine Art an, die bei mir eine kleinere Gehirnblutung auslöst. »Wenn ich es mir recht überlege … sagen wir lieber zwanzig. Ich erinnere mich, wie du da vor der Kamera warst.« Er wusste, wie ich mich an jenem Tag in der Kirche gefühlt habe?

Er hält mir die Hand hin, um die Wette zu besiegeln.

Ich schüttele sie, und wie nicht anders zu erwarten, durchzuckt mich eine nahezu tödliche Dosis Elektrizität. Jetzt hab ich ein Problem.

Doch mir bleibt keine Zeit, darüber nachzudenken. Guillermo und Oscar widmen der Show vor ihren Augen – mir – ungeteilte Aufmerksamkeit. Wie bin ich bloß hier reingeraten? Zögernd führe ich den Donut zum Mund. Ich nehme einen kleinen Bissen, und obwohl ich tatsächlich am liebsten die Augen schließen und den Soundtrack zu einem Porno stöhnen würde, widerstehe ich.

Oh … Es ist schwerer, als ich dachte! Der zweite Bissen ist größer und lässt jede Zelle meines Körpers vor Freude tanzen. So was sollte man nur ganz allein machen, nicht im Beisein eines Guillermo und eines Oscore, die einen niederstarren, beide mit verschränkten Armen und überlegenen Mienen.

Ich werde noch mal nachlegen müssen. Immerhin habe ich eine Flut von grausigen Krankheiten zur Auswahl, oder etwa nicht? Krankheiten, die ich mir in lebendigen stöhn-unterdrückenden Einzelheiten vorstellen kann. Hautkrankheiten sind das Übelste.

»Also, es gibt da so eine Krankheit namens Tungiasis«, erzähle ich ihnen beim nächsten Bissen, »da bohren sich Fliegen unter die Haut und legen Eier, und man kann sehen, wie sie schlüpfen und sich da drunter bewegen … am ganzen Körper.«

Ich lasse ihre entsetzten Mienen auf mich wirken. Ha! Das waren drei Bissen!

»Bemerkenswert, sogar mit den Fliegen«, sagt Guillermo zu Oscar.

»Sie hat nicht den Hauch einer Chance«, antwortet der.

Ich fahre die schweren Geschütze auf.

»Es gab mal so einen indonesischen Fischer«, sage ich, »den nannte man den Baummann, weil er so schwer mit humanen Papillomaviren infiziert war, dass ihm dreizehn Pfund hornartiger Warzen von seinem Körper entfernt werden mussten.« Ich stelle Augenkontakt her, erst mit dem einen, dann mit dem anderen und wiederhole: »Dreizehn Pfund Warzen!«

Ich schildere, wie die Extremitäten des armen Baumannes knorrigen Ästen gleich an ihm herabhingen, und mit diesem verstörenden Bild fest vor Augen bin ich gerüstet und nehme voll Selbstvertrauen einen größeren Bissen. Doch das war ein Fehler. Die köstliche warme Schokolade in meinem Mund gewinnt die Oberhand, löscht meinen Verstand aus, wirbelt mich in einen transzendenten Zustand. Baummann hin oder her, ich bin wehrlos – und da sind meine Augen auch schon geschlossen und aus meinem Mund platzt ein: »Oh, fuck. Oh Gott! Was ist da drin?« Ich nehme noch einen Bissen und gebe ein derart obszönes Stöhnen von mir, dass ich selbst nicht fassen kann, wie so was aus mir herauskommen konnte.

Oscar lacht. Guillermo sagt gleichermaßen erfreut: »Ich sag's ja. Die Regierung sollte diese Donuts zur Gehirnwäsche einsetzen.«

Ich zerre einen zerknüllten Zwanziger aus meiner Jeanstasche, aber Oscar hält abwehrend eine Hand hoch. »Der erste Verlust geht aufs Haus.«

Guillermo zieht einen Stuhl für mich heran – ein Gefühl, als würde man in einen Klub aufgenommen – und reicht die Tüte rum. Wir nehmen jeder noch einen Donut und dann statten wir alle drei Clark Gable einen Besuch ab.

Danach klatscht sich Guillermo auf die Schenkel und sagt: »Okay, CJ, jetzt zur Sache. Ich hab Sandy heute Morgen eine Nachricht auf seine Mailbox gesprochen, hab ihm gesagt, ich bin einverstanden, dich im Wintertrimester als Mentor zu betreuen.« Er steht auf.

»Danke. Das ist so toll.« Ich stehe auch auf, ganz zittrig, ich wünschte, wir könnten den ganzen Nachmittag rumsitzen und Donuts essen. »Aber woher …« Gestern Abend fiel mir noch ein, dass ich ihm meinen Namen gar nicht gesagt hatte.

Er nimmt meine Überraschung zur Kenntnis. »Oh. Sandy hat eine Nachricht auf dem Anrufbeantworter hinterlassen, nur Gebrabbel – ich hab das alte Ding ein Mal zu oft getreten –, er sagte, jemand namens CJ will in Stein arbeiten. Mehr hab ich nicht verstanden. Ist Tage her, der Anruf. Ich hab die Nachricht erst heute abgehört.«

»CJ«, sagt Oscar, als wäre das eine Offenbarung.

Ich will ihm schon meinen richtigen Namen sagen, entscheide mich dann aber dagegen. Vielleicht muss ich ja ein Mal nicht Dianna Sweetwines arme mutterlose Tochter sein.

Frida Kahlo schleicht sich in den Raum, tapst rüber zu Oscar und rollt sich um sein Bein. Er nimmt sie hoch und sie schmiegt ihre Nase an seinen Hals, dabei schnurrt sie wie eine Turbine. »Die Frauen stehen auf mich«, sagt er zu mir und streichelt Frida mit dem Zeigefinger unterm Kinn.

»So was fällt mir gar nicht auf«, sage ich. »Ich hab den Boykott erklärt.«

Grün-braune Cézanne-Augen gucken hoch. Seine Wimpern sind so schwarz, dass sie feucht wirken. »Was für einen Boykott?«, fragt er.

»Einen Jungs-Boykott.«

»Echt?«, sagt er mit einem Grinsen. »Das betrachte ich als Herausforderung.«

Hilfe.

»Benimm dich, Oscore«, weist Guillermo ihn zurecht. »Okay«, sagt er zu mir. »Jetzt wollen wir mal sehen, woraus du gemacht bist. Bereit?« Meine Beine werden schwach. Ich bin eine Hochstaplerin. Und Guillermo wird das gleich merken.

Er legt Oscar eine Hand auf die Schulter.

»Ich muss in zwei Stunden zu Sophia«, sagt Oscar. »Kommt das hin?«

Sophia? Wer ist Sophia?

Ist mir natürlich egal. *Völlig* egal.

Aber wer ist sie?

Und was soll hinkommen?

Oscar fängt an sich auszuziehen.

Ich wiederhole: Oscar zieht sich aus!

In meinem Kopf überschlagen sich die Gedanken, meine Hände sind sumpfig und Oscars cooles violettes Bowling-Shirt hängt mittlerweile über die Stuhllehne. Seine Brust ist sehnig und schön, seine Muskeln lang und straff und konturiert. Aber das lässt mich natürlich kalt. Auf dem linken Bizeps hat er eine Tätowierung vom Schützen und auf der rechten Schulter ein blaues Pferd wie von Franz Marc, das sich bis zum Hals hinauf windet.

Jetzt macht er den Knopf seiner Jeans auf.

»Was tust du da?«, frage ich panisch. Ich stelle mir die Wiese vor. Stelle mir die entspannende, verfickte Wiese vor.

»Ich mache mich fertig?«, sagt er sachlich.

»Fertig wofür?«, frage ich seinen nackten Hintern, während er in seiner trägen Sommerart quer durch den Raum geht und sich einen blauen Bademantel von einer Hakenleiste an der Wand holt, an der auch die Kittel hängen. Er schwingt ihn sich über die Schulter und geht den Flur hinunter zum Atelier.

Oh, ah. Kapiere.

Guillermo versucht ein Lächeln zu unterdrücken, aber das gelingt ihm nicht. Er zuckt mit den Schultern. »Alle Modelle sind Exhibitionisten«, sagt er leichthin. Ich nicke und laufe rot an. »Das müssen wir hinnehmen. Oscore ist sehr gut. Sehr anmutig. Viel Ausdruck.« Er stützt das Gesicht in die Hände. »Wir zeichnen gleich zusammen, aber erst sehe ich mir die Mappe an.«

Als Guillermo sagte, dass ich meinen Skizzenblock mitbringen soll, dachte ich, er wolle mich an den Skizzen für die Skulptur arbeiten lassen, die ich machen will, nicht dass ich mit ihm zeichnen sollte. Vor Oscar. Dass ich Oscar zeichnen soll!

»Zeichnen ist von entscheidender Bedeutung«, sagt Guillermo. »Viele Bildhauer wissen das nicht.«

Na toll. Ich gehe hinter ihm den Flur entlang, die Mappe in der Hand, den Magen in Aufruhr.

Ich entdecke Oscars Lederjacke an einem Kleiderhaken – ha! Ohne dass Guillermo etwas merkt, stecke ich die Orange in die Jackentasche.

Guillermo öffnet eine der Türen, die vom Flur abgehen, und schaltet das Licht an. Es ist ein Raum wie eine Gefängniszelle mit einem Tisch und ein paar Stühlen. In einer Ecke lagern Säcke mit Ton auf Regalen, in der anderen Gesteinsbrocken unterschiedlicher Farben und Größen. Ein halbes Regal ist voll mit Werkzeugen, nur wenige davon sind mir vertraut. Guillermo nimmt mir die Mappe ab und legt sie auf den Tisch, dann öffnet er den Reißverschluss und schlägt sie auf.

Schon bei dem Gedanken, dass er meine Arbeiten anschaut, muss ich die Zehen krümmen.

Er blättert erst schnell durch. Fotos von Schalen jeder Größe in verschiedenen Fertigungsstadien, dann das finale

Foto der zerbrochenen, zusammengeklebten Arbeit. Mit jeder Seite wird sein Stirnrunzeln tiefer. Dann kommt er zu den Unformen. Da ist es dasselbe. Jede Unform ganz – und dann im Abschlussfoto völlig zerbrochen und wieder zusammengeklebt.

»Warum?«, fragt er.

Ich setze auf die Wahrheit.

»Wegen meiner Mutter. Sie zerbricht alles, was ich mache.«

Er ist entsetzt. »Deine Mutter macht deine Arbeiten kaputt?«

»Oh nein«, sage ich, als ich begreife, was er denkt. »Sie ist nicht gemein oder verrückt oder so was. Sie ist tot.«

Ich sehe das Erdbeben in seinem Gesichtsausdruck und die Sorge um meine Sicherheit verwandelt sich in Sorge um meine Zurechnungsfähigkeit. Na, was soll's. Eine andere Erklärung gibt es nicht.

»Okay«, sagt er dann. »Und warum sollte deine tote Mutter so etwas tun?«

»Sie ist wütend auf mich.«

»Sie ist wütend auf dich«, wiederholt er. »Das glaubst du also?«

»Ich weiß es«, sage ich.

»Alle in deiner Familie sind sehr mächtig. Dein Bruder und du, ihr teilt die Welt unter euch auf. Deine Mutter erwacht wieder zum Leben und macht deine Schalen kaputt.«

Ich zucke die Achseln.

»Diese Skulptur, die du machen musst, ist also für deine Mutter?«, fragt er. »Sie ist es, von der du gestern gesprochen hast? Du denkst, wenn du diese Skulptur machst, wird sie nicht mehr wütend auf dich sein und aufhören, deine Schalen kaputt zu machen? Und deshalb hast du so geweint, als du dachtest, ich helfe dir nicht?«

»Ja«, sage ich.

Er streicht sich über den nicht vorhandenen Bart und studiert mich eine ziemlich lange Zeit, dann richtet er seine Aufmerksamkeit wieder auf die *Kaputte Ich-Unform Nr. 6*. »Okay. Aber das ist hier nicht das Problem. Die Brüche sind eigentlich das Beste, das Interessanteste an dieser Arbeit.« Er berührt das abschließende Foto mit dem Zeigefinger. »Das Problem hier ist, dass du nicht da bist. Das alles könnte genauso gut ein anderes Mädchen gemacht haben.« Er guckt sich noch ein paar Klopse an. »Nun?«, sagt er. Ich schaue zu ihm hoch. Mir war nicht klar, dass er auf eine Antwort wartet.

Ich weiß nicht, was ich sagen soll.

Ich widerstehe dem Impuls, einen Schritt zurück zu machen, damit ich nicht von seinen Händen getroffen werde. »Ich sehe es hier nicht, das Mädchen, das meine Feuerleiter hochgeklettert ist, das glaubt, verstreuter Zucker würde unser Leben verändern, das sich in Todesgefahr wähnt wegen einer Katze, und das weint, weil ich ihm nicht helfen will. Ich sehe das Mädchen nicht, das zu mir sagt, es sei genauso traurig wie ich, das sagt, seine wütende tote Mutter würde seine Schalen kaputt machen. Wo ist dieses Mädchen?« *Dieses Mädchen?* Sein Blick lodert mir in die Augen. Erwartet er eine Antwort? »Diese Arbeiten sind nicht von ihr, sie haben nichts von ihr. Warum verschwendest du also deine Zeit und die aller anderen?« Er nimmt ganz bestimmt kein Blatt vor den Mund.

Ich hole tief Luft. »Ich weiß es nicht.«

»Das sieht man deutlich.« Er klappt die Mappe zu. »Du wirst dieses Mädchen in die Skulptur einbringen, die du mit mir machst, verstanden?«

»Verstanden«, sage ich, obwohl ich keine Ahnung habe, wie ich das fertigbringen soll. Hab ich das überhaupt schon mal gemacht? An der CSA ganz bestimmt nicht. Ich denke an meine Sandskulpturen und wie schwer ich immer daran gearbeitet habe, damit sie genau so wurden, wie sie in meinem Kopf aussahen. Hab's nie ganz hingekriegt. Aber ... Vielleicht hatte ich deshalb solche Angst davor, dass sie Mom nicht gefallen würden.

Er lächelt mich an. »Gut. Dann werden wir Spaß haben. Ich bin Kolumbianer. Einer guten Geistergeschichte kann ich nicht widerstehen.«

Er klopft auf die Mappe. »Ich bin mir nicht sicher, ob du schon bereit bist für Stein. Ton ist freundlich – du kannst im Grunde alles damit machen, das wirst du dann merken. Stein kann gemein sein, unnachgiebig, wie ein Liebhaber, dessen Liebe nicht erwidert wird.«

»Meine Mutter wird es nicht so leicht kaputt machen können, wenn es aus Stein ist.«

Das scheint ihm einzuleuchten. »Diese Skulptur wird sie nicht kaputt machen, egal, woraus sie ist. Da musst du mir vertrauen. Du wirst erst mal an einem Übungsstein lernen, wie man Stein bearbeitet. Dann, wenn ich mir angesehen habe, wie du arbeitest, werden wir gemeinsam herausfinden, was das beste Material für diese Skulptur ist. Wird es eine von deiner Mutter?«

»Ja. Normalerweise arbeite ich nicht realistisch, aber ...«

Dann erzähle ich ihm kurzentschlossen, wie es dazu kam. »Sandy hat mich gefragt, ob es irgendwas auf der Welt geben würde, das nur meine beiden Hände erschaffen könnten.« Ich schlucke, schaue ihm in die Augen. »Meine Mom, sie war wirklich schön. Mein Dad hat immer gesagt, sie könne Bäume zum Blühen bringen, nur mit ihrem Blick.« Guillermo lächelt, und ich fahre fort: »Jeden Morgen stand sie auf der Terrasse und schaute aufs Wasser. Der Wind wehte durch ihre Haare, ihr Bademantel bauschte sich. Es war, als würde sie am Bug eines Schiffes stehen. Es war, als würde sie uns durch den Himmel steuern. Jeden Tag war es so. Jeden Tag dachte ich das. Das Bild ist immer irgendwo in meinem Kopf. Immer.« Guillermo hört so konzentriert zu, dass ich mich frage, ob er vielleicht ein Mann ist, der auch in Menschen alle Mauern zum Einsturz bringt, nicht nur in Räumen, denn genau wie gestern will ich ihm mehr erzählen. »Ich habe alles versucht, um zu ihr durchzudringen, Guillermo. Absolut alles. Ich habe so ein seltsames Buch, das ich nonstop nach neuen Ideen durchsuche. Ich habe alles gemacht. Ich habe mit ihrem Schmuck unter dem Kopfkissen geschlafen. Ich habe um Mitternacht am Strand gestanden und ein Bild von uns beiden in den zweiten Vollmond desselben Monats gehalten. Ich habe Briefe an sie geschrieben und sie in ihre Manteltaschen gesteckt und in rote Postkästen. Ich habe Botschaften in den Sturm geworfen. Jeden Abend vorm Zubettgehen sage ich ihr ihr Lieblingsgedicht auf. Und sie zerstört immer nur alles, was ich mache. So wütend ist sie auf mich.« Ich habe angefangen zu schwitzen. »Es würde mich umbringen, wenn sie das jetzt kaputt macht.« Meine Lippen zittern. Mit der Hand vor dem Mund sage ich: »Das ist das Einzige, was ich noch habe.«

Er legt eine Hand auf meine Schulter. Ich kann nicht fassen, wie sehr ich von ihm in den Arm genommen werden will. »Nichts wird kaputtgehen«, sagt er sanft. »Das verspreche ich dir. Du wirst deine Skulptur machen. Und sie wird dir gelingen. Ich helfe dir dabei. Und CJ, das hier ist das Mädchen, das du in deine Arbeiten lassen musst.«

Ich nicke.

Dann geht er zum Regal und holt ein paar Stücke Zeichenkohle. »Wir zeichnen jetzt.«

Unglaublich, ich hatte vergessen, dass Oscar *nackt* nebenan sitzt.

Wir gehen in eine Ecke des Ateliers, in der ein Podest mit einem Stuhl darauf steht. Ich fühle mich wackelig – nicht mal der Schulpsychologin an der CSA habe ich anvertraut, was ich eben Guillermo erzählt habe. So viel dazu, dass ich in seinen Augen nicht das arme mutterlose Mädchen sein wollte.

Mit den Füßen auf dem Podest sitzt Oscar im blauen Bademantel da und liest ein Buch. Sieht aus wie ein Lehrwerk, aber er hat es schon zugeklappt, bevor ich sehen kann, welches es ist.

Guillermo zieht noch einen Stuhl heran und bedeutet mir Platz zu nehmen.

»Oscore ist mein liebstes Modell«, sagt er. »Er hat ein sehr eigenartiges Gesicht. Ich weiß nicht, ob du es bemerkt hast. Gott war sehr betrunken, als er ihn gemacht hat. Ein bisschen hiervon, ein bisschen davon. Braunes Auge. Grünes Auge. Schiefe Nase, schiefer Mund. Dieses irre Lächeln.

Ein abgebrochener Zahn. Narbe hier, Narbe da. Es ist ein Puzzle.«

Oscar schüttelt den Kopf über die Hänselei. »Ich dachte, du glaubst nicht an Gott.«

Fürs Protokoll, ich bin mitten in einer Penispanikattacke. Beim Aktzeichnen an der CSA bin ich immer ziemlich penisneutral, aber jetzt nicht, keine Chance.

»Das hast du falsch verstanden«, sagt Guillermo. »Ich glaube an alles.«

Oscar schlüpft aus dem Bademantel.

»Ich auch. Ihr würdet nicht glauben, woran ich alles glaube«, werfe ich hektisch ein, ich will in ihren Schlagabtausch einsteigen, damit ich *ihn* nicht anstarre. Zu spät. Oh, fuck, Clark Gable – was war das noch mal mit dem Dinosaurier namens Godzilla?

»Erzähl schon«, sagt Oscar zu mir. Ha! Ich verrate dir nicht, was ich denke! »Sag uns eine Sache, an die du glaubst, CJ, die uns die Schuhe auszieht.«

»Okay.« Ich versuche, ein wenig Fassung und Reife zurückzugewinnen. »Ich glaube, wenn ein Junge einem Mädchen eine Orange schenkt, wird ihre Liebe zu ihm um ein Vielfaches wachsen.« Ich konnte nicht widerstehen.

Er bricht in schallendes Gelächter aus und fällt aus der Pose, in die Guillermo ihn gerade gebracht hat. »Oh, ich glaube ohne jeden Zweifel, dass du das glaubst. Ich habe sogar stichhaltige Beweise dafür, dass du zutiefst davon überzeugt bist.«

Guillermo tippt ungeduldig mit dem Fuß auf der Stelle. Oscar zwinkert mir zu und mein Magen geht auf Fahrstuhlfahrt. »Wir setzen das fort«, sagt er.

Wir setzen das fort …

Moment mal. Wer ist Sophia? Seine kleine Schwester? Seine Großtante? Die Klempnerin?

»Schnelle Skizzen, CJ«, sagt Guillermo, und eine ganz neue Nervosität überkommt mich. Dann sagt er zu Oscar: »Alle drei Minuten eine andere Pose.« Er setzt sich auf den Stuhl neben mir und fängt an zu zeichnen, aus dem Augenwinkel sehe ich seine Hand über das Blatt fliegen. Sie bringt die Luft zum Vibrieren. Ich atme ein und fange an, sage mir, dass es schon klappen wird. Etwa fünf Minuten vergehen. Oscars neue Pose ist umwerfend. Seine Wirbelsäule macht einen Bogen und sein Kopf hängt nach hinten.

»Du bist zu langsam«, sagt Guillermo leise.

Ich versuche, schneller zu skizzieren.

Guillermo steht auf, stellt sich hinter mich und schaut über meine Schulter auf meine Arbeit, die – ich sehe durch seine Augen – miserabel ist.

Ich höre:

»Schneller.«

Dann:

»Achte darauf, wo die Lichtquelle ist.«

Dann, während er einen Fleck auf meiner Zeichnung berührt:

»Das ist kein Schatten, das ist eine Höhle.«

Dann:

»Du hältst die Kohle zu fest.«

Dann:

»Bleib mit der Kohle auf dem Papier.«

Dann:

»Schau nicht auf deine Zeichnung, sondern aufs Modell.«

Dann:

»Oscore ist in deinen Augen, in deinen Händen, deinen Augen, deinen Händen, er reist durch dich hindurch, verstehst du das?«

Dann:

»Nein, ganz falsch, alles. Was bringen sie euch eigentlich bei an dieser Schule? Gar nichts, fürchte ich!«

Er hockt sich an meine Seite, und sein Geruch überwältigt mich, immerhin ein Zeichen dafür, dass ich noch nicht vor Scham gestorben bin. »Also pass auf: Es ist nicht die Kohle, die das Bild malt – du bist es! Es ist deine Hand, die mit deinem Körper verbunden ist, und in diesem Körper ist ein schlagendes Herz, okay? Anscheinend bist du noch nicht bereit hierfür.« Er nimmt mir die Zeichenkohle aus der Hand und wirft sie auf den Boden. »Zeichne ihn ohne sie. Nur mit deinen Händen. Sieh es, fühle es, zeichne es. Und das sind nicht drei Sachen, sondern eine einzige. Lass ihn nicht aus den Augen. Sieh, fühle, zeichne. Ein Verb, los jetzt. Nicht denken. Vor allem anderen: Denk nicht so viel. Picasso hat mal gesagt: ›Könnten wir doch nur unser Gehirn ausschalten und nur unsere Augen benutzen.‹ Schalte dein Hirn aus, CJ, benutze nur deine Augen!«

Ich bin beschämt. Ich will eine Auswurftaste. Gnädigerweise ist wenigstens Oscars Blick auf die gegenüberliegende Ecke des Raumes gerichtet. Er hat nicht ein einziges Mal zu uns rübergeguckt.

Guillermo sitzt wieder auf seinem Stuhl. »Mach dir keine Gedanken um Oscore. Sei nicht gehemmt wegen ihm«, sagt er. Kann er Gedanken lesen? »Jetzt zeichne, als ob du es ernst meinst. Als ob es eine Bedeutung hätte. Denn das hat es, verstehst du, CJ? Es muss eine Bedeutung haben. Du springst über einen Zaun und kletterst mitten in der Nacht meine Feuerleiter hoch. Es bedeutet dir etwas.«

Er fängt neben mir an zu skizzieren. Ich sehe zu, wie er auf das Papier losgeht, mit so kühnem, sicherem Strich – und wie schnell er umblättert, alle zehn Sekunden etwa. In der Schule machen wir Dreißig-Sekunden-Skizzen. Aber er ist der Blitz.

»Los«, sagt er. »Mach schon!«

Und dann paddele ich durch die Dünung, beobachte das Anschwellen der großen Welle, die auf mich zukommt, und spüre, dass sie mich mitreißen wird in etwas Gewaltiges, Mächtiges. Aus irgendeinem Grund mache ich einen Countdown:

Drei, zwei, eins:

Ich mach's. Ohne Kohle in der Hand, ich mach's.

»Schneller«, sagt er. »Schneller.«

Ich schlag die Blätter um wie er, alle zehn Sekunden, zeichne absolut nichts und es ist mir egal, denn ich fühle, wie Oscar unter meiner Hand lebendig wird.

»Besser«, sagt er.

Dann noch mal:

»Besser.«

Sehenfühlenzeichnen: ein Verb.

»Gut. Das ist es. Du wirst mit deinen Händen sehen, das verspreche ich dir. Nun widerspreche ich mir. Ebenso wie Picasso. Er sagt: ›Schalt dein Gehirn aus‹, ja, aber er sagt auch: ›Malen ist ein Beruf für einen Blinden‹ und ›Wenn du zeichnen willst, mach die Augen zu und sing.‹ Und Michelangelo sagt, er gestaltet die Form mit seinem Gehirn, nicht mit seinen Augen. Tja, und all das zugleich ist wahr.

Leben ist Widerspruch. Wir nehmen jede Lektion auf und finden heraus, was funktioniert. Okay, nun nimm die Kohle und zeichne.«

Nach ein paar Minuten zieht er seinen Schal vom Hals, verbindet mir damit die Augen und macht mich blind.

»Verstehst du?«

Ja.

Später, als ich meine Mappe in der Gefängniszelle hole und auf Guillermo warte, der etwas zu erledigen hatte, steckt Oscar, nun wieder zugeknöpft und hochgeschlossen und mit der Kamera im Anschlag, seinen Kopf zur Tür rein.

Er lehnt sich an den Türrahmen. Manche Typen sind dazu geboren und er ist eindeutig einer von ihnen. James Dean war auch so einer. »Bravo«, sagt er.

»Verarsch mich nicht«, sage ich, aber in Wahrheit bin ich elektrisiert, prickelig, wach. An der CSA hab ich mich noch nie so gefühlt.

»Ich meine das ganz ernst.« Er fummelt an der Kamera herum und die dunklen Haare fallen ihm ins Gesicht. Am liebsten würde ich sie zurückschieben.

Damit meine Hände beschäftigt sind, mache ich den Reißverschluss der Mappe zu. »Sind wir uns schon mal irgendwo begegnet, Oscar?«, frage ich schließlich. »Ich bin mir ziemlich sicher, dass es so ist. Du kommst mir total bekannt vor.«

Er hebt den Blick. »Sagte sie, nachdem sie ihn nackt gesehen hatte.«

»Oh Gott … Nein, so hab ich das nicht … Du weißt, was

ich meine …« Jeder Quadratzentimeter von mir strahlt Hitze ab.

»Wenn du es sagst.« Er ist belustigt. »Aber das kann nicht sein. Ich vergesse nie ein Gesicht, schon gar nicht so eins wie deines …« Ehe mir bewusst ist, dass er abdrückt, höre ich das Klicken. Seltsam, wie er die Kamera in Stellung bringt, ohne durch den Sucher zu gucken. »Bist du nach unserer Begegnung je wieder in die Kirche gegangen?«

Ich schüttele den Kopf. »Nein, warum?«

»Ich hatte was für dich dagelassen. Ein Foto.« Ist da eben ein Anflug von Schüchternheit über sein Gesicht gehuscht? »Mit einer Notiz auf der Rückseite.« Ich atme nicht. »Es ist weg. Ich hab nachgesehen. Jemand anders muss es mitgenommen haben. Ist wahrscheinlich besser so. Zu viel Information, wie ihr hier sagt.«

»Welche Art Information?« Faszinierend, dass man reden und dabei ohnmächtig sein kann.

Er antwortet nicht, hebt stattdessen die Kamera. »Kannst du den Kopf noch mal so zur Seite drehen wie eben? Ja, das ist es.« Er löst sich von der Wand, geht in die Knie, hält die Kamera schräg. »Ja, perfekt, Gott, das ist einfach nur perfekt.« Ich fühle mich wieder genauso wie damals in der Kirche. Wenn Gletscher wegen der steigenden Temperaturen auf der Erde auseinanderbrechen, dann nennt man das »kalben«. Ich kalbe. »Deine Augen sind so ätherisch, dein ganzes Gesicht ist es. Gestern Abend habe ich stundenlang Bilder von dir angeschaut. Ich krieg Schüttelfrost von dir.«

Und ich globale Erwärmung von dir!

Aber da ist noch etwas anderes, etwas, das über Schüttelfrost, Kalben und globale Erwärmung hinausgeht, etwas, das ich in dieser Kirche vom ersten Moment an gespürt habe. Dieser Typ gibt mir das Gefühl, tatsächlich hier zu sein, unversteckt, sichtbar. Und das nicht nur wegen seiner Kamera. Ich weiß nicht, was der Grund dafür ist.

Hinzu kommt, dass er anders ist als die Jungs, die ich kenne. Er ist aufregend. Wenn ich eine Skulptur von ihm machen würde, müsste sie wie eine Explosion aussehen. Wie *kawumm*.

Ich hole lange tief Luft und erinnere mich daran, was beim letzten Mal passiert ist, als mir ein Typ gefiel.

Und als das erledigt ist: WELCHE ART INFORMATIONEN WAREN IN DER NOTIZ ENTHALTEN UND WAS WAR DAS FÜR EIN FOTO?

»Was meinst du, kann ich irgendwann mal Bilder von dir machen?«, fragt er.

»Du machst doch gerade Bilder von mir, *Oscore!*« Das sage ich wie Guillermo am Rande der Verzweiflung.

Er lacht. »Nicht hier. Nicht so. In diesem verlassenen Gebäude, das ich gerade am Strand entdeckt habe. Bei Sonnenuntergang. Ich hab eine Idee.« Er lugt an der Kamera vorbei. »Ich fotografier dich ohne Klamotten. Ist nur gerecht.« Seine Augen glitzern teuflisch. »Sag Ja.«

»Nein!«, rufe ich. »Spinnst du? Das ist total gruselig. Die allerwichtigste Wie-entgehe-ich-dem-Axtmörder-Regel lautet doch: Geh nie mit einem Fremden zu einem verlassenen Haus und zieh dich auf gar keinen Fall aus. Oh Mann, kommst du mit diesem Spruch normalerweise weiter?«

»Ja«, sagt er. »Das klappt immer.«

Ich lache, ich kann nicht anders. »Du bist echt ein schlimmer Finger.«

»Du hast ja keine Ahnung.«

»Ich fürchte, da irrst du dich. Ich finde, man sollte der Allgemeinheit einen Dienst erweisen und dich einbuchten.«

»Ja, das haben sie schon mal versucht.« Mein Mund klappt auf. Er war also wirklich schon im Gefängnis. Er sieht mir an, dass ich geschockt bin, und sagt: »Es ist wahr. Du bist eindeutig in schlechte Gesellschaft geraten.«

Nur fühlt sich das für mich ganz anders an. Ich fühle mich wie Goldilock. Alles ist hier so richtig, wie es zu Hause falsch ist.

»Warum haben sie dich festgenommen?«, frage ich.

»Erzähle ich dir, wenn du meine Einladung annimmst.«

»Axtgemordet zu werden?«

»Ein bisschen gefährlich zu leben.«

Ich verschlucke mich praktisch an seinen Worten. »Ha! Falsches Mädchen«, sage ich.

»Das seh ich anders.«

»*Du* hast keine Ahnung.« Wir haben so einen guten Draht zueinander. Warum geht das so leicht?

Grandma antwortet mit einem Singsang in meinem Kopf: »Weil Liebe in der Luft liegt, mein blindes Fledermäuschen. Und jetzt steck ihm eine Strähne von deinem Haar in die Tasche. Sofort.«

Solange ein Mann eine Strähne deines Haares bei sich trägt, wirst du in seinem Herzen sein.

(Na, besten Dank. Das habe ich mit Zephyr gemacht.)

Ich tu so, als wäre sie eine ganz normale Tote: also still.

Man hört das Klacken hochhackiger Schuhe auf dem Zementboden. Oscar guckt zur Tür raus. »Sophia! Hier drinnen.« Eindeutig nicht die Klempnerin, es sei denn die Klempnerin trägt Stilettos. Er dreht sich zu mir. Ich merke, dass er etwas sagen will, bevor wir unterbrochen werden. »Hör mal, ich mag ja ein schlimmer Finger sein, aber ich bin kein Fremder. Hast du selbst gesagt. ›Ich kenne dich irgendwoher‹, zitiert er im perfekten Beachgirl-Ton, dann klappt er den Deckel auf die Linse. »Ich bin mir sicher, dass ich dich vor diesem Tag in der Kirche noch nie gesehen habe, aber ich bin mir auch sicher, dass ich dir begegnen sollte. Du wirst mich vermutlich für einen Irren halten, aber es ist so prophezeit worden.«

»Prophezeit?«, wiederhole ich. Ist das die Information? Vermutlich. »Von wem?«

»Meiner Mutter. Auf ihrem Totenbett. Ihre allerletzten Worte waren über dich.«

Was jemand unmittelbar vor seinem Tod zu dir sagt, wird wahr?

Sophia – garantiert weder seine kleine Schwester noch seine Großtante – und ihr Kometenschweif roter Haare fegen in den Raum. Sie trägt ein fuchsienrotes Fünfzigerjahrekleid mit weitem Rock und einem Ausschnitt, der bis zum Äquator runtergeht. Grün-goldener Glitzerkajal umrahmt ihre blassblauen Augen.

Sie schimmert, als wäre sie gerade einem Klimt-Gemälde entstiegen.

»Hallo, mein Liebling«, sagt sie mit ihrem fetten Akzent zu Oscar, und ich schwöre, sie klingt wie Dracula.

Sie küsst seine linke Wange, rechte Wange, dann drückt sie in einem lang anhaltenden Finale ihre Lippen auf seine. Sehr lang und anhaltend. Meine Brust fällt ein.

Und es hält immer noch an ...

Freunde begrüßen einander nicht so. Unter keinen Umständen.

»Hallo, du«, sagt Oscar herzlich. Ihr Magentalippenstift ist über seine Lippen verschmiert. Ich muss die Hand in die Tasche meiner Sweatshirtjacke stecken, damit ich nicht rüberlange und das wegwische.

Diesen ganzen Goldilock-Müll nehme ich zurück.

»Sophia, das ist CJ, Garcias neue Schülerin. Sie studiert Kunst.«

Er glaubt also wirklich, dass ich schon studiere. Er denkt, ich bin in seinem Alter. Und als Künstlerin gut genug, um am Institute aufgenommen zu werden.

Ich kläre nichts davon auf.

Sophia hält mir die Hand hin. »Ich bin gekommen, weil ich dein Blut saugen will«, sagt sie mit ihrem transsilvanischen Akzent, aber vielleicht habe ich mich auch verhört, vielleicht hat sie gesagt: »Du musst eine sehr gute Bildhauerin sein.«

Ich antworte mit unverständlichem Gemurmel, dabei komme ich mir vor wie ein sechzehnjähriger Finsternis fressender Troll mit Lepra.

Und sie – mit ihrem flammenden Haar und dem grell pinken Kleid – ist eine exotische Orchidee. Völlig klar, dass er sie liebt. Zusammen sind sie zwei exotische Orchideen. Es ist perfekt. Sie sind perfekt. Der Pullover ist ihr von der Schulter gerutscht und eine umwerfende Tätowierung windet sich aus ihrem Kleid und um ihren ganzen Arm herum, ein feuerspeiender Drache in Rot und Orange. Oscar bemerkt das mit dem Pullover und rückt ihn zurecht, als hätte er das schon hundert Mal gemacht. Finstere Eifersucht wallt in meiner Brust auf.

Und was ist jetzt mit der Prophezeiung, worum auch immer es sich da handeln mag?

»Wir müssen los«, sagt sie, nimmt seine Hand und einen Augenblick später sind sie weg.

Als ich sicher bin, dass sie das Haus verlassen haben, sprinte ich – dankbar dafür, dass Guillermo noch nicht zurück ist – den Flur entlang und zu dem Fenster, von dem aus man die Straße sieht.

Sie sitzen schon auf dem Motorrad. Ich sehe, wie sie ihre Arme um seine Taille schlingt, und vom Skizzieren heute weiß ich genau, wie sich das anfühlt, wie *er* sich anfühlt. Ich stelle mir vor, wie ich die Hände über seine langen, leicht schräg verlaufenden Muskeln gleiten lasse, auf den Riffeln der Bauchmuskulatur verharre, die Hitze seiner Haut unter den Händen spüre.

Ich drücke die Hand aufs kalte Glas. Das mache ich tatsächlich.

Er kickstartet das Motorrad, dreht voll auf und dann rasen sie die Straße runter, ihr rotes Haar knistert wie Buschfeuer hinter ihnen. Als er kamikazemäßig mit 500 Sachen um die Kurve brettert, in einer absolut tödlichen Schräglage, reckt sie beide Hände in die Luft und juchzt vor Entzücken.

Denn sie ist furchtlos. Sie lebt gefährlich. Und das ist das Schlimmste an der ganzen Sache.

Als ich mit einem Gefühl der Trostlosigkeit wieder durch den Postraum gehe, bemerke ich eine offene Tür, von der ich schwören könnte, dass sie noch geschlossen war, als ich einen Augenblick vorher daran vorbeigelaufen bin. Hat der Wind sie geöffnet?, frage ich mich, während ich einen Blick in den Raum werfe. Oder ein Geist? Ich kann mir nur schwer vorstellen, dass einer meiner Geister mich hier reinlocken wollen würde, aber wer weiß? Türen öffnen ist nicht Grandmas Ding.

»Mom?«, flüstere ich. Ich spreche ein paar Zeilen des Gedichts und hoffe, dass sie mir die wieder zurück zitiert. Doch diesmal tut sie es nicht.

Ich öffne die Tür etwas weiter, dann betrete ich den Raum, der mal ein Büro gewesen sein muss. Bevor der Wirbelsturm dort gewütet hat. Schnell ziehe ich die Tür hinter mir zu. Überall sind umgeworfene Regale und Bücher und Verwehungen von Papieren, Skizzenbüchern und Notizblöcken, die vom Schreibtisch und anderen Oberflächen gefegt worden sind. Da sind Aschenbecher voller Zigarettenstummel, eine leere Tequilaflasche liegt auf der Seite, eine weitere zerschmettert in einer Ecke. Faustschläge haben Dellen in der Wand hinterlassen, eine Fensterscheibe ist zersplittert. Und in der Mitte liegt ein großer Steinengel mit dem Gesicht nach unten auf dem Fußboden, der Rücken ist gebrochen.

Der Raum ist in einem Wutanfall auseinandergenommen worden. Vielleicht war es der, den ich mitbekommen habe, als ich das erste Mal hier war – der, der sich anhörte wie ein Möbelwettwerfen. Ich schaue auf die physische Manifestation von Guillermos wie auch immer gearteten Problemen und empfinde eine Mischung aus Aufregung und Angst. Ich sollte nicht schnüffeln, das weiß ich, aber Neugier gewinnt schnell die Oberhand über mein Gewissen, wie so oft – Probleme mit der Schnüffeleikontrolle –, und ich bücke mich und überfliege wahllos ein paar von den Papieren auf dem Fußboden, hauptsächlich alte Briefe. Da ist einer von einer Kunststudentin in Detroit, die mit ihm arbeiten will. Ein anderer, handschriftlicher, von einer Frau in New York, die ihm alles (drei Mal unterstrichen) verspricht, wenn er nur ihr Mentor wird – ui! Da sind Lieferscheine von Galerien, ein Angebot von einem Museum für eine Auftragsarbeit. Pressemeldungen von früheren Ausstellungen. Ich hebe einen Notizblock auf, einen von der Sorte, die er mit sich herumträgt, und blättere ihn durch, frage mich, ob darin – oder überhaupt in diesem Raum – wohl ein Anhaltspunkt dafür zu finden ist, was ihm zugestoßen ist. Der kleine Block ist voller Skizzen, ein paar Listen und Notizen sind auch dabei, alles auf Spanisch. Materiallisten vielleicht? Notizen zu Skulpturen? Ideen? Mein schlechtes Gewissen lässt mich den Block wieder auf den Haufen werfen, aber dann kann ich doch nicht anders und hebe einen anderen auf, blättere ihn durch, finde mehr desgleichen, bis ich zu einer Seite mit ein paar Worten auf Englisch komme:

Liebste,
ich bin verrückt geworden. Ich will nicht essen, will nicht trinken, denn dann würde ich den Geschmack von dir in meinem Mund verlieren, will nicht die Augen öffnen, wenn ich dich nicht sehen kann, will keine Luft atmen, die du nicht geatmet hast, die nicht in deinem Körper war, ganz tief in deinem schönen Körper. Ich muss

Ich blättere um, doch da ist keine Fortsetzung. Ich muss – *was?* Hastig blättere ich den Rest des Blocks durch, aber die restlichen Seiten sind leer. Ich durchsuche noch ein paar andere rumliegende Blöcke, finde aber keine Worte mehr auf Englisch, keine Worte mehr für seine Liebste. Die Haut an meinen Armen kribbelt. Die Liebste ist sie. Es kann nicht anders sein. Die Frau auf dem Gemälde. Die Tonfrau, die aus der Brust des Tonmannes klettert. Die Gigantin. All diese Gigantinnen.

Ich lese den Brief noch mal. Er ist so heißblütig, so verzweifelt, so romantisch.

Wenn ein Mann seiner Liebsten den Brief nicht gibt, den er ihr schreibt, ist seine Liebe echt.

Das war es also, was ihm passiert ist: Liebe. Tragische, unmögliche Liebe. Und Guillermo ist die perfekte Besetzung. Keine Frau kann einem Mann widerstehen, der Flutwellen und Erdbeben unter der Haut hat.

Oscar wirkt auch wie jemand mit Naturkatastrophen unter der Haut. Aber lasst mich mal kurz Luft holen. Männliche Hauptfiguren in Liebesgeschichten müssen hingebungsvoll sein, müssen hinter Zügen herlaufen, Kontinente durchqueren, Vermögen und Throne aufgeben, Konventionen trotzen, sich Verfolgung aussetzen, Zimmer auseinandernehmen und Engeln den Rücken brechen, die Zementwände ihrer Ateliers von oben bis unten mit Skizzen ihrer Liebsten bemalen und als Hommage Skulpturen von Giganten erschaffen.

Sie flirten nicht schamlos mit meinesgleichen, obwohl sie transsilvanische Freundinnen haben. So ein verdammtes Arschloch.

Ich löse die Seite mit dem Liebesbrief aus dem Notizblock, und als ich sie gerade in meiner Jeanstasche in Sicherheit bringe, höre ich das Horrorknarren von der Eingangstür des Ateliers. Oh nein. Mein Puls rast, als ich auf Zehenspitzen zur Tür gehe und mich dahinter an die Wand drücke, damit ich versteckt bin, sollte Guillermo beschließen reinzukommen. Ich hab hier eindeutig nichts zu suchen. Das ist ein äußerst privates Chaos, so als hätte sich hier der Inhalt seines Geistes ergossen. Ein Stuhl schrammt über den Boden, dann rieche ich Rauch. Na toll. Er raucht eine Zigarette, direkt vor der Tür.

Ich warte. Und starre auf die Kunstbücher, die sich überall stapeln. Ich entdecke viele, die ich aus der Schule kenne, und ich entdecke meine Mutter. Die Hälfte ihres Gesichts guckt mich von einem der Stapel an. Es ist das Autorenfoto auf der Rückseite ihrer Michelangelo-Biografie, *Engel im Marmor*. Ich bekomme einen Schreck. Aber es ist nicht verwunderlich, dass es hier ist. Er hat hier jedes Kunstbuch. Ich hocke mich hin und ziehe es vorsichtig aus dem Stapel, um ja kein Geräusch zu machen. Ich schlage die Titelseite auf und frage mich, ob sie es wohl signiert hat, als sie sich getroffen haben. Hat sie.

Für Guillermo Garcia

»Ich sah den Engel im Stein und klopfte, bis ich ihn befreit hatte.«
Danke für das Interview – eine unfassbare Ehre.
In Bewunderung,
Ihre Dianna Sweetwine

Mom. Ich klappe das Buch zu, schnell, schnell, halte es mit den Händen zu, damit es nicht auffliegt – und ich auch nicht. Meine Knöchel sind weiß vor Anstrengung. Sie hat immer mit diesem Michelangelo-Zitat signiert. Es war ihr liebstes. Fest drücke ich das Buch an die Brust, ganz fest, und will darin verschwinden.

Dann stecke ich es in den Bund meiner Jeans und ziehe mein Sweatshirt darüber.

»CJ«, ruft Guillermo. Seine Schritte entfernen sich. Als ich sicher bin, dass er weg ist, schlüpfe ich lautlos aus dem Raum und mache die Tür hinter mir zu. Schnell durchquere ich den Postraum, ganz leise, und betrete den Gefängniszellenraum, wo ich Moms Buch in meiner Mappe verstecke. Dabei ist mir klar, oh ja, dass ich mich wie eine total Irre benehme, die Latten fliegen heute in alle Richtungen. Allerdings ist das nicht mein erster Diebstahl. Ich habe auch schon einige Exemplare von Moms Büchern aus der Schulbibliothek gestohlen – genau genommen, jedes Mal, wenn sie ersetzt worden sind. Und aus der Stadtbibliothek. Und aus ein paar Buchläden. Keine Ahnung, warum ich das mache. Ich weiß auch nicht, warum ich den Liebesbrief gestohlen habe. Ich hab nicht die geringste Ahnung, warum ich irgendwas mache.

Ich finde Guillermo im Atelier, wo er am Boden hockt und einer völlig seligen Frida Kahlo den Bauch streichelt. Sein Brief an die Liebste versengt meine Tasche. Ich will mehr wissen. Was ist mit ihnen geschehen?

Er nickt mir zu. »Bist du bereit?« Er steht auf. »Bist du bereit dafür, dass dein Leben sich verändert?«

»Und wie«, sage ich.

Den Rest des Nachmittags verbringe ich damit, mir einen Übungsstein auszusuchen – ich verliebe mich in einen bernsteinfarbenen Alabaster, der aussieht, als würde ein Feuer in ihm brennen –, und Guillermo zuzuhören, der zu Moses mutiert ist und die Gebote der Steinbearbeitung rezitiert.

Du sollst kühn und mutig sein.

Du sollst Risiken eingehen.

Du sollst Schutzausrüstung tragen.

(Weil der Staub Asbest enthält.)

Du sollst keine vorgefasste Meinung darüber haben, was im Übungsstein steckt, sondern darauf warten, dass der Stein es dir direkt sagt.

Er berührt seinen Solarplexus mit der flachen Hand und fügt hinzu: »Was im Herzen schlummert, das schlummert im Stein, verstehst du?«

Dann offenbart er mir das letzte Gebot:

Du sollst die Welt neu erschaffen.

Das würde ich nur zu gern, doch ich hab keine Ahnung, wie das durch die Bearbeitung eines Steins zu erreichen ist.

Als ich nach Stunden und Stunden des Übungsklopfens – ich erweise mich als totale Niete – nach Hause komme, mit schmerzenden Handgelenken, blau gehauenen Daumen nach Hunderten Hammermissgeschicken und Asbestose, die sich trotz des Atemschutzes schon in meinem Lungengewebe verbreitet, mache ich meine Tasche auf und drei große runde Orangen schauen mich an. Einen Moment lang bin ich blöd vor Liebe zu Oscar, dann fällt mir Sophia wieder ein.

Was für ein falsches Spiel! Ernsthaft, was für eine Riesenarschgeige, wie Noah zu sagen pflegte, als er noch Noah war.

Ich wette, er hat auch Sophia erzählt, dass seine Mutter sie ihm prophezeit hat.

Ich wette, seine Mutter ist nicht mal tot.

Ich gehe mit den Orangen in die Küche und presse Saft.

Als ich nach dem Orangenmassaker wieder in mein Zimmer gehe, wo ich hoffe, ein bisschen nähen zu können, hockt Noah über meine Tasche gebeugt da, die ich auf dem Boden hab stehen lassen, und blättert einen Skizzenblock durch, der Augenblicke vorher noch sicher in der Tasche gesteckt hat. Zahlt mir das Universum jetzt sofort zurück, dass ich Guillermos Papiere durchwühlt habe?

»Noah? Was machst du da?«

Er springt auf und ruft: »Oh! Hey! Nichts!« Dann legt er die Hände auf die Hüften, nur um sie gleich darauf in die Hosentaschen zu schieben und dann wieder zurück auf die Hüften. »Ich hab nur … nichts. Sorry.« Er lacht zu laut und klatscht in die Hände.

»Warum stöberst du in meinen Sachen?«

»Hab ich doch gar nicht …« Er lacht wieder, na ja, es ist eher Gewieher. »Ich mein, also hab ich wohl.« Er guckt zum Fenster, so als ob er rausspringen wollte.

»Aber warum?«, frage ich und kichere selber ein bisschen – er hat sich schon ewig nicht mehr wie ein behandlungsbedürftiger Irrer benommen.

Er lächelt mich an, als habe er mir beim Denken zugehört. Das vollbringt etwas Wundervolles in meiner Brust. »Ich glaub, ich wollte nur sehen, woran du arbeitest.«

»Echt?«, frage ich erstaunt.

»Jep«, sagt er und wippt auf den Füßen vor und zurück. »Genau.«

»Okay.« Ich höre den Eifer in meiner Stimme.

Er zeigt auf den Block. »Ich hab die Skizzen von Mom gesehen. Machst du eine Art Skulptur von ihr?«

»Ja«, sage ich, aufgeregt wegen seiner Neugier. Das Skizzenblockausspähen ist mir ganz egal – wie oft hab ich früher dasselbe bei ihm gemacht?

»Aber die Studien da drin sind bei Weitem noch nicht fertig. Ich hab erst gestern Abend angefangen.«

»Ton?«, fragt er.

Plötzlich überkommt mich ein mächtiges Wie-kann-ich-es-wagen-mit-ihm-über-meine-Arbeiten-zu-sprechen, aber es ist so lange her, seit wir irgendeinen Draht zueinander hatten, deshalb rede ich weiter. »Nicht Ton, sondern Stein«, erzähle ich ihm. »Marmor, oder vielleicht Granit, das weiß ich noch nicht. Ich arbeite jetzt mit diesem total coolen Bildhauer. Der ist echt faszinierend, Noah.« Ich hebe den Skizzenblock vom Fußboden auf, halte ihn vor uns und zeige auf die am weitesten entwickelte Skizze, eine Frontalansicht. »Ich überlege, ob ich es realistisch machen soll. Nicht so knollig wie sonst. Ich möchte, dass es elegant wird, geschmeidig, aber irgendwie wild, du weißt schon, wie sie. Ich will, dass man den Wind sehen kann – in ihren Haaren, in ihren Kleidern –, oh, und sie kriegt ein Schwebendes Kleid, das ist ganz sicher, aber das werden nur wir kapieren. Ich hoffe, es wird genau so, wie sie – na, du weißt schon, wie sie jeden Morgen auf der Terrasse gestanden hat …« Ich halte inne, weil er sein Telefon aus der Tasche geholt hat. Es muss vibriert haben.

»Hallo, Mann«, sagt er und dann fängt er an, über irgendwelche Waldlaufsachen und anderes Cross-Country-Zeug zu brabbeln. Er sieht mich entschuldigend an, so als ob das jetzt eine Weile dauern würde, und verlässt den Raum.

Auf Zehenspitzen schleiche ich zur Tür, weil ich hören will, wie er mit seinem Freund redet. Manchmal stehe ich vor seinem Zimmer, wenn er mit Heather abhängt, und lausche, wie sie tratschen, lachen, albern sind. An Wochenenden habe ich manchmal vorn an der Haustür gesessen und gelesen, weil ich dachte, sie fragen mich vielleicht, ob ich mitwill auf einen ihrer Ausflüge in den Zoo oder zu einer der Pfannkuchenorgien nach dem Laufen, aber sie fragen nie.

Auf halber Höhe des Flurs hört Noah mit einem Mal mitten im Satz auf zu reden und steckt das Telefon wieder in die Tasche. Moment mal. Er hat den Anruf gefakt und so getan, als würde er mit jemandem reden – bloß, um von mir wegzukommen? Nur damit ich aufhöre, so weiterzuplappern? Meine Kehle wird eng.

Das wird nie wieder gut werden mit uns. Wir werden nie wieder wir selbst sein.

Ich gehe rüber zum Fenster, lasse das Rollo hochschnellen, damit ich das Meer sehen kann.

Beim Surfen muss man manchmal feststellen, dass man es mit einer Welle aufgenommen hat, die bodenlos ist, und plötzlich, ohne Vorwarnung, befindet man sich im freien Fall die ganze Wand hinunter.

So fühlt es sich jetzt an.

Am nächsten Tag komme ich nachmittags zur vereinbarten Zeit zu Guillermos Atelier – ihm scheint es egal zu sein, dass Winterferien sind, und ich möchte nirgendwo lieber sein –, doch an der Tür ist ein Zettel mit Heftzwecken befestigt, auf dem steht: »Bin bald zurück. GG.«

Den ganzen Morgen habe ich Anti-Oscar-Zitronen gelutscht und dabei die Ohren gespitzt, in der Hoffnung, mein Übungsstein würde mir vom anderen Ende der Stadt aus mitteilen, was in ihm ist. Aber bisher kein Mucks. Auch kein Mucks zwischen Noah und mir seit gestern, und heute Morgen war er weg, bevor ich aufgewacht bin. Und mit ihm das gesamte Bargeld, das Dad uns für Notfälle dagelassen hat. Scheiß drauf.

Zurück zu der akuten Gefahr: Oscar. Ich bin bereit. Als Vorbereitung auf ein mögliches Zusammentreffen habe ich, zusätzlich zu den Zitronen, meine Kenntnisse über eine Unzahl ganz besonders fieser Geschlechtskrankheiten aufgefrischt. Gefolgt von etwas Bibellektüre:

Menschen mit zwei verschiedenfarbigen Augen
sind doppelzüngige Schufte.
(Ja, diese Passage stammt von mir.)

Der Fall Oscar ist abgeschlossen.

Schnell husche ich den Flur entlang und freue mich irrsinnig, Grandma und sonst niemanden im Postraum zu finden. Sie ist großartig zurechtgemacht. Ein gerade geschnittener gestreifter Rock. Vintagepullover mit Blumenmuster. Roter Ledergürtel. Paisleyschal, mit Verve um den Hals drapiert. Und als krönender Abschluss: ein schwarzes Filzbarett und eine John-Lennon-Sonnenbrille. Genau das, was ich anziehen würde, um in ein Atelier zu gehen, hätte ich mich nicht auf den Wurzelgemüse-Look festgelegt.

»Perfekt«, sage ich. »Sehr ›Shabby Chic‹.«

»Chic würde reichen. Shabby als Label geht mir gegen den Strich. Ich hatte eher einen Hippielook im Sinn, mit einem ordentlichen Schuss Hipster. All diese Kunst, der Dreck und die Unordnung, diese geheimnisvollen ausländischen Männer, das löst so etwas Freigeistiges in mir aus, das mich dazu bringt, alle Vorsicht fahren zu lassen, etwas Kühnes, etwas …«

Ich lache. »Schon kapiert.«

»Nein, das glaube ich nicht. Ich wollte sagen: etwas Jude-Sweetwine-Mäßiges. Erinnerst du dich an dieses furchtlose Mädchen?« Sie zeigt auf meine Tasche, und ich hole den Kerzenstummel heraus. Sie macht *tsstss.* »Missbrauch nicht meine Bibel dazu, deine trübselige Agenda voranzutreiben.«

»Er hat eine Freundin.«

»Das weißt du nicht sicher. Er ist Europäer. Die haben andere Sitten.«

»Hast du nicht Jane Austen gelesen? Engländer sind verklemmter als wir, nicht lockerer.«

»Dieser Junge ist bestimmt nicht verklemmt, so viel steht fest.« Ihr ganzes Gesicht verzerrt sich in der Anstrengung mir zuzuzwinkern. Sie ist keine subtile Zwinkerin, sie ist überhaupt nicht subtil, nie.

»Er hat Trichomoniasis«, knurre ich.

»Keiner hat das. Keiner, den du kennst, weiß auch nur, was das ist.«

»Er ist zu alt.«

»Nur ich bin zu alt.«

»Außerdem ist er zu heiß. Viel zu heiß. Und das weiß er. Hast du gesehen, wie er lehnt?«

»Wie er was macht?«

»Wie er an der Wand lehnt – wie James Dean.« Ich demonstriere ihr das schnell an einer Säule. »Und er fährt dieses Motorrad. Und er hat diesen Akzent und diese verschiedenfarbigen Augen ...«

»David Bowie hat auch verschiedenfarbige Augen!« Genervt wirft sie die Arme hoch. Grandma hat eine große Leidenschaft für David Bowie. »Es bringt Glück, wenn die Mutter eines Jungen Prophezeiungen über dich verkündet.« Ihr Gesicht wird milde. »Und er hat gesagt, er kriegt Schüttelfrost von dir, Schatz.«

»Ich hab das Gefühl, bei seiner Freundin kriegt er auch Schüttelfrost.«

»Wie willst du einen Mann beurteilen, bevor du ein Picknick mit ihm gemacht hast?« Sie reißt die Arme auf, als würde sie die ganze Welt umarmen wollen. »Pack einen Korb, such einen Platz aus und los geht's. So einfach ist das.«

»Total altmodisch«, sage ich und entdecke einen von Guillermos Notizblöcken auf einem Stapel Post. Schnell blättere ich ihn nach Nachrichten für die Liebste durch. Keine da.

»Wer, der ein schlagendes Herz in der Brust hat, verschmäht denn ein Picknick?«, ruft sie. »Du musst die Wunder sehen, damit es Wunder gibt, Jude.« Das hat sie früher häufig gesagt. Das ist der erste Abschnitt, den sie in ihre Bibel geschrieben hat. Ich bin keine Wunderseherin. Der letzte Abschnitt, den sie in die Bibel geschrieben hat, war: *Ein gebrochenes Herz ist ein offenes Herz.* Irgendwie wusste ich, dass sie es für mich geschrieben hat, um mir zu helfen nach ihrem Tod, doch es hat nicht geholfen.

Wirf eine Handvoll Reis in die Luft, und die Anzahl der Körner, die wieder in deine Hand fallen, entspricht der Anzahl von Menschen, die du in deinem Leben lieben wirst.
(Während meiner Nähstunden hat Grandma immer das *Geschlossen*-Schild rausgehängt. Ich hab dann am Tisch hinten in ihrem Laden auf ihrem Schoß gesessen und ihren blumigen Duft eingeatmet, während ich lernte Stoffe zuzuschneiden, Falten abzusteppen und Nähte zu säumen. »Jeder bekommt sein Ein-und-alles und du bist meins«, hat sie immer zu mir gesagt. »Warum ich?«, hab ich dann jedes Mal gefragt und sie hat mir einen kleinen Rippenstoß mit dem Ellbogen gegeben und etwas Albernes gesagt, etwa: »Weil du so lange Zehen hast, ist doch klar.«)

In meinem Hals bildet sich ein Kloß. Ich geh rüber zum Engel, und als ich ihm gerade den zweiten Wunsch eingeflüstert habe – man hat ja immer drei Wünsche frei, stimmt's? –, stelle ich mich neben Grandma vor das Gemälde. Nicht Grandma. Grandmas Geist. Da ist ein Unterschied. Grandmas Geist weiß nur Dinge über ihr Leben, die mir bekannt sind. Fragen über Grandpa Sweetwine – er ging weg, als Grandma mit Dad schwanger war, und kehrte nie zurück – bleiben unbeantwortet, so wie damals, als sie noch lebte. Viele Fragen bleiben unbeantwortet. Mom hat immer gesagt, wenn man

Kunst betrachtet, geschieht das halb sehend, halb träumend. Mit Geistern ist es vielleicht genauso.

»Das ist ein verdammt guter Kuss«, sagt sie.

»Oh ja.«

Wir seufzen beide, während jede ihren eigenen Gedanken nachhängt, meine entwickeln sich, sehr zu meinem Kummer, zu etwas nicht Jugendfreiem, nicht Oscarfreiem. Ich will wirklich nicht an ihn denken, aber es passiert trotzdem …

»Wie ist es, wenn man so geküsst wird?«, frage ich sie. Obwohl ich einen Haufen Jungs geküsst habe, hat es sich nie so angefühlt, wie dieses Bild aussieht.

Ehe sie mir antworten kann, höre ich jemanden sagen: »Ich wäre mehr als glücklich, dir das zu zeigen. Dazu müsstest du allerdings deinen Boykott beenden. Probier's doch mal. Auch wenn du völlig durchgeknallt bist.« Ich nehme die Hand vom Mund – wann war die als Ersatz für seinen dorthin gewandert? –, drehe mich ein wenig um und stelle fest, dass Oscar aus meinen Gedanken gesprungen ist und in Fleisch und Blut oben im Loft steht. Die Kamera auf mich gerichtet lehnt er sich (dieses Mal sexy nach vorn) aufs Geländer. »Ich dachte, es wäre nur fair, wenn ich mal was sage, ehe das mit deiner Hand da noch weiter geht.«

Nein.

Ich schwanke und rudere mit den Armen, um nicht das Gleichgewicht zu verlieren, meine Haut ist mir plötzlich viel zu eng. »Ich wusste nicht, dass jemand hier ist!«

»Das ist offensichtlich«, sagt er und versucht, nicht zu lachen. »Ziemlich offensichtlich.«

Oh nein. Ich muss völlig verrückt ausgesehen haben, als ich da mit der Luft geplaudert habe. Hitze steigt mir ins Gesicht.

Wie viel von diesem Gespräch mag er gehört haben? Gespräch, na ja, sozusagen. Oh oh oh. Und wie lange hab ich schon mit der Hand rumgemacht? Ob er weiß, dass ich an ihn gedacht habe? Ihn geküsst habe? Er fährt fort: »Da hab ich wirklich Glück gehabt. Und diese Zoomobjektive sind der Hammer, denen entgeht nichts. Verdammt noch mal, Orangen ... wer hätte das gedacht? Ich hätte ein Vermögen für Parfüm, Candlelight Dinner und so weiter sparen können.«

Er weiß es.

»Du glaubst, dass ich an dich gedacht habe«, sage ich.

»In der Tat.«

Ich verdrehe die Augen, weil das Ganze so absurd ist.

Er legt beide Hände aufs Geländer. »Mit wem zum Teufel hast du geredet, CJ?«

»Ach das«, sage ich. Wie soll ich darauf antworten? Ich weiß nicht, warum, aber wie bei Guillermo gestern entscheide ich mich für die Wahrheit. »Nur mit Grandma, die mal kurz vorbeigeschaut hat.«

Er macht ein komisches würg-hustendes Geräusch.

Keine Ahnung, was nun in seinem Gesicht los ist, denn ich traue mich nicht, in seine Richtung zu gucken. »Zweiundzwanzig Prozent der Weltbevölkerung sieht Geister«, teile ich ihm über die Wand mit. »Das ist also gar nicht so ungewöhnlich. Etwa einer von vieren. Und ich bin nicht etwa ein Geisterflüsterer. Ich sehe nicht per se Geister. Nur meine Großmutter und meine Mutter, aber meine Mom redet nicht mit mir und sie erscheint mir auch nicht, sie macht nur Sachen kaputt. Bis auf neulich, wo sie mir ein Gedicht aufgesagt hat.« Ich atme aus. Meine Wangen stehen in Flammen. Weniger wäre wahrscheinlich mehr gewesen.

»Welches Gedicht?«, höre ich. Nicht die Antwort, die ich erwartet hatte.

»Nur ein Gedicht«, antworte ich. Ihm zu sagen, welches es war, kommt mir irgendwie zu persönlich vor, auch wenn ich gerade zugegeben habe, dass ich mit toten Verwandten Konversation betreibe.

Ein Moment des Schweigens tritt ein, in dem ich angestrengt auf das Piepen des Anrufs in der Notrufzentrale lausche.

»Es tut mir sehr leid, dass sie beide nicht mehr da sind, CJ«, sagt er mit ernster, aufrichtiger Stimme. Ich gucke hoch zu ihm und erwarte den Das-arme-mutterlose-Mädchen-Blick, doch den sehe ich nicht in seinem Gesicht.

Ich glaube, seine Mom ist doch tot. Ich drehe mich weg.

Die gute Nachricht ist, er scheint vergessen zu haben, dass ich mit meiner Hand anbändeln wollte. Die schlechte Nachricht ist, dass ich jetzt in Gedanken das Gespräch noch mal durchgehe, das er mitgehört haben könnte. Ihm einen Liebesbrief zu schreiben, wäre weniger entlarvend gewesen. Was soll ich anderes machen, als mir die Augen mit den Händen zuhalten? In einer verzweifelten Lage muss man straußenhafte Maßnahmen ergreifen. »Wie viel hast du gehört, Oscar?«

»Hey, mach dir darüber keine Sorgen«, sagt er. »Ich hab nicht viel mitgekriegt. Ich hab geschlafen, als deine Stimme in meine Träume rieselte.«

Sagt er die Wahrheit? Oder ist er bloß nett? Ich spreche wirklich meistens recht leise. Ich spreize die Finger – gerade rechtzeitig, um seinen lässigen Abstieg die Stufen hinunter zu beobachten. Warum bewegt er sich so langsam? Ernsthaft. Es ist unmöglich, ihn nicht zu beobachten, nicht an jeder seiner Bewegungen haften zu bleiben, darauf zu warten, dass er ankommt ...

Er schleicht sich hinter mich, nah wie ein Schatten.

Eigentlich bin ich mir nicht so sicher, ob der Fall Oscar ganz und gar abgeschlossen ist. Diese Nähe hatte ich nicht in meine Berechnungen einbezogen. Und hat er nicht gerade gesagt, er wäre mehr als glücklich, mich so zu küssen wie auf dem Gemälde? Ich erinnere mich besonders gut daran, wie er gesagt hat: *Probier's doch mal.*

»Und was hast du dir eben gewünscht?«, fragt er. »Ich hab dich auch mit dem Engel kommunizieren sehen, nicht nur mit deiner Großmutter.« Seine Stimme ist leise und sanft und vertraulich und ich wage nicht, diese Frage zu beantworten.

Er guckt mich auf diese Art an, die entweder gesetzlich verboten oder patentiert werden sollte, und das beeinträchtigt meine Fähigkeiten, mich an Dinge wie meinen Namen und meine Spezies und all die Gründe zu erinnern, die ein Mädchen für einen Jungs-Boykott haben könnte. Wie kommt es, dass ich mich einen feuchten Dreck um das Unglück schere, das mich befallen könnte? Ich will nichts anderes, als mit den Fingern durch sein wirres braunes Haar fahren, meine Hand auf das blaue Pferd in seinem Nacken legen und meine Lippen auf seine pressen – so wie Sophia es getan hat.

Sophia.

Sophia hatte ich total vergessen. Er anscheinend auch, so wie er mich immer noch ansieht. Was für ein Lump. Eine lausige Laus. Was für ein Tunichtgut Taugenichts Wüstling Schurke Schuft Playboy Aufreißer Frauenheld!

»Die Orangen, die du mir in die Tasche geschmuggelt hast,

habe ich zu Brei zerquetscht«, sage ich, als ich zur Besinnung komme, »und Saft daraus gemacht.«

»Aua.«

»Warum machst du so was?«

»Was?«

»Keine Ahnung, alles. Dieses Theater. Diese Stimme. Du guckst mich an, als wäre ich ein … ein … Donut. Du rückst mir so auf die Pelle. Also, du kennst mich doch nicht mal. Ganz zu schweigen von deiner Freundin, falls du dich dunkel erinnerst.« Ich spreche zu laut. Ich belle. Was ist nur in mich gefahren?

»Aber ich mache doch gar nichts.« Er hält die Hände hoch, als ob er sich ergeben wollte. »Ich spiel dir nichts vor. Das ist meine Stimme – bin gerade aufgewacht. Ich finde gar nicht, dass du irgendwas von einem Donut hast, weder optisch noch sonst irgendwie, das musst du mir glauben. Ich baggere dich nicht an. Ich respektiere den Boykott.«

»Gut, denn ich bin nicht interessiert.«

»Gut, denn meine Absichten sind ehrbar.« Er macht eine Pause, dann sagt er: »Hast du nicht Jane Austen gelesen? Wir Engländer sind verklemmter als ihr hier, so ist es doch, oder?«

Ich schnappe nach Luft. »Ich dachte, du hättest nichts gehört!«

»Das war reine Höflichkeit. Wir Engländer sind sehr höflich, weißt du.« Er grinst verrückt, irgendwie hirnlos. »Hab jedes Wort mitbekommen, glaube ich.«

»Es ging nicht um dich …«

»Nein? Um den anderen Typen, der Motorrad fährt und verschiedenfarbige Augen hat und an der Wand lehnt wie

James Dean? Danke, übrigens. Das Lehnen hat noch nie jemand kommentiert.«

Wie soll ich mit dieser Situation zurechtkommen? Außer abhauen fällt mir nichts ein. Ich drehe mich um und steuere auf den Gefängniszellenraum zu.

»Und besser noch«, sagt er und lacht sein windiges Lachen, »du findest mich heiß. Zu heiß, deutlicher gesagt. *Viel zu heiß* war, glaube ich, der genaue Wortlaut.« Ich mache die Tür hinter mir zu und höre durch sie hindurch: »Und ich habe keine Freundin, CJ.«

Verarscht er mich? »Weiß Sophia das?« Ich brülle wie eine Besessene.

»Oh ja, das weiß sie!«, antwortet er ebenso besessen. »Wir haben uns getrennt.«

»Wann?« Jeder von uns brüllt auf seiner Seite der Tür.

»Ach, schon vor über zwei Jahren.« Zwei Jahre? Aber dieser Kuss? War der vielleicht gar nicht so lang und innig, wie ich dachte? Angst kann die Wahrnehmung verändern, das weiß ich. »Wir haben uns auf einer Party kennengelernt, und ich glaube, es hat fünf Tage gehalten.«

»War das ein persönlicher Rekord?«

»Der liegt bei neun Tagen, wenn du's wissen willst. Und mir war gar nicht klar, dass du bei der Moralpolizei bist!«

Ich lege mich auf den kalten Zementboden und lasse all den kontaminierten Staub, die Mikroben, die giftigen schwarzen Schimmelsporen mit mir machen, was sie wollen. Innerlich rase ich. Wenn ich mich nicht irre, haben Oscar und ich uns eben gestritten. Seit Mom habe ich mit niemandem mehr Streit gehabt. Fühlt sich gar nicht so schlecht an.

Neun Tage sind sein Rekord. OMG. So einer ist er also.

Ich versuche, mich wieder einzukriegen, überlege, wann Guillermo wohl zurückkommt, und versuche mich auf den Grund meines Hierseins zu konzentrieren, auf die Skulptur, die ich machen muss, denke daran, was sich in meinem Übungsstein verbergen könnte – und nicht an die Offenbarung, dass Sophia und Oscar kein Paar sind! –, als die Tür aufgeht und Oscar ein tonverschmiertes Handtuch schwenkend eintritt.

Er zieht eine Augenbraue hoch, als er mich wie eine Leiche auf dem Boden liegen sieht, gibt aber keinen Kommentar ab. »Weiße Fahne«, sagt er und hält das größtenteils unweiße Handtuch hoch. »Ich komme in friedlicher Absicht.« Ich stütze mich auf die Ellenbogen. »Hör mal, du hattest recht«, sagt er. »Na, zum Teil jedenfalls. Es ist Theater. Ich zieh eine Schau ab. Total. Neunundneunzig Prozent der Zeit jedenfalls. Meine Absichten sind selten ehrbar. Es ist gar nicht so schlimm, mal entlarvt zu werden.« Er geht zur Wand rüber. »Schauen Sie sich das an, meine Damen und Herren: das Lehnen.« Er drückt eine Schulter an die Wand, verschränkt die Arme, legt den Kopf schräg, kneift die Augen zusammen und trifft James Dean besser als James Dean. Ich muss lachen, was das Ziel war. Er lächelt. »Na gut. Dann weiter.« Er verlässt die Pose und geht in dem kleinen Raum auf und ab, wie ein Anwalt vor Gericht. »Ich muss mit dir über diese Orangen reden und über das rote Band an deinem Handgelenk und über diese unglaublich große Zwiebel, die du jetzt schon seit Tagen mit dir rumschleppst …« *Erwischt,* sagt der Blick, mit dem er mich anguckt, dann greift er in seine Hosentasche und holt eine angeknackste Herzmuschel heraus. »Ich wollte dich wissen lassen, dass ich ohne die magische

Muschel meiner Mum nirgendwo hingehe, sonst würde ich nämlich sterben, wahrscheinlich innerhalb von Minuten.« Darüber muss ich schon wieder lachen. Es ist beunruhigend, wie charmant er sein kann. Er wirft sie mir zu. »Darüber hinaus unterhalte ich mich in meinen Träumen mit meiner Mutter, die vor drei Jahren gestorben ist. Manchmal«, sagt er, »schlafe ich mitten am Nachmittag ein, so wie heute, nur um zu sehen, ob sie mit mir reden wird. Du bist der einzige Mensch, dem ich das je erzählt habe, aber ich schulde dir was, weil ich vorhin gelauscht habe.« Er kommt zu mir rüber, schnappt mir die Muschel aus der Hand und grinst jungenhaft – zum Niederknien. »Ich wusste, dass du die am liebsten klauen würdest. Geht gar nicht. Das ist mein kostbarster Besitz.« Er steckt sie wieder in die Tasche, beugt sich über mich, mit glitzernden Augen, und lächelt drauflos, anarchistisch, absolut unwiderstehlich.

Herr. Hab. Erbarmen. Mit. Meiner. Boykottierenden. Seele.

Und dann ist er auch schon auf Augenhöhe und gleich darauf liegt er neben mir auf dem dreckigen Boden. Ja. Mir entfährt ein Geräusch, das man nur als Juchzer des Entzückens beschreiben kann. Er kreuzt die Arme über der Brust und schließt die Augen, so wie ich, als er durch die Tür kam. »Nicht schlecht«, sagt er. »Wie am Strand.«

Neben ihm nehme ich meine Position wieder ein. »Oder in unseren Särgen.«

»Das mag ich so an dir, du siehst die Dinge immer von der positiven Seite.«

Wieder lache ich. »Ich mag es, dass du zu mir auf den Fußboden runtergekommen bist«, sage ich, sehe die positive Seite, fühle die positive Seite, weiß, dass es in meinem Leben niemanden gibt, der so mit mir auf dem Boden liegen würde. Oder jemanden, der eine Muschel in der Tasche trägt, damit er nicht stirbt. Oder schlafen geht, damit er mit seiner toten Mutter reden kann.

Eine gemütliche Stille breitet sich über uns. Wirklich gemütlich, so als hätten wir jetzt schon mehrere Lebensalter wie Leichen auf diesem dreckigen Boden gelegen.

»Das Gedicht war von Elizabeth Barrett Browning«, sage ich.

»Wie ich dich liebe?«, zitiert er. »Lass mich zählen wie.«

»Das ist es«, sage ich und denke: *Er* ist es. Und bei manchen Gedanken ist es sehr schwer, sie nicht mehr zu denken, wenn sie erst einmal gedacht sind. »Das ist wirklich wie am Strand«, sage ich, und meine Stimmung hebt sich immer mehr. Ich wälze mich auf die Seite, schmiege den Kopf in die Hand und starre heimlich Oscars Irrenhausgesicht an. Bis er ein Auge aufschlägt und mich beim Bewundern erwischt. *Du bist so was von aufgeflogen,* sagt sein Lächeln. Er macht das Auge wieder zu.

»Schade, dass du kein Interesse hast.«

»Hab ich wirklich nicht!«, rufe ich und falle wieder auf den sandigen Strand. »Künstlerisches Interesse, mehr nicht. Du hast cin ungewöhnliches Gesicht.«

»Und du ein atemberaubend schönes.«

»Was bist du bloß für ein Casanova«, sage ich aufbrausend.

»Stimmt, das sagt man mir nach.«

»Was sagt man sonst noch so?«

»Hm. Na ja, leider wurde mir vor Kurzem gesagt, dass ich mich von dir fernhalten soll, sonst würde man mich kastrieren.«

Er setzt sich auf und fuchtelt mit den Händen in der Luft herum wie Guillermo. »›Kastration, Oscore! Verstehst du? Du hast mich ja gesehen mit der Kettensäge, stimmt's?‹« Er entspannt sich und wird wieder er selbst. »Und aus ebendiesem Grund bin ich hier reingekommen und hab die weiße Fahne geschwenkt. Ich hab es so an mir, Dinge zu ruinieren – und das hier will ich nicht ruinieren. Du bist der erste Mensch seit Jahren – von mir mal abgesehen –, der G. zum Lachen gebracht hat. Dass er wieder unterrichtet, ist ein Wunder. Wir reden hier von Brot und Fischen, CJ. Du hast ja keinen Schimmer.« Ein Wunder? »Es ist, als hättest du ihn verzaubert. In deiner Gegenwart ... ich weiß auch nicht ... ist er wieder *okay.* Der Typ war ziemlich lange verdammt gemeingefährlich.« Bin ich womöglich Guillermos Wiese – so wie er meine ist? »Außerdem wissen wir nun, dass ihr beide mit unsichtbaren Freunden Gespräche führt.« Er zwinkert. »Und deshalb werde ich deiner Bitte – und seiner – ab sofort nachkommen: Wenn mich die Lust überkommt, dich in verlassene Gebäude zu locken, deine Lippen zu küssen oder in diese Augen zu schauen, die nicht von dieser Welt sind, wenn ich mir vorstellen will, wie du wohl unter all diesen sackartigen, tristen Klamotten aussehen magst, in denen du dich immer versteckst, oder auf einem verdreckten Fußboden unbedingt über dich herfallen möchte, wie jetzt gerade, dann hoppele ich einfach auf meinem Gummitier davon. Abgemacht?« Er hält mir die Hand hin. »Freunde. Nur Freunde.«

Klarer Fall von ambivalenten Signalen, er ist wie eine redende Berg- und Talbahn.

Nicht abgemacht, auf keinen Fall. »Abgemacht«, sage ich und nehme seine Hand, aber nur, weil ich ihn berühren will.

Die Augenblicke kriechen vorüber, unsere Hände umschließen sich und Elektrizität durchzuckt mich. Und dann zieht er mich langsam an sich, schaut mir sogar in die Augen, obwohl er gerade geschworen hat, es nicht zu tun, und Hitze explodiert in meinem Bauch und strahlt überallhin. Ich spüre, wie mein Körper sich öffnet. Wird er mich küssen? Wird er das?

»Oh Mann …« Er lässt meine Hand los. »Wahrscheinlich sollte ich jetzt gehen.«

»Nein, nicht. Bitte, geh nicht.« Die Worte sind draußen, ehe ich sie zurückhalten kann.

»Vielleicht sollte ich mich hier rübersetzen, wo es sicherer ist«, sagt er und rutscht ein Stück von mir weg. »Habe ich erwähnt, dass ich Probleme mit der Impulskontrolle habe?« Er lächelt. »Ich habe gerade einen besonders starken Impuls, CJ.«

»Lass uns einfach nur reden«, sage ich, mein Herzschlag sprengt alle Tabellen. »Denk an die Kreissäge.« Sein Lachen schlägt Saltos im Raum. »Du hast so ein tolles Lachen«, platzt es aus mir heraus. »Das ist *wow,* das ist …«

»Das ist nicht hilfreich. Bitte behalte sämtliche Komplimente für dich. Oh!« Wieder kommt er auf mich zu. »Ich weiß. Ich hab eine Idee.« Er zieht mir die Mütze runter, sodass sie mein ganzes Gesicht bedeckt und die Hälfte vom Hals. »So«, sagt er. »Perfekt. Jetzt können wir reden.«

Aber jetzt lache ich in meiner Mütze und er davor und wir lassen uns mitreißen, ziemlich weit, und ich bin wohl in meinem ganzen Leben noch nie so glücklich gewesen.

So völlig außer Rand und Band unter einer Wollmütze zu lachen ist ziemlich heiß und feucht, nach einer Weile ziehe ich sie also hoch und da sehe ich ihn mit fleckigem Gesicht und tränenden Augen, weil er wirklich nicht mehr kann, und ich bin ganz erfüllt von etwas, das ich nur als Wiedererkennen beschreiben kann. Und nicht, weil er nun äußerlich vertraut wirkt, sondern weil er sich innen drin vertraut anfühlt.

Wenn man seinen Seelenverwandten trifft, ist das,
als würde man ein Haus betreten, in dem man schon
mal gewesen ist – man erkennt die Möbel wieder, die
Bilder an der Wand, die Bücher auf den Regalen, den
Inhalt der Schubladen. Wenn es sein müsste, würde
man sich auch im Dunkeln zurechtfinden.

Ich nehme mich zusammen. »Wenn du achtundneunzig Prozent der Zeit Theater spielst, was ist denn mit den restlichen zwei Prozent?«

Diese Frage scheint die letzten Rückstände des Lachens aus seinem Gesicht zu saugen, und ich bedaure sofort, dass ich sie gestellt habe. »Tja, den Typen lernt keiner kennen«, sagt er.

»Warum?«

Er zuckt mit den Schultern. »Vielleicht bist du nicht die Einzige, die sich versteckt.«

»Wie kommst du darauf, dass ich mich verstecke?«

»Nur so.« Er macht eine Pause, dann sagt er: »Vielleicht, weil ich ziemlich viel Zeit mit den Fotos von dir verbracht habe. Die sprechen Bände.« Neugierig guckt er mich an. »Aber du könntest mir erzählen, *warum* du dich versteckst.«

Ich denke darüber nach, denke über ihn nach. »Wo wir

jetzt Freunde sind, nur Freunde. Bist du der Freund, den ich rufen würde, wenn ich plötzlich mit einem blutigen Messer in der Hand vor einer Leiche stehen sollte?«

Er lächelt. »Ja. Ich würde dich nicht verpfeifen. Was auch passiert.«

»Ich vertraue dir«, sage ich und überrasche mich selbst – und seinem Gesichtsausdruck nach zu urteilen, auch ihn. Warum ich jemandem vertraue, der mir eben gerade erzählt hat, dass er achtundneunzig Prozent der Zeit nur eine Schau abzieht, weiß ich selber nicht. »Ich würde dich auch nicht verpfeifen. Unter keinen Umständen.«

»Da wäre ich mir nicht so sicher«, sagt er. »Ich hab ein paar ziemlich schreckliche Sachen gemacht.«

»Ich auch«, sage ich, und plötzlich will ich nichts mehr, als mich ihm anvertrauen.

Schreibe deine Sünden auf Äpfel, die noch am Baum hängen – wenn sie fallen, fallen deine Sünden mit.
(In Lost Cove gibt es keine Apfelbäume. Ich habe das bisher schon mit einem Pflaumenbaum, einem Aprikosenbaum und einem Avocadobaum probiert. Und trage die Bürde immer noch.)

»Nun«, er starrt auf seine Hände, die er vor sich gefaltet hat, »wenn es ein Trost ist – ich bin mir ziemlich sicher, dass die Sachen, die ich gemacht habe, viel schlimmer sind als alles, was du getan hast.«

Ich will schon etwas sagen, dem widersprechen, aber sein beklommener Blick bringt mich zum Schweigen. »Als meine Mum krank war«, sagt er langsam, »konnten wir uns nur eine Tagesschwester leisten. Meine Mutter wollte nicht mehr ins Krankenhaus gehen und die Versicherung wollte nicht mehr zahlen. Deshalb habe ich nachts auf sie aufgepasst. Dabei hab ich mir allerdings jede Menge ihrer schmerzstillenden Medikamente eingeworfen. Ich war nicht zurechnungsfähig, die ganze Zeit nicht.« Seine Stimme ist seltsam geworden, gepresst, singsanglos. »Es gab nur sie und mich, niemanden sonst, keine anderen Angehörigen.« Er macht eine Pause, holt tief Luft. »Eines Nachts ist sie aus dem Bett gefallen, wahrscheinlich brauchte sie die Bettpfanne, aber nach dem Sturz konnte sie nicht allein wieder aufstehen. Sie war zu schwach, zu krank.« Er schluckt. Auf seiner Stirn steht Schweiß. »Sie hat fünfzehn Stunden auf dem Fußboden verbracht, zitternd, hungrig, mit unvorstellbaren Schmerzen *und hat nach mir gerufen,* während ich zugedröhnt nebenan lag und nichts mitgekriegt habe.« Langsam atmet er aus. »Und das ist nur eine kleine Anekdote zum Anwärmen. Ich hab genug für ein ganzes Buch.«

Die kleine Anekdote zum Anwärmen hat ihn praktisch erstickt. Mich auch. Wir atmen beide zu schnell, und ich spüre, wie seine Verzweiflung auf mich übergreift, sich anfühlt, als wäre sie meine eigene. »Das tut mir so leid, Oscar.«

Das ist das Gefängnis der Schuld, von dem die Schulpsychologin geredet hat, er sitzt auch ein.

»Himmel.« Er presst die Handfläche an die Stirn. »Ich kann gar nicht glauben, dass ich dir das erzählt habe. Darüber rede ich nie. Mit niemandem, nicht mal mit G., nicht mal bei den Treffen.« In seinem Gesicht tobt ein ganz anderer Tumult als sonst. »Siehst du? Ist doch besser, wenn ich 'ne Show abziehe, oder?«

»Nein«, sage ich. »Ich will dich ganz kennen. Zu hundert Prozent.«

Das bringt ihn noch mehr aus der Fassung. Seinem Gesicht nach zu urteilen, will er von mir nicht hundertprozentig gekannt werden. Warum hab ich das bloß gesagt? Peinlich. Ich gucke zu Boden, und als ich wieder aufschaue, ist er aufgestanden. Er vermeidet den Blickkontakt.

»Ich muss oben noch etwas arbeiten, ehe meine Schicht im La Lune anfängt«, sagt er, schon an der Tür.

»In dem Café arbeitest du?«, frage ich, wo ich doch eigentlich sagen will: *Verstehe.* Nicht die Umstände, sondern die Scham. Ich weiß Bescheid über den Treibsand von Scham.

Er nickt, und weil ich nicht anders kann, frage ich: »Du hast gesagt, ich ›sei es‹ – damals in der Kirche. Was hast du damit gemeint? Und wie konnte deine Mutter was von mir prophezeien?«

Doch er schüttelt nur den Kopf und taucht ab in den Flur.

Da fällt mir ein, dass ich immer noch Guillermos Brief an seine Liebste bei mir trage. Ich hab ihn aufgerollt und eine glückbringende rote Schleife drum gebunden. Bis eben wusste ich selbst nicht, warum.

Willst du sein Herz gewinnen, so stecke ihm den leidenschaftlichsten Liebesbrief, der je geschrieben wurde, in die Jackentasche.
(Ein Bibelspruch von mir, auf die Schnelle.
Soll ich es tun? Soll ich?)

»Hey, Sekunde mal, Oscar.« Ich erwische ihn vor der Tür und bürste ihm Staub vom Jackenrücken. »Ist der dreckig, dieser

Boden«, sage ich, als ich ihm die glühend heißen Worte in die Tasche stecke. Als ich die Play-Taste meines Lebens drücke.

Dann laufe ich in dem kleinen Raum auf und ab und warte auf Guillermos Rückkehr, damit ich anfangen kann zu klopfen, und ich warte darauf, dass Oscar den Liebesbrief findet und zu mir rennt oder vor mir weg. In mir hat sich ein Ventil geöffnet, aus dem irgendeine Art Irgendwas entweicht, ich fühle mich ganz anders als das Jungs boykottierende Mädchen, das mit einem Liebe zum Erlöschen bringenden Kerzenstummel in der Tasche in dieses Atelier gekommen ist. Ich denke an die Schulpsychologin, die zu mir gesagt hat, ich sei das Haus im Wald, das weder Fenster noch Türen habe. Man kann nicht rein oder raus, hat sie gesagt. Doch sie hat sich geirrt, denn: Die Mauern stürzen ein.

Und dann, ganz plötzlich, übernimmt mein Übungsstein anscheinend das Mikrofon und teilt mir mit, was in ihm steckt.

Was im Herzen schlummert, schlummert im Stein.

Die Skulptur, die ich als Erstes machen muss, ist gar nicht die von meiner Mutter, sondern eine andere.

Ich bin von Giganten umgeben.

Im Zentrum des Arbeitsbereiches draußen steht eins von Guillermos riesigen Paaren, doch es ist unvollendet, und hinten am Zaun befindet sich ein weiteres Mammutwerk mit dem Titel *Drei Brüder.* Ich vermeide den Blickkontakt mit ihnen, während Guillermo mir verschiedene Techniken an meinem Übungsstein demonstriert. Ich will es mal so sagen: Fröhliche Riesen sind diese drei Brüder nicht. Ich trage jedes nur auffindbare Stück Schutzausrüstung: einen Plastikanzug, Brille und Atemschutz, denn seit ich gestern Abend ein wenig recherchiert habe, wundert es mich, dass es überhaupt Steinbildhauer gibt, die älter werden als dreißig. Während Guillermo mir zeigt, wie ich arbeiten muss, um die Oberfläche des Steins nicht zu verletzen, wie ich die Feile am besten einsetze, wie das sogenannte Schraffieren funktioniert, wie man für jeden Arbeitsschritt den richtigen Meißel wählt und welche Winkel die günstigsten für verschiedene Arten der Bearbeitung sind, versuche ich erfolglos, nicht an Oscar und den gestohlenen Liebesbrief zu denken, den ich ihm zugesteckt habe. Wahrscheinlich ist das nicht meine beste Idee gewesen, weder das Stehlen noch das Zustecken. Probleme mit der Impulskontrolle, klarer Fall.

Es gelingt mir, ganz subtil ein paar Fragen über Oscar zwischen die anderen zu Meißelhaltung und Modellgestaltung einzuschieben. Folgendes finde ich heraus: Er ist neunzehn. Er hat in England die Schule geschmissen und seinen Abschluss hier gemacht. Jetzt ist er im ersten Semester an der Universität von Lost Cove, wo er hauptsächlich Literatur, Kunstgeschichte und Fotografie studiert. Er hat ein Zimmer im Studentenwohnheim, übernachtet aber noch manchmal im Loft.

Doch dann wird mir klar, dass ich wohl trotz meiner Bemühungen mit meinen Fragen nicht so subtil war, wie ich dachte, denn Guillermo legt mir die Hand unters Kinn, hebt meinen Kopf, sodass wir uns in die Augen sehen, und sagt:

»Oscore? Er ist wie mein …« Er beendet den Satz, indem er sich die Faust auf die Brust legt. Wie sein Herz? Sein Sohn? »Er fiel in mein Nest, als er noch sehr jung war und sehr viele Probleme hatte. Er hatte niemanden.« Sein Gesicht ist voller Wärme. »Es ist seltsam mit Oscore. Selbst wenn mir alle Menschen zuwider sind, ist er mir nicht zuwider. Keine Ahnung, warum das so ist. Und er spielt so gut Schach.« Er hält sich den Kopf, als hätte er Kopfschmerzen. »Richtig, richtig gut. Das macht mich verrückt.« Er guckt mich an. »Aber hör mir gut zu: Wenn ich eine Tochter hätte, die dürfte nicht im selben Staat leben wie er. Verstehst du?« Ja, das war deutlich. »Wenn Oscore einatmet, stürzen die Mädchen von überall her, und wenn er ausatmet …« Mit einer Handbewegung deutet er an, wie alle Mädchen buchstäblich weggepustet werden, weggeweht, vom Sturm zertrümmert. »Er ist zu jung, zu dumm, zu sorglos. Früher war ich auch so. Ich wusste nichts über Frauen, über die Liebe, das kam erst viel später. Verstehst du?«

»Ich hab's verstanden«, sage ich und versuche, meine tiefe Enttäuschung zu verbergen. »Ich werde in Essig baden, ein paar rohe Eier schlucken und so bald wie möglich nach einem Wespennest Ausschau halten, das ich mir auf den Kopf setzen kann.«

»Das verstehe ich nicht«, sagt er.

»Um die Neigungen des Herzens umzukehren. Alte Familienweisheit.«

Er lacht. »Ah. Sehr gut. In meiner Familie leiden wir bloß.«

Dann lässt er einen Beutel Ton auf meinen Tisch fallen und befiehlt mir, als Erstes das Modell zu machen, da ich jetzt ja weiß, was sich im Übungsstein verbirgt.

Die Skulptur, die ich sehe, besteht aus zwei runden Kugelkörpern, Schulter an Schulter, alles an den Figuren ist rund und prall, gewölbte Brüste, mit dem selben Atem schwanger, die Köpfe nach oben gerichtet, die Blicke himmelwärts gewandt. Das ganze Ding ist etwa dreißig Zentimeter breit und hoch. Sowie Guillermo geht, fange ich an zu arbeiten – und wenig später habe ich Oscar-den-Mädchen-Ausatmer vergessen und die herzzerreißende Geschichte, die er mir erzählt hat, und was ich gefühlt habe in diesem Gefängniszellenraum mit ihm und diesen Brief, den ich in seine Tasche gesteckt habe. Irgendwann gibt es nur noch mich und NoahundJude.

Das ist die Skulptur, die ich zuerst machen muss.

Guillermo sieht sich das Modell an, als ich Stunden später fertig bin, dann zeichnet er mit dem Bleistift verschiedene Referenzpunkte auf meinem Übungsstein an, die markieren, wo die Einschnitte für Schultern und Köpfe sein müssen. Nachdem wir beschlossen haben, dass die äußere Schulter des Jungen der Anfangspunkt ist, lässt er mich arbeiten.

Es passiert sofort.

In dem Moment, in dem ich den Hammer auf den Meißel schlage, mit der Absicht NoahundJude zu finden, sind meine Gedanken wieder bei dem Tag, an dem Noah beinahe ertrunken wäre.

Mom war gerade gestorben. Ich saß mit Grandma Sweetwine an der Nähmaschine, es war einer ihrer allerersten Besuche. Ich war mit dem Säumen eines Kleides beschäftigt, als ich auf einmal den Eindruck hatte, das Zimmer würde mich schütteln, anders kann ich es nicht beschreiben. Grandma sagte: *Geh.* Nur war es so, als käme dieses Wort wie ein

Tornado auf mich zu. Ich flog von meinem Stuhl, aus dem Fenster raus, rutschte den ganzen Hang hinunter und meine Füße berührten den Sand in dem Augenblick, in dem Noah ins Wasser fiel. Er tauchte nicht wieder auf. Ich wusste, er würde nicht mehr auftauchen. So eine Angst hatte ich noch nie zuvor, nicht mal als Mom starb. In meinen Venen brodelte es.

Ich schlage den Hammer auf den Meißel, sehe ein Stück vom Stein abbrechen, sehe mich selbst an jenem Wintertag in die Brandung laufen. Schnell wie ein Hai bin ich geschwommen, trotz der Kleider, dann habe ich angefangen zu tauchen, dort, wo er untergegangen war, habe das Wasser Armvoll um Armvoll an mich gerafft und versucht, mich an Strömungen und Springfluten und Strudel und alles zu erinnern, was Dad mir je beigebracht hatte. Ich ließ mich vom Brandungsrückstrom erfassen, tauchte wieder unter, auf und ab, bis Noah da war. Er trieb mit dem Gesicht nach oben im Wasser, lebte, war jedoch bewusstlos. Ich schleppte ihn ans Ufer, schwamm mit einem Arm und sank unter seinem Gewicht bei jedem Zug tiefer, unsere beiden Leben hämmerten in mir. Dann, am Strand, presste ich meine zitternden Hände auf sein Brustbein, blies einen angsterfüllten Atemzug nach dem anderen in seinen feuchtkalten Mund, und als er wieder zum Leben erwachte – noch in derselben Sekunde, in der ich wusste, er war wieder bei Bewusstsein –, schlug ich ihm so heftig ich konnte ins Gesicht.

Denn wie hatte er mir das antun können?

Wie hatte er beschließen können, mich hier ganz allein zu lassen?

Später erzählte er mir, er hätte sich gar nicht umbringen

wollen. Aber ich glaubte ihm nicht. Dieser erste Sprung war anders als all die anderen, die darauf folgten. Beim ersten Mal hatte er versucht, sich entgültig von der Erde zu stürzen. Ich wusste es einfach. Er wollte weg. Er hatte die Wahl getroffen zu gehen. Mich zu verlassen. Und er hätte es getan, wenn ich ihn nicht wieder zurückgezerrt hätte.

Ich glaube, bei dem Ventil, das sich bei dem Gespräch mit Oscar geöffnet hat, ist jetzt die Dichtung hin. Ich hämmere mit solcher Kraft auf den Meißel ein, dass mein ganzer Körper, die ganze Welt vibriert.

Noah hatte aufgehört zu atmen. Es hat also Momente in meinem Leben gegeben, in denen ich ohne ihn war.

Zum ersten Mal. Nicht mal im Mutterleib waren wir getrennt. Mit Panik lässt sich dieses Gefühl nicht beschreiben. Maßlose Wut trifft es auch nicht. Bodenloser Kummer? Ein gebrochenes Herz? Nein. Es ist nicht zu beschreiben.

Er war nicht da. Er war nicht mehr bei mir.

Ich schwitzte im Plastikanzug, während ich mit all meiner Kraft den Hammer auf den Meißel schlage. Die richtigen Winkel habe ich jetzt vergessen, mir ist egal, was Guillermo mir gerade beigebracht hat, ich erinnere mich nur noch daran, wie meine Wut auf Noah danach nicht wieder weichen wollte. Ich wurde sie einfach nicht wieder los, und alles, was er tat, machte es nur noch schlimmer. Verzweifelt suchte ich in Grandmas Bibel Rat, aber ganz gleich, wie viele Hagebutten ich in meinen Tee tat, wie viel Lapislazuli ich unter meinem Kissen versteckte, ich wurde die Wut nicht los.

Und ich spüre sie wieder, als ich den Stein bearbeite, als ich Noah aus dem Meer ziehe, als ich in den Stein eindringe und uns rausholen will, raus aus dem tückischen Wasser, raus aus diesem erstickenden Stein, damit wir frei sind. Und dann höre ich: »Deshalb hast du es also gemacht?« Das sind Mom und Grandma unisono. Seit wann sind die denn ein Team? Ein Chor? Sie wiederholen es noch mal, in meinem Kopf sind ihre Stimmen ein Duett der Anklage. »Das ist also der Grund? Denn es war gleich danach. Wir haben dich dabei beobachtet. Du dachtest, keiner würde es sehen. Aber wir haben es gesehen.« Ich setze den Meißel auf der anderen Seite des Steines an und versuche ihre Stimmen wegzuhämmern, doch es gelingt mir nicht. »Lasst mich in Ruhe«, zische ich leise, schäle mich aus dem Plastikanzug, reiße Maske und Brille runter. »Ihr seid nicht echt.«

Ich stolpere ins Atelier, fühle mich ruderlos, hoffe, dass ihre Stimmen mir nicht folgen, bin mir nicht sicher, ob ich sie mir einbilde oder nicht, bin mir bei nichts sicher.

Drinnen ist Guillermo von einer anderen Tonfigur gefangen genommen – bis jetzt ist es ein Mann, ganz in sich zusammengekauert.

Aber auch hier stimmt etwas nicht.

Guillermo beugt sich über den gebückten Mann aus Ton. Seine Hände bearbeiten das Gesicht von hinten und er redet auf Spanisch, seine Worte werden immer feindseliger. Ungläubig beobachte ich, wie er die Faust hebt und auf den Rücken des Tonmannes einschlägt, dabei hinterlässt er eine Delle, die ich in meinem eigenen Rückgrat spüre. Danach folgen die Schläge schnell aufeinander. Der Typ ist verdammt gemeingefährlich, hatte Oscar gesagt. Ich denke an die eingeschlagenen Wände im Wirbelsturmzimmer, an das zerschmetterte Fenster, den durchgebrochenen Engel. Er tritt zur Seite, um den angerichteten Schaden zu begutachten, dabei streift mich sein Blick. Mit einem Mal ist die Gewalttätigkeit seiner Fäuste in seinen Augen und auf mich gerichtet. Er hebt die Hand und scheucht mich raus.

Ich weiche zurück in den Postraum, mein Herz klopft mir bis zum Hals.

Nein, an der CSA ist es nicht so.

Wenn er das hier gemeint hat mit *sich in seine Kunst einbringen,* wenn es nur so und nicht anders geht, dann weiß ich wirklich nicht, ob ich dazu in der Lage bin.

Auf keinen Fall gehe ich zurück in das Atelier, in dem der verdammt gemeingefährliche Guillermo einen unschuldigen Tonmann durchprügelt, oder raus auf die Terrasse, wo die verdammt gemeingefährlichen Geister von Grandma und Mom mich durchprügeln wollen, also verziehe ich mich nach oben. Oscar ist weg, das weiß ich, denn ich habe sein Motorrad vor über einer Stunde davonknattern hören.

Der Loft ist kleiner, als ich ihn mir vorgestellt hatte. Eigentlich nicht mehr als ein Schlafzimmer. Überall an der Wand sind Nägel und Löcher von Heftzwecken, wo Bilder und Poster entfernt worden sind. Die Bücherregale sind geplündert. Nur ein paar Hemden hängen im Schrank. Es gibt einen Schreibtisch mit einem Computer und einer Art Drucker, für Fotos vielleicht. Ich gehe rüber zum ungemachten Bett, in dem er vor ein paar Stunden noch hoffte, von seiner Mutter zu träumen.

Ein Gewirr von braunen Laken, ein einsamer Wirbel mexikanischer Wolldecken, ein trauriges platt gedrücktes Kissen in einem verschossenen Kissenbezug. Ein einsam aussehendes Jungsbett. Ich kann nicht anders, trotz aller Warnungen und Geister und wackligen Boykotts und verheerenden, Mädchen zerstörenden Ausatmungen lege ich mich hin, bette den Kopf auf Oscars Kissen und atme seinen schwachen Duft ein, pfeffrig, sonnig, wunderbar.

Oscar riecht nicht wie Tod.

Ich ziehe seine Wolldecke bis über die Schultern und schließe die Augen, sehe sein Gesicht vor mir, so verzweifelt wie es heute aussah, als er mir erzählte, was mit seiner Mutter passiert ist. In dieser Geschichte war er so einsam. Ich atme ihn ein, ganz umhüllt von diesem Ort, an dem er träumt. Zärtlichkeit erdrückt mich und ich verstehe, warum er so dichtgemacht hat. Natürlich tu ich das.

Als ich die Augen aufschlage, sehe ich auf dem Nachttisch das gerahmte Bild einer Frau mit langen grauen Haaren, die einen weißen Schlapphut trägt. Sie sitzt auf einem Stuhl im Garten, mit einem Drink in der Hand. Das Glas ist beschlagen. Ihr Gesicht ist ledrig von der Sonne und ganz und gar Oscar. Sie lacht, und irgendwie weiß ich, dass sie dasselbe fröhliche Lachen hatte wie er.

»Vergib ihm«, sage ich zu seiner Mutter. Ich setze mich auf, berühre ihr Gesicht mit dem Finger. »Du musst ihm endlich vergeben, es bedeutet ihm alles.«

Sie antwortet nicht. Ganz anders als meine toten Verwandten. Und wo wir gerade von denen sprechen, was ist da draußen eigentlich mit mir passiert? Das war, als würde ich mit dem Meißel auf meine Psyche losgehen. Diese Schulpsychologin meinte, Geister – sie hat das Wort mit den Fingern in Anführungszeichen gesetzt – seien oft Manifestationen eines schlechten Gewissens. Stimmt. Manchmal auch einer tiefen inneren Sehnsucht. Stimmt. Sie sagte, das Herz besiege den Verstand. Hoffnung oder Angst besiegen die Vernunft.

Nach dem Tod eines geliebten Menschen musst du jeden Spiegel im Haus verhüllen, damit der Geist des Verstorbenen sich erheben kann – sonst bleibt er für immer gefangen zwischen den Lebenden.
(Ich habe es nie jemandem erzählt, aber als Mom starb, habe ich die Spiegel nicht verhüllt, stattdessen bin ich in den Drugstore gegangen und hab sogar noch Dutzende Taschenspiegel dazu gekauft. Die habe ich überall im Haus liegen lassen, weil ich wollte, dass ihr Geist bei uns hängen bleibt, ich wollte es unbedingt.)

Keine Ahnung, ob ich mir die Geister einbilde oder nicht, ich weiß nur, dass ich nicht über das nachdenken will, was sie eben zu mir gesagt haben, also schaue ich mir die Titel der neben Oscars Bett gestapelten Bücher genauer an. Hauptsächlich Kunstgeschichte, etwas Religion, Romane. Aus einem der Bücher lugt ein Essay, ich ziehe ihn raus. Er trägt die Überschrift *Der ekstatische Impuls des Künstlers* und auf einer Ecke der Seite steht:

Oscar Ralph
Professor Hendricks
AH 105
Lost Cove University

Ich drücke das Papier an die Brust. Meine Mutter hat immer AH 105 unterrichtet. Das ist der Einführungskurs Kunstgeschichte für Erstsemester. Wenn sie nicht gestorben wäre, wäre sie Oscar begegnet, sie hätte seinen Aufsatz gelesen, zensiert, in ihrer Sprechstunde mit ihm geredet. Sein Thema hätte sie begeistert: *Der ekstatische Impuls des Künstlers.* Dabei muss ich an Noah denken. Der hatte einen ekstatischen Impuls, ohne Zweifel. Das war schon grenzwertig, wie sehr er eine Farbe lieben konnte oder ein Eichhörnchen oder sogar das Zähneputzen. Ich blättere zur letzten Seite der Arbeit, wo ein dickes, fettes A rot eingekreist ist und die Zeile *Überaus fesselnde Argumentation, Mr Ralph!* Und da dringt Oscars Nachname mir mit Gewalt ins Bewusstsein. Oscar *Ralph.* Vorname, Nachname, ist doch egal! Oscar ist Ralph! *Ich habe Ralph gefunden.* Ich fange an zu lachen. Das ist ein Zeichen. Das ist Schicksal. Das ist ein Wunder, Grandma! Clark Gable ist zum Scherzen aufgelegt.

Mir geht es unendlich viel besser – *ich habe Ralph gefunden!* –, und ich stehe auf, um über das Geländer nach unten zu spähen und mich zu versichern, dass Guillermo nicht im Postraum ist und sich anhört, wie ich hier oben ganz allein vor mich hin kichere. Dann gehe ich zum Schreibtisch, weil Oscars Lederjacke dort über dem Stuhl hängt. Ich greife in die Tasche und … kein Brief. Was heißt, dass er ihn hat. Das bringt meinen Magen in wilden Aufruhr.

Ich ziehe die Jacke an – es fühlt sich an, als würde ich direkt in seine Arme klettern – und schwelge noch in der heftigen Umarmung, dem Geruch, als mein Blick den Schreibtisch streift. Und ich sehe *mich.* Überall. Ein Foto nach dem anderen, alle in einer Reihe arrangiert, einige mit gelben

Klebezetteln versehen, andere nicht. Die Luft fängt an zu vibrieren.

Über dem Ganzen stehen auf einem gelben Klebezettel die Worte: DIE PROPHEZEIUNG.

Das erste Foto zeigt eine leere Bank in der Kirche, in der wir uns begegnet sind. Auf dem Klebezettel dazu ist vermerkt: *Sie sagte, ich würde dich in der Kirche treffen. Zugegeben, wahrscheinlich hat sie das gesagt, damit ich hingehe. In diese Kirche bin ich immer wieder gegangen, um die leeren Bänke zu fotografieren.*

Das zweite Foto ist von mir, ich sitze in derselben Bank, die auf dem vorigen Foto abgebildet ist. Auf dem Zettel steht: *Dann waren sie eines Tages nicht mehr leer.* Nur erkenne ich mich kaum wieder. Ich sehe ... ich weiß auch nicht ... hoffnungsvoll aus. Und ich erinnere mich überhaupt nicht daran, ihn so angelächelt zu haben. Ich erinnere mich nicht daran, jemals einen Menschen so angelächelt zu haben. In meinem ganzen Leben nicht.

Das nächste Foto ist auch an diesem Tag aufgenommen worden. Auf dem Klebezettel steht: *Sie sagte, ich würde dich sofort erkennen, denn du würdest strahlen wie ein Engel. Ja, sie war total high von den Schmerzmitteln, genau wie ich – ich hab's dir ja erzählt –, aber du strahlst wirklich. Sieh dich bloß mal an.* Ich schaue mir die Person an, die er durch seine Kamera gesehen hat, und wieder erkenne ich sie kaum wieder. Ich sehe ein Mädchen, das verzückt wirkt. Das verstehe ich nicht. Ich war ihm doch erst wenige Augenblicke zuvor begegnet.

Das vierte Foto ist auch von mir, am selben Tag aufgenommen, doch bevor ich gesagt hatte, er könne Fotos von mir machen. Er muss es heimlich geschossen haben. Es ist der

Moment, in dem ich den Finger an die Lippen gelegt habe, um ihn zum Schweigen zu bringen, und mein Grinsen ist genauso gesetzeswidrig wie seins. Auf dem Klebezettel steht: *Sie sagte, du seist ein bisschen seltsam,* daneben hat er ein Smiley gemalt. *Entschuldige, ich will dir nicht zu nahe treten, aber du bist bizarr.*

Ha! Das ist die englische Version eines *nicht böse gemeint, aber.*

Es ist, als habe seine Kamera dieses andere Mädchen gefunden – die, die ich wünschte sein zu können.

Das nächste Foto ist von heute, wie ich im Postraum mit Grandma Sweetwine rede … wie ich mit niemandem rede. Es lässt sich nicht leugnen, wie leer der Raum ist, wie allein ich bin, wie abgeschnitten von der Außenwelt.

Aber auf dem Klebezettel steht: *Sie sagte, es würde sich anfühlen, als ob du zur Familie gehörst.*

Er ist also hier hochgegangen, um Fotos auszudrucken und diese Zettel zu schreiben, nachdem er mich unten hatte stehen lassen? Obwohl er sich davongemacht hat, als würden seine Füße in Flammen stehen, muss es ihm ein Bedürfnis gewesen sein, mir diese Dinge mitzuteilen.

Wenn du träumst, du nimmst ein Bad,
wirst du dich verlieben.

Wenn du treppauf stolperst, wirst du dich verlieben.

Wenn du ein fremdes Zimmer betrittst und zahllose
Bilder von dir selbst mit wunderbaren kleinen Zetteln
darauf findest, wirst du dich verlieben.

Ich setze mich hin, kann das alles nicht recht glauben. Heißt das tatsächlich, dass er mich auch mag?

Ich nehme das letzte Foto der Serie in die Hand, auf dem wir uns küssen. Ja, küssen. Den Hintergrund hat er verschwimmen lassen und um uns herum wilde Farbwirbel eingefügt, sodass wir ... genauso aussehen wie das Paar auf dem Gemälde! Wie hat er das gemacht? Er muss dazu ein Foto benutzt haben, auf dem ich meine Hand küsse, und dann eins von sich ins selbe Bild manipuliert haben.

Auf dem Klebezettel ist zu lesen: *Du hast gefragt, wie es sein würde. So ~~würde~~ wird es sein. Ich will nicht bloß mit dir befreundet sein.*

Ich auch nicht.

Wenn man seinen Seelenverwandten trifft, ist es wirklich, als würde man in ein altbekanntes Haus kommen. Ich erkenne alles wieder. Ich könnte mich tatsächlich im Dunkeln zurechtfinden. Die Bibel hat also doch recht.

Ich nehme das Kuss-Foto vom Tisch. Ich werde es zum La Lune mitnehmen und ihm sagen, dass ich auch nicht nur mit ihm befreundet sein will ...

Dann poltern Schritte die Treppe hoch, laut und eilig, vermischt mit Lachen. Ich höre Oscar sagen: »Ist doch herrlich, wenn sie zu viele Leute für die Schicht anheuern. Der extra Helm liegt hier oben. Und du kannst meine Jacke anziehen. Auf dem Motorrad wird es kalt.«

»Bin ich froh, dass wir endlich mal was zusammen machen können.« Eine Mädchenstimme. Und nicht die von Sophia aus Transsilvanien. Oh nein, bitte. In meiner Brust bricht etwas zusammen. Und ich habe ungefähr eine Sekunde, um eine Entscheidung zu treffen. Ich wähle die Option aus dem schlechten Film, tauche in den Schrank ab und schließe mich dort ein, bevor Oscars Stiefel quer durch den Raum trampeln. Der Ton, in dem dieses Mädchen »was zusammen machen« gesagt hat, gefiel mir nicht. Gar nicht. Das war eindeutig ein Code für rummachen. Eindeutig ein Code für: seine Lippen küssen, die Lider seiner geschlossenen Augen, seine Narben, das Tattoo von dem wunderschönen blauen Pferd.

Oscar: Ich hätte schwören können, dass ich meine Jacke hier hingehängt habe.

Mädchen: Wer ist sie? Sie ist hübsch.

Raschel, raschel. Bringt er die Fotos von mir außer Sichtweite?

Mädchen (mit gepresster Stimme): Ist sie deine Freundin?

Oscar: Nein, nein. Das ist niemand. Nur ein Projekt für die Uni.

Messerstich, Brustmitte.

Mädchen: Ganz sicher? Das sind ziemlich viele Bilder von ein und demselben Mädchen.

Oscar: Echt, das ist niemand. Hey, komm her. Setz dich auf meinen Schoß.

Setz dich auf meinen Schoß?

Sagte ich Messer? Es ist ein Eispickel.

Dieses Mal bin ich mir sicher, dass die intimen Geräusche, die ich höre, nichts mit Donuts zu tun haben. Dieses Mal bin ich mir auch sicher, dass ich nicht irrtümlich aus einer Freundschaft eine Romanze konstruiere wie bei Sophia. Ich verstehe es nicht. Wirklich nicht. Wie kann derselbe Mann, der diese Fotos von mir gemacht hat und mir diese Zettel geschrieben hat, jenseits der Tür mit einem anderen Mädchen rummachen? Zwischen zwei schweren Atemzügen höre ich ihn den Namen Brooke sagen. Es ist die Hölle. Das muss die karmische Rache für das letzte Mal sein, als ich in einem Schrank war, in dem ich nicht hätte sein sollen.

Ich kann nicht hier drinnen bleiben.

Der Niemand stößt die Schranktür auf. Das Mädchen springt von Oscars Schoß wie eine panische Katze. Sie hat langes, welliges braunes Haar und mandelförmige Augen, die ihr bei meinem Anblick aus den Höhlen quellen. Mit hektischen Fingern knöpft sie ihre Bluse zu.

»CJ?«, ruft Oscar aus. Der untere Teil seines Gesichts ist mit Lippenstift beschmiert. Schon wieder. »Was machst du hier oben? Da drinnen?« Mit Sicherheit eine berechtigte Frage, aber leider ist mir das Sprachvermögen abhandengekommen. Und die Bewegungsfähigkeit auch, scheint mir. Wie ein aufgespießtes totes Insekt hafte ich an diesem schrecklichen Augenblick. Ihr Blick ist auf meiner Brust gelandet, und mir wird klar, dass ich das Kuss-Foto an mich drücke. »Du hast es gesehen«, sagt er.

»Niemand, was?« Das Mädchen namens Brooke nimmt seine Tasche vom Boden und wirft sie sich über die Schulter, offensichtlich in Vorbereitung eines schnellen und wütenden Abgangs.

»Warte«, sagt er zu ihr, doch dann schnellt sein Blick zurück zu mir. »G.'s Brief?« Ihm scheint etwas aufzugehen. »Du hast ihn in meine Tasche gesteckt?«

Ich hatte gar nicht daran gedacht, dass er Guillermos Handschrift erkennen würde, aber klar …

»Was für ein Brief?«, piepse ich. Dann sage ich dem Mädchen: »Tut mir leid. Echt. Ich war nur, ach, keine Ahnung, was ich da drinnen gemacht habe, aber zwischen uns ist nichts. Überhaupt nichts.« Ich stelle fest, dass meine Beine gut genug funktionieren, um die Treppe zu meistern.

Ich bin schon durch den halben Postraum, als Oscar von der Treppe her sagt: »Sieh in den anderen Taschen nach.« Ich drehe mich nicht um, gehe nur den Flur entlang, durch die Tür, dann den Plattenweg runter, bis ich keuchend auf dem Bürgersteig lande, mir ist hundeelend. Meine Beine sind so schwach und wackelig, dass sie mich eigentlich nicht tragen können, aber ich kämpfe mich die Straße hoch. Dann, etwa eine Querstraße weiter, lasse ich alle Würde fahren und fange an, die Jackentaschen zu untersuchen, doch ich finde lediglich eine Filmdose, Schokoladenpapier und einen Kugelschreiber. Es sei denn … Ich taste über das Futter und stoße auf einen Reißverschluss. Den mache ihn auf, greife in die Tasche und hole ein Stück Papier heraus, sorgfältig gefaltet. Allem Anschein nach steckt es da schon eine ganze Weile. Ich falte es auf. Es ist der Farbausdruck eines der Fotos von mir in der Kirche. Das mit dem gesetzeswidrigen Grinsen. Er trägt mich mit sich herum?

Aber, Moment mal – welche Rolle spielt das jetzt noch? Überhaupt keine. Jedenfalls nicht, wenn er sich dafür entschieden hat, mit einer anderen zusammen zu sein, und das gleich nachdem er diese faszinierenden Zettel an mich geschrieben hat, gleich nach dem, was auf dem Fußboden der Gefängniszelle zwischen uns passiert ist – nicht, dass ich wüsste, was da passiert ist, aber da war was, etwas Echtes, das Lachen und all das andere war so intensiv, dass ich dieses Gefühl hatte, irgendwo müsse es einen Schlüssel geben, der uns beide befreien könnte. Das habe ich wirklich gedacht.

Und dann: *Echt, das ist niemand.* Und: *Komm her, setz dich auf meinen Schoß.*

Ich stelle mir vor, wie er Brooke einatmet und ein Mädchen nach dem anderen, so wie Guillermo gesagt hat, so wie er es mit mir gemacht hat, nur um mich jetzt wieder auszuatmen und mich in tausend Stücke zerplatzen zu lassen.

Ich bin so blöd.

Und es werden doch Liebesgeschichten für Mädchen mit schwarzen Herzen geschrieben.

Die laufen so ab.

Ich bin nicht mal eine Querstraße weit gekommen – das Foto zusammengeknüllt in der Hand – als ich Schritte hinter mir höre. Ich drehe mich um, bin sicher, dass es Oscar ist, und hasse diese Fontäne der Hoffnung in meiner Brust, doch vor mir steht Noah: mit irrem Blick, völlig aus den Angeln gehoben, nirgends ein Vorhängeschloss, er sieht aus wie versteinert, er sieht aus, als müsse er mir etwas sagen.

Das unsichtbare Museum

Noah

13½–14 Jahre alt

Brian fährt zurück ins Internat. Am Tag danach schleiche ich mich in Judes Zimmer, während sie unter der Dusche ist, und entdecke einen Chat auf ihrem Computer.

Spaceboy: Ich denk an dich.

Rapunzel: Ich auch.

Spaceboy: Komm sofort her!

Rapunzel: Muss meine Teleportationsfähigkeiten noch perfektionieren.

Spaceboy: Beeil dich.

Ich sprenge das ganze Land in die Luft. Kein Schwein nimmt Notiz davon.

Sie sind verliebt. Wie schwarze Geier. Und Termiten. Genau, Turteltauben und Schwäne sind nämlich nicht die einzigen Tiere, die ihr Leben lang zusammen bleiben. Hässliche kloschüsselausleckende Termiten und todfressende Geier machen das auch.

Wie konnte sie das tun? Wie konnte er?

Ich fühle mich, als hätte ich Sprengstoff an Bord, rund um die Uhr. Unfassbar, dass nicht alles, was ich anfasse, explodiert. Unglaublich, dass ich so danebengelegen habe.

Irgendwie dachte ich … Keine Ahnung. Ich hab eben falsch gedacht.

Total falsch.

Ich tu, was ich kann. Jede im Haus auffindbare Kritzelei von Jude verwandele ich in einen Tatort. Ich verwende die schrecklichsten Tode ihrer blöden *Wie-würdest-du-lieber-sterben?*-Spiele. Ein Mädchen wird aus dem Fenster gestoßen, abgestochen, ertränkt, lebendig begraben, von eigener Hand erdrosselt. Ich lasse kein Detail aus.

Ich stecke ihr auch Nacktschnecken in die Socken.

Tunke ihre Zahnbürste in die Kloschüssel. Jeden Morgen.

Fülle Essig in das Wasserglas an ihrem Bett.

Aber das Schlimmste ist, in den paar Minuten pro Stunde, in denen ich kein Psychopath bin, weiß ich, dass ich alles geben würde, um mit Brian zusammen zu sein: *Ich würde alle zehn Finger geben.*

(Selbstporträt: *Junge rudert wie wild durch die Zeit zurück)*

Eine Woche vergeht. Zwei. Das Haus wird so groß, dass ich Stunden brauche, um von meinem Zimmer in die Küche und wieder zurück zu gehen, so groß, dass ich Jude nicht mal mit einem Fernglas über den Tisch oder den Raum hinweg ausmachen kann. Ich glaube nicht, dass unsere Wege sich je wieder kreuzen werden. Wenn sie versucht, mit mir zu reden, über Meilen und Meilen des Verrats zwischen uns hinweg, stecke ich mir Ohrstöpsel rein, so als würde ich Musik hören, doch in Wirklichkeit ist das andere Ende nur mit der Hand in meiner Tasche verbunden.

Ich will nie wieder mit ihr reden, daran lasse ich keinen Zweifel. Ihre Stimme ist weißes Rauschen. Sie ist weißes Rauschen.

Ich denke immer, dass Mom merken wird, dass wir im Krieg miteinander sind, und die Rolle der UNO einnehmen wird, so wie sie es in der Vergangenheit gemacht hat, doch sie tut es nicht.

(Porträt: *Verschwindende Mutter*)

Dann, eines Morgens, höre ich Stimmen auf dem Flur. Dad redet mit einem Mädchen, das nicht Jude ist. Es ist Heather, wird mir schnell klar. Ich habe ihr nur ein Fitzelchen Platz in meinem Hirn zugestanden, auch nachdem diese Sache im Schrank zwischen uns passiert ist. Diese schreckliche Lüge von einem Kuss. *Tut mir leid, Heather,* sage ich in meinem Kopf, dabei tappe ich stumm zum Fenster rüber, *tut mir echt leid,* und mache es so leise wie möglich auf. Ich klettere raus, lasse mich fallen und bringe mich unter dem Sims in Sicherheit, als ich das Klopfen an der Tür höre und Dads Stimme, die meinen Namen sagt. Was anderes fällt mir nicht ein.

Auf halbem Weg den Hügel runter zischt ein Auto an mir vorbei und am liebsten würde ich den Daumen raushalten. Eigentlich sollte ich nach Mexiko trampen oder nach Rio wie ein echter Künstler. Oder nach Connecticut. Genau. Einfach da auftauchen, wo Brian ist, in diesem Schlafsaal – in einer Dusche voller nasser, nackter Jungs. Der Gedanke kommt aus heiterem Himmel und sämtlicher Sprengstoff an Bord explodiert auf einen Schlag. Es ist schlimmer, als an ihn und Jude im Schrank zu denken. Und besser. Und so viel schlimmer.

Als ich aus dem Atompilz dieser Gedankenwelt auftauche, völlig verkohlt, bin ich an der CSA. Irgendwie haben meine Füße von ganz allein hergefunden. Die Sommerkurse sind jetzt schon seit über zwei Wochen vorbei, viele der

Internatsschüler kommen zurück. Sie sehen aus wie hoch funktionelle Graffiti. Ich beobachte, wie sie Koffer, Mappen und Kisten aus Autos zerren und Eltern umarmen, die einander Blicke zuwerfen, die sagen: *Vielleicht war das hier doch nicht so eine gute Idee.* Ich sauge es alles auf. Die Mädchen mit blauen grünen roten lila Haaren, die sich kreischend in die Arme fallen. Ein paar schmächtige Typen lehnen an einer Mauer, rauchend, lachend, Coolness absondernd. Ein bunter Haufen mit Dreadlocks, die aussehen wie frisch aus dem Trockner gefallen. Ein Typ geht an mir vorbei, der auf der einen Seite seines Gesichts einen Schnurrbart, auf der anderen einen Vollbart trägt. Wie irre ist das denn? Sie machen nicht nur Kunst, sie sind Kunst.

Dann erinnere ich mich an das Gespräch mit dem nackten Engländer auf der Party und beschließe, meine verkohlten Überreste auf eine Erkundungsmission zu dem weiter im Landesinneren gelegenen Viertel von Lost Cove zu schicken, wo dieser total verrückte Bildhauer seinen Worten nach ein Atelier hat.

Kurz darauf – ein paar Sekunden später vielleicht, denn wenn ich versuche, nicht an Brian zu denken, werde ich zum übermenschlichen Speedwalker – stehe ich in der Day Street vor der Nummer 225. Es ist ein großes Lagerhaus und die Tür steht halb offen, aber ich kann da unmöglich reingehen – oder doch? Nein. Ich habe nicht mal meinen Skizzenblock dabei. Aber ich will etwas tun, ich muss etwas tun. *So was wie Brian küssen.* Die Vorstellung verhakt sich in mir und ich werde sie nicht wieder los. Ich hätte es unbedingt versuchen sollen. Aber wenn er mir eins verpasst hätte? Wenn er mir den Schädel mit einem Meteoriten eingeschlagen hätte? Oh, aber was, wenn er es nicht getan hätte? Wenn er meinen Kuss erwidert hätte? Denn ich habe ihn manchmal dabei erwischt, wie er mich angestarrt hat, als er dachte, ich hätte ihn nicht auf dem Schirm. Ich habe ihn immer auf dem Schirm gehabt.

Ich hab's versaut. Echt. Ich hätte ihn küssen sollen. Ein Kuss, dann könnte ich sterben. Obwohl – Moment mal, kommt gar nicht infrage, wenn ich schon sterbe, will ich mehr machen als küssen. Viel, viel mehr. Ich schwitze. Und er ist steif. Ich setze mich auf den Bürgersteig, versuche zu atmen, nur zu atmen.

Ich nehme einen Stein und werfe ihn auf die Straße, will die bionische Bewegung seines Handgelenks imitieren, und nach drei erbärmlichen Versuchen kippt mein ganzes Denken um. Zwischen uns war ein elektrischer Zaun. Er hat ihn aufgestellt und dafür gesorgt, dass er dort stehen bleibt. Er wollte Courtney. Und Jude wollte er, schon als er sie zum ersten Mal gesehen hat. Ich habe es einfach nicht glauben wollen. Er ist eine beliebte, scheißlangweilige Sportskanone, die auf Mädchen steht. Er ist der Rote Riese. Ich bin der Gelbe Zwerg. Ende.

(Selbstporträt: *Alle sind glücklich, und wenn sie nicht gestorben sind, dann leben sie noch heute. Bis auf den Gelben Zwerg*)

Ich schüttele die Gedanken ab, alles. Nur die Welten, die ich erschaffen kann, sind wichtig, nicht diese kloschüsselausleckende, in der ich leben muss. In den Welten, die ich erschaffe, kann alles passieren. Alles. Und falls – wenn – ich an der CSA angenommen werde, werde ich lernen, all das mehr oder weniger so wie ich es im Kopf habe zu Papier zu bringen.

Ich stehe auf, weil mir plötzlich die Idee kommt, dass ich ja die Feuerleiter hochklettern könnte, die an der Seite des Lagerhauses hochführt. Sie mündet an einem Umlauf mit einer Reihe von Fenstern, die auf irgendwas runterblicken müssen. Ich brauche nur über den Zaun zu springen, ohne dass mich jemand sieht, mehr nicht. Also, warum nicht? Jude und ich sind früher immer heimlich über jede Menge Zäune geklettert, damit wir diverse Pferde, Kühe, Ziegen oder einen gewissen Erdbeerbaum besuchen konnten, mit dem wir uns beide verheiratet hatten, als wir fünf waren (Jude war auch der Pastor).

Ich schaue die ruhige Straße hoch und runter. In der Ferne sehe ich eine alte Frau in einem bunten Kleid … die tatsächlich aussieht, als würde sie schweben. Ich blinzele – sie schwebt immer noch und aus irgendeinem Grund ist sie barfuß. Sie verschwindet in einer kleinen Kirche. Na, egal. Sobald sie weg ist, wechsele ich die Straßenseite und klettere in Affenart über den Zaun. Ich flitze die Gasse entlang und steige ganz vorsichtig die Stufen der Feuerleiter hoch, damit das alte Eisen nicht quietscht. Zum Glück finden in der Nähe irgendwelche Bauarbeiten statt, die alle Geräusche übertönen, die ich eventuell mache. Ich husche über den Absatz und spähe um die Ecke des Gebäudes, und nun wird mir klar, dass der ohrenzerreißende Lärm, den ich höre, nicht von einer Baustelle kommt, sondern vom Hof unten, wo gerade die Apokalypse stattfindet, denn hey: Es sieht aus wie der Tag nach dem chemischen Angriff der Aliens auf die Erde. Über den ganzen Hofplatz verteilen sich Rettungshelfer in Schutzanzügen, Schutzmasken und Schutzbrillen, die Presslufthammer und Kettensägen schwingen und auf Steinklötze losgehen, während sie in weißen wogenden Wolken auf und ab tauchen. Ist das ein Steinatelier? Sind das Steinbildhauer? Was würde Michelangelo davon halten? Ich gucke und gucke, und als der Staub sich legt, sehe ich, dass drei riesige Augenpaare sich in mich hineinbohren.

Mir stockt der Atem. Von der anderen Seite des Hofes starren drei riesige Männermonster mich an.

Und sie atmen. Ich schwöre es.

Meine Ex-Schwester Jude würde ausflippen. Mom auch.

Ich muss näher ran, denke ich, als ein großer dunkelhaariger Mann durch eine ganze Wand, die halb hochgezogen ist wie ein Garagentor, aus dem Gebäude tritt. Er spricht mit einem Akzent in ein Telefon. Ich beobachte, wie er in glückseligstem Entzücken den Kopf zurückwirft, so als würde er gerade erfahren, dass er ab sofort die Farben des Sonnenuntergangs auswählen darf oder dass Brian nackt in seinem Schlafzimmer auf ihn wartet. Er tanzt nun praktisch mit dem Telefon herum, dann lacht er ein so glückliches Lachen, dass Millionen Ballons in die Luft zischen. Das muss der knallverrückte Künstler sein und die gruselschockigen Männermonster gegenüber müssen seine knallverrückte Kunst sein.

»Beeil dich«, sagt er, seine Stimme ist so gewaltig wie er. »Beeil dich, meine Liebste.« Dann küsst er zwei seiner Finger und berührt damit das Telefon, bevor er es in seiner Tasche verschwinden lässt. Total daneben, oder? Aber bei ihm sah es völlig okay aus, das könnt ihr mir glauben. Jetzt steht er mit dem Rücken zum Hof vor einer Säule, seine Stirn berührt sie. Er lächelt den Beton an wie ein völlig Durchgeknallter, aber aufgrund meines einzigartigen Aussichtspunkts bin ich der Einzige, der das merkt. Er sieht aus, als würde er auch für irgendetwas alle zehn Finger geben. Nach ein paar Minuten schnellt er aus seinem Delirium, dreht sich um und ich sehe zum ersten Mal deutlich sein Gesicht. Seine Nase ist wie ein gekentertes Schiff, sein Mund so groß wie drei, Kiefer und Wangenknochen stark wie ein Panzer und seine Augen irisieren. Sein Gesicht ist ein Zimmer mit viel zu vielen schweren Möbeln. Am liebsten würde ich es sofort zeichnen. Ich beobachte, wie er sich einen Überblick über die apokalyptische Szene vor ihm verschafft, dann hebt er die Arme wie ein Dirigent und augenblicklich verstummt jede Maschine.

Und die Vögel und der Straßenverkehr. Tatsächlich höre ich weder das Rascheln des Windes, noch das Summen einer Fliege oder den Fetzen eines Gespräches. Ich kann gar nichts hören. Es ist, als wäre die ganze Welt stumm geschaltet worden, weil dieser Mann etwas sagen wird.

Ist er Gott?

»Ich rede viel über Mut«, sagt er. »Ich sage euch, dass mit Stein arbeiten nichts für Feiglinge ist. Feiglinge halten sich an Ton, alles klar?«

Alle Rettungshelfer lachen.

Er macht eine Pause, reißt ein Streichholz an einer Säule an. Es flammt auf. »Ich sage euch, ihr müsst was riskieren in meinem Atelier.« Er zieht eine Zigarette hinterm Ohr hervor und zündet sie an. »Ich sage euch, ihr dürft nicht schüchtern sein. Ich sage euch, ihr müsst Entscheidungen treffen, Fehler machen, große, schreckliche, kühne Fehler, wirklich alles völlig vermasseln. Ich sage euch, anders geht es nicht.«

Zustimmendes Gemurmel.

»Ich sage dies, ja, aber ich sehe immer noch viele von euch, die Angst haben es anzugehen.« Er geht auf und ab, langsam wie ein Wolf, der ganz bestimmt sein Spiegeltier ist. »Ich sehe, was ihr macht. Als ihr gestern gegangen seid, bin ich von einer Arbeit zur anderen gegangen. Ihr fühlt euch vielleicht wie Rambo mit den Presslufthämmern und den Sägen. Ihr macht viel Lärm, viel Staub, aber die wenigsten von euch haben auch nur so viel« – er klemmt zwei Finger zusammen – »von ihren Skulpturen gefunden. Das wird sich heute ändern.«

Er geht zu einem Mädchen mit kurzen blonden Haaren. »Darf ich, Melinda?«

»Bitte«, sagt sie. Noch von hier oben kann ich sehen, wie rot sie wird. Sie ist total verliebt in ihn. Ich gucke mir die Gesichter der anderen an, die sich um ihn geschart haben, und mir wird klar, dass sie alle in ihn verliebt sind, Männer wie Frauen.

(Porträt, Landschaft: *Ein Mann in geografischem Maßstab*)

Er nimmt einen langen Zug von seiner Zigarette, dann wirft er sie kaum geraucht auf den Boden und tritt drauf. Er lächelt Melinda an. »Wir finden deine Frau, ja?«

Er studiert das Tonmodell neben dem großen Stein, dann schließt er die Augen und fährt mit den Fingern über die Oberfläche. Ebenso macht er es mit dem Steinbrocken daneben, er untersucht ihn mit den Händen, während seine Augen geschlossen bleiben. »Okay«, sagt er und nimmt einen Pressluftmeißel vom Tisch. Ich kann die Aufregung der Studenten spüren, als er ohne das geringste Zögern mitten in den Stein hinein pflügt. Wenig später ist alles in eine Staubwolke gehüllt und ich kann nichts mehr sehen. Ich muss näher ran. Ich meine, richtig nah ran. Ich glaube, ich muss auf den Schultern dieses Mannes leben wie ein Papagei.

Als der Lärm aufhört und der Staub sich legt, fangen alle Schüler an zu klatschen. Da, im Stein, zeichnet sich der geschwungene Rücken einer Frau ab, und er ist mit dem des Tonmodells identisch. Es ist unglaublich.

»Bitte«, sagt er. »Geht wieder an eure Arbeit.« Er reicht Melinda den Meißel. »Nun finde den Rest von ihr.«

Er geht von einem Schüler zum anderen, manchmal sagt er kein Wort, manchmal bricht er in Lob aus. »Ja!«, ruft er einem zu. »Du hast es geschafft. Guck dir mal diese Brust an. Die schönste Brust, die ich je gesehen habe!« Der Typ muss lachen, und der Künstler gibt ihm eine kleine Kopfnuss, wie ein stolzer Vater. In meiner Brust zieht sich irgendwas zusammen.

Zu einem anderen Schüler sagt er: »Sehr gut. Jetzt wird es Zeit, alles zu vergessen, was ich eben gesagt habe. Ganz langsam jetzt. Ganz, ganz langsam. Streichel den Stein. Sei zärtlich zu ihm, ganz sanft, sanft, sanft, verstehst du? Nimm die Meißel, nichts sonst. Eine falsche Bewegung und du machst alles kaputt. Kein Druck.« Und er kriegt dieselbe Kopfnuss.

Nachdem er sich vergewissert hat, dass niemand ihn braucht, geht er wieder rein. Ich folge ihm, indem ich zum anderen Ende des Umlaufes gehe, dort, vor den Fenstern, stelle ich mich hin, wo ich sehen kann, ohne gesehen zu werden. Drinnen sind noch mehr Steinriesen. Und auf der anderen Seite des Ateliers stehen drei nackte Frauen, deren Körper von dünnen roten Schals verhüllt werden, auf einem Podest einer skizzierenden Gruppe von Schülern Modell.

Kein nackter Engländer.

Ich beobachte den Künstler, der von Schüler zu Schüler geht, sich hinter jeden stellt und mit kaltem, hartem Blick auf die Arbeiten schaut. Ich verkrampfe mich, als ob er meine Skizzen anschauen würde. Er ist nicht erfreut. Ganz plötzlich klatscht er in die Hände und alle hören auf zu zeichnen. Durchs Fenster höre ich undeutliche Worte, als er immer lebhafter wird, seine Hände fangen an herumzugleiten wie Java-Flugfrösche. Ich will wissen, was er ihnen sagt. Ich muss es wissen.

Am Ende zeichnen sie wieder weiter. Er schnappt sich Stift und Block vom Tisch und macht mit, spricht jetzt so laut und mit so viel Raketentreibstoff in der Stimme, dass ich ihn durchs Fenster verstehen kann. »Zeichnet, als ob es nichts Wichtigeres gäbe, Leute. Ihr habt nichts zu verlieren, keine Zeit zum Verschwenden. Wir erschaffen die Welt neu, nichts weniger als das, verstanden?«

Genau wie Mom immer sagt. Und ja, ich versteh das. Mein Herz rast. Ich versteh's total.

(Selbstporträt: *Junge erschafft die Welt neu, bevor die Welt den Jungen neu erschafft*)

Er setzt sich und zeichnet mit der Gruppe. So was habe ich noch nie gesehen, seine Hand rast über das Blatt, hin und her, seine Augen scheinen jeden Fitzel der vor ihm posierenden Modelle einzusaugen. Mein Magen steckt mir im Schlund, als ich versuche rauszukriegen, was er macht, als ich studiere, wie er den Bleistift hält, wie er der Bleistift ist. Ich muss seinen Block nicht mal sehen, ich weiß auch so, wie genial das ist, was darauf ist.

Bis zu diesem Moment war mir gar nicht klar, wie furchtbar scheiße ich bin. Wie weit ich noch gehen muss. Es könnte tatsächlich passieren, dass ich nicht an der CSA angenommen werde. Das Ouija-Brett hatte recht.

Ich stolpere die Feuerleiter runter, schwindelig, auf unsicheren Beinen. Im Bruchteil einer Sekunde habe ich alles gesehen, was ich sein könnte, alles, was ich sein möchte. Und alles, was ich nicht bin.

Der Bürgersteig hat sich erhoben und ich rutsche ihn runter. Ich bin nicht mal vierzehn, sage ich mir. Ich habe noch viele Jahre Zeit, um gut zu werden. Aber ich wette, Picasso war in meinem Alter schon verdammt gut. Was hab ich mir bloß eingebildet? Ich bin absolut mies. Und in die CSA komm ich nie. Ich hab mich so in dieses kloschüsselleckende Selbstgespräch in meinem Kopf verbohrt, dass ich beinahe an dem roten Auto vor dem Haus vorbeigerannt wäre, das genauso aussieht wie Moms Auto. Aber das kann ja nicht sein. Was in aller Welt sollte sie hier wohl machen? Ich werfe einen Blick aufs Nummernschild – es ist Moms Auto. Ich wirbele herum. Es ist nicht nur Moms Auto, Mom sitzt auch drin, sie hat sich über den Beifahrersitz gebeugt. Was macht sie da?

Ich klopfe ans Fenster.

Sie schnellt hoch, wirkt aber weniger überrascht, mich zu sehen, als ich es bin, sie zu sehen. Ehrlich gesagt, sie wirkt nicht im Geringsten überrascht.

Sie kurbelt das Fenster runter und sagt: »Du hast mich erschreckt, Schatz.«

»Was sollte das, warum hast du dich so runtergebeugt?«, frage ich, statt die naheliegender Frage zu stellen: Was machst du hier?

»Ich habe was fallen lassen.« Sie sieht seltsam aus. Ihre Augen strahlen zu sehr. Auf ihrer Lippe steht Schweiß. Und sie ist gekleidet wie eine Wahrsagerin, mit einem glitzerigen lila Schal um den Hals und einem gelben Wasserfall von einem Kleid – mit rotem Gürtel. An ihren Handgelenken baumeln bunte Armreifen. Abgesehen von den Anlässen, zu denen sie eins von Grandmas Schwebenden Kleidern trägt, zieht sie sich normalerweise an wie ein Schwarz-Weiß-Film, nicht wie ein Zirkus.

»Was?«, frage ich.

»Wie, was?«, fragt sie verwirrt zurück.

»Was hast du fallen lassen?«

»Oh, meinen Ohrring.«

Sie hat Ohrringe in beiden Ohren. Sie merkt, dass ich das sehe. »Einen anderen Ohrring. Ich wollte sie wechseln.«

Ich nicke, aber ich bin mir ziemlich sicher, dass sie mich anlügt, ziemlich sicher, dass sie mich gesehen hat und sich vor mir verstecken wollte und deshalb nicht überrascht war, mich zu sehen. Aber warum sollte sie sich vor mir verstecken wollen?

»Warum?«, frage ich.

»Warum was?«

»Warum wolltest du sie wechseln?«

Wir brauchen einen Dolmetscher. Für Mom habe ich noch nie einen Dolmetscher gebraucht.

Sie seufzt. »Keine Ahnung, ich wollte es einfach. Steig ein, Schatz.« Das sagt sie so, als wäre von vornherein geplant gewesen, dass sie mich hier abholt. Ist das seltsam.

Auf dem Weg nach Hause ist das Auto ein Hochspannungskasten – und ich weiß nicht, warum. Es dauert zwei Querstraßen, bis ich sie fragen kann, was sie in diesem Teil der Stadt gemacht hat. Sie sagt, in der Day Street sei eine sehr gute Reinigung. Es gibt circa fünf andere, die von uns aus näher liegen würden, aber das sage ich nicht. Sie hört es trotzdem, denn sie holt zu weiteren Erklärungen aus: »Es ging um eins der Kleider, die Grandma für mich genäht hat. Mein Lieblingskleid. Ich wollte ganz sicher sein, dass es in gute Hände kommt, in die besten Hände, und diese Reinigung ist die beste.« Ich suche nach dem rosa Zettel, den sie normalerweise ans Armaturenbrett klemmt. Da ist keiner. Aber vielleicht steckt er ja in ihrer Handtasche? Es könnte wahr sein.

Es dauert weitere zwei Querstraßen, bis sie sagt, was sie gleich hätte sagen sollen. »Du bist weit weg von zu Hause.«

Ich behaupte, ich sei spazieren gegangen und da gelandet, denn ich will ihr nicht erzählen, dass ich über einen Zaun gesprungen bin und eine Feuerleiter hochgeklettert – und dass ich ein Genie gestalkt habe, das mir ganz deutlich gezeigt hat, wie sehr sie sich in mir und meinem Talent getäuscht hat.

Sie will mich weiter ausfragen, das merke ich, doch da vibriert ihr Handy auf ihrem Schoß. Sie guckt auf die Nummer und drückt das Gespräch weg. »Arbeit«, sagt sie mit einem Blick in meine Richtung. Ich hab sie noch nie so schwitzen sehen. Unter ihren Armen zeichnen sich dunkle Ringe auf dem gelben Stoff ab, als wäre sie ein Bauarbeiter. Sie drückt mir das Knie mit der Hand, als wir an den Ateliergebäuden der CSA vorbeifahren, die mir jetzt so vertraut sind. »Bald«, sagt sie.

Dann wird alles klar. Sie ist mir gefolgt. Sie hat sich Sorgen um mich gemacht, weil ich so ein Einsiedlerkrebs gewesen bin. Und sie hat sich versteckt und mir was von der Reinigung vorgelogen, weil sie nicht wollte, dass ich wegen ihrer

Spioniererei und dem Eindringen in meine Privatsphäre ausflippe. Entspannt lasse ich mich in diese Erklärung fallen.

Bis sie die zweite, statt die dritte Straße links abbiegt, hügelan fährt und ziemlich weit oben in einer Auffahrt parkt. Ungläubig starre ich sie an, als sie aussteigt und sagt: »Na, willst du nicht mit reinkommen?« Sie ist schon fast an der Tür, mit den Schlüsseln in der Hand, als sie merkt, dass sie drauf und dran ist, ein fremdes Haus zu betreten, in dem irgendeine fremde Familie lebt.

(Porträt: *Mom schlafwandelt in ein anderes Leben*)

»Wo hab ich nur meinen Kopf?«, sagt sie, als sie wieder ins Auto steigt. Das hier könnte witzig sein, sollte es eigentlich, ist es aber nicht. Irgendwas stimmt nicht. Ich spüre es in jedem Knochen, weiß aber nicht, was es ist. Sie lässt den Motor auch nicht wieder an. Wir bleiben schweigend auf der Auffahrt dieser fremden Familie sitzen, starren aufs Meer hinaus, wo die Sonne sich ihren glänzenden Weg zum Horizont gebahnt hat. Es sieht aus, als wären Sterne auf dem Wasser, und ich würde gern darauf spazieren gehen. Ist doch total scheiße, dass nur Jesus auf dem Wasser laufen darf. Das will ich gerade zu Mom sagen, als ich merke, wie sich das Auto mit der dichtesten, schwersten Traurigkeit gefüllt hat, und meine ist es nicht. Ich hatte keine Ahnung, dass sie so traurig ist. Vielleicht ist ihr deshalb entgangen, dass Jude und ich uns haben scheiden lassen.

»Mom?« Meine Kehle ist plötzlich so trocken, dass es wie ein Krächzen klingt.

»Alles regelt sich«, sagt sie schnell, ruhig, und lässt den Motor an. »Mach dir keine Sorgen, Schatz.«

Ich denke an all die schrecklichen Dinge, die letztes Mal

passiert sind, als mir jemand gesagt hat, ich solle mir keine Sorgen machen, aber ich nicke trotzdem.

Das Ende der Welt beginnt mit Regen.

Der September wird weggespült, dann der Oktober. Im November gibt sogar Dad sich geschlagen, und das heißt, dass es sowohl im als auch außerhalb des Hauses regnet. Überall stehen Schüsseln, Töpfe, Eimer. »Wer konnte denn ahnen, dass wir ein neues Dach brauchen?«, murmelt Dad immer wieder wie ein Mantra vor sich hin.

(Porträt: *Dad balanciert das Haus auf seinem Kopf*)

Und das, nachdem er ein Leben lang Batterien ausgetauscht hat, bevor die Taschenlampen den Geist aufgeben, Glühbirnen eingeschraubt hat, bevor sie ausgingen: *Man kann nicht gut genug vorsorgen, mein Sohn.*

Doch nach eingehender Beobachtung bin ich zu dem Schluss gekommen, dass es auf Mom nicht regnet. Ich finde sie auf der Terrasse, wo sie raucht (sie ist keine Raucherin), wie unter einem unsichtbaren Schirm, immer mit dem Handy am Ohr, ohne etwas zu sagen, sie wiegt sich nur lächelnd hin und her, so als würde ihr jemand am anderen Ende Musik vorspielen. Ich finde sie summend vor (sie ist keine Summerin) und sie trällert (sie ist kein Trällerer) durchs Haus, die Straße entlang und die Steilküste hoch in ihren neuen Zirkuskleidern und Armreifen, in ihrem ganz persönlichen Sonnenstrahl, der sie einhüllt, während wir anderen uns an den Wänden festhalten, damit wir nicht weggespült werden.

Ich finde sie an ihrem Computer, wo sie angeblich an

einem Buch schreibt, doch stattdessen starrt sie an die Decke, als wäre die voller Sterne.

Ich finde sie und finde sie und finde sie, aber ich kann sie nicht finden.

Drei Mal muss ich ihren Namen sagen, bevor sie ihn hört. Ich muss mit der Faust an die Wand hauen, wenn ich in ihr Büro gehe, oder einen Stuhl quer durch die Küche treten, ehe sie überhaupt merkt, dass jemand zu ihr in den Raum gekommen ist.

Mit wachsender Besorgnis wird mir klar, dass eine Reingewehte auch wegwehen kann.

Es gelingt mir nur, sie aus ihrem Zustand rauszuholen, wenn ich mit ihr über meine Mappe für die CSA rede, aber weil sie und ich schon die fünf Zeichnungen ausgewählt haben, die ich mit Mr Grady in Öl male, gibt es vor der großen Enthüllung nicht viel zu besprechen, und ich bin noch nicht so weit. Ich will sie ihr nicht zeigen, bevor sie fertig sind. Es fehlt nicht mehr viel. Ich habe wirklich jeden Tag in der Mittagspause und nach der Schule daran gearbeitet, den ganzen Herbst. Es gibt kein Vorstellungsgespräch oder so was, man wird eigentlich nur aufgrund der künstlerischen Arbeiten angenommen. Aber nachdem ich diesen Bildhauer habe skizzieren sehen, sind mir die Augen wieder ausgetauscht worden. Ich schwör's, jetzt kann ich manchmal Töne sehen, den dunkelgrün heulenden Wind, den purpur niederströmenden Regen – all diese Klangfarben wirbeln in meinem Zimmer herum, wenn ich auf dem Bett liege und an Brian denke. Sein Name, wenn ich ihn laut sage: königsblau.

Noch was Neues: Im Laufe des Sommers bin ich über zehn Zentimeter gewachsen. Wenn mich jetzt noch jemand blöd anmachen würde, könnte ich ihn vom Planeten kicken. Kein Problem. Und meine Stimme ist so tief geworden, dass die meisten Menschen sie kaum wahrnehmen können. Ich benutze sie kaum, nur gelegentlich mit Heather. Sie und ich, wir kommen wieder ganz gut zurecht, jetzt, wo sie irgendeinen anderen Jungen mag. Ein paarmal bin ich Laufen gewesen mit ihr und ihren Läuferfreunden. War okay. Stört ja niemanden, wenn man nicht viel redet beim Laufen.

Ich bin zu einem sehr stillen King Kong geworden.

Heute bin ich ein sehr besorgter sehr stiller King Kong. In strömendem Regen trotte ich nach der Schule den Hügel hoch und hab nur eines im Kopf. Was mache ich bloß, wenn Brian in den Weihnachtsferien nach Hause kommt und er mit Jude zusammen ist?

(Selbstporträt: *Aus den eigenen hohlen Händen das Dunkel trinkend*)

Zu Hause ist wie üblich niemand da. Jude hält sich zurzeit nie besonders lange hier auf – sie hat sich aufs Wellenreiten verlegt, nach der Schule, im Regen, mit den hartgesottenen Surfidioten. Und wenn sie zu Hause ist, sitzt sie vorm Computer und chattet mit Brian alias Spaceboy. Ich hab noch ein paar von ihren Wortwechseln gesehen. In einem hat er von dem Film geredet, dem, den wir uns angeschaut haben, als er unter der Lehne nach meiner Hand gegriffen hat! Fast hätte ich gekotzt.

Manchmal, wenn ich abends auf der anderen Seite der Wand sitze, möchte ich mir die Ohren abreißen, damit ich nicht das Pling einer weiteren Nachricht von ihm über das Surren der blöden Nähmaschine hinweg hören muss.

(Porträt: *Schwester unter der Guillotine*)

Ich tröpfele durchs Haus wie eine Regenwolke, trete pflichtbewusst einen Eimer vor Judes Zimmer um, sodass das dreckige Wasser ihren flauschigen weißen Teppich tränkt und hoffentlich schimmeln lässt, dann betrete ich mein Zimmer, wo zu meinem Erstaunen Dad auf meinem Bett sitzt.

Ich zucke nicht zusammen. Aus irgendeinem Grund nervt er mich in letzter Zeit nicht mehr so. Es ist, als hätte er – oder ich – einen Zaubertrank getrunken. Vielleicht liegt es auch daran, dass ich jetzt größer bin. Oder daran, dass wir beide total fertig sind. Ich glaube, er kann Mom auch nicht finden.

»Bist du ins Gewitter geraten?«, fragt er. »So einen Regen habe ich noch nie erlebt. Wird langsam Zeit, dass du deine Arche baust, was?«

In der Schule ist das auch ein beliebter Witz. Macht mir aber nichts aus. Ich liebe den Noah aus der Bibel. Er war fast 950 Jahre alt, als er starb. Und er durfte mit den Tieren wegfahren. Er hat alles auf der Welt noch mal von vorn anfangen lassen: leere Leinwand und Farbtuben ohne Ende. Einfach nur cool.

»Mich hat's total erwischt«, sage ich und schnappe mir ein Handtuch vom Stuhl. Ich rubbele mir den Kopf und warte auf den unvermeidlichen Kommentar zur Länge meiner Haare. Aber der bleibt aus.

Stattdessen sagt er: »Du wirst größer als ich.«

»Meinst du?« Die Vorstellung hebt umgehend meine Stimmung. Ich werde mehr Raum einnehmen als mein Vater.

(Porträt, Selbstporträt: *Junge hüpft von Kontinent zu Kontinent mit Dad auf den Schultern*)

Er nickt, zieht beide Augenbrauen hoch. »Bei dem Tempo,

das du in letzter Zeit vorlegst, sieht es ganz so aus.« Er lässt den Blick durch den Raum schweifen, als würde er eine Bestandsaufnahme machen, betrachtet einen Museumsdruck nach dem anderen – sie bedecken so gut wie jeden Zentimeter der Wand und Decke –, dann sieht er mich wieder an und klatscht die Hände auf die Schenkel. »So, ich dachte, wir könnten vielleicht was essen gehen. Ein kleiner Vater-Sohn-Ausflug.«

Er muss das Entsetzen in meinem Gesicht bemerkt haben. »Keine« – er krallt Anführungszeichen in die Luft – »ernsten Gespräche. Versprochen. Nur was zu futtern. Ich brauche ein bisschen Abwechslung.«

»Mit mir?«

»Mit wem sonst?« Er lächelt und in seinem Gesicht ist absolut nichts Arschgeigenhaftes. »Du bist mein Sohn.«

Er steht auf und geht zur Tür. *Du bist mein Sohn.* Ich bin ganz erschüttert von der Art, wie er das gesagt hat. Es gibt mir tatsächlich das Gefühl, sein Sohn zu sein.

»Ich ziehe ein Jackett an«, sagt er. »Du auch?«

»Wenn du das willst«, sage ich verwundert.

Wer hätte gedacht, dass das erste Date meines Lebens mit meinem Vater sein würde?

Allerdings merke ich beim Anziehen meines einzigen Jacketts – das ich zum letzten Mal bei Grandma Sweetwines Beerdigung anhatte –, dass die Ärmelenden den Ellenbogen näher sind als den Handgelenken. Heiliger Himmel, ich bin wirklich King Kong! Den Beweis für meinen Riesenwuchs noch auf dem Rücken gehe ich zum Schlafzimmer von Mom und Dad.

»Ah«, sagt Dad grinsend. Er macht die Schranktür auf und

holt einen dunkelblauen Blazer raus. »Der müsste gehen, mir ist er nur ein kleines bisschen zu eng.« Er klopft sich auf seinen nicht vorhandenen Bauch.

Ich ziehe mein Jackett aus und schlüpfe in seins. Es passt perfekt. Ich kann gar nicht wieder aufhören zu lächeln.

»Hab ich doch gesagt«, sagt er. »Mir würde jetzt nicht mal mehr im Traum einfallen, mit dir zu ringen, harter Bursche.«

Harter Bursche.

Auf dem Weg zur Tür hinaus frage ich: »Wo ist Mom?«

»Da bin ich überfragt.«

Dad und ich gehen in ein Restaurant am Meer und setzen uns ans Fenster. Der Regen rinnt in Bächen daran runter und verzerrt den Blick. Meine Finger zucken förmlich, weil ich das zeichnen will. Wir essen Steaks. Er bestellt einen Scotch, dann noch einen, und lässt mich zwischendurch nippen. Wir nehmen beide ein Dessert. Er redet nicht über Sport oder schlechte Filme oder die richtige Beladung der Geschirrspülmaschine oder seltsamen Jazz. Er redet über mich. Die ganze Zeit. Er erzählt mir, Mom habe ihm einige meiner Skizzenblöcke gezeigt – er hoffe, das sei in Ordnung –, und es habe ihn umgehauen. Er sagt mir, er finde es total aufregend, dass ich mich an der CSA bewerbe und dass die schön blöd wären, wenn sie mich nicht nehmen. Er sagt, er könne es nicht fassen, dass sein einziger Sohn so talentiert ist, und dass er es gar nicht erwarten könne, meine fertige Bewerbungsmappe zu sehen. Er sagt, er sei wahnsinnig stolz auf mich.

Nichts davon hab ich erlogen.

»Deine Mutter meint, ihr seid beide sichere Kandidaten.«

Ich nicke, während ich überlege, ob ich mich verhört habe. Soweit ich wusste, wollte Jude sich gar nicht bewerben. Ich muss mich verhört haben. Was hätte sie denn überhaupt einzureichen?

»Ihr habt wirklich Glück«, sagt er. »Eure Mom hat so viel Leidenschaft für Kunst. Das ist ansteckend, nicht wahr?« Er lächelt, aber ich kann sehen, dass sein inneres Gesicht überhaupt nicht lächelt. »Bist du bereit zum Tauschen?«

Zögerlich reiche ich ihm meinen Schokokuchen und tausche ihn gegen sein Tiramisu.

»Ach, vergiss es«, sagt er. »Wir bestellen noch zwei. Wie oft machen wir das schon?«

Bei unserem zweiten Nachtisch schicke ich mich an zu sagen, dass die Parasiten, Bakterien und Viren, die er erforscht, genauso cool sind wie Moms Kunststudien, doch dann finde ich, dass es sich lahm und künstlich anhört, deshalb arbeite ich mich stattdessen durch den Kuchen. Ich stelle mir vor, wie die Leute um uns herum still für sich denken: »Sieh mal an, Vater und Sohn essen zusammen zu Abend, ist das nicht schön?« Das lässt mich vor Stolz anschwellen. Dad und ich. Wir sind jetzt Kumpel. Beste Freunde. *Bros.* Ich fühle mich so gut wie schon lange nicht mehr, übernatürlich gut, und ich fange an zu plappern, wie ich es zuletzt mit Brian gemacht habe. Ich erzähle Dad von diesen Helmbasilisken, über die ich gerade erfahren habe, dass sie sich so schnell über die Wasseroberfläche bewegen können, dass sie zwanzig Meter weit kommen, ohne unterzugehen. Jesus ist also doch nicht der Einzige.

Er erzählt mir, dass der Wanderfalke im Sturzflug Geschwindigkeiten von 300 km/h erreicht. Ich ziehe die Augenbrauen zu einem *Wow* hoch, aus Höflichkeit, aber – hallo? – das weiß doch jeder!

Ich erzähle ihm, dass Giraffen bis zu 75 Pfund Nahrung pro Tag zu sich nehmen und nur 30 Minuten pro Tag schlafen, sie sind nicht nur die größten Tiere auf der Erde, sie haben auch den längsten Schwanz aller Landsäugetiere und Zungen, die einen halben Meter lang sind.

Er erzählt mir von diesen mikroskopisch kleinen Wasserbären, die man möglicherweise in den Weltraum schicken wird, weil sie Temperaturen zwischen minus 200 und plus 150 Grad überleben können und tausend Mal mehr Strahlung vertragen als für Menschen tödlich wäre – und die nach zehn Jahren Austrocknung wiederbelebt werden können.

Einen Moment lang will ich den Tisch umtreten, weil ich Brian nichts von den Wasserbären im Weltraum erzählen kann, aber dann überwinde ich das, indem ich Dad raten lasse, welches Tier für Menschen das gefährlichste ist. Nachdem er all die üblichen Verdächtigen durchgegangen ist: Nilpferde, Löwen, Krokodile und so weiter, verblüffe ich ihn total: Es ist die Malaria übertragende Mücke.

So geht es hin und her zwischen uns, wir tauschen Fakten über Tiere aus, bis die Rechnung kommt. So viel Spaß hatten wir noch nie zusammen.

Als er zahlt, platze ich heraus: »Ich wusste gar nicht, dass du Tiersendungen magst!«

»Wie meinst du das? Was glaubst du denn, warum *du* sie magst? Wir beide haben doch ständig so was geguckt, als du klein warst. Weißt du das nicht mehr?«

Ich weiß es nicht mehr.

Ich erinnere mich an: *In dieser Welt geht man entweder unter oder man schwimmt, Noah.* Ich erinnere mich an: *Mach auf hart, dann bist du hart.* Ich erinnere mich an jeden herzzertrampelnden Blick, wenn er mal wieder enttäuscht, beschämt, fassungslos war. Ich erinnere mich an: *Wenn deine Zwillingsschwester mir nicht wie aus dem Gesicht geschnitten wäre, würde ich schwören, du wärst durch Parthenogenese entstanden.* Ich erinnere mich an Football, Basketball, Baseball, die Fußballweltmeisterschaft. Aber ich erinnere mich nicht an Animal Planet.

Als er in die Garage fährt, sehe ich, dass Moms Auto immer noch nicht da ist. Er seufzt. Ich seufze auch. So als ob ich ihn jetzt begreifen würde.

»Letzte Nacht hatte ich einen Traum«, sagt er und stellt den Motor ab. Er macht keine Anstalten, aus dem Auto zu steigen. Ich mache es mir auf meinem Sitz bequem. Wir sind ja so was von Kumpels jetzt! »Deine Mutter ging durchs Haus und dabei fiel alles von den Regalen und den Wänden: Bücher, Bilder, Nippes, alles. Ich konnte ihr nur hinterherlaufen und versuchen, alles wieder an seinen Platz zu stellen.«

»Und?«, frage ich. Verwirrt guckt er mich an. Ich werde deutlicher: »Hast du es geschafft, alles wieder dahin zurückzustellen, wo es hingehört?«

»Keine Ahnung«, sagt er achselzuckend. »Bin aufgewacht.« Mit dem Finger fährt er um das Steuerrad herum. »Manchmal glaubt man, etwas – oder jemanden zu kennen, bis ins Tiefste hinein zu kennen, und dann wird einem plötzlich klar, dass man nicht die geringste Ahnung hat.«

»Ich weiß genau, was du meinst, Dad«, sage ich und denke an das, was mit Brian passiert ist.

»Wirklich? Jetzt schon?«

Ich nicke.

»Wir haben vermutlich viel nachzuholen.«

Ich spüre ein Hüpfen in der Brust. Könnten Dad und ich uns wirklich nahestehen? Wie echte Väter und Söhne? So wie es schon immer hätte sein können, wenn ich an jenem Tag von seiner Schulter gesprungen wäre – so wie Jude? Wenn ich geschwommen wäre statt zu sinken?

»Verdammt, wo ist Ralph? Verdammt, wo ist Ralph?« ertönt und wir lachen beide ein bisschen. Dann verblüfft Dad mich, indem er sagt: »Glaubst du, wir kriegen je raus, wo der verdammte Ralph ist, Junge?«

»Das hoffe ich«, sage ich.

»Ich auch.« Darauf folgt eine behagliche Stille, und während ich noch staune, wie übernatürlich cool Dad ist, sagt er plötzlich: »Du triffst dich also immer noch mit dieser Heather?« Er stupst mich mit dem Ellenbogen an. »Süßes Mädchen.« Anerkennend drückt er meine Schulter.

Ist das scheiße.

»Irgendwie.« Weil mir nichts anderes übrigbleibt, füge ich mit mehr Überzeugungskraft hinzu: »Ja, sie ist meine Freundin.«

Er guckt mich mit so einem bescheuerten Du-hast-es-faustdick-hinter-den-Ohren-Blick an. »Wir werden uns bald mal unterhalten müssen, du und ich, was, mein Sohn? Vierzehn Jahre.« Er gibt mir eine Kopfnuss, genau wie dieser Bildhauer seinen Schülern. Diese Geste, in Verbindung mit dem Wort *Sohn,* das er jetzt schon öfter gesagt hat ... Tja, Heather, ich hatte keine Wahl.

Sobald wir drinnen sind, gehe ich in mein Zimmer und stelle fest, dass Jude aus Rache einen Wassereimer auf meinem Fußboden umgestoßen hat. Was soll's. Ich werfe ein Handtuch in die Pfütze, und dabei streift mein Blick die Uhr auf meinem Schreibtisch, die sowohl das Datum als auch die Zeit anzeigt.

Oh.

Später finde ich Dad im Sofa versunken vor einem College-Fußballspiel. Ich bin alle meine Skizzenblöcke durchgegangen, konnte aber keine einzige Zeichnung finden, in der er den Kopf noch drauf hat, also habe ich meine besten Pastellkreiden genommen und eine neue von uns beiden auf dem Rücken eines Blauen Streifengnus gemacht. Unten drunter habe ich *Happy Birthday* geschrieben.

Er guckt mir direkt in die Augen. »Danke.« Das Wort kommt total zerknüllt raus, so als ob es ihm schwer über die Lippen ging. Keiner hat dran gedacht. Nicht mal Mom. Was ist bloß los mit ihr? Wie konnte sie Dads Geburtstag vergessen? Vielleicht ist sie doch keine Reingewehte.

»Den Truthahn zu Thanksgiving hat sie auch vergessen«, sage ich, damit er sich besser fühlt, erst hinterher wird mir klar, wie lahm es ist, ihn mit einem Truthahn zu vergleichen.

Aber er lacht und das ist doch schon mal was. »Ist das ein Blaues Streifengnu?«, fragt er und zeigt auf das Bild.

Als wir mit dem längsten Gespräch der Welt über Streifengnus fertig sind, klopft er aufs Sofa und ich setze mich neben ihn. Er legt die Hand auf meine Schulter und lässt sie da liegen, als würde sie passen, und wir gucken uns den Rest des Spiels zusammen an. Ziemlich langweilig, aber die Sportler, na, ihr wisst schon.

Die Lüge, die ich ihm über Heather erzählt habe, ist ein Stein in meinem Bauch.

Ich ignoriere ihn.

Eine Woche nach Dads vergessenem Geburtstag, während der Regen das Haus windelweich prügelt, setzen Mom und Dad Jude und mich in den eingefrorenen Teil des Wohnzimmers, in dem nie jemand sitzt, und teilen uns mit, dass Dad vorübergehend ins Lost Cove Hotel ziehen wird. Besser gesagt, Mom teilt uns das mit. Er werde sich wochenweise eine Einzimmerwohnung mieten, bis sie eine Lösung für die Probleme finden, die sie miteinander haben.

Obwohl wir ewig nicht miteinander geredet haben, kann ich spüren, wie Judes Herz sich neben meinem in der Brust zusammenkrampft.

»Was für Probleme?«, fragt sie, aber danach wird der Regen so laut, dass ich nicht mehr hören kann, was irgendwer sagt. Ich bin überzeugt davon, dass der Sturm die Mauern niederreißen wird. Als es so weit ist, muss ich an Dads Traum denken, weil genau das passiert. Ich sehe zu, wie der Wind alles von den Regalen fegt: Nippes, Bücher, eine Vase mit lila Blumen. Kein anderer bemerkt das. Ich umklammere die Armlehnen meines Stuhls.

(Familienporträt: *Fertigmachen zur Bruchlandung*)

Jetzt kann ich Moms Stimme wieder hören. Sie ist ruhig, zu ruhig, gelbe flatternde Vögelchen, die in diesem lebensbedrohlichen Sturm nichts zu suchen haben. »Wir haben uns noch immer sehr lieb«, sagt sie. »Wir brauchen nur gerade ein bisschen Raum.« Sie guckt Dad an. »Benjamin?«

Als Dads Name ausgesprochen wird, krachen sämtliche Bilder, Spiegel, Familienfotos von den Wänden. Wieder bemerkt das niemand außer mir. Ich werfe einen Blick auf Jude. In ihren Wimpern hängen Tränen. Dad scheint was sagen zu wollen, aber als er den Mund aufmacht, kommen keine Worte raus. Er lässt den Kopf in die Hände sinken, seine winzig kleinen Hände, wie Waschbärenpfoten – seit wann sind die so winzig? Sie sind zu klein, um das zu verdecken, was in seinem Gesicht passiert, wo alles dichtgemacht hat. Mein Magen dreht und dreht sich. Jetzt höre ich Töpfe und Pfannen aus den Küchenschränken fallen. Eine Sekunde schließe ich die Augen, sehe, wie das Dach vom Haus gerissen wird und über den Himmel wirbelt.

Jude explodiert. »Ich gehe mit Dad.«

»Ich auch«, sage ich und schockiere mich selbst.

Dad hebt den Kopf. Schmerz tropft aus jedem Teil seines Gesichts. »Kinder, ihr bleibt hier bei eurer Mutter. Es ist vorübergehend.« Seine Stimme ist brüchig, und als er aufsteht und den Raum verlässt, fällt mir erst auf, wie schütter seine Haare werden.

Jude steht auf und geht rüber zu Mom, guckt auf sie runter, als wäre sie ein kleiner runder Käfer. »Wie konntest du nur?«, bringt sie durch zusammengepresste Zähne hervor, dann macht sie selber einen Abgang, ihre Haare ringeln und schlängeln sich wütend hinter ihr den Boden entlang. Sie ruft nach Dad.

»Verlässt du uns?«, sage/denke ich und stehe auf. Denn Dad geht zwar jetzt, aber Mom ist längst gegangen. Sie hat sich schon vor Monaten davongemacht. Ich weiß das – und ich kann sie nicht ansehen.

»Niemals«, sagt sie und packt meine Schultern. Die Stärke ihres Griffs überrascht mich. »Hörst du mich, Noah? Ich werde dich und deine Schwester niemals verlassen. Das ist was zwischen deinem Vater und mir. Es hat nichts mit euch Kindern zu tun.«

Ich schmelze in ihre Arme, Verräter, der ich bin.

Sie streichelt meine Haare. Das fühlt sich so gut an. »Mein Junge. Mein zarter Junge. Mein Traumjunge. Alles wird gut.« Sie wiederholt, wie gut alles wird, immer wieder, wie ein Mantra, aber ich merke, dass sie es nicht glaubt. Ich auch nicht.

Später am selben Abend stehen Jude und ich Schulter an Schulter am Fenster. Dad geht mit seinem Koffer zum Auto. Der Regen jammert auf ihn hinunter, beugt seine Schultern mit jedem Schritt mehr.

»Ich glaube nicht, dass irgendwas da drin ist.« Ich beobachte, wie er das Gepäckstück in den Kofferraum wirft, als wäre es mit Federn gefüllt.

»Doch«, sagt sie. »Ich hab nachgesehen. Eine Zeichnung von dir und ihm auf irgendeinem seltsamen Tier. Sonst nichts. Nicht mal eine Zahnbürste.«

Das sind die ersten Worte zwischen uns seit Monaten.

Ich kann nicht glauben, dass ich das Einzige bin, das Dad mitgenommen hat.

In dieser Nacht liege ich im Bett und kann nicht schlafen. Ich frage mich gerade, ob eigentlich ich die Dunkelheit anstarre oder sie mich, als Jude die Tür aufmacht, durch den Raum geht und sich neben mich ins Bett legt. Ich drehe das Kissen um, damit es nicht nass ist. Wir liegen auf dem Rücken.

»Ich hab es mir gewünscht«, flüstere ich und erzähle ihr, was mich seit Stunden fertigmacht. »Drei Mal. Zu drei verschiedenen Geburtstagen hab ich mir gewünscht, er würde weggehen.«

Sie dreht sich auf die Seite, berührt meinen Arm und flüstert zurück: »Ich hab mir mal gewünscht, dass Mom stirbt.«

»Nimm es zurück«, sage ich und drehe mich auf die Seite. Ich spüre ihren Atem auf meinem Gesicht. »Ich habe es nicht rechtzeitig zurückgenommen.«

»Wie?«

»Weiß nicht.«

»Grandma würde es wissen«, sagt sie.

»Das ist ja eine große Hilfe«, sage ich – und dann, aus heiterem Himmel und genau im selben Augenblick, lachen wir los und können nicht wieder aufhören, und es ist so ein Japsen und Prusten, dass wir uns das Kissen übers Gesicht ziehen müssen, damit Mom nichts hört und denkt, wir würden Dads Rausschmiss für das Witzigste halten, das uns je passiert ist.

Als wir wieder zu uns kommen, fühlt sich alles anders an, als hätte ich das Licht angemacht und wir wären jetzt Bären.

Und ehe ich mich versehe ist da so ein raschelndes Gewühle und Jude sitzt auf mir. Ich mache nichts, so überrascht bin ich. Sie holt tief Luft.

»Okay, jetzt, wo ich deine ungeteilte Aufmerksamkeit habe ... Bist du bereit?« Sie wippt ein paarmal auf und ab.

»Runter von mir«, sage ich, aber sie spricht über mich hinweg.

»Da ist nichts passiert. Hörst du mich? Ich hab so oft versucht, dir das zu sagen, aber du willst ja nicht hören.« Sie buchstabiert es mir vor. »N-I-C-H-T-S. Brian ist *dein* Freund, das hab ich kapiert. Damals im Schrank hat er mir irgendwas über so einen Kugelsternhaufen erzählt. Er hat darüber gesprochen, wie faszinierend deine Zeichnungen sind, verdammt noch mal. Es stimmt, dass ich unheimlich wütend auf dich war wegen Mom, und dann hast du mir auch noch alle meine Freunde weggenommen und diesen Zettel weggeschmissen. Ich weiß, dass du das warst, und das war echt scheiße, Noah, das war nämlich so ungefähr die einzige Sandskulptur, die ich je gemacht habe, die ich so gut fand, dass ich sie ihr zeigen wollte. Also, ich hab vielleicht ein Stück Papier mit Brians Namen in der Hand gehabt auf dieser Party, aber ES IST NICHTS PASSIERT, okay? Ich hab dir deinen ...«, sie macht eine Pause, »besten Freund nicht geklaut. Okay?«

»Okay«, sage ich. »Und jetzt runter von mir.« Das kommt schroffer raus als beabsichtigt, was an meiner nagelneuen Stimme liegt. Sie rührt sich nicht. Ich darf mir nicht anmerken lassen, was diese Information mit mir macht. Meine Gedanken flitzen herum, arrangieren diese Nacht neu und die letzten paar Monate, arrangieren alles neu. All die Male, die sie versucht hat, mit mir zu reden, wie ich weggegangen bin, mit der Tür geknallt habe, den Fernseher dröhnend laut gestellt habe, nicht fähig war sie anzugucken, schon gar nicht ihr zuzuhören, wie ich sogar eine Karte, die sie mir geschenkt hat, zerrissen habe, ohne sie zu lesen, bis sie aufgegeben und es nicht weiter versucht hat. Nichts ist passiert. Sie sind nicht verliebt. Brian wird nicht in ein paar Wochen zurückkommen und mit ihr in ihrem Zimmer verschwinden, wie ich mir immer wieder vorgestellt habe. Sie werden nicht auf dem Sofa sitzen und sich Filme angucken, wenn ich nach Hause komme, oder im Wald nach Meteoriten suchen. Es ist nichts passiert. Es ist nichts passiert!

(Selbstporträt: *Junge reist per Anhalter auf einem vorbeifliegenden Kometen mit*)

Aber Moment mal. »Und wer ist dann Spaceboy?« Ich

war mir so sicher, dass es Brian ist. Das ganze Gerede übers All und so, hallo?

»Hä?«

»Spaceboy, auf dem Computer.«

»Du spionierst wohl viel? Mann.« Sie seufzt. »Das ist Michael, du weißt schon, Zephyr. ›Spaceboy‹ ist der Titel von so einem Song, den er gut findet.«

Oh.

OH!

Und vermutlich haben außer Brian und mir auch noch andere Leute – Millionen anderer Leute – diesen Film mit den Außerirdischen gesehen. Oder könnten Witze über Teleportation machen. Oder den Namen Spaceboy verwenden!

Jetzt fällt mir das Ouija-Brett wieder ein. »Zephyr ist M.? Du magst Zephyr?«

»Vielleicht«, sagt sie verschämt. »Weiß ich noch nicht.«

Das ist eine Neuigkeit, aber *Nichts ist passiert* macht sie platt wie eine Dampfwalze. Ich vergesse, dass sie im Zimmer ist, ganz zu schweigen davon, dass sie auf mir sitzt, bis sie sagt: »Du und Brian, seid ihr ineinander verliebt oder so?«

»Was? Nein!« Die Worte fliegen aus meinem Mund. »Gott, Jude. Kann ich denn keinen Freund haben? Außerdem bin ich doch total dicke mit Heather, falls dir das nicht aufgefallen ist.« Ich weiß nicht, warum ich all das sage. Ich schubse sie von mir unter und spüre, wie der Stein in meinem Magen größer wird.

»Okay, gut. Es ist nur …«

»Was?« Hat Zephyr ihr erzählt, was damals im Wald passiert ist?

»Nichts.«

Sie steigt zurück ins Bett und wir quetschen uns wieder Schulter an Schulter. Leise sagt sie: »Du kannst also aufhören, mich zu hassen.«

»Ich hab dich nie gehasst«, sage ich, was total gelogen ist. »Wirklich, mir …«

»Mir auch. So leid.« Sie hält meine Hand.

»Jude, ich habe …«

»So sehr«, sagt sie.

Ich lache, das hier hatte ich vergessen.

»Ich weiß, ich auch.« Sie kichert.

Meinen nächsten Satz wird sie aber nicht aus meinen Gedanken lesen können. Ich sage zu ihr: »Wahrscheinlich habe ich alle deine Sandskulpturen gesehen.« Ein Schuldgefühl pikt mich. Wenn ich doch die Fotos nicht zerstört hätte. Ich hätte sie ihr zeigen können. Sie hätte damit an der CSA angenommen werden können. Sie hätte sie für immer behalten können. Sie hätte sie Mom zeigen können. Aber das hier muss reichen: »Die sind der Hammer.«

»Noah?« Ich hab sie eiskalt erwischt. »Echt?«

Sie lächelt, das weiß ich, denn mein Gesicht lächelt auch. Ich will ihr erzählen, wie groß meine Angst ist, dass sie besser ist als ich. Stattdessen sage ich: »Es ist schrecklich, dass sie vom Meer weggespült werden.«

»Aber das ist doch das Beste daran.«

Ich lausche den Wellen, die draußen an die Küste schlagen, und denke an all diese unglaublichen Sandfrauen, die weggewischt werden, ehe jemand sie sehen kann, und ich frage mich, was in aller Welt daran gut sein soll. Das wälze ich in meinem Kopf herum, als sie ganz leise »Danke« sagt.

Und alles in mir wird still und friedlich und richtig.

Wir atmen und treiben dahin. Ich stelle mir vor, wie wir durch den Nachthimmel zum strahlenden Mond schwimmen, und hoffe, dass ich mich morgen früh noch an das Bild erinnere, damit ich es malen und ihr schenken kann. Bevor ich ganz weg bin, höre ich sie sagen: »Ich liebe dich immer noch am meisten« und ich erwidere: »Ich auch«, aber am Morgen bin ich mir nicht sicher, ob wir das gesagt haben oder ob ich es nur gedacht oder geträumt habe.

Doch das ist wohl nicht so wichtig.

Die Winterferien, auch bekannt als Brians Rückkehr, haben angefangen, und ein aus der Küche wabernder außergewöhnlicher Duft zieht mich wie ferngesteuert aus dem Sessel und den Flur entlang.

»Bist du das?«, brüllt Jude aus ihrem Zimmer. »Komm doch bitte mal her.«

Ich gehe in ihr Zimmer, wo sie im Bett in Grandmas Bibel liest. Sie versucht immer, irgendwelches Gewäsch darin zu finden, das Dad wieder zurückholt.

Sie reicht mir einen Schal. »Hier«, sagt sie. »Binde mich am Bettpfosten fest.«

»Was?«

»Das ist die einzige Lösung. Ich brauche eine kleine Gedächtnisstütze, weil ich nicht schwach werden und in die Küche gehen will. Ich werde Mom nicht die Genugtuung bereiten, auch nur einen Bissen zu essen. Warum hat sie plötzlich beschlossen, zur Musterhausfrau zu werden? Du solltest auch nichts von dem essen, was sie zusammenrührt. Ich weiß, dass du dich gestern Abend über diese Hühnerpastete hergemacht hast, als wir von Dad nach Hause gekommen sind. Ich hab's gesehen.« Sie sieht mich streng an. »Nicht einen Bissen, versprichst du das?« Ich nicke, aber es ist völlig ausgeschlossen, dass ich nichts von dem essen werde, was das Haus mit diesem übernatürlich fantastischen Duft erfüllt. »Ich meine es ernst, Noah.«

»Okay«, sage ich.

»Nur eine Hand, damit ich noch umblättern kann.« Sie fährt fort, während ich ihr Handgelenk an den Bettpfosten binde: »Es riecht nach Kuchen, Apfel oder Birne, vielleicht Apfeltaschen oder Streuselkuchen. Gott, ich liebe Streuselkuchen. Das ist ja so was von unfair. Wer hätte denn ahnen können, dass sie überhaupt backen kann?« Sie blättert eine Seite von Grandmas Bibel um. »Sei stark«, ruft sie mir nach, als ich auf die Tür zusteuere.

Ich salutiere. »Aye, Käpten.«

Seit Dad weg ist, bin ich zum Doppelagenten geworden. Erst bestellen Dad, Jude und ich in seinem leichenblauen Hotelappartement etwas zu essen, und wenn wir beide wieder zu Hause sind, warte ich, dass Jude sich in ihrem Zimmer einschließt, um mit Spaceboy zu chatten – der Zephyr ist! Nicht Brian! –, mache mich dann auf in die Küche und schlemme mit Mom. Aber ob ich nun mit Dad zusammensitze, graue Luft atme, Animal Planet gucke und vorgebe nicht zu bemerken, dass er total zusammengeklappt ist wie ein Campingstuhl, oder mit Mr Grady im Kunstraum meiner CSA-Mappe den letzten Schliff gebe oder in der Küche mit Mom Salsa tanzen lerne, während Soufflés aufgehen, oder *Wie würdest du lieber sterben?* mit Jude spiele, während sie näht, eigentlich mache ich immer nur eines, denn ich bin ein Stundenglas in Menschengestalt: Ich warte, warte, warte auf Brian Connelly.

Jeden Tag jetzt, jede Stunde, Minute, Sekunde müsste er nach Hause kommen.

Jude hat recht. Auf dem Küchentresen stehen heute Morgen tatsächlich ein Apfelkuchen mit einer goldenen Haube und ein Teller Apfeltaschen.

Mom steht vor der Arbeitsfläche und knetet Teig, sie hat Mehl im Gesicht.

»Oh, gut«, sagt sie. »Kratzt du mir die Nase, bitte? Ich werd noch verrückt.«

Ich gehe zu ihr und kratze ihr die Nase. »Fester«, sagt sie. »So ist es gut. Danke.«

»Es ist komisch, einem anderen die Nase zu kratzen«, sage ich.

»Warte mal ab, bis du Kinder hast.«

»Das fühlt sich viel schwammiger an, als es aussieht«, sage ich. Sie lächelt mich an und eine warme Sommerbrise geht durch den Raum.

»Du bist glücklich«, sage ich, obwohl ich vorhatte, es nur zu denken. Mit meiner neuen Trompetenstimme klingt das wie ein Vorwurf, vermutlich ist es das auch. Sie ist nicht nur glücklicher, seit Dad weg ist, sie ist auch tatsachlich im Raum, wenn sie im Raum ist. Sie ist von der Milchstraße zurückgekehrt. Neulich ist sie sogar mit Jude und mir in einem Regenschauer durchweicht worden.

Sie hört mit dem Kneten auf.

»Warum hast du nicht so gekocht, als Dad noch hier war?«, frage ich, statt die eigentliche Frage zu stellen: Wie kann es sein, dass du ihn nicht vermisst? Wie kann es sein, dass er gehen musste, damit du wieder normal werden konntest?

Sie seufzt. »Ich weiß es nicht.« Sie fährt mit dem Finger durchs Mehl und schreibt ihren Namen. Ihr Gesicht macht dicht.

»Das riecht unglaublich«, sage ich, denn ich will ihr Glücklichsein wiederhaben, ich brauche und hasse es gleichzeitig.

Sie lächelt schwach. »Nimm ein Stück Kuchen und eine Apfeltasche. Ich verrat's deiner Schwester nicht.«

Ich nicke, schnappe mir ein Messer und schneide ein riesiges Stück ab, ein Viertel des Kuchens praktisch, und lege es auf einen großen Teller. Dann nehme ich mir eine Apfeltasche. Seit ich King Kong geworden bin, kann ich nie genug Essen in mich reinstopfen. Mit dem vollen Teller steuere ich den Tisch an, der Duft bringt mich noch um den Verstand ... da rollt Judes schlechte Laune an.

Ihr Augenverdrehen ist eine 10,5 auf der Richterskala. Das ganz große Beben. Kalifornien ist ins Meer gerutscht. Entnervt stemmt sie die Hände auf die Hüften. »Was hast du eigentlich für ein Problem, Noah?«

»Wie hast du dich überhaupt befreit?«, sage ich mit dem Mund voll Apfeltasche.

»Befreit?«, fragt Mom.

»Ich hab sie festgebunden, damit sie nicht in Versuchung gerät, hierherzukommen und zu essen.«

Mom lacht. »Jude, ich weiß, du bist wütend auf mich. Das heißt aber nicht, dass du keine Apfeltasche zum Frühstück essen kannst.«

»Niemals!« Sie geht quer durch den Raum, nimmt eine

Schachtel Cheerios aus einem Schrank und schüttet sich welche in eine miese alte Schale.

»Ich fürchte, ich hab die ganze Milch verbraucht«, sagt Mom.

»Das war ja klar!«, schreit Jude, und es klingt ganz wie Eselsgebrüll. Sie setzt sich neben mich, mampft und martert sich durch ihre Schale trockener Cheerios und beäugt dabei unablässig meinen Teller. Als Mom uns den Rücken zukehrt, schiebe ich ihn mit der Gabel zu ihr rüber und sie schaufelt sich Kuchen rein, bis sie den Mund prallvoll hat, dann schiebt sie den Teller wieder zurück.

Und in dem Moment kommt Brian Connelly durch die Tür.

»Ich habe geklopft«, sagt er nervös. Er ist älter, größer, hutlos, und er hat sich die Haare schneiden lassen – das lodernde weiße Feuer ist nicht mehr da.

Ungewollt springe ich auf, setzte mich dann hin und springe schließlich wieder auf, denn so machen normale Menschen das doch, wenn jemand in den Raum kommt, oder? Jude tritt mich unter dem Tisch, und ihr Blick sagt: »Reiß dich zusammen.« Dann versucht sie Brian anzulächeln, aber ihr Mund ist zu vollgestopft, sie guckt ihn also nur an wie ein entstelltes Backenhörnchen. Ich kann erst recht nichts sagen, weil ich viel zu sehr mit dem Aufspringen und Hinsetzen beschäftigt bin.

Zum Glück ist Mom da.

»Oh, hallo.« Sie wischt sich die Hände an der Schürze ab, geht zu ihm und schüttelt ihm die Hand. »Willkommen zurück.«

»Danke«, antwortet er. »Ist schön, wieder hier zu sein.«

Er holt tief Luft. »Was Sie hier backen, riecht man bis zu unserem Haus. Wir haben in unsere Cornflakes gesabbert.«

»Bitte«, sagt Mom. »Bedien dich. Ich mache gerade eine kleine Kochphase durch. Und für deine Mutter musst du auch unbedingt etwas mitnehmen.«

Sehnsüchtig guckt Brian zum Tresen. »Später vielleicht.« Sein Blick wandert zu mir. Er leckt sich die Unterlippe und bei dieser so vertrauten Geste macht mein Herz einen Satz.

Irgendwo zwischen Sitzen und Stehen bin ich erstarrt: bucklig mit affengleich baumelnden Armen. An seinem fragenden Gesicht kann ich ablesen, wie irre ich aussehe. Ich entscheide mich fürs Aufstehen. PUH. Das war die richtige Bewegung. Ich stehe. Ich bin ein Mensch auf Beinen, die zu diesem Zweck geschaffen wurden. Und er ist anderthalb Meter weg, einen Meter, fünfzig Zentimeter …

Er steht vor mir.

Brian Connelly steht vor mir.

Das, was von seinen Haaren übrig ist, hat eine buttergelbe Farbe. Seine Augen, seine Augen, seine fantastisch blinzelnden Augen! Die bringen mich noch um den Verstand. Nichts verbirgt sie nun. Ich bin überrascht, dass ihm nicht sämtliche Passagiere aus dem Flugzeug gefolgt sind und vor der Tür warten. Ich will ihn zeichnen. Jetzt. Ich will alles machen. Jetzt.

(Porträt, Selbstporträt: *Zwei Jungs rennen ins Gleißen*)

Ich versuche, mich zu beruhigen, indem ich seine Sommersprossen zähle und nachprüfe, ob neue dazugekommen sind.

»Was glotzt du denn so?«, sagt er so leise, dass nur ich es hören kann. Das sind gewissermaßen die ersten Worte, die er je zu mir gesagt hat, vor so vielen Monaten. Seine Lippen verziehen sich zu dem kleinen Lächeln. Ich sehe gerade noch seine Zunge am Abgrund der Lücke zwischen den Schneidezähnen.

»Du siehst anders aus«, sage ich und wünschte, das wäre nicht so verträumt rausgekommen.

»Ich? Mann, du bist riesig. Ich glaub, du bist größer als ich. Wie ist das passiert?«

Ich gucke runter. »Ja, ist jetzt echt weit bis zu den Zehen.« Das ist was, worüber ich viel nachgedacht habe. Meine Zehen sind jetzt in einer anderen Zeitzone.

Er lacht los, ich dann auch, und als unser Lachen sich vermischt, ist das wie eine Zeitmaschine und sofort ist der Sommer wieder da, die Tage im Wald, die Nächte auf seinem Dach. Seit fünf Monaten haben wir nicht geredet und wir sehen beide aus wie andere Menschen, aber es ist dasselbe, dasselbe, immer noch dasselbe. Ich merke, wie Mom uns interessiert beobachtet, ganz genau, aber sie versteht nicht wirklich, was sie da sieht, wir sind wie ein ausländischer Film ohne Untertitel.

Brian wendet sich an Jude, die es endlich geschafft hat runterzuschlucken. »Hey«, sagt er.

Sie winkt, dann widmet sie sich wieder ihren trockenen Cheerios. Es ist wahr. Zwischen den beiden ist nichts. Wahrscheinlich war das im Schrank so ähnlich wie eine Fahrstuhlfahrt mit einem Fremden. Ein Schuldgefühl durchzuckt mich wegen dem, was ich in diesem Schrank gemacht habe.

»Verdammt, wo ist Ralph? Verdammt, wo ist Ralph?«

»Oh, mein Gott«, ruft Brian. »Das hatte ich ganz vergessen. Nicht zu fassen, ich hab seit Monaten nicht über den Verbleib von Ralph nachgedacht!«

Mom lächelt ihn an. »Eine ziemlich existenzielle Frage, die dieser Papagei uns da stellt.«

Er erwidert ihr Lächeln, dann schaut er mir in die Augen. »Bist du bereit?«, sagt er, als hätten wir was geplant.

Mir fällt auf, dass er seinen Meteoritenbeutel nicht dabeihat, und ein Blick aus dem Fenster verrät, dass es wahrscheinlich gleich gießen wird, aber wir müssen hier raus. »Wir gehen auf Meteoritensuche«, sage ich, als wäre es das, was die meisten Leute an Wintermorgen eben so machen. Ich habe weder Jude noch meiner Mom allzu viel vom letzten Sommer erzählt, was sich auf beiden ratlosen Gesichtern spiegelt. Aber wen kratzt das?

Uns nicht.

Wie der Blitz sind wir aus der Tür, über die Straße rüber und im Wald, wir rennen ohne Grund und lachen ohne Grund und sind total außer Atem und völlig aus dem Häuschen, als Brian mich am T-Shirt packt, mich herumwirbelt, mir eine starke Hand flach auf die Brust legt, mich an einen Baum drückt und so heftig küsst, dass ich blind werde.

Die Blindheit hält nur eine Sekunde an, dann strömen die Farben auf mich ein: Nicht durch die Augen, sondern direkt durch die Haut, sie ersetzen Blut und Knochen, Muskeln und Sehnen, bis ich rotorangeblaugrünlilagelbrotorangeblaugrünlilagelb bin.

Brian löst sich von mir und guckt mich an. »Scheiße«, sagt er. »Das wollte ich schon so lange.« Sein Atem ist auf meinem Gesicht. »So lange. Du bist einfach …« Er beendet den

Satz nicht, stattdessen streicht er mit dem Handrücken über meine Wange. Diese Geste ist erschreckend, kernspaltend, weil sie so unerwartet, so zärtlich ist. Wie dieser Ausdruck in seinen Augen. Davon schmerzt mir die Brust vor Freude, einer Pferde-stürzen-sich-in-Flüsse-Freude …

»Gott«, wispere ich. »Es passiert.«

»Ja, das tut es.«

Ich glaube, das Herz jedes lebenden Wesens auf der Erde schlägt in meinem Körper.

Ich fahre mit den Händen durch seine Haare, endlich, endlich, dann ziehe ich seinen Kopf zu mir und küsse ihn so heftig, dass unsere Zähne zusammenstoßen, Flugzeuge kollidieren, Planeten, und nun küsse ich ihn für jedes Mal, das wir uns den Sommer über nicht geküsst haben. Auf einmal weiß ich genau, wie ich ihn küssen muss. Ich weiß, wie ich ihn mit einem kleinen Biss in die Lippen am ganzen Körper zum Zittern bringe, wie ich ihn in meinem Mund zum Stöhnen bringe, wenn ich seinen Namen flüstere, wie ich ihn dazu bringe, dass er den Kopf nach hinten fallen lässt, sein Rückgrat sich biegt, wie ich ihn durch die Zähne hindurch zum Stöhnen bringe. Es ist, als hätte ich jeden Kurs zu diesem Thema besucht. Und sogar während ich ihn küsse, küsse und küsse, wünsche ich mir noch, ihn zu küssen, will ich mehr, mehr, mehr und kann nicht genug kriegen, werde nie genug kriegen können.

»Wir sind sie«, denke/sage ich, als ich einen Moment innehalte, nach Luft, nach meinem Leben schnappend, unsere Münder sind Zentimeter voneinander entfernt, unsere Stirnen aneinandergepresst.

»Wer?« Seine Stimme ist wie ein Reibeisen. Mein Blut gerät sofort in Aufruhr, deshalb kann ich ihm nichts von den Jungs im Alkoven auf dieser Party erzählen. Ich schiebe meine Hand unter sein Shirt, weil ich das jetzt kann, ich kann alles machen, woran ich immer nur gedacht habe. Ich berühre seinen Bauch, seine Brust, die Schultern. Er flüstert ein ganz leises »Ja«, dann wandern seine Hände unter mein T-Shirt und das fordernde hungrige Gefühl auf meiner Haut verbrennt mich ganz und gar.

Liebe, denke ich, und ich denke, denke, denke und sage es nicht. Sage es nicht.

Sag es ihm nicht. Sag ihm nicht, dass du ihn liebst.

Aber es stimmt. Ich liebe ihn mehr als alles andere.

Ich schließe die Augen und ertrinke in Farbe, mache sie auf und ertrinke in Licht, weil Millionen und Millionen Eimer Licht von oben auf unsere Köpfe geleert werden.

Das ist es. Das ist verdammt noch mal alles. Das ist das Gemälde, das sich selber malt.

Genau das denke ich, als der Asteroid uns voll erwischt.

»Das darf keiner wissen«, sagt er. »Niemals.«

Ich mache einen Schritt zurück, schaue ihn an. Und mit einem Mal hat er sich in eine Sirene verwandelt. Der ganze Wald verstummt, er will auch nichts mit dem zu schaffen haben, was Brian gerade gesagt hat.

Ruhiger erklärt er: »Das wäre das Ende. Von allem. Meinem Sportstipendium an der Forrester. Ich bin der Vizekapitän des Baseballteams – als Zehntklässler! – und …«

Ich will, dass er still ist. Er soll wieder zu mir zurückkommen. Ich will, dass sein Gesicht wieder so aussieht wie vor einer Minute, als ich seinen Bauch berührt habe, seine Brust, als seine Hand über meine Wange gestrichen ist. Ich hebe sein Shirt an, ziehe es über seinen redenden Kopf, dann ziehe ich meines aus und komme ihm so nah, dass alles deckungsgleich ist, Bein an Bein, Unterleib an Unterleib, nackte Brust an nackter Brust. Ihm stockt der Atem. Wir passen perfekt zusammen. Ich küsse ihn langsam und tief, bis mein Name das einzige Wort ist, das er noch hervorbringen kann.

Er sagt ihn noch mal.

Und noch mal.

Bis wir zwei brennende Kerzen sind, die miteinander verschmelzen.

»Niemand wird es erfahren. Keine Sorge«, flüstere ich, und mir ist völlig egal, ob die ganze Welt es weiß, mir ist alles egal, das Einzige, was zählt, sind er und ich unterm freien Himmel, während der Donner kracht und der Regen herunterprasselt.

Ich sitze mit angezogenen Beinen auf dem Bett und zeichne Brian, der an meinem Schreibtisch einen Meteorschauer auf einer Internetseite beobachtet, nach der er süchtig ist. Auf dem Bild rasen Sterne und Planeten aus dem Computerbildschirm in den Raum hinein. Das ist unser erstes Wiedersehen, seit wir im Wald waren, mal abgesehen von den Millionen Malen, die ich ihn im Laufe der letzten Tage – zu denen die Weihnachtstage gehörten – in meinem Kopf gesehen habe. Was zwischen uns passiert ist, hat mein komplettes Gehirn besiedelt, bis zur letzten Zelle. Ich schaffe es kaum noch, mir die Schuhe zuzubinden. Heute Morgen wusste ich nicht mal mehr, wie man kaut.

Ich dachte, er würde sich vielleicht für den Rest unseres Lebens vor mir verstecken, aber heute, ein paar Minuten nachdem ich hörte, wie das Auto seiner Mutter in die Garage fuhr – sie waren also wieder zurück aus diesem Buddhisten-Center im Norden –, stand er an meinem Fenster. Ich habe mir einen endlosen Bericht zur Lage der intergalaktischen Union angehört, und jetzt streiten wir uns darüber, wer das schlimmere Weihnachten hatte. Er tut so, als wäre zwischen uns nichts gewesen, ich also auch. Na, ich versuche es. Mein Herz ist größer als das eines Blauwals, das einen eigenen Parkplatz brauchen würde. Ganz zu schweigen von den zwei Metern Beton, die mich ewig in der Dusche festhalten. Ich bin so was von sauber. Wenn es eine Dürre gibt, ist das meine Schuld.

Ehrlich gesagt, denke ich zufällig gerade an die Dusche, er und ich darunter, das heiße Wasser rinnt über unsere nackten Körper, ich drücke ihn gegen die Wand, meine Hände gleiten überallhin, ich denke an die Geräusche, die er von sich geben würde, wie er den Kopf zurückwerfen und »Jaaa« sagen würde wie im Wald, an all das denke ich, während ich ihm mit ruhiger, beherrschter Stimme erzähle, wie Jude und ich Weihnachten in Dads Hotelzimmer verbracht haben, wo wir was vom Chinesen gegessen und graue Luft geatmet haben. Faszinierend, wie viele Dinge man auf einmal machen kann. Faszinierend, wie das, was im Kopf vorgeht, im Kopf bleibt.

(Selbstporträt: *Bitte nicht stören*)

»Gib's auf«, sagt er. »Das hier kannst du nicht toppen: Ich musste zu einer Ganztagsschweigesession mit meiner Mom und auf einer Matte auf dem Boden schlafen, dann hab ich widerliche Grütze als Weihnachtsessen gekriegt. Und mein einziges Geschenk war ein Gebet von den Mönchen. Ein Friedensgebet! Ich wiederhole: eine Ganztagssession, ich! Ich durfte nichts sagen. Nichts tun. Acht Stunden lang. Und dann Grütze und ein Gebet!« Er fängt an zu lachen und ich fange es sofort ein. »Und ich musste eine Robe anziehen. Ein verdammtes Kleid.« Er dreht sich um, leuchtend wie eine Laterne. »Und was noch schlimmer war, ich konnte die ganze Zeit nicht aufhören daran zu denken …«

Ich sehe ihn zittern. Oh Gott.

»Das war vielleicht schmerzhaft, Mann. Zum Glück hatten wir diese komischen Kissendinger auf dem Schoß, also hat das keiner mitgekriegt. War echt scheiße.« Er guckt auf meinen Mund. »Und irgendwie auch nicht.« Er widmet sich wieder den Sternen.

Wieder überläuft ihn ein Schauer.

Meine Hand wird schlaff, ich lasse den Bleistift fallen. Er kann auch nicht aufhören, daran zu denken.

Er wirbelt herum. »Also, wer waren eigentlich diese ›sie‹, von denen du gesprochen hast?«

Es dauert zwar eine Sekunde, aber dann verstehe ich es. »Auf dieser Party habe ich zwei Typen rummachen sehen.«

Seine Stirn runzelt sich. »Auf der Party, auf der du was mit Heather hattest?«

Monatelang war ich so stinksauer auf ihn und Jude, wegen etwas, das gar nicht passiert ist, dass mir nie in den Sinn gekommen ist, er könnte auf mich wegen etwas wütend sein, das wirklich vorgefallen ist. Ist er es noch immer? Hat er deshalb nie angerufen oder gemailt? Ich will ihm erzählen, was wirklich passiert ist. Ich will sagen, dass es mir leidtut.

Denn so ist es. Stattdessen sage ich nur: »Ja, diese Party. Sie waren …«

»Was?«

»Weiß nicht, faszinierend oder so …«

»Warum?« Sein Reden wird zu einem Atmen. Es gibt keine Antwort. Eigentlich waren sie nur faszinierend, weil es zwei Typen waren, die sich küssten.

Ich sage: »Ich habe beschlossen, alle meine Finger dafür zu geben, wenn …«

»Wenn was?«, drängt er.

Mir wird klar, dass ich es unmöglich aussprechen kann, doch das muss ich gar nicht, weil er es tut. »Wenn wir das sein könnten, stimmt's? Ich hab sie auch gesehen.«

Ich habe eine Innentemperatur von tausend Grad.

»Wäre schwer, ohne Finger zu zeichnen«, sagt er.

»Ich käme schon zurecht.«

Ich schließe die Augen, kann das Gefühl aber nicht in mir halten, und als ich sie eine Sekunde später aufmache, ist es, als würde er an einem Haken festhängen, und der Haken bin ich. Ich folge seinem Blick zu meinem nackten Bauch – mein T-Shirt ist hochgerutscht – dann tiefer, wo sich nicht verbergen lässt, was ich fühle. Ich glaube, er tasert mich oder so, denn ich kann mich nicht rühren.

Er schluckt, dreht sich wieder zum Computer um und legt eine Hand auf die Maus, doch er klickt den Bildschirmschoner nicht weg. Ich beobachte, wie seine andere Hand abwärts wandert.

Den Blick immer noch auf den Bildschirm gerichtet, fragt er: »Willst du?«, und ich bin die Flut in einem Pappbecher.

»Total«, sage ich, denn ich bin mir nicht im Zweifel darüber, was er meint, und dann sind unsere Hände an den Gürteln und lösen sie. Von der anderen Seite des Raumes beobachte ich seinen Rücken, ich kann nicht viel sehen, aber dann reckt er den Hals nach hinten, sein Blick ist unstet und wild, wir sehen uns in die Augen und es ist, als würden wir uns wieder küssen, nur diesmal über den Raum hinweg und viel inniger als im Wald, wo wir die Hosen anbehalten haben. Ich wusste nicht, dass man mit den Augen küssen kann. Ich wusste gar nichts. Und dann reißen die Farben die Mauern des Zimmers runter – und meine Mauern …

Dann, das Unmögliche.

Meine Mutter – *genau: meine Mutter* – platzt herein, sie schwenkt eine Zeitschrift. Ich dachte, ich hätte die Tür abgeschlossen. Ich hätte schwören können, dass ich abgeschlossen habe!

»Das ist der beste Artikel, den ich je über Picasso gelesen habe, du wirst …« Ihr verwirrter Blick flitzt von mir zu Brian. Seine Hände, meine Hände, sie fummeln, stopfen, ziehen Reißverschlüsse hoch.

»Oh«, sagt sie. »Oh. Oh.«

Dann ist die Tür zu und sie ist weg, so als wäre sie nie da gewesen, so als hätte sie überhaupt nichts gesehen.

Sie tut nicht so, als wäre nichts gewesen.

Eine Stunde nach Brians verzweifeltem Sturzflug zum Fenster raus klopft es an meiner Tür. Ich sage nichts, schalte nur die Schreibtischlampe ein, damit sie mich nicht im Dunkeln antrifft, wo ich sitze, seit er weg ist. Ich schnappe mir einen Bleistift, fange an zu zeichnen, aber meine Hand will nicht aufhören zu zittern, ich kriege also keinen ordentlichen Strich zustande.

»Noah, ich komme rein.«

Alles Blut in meinem Körper rauscht mir ins Gesicht, als die Tür langsam aufgeht. Ich will sterben.

»Ich möchte mit dir reden, Schatz«, sagt sie im selben Ton, in dem sie mit Crazy Charlie, dem Dorftrottel, spricht.

Na und, na und, na und, skandiere ich in meinem Kopf, dabei bohre ich den Bleistift in den Block. Ich habe mich tief übers Papier gebeugt, umarme es praktisch, damit ich sie nicht angucken muss. In mir fackeln ganze Wälder ab. Warum kann sie mich denn nicht nach dem, was eben passiert ist, die nächsten fünfzig Jahre in Ruhe lassen?

Im Vorübergehen berührt sie meine Schulter. Ich zucke zusammen.

Vom Bett aus, wo sie sich hingesetzt hat, sagt sie: »Liebe ist ziemlich kompliziert, was, Noah?«

Ich erstarre. Warum hat sie das gesagt? Warum benutzt sie das Wort *Liebe?*

Ich werfe den Bleistift hin.

»Was du fühlst, ist okay. Es ist natürlich.«

Ein riesiges Nein rast in mir. Woher will sie wissen, was ich fühle? Woher will sie überhaupt irgendwas wissen? Sie weiß nichts. Sie kann nichts wissen. Sie kann doch nicht einfach in meine geheimste Welt reinplatzen und dann versuchen, mich darin rumzuführen. Raus da, will ich sie anbrüllen. Raus aus meinem Zimmer. Raus aus meinem Leben. Raus aus meinen Bildern. Sieh zu, dass du aus allem rauskommst! Wehe wieder zurück in dein eigenes Reich und lass mich in Ruhe. Wie kannst du mir diese Erfahrung schon wegnehmen, bevor ich sie überhaupt machen konnte? All das will ich sagen, aber ich kriege keine Worte raus. Ich kann kaum atmen.

Brian konnte das auch nicht. Nachdem sie aus dem Zimmer war, hat er hyperventiliert. Er hatte die Hände vorm Gesicht, sein Körper war völlig verkrampft, und immer wieder hat er »Oh Gott! Oh Gott! Oh Gott!« gesagt. Ich hab mir gewünscht, er würde irgendwas anderes als »Oh Gott« sagen, aber als er anfing zu reden, habe ich meine Meinung geändert.

Noch nie hatte ich so ein Verhalten gesehen. Er schwitzte, lief hin und her, raufte sich die Haare, als wollte er sie sich alle ausreißen. Ich dachte, er würde die Wände auseinandernehmen, oder mich. Ich dachte echt, er würde mich umbringen.

»In meiner alten Schule«, sagte er, »da war so ein Junge in der Baseballmannschaft. Die Leute haben gedacht – keine Ahnung. Sie haben gesehen, dass er auf irgend so einer Website war oder was weiß ich.« Sein inneres Gesicht war zu seinem äußeren geworden und es war total verzerrt. »Sie haben es ihm unmöglich gemacht zu spielen. Jeden Tag haben sie sich eine andere Schikane ausgedacht. Dann, an einem Freitag nach der Schule, haben sie ihn im Materialschrank eingesperrt.« Er zuckte zusammen, als ob er sich daran erinnerte, und da wusste ich Bescheid. Da wusste ich es. »Die ganze Nacht und den ganzen folgenden Tag. Ein winziger, dunkler, widerlich luftloser Raum. Seine Eltern dachten, er wäre bei einem Auswärtsspiel, und den Trainern hatte jemand erzählt, er sei krank, also hat ihn auch niemand gesucht. Keiner wusste, dass er da drinnen gefangen war.« Er keuchte und ich erinnerte mich, wie er mir erzählt hatte, dass er früher keine Klaustrophobie hatte, jetzt aber schon. »Dabei war er richtig gut, wahrscheinlich der beste Spieler der Mannschaft, zumindest hätte er das werden können. Und er hatte nicht mal was getan. Der Typ hatte nur diese Seiten angeklickt und irgendjemand hatte das gesehen. Kapierst du? Kapierst du, was das für mich bedeuten würde? Den Vizekapitän? Ich will nächstes Jahr Kapitän werden, damit ich meinen Abschluss eventuell früher machen kann. Kein Stipendium. Kein gar nichts. Diese Typen sind nicht« – er macht Anführungszeichen in die Luft – *»tolerant.* Die sind nicht aus dem Norden Kaliforniens. Die sitzen nicht den ganzen Tag in einem buddhistischen Retreat oder malen Bilder.« Der Dolch trifft. »In der Umkleidekabine geht es brutal zu.«

»Keiner wird davon erfahren«, sage ich.

»Das weißt du nicht. Erinnerst du dich an diesen Idiotencousin von Fry, den ich letzten Sommer fast enthauptet hätte, den, der aussieht wie ein Menschenaffe? Sein kleiner Bruder geht auf meine Schule. Ich dachte, ich hätte Halluzinationen. Er sieht genauso aus wie er.« Er leckt sich die Unterlippe. »Jeder hätte uns neulich sehen können, Noah. Jeder. Fry hätte uns sehen können, und dann ... ich hab nicht mal drüber nachgedacht, es war so ...« Er schüttelte den Kopf. »Ich darf nicht aus dieser Mannschaft rausgeschmissen werden, darf mein Sportstipendium nicht verlieren. Wir haben kein Geld. Und diese Highschool – der Physiklehrer ist Astrophysiker ... Ich kann einfach nicht. Ich brauche ein Baseballstipendium fürs College. Ich muss eins haben.«

Er kam rüber zu mir. Sein Gesicht war irre rot und sein

Blick zu tief, er kam mir vor, als wäre er drei Meter groß, und ich wusste nicht, ob er mich jetzt küssen oder zusammenschlagen würde. Er packte mich wieder beim T-Shirt, aber dieses Mal knüllte er den Stoff in seiner Faust und sagte: »Das mit uns ist vorbei. Es geht nicht anders. Okay?«

Ich nickte und etwas echt Großes und Strahlendes in mir ging kaputt. Es war meine Seele, da bin ich mir ziemlich sicher.

»Und das ist alles deine Schuld!«, zische ich meine Mutter an.

»Was denn, Schatz?«, fragt sie beunruhigt.

»Alles! Siehst du das nicht? Du hast Dad kaputtgemacht. Du hast ihn verbannt wie einen Leprakranken. Er liebt dich! Was glaubst du denn, wie er sich fühlt, so ganz allein in diesem Sterbezimmer, in dem er graue Luft atmet und kalte, ranzige Pizza isst und Fernsehsendungen über Erdferkel guckt, während du Festmahle kochst, Zirkuskleider trägst und immerzu vor dich hin summst, während die Sonne dir im strömenden Regen auf Schritt und Tritt folgt? Was glaubst du, wie es ihm damit geht?« Ich sehe, dass ich sie verletzt habe, und es ist mir egal. Sie verdient es. »Wer weiß, ob er deinetwegen überhaupt noch eine Seele hat?«

»Was meinst du damit? Das verstehe ich nicht.«

»Vielleicht hast du sie in Grund und Boden getrampelt, und jetzt ist er hohl und leer, ein Panzer ohne Schildkröte darin.«

Mom hält inne. »Wie kommst du auf so was? Fühlst du dich manchmal so?«

»Ich rede nicht von mir. Und weißt du noch was anderes? Du bist nichts Besonderes. Du bist einfach wie alle anderen.

Du schwebst nicht und du gehst auch nicht durch Wände – das wirst du nie tun!«

»Noah?«

»Ich dachte immer, du wärst hereingeweht von irgendwo, wo es total cool ist, aber du bist einfach nur normal. Und du machst auch keinen mehr glücklich, so wie früher. Du machst alle kreuzunglücklich.«

»Noah, bist du jetzt fertig?«

»Mom.« Das sage ich so, als würden Wanzen in diesem Wort leben. »Das bin ich.«

»Hör mir zu.« Die plötzliche Strenge in ihrer Stimme irritiert mich. »Ich bin nicht hier reingekommen, um über mich oder über Dad und mich zu reden. Diese Gespräche können wir führen, das verspreche ich, aber nicht jetzt.«

Wenn ich sie nicht ansehe, dann wird sie die Sache fallen lassen, sie wird verschwinden, und was sie Brian und mich hat machen sehen, wird mit ihr verschwinden. »Du hast gar nichts gesehen«, brülle ich nun völlig außer Kontrolle. »Jungs machen so was. Echt. Ganze Baseballmannschaften machen das. Man nennt das Gruppenwichsen, weißt du?« Ich lasse den Kopf in die Hände sinken und fülle sie mit Tränen.

Sie steht auf, kommt zu mir, legt mir die Hand unters Kinn und hebt meinen Kopf, sodass ich ihrem ernsten Blick nicht ausweichen kann.

»Hör mir zu. Man braucht viel Mut, um sich selbst treu zu sein, seinem Herzen treu zu sein. Du warst in der Hinsicht immer sehr mutig, und ich bete dafür, dass du es immer sein wirst. Das ist deine Verantwortung, Noah. Denk dran.«

Am nächsten Morgen werde ich bei Sonnenaufgang wach, in wahnsinniger Panik. Sie darf es Dad nicht sagen. Das muss sie mir versprechen. Nach vierzehn Jahren habe ich endlich einen Vater – und es gefällt mir. Nein, ich liebe es. Endlich hält er mich für einen voll funktionierenden Regenschirm.

Wie ein Dieb schleiche ich durch das dunkle Haus. Die Küche ist leer. Auf Zehenspitzen tapse ich zu Moms Schlafzimmer, setze mich vor die Tür und lege das Ohr daran. Ich warte darauf, dass sie sich rührt. Es ist gut möglich, dass sie es Dad schon erzählt hat, obwohl es spät war, als sie gestern Abend mein Zimmer verlassen hat. Könnte sie mein Leben noch mehr ruinieren? Zuerst hat sie mir alles mit Brian zerstört. Jetzt wird sie mit Dad dasselbe machen.

Ich schlafe wieder ein, mit Brians Lippen auf meinen, seinen Händen auf meiner Brust, überall auf mir, als der Klang von Moms Stimme mir einen elektrischen Schlag versetzt. Ich schüttele die Phantomumarmung ab. Wahrscheinlich telefoniert sie. Ich lege die Hände trichterförmig ums Ohr und drücke es an die Tür – funktioniert das tatsächlich? Ja, es geht. Ich kann besser hören. Ihre Stimme klingt so angespannt wie jetzt immer, wenn sie mit Dad redet. »Ich muss dich sehen«, sagt sie. »Es kann nicht warten, ich habe die ganze Nacht wach gelegen. Gestern ist etwas mit Noah passiert.« Sie wird es ihm also sagen! Ich wusste es. Offenbar redet Dad jetzt, denn sie schweigt eine Weile. Dann sagt sie: »Okay, nicht bei dir, beim Hölzernen Vogel. Ja, in einer Stunde passt perfekt.« Ich glaube nicht, dass sie schon mal in seiner Atelierwohnung gewesen ist. Sie lässt ihn einfach in diesem Hotel verrotten.

Ich klopfe und stoße die Tür auf, nachdem sie »Herein« gesagt hat. Sie trägt ihren pfirsichfarbenen Morgenmantel und drückt das Telefon an die Brust. Mascara ist überall um ihre Augen verschmiert, als ob sie die ganze Nacht geweint hätte. Wegen mir? Mein Magen dreht sich um. Weil sie keinen schwulen Sohn haben will? Denn das will keiner, nicht mal jemand, der so aufgeschlossen ist wie sie. Ihr Gesicht sieht alt aus, über Nacht scheint sie um hundert Jahre gealtert zu sein. Seht, was ich ihr angetan habe. Ihre enttäuschte Haut schlabbert über ihre enttäuschten Knochen. Dann hat sie also nur gesagt, was sie gesagt hat, damit ich mich besser fühle?

»Morgen, Schätzchen«, sagt sie, aber es klingt künstlich. Sie wirft das Telefon aufs Bett und geht rüber ans Fenster, wo sie die Vorhänge zurückzieht. Der Himmel ist noch nicht ganz wach. Es ist ein grauer, trister Morgen. Ich denke daran, mir die Finger zu brechen, keine Ahnung, warum. Einen nach dem anderen. Vor ihren Augen.

»Wo gehst du hin?«, bringe ich hervor.

»Ich habe einen Arzttermin.« Was für eine Lügnerin! Und die Lüge geht ihr ganz leicht von den Lippen. Lügt sie mich schon mein Leben lang an? »Woher wusstest du, dass ich weggehe?«

Lass dir was einfallen, Noah. »Nur eine Vermutung, weil du nicht früh zum Backen aufgestanden bist.«

Das funktioniert. Sie lächelt, geht zu ihrem Frisiertisch und setzt sich vor den Spiegel. Die Kandinsky-Biografie, die sie gerade liest, liegt mit dem Titelbild nach unten neben ihrer silbernen Bürste. Sie reibt sich Creme um die Augen, nimmt dann Watte und wischt Dunkelheit weg.

(Porträt: *Mom, die ein Gesicht gegen ein anderes austauscht*)

Als sie mit ihrem Make-up fertig ist, fängt sie an, ihre Haare hochzustecken, ändert dann aber ihre Meinung und schüttelt sie wieder aus, nimmt die Bürste in die Hand. »Ich mache später eine rote Torte …« Ich blende das aus. Ich muss es einfach sagen. Ich bin doch Experte im Rausposaunen. Warum kriege ich die Wörter nicht über die Lippen?

»Du wirkst so verstört, Noah.« Sie guckt mich über den Spiegel an.

(Porträt, Selbstporträt: *Im Spiegel gefangen mit Mom*)

Ich werde es der Mom im Spiegel sagen. Das ist leichter. »Ich will nicht, dass du Dad sagst, was du gesehen hast. Nicht, dass du was gesehen hättest. Denn da war nichts zu sehen. Und selbst wenn, das bedeutet ja sowieso nichts …« Mayday, Mayday.

Sie legt die Bürste hin. »Okay.«

»Okay?«

»Völlig okay. Das ist deine Privatangelegenheit. Wenn du deinem Vater erzählen möchtest, was ich nicht gesehen habe, dann wirst du es tun. Und wenn das, was ich nicht gesehen habe, doch eine Bedeutung haben sollte, dann ermutige ich dich dazu. Er ist wirklich nicht so, wie er manchmal wirkt. Du unterschätzt ihn. Das hast du immer getan.«

»Ich unterschätze ihn? Meinst du das ernst? Er unterschätzt mich!«

»Nein, das stimmt nicht.« Sie hält meinen Blick fest – im Spiegel. »Er hat nur ein bisschen Angst vor dir, das war schon immer so.«

»Angst? Vor mir? Klar. Dad hat Angst vor mir.« Was redet sie da?

»Er glaubt, du magst ihn nicht.«

»Er mag mich nicht!« So war es jedenfalls. Jetzt mag er mich aus irgendeinem Grund, und ich möchte, dass es so bleibt.

Sie schüttelt den Kopf. »Ihr beide findet schon eine Lösung. Das weiß ich.« Vielleicht, vielleicht werden wir das, aber nicht, wenn sie es ihm erzählt. »Ihr seid euch sehr ähnlich. Bei euch geht alles so tief, manchmal viel zu tief.« Was? »Jude und ich tragen einen ziemlich dicken Panzer mit uns herum«, fährt sie fort. »Der ist nicht so leicht zu durchbrechen. Du und Dad, ihr habt den nicht.« Das sind Neuigkeiten. Ich hätte nie gedacht, dass ich auch nur entfernt Ähnlichkeit mit Dad haben könnte. Doch was sie wirklich sagt, ist, dass wir beide Memmen sind. Und genau das denkt Brian auch. Ich bin nur einer, der Bilder malt. Und es brennt in meiner Brust, dass sie denkt, Jude wäre wie sie und ich nicht. Wie kann es sein, dass sich ständig alles ändert, was ich über unsere Familie denke? Wie kann es sein, dass die Teams ständig wechseln? Ist das in allen Familien so? Und das Wichtigste: Woher soll ich wissen, dass sie mich nicht anlügt, wenn sie sagt, sie würde es Dad nicht erzählen? Der Arzttermin eben war doch auch erlogen. Warum trifft sie sich sonst mit ihm? Und hallo? Sie hat gesagt: *Gestern Abend ist was mit Noah passiert.*

Sie wird es ihm erzählen, hundertpro. Deshalb dieses Treffen am Hölzernen Vogel. Ich kann ihr nicht mehr vertrauen.

Sie geht zu ihrem Kleiderschrank. »Wir können später weiter darüber reden, aber jetzt muss ich mich wirklich fertig machen. Mein Arzttermin ist in nicht mal einer Stunde.« Pinocchio! Kurze Beine!

Als ich mich umdrehe und gehen will, sagt sie: »Alles wird gut, Noah. Mach dir keine Sorgen.«

»Weißt du was?« Ich balle meine Finger zur Faust. »Du solltest wirklich allmählich aufhören, das zu sagen, Mom.«

Selbstverständlich werde ich ihr folgen. Als das Auto rückwärts von der Auffahrt setzt, renne ich los. Auf den Waldpfaden erreiche ich den Hölzernen Vogel fast so schnell wie sie mit dem Auto.

Keiner weiß, wer den Hölzernen Vogel gemacht hat. Der Künstler hat ihn Holzfeder um Holzfeder aus einem gigantischen Mammutbaumstumpf geschnitzt. Das muss Jahre gedauert haben, zehn oder gar zwanzig vielleicht. Er ist riesig und jede Feder ist einzigartig. Mittlerweile führt ein Pfad von der Straße dorthin und eine Bank mit Blick aufs Meer steht daneben, doch als der Künstler ihn geschnitzt hat, gab es das alles nicht. Er war wie Jude, er hat den Vogel gemacht, weil es ihm gefiel, eigentlich war es ihm egal, ob ihn je einer ansah. Oder vielleicht war es ihm doch nicht egal und ihm gefiel die Vorstellung, dass Fremde drauf stießen und sich wunderten.

Ich hab mich im Unterholz versteckt, mehrere Meter entfernt von Mom, die auf der Bank sitzt und aufs Meer rausguckt. Die Sonne hat ein Loch in den Nebel gerissen und das Licht taumelt in den Bäumen herum. Es wird heiß, einer dieser seltsamen warmen Wintertage. Dad ist noch nicht hier. Ich schließe die Augen, finde Brian; er ist jetzt überall in mir, durchdringt meinen ganzen Körper. Wie kann er das ausblenden? Wird er seinen Entschluss ändern? Ich greife nach dem Stein in meiner Tasche, als ich Schritte höre.

Ich mache die Augen auf und erwarte Dad zu sehen, stattdessen schlendert ein fremder Mann den Pfad entlang. Er bleibt am Waldrand stehen und sieht meine Mutter an, die seine Gegenwart gar nicht zu bemerken scheint. Ich sammele einen Stock auf. Ist das ein Psycho? Dann dreht er den Kopf ein wenig und ich erkenne ihn wieder – dieses Gesicht, seine geografischen Dimensionen. Es ist der Künstler aus der Day Street. Hier! Erleichtert lasse ich mein Schwert fallen. Wahrscheinlich macht er im Kopf eine Skulptur von ihr, so wie ich Bilder mache. Geht er hier spazieren?, frage ich mich, als ganz plötzlich der Himmel einstürzt, denn meine Mutter ist aufgesprungen, zu ihm gerannt und in seine offenen Arme gefallen. Ich gehe in Flammen auf.

Ich schüttele den Kopf. Ach, bestimmt ist das gar nicht Mom. Der knallverrückte Bildhauer hat bloß eine Frau, die aussieht wie meine Mutter.

Aber das *ist* sie in seinen Armen. Ich kenne doch meine eigene Mutter.

Was ist hier los?

Was zum Teufel ist hier los?

Alles fügt sich zusammen. Schnell. Warum sie neulich vor seinem Atelier war, warum sie Dad rausgeschmissen hat, ihre Telefongespräche (sein Telefongespräch! *Beeil dich, meine Liebste*), ihr Glück, ihr Unglück, ihre Entrücktheit, ihr Kochen und Backen und ihr Anhalten vor grünen Ampeln, ihr Salsatanzen, ihre Armreifen und die Zirkusklamotten! Alles fällt rasend schnell an seinen Platz. Sie und er, da, so offensichtlich *zusammen*.

Das Gejaule in meinem Kopf wird immer lauter, nicht zu fassen, dass sie es nicht hören.

Sie hat eine Affäre. Sie betrügt Dad. Sie geht fremd. Sie ist eine kloschüsselausleckende Arschgeigenlügnerin. Mom! Warum bin ich darauf nicht gekommen? Aber gerade weil es Mom ist, bin ich nicht drauf gekommen. So etwas würde meine Mutter nicht machen. Sie bringt den Leuten im Kassenhäuschen der Mautstelle Donuts – die besten Donuts, die ich je probiert habe. Sie hat keine Affären.

Weiß Dad das überhaupt?

Affäre. Das flüstere ich den Bäumen laut zu, aber sie sind alle weggelaufen. Ich weiß, sie betrügt meinen Vater, doch ich habe das Gefühl, ich werde auch betrogen. Und Jude. Und jeder Tag unseres Lebens.

(Familienporträt: *Und dann wurden wir alle weggeweht*)

Jetzt küssen sie sich und ich gucke zu und ich kann nicht aufhören zuzugucken. Noch nie habe ich sie und Dad so küssen sehen. Eltern dürfen nicht so küssen, das ist verboten! Jetzt nimmt Mom seine Hand und führt ihn an den Rand des Kliffs. Sie sieht irrsinnig glücklich aus und das versetzt mir einen Stich. Ich habe keine Ahnung, wer diese Frau ist, die in den Armen dieses Fremden herumwirbelt, die sich dreht und dreht, als wären sie in einem schlechten Film, bis sie sich nicht mehr halten können und auf den Boden fallen.

(Porträt: *Mutter in schrillen Farben*)

Was hat sie heute Morgen gesagt? Es gehört viel dazu, um ihren Panzer zu durchbrechen. Dieser Mann hat ihren Panzer durchbrochen.

Ich hebe den Stock auf. Ich muss meinen Vater verteidigen. Ich muss gegen diesen Arschgeigenkünstler kämpfen. Ich sollte ihm einen Meteoriten an den Kopf werfen. Ihn vom

Kliff stoßen. Denn meine arme Artischocke von einem Vater hat keine Chance. Und er weiß es. Jetzt verstehe ich, was ihn schrumpfen lässt, was die Luft um ihn herum so schrecklich grau macht: die Niederlage.

Er ist ein kaputter Regenschirm. War er das schon immer? Wir sind es beide. Wie der Vater, so der Sohn.

Denn mir geht es genauso. Ich habe auch keine Chance. *Das war's mit uns. Es muss sein. Okay?*

Nein, nicht okay. Gar nichts ist okay! Sie küssen sich schon wieder. Ich glaube, mir fliegen die Augen aus den Höhlen, die Hände von den Armen, die Füße von den Beinen. Ich weiß nicht, was ich machen soll. Ich weiß nicht, was ich machen soll. Ich muss etwas tun.

Also renne ich.

Ich renne, renne, renne und renne, und an einer der letzten Wegbiegungen, bevor der Pfad an unserer Straße mündet, sehe ich Brian mit Courtney spazieren gehen.

Der Meteoritenbeutel hängt über seiner Schulter und ihre Arme überkreuzen sich hinter ihren Rücken, seine Hand steckt in ihrer hinteren Hosentasche, ihre in seiner. So als ob sie zusammen wären. Auf seinen Lippen ist was Grelles, was mich eine Sekunde lang verwirrt, bis mir klar wird, dass es ihr Lippenstift ist. Denn er hat sie geküsst.

Er hat sie geküsst.

Es beginnt als Tremor tief in mir, wächst schnell zu einem Beben an und dann entlädt sich alles zusammen in einer Eruption ... Was beim Hölzernen Vogel geschehen ist, was gestern Abend in meinem Zimmer geschehen ist, was jetzt gerade geschieht, all die Wut und Verwirrung, der Schmerz und die Hilflosigkeit, der Verrat, das alles ist ein Vulkan, der in mir brodelt, und aus meinem Mund platzt ein: »Er ist schwul, Courtney! Brian Connelly ist schwul!«

Die Wörter prallen an der Luft ringsum ab. Sofort will ich sie zurücknehmen. Brians Gesicht rutscht weg und darunter ist Verachtung. Courtneys Mund klappt auf. Sie glaubt mir, das sehe ich. Sie weicht einen Schritt von ihm zurück. »Stimmt das, Brian? Ich dachte …« Sie beendet den Satz nicht, denn sie sieht sein Gesicht.

So muss sein Gesicht ausgesehen haben, als er ganz allein stundenlang in diesem Materialschrank gesessen hat. So sieht ein Gesicht aus, nachdem alle Träume rausgelutscht worden sind.

Und dieses Mal habe ich ihm das angetan. Ich.

Dann schieße ich über die Straße, doch Brians hasserfülltes Gesicht werde ich nicht los. Ich würde sonst was tun, um meine Worte zurückzunehmen und sie wieder in der sicheren Gruft in mir zu verstauen, wo sie hingehören. Sonst was. Mein Bauch fühlt sich an, als hätte ich Nägel gefressen. Wie konnte ich das nur tun, nach dem, was er mir erzählt hat?

Ich würde auch sonst was machen, um nicht gesehen zu haben, was ich am Hölzernen Vogel gesehen habe.

Sobald ich im Haus bin, gehe ich in mein Zimmer, schlage den Skizzenblock auf und fange an zu zeichnen. Das Wichtigste zuerst. Ich muss Mom dazu bringen, damit aufzuhören, und mir fällt da nur eine Möglichkeit ein. Es dauert lange, das Bild richtig hinzukriegen, aber schließlich gelingt es mir.

Ich lege es ihr aufs Bett und dann mache ich mich auf die Suche nach Jude. Ich brauche Jude.

Fry sagt mir, sie sei mit Zephyr losgezogen, aber ich kann die beiden nirgendwo finden.

Brian kann ich auch nicht finden.

Nur Prophet ist da, der wie üblich nicht den Schnabel hält und nach Ralph krächzt.

So laut ich kann, brülle ich: »Es gibt keinen Ralph, du blöder Vogel. Ralph existiert nicht!«

Als ich wieder nach Hause komme, wartet Mom in meinem Zimmer auf mich, mit dem Bild auf dem Schoß, das ich gemalt habe: Sie und der Bildhauer küssen sich im Vordergrund am Hölzernen Vogel – und Dad, Jude und ich bilden den verwischten Hintergrund.

Ihr Mascara färbt ihre Tränen schwarz. »Du bist mir gefolgt«, sagt sie. »Ich wünschte wirklich, du hättest das nicht getan, Noah. Es tut mir ja so leid. Du hättest das nicht sehen sollen.«

»Du hättest das nicht tun sollen!«

Sie guckt runter. »Ich weiß, und deshalb …«

»Ich dachte, du würdest Dad das mit mir erzählen«, platze ich heraus. »Deshalb bin ich dir gefolgt.«

»Das mache ich nicht, hab ich dir doch gesagt.«

»Ich hab gehört, wie du am Telefon gesagt hast ›gestern Abend ist was mit Noah passiert‹. Ich dachte, du würdest mit Dad reden, nicht mit deinem *Lover.*«

Ihr Gesicht erstarrt bei diesem Wort. »Das habe ich gesagt,

weil ich mich gestern Abend zu dir sagen gehört habe, es liege in deiner Verantwortung, deinem Herzen treu zu sein. Mir wurde klar, wie heuchlerisch ich war und dass ich mir meinen eigenen Rat zu Herzen nehmen und genauso tapfer sein muss wie mein Sohn.« Moment mal, hat sie mich gerade benutzt, um ihre betrügerischen Aktivitäten zu rechtfertigen? Sie steht auf, gibt mir das Bild zurück. »Noah, ich werde Dad um die Scheidung bitten. Ich werde es ihm heute sagen. Und ich will selber mit deiner Schwester reden.«

Scheidung. Heute. Jetzt. »Nein!« Das ist meine Schuld. Wenn ich ihr nicht gefolgt wäre … Wenn ich nichts gesehen hätte … Wenn ich das Bild nicht gemalt hätte … »Liebst du uns denn nicht?« Eigentlich wollte ich sagen: *Liebst du Dad denn nicht?*, aber das kam dabei heraus.

»Nichts liebe ich mehr als dich und deine Schwester. Nichts. Und euer Dad ist ein wunderbarer, wunderbarer Mann …«

Aber jetzt kann ich mich nicht mehr auf das konzentrieren, was sie sagt, weil ein Gedanke die Herrschaft über mein ganzes Hirn übernommen hat. »Wird er hier wohnen?«, frage ich sie und unterbreche, was immer sie da redet. »Dieser Mann? Mit uns? Wird der auf Dads Seite vom Bett schlafen? Aus seiner Kaffeetasse trinken? Sich in seinem Spiegel rasieren? Wird er das? Wirst du ihn heiraten? Willst du dich deshalb scheiden lassen?«

»Schätzchen …« Sie berührt meine Schulter, will mich beruhigen. Ich weiche vor ihr zurück, hasse sie zum ersten Mal in meinem Leben, total echter, brüllender Hass.

»Das wirst du«, sage ich ungläubig. »Du wirst ihn heiraten, oder? Das ist es, was du willst.«

Sie sagt nicht Nein. Ihre Augen sagen Ja. Das kann ich nicht glauben.

»Du willst Dad also einfach vergessen? Du willst so tun, als wäre das alles nichts gewesen, was du mit ihm hattest?« So wie Brian das mit mir macht. »Er überlebt das nicht, Mom. Du siehst ihn ja nicht in diesem Hotel. Er ist nicht mehr wie früher. Er ist völlig zerstört.« Und ich auch. Und wenn ich nun im Gegenzug Brian zerstört habe? Wie kann Liebe nur so eine Abrissbirne sein?

»Wir haben es versucht, Dad und ich«, sagt sie. »Wir haben uns sehr lange sehr bemüht. Für euch Kinder habe ich mir immer nur die Stabilität gewünscht, die ich nie hatte, als ich heranwuchs. Ich habe nie gewollt, dass so was passiert.« Sie setzt sich wieder hin. »Aber ich liebe einen anderen Mann.« Ihr Gesicht rutscht ihr vom Gesicht – heute kann keiner sein Gesicht anbehalten – und das darunter ist verzweifelt. »Das ist einfach so. Ich wünschte, es wäre anders, aber das ist es nicht. Es ist nicht richtig, eine Lüge zu leben. Das ist es nie, Noah.« In ihrer Stimme liegt etwas Flehendes. »Wenn man jemanden liebt, kann man dagegen doch nichts machen, oder?«

Das bringt den Krach in mir einen Moment lang zur Ruhe. Ich kann nichts dagegen tun, so viel ist sicher, und plötzlich möchte ich ihr alles erzählen. Ich möchte ihr erzählen, dass ich auch verliebt bin und dagegen nichts machen kann – und dass ich ihm eben das Schlimmste angetan habe, das ich ihm nur antun konnte, und dass ich gar nicht weiß, wie ich das fertigbringen konnte, und mir über alles wünsche, ich könnte es wieder zurücknehmen.

Aber stattdessen gehe ich aus dem Zimmer.

Die Geschichte des Glücks

Jude
16 Jahre

Ich liege im Bett und kann nicht schlafen, denke an Oscar, der Brooke mit den braunen Haaren geküsst hat, während ich im Schrank karmisch fermentierte. Denke an die Geister von Grandma und Mom, die sich gegen mich verschworen haben. Denke vor allem an Noah. Was hat er heute da drüben bei Guillermos Atelier gemacht? Und warum wirkte er so verängstigt, so besorgt? Er hat behauptet, er sei Laufen gewesen und es gehe ihm bestens und es sei Zufall, dass wir uns in der Day Street begegnen. Aber ich habe ihm nicht geglaubt, ebenso wenig wie ich ihm geglaubt habe, als er sagte, er habe keine Ahnung, wie alle von mir gespeicherten Links über Guillermo gelöscht worden seien. Er muss mir gefolgt sein. Aber warum? Ich hatte ganz stark den Eindruck, dass er mir etwas sagen wollte. Aber vielleicht hatte er irgendwie zu viel Angst davor.

Verschweigt er mir was?

Und warum hat er neulich meine Sachen durchsucht? Vielleicht war das gar nicht nur Neugier. Und das Geld für Notfälle – wozu hat er das gebraucht? Ich habe mich überall in seinem Zimmer umgesehen, nachdem er heute

Abend das Haus verlassen hat, aber absolut nichts Neues gefunden.

Ich setze mich auf, weil ich ein verdächtiges Geräusch höre. Axtmörder. Sie versuchen immer, nachts einzubrechen, wenn Dad bei seinen Konferenzen ist. Ich schiebe die Decke zurück, steige aus dem Bett, schnappe mir den Baseballschläger, den ich für solche Gelegenheiten darunter aufbewahre, und mache einen schnellen Kontrollgang durchs Haus, um sicherzustellen, dass Noah und ich noch einen weiteren Tag erleben. Meine Patrouille endet an der Tür zu Moms und Dads Schlafzimmer, wo ich denke, was ich immer denke: Der Raum wartet immer noch darauf, dass sie zurückkommt.

Ihren Frisiertisch schmücken immer noch ihre antiken Duftzerstäuber, Flakons mit französischem Parfum, muschelförmige Schalen voller Lidschatten, Lippenstifte, Kajal. Die silberne Bürste ist noch von schwarzen Haaren durchzogen. Die Biografie von Wassily Kandinsky liegt immer noch mit dem Titelbild nach unten da, als würde sie sie gleich zur Hand nehmen und dort weiterlesen, wo sie letztes Mal aufgehört hat.

Aber heute Nacht zieht mich das Foto an. Dad hat es auf seinen Nachttisch gestellt, vermutlich damit es das Erste ist, was er beim Aufwachen sieht. Vor ihrem Tod haben weder Noah noch ich dieses Bild je gesehen. Jetzt kann ich irgendwie nicht genug davon kriegen, von Mom und Dad in diesem Augenblick. Sie trägt ein orangefarbenes gebatiktes Hippiekleid und ihre bauschenden schwarzen Haare wehen ihr ins Gesicht. Ihre Augen sind wie die von Kleopatra dramatisch mit Kajal ummalt. Sie lacht, anscheinend über Dad, der neben ihr auf einem Einrad sitzt und die Arme zur Seite ausstreckt, um das Gleichgewicht zu halten. Er grinst vergnügt.

Auf dem Kopf trägt er einen Zylinder im Stil des Verrückten Hutmachers und das sonnengebleichte blonde Haar darunter geht ihm bis zur Brust. (Der stumme Wortwechsel zwischen Dad und Noah, als Noah die Haare gesehen hat: Oh mein Clark Gable.) Dad hat einen Ranzen auf dem Rücken, in dem ein Stapel Schallplatten steckt. Ein Paar Eheringe funkelt an ihren gebräunten Händen. Mom sieht haargenauso aus wie Mom, aber Dad sieht aus wie ein ganz anderer Mensch, wie jemand, der tatsächlich von Grandma Sweetwine aufgezogen worden sein könnte. Offenbar hat dieser Einrad fahrende Obertrottel Mom gebeten, seine Frau zu werden, nachdem er sie erst drei Tage kannte. Sie waren beide an der Uni, er war elf Jahre älter als sie. Er konnte nicht riskieren, dass sie sich davonmachte, hat er gesagt. Bei keiner anderen Frau hatte er sich je so verdammt glücklich gefühlt, am Leben zu sein.

Sie hat gesagt, kein anderer Mann hätte ihr je so ein Gefühl von Sicherheit gegeben.

Ich stelle das Foto hin und überlege, was passiert wäre, wenn Mom überlebt hätte und Dad wieder zu uns gezogen wäre, so wie Mom es beschlossen hatte. Die Mutter, die ich gekannt habe, schien nicht sonderlich an Sicherheit interessiert zu sein. Die Mutter, die ich gekannt habe, hatte ein Handschuhfach voller Strafmandate für Geschwindigkeitsüberschreitungen. Sie faszinierte Hörsäle voller Studenten mit ihrem Drama und ihrer Leidenschaft, mit Ideen, die Kritiker gewagt und bahnbrechend nannten. Sie trug Capes! Ging Fallschirmspringen an ihrem vierzigsten Geburtstag! Und das: Sie reservierte regelmäßig Einzelplätze auf Flügen zu Städten überall auf der Welt (ich habe gelauscht, als sie das machte), nur um sie einen Tag später verfallen zu lassen – warum? Und seit ich denken kann, hat sie, wenn sie sich unbeobachtet glaubte, Mutproben am Herd gemacht, um zu sehen, wie lange sie die Hand über die Flamme halten konnte.

Noah hat mir mal erzählt, er könne Pferde in ihr galoppieren hören. Ich wusste sofort, was er meint.

Aber ich weiß so wenig über ihr Leben vor uns allen. Nur, dass sie – in ihren Worten – ein Teufelsbraten war, der von einer traurigen Pflegestelle zur nächsten geschoben wurde. Sie hat uns erzählt, die Kunstbücher in der Stadtbibliothek hätten ihr das Leben gerettet und sie träumen gelehrt und den Wunsch in ihr geweckt, auf die Uni zu gehen. Das ist es eigentlich schon. Sie hat immer versprochen, mir alles zu erzählen, wenn ich ein bisschen älter wäre.

Jetzt bin ich ein bisschen älter, und ich möchte, dass sie mir alles erzählt.

Ich setze mich an den Frisiertisch, vor den langen, ovalen Spiegel. Dad und ich haben alle Kleider in Kisten gepackt, aber keiner von uns beiden konnte es ertragen, den Frisiertisch auch nur anzufassen. Es kam uns vor wie ein Sakrileg. Das war ihr Altar.

Wenn du durch den Spiegel mit jemandem redest,
tauschen eure Seelen die Körper.

Ich tupfe mir ihr Parfum auf Nacken und Handgelenke, und dann erinnere ich mich daran, wie ich mal mit dreizehn vor der Schule genau hier gesessen und systematisch all das Make-up aufgetragen habe, das ich nicht zur Schule tragen durfte: Ihren dunkelsten roten Lippenstift, *Secret Em-*

brace hieß der, schwarzen Eyeliner, knallblauen und grünen Lidschatten, glitzerigen Puder. Mom und ich waren feindliche Krieger damals. Ich hatte gerade aufgehört, mit ihr und Noah in Museen zu gehen. Auf einmal tauchte sie hinter mir auf, aber statt zu schimpfen, nahm sie ihre silberne Haarbürste und bürstete mir die Haare, so wie früher, als ich noch klein war. Der Spiegel umrahmte unsere beiden Gesichter. Mir fiel auf, wie sich unsere Haare in der Bürste umeinanderwickelten, hell und dunkel, dunkel und hell. Durch den Spiegel sahen wir uns an. »Es wäre leichter mit uns und ich würde mir nicht so viele Sorgen machen, wenn du mich nicht so sehr an mich selbst erinnern würdest, Jude«, sagte sie.

Ich nehme dieselbe Bürste in die Hand, die sie an jenem Tag vor drei Jahren benutzt hat, und bürste damit meine Haare, bis sich alle Knoten und Nester gelöst haben, bis sich genauso viel von meinem Haar wie von ihrem durch die Bürste zieht.

Wenn deine Haare sich mit denen anderer in
einer Haarbürste verknoten, werden sich eure Leben
draußen ewig miteinander verknoten.

Niemand sagt einem, wie weg *weg* wirklich ist – oder wie lange es dauert.

In meinem Zimmer muss ich mich zusammenreißen, um nicht mit dem Baseballschläger auf alles loszugehen, so furchtbar schmerzt der Verlust. Wenn in der Bibel doch nur irgendwas stehen würde, das für uns wirklich hilfreich ist.

Gäbe es doch etwas, das das Auto entüberschlagen (fünf Mal laut Augenzeugenberichten), die Windschutzscheibe entsplittern, die Leitplanke entknautschen, die Räder entdurchdrehen, die Straße entglitschen könnte. Etwas, das verhindern könnte, dass die zweiundzwanzig Knochen (inklusive der sieben im Hals) in ihrem Körper brechen, die Lunge kollabiert, ihr Herz stehen bleibt und ihr brillantes Hirn blutet.

Gibt es aber nicht.

So etwas gibt es nicht.

Ich will die nutzlose, blöde Bibel nach dem nutzlosen, blöden Clark Gable werfen.

Stattdessen lege ich mein Ohr an die Wand zwischen unseren Zimmern. Ist von Noah was zu hören? Monatelang bin ich nach Moms Tod, als er immer im Schaf geweint hat, beim ersten Geräusch aufgestanden, in sein Zimmer gegangen und habe auf seinem Bett gesessen, bis das Weinen aufhörte. Nicht ein einziges Mal ist er aufgewacht und hat mich da bei ihm im Dunkeln entdeckt.

Ich lege beide Hände an die Wand zwischen uns und will sie umstoßen – da kommt mir eine Idee. Eine Idee, die total naheliegend ist! Ich kann gar nicht fassen, wie lange es gedauert hat, bis ich darauf gekommen bin. Einen Augenblick später fahre ich meinen Laptop hoch.

Ich gehe direkt zu *LostConnections.com.*

Da ist Noahs Nachricht an Brian, seine Bitte, wie immer:

Ich würde zehn Finger geben, beide Arme. Ich würde sonst was geben. Alles. Es tut mir so leid. Es tut mir so leid. Triff dich mit mir. Donnerstag, 17 Uhr. Du weißt, wo. Ich werde da sein, jede Woche, bis an mein Lebensende.

Keine Antworten.

Aber was, wenn es eine Antwort gäbe? Mein Puls geht schneller. Wie kann es sein, dass ich daran noch nicht gedacht habe? Ich frage das Orakel: Soll ich Kontakt zu Brian Connelly aufnehmen?

Zu meinem Erstaunen ist die Ernte an Wahrsagungen reich. Ein Link nach dem anderen erscheint zu Brian:

Talentsucher an der Forrester Academy fassen schwulen Werfer »die Axt« ins Auge für die Draft Picks der dritten Runde.

Connelly entzieht sich dem Draft und entscheidet sich für Stanford, wo er für die Cardinals werfen wird.

Und ich klicke diesen Link an:

Der tapferste Mann im Baseball ist siebzehn Jahre alt.

Die anderen Links waren relativ neue Meldungen seiner Schulzeitung, dem *Forrester Daily,* oder der Stadtzeitung, der *Westwood Weekly,* aber der, den ich angeklickt habe, ist überall verlinkt.

Ich lese den Artikel drei Mal. Da wird beschrieben, wie Brian sein Coming-out vor der ganzen Schule hatte. Die Baseballmannschaft war mitten in einer Siegesserie, in der er zwei No-Hitter geworfen hatte und sein Fastball zuverlässig eine Geschwindigkeit von 143 km/h erreichte. Auf dem Spielfeld lief alles bestens, aber abseits gab es Gerüchte über Brians sexuelle Orientierung und die Umkleidekabine war zum Kriegsgebiet geworden. Brian wurde klar, dass es für ihn zwei Möglichkeiten gab: Die Mannschaft zu verlassen, wie er es Jahre zuvor in einer ähnlichen Situation gemacht hatte, oder sich ganz schnell etwas einfallen zu lassen. Beim Aufwärmspiel war er vor der versammelten Schülerschaft der Forrester Academy aufgestanden und hatte seinen Beitrag über all die Spieler vom Stapel gelassen, die in der Vergangenheit und der Gegenwart von ihren Mannschaftskameraden aufgrund von Vorurteilen vom Spielfeld vertrieben worden waren. Er bekam Standing Ovations. Wichtige Mannschaftskameraden machten sich für ihn stark und die Verunglimpfungen ließen nach. Die Tigers gewannen die Baseballmeisterschaft in diesem Frühling. Brian wurde Mannschaftskapitän und am Ende des Jahres bot man ihm einen Minor-League-Vertrag an, den er jedoch nicht unterschrieb, weil er ein Baseball-Stipendium für Stanford bekommen hatte. Der Artikel schloss mit dem Satz, die Tatsache, dass die Profiliga nun bekennende schwule Spieler zu rekrutieren versuche, sei ein Zeichen dafür, dass Geschichte geschrieben werde.

Mann, Clark Gable! Aber nichts davon überrascht mich, es bestätigt nur, was ich schon wusste. Brian ist ein total cooler Typ und mein Bruder und er hatten sich ineinander verliebt.

Die verblüffendste Information in diesem Artikel ist aber (mal abgesehen davon, dass Brian die Geschichte verändern könnte und so), dass er in Stanford ist. Nicht mal zwei Stunden von hier entfernt! Das würde heißen, er hat das letzte Highschooljahr übersprungen, doch das ist durchaus möglich, wenn man bedenkt, dass er unverständliche wissenschaftliche Ergüsse absonderte, wenn er in Fahrt kam. Ich finde die Zeitung der Universität Stanford online und suche nach seinem Namen, aber ohne Erfolg. Dann suche ich noch mal nach der Axt. Auch nichts. Ich gehe wieder zurück zu dem Artikel. Vielleicht habe ich mich verlesen und er hat keine Klasse übersprungen, sondern geht erst im Herbst nach Stanford? Aber nein, ich habe mich nicht verlesen. Dann fällt mir ein, dass Baseball ein Frühjahrssport ist! Die Saison hat noch nicht angefangen. Deshalb steht nichts über ihn in der Zeitung. Ich gehe auf die Stanford-Website, finde ein Verzeichnis der Studienanfänger und ratzfatz habe ich seine E-Mail-Adresse. Soll ich das machen? Soll ich? Ist es falsch, mich einzumischen?

Nein. Ich muss es für Noah tun.

Ehe ich es mir anders überlegen kann, kopiere ich den URL für Noahs Nachricht auf LostConnections und maile ihn an Brian Connelly – von einem anonymen E-Mail-Konto, das ich extra dafür einrichte.

Die Entscheidung liegt bei ihm. Wenn er Noah antworten will, kann er das tun. Wenigstens wird er die Nachricht sehen – wer weiß, ob er sie nicht längst gesehen hat? Das war kein gutes Ende zwischen ihm und Noah, das ist mir klar. Aber damit hatte ich nichts zu tun. Auf Moms Beerdigung konnte Brian Noah kaum in die Augen schauen. Danach ist er nicht mit zu uns nach Haus gekommen. Nicht ein einziges Mal mehr. Und trotzdem ist es Noah, der sich seit Jahren auf dieser Website entschuldigt. Im Artikel steht, dass Brian sein Coming-out bei einem Aufwärmspiel in seinem vorletzten Highschooljahr hatte, kurz nach seinen Weihnachtsferien hier. Wenig später ist seine Mutter weiter nach Norden gezogen und er ist nie wieder hierher zurückgekommen. Aber das Timing ist verdächtig. Hatte es damals Gerüchte über ihn und Noah gegeben? Ob ihre Beziehung deswegen auseinander gegangen ist? Hat Noah die Gerüchte in Umlauf gebracht? Entschuldigt er sich vielleicht dafür? Oh, wer weiß?

Ich gehe wieder ins Bett und denke daran, wie glücklich Noah wäre, wenn er endlich eine Antwort auf seine Nachricht bekommen würde. Zum ersten Mal seit langer Zeit ist mein Herz leicht. Ich schlafe sofort ein.

Und träume von Vögeln.

Wenn du von Vögeln träumst, steht eine große Veränderung in deinem Leben bevor.

Am nächsten Morgen checke ich, ob Brian auf Noahs Nachricht geantwortet hat (nein), ob Noah schon weg ist wie gestern (ja), und dann, trotz knochentiefer Enttäuschung über Oscar den Mädchenausatmer und einem Unbehagen gegenüber dem verdammt gemeingefährlichen Guillermo und dem wachsamen Geisterteam, flitze ich auch schon zur Tür raus.

Ich muss NoahundJude aus diesem Stein rausholen.

Bei Guillermo bin ich gerade ein paar Schritte den Flur runter, als ich aus dem Postraum erhobene Stimmen höre. Guillermo und Oscar streiten sich heftig wegen irgendwas. Ich höre Oscar sagen: »Das würdest du nie verstehen! Wie solltest du auch?« Dann sagt Guillermo mit einer ungewohnten Härte in der Stimme: »Ich verstehe sehr gut. Auf diesem Motorrad riskierst du was, aber das war's dann auch. Du bist ein Feigling in einer toughen Lederjacke, Oscore. Du lässt keinen rein. Seit deine Mutter tot ist. Du verletzt, bevor du verletzt werden kannst. Du hast Angst vor dem Schatten.« Ich mache eine volle Drehung und bin fast schon an der Tür und raus aus dem Haus, als Oscar sagt: »Dich habe ich reingelassen, G. Du bist … wie ein Vater … der einzige, den ich je hatte.«

Irgendwas in seiner Stimme hält mich zurück, versengt mich.

Ich lege die Stirn an die kalte Wand. Ihre Stimmen sind jetzt leiser, unverständlicher, und ich kapiere nicht, wie es sein kann, dass ich nach allem, was gestern mit Brooke passiert ist, immer noch unbedingt zu dem mutterlosen Jungen nebenan laufen will, der Angst vor dem Schatten hat.

Aber ich mach's nicht.

Stattdessen gehe ich in die Kirche. Und als ich so ungefähr eine Stunde später ins Atelier zurückkomme, ist alles ruhig. Ich habe die Zeit mit Mr Gable verbracht und versucht, kein mitfühlender Mensch zu sein. Versucht, nicht an einen ängstlichen, trauernden Jungen in einer toughen Lederjacke zu denken. War gar nicht so schwer. Ich saß in der Kirchenbank, derselben, in der ich gesessen hatte, als Oscar und ich uns kennenlernten, und wiederholte das Mantra: *Komm her, setz dich auf meinen Schoß*. Ad infinitum.

Im Postraum begrüßt Guillermo mich mit einer Sicherheitsbrille auf dem Kopf. Nichts an seinem Auftreten lässt darauf schließen, dass er vor Kurzem Oscar mit einer Kreissäge bearbeitet hat. Dennoch sieht er anders aus. Die schwarzen Haare sind mit Staub gepudert wie die von Ben Franklin. Und der große Paisleyschal, den er sich ein paarmal um den

Hals gewickelt hat, ist auch voll weißem Puder. Hat er am Stein gearbeitet? Ich schaue hoch zum Loft – keine Spur von Oscar. Er muss gegangen sein. Nicht weiter erstaunlich. Guillermo hat sich schließlich nicht zurückgehalten mit den unliebsamen Wahrheiten. Ich kann mich nicht erinnern, wann Dad das letzte Mal so auf Noah und mich losgegangen ist. Ich kann mich nicht mal erinnern, wann Dad das letzte Mal wirklich ein Dad gewesen ist.

»Ich hab schon befürchtet, wir hätten dich verschreckt«, sagt Guillermo, während er mich ein bisschen zu genau betrachtet. Dieser prüfende Blick in Verbindung mit dem »wir« bringt mich dazu, mich zu fragen, was Oscar ihm wohl erzählt haben könnte. Und das wiederum bringt mich zu der Frage, ob das, was ich vorhin mitangehört habe, etwas mit mir zu tun hatte.

»Oscore sagt, du bist gestern sehr aufgewühlt weggegangen.«

Ich zucke mit den Schultern, spüre Hitze in meinem Gesicht. »Ich war schließlich gewarnt.«

Er nickt. »Wenn das Herz nur auf die Vernunft hören würde, was?« Er legt einen Arm um mich. »Na komm, was schlecht ist für das Herz, ist gut für die Kunst. Die schreckliche Ironie unseres Lebens als Künstler.« *Unseres* Lebens als Künstler. Ich lächele ihn an, und er drückt meine Schultern, so, wie ich ihn Oscars Schultern habe drücken sehen, und sofort hellt sich meine Stimmung auf. Dass ich diesen Mann gefunden habe! Wie konnte ich nur so ein Glück haben?

Als ich am Steinengel vorbeigehe, strecke ich die Hand aus und berühre ihn.

»Die Steine haben mich zurückgerufen«, sagt Guillermo

und bürstet sich Staub vom Arbeitskittel. »Ich bin heute mit dir draußen.« Mir fällt auf, wie fadenscheinig und vergraut sein Arbeitskittel ist, wie all die anderen, die an den Haken im Atelier hängen. Ich sollte ihm einen besseren machen, einen farbigen, der zu ihm passt. Einen Schwebenden Kittel.

Im Vorübergehen sehe ich, dass der Steinmann die gestrige Misshandlung überlebt hat, mehr als überlebt. Er ist nicht mehr in sich zusammengekauert und bezwungen, sondern entrollt sich wie ein Farnkrautwedel. Er ist vollendet, trocknet und ist schön.

»Also, ich hab mir deinen Übungsstein und das Modell gestern Abend mal angesehen«, sagt Guillermo. »Ich glaube, du bist bereit für ein bisschen Elektrizität. Du hast noch viel Stein zu entfernen, bevor du auch nur dran denken kannst, Bruder und Schwester zu finden, verstehst du? Heute Nachmittag zeige ich dir, wie man die elektrischen Werkzeuge benutzt. Mit denen musst du sehr, sehr vorsichtig sein. Der Meißel gibt dir eine zweite Chance, wie das Leben, bei der Flex und dem Presslufthammer gibt es in der Regel keine.«

Ich bleibe stehen. »Glaubst du das wirklich? Das mit den zweiten Chancen? Im Leben, meine ich.« Ich weiß, ich höre mich an wie eine Oprah-Sendung, aber ich will es wissen. Denn für mich fühlt sich das Leben eher so an, als würde man merken, dass man im falschen Zug in die falsche Richtung rast – und man kann nichts dagegen machen.

»Natürlich, warum nicht? Sogar Gott musste die Welt zwei Mal machen.« Seine Hände heben ab. »Er macht die erste Welt, stellt fest, dass er eine schreckliche Welt gemacht hat, also zerstört er sie mit der Flut. Dann versucht er es noch einmal, fängt ganz von vorn an mit …«

»Mit Noah«, beende ich seinen Satz.

»Ja, also wenn Gott zwei Versuche hat, warum denn nicht wir auch? Vielleicht auch drei oder dreihundert Versuche.« Er lacht leise. »Du wirst sehen, lediglich mit dem Diamantsägeblatt der Flex hast du nur eine einzige Chance.« Er streicht sich übers Kinn. »Aber selbst wenn du einen katastrophalen Fehler gemacht hast und denkst, ich bringe mich um, weil die Skulptur ruiniert ist, kann sie am Ende noch viel unglaublicher werden, als wenn du den Fehler nicht gemacht hättest. Deshalb liebe ich die Steine. Wenn ich Skulpturen aus Ton mache, fühlt es sich an wie geschummelt. Es ist zu leicht. Ton hat keinen eigenen Willen. Steine sind wunderbar. Sie leisten dir Widerstand. Es ist ein fairer Kampf. Manchmal gewinnst du. Manchmal gewinnen sie. Manchmal gewinnst du, obwohl sie gewinnen.«

Draußen hat sich das Sonnenlicht aus allen Winkeln der Erde gesammelt. Ein herrlicher Tag.

Ich schaue zu, wie Guillermo die Leiter zum Kopf der Gigantin hochklettert, er hält einen Moment inne, drückt seine Stirn an ihre riesige Stirn aus Stein, ehe er über sie hinaus klettert. Dann schiebt er die Schutzbrille runter, zieht den Schal hoch, um den Mund zu bedecken – oh, verstehe, er ist zu cool für eine Staubmaske –, nimmt die Flex mit dem Diamantsägeblatt, die oben auf der Leiter lag, und wickelt sich das Kabel um die Schulter. Ein lautes presslufthammerähnliches Geräusch erfüllt die Luft, gefolgt vom Kreischen des Granits, als Guillermo ohne Zögern seine eine Chance wahrnimmt, in den Kopf der Liebsten schneidet – und dann in einer Staubwolke versinkt.

Heute ist es voll auf dem Hof. Außer Guillermo und dem

unvollendeten Paar sind da noch die *Drei* (extrem furchteinflößenden) *Brüder* und ich, und aus irgendeinem Grund noch Oscars Motorrad. Grandma und Mom stehen auch bereit, das spüre ich. Und ich habe ständig das Gefühl, dass mich jemand von der Feuerleiter aus beobachtet, aber jedes Mal, wenn ich aufschaue, aalt sich dort nur Frida Kahlo in der Sonne.

Ich vergesse alles andere und arbeite an der Befreiung von NoahundJude.

Langsam, Stück für Stück picke ich den Stein weg, und während ich das mache, spult sich die Zeit zurück wie gestern schon, ich fange an zu denken und kann nicht mehr damit aufhören – Gedanken, die ich normalerweise nicht zulasse, wie etwa daran, dass ich nicht zu Hause war, als Mom an jenem Nachmittag weggefahren ist, um sich wieder mit Dad zu versöhnen. Ich war nicht da und habe sie nicht sagen hören, dass wir alle wieder eine Familie sein würden.

Ich war nicht da, weil ich mit Zephyr abgehauen war.

Ich denke daran, dass sie in dem Glauben gestorben ist, ich würde sie hassen. Denn das hatte ich ihr immer wieder gesagt, seit sie Dad rausgeworfen hatte. Und auch schon davor.

Ich treibe den Meißel in eine Furche und schlage mit dem Hammer fest zu, dabei bricht ein großes Stück Stein ab, dann noch eins. Wäre ich an diesem Nachmittag zu Hause geblieben, anstatt mit Zephyr Unglück regnen zu lassen, wäre alles anders gekommen, das weiß ich.

Ich schlage noch ein Stück ab, eine ganze Ecke, und durch die Wucht des Schlages spritzen Steinbrocken an meine Schutzbrille und auf meine bloßen Wangen. Ich wiederhole das auf der anderen Seite des Steins, Schlag um Schlag, zwischendurch geht mal einer daneben und macht mir die Finger blutig, ich schlage und verfehle, hacke auf den Stein ein, auf meine Finger, und dann erinnere ich mich an den Augenblick, als Dad mir von dem Unfall erzählt hat. Sofort habe ich Noah die Ohren zugehalten, um ihn vor dem zu schützen, was ich hörte. Meine erste Reaktion. Nicht meine eigenen Ohren, sondern Noahs. Ich hatte ganz vergessen, dass ich das damals gemacht habe. Wie konnte ich das vergessen?

Was ist aus diesem Instinkt geworden, ihn zu beschützen? Wo ist der hin?

Ich nehme den Hammer und donnere ihn auf den Meißel.

Ich muss ihn hier rausholen.

Ich muss uns beide rausholen aus diesem beschissenen Stein.

Ich schlage immer wieder auf ihn ein und erinnere mich, wie Noahs Kummer das ganze Haus gefüllt hat, jede Ecke, jede Spalte. Sodass kein Platz mehr war für meinen oder Dads. Vielleicht hat Dad deshalb mit dem Spazierengehen angefangen, vielleicht wollte er einen Platz finden, der von Noahs Herzschmerz nicht erreicht wurde. Manchmal habe ich Noah ganz zusammengerollt in seinem Zimmer vorgefunden, und wenn ich ihn trösten wollte, hat er nur zu mir gesagt, ich würde es nicht verstehen. Ich würde Mom nicht so kennen wie er. Ich könne unmöglich verstehen, was er fühle. Als hätte ich nicht auch gerade meine Mutter verloren! Wie konnte er solche Sachen zu mir sagen? Jetzt prügele ich auf den Stein ein und spalte immer mehr davon ab. Ich konnte nicht glauben, dass er sie im Tod genauso für sich beanspruchte, wie er es im Leben getan hatte. Er machte mich glauben, ich hätte kein Recht zu trauern, sie zu vermissen, sie so zu lieben wie er. Und die Sache ist die, ich habe ihm geglaubt. Vielleicht habe ich deshalb nie geweint. Ich hatte nicht das Gefühl, das Recht dazu zu haben.

Dann stürzte er sich vom Devil's Drop und wäre an diesem Tag fast ertrunken, fast gestorben, und meine Wut auf ihn wurde wild und unbändig, monströs und gefährlich.

Vielleicht habt ihr also recht, brülle ich Mom und Grandma in meinen Gedanken an. *Vielleicht habe ich es deshalb gemacht.*

Nun hämmere ich auf den Stein ein, lasse ihn splittern, lege ihn bloß.

Lege alles bloß.

Noahs Bewerbung für die CSA hatte schon seit der Woche vor Moms Tod auf dem Küchentresen gelegen und Genialität verströmt. Er und Mom hatten den Umschlag gemeinsam versiegelt, das sollte Glück bringen. Sie wussten nicht, dass ich von der Tür aus zuguckte.

Drei Wochen nach Moms Unfall, eine Woche nachdem Noah von der Klippe gesprungen war, am Abend vor dem Bewerbungsschluss an der CSA, schrieb ich die Bewerbungsaufsätze, tackerte sie an ein paar Schnittmuster und legte zwei Kleidermodelle dazu. Was hatte ich denn anderes einzureichen? Meine Sandfrauen waren alle weggespült worden.

Dad fuhr uns zur Post, damit wir unsere Bewerbungen abschicken konnten. Wir fanden keinen Parkplatz, deshalb haben Dad und Noah im Auto gewartet, während ich reinging. Und da habe ich es getan. Einfach so.

Ich habe nur meine Bewerbung abgeschickt.

Ich habe meinem Bruder das weggenommen, was er

sich am meisten auf der Welt wünschte. Was ist das für ein Mensch, der so was tut?

Es spielt wohl keine Rolle, dass ich am nächsten Tag zurück zur Post gelaufen bin, ich bin den ganzen Weg gerannt, aber der Müll war abgeholt worden. All seine Träume sind mit dem Müll rausgeschafft worden. Meine sind direkt an die CSA gegangen.

Ich hab mir immer gesagt, ich würde es Noah und Dad erzählen. Ich würde es ihnen beim Frühstück sagen, nach der Schule, beim Abendessen, morgen, Mittwoch. Ich würde es Noah rechtzeitig sagen, damit er sich noch mal bewerben konnte, aber ich habe es nicht getan. Ich habe mich so geschämt – es war ein erstickendes Gefühl –, und je länger ich wartete, desto mehr wuchs die Scham, und es wurde immer unmöglicher zuzugeben, was ich getan hatte. Die Schuld wuchs auch, wie eine Krankheit, wie jede Krankheit. Es gab nicht genug Krankheiten in Dads Bibliothek. Die Tage vergingen, einer nach dem anderen, dann wurden es Wochen und schließlich war es zu spät. Ich hatte zu viel Angst, Dad und Noah nach einem Geständnis für immer zu verlieren, ich war zu feige, für alles geradezustehen, es wiedergutzumachen und in Ordnung zu bringen.

Deshalb zerstört meine Mutter alles, was ich mache. Deshalb kann sie mir nicht vergeben.

Als die CSA die Liste der neuen Schüler auf ihrer Website veröffentlichte, war sein Name nicht darauf. Meiner war es. Als mein Annahmebrief kam, wartete ich darauf, dass er nach seinem Ablehnungsschreiben fragte, doch das tat er nicht. Zu diesem Zeitpunkt hatte er bereits alle seine Arbeiten vernichtet. Und irgendwann davor muss er die Bilder meiner Sandfrauen eingeschickt und dafür gesorgt haben, dass ich angenommen wurde.

Die Welt hat sich verfinstert. Guillermo steht vor mir und schirmt die Sonne ab. Er nimmt mir Hammer und Meißel aus den Händen, die den Stein schon eine Weile nicht mehr bearbeiten. Er nimmt seinen Schal ab, schüttelt ihn aus und wischt mir über den Streifen Stirn zwischen Mütze und Schutzbrille. »Ich glaube, dir geht's nicht gut«, sagt er. »Manchmal bearbeitest du den Stein, manchmal bearbeitet er dich. Ich glaube, heute gewinnt der Stein.«

Ich ziehe die Gesichtsmaske runter und sage: »Das meinst du also, wenn du sagst, was hier drinnen schlummert« – ich berühre meine Brust –, »schlummert da drinnen.« Ich lege die Hand auf den Stein.

»Genau das meine ich«, bestätigt er. »Trinken wir jetzt einen Kaffee?«

»Nein«, sage ich schnell. »Aber danke. Ich muss weiterarbeiten.«

Und das mache ich. Ich arbeite stundenlang, besessen, rasend, kann nicht aufhören in den Stein einzudringen, Grandma und Mom begleiten jeden Schlag mit ihrem Singsang: *Du hast seine Träume zerstört. Du hast seine Träume zerstört. Du hast seine Träume zerstört.* Bis sich Mom zum ersten Mal, seit sie tot ist, materialisiert und vor mir steht, mit schwarz lodernden Haaren und Blicken, die mich verdammen.

»Und du hast meine zerstört!«, brülle ich sie in meinem Kopf an, bevor sie sich wieder in Luft auflöst.

Denn das stimmt ja genauso. Oder? Immer wieder, Tag für Tag hatte ich mir inständig gewünscht, sie würde mich sehen, wirklich sehen. Und mich nicht im Museum vergessen, als gäbe es mich gar nicht, und ohne mich nach Hause fahren. Nicht einen Wettbewerb abblasen, meiner Niederlage gewiss, ehe sie meine Zeichnungen auch nur angesehen hatte. Nicht immer wieder in mich hineinlangen, um mein Licht zu dimmen, und dann Noahs voll aufzudrehen. Immer so, als wäre ich nichts als eine blöde kleine Schlampe namens *so ein Mädchen* – und ansonsten für sie unsichtbar.

Aber was, wenn ich ihre Erlaubnis, ihre Anerkennung, ihr Lob gar nicht brauche, um zu sein, wie ich sein will, und zu tun, was ich liebe? Was, wenn ich an meinem eigenen verdammten Lichtschalter sitze?

Ich lege das Werkzeug hin, ziehe Schutzbrille und Maske ab, steige aus dem Plastikanzug. Die Mütze werfe ich auf den Tisch. Ich bin es so leid, unsichtbar zu sein. Sonnenschein wühlt mir mit gierig ungestümen Fingern durchs Haar. Weg mit dem Sweatshirt und ich habe wieder Arme. Die Brise heißt sie willkommen, sie streicht über meine Haut, richtet Haar um Härchen auf, erweckt kribbelnd jeden freien Zentimeter von mir. Was, wenn meine Gründe, Noahs Bewerbung nicht abzuschicken, mehr mit Mom und mir zu tun hatten als mit ihm und mir?

Willst du deinen Geist erwecken, so wirf an einem stehenden Gewässer einen Stein in dein Spiegelbild.
(Noah hat immer gesagt, wir würden uns eine Seele teilen und dass meine Seele ein halber Baum mit lichterloh brennenden Blättern sei, aber ich habe ihm nie geglaubt. Ich hatte nie das Gefühl, meine Seele sei etwas, das man sehen könne. Sie fühlte sich an

wie Bewegung, wie abheben, wie auf den Horizont
zuschwimmen oder kopfüber von einer Klippe
springen oder fliegende Frauen aus Sand machen,
oder aus sonst was.)

Einen Moment schließe ich die Augen, und dann ist es, als wäre ich aus dem tiefsten Schlaf erwacht, als hätte mich jemand aus dem Granit befreit. Denn mir wird klar: Es ist egal, ob Noah mich hasst, ob er mir je verzeiht. Es ist egal, ob ich ihn und Dad für immer verliere. Es ist egal. Ich muss das Zerstören seines Traumes ungeschehen machen. Nur das ist wichtig.

Ich gehe ins Atelier und klettere die Stufen zu Oscars Zimmer hoch, wo ein Computer steht. Ich schalte ihn an, logge mich in meinen Account ein und schicke Sandy von der CSA eine E-Mail, in der ich ihn für Mittwoch um ein Treffen bitte, das ist der erste Schultag nach den Ferien. Ich teile ihm mit, dass es dringend ist und dass mein Bruder auch zu diesem Treffen kommen wird, mit einer Mappe, die ihn umhauen wird.

Ich werde meinen Platz abgeben. Das hätte ich an jedem einzelnen Tag in den letzten zwei Jahren tun müssen.

Ich drücke auf Senden und das Gefühl ist unverkennbar: Ich bin frei.

Ich bin ich.

Noah schicke ich eine SMS: *Wir müssen reden. Es ist wichtig!* Denn er sollte lieber mal anfangen zu malen. Er hat vier Tage, um eine Mappe zusammenzustellen. Ich lehne mich im Stuhl zurück und fühle mich, als wäre ich aus der dunkelsten Höhle in himmlisch helles Sonnenlicht getreten. Erst dann schaue ich mich im Loft um. Oscars Bett, seine Bücher, seine Hemden. Enttäuschung macht sich in mir breit, aber dagegen bin ich machtlos. Der Feigling in der toughen Lederjacke hat ganz deutlich gezeigt, wie er für den Feigling in der Unsichtbarkeitsuniform empfindet.

Als ich aufstehe und gehen will, entdecke ich diesen Brief von Guillermo, den ich Oscar zugesteckt hatte, auf dem Nachttisch neben dem Foto von seiner Mutter. Ich nehme ihn mit nach unten, und nachdem ich ihn wieder in den Block in Guillermos Wirbelsturmzimmer gelegt habe, wo er hingehört, gehe ich raus und bitte Guillermo, mir zu zeigen, wie man die Flex mit der Diamantscheibe benutzt. Er tut es.

Die Zeit ist reif für zweite Chancen. Die Zeit ist reif, die Welt neu zu erschaffen.

Ich weiß, dass ich mit diesem Werkzeug nur einen Versuch habe, es richtig hinzukriegen, also wickele ich mir das Kabel um die Schulter, setze das Sägeblatt zwischen Noahs Schulter und meiner an und schalte den Strom ein. Die Maschine erwacht kreischend zum Leben. Mein ganzer Körper vibriert elektrisiert, als ich den Stein in zwei Teile zerlege.

Damit NoahundJude zu Noah und Jude werden.

»Du tötest sie?«, fragt Guillermo ungläubig.

»Nein, ich hab sie gerettet.«

Endlich.

Ich gehe im Mondschein nach Hause und fühle mich absolut unglaublich, so als würde ich auf einer Lichtung stehen, oder in einem Fluss, oder als hätte ich die tollsten hochhackigen Schuhe an. Ich weiß, ich muss immer noch Noah und Dad von Noahs CSA-Bewerbung erzählen, aber das ist in Ordnung, denn egal, was auch passiert, Noah wird wieder malen. Das weiß ich. Noah wird wieder Noah sein. Und ich kann jemand sein, dessen Anblick ich ertragen kann, im Spiegel, in einem Atelier, in einem Schwebenden Kleid, in guter Gesundheit, in einer Liebesgeschichte, in der Welt. Doch es ist echt seltsam, dass Noah nicht auf meine SMS reagiert hat. Ich hab es mehrmals versucht, jedes Mal dringlicher und mit mehr Ausrufungszeichen. Normalerweise meldet er sich sofort zurück. Sollte er noch nicht wieder da sein, wenn ich nach Hause komme, warte ich einfach auf ihn.

Ich recke die Arme zum strahlend prallen Mond und denke darüber nach, dass ich schon seit Stunden keine todbringende Krankheit mehr hatte und dass an der Geisterfront auch alles ruhig ist – und welche Erleichterung das beides ist –, als die Nachricht von Heather kommt:

Am Spot. Noah sehr betrunken. Führt sich irre auf.
Will vom Dead Man springen! Muss gleich weg.
Bitte, komm sofort! Keine Ahnung, was er hat.
Bin echt besorgt.

Ich stehe am Rand der Welt und suche meinen Bruder.

Der Wind beutelt mich, die salzige Gischt brennt auf meinem heißen Gesicht, das Meer unter mir dröhnt genauso wütend drinnen in meinem Kopf wie draußen. Der Vollmond gießt so viel Licht herab, dass es Tag sein könnte. Schweißgebadet von meinem Sprint hügelan gucke ich zum Devil's

Drop und Dead Man's Dive hoch und sehe, dass beide Felsvorsprünge menschenleer daliegen. Ich danke Clark Gable überschwänglich, komme wieder zu Atem und schreibe erst Heather, obwohl sie ja auf dem Sprung irgendwohin war, und danach Noah noch einmal, wobei ich mir einzureden versuche, dass er zur Vernunft gekommen ist. Klappt aber nicht.

Ich habe ein schlechtes Gefühl.

Ich habe zu spät gehandelt.

Ich drehe mich um und mache mich auf ins Chaos. Laute, feiernde Brigaden überall, von öffentlichen und privaten Schulen und der Uni von Lost Cove, die sich um Fässer, Lagerfeuer, Picknicktische, Trommelkreise, Kühlerhauben versammelt haben. Jede Art Musik plärrt aus jeder Art von Auto.

Willkommen am Spot an einem Samstagabend im Megamondschein.

Mir kommt hier keiner bekannt vor, bis ich wieder auf die andere Seite des Parkplatzes gehe und Franklyn Fry entdecke, den diensthabenden Oberfiesling, und ein paar ältere Surfer, die inzwischen alle mindestens ein Jahr aus der Highschool raus sind. Zephyrs Truppe. Sie sitzen auf der Ladefläche von Franklyns Truck, vom Scheinwerferlicht unheimlich angestrahlt wie Kürbislaternen.

Wenigstens ist Zephyrs sonnengebleichtes struppiges Surferhaar nirgends in Sicht.

Eigentlich will ich mein Unsichtbarkeitssweatshirt und die Mütze aus der Tasche holen und überziehen. Aber das mache ich nicht. Ich will glauben, dass mich das rote Band an meinem Handgelenk für immer schützt. Aber das wird es nicht. Ich will *Wie willst du lieber sterben?* spielen, statt mir zu überlegen, wie ich leben soll. Aber ich kann nicht. Ich bin kein Feigling mehr. Ich habe es satt, auf Pause gestellt zu sein, vergraben und versteckt, vor Angst erstarrt im wahrsten Sinne des Wortes.

Ich will mir keine Wiesen vorstellen, ich will durch sie hindurch laufen.

Ich nähere mich dem Feind. Zwischen Franklyn Fry und mir gibt es böses Blut.

Meine Strategie ist, auf eine Begrüßung zu verzichten und ihn ruhig und höflich zu fragen, ob er Noah gesehen hat.

Seine Strategie ist, den Anfang von *Hey Jude* zu singen – warum haben meine Eltern das nicht bedacht, als sie mir meinen Namen gaben? –, mich dann langsam und anzüglich zu beäugen, hoch und runter, runter und hoch, und dabei ja keinen Zentimeter auszulassen, bevor sich sein Blick an meinen Brüsten festsaugt. Kein Zweifel, eine Unsichtbarkeitsuniform hat ihre Vorteile. »Na, lässt du dich mit dem Pöbel ein?« Die Frage richtet er direkt an meine Brust, dann nimmt er einen Schluck Bier und wischt sich den Mund nachlässig mit dem Handrücken. Noah hatte recht, er sieht echt aus wie ein Nilpferd. »Willst dich wohl entschuldigen? Hat ja lange genug gedauert.«

Entschuldigen? Das muss ein Witz sein.

»Hast du meinen Bruder gesehen?«, wiederhole ich, dieses Mal lauter, dabei spreche ich jede Silbe ganz deutlich aus, so als würde er die Sprache nicht verstehen.

»Ist abgezogen«, sagt eine Stimme hinter mir, die sofort die ganze Musik, alles Geplapper, den Wind und das Meer zum Schweigen bringt. Dieselbe trockene Sandpapierstimme, die mich früher mal in mein Surfbrett schmelzen ließ. Michael Ravens, alias Zephyr, steht hinter mir.

Wenigstens hat Noah sich gegen das Springen entschieden, sage ich mir, und dann drehe ich mich um.

Ist schon sehr lange her. Die Rücklichter von Franklyns Truck scheinen in Zephyrs Augen und er schirmt sie mit der Hand ab. Gut. Ich will seine schmalen grünen Habichtaugen nicht sehen, in Gedanken sehe ich sie oft genug.

Was damals geschah, unmittelbar nachdem ich vor zwei Jahren meine Unschuld an ihn verloren hatte: Ich setzte mich auf, zog meine Knie an die Brust und schnappte so leise wie möglich salzige Luft. Ich dachte an meine Mutter. Ihre Enttäuschung blühte in mir auf wie eine schwarze Blume. Tränen brannten in meinen Augen. Ich verbot ihnen zu fallen und sie fielen nicht. Ich war sandverkrustet. Zephyr reichte mir meine Bikinihose. Ich hätte sie ihm am liebsten in den Schlund gestopft. Ein mit Blut gesprenkeltes gebrauchtes Kondom lag schlaff auf einem Felsen. Das bin ich, dachte ich: widerlich. Ich wusste nicht mal, dass er es übergezogen hatte. Ich hatte nicht mal an Kondome gedacht! Mir kam der ganze Mageninhalt hoch, aber auch das ließ ich nicht zu. Ich zog meinen Bikini an, versuchte dabei das Zittern zu verbergen. Zephyr lächelte mich an, als ob alles bestens wäre. Als ob alles, was eben geschehen war, bestens wäre! Ich lächelte zurück, als wäre es das. Weiß er eigentlich, wie alt ich bin? Ich weiß noch, wie ich das gedacht habe. Ich weiß noch, dass ich dachte, er müsse es vergessen haben.

Franklyn hat Zephyr und mich hinterher den Strand entlanggehen sehen. Es hatte angefangen zu nieseln. Ich wünschte, ich hätte meinen Neoprenanzug an, tausend Neoprenanzüge. Zephyrs Arm war ein Bleigewicht auf meinen Schultern, das mich in den Sand drückte. Am Abend vorher, auf der Party, auf die wir gegangen sind, hatte er allen immer wieder erzählt, was für eine wahnsinnig tolle Surferin ich doch sei und dass ich vom Devil's Drop nicht nur springen, sondern sogar einen Kopfsprung machen würde. Er sagte immerzu, ich wäre so voll krass mutig – und ich fühlte mich auch so.

Das war keine vierundzwanzig Stunden her gewesen.

Irgendwie wusste Franklyn, was wir gemacht hatten. Als wir bei ihm angekommen waren, nahm er meinen Arm und flüsterte mir, damit Zephyr es nicht hörte, ins Ohr: »Und jetzt bin ich dran«, sagte er. »Dann Buzzy, dann Mike, dann Ryder, okay? So läuft das, nur dass du es weißt. Du glaubst doch nicht, dass Zeph dich tatsächlich mag, oder?« Doch genau das hatte ich geglaubt. Ich musste mir Franklyns Worte vom Ohr wischen, weil sie voller Spucke waren, und nachdem ich das getan hatte, machte ich mich von ihm los und brüllte: »Nein!« Endlich hatte ich dieses verdammte Wort gefunden, viel zu spät, und vor allen anderen rammte ich Franklyn Fry das Knie in die Eier, mit Wucht, so wie Dad es mir für Notfälle beigebracht hatte.

Dann rannte ich wie irre nach Hause, unter Tränen, die sich in meine Wangen ätzten, schaudernd, mit Aufruhr im Bauch wollte ich sofort zu Mom. Ich hatte den größten Fehler meines Lebens gemacht.

Ich brauchte meine Mutter.

Ich brauchte meine Mutter.

Es hat einen Unfall gegeben, das war es, was Dad mir in dem Moment sagte, in dem ich ins Haus stürzte.

Es hat einen Unfall gegeben.

Und da habe ich Noah meine Hände auf die Ohren gedrückt.

Dad hat sie runtergezogen und sie gehalten.

Und selbst als der Polizeibeamte uns diese unvorstellbaren weltvernichtenden Dinge erzählt hat, habe ich mich noch in der Falschheit von dem gewunden, was ich gerade getan hatte. Sie verkrustete mir jede Pore meines Körpers, ebenso wie der Sand. Der grässlich falsche Geruch davon war noch in meinen Haaren, auf meiner Haut, in meiner Nase, sodass jeder Atemzug ihn tiefer in mich hineinzog. Noch Wochen danach, ganz gleich wie oft ich duschte, ganz gleich wie kräftig ich schrubbte, ganz gleich, welche Art Seife ich benutzte – ich versuchte es mit Lavendel, Grapefruit, Heckenkirsche und Rose –, ich kriegte es nicht ab, ich konnte Zephyr nicht von mir abkriegen. Einmal bin ich in ein Kaufhaus gegangen und habe jedes Testparfum auf dem Tresen benutzt, aber es war immer noch da. Es ist immer da. Es ist auch heute noch da. Der Geruch von diesem Nachmittag mit Zephyr, der Geruch vom Tod meiner Mutter, ein und derselbe.

Zephyr tritt aus dem grellen Licht von Franklyns Scheinwerfern. Was ich von ihm denke: Wie sein Namensvetter, der Rabe, ist er der Vorbote von Tod und Verderben. Er ist ein Fluch in Menschengestalt, eine große blonde Säule der Dunkelheit. Zephyr Ravens ist eine Sonnenfinsternis.

»Noah ist also nach Hause gegangen?«, frage ich. »Wie lange ist das her?«

Er schüttelt den Kopf. »Nee. Nicht nach Hause. Er wollte da hoch, Jude.« Er zeigt auf die höchste Stelle der Klippe, auf einen Felsvorsprung, der nicht mal einen Namen hat, denn wer würde sich das schon trauen? Die Segelflieger nutzen ihn gelegentlich, aber das ist es auch schon. Zum Springen ist er zu hoch, wahrscheinlich doppelt so hoch wie der Dead Man's Dive, und darunter ragt ein Absatz so weit vor, dass man darauf schon aufschlagen würde, bevor man überhaupt ins Wasser klatscht. Es ist fast unmöglich, weit genug drüber weg zu springen. Ich weiß nur von einem, der es je versucht hat, und der hat's nicht überlebt.

Eines nach dem anderen versagen meine inneren Organe.

Zephyr sagt: »Hab eine SMS gekriegt. Die spielen ein Trinkspiel. Der Verlierer muss springen und offenbar verliert dein Bruder mit Absicht. Ich wollte gerade hoch und sie davon abbringen.«

Als Nächstes schieße ich durch die Menge, stoße Getränke um und Leute, mir ist alles egal, ich will nur auf den Klippenpfad, den schnellsten Weg nach oben. Hinter meinem Rücken höre ich Grandmas Stimme, die wie der Wind weht. Sie folgt mir auf den Fersen den Pfad hinauf. Zweige krachen, ihre schweren Schritte trampeln nur Augenblicke später hinter meinen her, dann fällt mir wieder ein, dass sie keine Schritte hat. Abrupt bleibe ich stehen und Zephyr rast in mich rein, er packt mich an den Schultern, damit ich nicht lang hinschlage.

»Himmel!« Ich löse mich schnell aus seinem Griff, weg von seinem Geruch, der schon wieder so nah ist.

»Oh, Mann, sorry.«

»Hör auf, mir hinterherzulaufen, Zephyr. Geh zurück, bitte.« Das klingt genauso verzweifelt, wie ich mich fühle. Er ist echt das Letzte, was ich in diesem Moment gebrauchen kann.

»Ich bin jeden Tag hier unterwegs, ich kenne die Gegend …«

»Ach, und ich etwa nicht?«

»Du wirst Hilfe brauchen.«

Das stimmt. Aber nicht von ihm. Von allen anderen, nur nicht von ihm. Doch es ist zu spät, er ist schon an mir vorbei und stürmt voran in die mondbeschienene Dunkelheit.

Nach Moms Tod ist er ein paarmal vorbeigekommen, er hat versucht, mich wieder auf mein Brett zu kriegen, aber für mich war der Ozean eingetrocknet. Unter dem Vorwand, mich trösten zu wollen, versuchte er auch wieder mit mir zusammen zu sein. Zwei Worte nur: Träum weiter. Und nicht nur er. Fry und Ryder und Buzzy und die anderen versuchten es auch bei mir, aber nicht unter irgendeinem Vorwand, das war reine Belästigung. Andauernd. Über Nacht waren sie Arschlöcher geworden, besonders Franklyn, der total angepisst war und obszöne Sachen über mich auf der Nachrichtenseite von Hideaway postete und das Graffiti *Schlampe Sweetwine* ins Strandklo sprühte – und es jedes Mal wieder neu hinschrieb, wenn es jemand – Noah? – unleserlich machte.

Willst du wirklich so ein Mädchen *sein?*, hatte Mom mich jenen Sommer und Herbst ein übers andere Mal gefragt, als meine Röcke kürzer, meine Absätze höher, mein Lippenstift dunkler und mein Herz immer wütender auf sie wurde. *Willst du wirklich* so ein Mädchen *sein?*, hatte sie mich am Vorabend ihres Todes gefragt – das waren die letzten Worte, die sie je zu mir gesagt hat –, als sie sah, was ich zu der Party angezogen hatte, auf die ich mit Zephyr gehen wollte (sie wusste allerdings nicht, dass ich mit Zephyr auf eine Party gehen würde).

Dann war sie tot und ich war wirklich und wahrhaftig *so ein Mädchen.*

Zephyr legt einen schnellen Schritt vor. Während wir schweigend klettern, klettern, klettern, überschlägt sich der Atem in meiner Brust.

Bis er sagt: »Ich hab ihn immer im Auge behalten, wie ich dir versprochen habe.«

Einmal, lange bevor wir taten, was wir getan haben, hatte ich Zephyr gebeten, auf Noah zu achten. Hideaway Hill kann ziemlich *Herr der Fliegen* sein und in meiner Siebtklässlervorstellung war Zephyr wie der Sheriff, also hatte ich um seine Hilfe gebeten.

»Dich hab ich auch im Auge, Jude.«

Das ignoriere ich, schaffe es aber dann doch nicht. Die Worte kommen schrill und anklagend und spitz wie Pfeile aus meinem Mund. »Ich war zu jung!«

Ich glaube, ich höre ihn nach Luft schnappen, ist aber schwer zu sagen, denn die Wellen sind laut und erbarmungslos, sie krachen an die Felsen, unterhöhlen den Kontinent.

So wie ich, ich wühle Dreck auf, kicke die Scheiße aus dem Kontinent, bohre die Füße mit jedem Schritt weiter in die Erde. Ich war in der achten Klasse, er in der elften – er war ein ganzes Jahr älter, als ich jetzt bin. Nicht, dass man irgendein Mädchen, egal in welchem Alter, so behandeln sollte wie den letzten Dreck. Und dann – es ist, als würde der Blitz in meinen Kopf einschlagen – geht mir auf, dass er der Vorbote von rein gar nichts ist. Er bringt kein Unglück, er ist bloß ein total abgefucktes kotzblödes Loserarschloch, und das ist böse gemeint.

Und was wir getan haben, hat auch kein Unglück gebracht – nur endlos nagenden Ekel, Reue, Wut und …

Ich spucke ihn an. Und das meine ich nicht metaphorisch.

Ich treffe seine Jacke, seinen Arsch, dann landet meine Spucke direkt hinten an seinem Straßenköterschädel. Das spürt er, aber er hält es für irgendein Insekt, das er mit der Hand verscheuchen kann. Ich treffe noch mal. Er dreht sich um.

»Was zum …? Spuckst du mich an?«, fragt er ungläubig und fährt sich durch die Haare.

»Tu das nicht noch mal jemandem an«, sage ich. »Niemandem.«

»Jude, ich dachte immer, du …«

»Ist mir ganz egal, was du damals gedacht hast oder was du jetzt denkst«, sage ich. »Mach es einfach nicht noch mal.«

Ich schieße an ihm vorbei und verdoppele unsere Geschwindigkeit. Nun fühle ich mich wie ein Satansbraten, vielen Dank auch.

Vielleicht hat Mom sich ja doch in »so einem Mädchen« getäuscht. Denn *so ein Mädchen* spuckt auf Jungs, die sie schlecht behandeln. Vielleicht war *so ein Mädchen* eine Zeit lang verloren gegangen. Aber vielleicht hat *so ein Mädchen* sich aus Guillermos Stein befreit. Vielleicht kann *so ein Mädchen* einsehen, dass es nicht ihre Schuld ist, dass ein Auto mit ihrer Mutter darin von der Straße abgekommen ist – und dass es keine Rolle spielt, was sie in der Zeit davor mit diesem Wichser getrieben hat. Ich habe uns kein Unglück gebracht, egal wie sehr es sich auch so angefühlt haben mag. Es ist von selbst gekommen. Es kommt von selbst.

Und vielleicht ist *so ein Mädchen* jetzt so mutig, Noah zu gestehen, was ich getan habe.

Wenn er nicht vorher stirbt.

Als wir uns dem Felsvorsprung nähern, höre ich etwas Seltsames. Zuerst denke ich, der Wind würde geisterhaft in den Bäumen jaulen, dann wird mir klar, dass es menschliche Geräusche sind. Vielleicht Gesang? Oder ein Sprechchor? Einen Moment später begreife ich, dass hier mein Nachname skandiert wird, und mein Herz wird mir aus dem Leib katapultiert. Ich glaube, bei Zephyr fällt der Groschen im selben Augenblick, denn wir sprinten beide los.

Sweetwine, Sweetwine, Sweetwine.

Bitte, bitte, bitte, denke ich, als wir die letzte Hügelkuppe hinter uns haben und die sandige ebene Fläche erreichen, auf der ein Haufen Leute einen Halbkreis bildet wie bei einer Sportveranstaltung. Zephyr und ich drängeln uns durch, teilen den Vorhang aus Leibern mit unseren Ellenbogen, bis wir für das selbstmörderische Spiel, das hier läuft, einen Platz in der ersten Reihe kriegen. Auf einer Seite des lodernden Lagerfeuers steht ein Typ mit einer Flasche Tequila in der Hand, er schwankt wie ein Rohr im Wind. Er ist keine sechs Meter vom der Kliffkante entfernt. Etwa drei Meter vor der Kante, auf der anderen Seite des Feuers, steht Noah, der als Publikumsliebling sein Leben beenden soll. Eine halb leere Flasche liegt neben seinen Füßen. Er hat die Arme ausgestreckt wie Flügel und dreht sich im Kreis, der Wind kräuselt seine Kleider, der Feuerschein lässt ihn leuchten wie einen Phoenix.

Ich fühle seinen Wunsch zu springen wie in meinem eigenen Körper.

Ein Typ auf einem Felsen brüllt: »Okay, fünfte Runde! Los geht's!« Er ist der Spielleiter und anscheinend genauso betrunken wie die Kandidaten.

»Du schnappst dir Noah«, sagt Zephyr, sein Ton ist jetzt ganz geschäftsmäßig. »Ich hole Jared. Die sind so hinüber, das ist nicht schwer.«

»Bei drei«, sage ich.

Wir stürzen vor, tauchen im Zentrum des Kreises auf. Vom Felsen herab lallt der Ansager: »Hey, da stört offenbar jemand den Kampf auf Leben und Tod.«

Meine Wut ist meteoritenhaft. »Tut mir echt leid, die Show kaputtzumachen«, brülle ich zu ihm hoch, »aber ich hab eine ganz tolle Idee. Lass nächstes Mal doch *deinen* Bruder sturzbetrunken von dieser Klippe springen.« Oh, wow. *So ein Mädchen* ist vielfältig einsetzbar. Ich glaube, ich habe sie in der Vergangenheit nicht genug gefordert. Diesen Fehler werde ich nicht wieder machen.

Ich packe Noahs Arm, ganz fest, weil ich mit Widerstand rechne, aber er fügt sich mir butterweich und sagt: »Hey, nicht weinen. Ich wollte nicht springen.« Weine ich?

»Ich glaub dir nicht«, sage ich und schaue in das offene, blühende Gesicht des alten Noah. In meiner Brust ist so viel Liebe, dass sie explodieren könnte.

»Du hast recht«, lacht er, dann hickst er. »Ich werde ja so was von springen. Sorry, Jude.«

Mit einer plötzlichen schnellen Bewegung, zu der er in seinem Zustand gar nicht fähig sein dürfte, wirbelt er aus meinen Armen, wirft mich in einer langsamen, qualvollen Bewegung nach hinten. »Nein!« Ich greife nach ihm, als er auf die Kante zustürzt und seine Arme wieder hebt.

Das ist das letzte Bild, das ich im Kopf habe, bevor mein Kopf auf den Boden knallt und die Menge kollektiv nach Luft schnappt.

Jetzt ist die Kliffkante leer. Aber keiner rennt den Pfad runter, den schnellsten Weg zum Strand. Keiner guckt auch nur über die Kante, um nachzusehen, ob Noah überlebt hat. Ein Massenexodus Richtung Straße ist im Gange.

Und ich muss wirklich aufhören zu halluzinieren; egal wie oft ich blinzele oder den Kopf schüttele, sie sind noch da.

Bäuchlings auf meinem Bruder, keinen Meter von mir entfernt, liegt Oscar.

Oscar, der aus dem Nichts aufgetaucht ist, um Noah zu Boden zu werfen, bevor er die Kante erreichen konnte.

»Hey, du bist das«, sagt Noah verwundert, als Oscar sich von ihm runter und auf den Rücken wälzt. Oscar keucht, als wäre er eben den Everest hochgehetzt, er trägt Motorradstiefel, fällt mir auf. Die Arme hat er von sich gestreckt, seine Haare sind schweißnass. Dank des Mondes und des Lagerfeuers halluziniere ich praktisch in HD. Noah setzt sich auf und schaut auf ihn runter.

»Picasso?«, höre ich Oscar sagen, der immer noch nicht wieder zu Atem gekommen ist. Ich habe schon ewig nicht mehr gehört, dass jemand Noah so genannt hat. »Ganz erwachsen, wie ich sehe, und mit Igelschnitt.«

Jetzt stoßen sie die Fäuste aneinander. Ja, ausgerechnet Noah und Oscar. Die beiden, von denen ich so was am wenigsten gedacht hätte. Das muss ich mir einbilden. Oscar setzt sich jetzt auf, er hat Noah eine Hand auf die Schulter gelegt. »Scheiße, was soll das, Mann?« Er macht Noah Vorwürfe? »Und du trinkst? Eiferst du mir etwa nach? Das bist nicht du, Picasso!«

Woher kennt Oscar Noah, woher weiß er, wer Noah nicht ist?

»Das bin ich nicht«, lallt Noah. »Das bin ich nicht mehr.«

»Das Gefühl kenne ich«, antwortet Oscar. Immer noch sitzend streckt er mir die Hand hin.

Ich frage: »Wie kommst du hier …«

Aber Noah unterbricht mich und nuschelt mir zu: »Du hast eine SMS nach der anderen geschickt, deshalb hab ich immer weiter getrunken, weil ich dachte, du wüsstest …«

»Was denn?«, frage ich. »Das hier passiert alles nur, weil ich dir SMS geschrieben habe?« Ich versuche, mich zu erinnern, was ich geschrieben habe – doch nur, dass ich mit ihm reden müsse und dass es dringend sei? Was hat er denn gedacht, worüber ich reden wollte? Was hat er denn gedacht, was ich wüsste? Er hat mir was vorenthalten, eindeutig. »Dass ich was wüsste?«, frage ich noch mal.

Er lächelt mich dümmlich an und schlägt mit der Hand nach der Luft. »Wüsste, wüsste«, wiederholt er wie ein Schwachsinniger. Okay, er ist total betrunken. Ich glaube nicht, dass er je mehr als ein oder zwei Bier getrunken hat. »Meine Schwester«, sagt er zu Oscar. »Sie hatte mal Haare, die uns folgten wie ein Strom aus Licht, weißt du noch?« Wenigstens glaube ich, dass er das gesagt hat. Er spricht Suaheli.

»Deine Schwester!«, ruft Oscar. Er fällt wieder auf den Rücken. Mit einem irren Lächeln im Gesicht lässt Noah sich glücklich neben ihn fallen. »Das ist ja genial«, sagt Oscar. »Wer ist euer Dad? Erzengel Gabriel? Und Haare wie ein Strom aus Licht, was?« Er hebt den Kopf, damit er mich sehen kann. »Bist du sicher, dass dir nichts fehlt? Du wirkst ein bisschen erschüttert. Und du siehst toll aus ohne die Mütze und dieses riesige Kartoffelsackshirt. Toll, aber so als ob dir kalt ist. Weißt du was? Ich würde dir ja meine Lederjacke anbieten, aber die hat mir jemand geklaut.« Er ist wieder total fit, wie ich sehe, vom Vormittag hat er sich erholt. Nur komme ich mir irgendwie so vor, als hätte ich sein Tagebuch gelesen.

Trotzdem. »Flirte nicht mit mir«, sage ich. »Ich bin immun gegen deinen Charme. Ich bin geimpft – von einer Nicht-Freundin zu viel.« Fürs Protokoll: *So ein Mädchen* hat es voll drauf.

Ich erwarte eine bissige Antwort, stattdessen guckt er mich auf eine völlig offene Art an und sagt: »Das gestern tut mir wahnsinnig leid. Ich kann dir gar nicht sagen, wie sehr.«

Ich bin geschockt, habe keine Ahnung, was ich darauf sagen soll. Ich weiß auch nicht genau, wofür er sich eigentlich entschuldigt. Dafür, dass ich gesehen habe, was ich gesehen habe – oder dafür, dass er getan hat, was er getan hat?

»Danke, dass du meinem Bruder das Leben gerettet hast«, sage ich und ignoriere die Entschuldigung erst mal – echt, ich fließe über vor Dankbarkeit, denn: Was wäre sonst? »Keine Ahnung, wie du hier so superheldenmäßig auftauchen konntest. Oder woher ihr euch kennt …«

Oscar stützt sich auf die Ellenbogen. »Ich kann mit Stolz behaupten, dass ich mich für euch beide ausgezogen habe.«

Das ist seltsam: Wann hat Oscar denn für Noah Modell gestanden? Noah stützt sich auch auf die Ellenbogen, anscheinend spielt er Wer-ist-der-Chef? mit Oscar. Sein Gesicht läuft rot an. »An deine Augen erinnere ich mich«, sagt er zu Oscar »Aber an diese Narben nicht. Die sind neu.«

»Tja, nun, du hättest den anderen mal sehen sollen, wie es so schön heißt. Oder in diesem Fall das Pflaster am Highway 5.«

Sie plappern miteinander. Beide liegen wieder ausgestreckt da, und die Worte gehen hin und her, in Englisch und Suaheli, dabei schauen sie in den leuchtenden Nachthimmel. Das entlockt mir ein Lächeln, ich kann nichts dagegen machen. Es ist genauso wie mit Oscar und mir im Gefängniszellenraum. Mir fällt dieser Klebezettel ein: *Sie sagte, es würde sich anfühlen, als ob du zur Familie gehörst.* Warum tut er das? Und diese Entschuldigung? Was war das eben? Er klang ernst, aufrichtig. Das war keine Verarschung.

Ich rieche Gras und drehe mich um. Zephyr, der schlaffe Typ namens Jared und eine Handvoll andere ziehen rauchend ab Richtung Straße, wahrscheinlich sind sie auf dem Weg zum Spot. Na, war der eine Hilfe. Wenn Oscar nicht vom Himmel gefallen wäre, dann wäre Noah jetzt tot. Wie zur Bestätigung kracht unten eine Welle ans Ufer. Es ist eine Art Wunder, denke ich, das muss es sein. Vielleicht hat Grandma recht: *Du musst die Wunder sehen, damit es Wunder gibt.* Vielleicht habe ich die Welt zu feige betrachtet, zu verzagt darin gelebt, um viel zu sehen.

»Ist dir klar, dass Oscar dir das Leben gerettet hat?«, sage ich zu Noah. »Hast du überhaupt irgendeine Vorstellung davon, wie hoch diese Klippe ist?«

»Oscar«, wiederholt Noah, richtet sich dann wacklig zum Sitzen auf und zeigt mit dem Finger auf mich: »Er hat mir nicht das Leben gerettet, und es ist egal, wie hoch es ist.« Er wird mit jeder Minute betrunkener und redet jetzt mit zwei Zungen. »Mom hält mich nämlich oben. So als hätte ich einen Fallschirm. So als könnte ich fliegen.« Er lässt die Hand langsam durch die Luft gleiten. »Unglaublich langsam segele ich den ganzen Weg runter. Jedes Mal.«

Mir klappt der Mund auf. Ja, das tut er. Ich habe es gesehen.

Deshalb springt er also immer wieder, damit Mom seinen Sturz abfängt. Denke ich das nicht jedes Mal, wenn ich den Das-arme-mutterlose-Mädchen-Blick abkriege? Denke ich da nicht immer, dass es ist, als wäre ich ohne Fallschirm aus dem Flugzeug geschubst worden, weil Mütter Fallschirme sind? Ich erinnere mich noch an das letzte Mal, als ich ihn vom Devil's Drop habe springen sehen. Er schien eine Ewigkeit in der Luft zu bleiben. Er hätte sich die Nägel machen lassen können.

Oscar setzt sich auf. »Das ist völlig bescheuert«, sagt er zu Noah, er klingt verstört. »Bist du verrückt? Wenn du in deinem derzeitigen Zustand von dieser Klippe springst, wirst du sterben. Ganz egal, welche Unterstützung du von der anderen Seite hast.« Er fährt sich mit der Hand durchs Haar. »Weißt du was, Picasso, ich wette, deiner Mutter wäre es lieber, wenn du dein Leben leben würdest, statt es aufs Spiel zu setzen.« Es erstaunt mich, diese Worte aus Oscars Mund zu hören. Ob Guillermo ihm das heute Morgen gesagt hat?

Noah schaut auf den Boden. »Aber das ist der einzige Zeitpunkt, wo sie mir vergibt.«

Ihm vergibt? »Was denn?«, frage ich.

Er ist ernst geworden. »Es ist alles eine große Lüge«, sagt er.

»Was denn?«, frage ich noch mal. Dass er auf Mädchen steht? Meint er das? Oder sich nicht mehr mit Kunst beschäftigt? Oder Flammenschutz trägt? Oder etwas ganz anderes? Etwas, das ihn dazu bringt, nachts betrunken von einer Klippe zu springen, weil meine SMS ihn auf den Gedanken gebracht hat, ich könnte darüber Bescheid wissen?

Er schaut verblüfft auf, als hätte er gemerkt, dass er geredet hat, nicht gedacht. Ich wünschte, ich könnte ihm jetzt sofort die Wahrheit über die CSA sagen, aber das kann ich nicht. Für dieses Gespräch muss er nüchtern sein. »Du kommst schon wieder in Ordnung«, sage ich ihm. »Versprochen. Alles wird jetzt besser.«

Er schüttelt den Kopf. »Nein, es wird gerade schlimmer. Du weißt es nur noch nicht.« Ein kalter Schauer durchläuft mich. Was meint er damit? Ich will ihn gerade weiter bedrängen, als er aufsteht und sofort vornüber fällt.

»Wir bringen dich nach Hause.« Oscar legt einen Arm um ihn. »Wo ist das? Ich würde ja anbieten, ihn hinzufahren, aber ich bin zu Fuß. G. hat mein Motorrad geklaut, für den Fall, dass ich heute Abend so ende. Wir hatten heute Morgen einen Riesenstreit.« Deshalb stand das Motorrad also im Hof. Ich habe das Gefühl, ich sollte ihm sagen, dass ich einen Teil dieses Streits mitgehört habe, aber das scheint jetzt nicht der richtige Zeitpunkt zu sein.

»G.?«, fragt Noah, dann scheint er zu vergessen, dass er was gesagt hat.

»Ist nicht weit«, sage ich zu Oscar. »Danke. Echt, danke.«

Er lächelt. »Ich bin der, den du rufst, weißt du noch? Leiche, blutiges Messer.«

»Sie sagte, es würde sich anfühlen, als ob du zur Familie gehörst«, sage ich zu ihm. Dass ich das lieber hätte für mich behalten sollen, wird mir erst dann klar. Wie kitschig.

Aber wieder reagiert er nicht so, wie ich dachte. Das ehrlichste Lächeln, das ich je bei ihm gesehen habe, geht über sein Gesicht, es fängt in den Augen an und scheint gar kein Ende zu finden auf seinem Gesicht. »Hat sie und tust du.«

Während Oscar und Noah wie bei einem Dreibeinlauf herumstolpern, versuche ich, das statische Knistern in meinem Kopf zur Ruhe zu bringen. *Hat sie und tust du.* Und jetzt fällt mir ein, dass er dieses Foto von mir in seiner Jacke hatte ... Und Brooke in seinen Armen – Jude, bitte! Tja, aber er hat Noah gerade das Leben gerettet. Und was ist mit dieser Art, wie er gesagt hat: »Ich kann dir gar nicht sagen, wie leid es mir tut«? Und wie er heute Morgen mit Guillermo war? Und wir beide waren ja nicht so richtig zusammen. Mannomann. Einseifen. Ausspülen. Und das Ganze noch mal von vorn.

Als wir die Straße erreichen, befreit Noah sich aus Oscars Griff und stapft voran. Ich behalte ihn im Auge, wie er allein da rumhoppelt.

Oscar und ich gehen Seite an Seite. Ein paar Mal berühren sich unsere Hände. Macht er das mit Absicht? Oder ich?

Etwa auf halbem Weg nach Hause sagt er. »Ich erzähl dir mal, wie ich hergekommen bin. Ich war am Spot. Ich war total aufgewühlt. G. hat Sachen gesagt, die mir sehr nahegegangen sind. Er hat so eine Art, einem den Spiegel vorzuhalten – und was ich darin gesehen habe, war ziemlich schrecklich. Ich wollte mich nur noch volllaufen lassen, total abschießen. Ich dachte gerade daran, mir den ersten Drink seit 234 Tagen und 10 Stunden zu genehmigen – da war der letzte Fehltritt. Ich hab tatsächlich gerade die Minuten gezählt mit Blick auf die Uhr, als dieser wirbelnde Derwisch, der übrigens verblüffende Ähnlichkeit mit dir hatte, aus dem Nichts gerast kam und mir den Gin aus der Hand gestoßen hat. Total unglaublich. Ein Zeichen, oder nicht? Meine Mum? Ein Wunder? Ich wusste es nicht. Nur hatte ich keine Gelegenheit, über die sublime oder gar göttliche Natur dieser

Begebenheit nachzusinnen, weil ich sofort, verzweifelt und irrtümlich davon überzeugt war, dass du von irgendeinem nordischen Riesen in den Wald gejagt wurdest. Ich frage dich also, wer hat heute Nacht wem das Leben gerettet?

Ich schaue hoch zu der silbrig glänzenden Mondmünze, die über den Himmel rollt. Vielleicht sehe ich die Wunder, denke ich.

Oscar holt etwas aus seiner Tasche und hält es hoch. Das Licht reicht, um zu erkennen, dass er die Muschel seiner Mutter auf ein rotes Band gezogen hat, das genauso aussieht wie das Band, das ich um Guillermos Brief an die Liebste gewickelt hatte. Ehe ich mich versehe, ist alles an ihm allem an mir nahe, denn er bindet es mir um den Hals.

»Aber ohne das wirst du innerhalb von Minuten sterben«, wispere ich.

»Du sollst es haben.«

Vor Rührung kann ich kein Wort sagen.

Wir setzen unseren Weg fort. Als unsere Hände sich das nächste Mal berühren, greife ich nach seiner und halte sie fest.

Ich sitze an meinem Schreibtisch und lege letzte Hand an die Studien für Moms Skulptur, dabei bemühe ich mich wirklich um Ähnlichkeit. Morgen werde ich sie Guillermo zeigen. Noah schläft seinen Rausch aus. Oscar ist schon lange weg. Die magische Muschel an meinem Hals – sein kostbarster Besitz, wie er sagte! – strahlt Freude aus. Ich wollte schon Fish aus der Schule anrufen, weil ich darauf brenne, jemandem von der Muschel zu erzählen, von den Fotos mit den Klebezetteln und von allem, was sonst so passiert ist – jemandem von den Lebenden zur Abwechslung. Aber dann fiel mir ein, dass Winterferien sind. Die Wohnheime sind geschlossen (ich bin eine der wenigen, die nicht in der Schule wohnen), es ist mitten in der Nacht und wir sind keine richtigen Freundinnen. Aber vielleicht sollten wir das sein. Vielleicht brauche ich dringend eine lebendige Freundin. Sorry, Grandma. Eine, mit der ich darüber sprechen kann, wie ich eben, als Oscar und ich draußen auf der Treppe nur Zentimeter voneinander entfernt atmeten und pulsierten, ganz sicher war, dass er mich küssen würde – er es aber nicht getan hat. Und ich weiß nicht, warum. Er ist nicht mal mit reingekommen, was vermutlich gut ist, weil er dann wahrscheinlich begriffen hätte, dass ich noch auf der Highschool bin. Er war erstaunt, dass ich zu Hause wohne. Er sagte: »Oh, ich hatte angenommen, du würdest auf dem Campus wohnen. Bist du hiergeblieben, weil du dich nach dem Tod eurer Mutter um deinen kleinen Bruder kümmern wolltest?«

Ich hab das Thema gewechselt. Ich weiß natürlich, dass ich es ihm sagen muss, und das werde ich. Auch, dass ich einen Teil seines Streits mit Guillermo gehört habe. In Kürze werde ich ein Mädchen ohne irgendwelche Geheimnisse sein.

Mit den Skizzen bin ich zufrieden, ich klappe den Block zu und setze mich an den Nähtisch. Schlafen ist völlig ausgeschlossen, nicht nach allem, was am Tag und am Abend passiert ist – mit Oscar, mit Noah, mit Zephyr, mit den Geistern und überhaupt. Ich will mit dem Kittel für Guillermo anfangen, den ich aus Resten Schwebender Kleider nähen will. Ich durchwühle meine Tasche nach dem alten Kittel, den ich habe mitgehen lassen, um ihn als Muster zu benutzen. Den breite ich auf dem Tisch aus und ertaste etwas in der vorderen Tasche. Ein paar Notizblöcke. Einen blättere ich durch. Nur Notizen und Listen auf Spanisch, Skizzen, das Übliche. Nichts auf Englisch, nichts für die Liebste. Ich blättere den nächsten Block durch, eigentlich nichts anderes, doch dann, auf Englisch und eindeutig für die Liebste, drei Entwürfe desselben Briefes, jeder mit kleinen Variationen. Offenbar hatte er fest vor, es genau richtig hinzukriegen. Vielleicht wollte er das als E-Mail verschicken? Oder als Postkarte? Oder mit einem schwarzen Samtkästchen mit einem Ring darin?

Am wenigsten durchgestrichen ist dieser:

Ich kann das nicht länger. Ich ~~muss~~ brauche eine Antwort. Ohne dich kann ich nicht leben. Ich bin ein halber Mann mit einem halben Körper, einem halben Herzen, halbem Verstand, halber Seele. Es gibt nur eine Antwort, das weißt du. Du musst es mittlerweile wissen. Wie kannst du es nicht wissen? Heirate mich, meine Liebste. Sag Ja.

Ich falle auf meinen Stuhl. Sie hat Nein gesagt. Oder vielleicht hat er sie nie gefragt. Was auch immer, armer Guillermo. Wie war das noch, was er heute gesagt hat? *Was schlecht ist für das Herz, ist gut für die Kunst.* Offenbar war das hier sehr schlecht für sein Herz und sehr gut für seine Kunst. Nun, ich werde ihm den schönsten Kittel nähen, in dem er seine Kunst machen kann. Ich suche in meinem Beutel nach Stoffresten in Rottönen, orange, lila, Herzfarben.

Dann fange ich an, die Stücke zusammenzunähen.

Keine Ahnung, wie lange es schon klopft, als mir dämmert, dass das Geräusch nicht von meiner verrückt spielenden Nähmaschine kommt, sondern dass jemand am Fenster ist. Oscar? Hat er was riskiert und ans einzige beleuchtete Fenster im Haus geklopft? Das kann nur er sein. Eine Sekunde später stehe ich vorm Spiegel, schüttele den Kopf ein bisschen, um die Haare aufzuwecken, dann richtig heftig, um sie wild zu machen. Ich greife in die oberste Schublade meiner Kommode und schnappe mir den rotesten Lippenstift, den ich besitze. Ja, ich will es. Ich will auch eines der preisgekrönten Kleider von der Wand nehmen und anziehen – das Schwerkraftkleid vielleicht? –, und dann … mache ich genau das.

»Sekunde«, brülle ich zum Fenster.

»Oki doki«, höre ich Oskar sagen.

Oki doki!

Im Schwerkraftkleid stehe ich vor dem großen Spiegel, das ist meine Antwort auf das Schwebende Kleid. Es ist korallenfarben, eng anliegend und hat eine Nixenform, die unten ausgestellt ist und Rüschen hat. Keiner hat mich je darin oder in irgendeinem der anderen Kleider gesehen, die ich in den letzten beiden Jahren gemacht habe. Mich eingeschlossen. Ich schneidere sie mir auf den Leib, stelle sie mir aber an einem anderen Mädchen vor. Jemand, der meinen Schrank öffnet, würde bestimmt glauben, dass wir zu zweit in diesem Zimmer leben – und miteinander befreundet sein wollen.

Da haben wir es, denke ich, und es trifft mich wie ein Schlag. Sie ist es also, für die ich die ganze Zeit Kleider entwerfe, ohne dass es mir bewusst war. Wenn ich je ein eigenes Label haben sollte wie Grandma, dann nenne ich es *So eine.*

Ich durchquere das Zimmer, ziehe die Vorhänge auseinander und schiebe das Fenster hoch.

Er macht einen Satz. »Oh mein Gott«, ruft er. »Guck dir das an. Scheiße, guck dir das an. Du bist atemberaubend. So ziehst du dich also an, wenn du ganz allein bist mitten in der Nacht? Und draußen bei vollem Tageslicht läufst du im Kartoffelsack rum?« Er grinst sein durchgeknalltes Grinsen. »Ich glaube, du könntest die exzentrischste Person sein, die mir je begegnet ist.« Er legt die Hände aufs Fenstersims. »Aber ich bin nicht gekommen, um dir das zu sagen. Ich war schon halb zu Hause, als mir etwas sehr Wichtiges einfiel, was ich dir sagen musste.«

Er lockt mich mit dem Zeigefinger heran. Ich bücke mich und lehne mich aus dem Fenster in die Nacht hinein, spüre die sanfte Brise im Haar.

Sein Gesicht ist ernst geworden.

»Was denn?«, frage ich.

»Das hier.« So schnell, dass ich es nicht kommen sehe, packt er meinen Kopf mit beiden Händen und küsst mich.

Ganz kurz zucke ich zurück. Kann ich ihm trauen? Es wäre verrückt, das zu tun. Aber wenn ich es trotzdem tue? Einfach so? Soll er mich doch ausatmen bis in alle Ewigkeit …

Und da passiert es. Vielleicht ist es der Mondschein, der herunterströmt und seine Gesichtszüge von oben beleuchtet, oder vielleicht ist es der Schein der Lampe in meinem Zimmer auf seinem Gesicht – oder vielleicht bin ich endlich bereit zu sehen, was mir immer entgangen ist, seit wir uns das erste Mal begegnet sind …

Er hat für Noah Modell gestanden.

Oscar ist der Typ auf dem Porträt.

Er ist es.

Und das hier ist genau so, wie ich es mir immer vorgestellt habe.

Ich lehne mich wieder hinaus in die Nacht. »Ich habe praktisch die ganze Welt für dich gegeben«, sage ich zu ihm und gehe durch die Vordertür meiner eigenen Liebesgeschichte. »Die Sonne, die Sterne, das Meer, die Bäume, alles, ich habe es für dich hergegeben.«

Verdutztheit zeigt sich auf seinem Gesicht, schnell gefolgt von Entzücken. Schnell gefolgt davon, dass ich mit beiden Händen nach ihm greife, ihn zu mir ziehe, weil *er es ist* – und all die Jahre, in denen ich das nicht bemerkt habe und nichts getan habe und nicht gelebt habe, durchbrechen den Damm des Augenblicks, bis ich ihn hungrig küsse, seinen Körper berühren will ... Ich greife nach ihm und er nach mir und seine Finger verknoten sich in meinen Haaren, und ehe ich mich versehe, bin ich ganz zum Fenster raus, falle auf ihn und mit ihm zu Boden.

»Mann über Bord«, murmelt er, wickelt mich in seine Arme und wir lachen, und dann erstirbt das Lachen, denn wer hätte gedacht, dass Küssen so sein kann, dass es in der Lage ist, die innere Landschaft zu verwandeln, Meere auszukippen, Flüsse bergan zu schicken und den Regen in die Wolken zurückzuholen.

Er wälzt uns herum, sodass sein Körper sich in meinen drückt, sein Gewicht, das Gewicht von diesem anderen Tag – und Zephyr drängelt sich zwischen uns. Meine Muskeln verkrampfen sich. Ich mache die Augen auf, fürchte mich vor dem nicht sehenden Fremden, den ich dieses Mal vorfinden werde, aber ich finde keinen Fremden. Es ist Oscar, präsent, so präsent – mit Liebe im Gesicht. So geschieht es, dass ich ihm vertraue. Man kann Liebe sehen. Sie sieht aus wie dieses Gesicht. Für mich hat sie immer ausgesehen wie dieses verrückte Gesicht, in dem nichts zusammenpasst.

Mit dem Daumen berührt er meine Wange. »Es ist okay«, sagt er. So als wüsste er irgendwie, was geschehen ist.

»Sicher?«

Die Bäume um uns herum rascheln leise.

»Hundert Prozent sicher.« Sanft zieht er an der Muschel. »Versprochen.«

Die Nacht ist warm, schüchtern, berührt kaum unsere Haut. Sie hüllt uns ein, umschlingt uns. Er küsst mich langsam, zärtlich, sodass mein Herz sich knarrend öffnet, sodass jeder Augenblick von diesem grässlichen Tag am Strand weggespült wird, sodass, einfach so, der Boykott zum Ende kommt.

Es fällt mir extrem schwer, mich in meinem Zimmer auf Oscar zu konzentrieren, denn: Oscar ist in meinem Zimmer! Oscar ist der Typ in dem Porträt!

Er ist ausgeflippt, als er gehört hat, dass ich die Kleider an der Wand und das an meinem Körper selbst gemacht habe, und jetzt hat er ein gerahmtes Foto von mir beim Surfen in die Hand genommen. Er gräbt mich aus, nur ohne Hammer und Meißel. »Für einen Engländer ist das Pornografie«, sagt er und wedelt mit dem Bild vor mir rum.

»Hab seit Jahren nicht mehr gesurft«, sage ich.

»Jammerschade.« Er tippt auf das Handbuch für Ärzte. »Das hier hatte ich erwartet.« Er nimmt ein anderes Foto in die Hand. Ein Sprung vom Devil's Drop. Er betrachtet es. »Du warst also waghalsig?«

»War ich wohl. Ich hab nicht drüber nachgedacht. Damals hab ich solche Sachen eben richtig gern gemacht.« Er schaut auf, so als würde er erwarten, dass ich mehr sage. »Als meine Mom starb ... ich weiß auch nicht, da habe ich Angst gekriegt. Vor so gut wie allem.«

Er nickt, als würde er das kapieren. »Das ist, als hätte man ständig eine Hand an der Gurgel, nicht? Nichts ist mehr unvermeidlich. Der nächste Herzschlag nicht, gar nichts.« Und wie er das versteht. Er setzt sich auf meinen Nähstuhl, schaut wieder auf das Foto. »Obwohl ich das Gegenteil gemacht habe. Ich hab die ganze Angst als Punchingball benutzt und mich fast täglich beinahe umbringen lassen.« Er runzelt die Stirn, stellt das Bild wieder hin. »Darum ging es auch bei diesem Streit mit G. Er findet, ich gehe aberwitzige Risiken auf dem Motorrad ein oder mit Drogen in der Vergangenheit, aber nicht ...« Er verstummt, als er mein Gesicht sieht. »Was ist?«

»Oscar, ich hab einiges von diesem Streit heute Morgen mitangehört. Sobald mir klar war, dass ihr euch streitet, bin ich gegangen, aber ...« Ich verbeiße mir das Geständnis, weil er aussieht als hätten seine Organe Feuer gefangen.

Ich weiß nicht recht, was passiert, nur dass er aufspringt und mit halsbrecherischer unoscarischer Geschwindigkeit auf mich zustürzt. »Dann weißt du es«, sagt er. »Du musst es wissen, CJ.«

»Was denn?«

Er nimmt mich bei den Armen. »Dass ich eine Scheißangst vor dir habe. Dass ich dich nicht außen vor halten kann wie alle anderen. Dass ich glaube, du könntest mich vernichten.«

Wir atmen laut, schnell, synchron. »Das wusste ich nicht«, flüstere ich, bekomme die Worte jedoch kaum heraus, ehe sein Mund hart und dringlich auf meinem landet. In seinen Lippen spüre ich die rückhaltlosen Emotionen, spüre, wie sie in mir etwas freilegen, lösen, etwas Kühnes, Furchtloses und Beflügeltes.

Ka-wumm.

»Ich bin so tot«, sagt er mir ins Haar. »So tot«, sagt er mir in den Nacken, dann nimmt er Abstand, seine Augen glänzen. »Du wirst mich auslöschen, nicht wahr? Ich weiß es.« Er lacht, noch sprudelnder und ausgelassener als sonst – in seinem Gesicht ist etwas Neues – eine Offenheit, eine Freiheit vielleicht. »Das hast du schon. Guck mich an. Wer ist dieser Typ? Ich versichere dir, niemand ist diesem Sturmwind je begegnet. Ich kenne ihn nicht. Und nichts von dem, was ich dir eben erzählt habe, hatte was mit dem Streit mit G. zu tun, um Himmels willen! Ich musste es dir nur sagen. Du musst wissen, dass ich mich noch nie« – er wedelt mit der Hand in der Luft herum – »so richtig in was reingestürzt habe. Nichts dergleichen. Bin kein Reinstürzer.« Will er damit sagen, dass er noch nie verliebt war? Guillermo hatte zu ihm gesagt, er würde verletzen, bevor er verletzt werden könnte, er würde niemanden reinlassen. Aber mich kann er nicht außen vor halten?

»Oscar«, sage ich.

Er legt die Handflächen auf meine Wangen. »Mit Brooke ist nichts passiert, nachdem du weg warst. Nichts. Nachdem ich dir diese Sachen von meiner Mutter und mir erzählt habe, bin ich total in Panik geraten und hab mich wie der letzte Wichser benommen. Ein Feigling – wahrscheinlich hast du dieses Lob heute Morgen aus G.s Mund gehört. Ich hab wohl versucht, das hier kaputtzumachen, bevor …« Ich folge seinem Blick zum Fenster, zur schwarzen Welt außerhalb dieses Zimmers. »Ich hab immer gedacht, dass du einen Blick auf die dunkle Seite geworfen hast, gesehen hast, wer ich wirklich bin, und du …«

»Nein«, sage ich, denn ich verstehe, was er meint. »Im Gegenteil. Ich habe mich dir näher gefühlt. Aber ich verstehe es, ich denke oft das Gleiche. Wenn die Leute mich wirklich kennen würden, dann würden sie mich niemals …«

»Ich schon«, sagt er.

Er kickt mir die Luft raus, kickt strahlendes Licht in mich hinein.

Zeitgleich bewegen wir uns aufeinander zu, und dann liegen wir uns in den Armen, vereint, aneinandergedrückt, doch dieses Mal ohne uns zu küssen, ohne uns zu bewegen, wir halten uns einfach nur ganz fest. Augenblicke vergehen, viele, viele, und wir halten uns weiter, als würde es um unser Leben gehen – oder vielleicht klammern wir uns an unser Leben. Unser kostbares Leben.

»Jetzt wo du die Muschel hast«, sagt er, »darf ich mich aus Sicherheitsgründen wahrscheinlich nie weiter von dir entfernen als jetzt gerade.«

»Deshalb hast du sie mir also geschenkt!«

»Mein durch und durch finsterer Plan.«

Obwohl ich so etwas nicht für möglich gehalten hätte, zieht er mich noch näher an sich heran. »Wir sind Brancusis

Kuss«, flüstere ich. Eine der romantischsten Skulpturen, die je geschaffen wurden: ein Mann und eine Frau zum Einssein zusammengepresst.

»Ja!«, sagt er. »Genau so.« Er tritt einen Schritt zurück und streicht mir eine Haarsträhne aus dem Gesicht.

»Passt perfekt, als wären wir Dualseelen.«

»Dualseelen?«

Ein Strahlen geht über sein Gesicht. »Platon hat von diesen Wesen mit vier Beinen, vier Armen und zwei Köpfen geredet, die es einmal gegeben haben soll. Sie existierten in völliger Unabhängigkeit, ekstatisch und mächtig. Zu mächtig, deshalb hat Zeus sie alle halbiert und die Hälften über die ganze Welt verstreut, damit waren die Menschen für alle Zeiten dazu verdammt, nach ihrer anderen Hälfte zu suchen, mit der sie ihre ureigene Seele teilten. Weißt du, nur die Menschen, die großes Glück haben, finden ihre Dualseele.«

Ich denke an den letzten Brief an die Liebste. In dem hatte Guillermo gesagt, er sei ein halber Mann mit einer halben Seele, einem halben Verstand … »Ich habe noch einen Brief gefunden, den Guillermo geschrieben hat. Er war in einem der Notizblöcke, die er überall liegen hat, ein Heiratsantrag …«

»Tja, da muss ich wohl die Aussage verweigern, wie man so sagt. Eines Tages wird er dir alles erzählen, da bin ich sicher. Aber ich habe ihm versprochen …«

Ich nicke. »Verstehe.«

»Die beiden waren aber Dualseelen, das ist ganz sicher«, sagt er. Er legt die Hand auf meine Taille. »Ich habe eine geniale Idee.« Die Emotionen schwirren in seinem Gesicht.

Nicht mal mehr ein Prozent Verarschung. »Wir lassen es drauf ankommen. Wir stürzen uns rein. Hier kommt noch der letzte Rest: Ich war so ein Wrack am Spot, weil ich dachte, ich hätte es versaut mit dir. Es macht mir nichts aus, dass G. Enthauptung auf die Liste der barbarischen Bestrafungen dafür, dass ich in deine Nähe gekommen bin, gesetzt hat. Ich glaube, die Prophezeiung meiner Mutter ist echt. Ich habe überall geguckt. Die Massen abgesucht. So viele Fotos gemacht. Aber ich habe dich wiedererkannt, nur dich. In all diesen Jahren.« Das irre Grinsen beherrscht jetzt sein ganzes Gesicht. »Also, wie wär's damit? Wir hüpfen auf Gummitieren herum. Und reden mit Geistern. Und glauben, wir hätten das Ebola-Virus und keine gewöhnliche Erkältung. Und tragen Zwiebeln in unseren Taschen herum, bis sie sprießen. Und vermissen unsere Mütter. Und machen lauter schöne Dinge ...«

Völlig mitgerissen, sage ich: »Und wir fahren Motorrad und gehen in leer stehende Häuser und ziehen unsere Kleider aus. Und vielleicht bringen wir auch einem Engländer das Surfen bei. Nur weiß ich echt nicht, wer das alles eben gesagt hat.«

»Ich schon.«

»Ich bin so glücklich«, sage ich überwältigt. »Ich muss dir was zeigen.« Ich löse mich von ihm und taste nach der Plastiktüte unterm Bett.

»Also, Noah hat dich gezeichnet. Ich weiß nicht genau wie ...«

»Das weißt du nicht? Er hat immer vor dem Fenster von der Kunstschule campiert und die Modelle gezeichnet.«

Ich presse die Hand auf den Mund.

»Was ist denn?«, sagt Oscar. »Hab ich was Falsches gesagt?«

Ich schüttele den Kopf, versuche dieses Bild von Noah zu vertreiben, der in einen Klassenraum der CSA guckt. Er hätte sonst was gemacht. Aber dann atme ich tief durch, sage mir, dass alles in Ordnung ist, weil er nächste Woche an der CSA sein wird, und das beruhigt mich soweit, dass ich weiter nach der Plastiktüte kramen kann. Einen Moment später sitze ich mit ihr auf dem Schoß neben Oscar. »Okay. Irgendwann vor langer Zeit habe ich dieses kubistische Porträt gesehen, das mein Bruder von dir gemacht hat, und ich musste es haben.« Ich schaue ihn an. »Ich musste es unbedingt haben. Es war Liebe auf den ersten Blick.« Er lächelt. »Er und ich haben immer so ein Spiel gespielt, bei dem wir Teile der Welt hin- und hergetauscht haben, es ging dabei um die Herrschaft über das Universum. Er war drauf und dran zu gewinnen. Wir … wir konkurrieren sehr stark, wenn man es freundlich ausdrücken möchte. Egal, er wollte nicht, dass ich dich kriegte. Ich musste fast alles hergeben. Aber das war es wert. Ich habe dich hier hingehängt.« Ich zeige ihm die Stelle neben meinem Bett, an dem das Bild gehangen hat. »Und da hab ich dich immer angestarrt und mir gewünscht, du wärst echt und würdest an mein Fenster kommen, genau wie du es heute Abend gemacht hast.«

Er lacht los. »Unglaublich! Wir sind Dualseelen, absolut.«

»Ich weiß nicht, ob ich eine Dualseele sein will«, sage ich ehrlich. »Ich glaube, ich brauche meine eigene Seele.«

»Dagegen ist nichts einzuwenden. Vielleicht können wir ja ab und zu Dualseelen sein. Zu Gelegenheiten wie dieser zum Beispiel.« Mit einem Finger streicht er langsam an meinem

Hals hinunter, übers Schlüsselbein und tiefer, tiefer. Dieser tiefe Ausschnitt, was hab ich mir nur dabei gedacht? Ich hätte nichts gegen ein Sofa zum Ohnmächtigwerden. Ich hätte gar nichts gegen irgendwas. »Aber warum wurde ich zerfetzt und in eine Tüte gestopft?«, fragt er.

»Oh, das hat mein Bruder gemacht. Er war wütend auf mich. Ich hab aber sehr oft versucht, dich wieder zusammenzusetzen.«

»Danke«, sagt er, aber dann erregt irgendwas auf der anderen Seite des Zimmers seine Aufmerksamkeit, und wie der Blitz zischt er auf meine Kommode los. Er nimmt ein Foto von meiner Familie in die Hand und betrachtet es eingehend. Ich beobachte ihn im Spiegel. Sein Gesicht ist aschgrau geworden. Was denn? Er dreht sich um und guckt durch mich hindurch. »Du bist nicht seine große Schwester«, sagt er mehr zu sich selbst als zu mir. »Ihr seid Zwillinge.« Ich kann die Rädchen in seinem Kopf rotieren sehen. Er muss wissen, wie alt Noah ist – und jetzt weiß er, wie alt ich bin.

»Ich wollte es dir erzählen«, sage ich. »Aber ich hatte Angst davor. Ich hab befürchtet, du …«

»Heilige Scheiße.« Er stürzt zum Fenster. »Guillermo hat keine Ahnung.« Er ist schon halb draußen. Keine Ahnung, was los ist.

»Warte«, sage ich. »Warte, Oscar. Selbstverständlich weiß er es. Und es kann ihm doch auch ganz egal sein. Warum ist denn das so wichtig?« Ich renne ans Fenster, brülle raus: »Mein Vater war elf Jahre älter als meine Mutter! Das spielt keine Rolle.«

Aber er ist schon weg.

Ich gehe zur Kommode und nehme das Foto in die Hand.

Es ist mein liebstes Familienfoto. Noah und ich sind ungefähr acht, wir tragen beide Matrosenanzüge und sehen total bekloppt aus. Aber ich liebe dieses Bild wegen meiner Eltern.

Meine Mutter und mein Vater gucken sich an, als hüteten sie das wunderbarste Geheimnis.

Das unsichtbare Museum

Noah
14 Jahre

Eine Farbtube nach der anderen leere ich ins Becken der Waschküche.

Ich brauche Farbe, kräftige, strahlende, Leck-mich-am-Arsch-, Hau-ab-, Scheiß-auf-alles-Farbe, Berge davon. Ich brauche das Glänzen frischer Farbe. Ich muss meine Finger reintauchen, meine Hände, in Hellgrün, in Magenta, in Türkis, in Kadmiumgelb. Ich wünschte, ich könnte sie essen. Ich wünschte, ich könnte meinen ganzen Körper darin ertränken. Ja, genau das will ich, denke ich, während ich mische und rühre, Grün mache, Lila mache, Braun mache, eine Farbe mit der anderen verlaufen lasse, meine Hände, meine Arme in den kalten, glitschigen Matsch sinken lasse, bis mein Blick tanzt.

Vor etwa einer Stunde habe ich vom Fenster aus beobachtet, wie Mom in ihr Auto gestiegen ist.

Gleich als sie den Motor angelassen hat, bin ich rausgerannt, hinter ihr her. Es hatte angefangen zu nieseln.

Und da habe ich es geschrien: *Ich hasse dich. Ich hasse dich so sehr.*

Sie hat mich angesehen, geschockt, mit riesigen Augen,

Tränen liefen ihr die Wangen runter. Mit den Lippen formte sie die Worte *Ich liebe dich,* dann legte sie sich die Hand aufs Herz und zeigte auf mich, als wäre ich taub.

Eine Sekunde später schoss sie aus der Auffahrt, um zu Dad zu fahren und ihm zu sagen, dass sie die Scheidung wollte, damit sie diesen anderen Mann heiraten konnte.

»Ist mir doch egal«, sage ich laut zu niemandem. Sie und Dad sind mir egal. Brian und Courtney auch. Sogar die CSA. Mir ist alles egal, außer Farbe, Farbe und mehr Leuchtkraft. Ich gebe noch eine Tube Kornblumenblau auf den wachsenden Berg …

Und da klingelt das Telefon.

Und klingelt.

Und klingelt. Sie muss vergessen haben, den Anrufbeantworter einzuschalten. Es klingelt immer weiter. Ich finde das Telefon im Wohnzimmer, wische mir die Hände am T-Shirt ab, schmiere aber trotzdem Farbe über den ganzen Apparat.

Ein Mann mit einer schroffen Stimme sagt: »Ist das die Wohnung von Dianna Sweetwine?«

»Sie ist meine Mutter.«

»Ist dein Vater zu Hause, mein Junge?«

»Nein, er wohnt zurzeit nicht hier.« Ein elektrischer Schlag durchzuckt mich – irgendwas stimmt nicht. Ich höre es an seiner Stimme. »Wer ist da?«, frage ich, obwohl ich schon weiß, dass es die Polizei ist, bevor er es bestätigt. Keine Ahnung, woher, aber in diesem Augenblick weiß ich alles.

(Selbstporträt: *Der Junge im Jungen hört auf zu atmen*)

Er sagt mir nicht, dass es einen Unfall gegeben hat. Dass ein Auto auf dem Highway 1 verunglückt ist. Er sagt mir gar nichts. Aber irgendwie weiß ich es.

»Geht es meiner Mutter gut?«, will ich wissen und renne ans Fenster. Das Funkgerät der Polizei knattert im Hintergrund. Ich sehe Surfer aufs Meer raus paddeln, Jude ist nicht dabei. Wo ist sie? Fry hat gesagt, sie sei mit Zephyr abgehauen. Wo sind sie hingegangen? »Ist was passiert?«, frage ich den Mann, während ich beobachte, wie der Ozean verschwindet und dann der Horizont. »Bitte, sagen Sie es mir.« Mom war so verstört, als sie wegfuhr. Wegen mir. Weil ich gesagt hatte, ich würde sie hassen. Weil ich ihr zum Hölzernen Vogel gefolgt war. Weil ich dieses Bild gemalt hatte. Die ganze endlose Liebe, die ich für sie empfinde, sprudelt hoch, hoch, hoch. »Geht es ihr gut?«, frage ich noch mal. »Bitte, sagen Sie mir, dass es ihr gut geht.«

»Kannst du mir die Mobilnummer von deinem Vater geben, mein Junge?« Er soll aufhören, mich *mein Junge* zu nennen. Er soll mir sagen, dass mit meiner Mutter alles in Ordnung ist. Ich will, dass meine Schwester nach Hause kommt.

Ich gebe ihm Dads Handynummer.

»Wie alt bist du?«, fragt der Polizist. »Ist jemand bei dir?«

»Ich bin allein«, sage ich, die Panik wirft mich um. »Ich bin vierzehn. Geht es meiner Mom gut? Sie können mir sagen, was passiert ist.« Aber sobald ich das ausgesprochen habe, weiß ich, dass ich nicht will, dass er es mir sagt. Ich will es nicht wissen, nie. Jetzt sehe ich, dass Farbe auf den Boden getropft ist, überall, wie buntes Blut. Ich habe sie überall verteilt. Handabdrücke überall am Fenster, an der Sofalehne, an den Gardinen, den Lampenschirmen.

»Ich rufe jetzt deinen Dad an«, sagt er leise, dann legt er auf.

Ich traue mich nicht, Moms Handy anzurufen. Ich rufe

Dad an. Der Anruf geht gleich auf die Mailbox. Bestimmt redet er mit dem Polizisten, der ihm alles erzählt, was er mir nicht gesagt hat. Mit dem Fernglas klettere ich aufs Dach. Es nieselt immer noch. Und es ist viel zu warm. Alles ist falsch. Ich sehe Jude weder am Strand, noch auf der Straße, noch irgendwo auf den Klippen. Wo ist sie mit Zephyr hingegangen? Telepathisch sage ich ihr, dass sie nach Hause kommen soll.

Ich schaue rüber zu Brians Haus, wünschte, er wäre auf seinem Dach, wünschte, er wüsste, wie leid es mir tut, wünschte, er würde rüberkommen und über Planetenumlaufbahnen und Sonneneruptionen reden. Ich taste nach dem Stein in meiner Tasche und umschließe ihn mit der Hand. Dann schleudert ein Auto über die Auffahrt. Ich renne auf die andere Seite vom Dach. Es ist Dad, der nie ins Schleudern gerät. Hinter ihm hält ein Polizeiauto. Meine Haut fällt runter. Ich falle runter.

(Selbstporträt: *Junge wird von der Erde geschleudert*)

Ich klettere die Leiter an der Seite des Hauses runter, betrete das Wohnzimmer durch die Schiebetür. Ich bin eine Statue im Flur, als Dad den Schlüssel im Schloss umdreht.

Er muss nichts sagen. Wir stoßen zusammen, fallen zu Boden, auf unsere Knie. Mit beiden Händen drückt er meinen Kopf an seine Brust. »Oh, Noah. Das tut mir so leid. Oh Gott, Noah. Wir müssen deine Schwester holen. Das ist doch nicht wahr. Das ist doch nicht wahr. Oh Gott.«

Ich habe es nicht geplant. Die Panik quillt aus ihm heraus und in mich hinein, aus mir raus und in ihn hinein – und die Worte fliegen einfach so raus. »Sie wollte dich bitten, nach Hause zu kommen, damit wir alle wieder eine Familie sein können. Sie war unterwegs, um dir das zu sagen.«

Er rückt ein Stück zurück, schaut mir ins brennende Gesicht. »War sie das?«

Ich nicke. »Bevor sie losfuhr, hat sie gesagt, dass du die Liebe ihres Lebens bist.«

Es gibt da etwas, das ich tun muss. Das Haus ist immer noch voll Trauernder und Elend und Essen, so viel Essen verdirbt auf allen Platten und Tischen. Die Beerdigung war gestern. Ich gehe zwischen den rotäugigen Leuten durch, an den gramgebeugten Wänden vorbei, der ergrauenden Farbe, den kollabierenden Möbeln, den dunkelnden Fenstern, der mottenzerfressenen Luft. Als ich an einem Spiegel vorbeikomme, sehe ich, dass ich weine. Ich weiß nicht, wie ich damit aufhören soll. Es ist wie Atmen geworden. So ein Immerding. *Bin gleich wieder da,* sage ich Dad. Jude, die sich die Haare abgeschnitten hat, sodass ich sie kaum wiedererkenne, will mitkommen, doch ich sage Nein. Sie will mich nicht aus den Augen lassen. Sie glaubt, dass ich jetzt auch sterbe. Gestern Abend habe ich sandige Gewäsch-Wurzeln in meinem Bett gefunden. Und bei meinem Hustenanfall auf dem Heimweg vom Friedhof ist sie durchgedreht, sie hat Dad angebrüllt, er solle mit mir in die Notaufnahme fahren, ich könnte Pertussis haben, was immer das ist. Dad, der ja Experte in Sachen Krankheiten ist, redete beruhigend auf sie ein.

Irgendwie komme ich am Atelier des Bildhauers an. Ich setze mich auf den Bürgersteig und warte, dabei feuere ich kleine Steine auf den Asphalt. Irgendwann wird er rauskommen müssen. Wenigstens hatte er so viel Anstand, nicht zur Beerdigung zu erscheinen. Ich habe die ganze Zeit nach ihm Ausschau gehalten.

Brian war da. Er hat mit seiner Mutter, Courtney und Heather in der letzten Reihe gesessen. Hinterher ist er nicht zu mir gekommen.

Aber was macht das schon? Alle Farbe ist weg. In den Himmelseimern ist nur noch Dunkelheit, die sich über alles und jeden ergießt.

Nach einer Ewigkeit bröselt der Bildhauer aus der Tür und den Weg zum Briefkasten hoch. Er öffnet die kleine Klappe, holt einen Stapel Briefe raus. Ich sehe das Weinen überall in seinem Gesicht.

Und er sieht mich.

Er starrt und ich starre, und an der Art, wie er mich ansieht, kann ich ablesen, wie sehr er sie liebt, ein Tsunami an Gefühl rollt aus ihm heraus zu mir. Ist mir egal.

»Du siehst genauso aus wie sie«, flüstert er. »Deine Haare.«

Ich habe einen Gedanken im Kopf, den Gedanken, der dort schon seit Tagen ist: Wenn er nicht wäre, würde sie noch leben.

Ich stehe auf, aber ich habe so lange hingekauert dagesessen, dass meine Beine versagen. »Hey.« Er fängt mich auf und setzt mich wieder auf den Bürgersteig, direkt neben ihn. Hitze steigt von seiner Haut auf und ein überwältigender Mann-Geruch. Ich höre ein Jaulen, wie Schakale es von sich geben, und begreife, dass es aus mir herauskommt. Und dann bin ich auf einmal in seinen Armen, und ich spüre, wie er zittert, wir zittern beide, wie unter subarktischen Verhältnissen.

Er zieht mich näher an sich heran, auf seinen Schoß, hält mich so, dass seine Schluchzer an meinem Hals und meine auf seinen Armen landen. Ich will seinen Schlund hinunterkriechen. Ich will in der Tasche seines Kittels leben. Ich will, dass er mich für immer so wiegt, als wäre ich ein kleiner Junge, der kleinste Junge, den es je gegeben hat. Er weiß nämlich genau, wie man das macht. So als wäre Mom in seinem Inneren, die ihm sagt, wie er mich trösten soll. Wie kann es sein, dass er der Einzige ist, der weiß, wie man das macht? Wie kann es sein, dass er der Einzige ist, in dem sie ist?

Nein.

In den Bäumen über uns kreischen Vögel.

Das ist nicht richtig.

Dazu bin ich nicht hergekommen. Ich hatte das Gegenteil im Sinn. Er kann mich nicht in den Armen halten, als würden wir das hier zusammen durchmachen, als würde er mich verstehen. Er ist nicht mein Vater. Er ist nicht mein Freund.

Wenn er nicht wäre, würde sie noch leben.

Und dann zappele ich und winde mich aus seiner Umarmung, kehre zurück zu meiner vollen Größe und Persönlichkeit, meinem vollen Wissen, zu Abscheu und Hass. Ich beuge mich über ihn und sage, was ich zu sagen gekommen bin: »Es ist deine Schuld, dass sie tot ist.« Sein Gesicht zerfällt in Trümmer. Ich mache weiter. »Ich gebe dir die Schuld.« Jetzt bin ich die Abrissbirne. »Sie hat dich nicht geliebt. Das hat sie mir gesagt.« Ich zertrümmere und zerstöre ihn und es ist mir egal. »Sie wollte dich nicht heiraten.« Ich nehme Fahrt raus, lasse die Worte wirken. »Sie wollte meinen Vater nicht um die Scheidung bitten. Sie war unterwegs, weil sie ihn nach Hause holen wollte.«

Dann begebe ich mich in den Kriechkeller tief in mir und mache die Klappe zu. Denn ich komme nicht wieder raus. Nie mehr.

(Selbstporträt: *Ohne Titel*)

Die Geschichte des Glücks

Jude
16 Jahre

Noah ist schon weg, als ich aufwache, wie üblich in diesen Tagen, deshalb kann ich ihm nicht sagen, was ich ihm sagen muss, oder ihn fragen, was ich wissen will. Die Ironie dessen ist mir sehr wohl bewusst. Jetzt, da ich unbedingt ein Geständnis ablegen will, kann ich das nicht. Ich checke *Lost-Connections.com.* Brian hat immer noch nicht reagiert. Dann schnappe ich mir Oscars Lederjacke, meinen Skizzenblock, und mache mich auf den Weg hügelabwärts.

Bald nach meiner Ankunft tippe ich nervös mit dem Fuß auf den Boden, während Guillermo auf dem großen weißen Zeichentisch mitten im Atelier meinen Skizzenblock aufschlägt. Ich möchte, dass ihm die Entwürfe von Moms Skulptur gefallen, und ich möchte, dass er damit einverstanden ist, die Arbeit in Stein umzusetzen, am besten Marmor oder Granit. Er blättert schnell die ersten Studien durch, die Rückenansichten. Ich beobachte ihn und kann nicht einschätzen, was er denkt, aber dann hält er bei der Frontalansicht inne, zieht scharf die Luft ein und schlägt die Hand vor den Mund. So schlimm? Jetzt streicht er mit dem Finger über das Gesicht meiner Mutter. Oh ja, klar. Ich hatte vergessen, dass sie sich begegnet waren. Offenbar habe ich sie gut getroffen. Er dreht sich zu mir und sein Gesichtsausdruck lässt mich zurückzucken.

»Dianna ist deine Mutter.« Er spricht diese Worte nicht, er wird zu ihnen.

»Ja«, sage ich.

Seine Atmung ist vulkanisch geworden. Keine Ahnung, was hier abgeht. Er richtet den Blick wieder auf die Skizzen, berührt sie jetzt, als wollte er sie vom Blatt schälen.

»Also ...«, sagt er. Die Haut unter seinem linken Auge will nicht aufhören zu zucken.

»Also?«, frage ich verwirrt, so langsam kriege ich Angst.

Er klappt den Block zu. »Ich fürchte, ich kann dir doch nicht helfen. Ich rufe Sandy an, empfehle jemand anderen.«

»Was?«

Mit einer kalten, gepressten Stimme, die ich vorher noch nie gehört habe, sagt er: »Bedaure. Ich habe zu viel zu tun. Ich habe mich geirrt. Es lenkt mich zu sehr ab, wenn ich jemanden so oft hier habe.« Er will mich nicht ansehen.

»Guillermo?« Mir zittert das Herz in der Brust.

»Nein, bitte, du musst gehen. Sofort. Ich habe zu tun.« Ich bin zu erschüttert für Widerworte. Als ich mit meinem Block Richtung Tür gehe, höre ich ihn sagen: »Komm nie wieder in mein Atelier.«

Ich drehe mich um, aber er hat mir den Rücken zugewandt. Keine Ahnung, warum ich zum Fenster an der Feuerleiter hochschaue, vielleicht ist es dieses Gefühl, dass mich jemand beobachtet, so wie gestern schon, als ich draußen gearbeitet habe. Und richtig, da ist jemand.

Eine Hand an die Scheibe gedrückt guckt Noah auf uns runter.

Guillermo dreht sich um, er will sehen, was ich sehe, und bevor wir einen Blick wechseln können, kommt Oscar ins Atelier, sein Gesicht glänzt vor Angst.

Einen Augenblick später kracht Noah wie eine Stange Dynamit ins Atelier, dann erstarrt er, als er sich im Raum umsieht. Guillermos Gesicht ist nicht wiederzuerkennen – er hat Angst, glaube ich. Guillermo hat Angst. Alle haben Angst, wird mir klar. Wir sind vier Punkte in einem Rechteck und drei dieser Punkte richten irre panische Blicke auf mich. Keiner sagt ein Wort. Es ist klar, dass sie alle etwas wissen, das ich nicht weiß, und wenn diese Mienen irgendwelche Schlüsse zulassen, bin ich mir nicht sicher, ob ich wissen will, was es ist. Mein Blick huscht von einem zum anderen und wieder zurück, ohne etwas zu begreifen, denn das oder genauer gesagt die, vor der jeder Einzelne von ihnen Angst zu haben scheint – bin ich.

»Was ist?«, frage ich schließlich. »Was ist los? Kann mir das bitte jemand sagen? Noah? Geht es um Mom?«

Chaos bricht los.

»Er hat sie umgebracht.« Noah richtet den Finger auf Guillermo, seine Stimme zittert vor Wut. »Wenn er nicht wäre, dann würde sie noch leben.« Das Atelier fängt an zu pulsieren, unter meinen Füßen zu wanken, zu kippen.

Oscar dreht sich zu Noah: »Sie umgebracht? Bist du wahnsinnig? Sieh dich mal um. Kein Mann hat eine Frau je mehr geliebt, als er sie geliebt hat.«

Guillermo sagt leise: »Oscore, sei still.«

Jetzt schwankt der Raum wirklich, er schaukelt, ich suche also Halt an dem einzigen Gegenstand in der Nähe, an den ich mich anlehnen kann, am Bein eines Giganten, aber ich zucke sofort zurück, denn ich schwöre, es hat gezittert – es hat sich bewegt –, und dann sehe ich es. Die Giganten trampeln und erwachen brüllend zum Leben, werfen sich die kolossalen Körper in die Arme, weil sie es satt haben, die Ewigkeit in Erstarrung zu verbringen, stets einen Atemzug von ihrem Herzenswunsch entfernt. Jedes Paar wirbelt über den Boden, Arm in Arm, sie drehen und drehen sich, lösen einen Tremor nach dem anderen in mir aus, während sich das Bild nach und nach zusammenfügt. Oscar ist gestern Abend nicht wegen meines Alters ausgeflippt. Das war es nicht, ganz bestimmt nicht. Es war das Familienfoto. Und was Guillermo in den Trunkenen Igor verwandelt hat, war nichts anderes als der Todestag meiner Mutter.

Denn sie ist die Liebste.

Ich wende mich an Noah, versuche zu reden. »Aber du hast doch gesagt …« Mehr kriege ich nicht raus, ehe meine Stimme wieder eingesaugt wird. Ich nehme einen neuen Anlauf. »Du hast uns gesagt …« Ich komme immer noch nicht weiter und bringe schließlich nur noch ein »Noah?« hervor.

Das hat er mir verheimlicht.

»Es tut mir leid, Jude«, ruft er. Und dann ist es so, als würde Noah wirklich und wahrhaftig aus dem Stein brechen, als würde sein Geist sich erheben, er stützt sich mit den Armen ab, sein Rücken formt einen Bogen und er sagt: »Sie war unterwegs, weil sie Dad um die Scheidung bitten wollte, damit sie …«, er dreht sich zu Guillermo und sieht ihm in die Augen, »… dich heiraten konnte.«

Guillermos Mund klappt auf, und jetzt kommen meine Worte raus. »Aber Noah, du hast doch gesagt …« Sein Blick könnte ein Loch in Granit brennen. »Du hast mir erzählt …« Oh, Noah, was hast du bloß getan? Guillermo versucht, die Emotionen in seinem Gesicht unter Kontrolle zu bringen, vor uns zu verstecken, was aus seinem tiefsten Inneren um sich greift, doch es sickert trotzdem aus ihm heraus: Freude, egal wie verspätet auch immer.

Ihre Antwort war Ja.

Ich muss hier raus, weg von ihnen allen. Es ist zu viel. Viel zu viel. Mom ist die Liebste. Sie ist die Tonfrau, die aus der Brust des Tonmannes klettert. Sie ist die Steinfrau, die er wieder und wieder erschafft. Sie ist die in Farben getränkte gesichtslose Frau in dem Kuss-Gemälde. Ihr Körper dreht und wendet und beugt und streckt sich gesichtslos über jeden Zentimeter der Atelierwände. Sie haben sich geliebt. Sie waren Dualseelen. Sie hat Dad nie bitten wollen, wieder nach Hause zu kommen. Wir wären nie wieder eine Familie geworden. Noah wusste das. Und Dad nicht. Endlich ergibt es einen Sinn, dass mein Vater ständig mit ratloser, gedankenverlorener Miene herumläuft. Er kann sich das alles nicht erklären. Jahrelang tüftelt er nun schon an einer Matheaufgabe, für die es keine Lösung gibt. Kein Wunder, dass er sich die Sohlen all seiner Schuhe abläuft.

Ich stolpere den Bürgersteig entlang, Sonne blendet meine Augen, ich taumele von Auto zu Telefonmast und versuche, der Wahrheit zu entkommen, dem Rausch der Emotionen, die mich einholen. Wie hatte sie Dad das antun können? Und uns? Sie ist eine *Ehebrecherin. Sie* ist so eine, so ein Mädchen! Und nicht auf gute Art, nicht auf die Teufelsbraten-Art. Plötzlich geht mir etwas auf: Deshalb hat Noah nach ihrem Tod immer zu mir gesagt, ich würde nicht wissen, wie er fühle, ich würde Mom nicht so kennen wie er. Jetzt kapiere ich es. Er hatte recht. Ich hatte keinen Schimmer, wer Mom war. Er wollte nicht gemein sein. Er hat sie nicht vereinnahmt. Er hat sie beschützt. Und Dad und mich. Er hat unsere Familie beschützt.

Hektische Schritte hinter mir kommen näher. Ich drehe mich auf den Ballen herum, weiß, dass es seine sind. »Du hast uns beschützt? Darum hast du gelogen?«

Er streckt die Arme nach mir aus, berührt mich aber nicht. Seine Hände sind irre Vögel. »Ich weiß nicht, warum ich es gemacht habe, vielleicht wollte ich dich und Dad beschützen oder vielleicht wollte ich auch nur nicht, dass es so war, wie es ist. Ich wollte nicht, dass *sie* so war.« Sein Gesicht ist gerötet, in seinen dunklen Augen tobt ein Sturm. »Sie hätte nicht gewollt, dass ich Lügen über ihr Leben erzähle. Das wusste ich. Ich hätte die Wahrheit sagen sollen, aber ich konnte es nicht. Ich konnte … keine einzige Wahrheit sagen.«

Wie entschuldigend er mich anguckt. »Deshalb konnte ich deine Nähe nicht ertragen, Jude.« Wie konnten Noah und ich uns so in Geheimnissen und Lügen abschotten? »Mich anzupassen war so viel einfacher als ich selbst zu sein, einzugestehen …« Er hat aufgehört zu reden, aber da ist mit Sicherheit noch mehr, und ich merke, dass er sich zusammennimmt, um es zu sagen. Wieder sehe ich ihn wie eben im Atelier, wie eine Gestalt, die aus dem Stein herausbricht. Es ist ein Gefängnisausbruch. »Ich glaube, ich habe gelogen, weil ich nicht schuld sein wollte«, sagt er. »Ich habe sie zusammen gesehen an jenem Tag. Ich bin ihr gefolgt und habe sie gesehen. Und deshalb ist sie ins Auto gestiegen. Das war der Grund.« Er fängt an zu weinen. »Es ist nicht Garcias Schuld. Ich will, dass er Schuld hat, damit es nicht meine Schuld ist, aber ich weiß, dass es meine ist.« Er hält sich den Kopf, als wollte er verhindern, dass er explodiert. »Bevor sie losfuhr, habe ich zu ihr gesagt, ich würde sie hassen, Jude, unmittelbar bevor sie weggefahren ist. Sie hat geweint. Sie hätte nicht fahren sollen. Ich war so wütend auf sie …«

Ich packe ihn bei den Schultern. »Noah.« Meine Stimme ist wieder da. »Du warst nicht schuld. Bestimmt nicht.« Ich wiederhole diese Worte, bis ich sicher bin, dass er sie gehört hat, dass er sie glaubt. »Und auch sonst keiner. Es ist einfach passiert. Diese schreckliche Sache ist ihr passiert. Diese schreckliche Sache ist uns passiert.«

Und dann bin ich an der Reihe. Ich werde nach vorn gestoßen, direkt aus meiner Haut gestoßen, weil es so schrecklich ist – Mom ist in dem Moment aus meinem Leben gerissen worden, in dem ich sie am meisten gebraucht habe, die unendliche bedingungslose schützende behütende Liebe, die sie für mich hatte, war für immer weg. Ich lasse es zu, das Schreckliche zu spüren, ergebe mich ihm endlich, statt vor ihm wegzulaufen, statt mir einzureden, es würde alles Noah gehören und nicht mir, statt eine lange Liste von Ängsten und Aberglauben zwischen mich und den Schmerz zu stellen, statt mich zum Schutz davor wie eine Mumie in Lagen von Kleidern zu hüllen – und mit der Wucht von zwei Jahren unterdrückten Kummers brechen sich zehntausend Ozeane der Trauer endlich in mir Bahn.

Ich lasse es zu. Ich lasse mein Herz brechen.

Und Noah ist da, stark und stabil, der mich auffängt, der mich hält, der dafür sorgt, dass ich in Sicherheit bin.

Wir nehmen einen sich lang hinschlängelnden Weg durch den Wald nach Hause, Tränen laufen mir übers Gesicht, Wörter laufen aus seinem Mund. Grandma hatte recht: Ein gebrochenes Herz ist ein offenes Herz.

»Damals war so viel los«, sagt Noah. »Mehr noch als …« Er weist mit einer Handbewegung in die Richtung, in der Guillermos Atelier liegt. »Dinge, die mich betreffen.«

»Und Brian?«, frage ich.

Er guckt mich an. »Ja.« Das ist das erste Mal, dass er es zugibt. »Mom hat uns erwischt …« Wie konnte uns so viel passieren – in einer Woche, an einem Tag?

»Aber für Mom war das doch in Ordnung, oder?«, frage ich.

»Das ist es ja. Es war total in Ordnung für sie. Eins der letzten Dinge, die sie zu mir gesagt hat, war, wie falsch es sei, eine Lüge zu leben. Ich sei dafür verantwortlich, meinem Herzen treu zu sein. Und ich gehe los und mache ihr Leben zu einer Lüge.« Er hält inne. »Und mein eigenes auch.« Er hebt einen Stock vom Boden auf und bricht ihn in zwei Teile. »Und Brians Leben hab ich total ruiniert.« Er bricht den Stock in immer kleinere Stücke. Sein Gesicht ist voll Qual und Scham.

»Nein, hast du nicht.«

»Was meinst du damit?«

»Schon mal von Google gehört?«

»Hab ich schon mal gemacht, zwei Mal genau genommen.«

»Wann denn?« Zwei Mal. Oh Clark Gable, das gibt's nur bei Noah. Wahrscheinlich war er noch nie im Leben in irgendeinem sozialen Netzwerk unterwegs.

Er zuckt mit den Schultern. »Da war nichts.«

»Tja, jetzt ist da aber was.«

Seine Augen werden ganz groß, aber er fragt mich nicht, was ich weiß, deshalb dränge ich ihm nichts auf, vermutlich will er es selbst herausfinden. Aber er geht jetzt schneller. Okay, er speedwalkt zum Orakel.

Ich bleibe stehen. »Noah, ich muss dir auch was sagen.« Er dreht sich um und ich fange sofort an – anders geht es nicht. »Ich habe so das Gefühl, dass du nie wieder mit mir reden wirst, wenn ich dir das hier erzähle, deshalb will ich dir zuerst sagen, wie leid es mir tut. Ich hätte dir das schon lange sagen sollen, aber ich hatte zu viel Angst, dich dann für immer zu verlieren.« Ich gucke zu Boden. »Ich liebe dich immer noch am meisten, und das wird auch so bleiben.«

»Was ist es?«, fragt er.

Ich bin meines Bruders Hüter, schärfe ich mir ein, und dann sage ich es einfach. »Du bist nicht von der CSA abgelehnt worden. Du hast dich nämlich gar nicht beworben.« Ich hole tief Luft, um die Worte aus dem dunkelsten Ort in mir herauszublasen: »Ich habe deine Bewerbung damals nicht abgeschickt.«

Er blinzelt. Blinzelt noch mal. Blinzelt noch mehr. Sein Gesicht ist ausdruckslos, und ich habe keine Ahnung, was in ihm vorgeht, als er plötzlich die Arme hochreißt, in die Luft springt und sein ganzes Gesicht brüllende Freude schmettert – nein, Ekstase: Das ist Ekstase.

»Hast du mich richtig verstanden?«

»Ja!«, brüllt er. Jetzt lacht er unbändig, ich bin mir sicher, dass ihm sämtliche Latten vom Zaun gefallen sind, bis ihm das hier aus dem Mund fliegt: »Ich dachte, ich wäre scheiße! Ich dachte, ich wäre scheiße. Die ganze Zeit über. Ich dachte, nur in Moms Augen wären meine Bilder gut.« Er lässt seinen Kopf nach hinten fallen. »Und dann … wurde mir klar, dass es keine Rolle spielt.«

»Was spielt keine Rolle?« Ich suche nach Wut oder Hass in seinem Gesicht, aber da ist nichts davon. Als hätte er den Verrat nicht registriert. Er ist einfach nur euphorisch.

»Komm mit«, sagt er.

Fünfzehn Minuten später sind wir auf einem verlassenen Bauplatz und gucken auf eine bröselnde Zementwand. Darauf ist – in einem Wust von Farben – alles.

Da ist NoahundJude von hinten – gesprayt – Schulter an Schulter, unsere Haare sind zu einem Strom aus Licht und Dunkel verflochten, der sich um das ganze Wandbild zieht. Da ist Brian am Himmel, der einen Koffer voller Sterne aufmacht. Da sind Mom und Guillermo, die sich am Hölzernen Vogel in einem Tornado aus Farbe küssen. Da ist Dad, der dem Ozean entsteigt wie ein Sonnengott und sich in einen Leib aus Asche verwandelt. Da bin ich in meiner Unsichtbarkeitsuniform, wie ich mit der Wand verschmelze. Da ist Noah, wie er sich in eine kleine Nische seines eigenen Körpers kauert. Da ist Moms Auto, das in Flammen aufgeht, während es über den Himmel rast. Da sind Heather und Noah, die auf einer Giraffe reiten. Da sind Noah und Brian, die auf einer endlosen Leiter nach oben klettern. Da leeren sich Eimer über Eimer von Licht über zwei sich küssende Jungen mit nacktem Oberkörper. Da holt Noah mit einem Baseballschläger nach Brian aus, der in Stücke zerbricht. Da warten Noah und Dad unter einem großen strahlend roten Schirm auf das Ende eines Gewitters. Da gehen Noah und ich beide auf dem Pfad, den die Sonne auf dem Meer macht, doch in entgegengesetzte Richtungen. Da ist Noah, der von der Hand eines Riesen in der Luft gehalten wird, und dieser Riese ist Mom. Und da arbeite ich schon umgeben von Guillermos Steingiganten an NoahundJude.

Da ist die Welt, neu erschaffen.

Ich hole mein Handy hervor und fange an Fotos zu machen. »Das ist großartig, Noah. Absolut großartig. Und damit wirst du sofort an der CSA angenommen! Ich überlasse dir meinen Platz. Ich habe Sandy deswegen schon gemailt. Wir drei haben Mittwochmorgen einen Termin. Es wird ihn umhauen. Das sieht nicht mal aus wie Farbspray, ich weiß nicht, wie es aussieht, einfach nur unglaublich, absolut unglaublich …«

»Nicht.« Er schnappt sich mein Handy, damit ich nicht noch mehr Fotos mache. »Ich will deinen Platz nicht. Ich will nicht auf die CSA.«

»Nein?«

Er schüttelt den Kopf.

»Seit wann?«

»Seit jetzt gerade, glaube ich.«

»Noah?«

Er stößt den Fuß in den Sand. »Irgendwie hatte ich vergessen, wie es war, ehe es mir was bedeutet hat, ob ich gut war oder gut genug, um auf irgendeine blöde Kunstschule zu kommen. Also, im Ernst, das ist doch wohl scheißegal?« Die Sonne trifft sein Gesicht. Er wirkt klar, selbstsicher, älter – und aus irgendeinem Grund denke ich, wir schaffen das schon. Es wird alles gut. »Darum geht es nicht«, fährt er fort. »Es geht um Magie.« Er schüttelt den Kopf. »Wie hatte ich das vergessen können?« Sein Lächeln entgleist wie letzte Nacht, als er betrunken war. Ich kann nicht fassen, dass er mich so anlächelt. Warum ist er nicht wütend auf mich? Er fährt fort: »Als ich rausgekriegt hab, dass du zu Garcia gehst …« – hat er deshalb an jenem Tag meine Skizzen durchgeblättert? –, »wusste ich, dass alles auffliegen würde, all meine Lügen. Und irgendwie bin ich da hochgegangen, explodiert. Endlich. Ich konnte nicht länger nur in meinem Kopf malen.« Aha! »Ich musste laut die Wahrheit sagen, irgendwo, auf irgendeine Weise. Ich musste Mom wissen lassen, dass ich sie an jenem Tag gehört hatte. Ich musste mich bei ihr entschuldigen, bei Brian, bei dir und Dad, sogar bei Garcia. Ich habe das Notfallgeld genommen, das Dad uns da gelassen hatte, diese vielen Dosen Farbspray gekauft und mich an diese Mauer erinnert, die ich vom Laufen kannte. Ich hab mir wohl jedes verfügbare Video über Spray Painting angeguckt. Die ersten Versuche habe ich immer wieder übermalt. Hey …« Er zupft an meinem Ärmel. »Ich bin nicht wütend auf dich, Jude. Ich werd's auch nicht.«

Das kann ich nicht glauben. »Warum? Du musst doch wütend sein. Wie kann es sein, dass du es nicht bist?«

Er zuckt mit den Schultern. »Keine Ahnung. Ich bin's einfach nicht.«

Er nimmt meine Hände. Unsere Blicke treffen sich und wir sehen uns in die Augen, die Welt fällt von uns ab, die Zeit auch, die Jahre rollen sich auf wie Teppiche, bis alles Geschehene ungeschehen ist – und einen Moment lang sind wir wieder wir, eher eins als zwei.

»Wow«, flüstert Noah. »Eine Jude-Infusion.«

»Ja.« Seine Verzauberung nährt mich bis in die Zellen. Ein Lächeln geht über mein Gesicht, als ich mich an all die Lichtschauer, die dunklen Schauer, das Steinesammeln, das Finden rotierender Planeten erinnere, an Tage mit Tausenden von Taschen; daran, Augenblicke zu pflücken wie Äpfel und über Zäune ins Immer zu springen.

»Ich hatte *das hier* vergessen«, sage ich, und die Erinnerung daran haut mich um, haut uns beide um.

Es. Haut. Uns. Um.

Ich schaue hoch. Das Licht glitzert in der Luft. Die Welt glitzert. Oder ich bilde mir das ein. Natürlich tue ich das.

»Fühlst du das?«, sagt Noah.

Mütter sind Fallschirme.

Ich habe es mir nicht eingebildet.

Fürs Protokoll: Hurra, nicht nur die Kunst ist magisch, sondern das Leben auch.

»Komm«, sagt Noah, und wir rennen zusammen in den Wald, so wie früher, und ich sehe vor mir, wie er das später malen wird, mit den Mammutbäumen, die sich verneigen, Blumen, die sich wie Häuser für uns öffnen, damit wir eintreten können, dem Bach, der uns in schlängelig windenden Farben folgt, während unsere Füße über dem Boden schweben.

Oder vielleicht macht er es auch so: der Wald als verschwimmendes Grün über unseren Köpfen, während wir auf dem Rücken liegen und *Schere, Stein, Papier* spielen.

Er nimmt Stein. Ich nehme Schere.

Ich nehme Papier. Er nimmt Schere.

Er nimmt Stein. Ich nehme Papier.

Wir geben auf und sind glücklich. Ein neues Zeitalter ist angebrochen.

Noah schaut zum Himmel. »Ich bin nicht wütend, denn ich hätte dir das genauso leicht antun können«, sagt er. »Hab ich auch. Nur in kleineren Dosen. Immer wieder. Ich wusste, wie du dich an diesen Wochenenden im Museum mit Mom und mir gefühlt hast. Ich wusste, wie ausgeschlossen du dich immer fühltest. Und ich wusste, wie sehr du wolltest, dass Mom deine Skulpturen sieht. Ich habe dafür gesorgt, dass sie die nicht gesehen hat. Ich hatte immer Angst, du könntest besser sein als ich – und dass sie das merken würde.« Er seufzt. »Wir waren total daneben. Alle beide.«

»Trotzdem, die CSA war dein …«

Er unterbricht mich. »Manchmal fühlte es sich so an, als würde es nicht genug Mom für uns alle geben.«

Dieser Gedanke bringt mich zum Verstummen, und danach schweigen wir beide noch lange, während wir den Duft von Eukalyptus einatmen und die Blätter beobachten, die um uns herumfliegen. Mom hat zu Noah gesagt, es sei seine Verantwortung, sich selber treu zu sein. Wir sind es beide nicht gewesen. Warum ist das so schwer? Warum ist es so schwer zu wissen, was diese Treue zu sich selbst ist?

»Weiß Heather, dass du schwul bist?«, frage ich.

»Ja, aber sonst keiner.«

Ich wälze mich auf die Seite, damit ich ihn ansehen kann.

»Ist es nicht unglaublich, wie komisch ich geworden bin – und wie normal du geworden bist?«

»Es ist verblüffend«, sagt er und darüber müssen wir beide lachen. »Nur fühle ich mich meistens so undercover.«

»Ich auch.« Ich nehme einen Stock und fange an, damit zu graben. »Vielleicht setzt sich eine Person auch einfach aus vielen verschiedenen zusammen«, sage ich. »Vielleicht häufen wir fortwährend neue Persönlichkeiten an.« Es kommen immer neue hinzu – wenn wir eine Wahl treffen, gut oder schlecht, wenn wir scheitern, vortreten, den Verstand verlieren, ihn wiederfinden, auseinanderfallen, uns verlieben, wenn wir trauern, wachsen, uns von der Welt zurückziehen, in die Welt eintauchen, wenn wir etwas erschaffen und wenn wir es kaputt machen.

Er grinst. »Jedes neue Selbst steht auf den Schultern des vorigen, bis wir so wacklige Menschenstangen sind?«

Ich sterbe vor Entzücken. »Ja, genau! Wir sind alle nur wacklige Menschenstangen!«

Die Sonne geht unter und der Himmel füllt sich mit rosa Federwölkchen. Wir sollten uns auf den Heimweg machen. Heute Abend kommt Dad zurück. Das will ich gerade sagen, als Noah das Wort ergreift.

»Dieses Gemälde auf dem Flur seines Ateliers. Das von dem Kuss. Ich hab es nur ganz kurz gesehen, aber ich glaube, Mom hat es gemacht.«

»Echt? Ich wusste gar nicht, dass Mom gemalt hat.«

»Ich auch nicht.«

War das ihr Geheimnis? Ein weiteres Geheimnis? »Wie du«, sage ich, und etwas rückt an seinen Platz – und es passt. Noah war Moms Muse. Ich bin mir da ganz sicher, und ich kann es verstehen, ganz ohne Eifersucht, so unglaublich das ist.

Wieder lasse ich mich auf den Rücken fallen, ich grabe die Finger in den lehmigen Boden und stelle mir vor, wie Mom dieses unglaubliche Bild gemalt hat, wie sie mit ihren Händen gewünscht hat, so verliebt war. Wie kann ich deswegen wütend auf sie sein? Wie kann ich wütend auf sie sein, weil sie ihre Dualseele gefunden hat und mit diesem Menschen zusammen sein wollte? Wie Guillermo schon sagte, das Herz hört nicht auf die Vernunft. Es hält sich auch nicht an Gesetze und Konventionen oder die Erwartungen anderer Leute. Wenigstens war ihr Herz voll, als sie starb. Wenigstens hat sie ihr Leben gelebt, ist aus seinen Nähten geplatzt und hat die Pferde galoppieren lassen, bevor sie gehen musste.

Andererseits … nein.

Sorry.

Wie kann es okay für sie gewesen sein, Dad so das Herz zu brechen? Alle Versprechen zu brechen, die sie ihm gegeben hat? Wie konnte sie unsere Familie kaputtmachen? Andererseits – wie denn nicht, wenn sie sich selbst gegenüber wahrhaftig sein wollte? Oje. Es war richtig und falsch, beides. Liebe vernichtet und erschafft. Mit der gleichen Hartnäckigkeit strebt sie nach Freude und großem Kummer.

Ihr Glück war sein Unglück, so unfair war das nun mal.

Aber er hat noch immer ein Leben und die Zeit, es mit mehr Glück zu füllen.

»Noah, du musst es Dad sagen. Sofort.«

»Was musst du Dad sagen?« Und da schaut unser lautloser Vater auf uns hinunter. »Das ist eine Wohltat für schmerzende Augen, für schmerzende, müde, weit gereiste Augen.

Ich habe euch Hand in Hand in den Wald laufen sehen, als ich im Taxi vorbeifuhr. Das war wie in einer Zeitschleife.«

Er setzt sich zu uns auf den Waldboden. Ich drücke Noahs Hand.

»Was ist denn, mein Sohn? Was musst du mir sagen?«, fragt Dad, und vor Liebe fließt mein Herz über.

Später an diesem Abend sitze ich auf einem Stuhl in der Küche, während Noah und Dad rumlaufen und Essen machen. Sie wollten mich nicht mithelfen lassen, obwohl ich versprochen hatte, die Bibel nicht zu Rate zu ziehen. Noah und ich haben eine Abmachung getroffen. Er hört auf, vom Kliff zu springen, wenn ich aufhöre, die Bibel zu wälzen, und ab sofort die gesamte medizinische Recherche einstelle. Ich werde aus jedem einzelnen Bibelzitat eine riesenhafte Fliegende-Frau-Skulptur machen. Grandma wird begeistert sein. Das ist die erste Idee, die ich in diesen leeren Ideen-Block schreibe, den ich mit mir rumschleppe, seit ich an der CSA angefangen habe. *Die Geschichte des Glücks* soll dieser Zyklus heißen.

Als Noah vor ein paar Stunden im Wald Dad die Wahrheit über Mom und Guillermo erzählt hat, sagte Dad nur: »Okay, ja. Das ergibt mehr Sinn.« Er ist nicht aus dem Granit gebrochen wie Noah und es haben sich auch nicht Ozeane in ihm gebrochen wie bei mir, aber ich kann sehen, dass sich der Sturm in seinem Gesicht gelegt hat. Er ist ein Mann der Wissenschaft und für das unlösbare Problem hat sich eine Lösung gefunden. Endlich ergeben die Dinge einen Sinn. Und Sinn ist alles für Dad.

Dachte ich jedenfalls.

»Kinder, ich habe nachgedacht.« Er schaut von der Tomate auf, die er gerade klein schneidet. »Was haltet ihr davon, umzuziehen? Nicht wegziehen aus Lost Cove, aber umziehen in ein anderes Haus. Na ja, nicht irgendein Haus …« Sein Grinsen ist einfach lächerlich. Keine Ahnung, worauf er hinauswill. »Ein Hausboot.« Ich kann gar nicht sagen, was faszinierender ist: diese Worte aus Dads Mund zu hören oder sein Gesichtsausdruck. Er sieht aus wie der Einrad fahrende Obertrottel. »Ich glaube, wir brauchen ein Abenteuer. Wir drei zusammen.«

»Du willst, dass wir auf einem Boot wohnen?«, frage ich.

»Er will, dass wir in einer Arche wohnen«, antwortet Noah mit Ehrfurcht in der Stimme.

»Genau!« Dad lacht. »Du hast recht. Das wollte ich schon immer machen.« Echt? Ist mir neu. Äh, wer ist dieser Mann? »Ich hab gerade ein wenig recherchiert, und ihr werdet nicht glauben, was da gerade im Jachthafen angeboten wird.« Er geht zu seiner Aktentasche und holt Bilder raus, die er aus dem Internet ausgedruckt haben muss.

»Oh. Wow«, sage ich. Das ist tatsächlich eine Arche.

»Das hat mal einer Architektin gehört«, erzählt Dad uns. »Die hat das ganze Ding renoviert, alle Holzarbeiten und das Buntglas hat sie selbst gemacht. Unglaublich, was? Zwei Etagen, drei Schlafzimmer, zwei Bäder, eine große Küche, Oberlicht, ein umlaufendes Deck auf beiden Etagen. Das ist ein schwimmendes Paradies.«

Noah und ich schalten im selben Moment, denn wir trompeten beide los: »Nimm das Geheimnisvolle mit offenen Armen auf, Professor.«

Das Boot heißt *Das Geheimnisvolle.*

»Ich weiß. Ich hatte gehofft, das würde euch entgehen. Und ja, wenn ich du gewesen wäre, Jude, dann hätte ich das ganz bestimmt für ein Zeichen gehalten.«

»Es ist ein Zeichen«, sage ich. »Ich bin dabei, und mit keinem Wort werde ich auch nur eine der tausend Gefahren erwähnen, die mir in den Sinn kommen, wenn ich an das Leben auf einem Hausboot denke.«

»Was wäre ich denn wohl für ein Noah?«, sagt Noah zu Dad.

»Die Zeit ist reif«, sagt Dad und nickt uns zu.

Dann, es ist unglaublich, legt er Jazz auf. Als Noah und Dad weiter hacken und würfeln, spürt man die Begeisterung wie ein Pulsieren im Raum. Ich merke, dass Noah im Kopf malt, während Dad davon schwärmt, wie es sein wird vom Deck zu springen, um eine Runde zu schwimmen, und was für ein inspirierender Ort das doch zum Wohnen sein könnte, wenn nur irgendeiner in der Familie künstlerische Neigungen hätte.

Irgendwie sind wir wieder wir, es gibt ein paar zusammengewürfelte Ergänzungen zu unseren Menschenstangen, doch das sind wir. Die Blender haben das Anwesen verlassen.

Als wir aus dem Wald zurückkamen, bin ich zu Dad ins Arbeitszimmer gegangen und habe ihm von Noahs CSA-Bewerbung erzählt. Wollen wir es mal so sagen, lieber würde ich den Rest meines Lebens in einer mittelalterlichen Folterkammer verbringen und zwischen Schädelpresse, Kniespalter und Streckbett rotieren, als noch einmal Dads Gesicht so zu sehen. Ich dachte, er würde mir nie vergeben, doch ungefähr eine Stunde später, nachdem er mit Noah geredet hatte, fragte er mich, ob ich mit ihm schwimmen gehen wollte, unser erstes Mal seit Jahren. Dann, als wir Zug für Zug dem glitzernden Pfad der Sonne folgten, legte er seine Hand auf meine Schulter – und nachdem ich begriffen hatte, dass er mich nicht ertränken wollte, wurde mir klar, dass ich innehalten sollte.

Während wir da mitten im Meer Wasser traten, sagte er: »Ich bin ja nicht so richtig da gewesen für ...«

»Nein, Dad.« Ich wollte nicht, dass er sich für irgendwas entschuldigte.

»Bitte, lass mich das sagen, Liebes. Es tut mir leid, dass ich es nicht besser hingekriegt habe. Ich hab mich wohl ein bisschen verirrt. Etwa ein Jahrzehnt lang.« Er lachte und bekam dabei Salzwasser in den Mund, dann fuhr er fort: »Ich glaube, man kann einfach so aus seinem Leben flutschen, und dann ist es schwer, wieder den Weg hinein zu finden. Aber ihr Kinder seid mein Weg zurück ins Leben.« Sein Lächeln war voll Trauer. »Ich weiß, wie niedergeschmettert du warst. Und diese Sache mit Noah und der CSA ... nun ja, manchmal trifft ein guter Mensch eine schlechte Entscheidung.«

Das fühlte sich an wie Gnade.

Es fühlte sich an wie ein Weg wieder hinein.

Denn, so kitschig das auch sein mag: Ich will eine wacklige Menschenstange sein, die Freude in die Welt bringt – und keine, die ihr Freude nimmt.

Während wir da wie Bojen auf den Wellen hüpften, redeten Dad und ich über so viele Dinge, schwierige Dinge, wir redeten und redeten und danach schwammen wir noch weiter dem Horizont entgegen.

»Ich möchte gern beim Kochen helfen«, sage ich den beiden Chefköchen. »Ich verspreche auch, keine biblischen Zutaten dazuzugeben.«

Dad guckt Noah an. »Was meinst du?«

Noah wirft mir eine Paprika zu.

Aber das ist der Anfang und das Ende meines kulinarischen Beitrags, denn Oscar ist in die Küche gekommen, in seiner schwarzen Lederjacke, die Haare noch widerborstiger als sonst, das Gesicht voll Wetter. »Entschuldigt die Störung«, sagt er. »Ich habe geklopft, aber niemand hat geantwortet. Die Tür war offen …« Ich habe ein Déjà-vu von damals, als Brian in die Küche kam. Mom war beim Backen. Ich gucke Noah an und weiß, ihm ergeht es genauso. Brian hat immer noch nicht reagiert. Doch Noah hat den ganzen Nachmittag mit dem Orakel verbracht. Er weiß, dass Brian in Stanford ist. Ich spüre, wie die ganzen Neuigkeiten und Möglichkeiten ihn aufwühlen.

»Schon in Ordnung. Die Tür hören wir nie«, sage ich zu Oscar, gehe zu ihm und nehme seinen Arm. Bei meiner Berührung versteift er sich. Oder hab ich mir das vielleicht eingebildet? »Dad, das ist Oscar.«

Dad mustert ihn von oben bis unten, weder subtil noch großzügig.

»Hallo, Dr. Sweetwine«, sagt Oscar, er ist wieder ganz der englische Butler. »Oscar Ralph.« Er hält ihm die Hand hin, die Dad schüttelt, während er ihm mit seiner anderen Hand auf den Rücken klopft.

»Hallo, junger Mann«, sagt mein Vater, als wären wir in den Fünfziger Jahren. »Und das *Mann* betone ich absichtlich.« Noah lacht in seine Hand und versucht es als Husten zu tarnen. Junge, Junge. Dad ist wieder in seinem Element. Voll und ganz.

»Na ja, mehr oder weniger.« Oscar sieht mich an. »Können wir einen Moment reden?«

Ich habe es mir also nicht eingebildet.

In der Tür drehe ich mich noch mal um, weil ich so seltsame gequälte Geräusche höre. Hysterisch vor Lachen krümmen Dad und Noah sich hinter dem Küchentresen. »Was ist?«, frage ich.

»Du hast Ralph gefunden!«, krächzt Noah, dann krümmt er sich wieder. Dad keucht so heftig, dass er sich auf den Boden hat fallen lassen.

Wie viel lieber würde ich bei meinen Archengenossen bleiben, als mir anzuhören, was ich jetzt hören werde.

Ich folge einem uncharakteristisch finsteren Oscar nach draußen auf die Vordertreppe. Am liebsten würde ich ihn in die Arme nehmen, aber ich traue mich nicht. Dies ist ein Abschiedsbesuch. Das ist ihm ins Gesicht gemeißelt. Er setzt sich auf die Stufen und legt die Hand auf den Platz neben sich, damit ich mich zu ihm setze. Ich will mich nicht setzen, will nicht hören, was er sagen wird.

»Komm, wir setzen uns auf die Klippe«, sage ich, denn ich will auch nicht, dass Dad und Noah uns belauschen.

Er folgt mir hinters Haus. Wir setzen uns hin, aber so, dass unsere Beine sich nicht berühren.

Das Meer ist ruhig, die Brecher klatschen ohne Überzeugungskraft ans Ufer.

»So«, sagt er mit einem vorsichtigen Lächeln, das ihm nicht steht. »Ich weiß nicht, ob es okay ist, über das hier zu reden, halte mich also zurück, wenn es das nicht ist.«

Ich nicke langsam, bin mir nicht sicher, was jetzt kommt. »Ich kannte deine Mutter gut. Es war, als wären sie und Guillermo …« Er lässt den Satz ins Leere laufen und schaut mich an.

»Ist in Ordnung, Oscar«, sage ich. »Ich will es wissen.«

»Deine Mutter war da, als es mir am dreckigsten ging, ich hatte den totalen Schmachter, immerzu, bin die Wände hochgegangen und hatte Angst, das Atelier zu verlassen, weil ich mir garantiert was eingeworfen hätte, wenn ich es getan hätte, und ich hatte Angst vor dem Kummer, der mich völlig fertigmachte, wenn ich keinen Alk und keine Drogen hatte, mit denen ich ihn zudecken konnte. Damals war das Atelier anders. G. hatte jede Menge Schüler. Sie hat immer da gemalt und ich habe ihr Modell gestanden, nur damit sie mit mir redete.« Noah hatte also recht gehabt. Mom war eine geheime Malerin.

»War sie Guillermos Schülerin?«

Langsam atmet er aus. »Nein, sie war nie seine Schülerin.«

»Sie haben sich kennengelernt, als sie ihn interviewt hat?«

Er nickt, bleibt aber stumm.

»Sprich weiter.«

»Bist du sicher?«

»Ja, bitte.«

Er lächelt ein veritables Irrenhauslächeln. »Ich liebte sie. Es war mehr sie als Guillermo, die mich für Fotografie begeistert hat. Das Seltsame ist, dass wir immer in dieser Kirche gesessen und geredet haben, in der wir beide uns zum ersten Mal begegnet sind. Deshalb gehe ich da so oft hin, es erinnert mich an sie.« Die Härchen an meinen Armen stellen sich auf. »Wir haben in der Kirchenbank gesessen und sie hat ewig von ihren Zwillingen erzählt.« Er lacht. »Sie konnte gar nicht wieder aufhören. Besonders von dir hat sie immer gesprochen.«

»Echt?«

»Oh ja. Ich weiß so viel über dich, du ahnst es nicht. Im Kopf habe ich versucht, die beiden Mädchen unter einen Hut zu bringen. Die Jude, von der deine Mutter gesprochen hat, und die CJ, in die ich mich verliebt hatte.« Die Vergangenheitsform gibt mir einen Stich ins Herz. »Sie hat immer im Scherz gesagt, ich dürfte dich nicht kennenlernen, ehe ich mindestens drei Jahre nüchtern war und du wenigstens fünfundzwanzig wärst. Sie war sich nämlich sicher, dass wir uns Hals über Kopf ineinander verlieben würden, und dann wäre es um uns beide geschehen. Sie hielt uns für verwandte Seelen.«

Er nimmt meine Hand und küsst mir den Handrücken, bevor er sie mir wieder auf den Schoß legt. »Ich glaub, sie hatte recht.«

»Aber was? Das Aber hier bringt mich nämlich um, Oscar.«

Er guckt weg. »Aber das ist nicht unsere Zeit. Noch nicht.«

»Falsch«, sage ich. »Das ist unsere Zeit. Ganz und gar unsere Zeit. Ich weiß, dass du es auch weißt. Guillermo zwingt dich dazu, das hier zu tun.«

»Nein. Deine Mutter zwingt mich dazu.«

»Du bist nicht so viel älter als ich.«

»Ich bin drei Jahre älter. Das ist jetzt viel, aber es wird nicht immer so bleiben.« Diese drei Jahre zwischen ihm und mir kommen mir so viel weniger vor als die Jahre zwischen Zephyr und mir damals, als ich vierzehn war. Nach meinem Gefühl sind Oscar und ich gleich alt.

»Aber du wirst dich in jemand anders verlieben«, sage ich.

»Dass du das tust, ist viel wahrscheinlicher.«

»Niemals. Du bist der Typ auf dem Porträt.«

»Und du bist das Mädchen aus der Prophezeiung.«

»Anscheinend auch aus der meiner Mutter.« Ich nehme seinen Arm. Wie seltsam es ist, dass ich Oscar einen Brief gegeben habe, den Guillermo meiner Mutter zugedacht hatte. Die Worte scheinen durch die Zeit gefallen zu sein, von ihnen zu uns. Wie ein Segen.

»Du bist noch immer auf der Highschool«, sagt Oscar. »Mit dir was anzufangen, ist nicht mal legal. Daran hatte ich nicht mal gedacht, bevor Guillermo mich gestern Nacht ein paar Hundert Mal gezielt drauf hingewiesen hat. Wir können tolle Freunde sein. Wir können auf Gummitieren durch die Gegend hopsen, Schach spielen und sonst was machen.« In seiner Stimme ist ein Zögern, Frustration, aber dann lächelt er. »Ich werde auf dich warten. Ich werde in einer Höhle ausharren. Oder ein paar Jahre als Mönch leben, eine Kutte tragen, mir den Kopf rasieren, das volle Programm. Ich weiß auch nicht, ich muss hier einfach nur das Richtige tun.«

Das passiert jetzt nicht wirklich. Wenn es überhaupt einen Augenblick gibt, in dem man PLAY drückt, dann ist es dieser. Wörter purzeln aus mir raus. »Und das Richtige ist, dem, was die Liebesgeschichte unseres Lebens sein könnte, den Rücken zu kehren? Das Richtige ist, das Schicksal zu verleugnen, alle Kräfte zu verleugnen, die gewirkt haben, um uns zusammen zu bringen, Kräfte, die jetzt schon seit Jahren am Werk sind?

Kommt gar nicht infrage.« Ich spüre, wie sich die Geister der beiden Sweetwine-Frauen vor mir auflehnen. Höre, wie Pferde durch die Generationen galoppieren. Und fahre fort: »Meine Mutter, die im Begriff war, ihr Leben der Liebe wegen auf den Kopf zu stellen, und meine Großmutter, die Gott selbst Clark Gable nennt, wollen nicht, dass wir hiervor davonlaufen. Sie wollen, dass wir drauf zulaufen.« Dank Guillermos Einfluss beginnen meine Hände sich an diesem Monolog zu beteiligen. »Für dich habe ich meinen Boykott aufgegeben, für dich habe ich praktisch die ganze Welt hergegeben. Und fürs Protokoll: Ein sechzehnjähriges Mädchen und ein neunzehnjähriger Junge sind wahrscheinlich auf haargenau dem gleichen Reifelevel. Und außerdem bist du, Oscar – und das ist nicht böse gemeint – auch noch furchtbar unreif.«

Darüber lacht er, und ehe er weiß, was läuft, schubse ich ihn um und setze mich rittlings auf ihn, dabei drücke ich seine Hände über seinem Kopf auf den Boden, sodass er hilflos ist.

»Jude.«

»Du kennst meinen Namen«, sage ich lächelnd.

»Jude ist mein Lieblingsheiliger«, sagt er. »Judas, der Schutzpatron der hoffnungslosen Fälle. Der Heilige, den man anruft, wenn alle Hoffnung dahin ist. Der, der für Wunder zuständig ist.«

»Du verarschst mich doch.« Ich lasse seine Hände los.

»Ich verarsche dich nicht.«

Das ist ja so viel besser als dieser Verräter Judas. »Der ist dann mein neues Vorbild.«

Er zieht mir mein Tanktop ein Stück hoch. Vom Haus scheint gerade so viel Licht herüber, dass er die Engel sehen kann. Mit den Fingern fährt er an ihren Umrissen entlang. Er schaut mir dabei in die Augen, beobachtet, was seine Berührung mit mir macht, beobachtet, wie ich mich dem freien Fall überlasse. Meine Atmung wird schneller und sein Blick ist vor Verlangen flackerig geworden. »Ich dachte, du hättest Probleme mit der Impulskontrolle«, flüstere ich.

»Das hier habe ich total im Griff.«

»Ist das so?« Meine Hände gleiten unter sein Hemd, ich lasse sie wandern, spüre, wie er zittert. Er schließt die Augen.

»Oh Mann, Scheiße, ich hab's versucht.« Er legt mir die Hand auf den Rücken, ist mit einer schnellen Bewegung über mir – und dann küsst er mich und die Freude, die ich empfinde, und das Verlangen, das ich spüre, und die Liebe, die ich fühle und fühle und fühle …

»Ich bin verrückt nach dir«, sagt er atemlos, das Chaos in seinem Gesicht sprengt alles je Dagewesene.

»Ich auch«, antworte ich.

»Und ich werde noch sehr lange verrückt nach dir sein.«

»Ich auch.«

»Ich werde dir Dinge erzählen, die ich mich niemandem sonst zu sagen traue.«

»Ich auch.«

Er legt sich auf den Rücken, lächelt, berührt meine Nase. »Ich finde, dieser Oscar ist der genialste Typ, der mir je begegnet ist, selbstverständlich absolut heiß und, meine Damen und Herren, was für ein Traumbody!«

»Finde ich auch.«

»Verdammt, wo ist Ralph?«, krächzt Prophet.

Genau hier, verdammt.

Noah und ich stehen vor Guillermos Atelier. Er wollte mitkommen, aber jetzt ist er zappelig. »Ich hab das Gefühl, ich würde Dad verraten.«

»Wir haben Dad gefragt.«

»Ich weiß. Trotzdem finde ich, wir sollten Garcia Dad zu Ehren zum Duell fordern.«

»Das wäre lustig.«

Noah grinst und stößt mich mit der Schulter an. »Ja, das wär's.«

Ich weiß aber, was er meint. Meine Gefühle für Guillermo haben etwas von einem Kaleidoskop, in einer Minute hasse ich ihn dafür, dass er unsere Familie zerstört und meinem Vater das Herz gebrochen hat, wegen einer Zukunft, die es nie geben wird ... Was wäre passiert? Hätte er mit uns zusammengelebt? Wäre ich zu Dad gezogen? Im nächsten Moment bewundere ich ihn, so wie seit meiner ersten Begegnung mit ihm als Trunkenem Igor, als er sagte, nichts sei in Ordnung. Und immer wieder denke ich, wie seltsam es ist, dass ich Guillermo und Oscar auch begegnet wäre, wenn Mom noch leben würde. Auf Kollisionskurs steuerten wir alle aufeinander zu, egal wie. Vielleicht gehören manche Leute einfach in ein und dieselbe Geschichte.

Guillermo kommt nicht an die Tür, Noah und ich lassen uns also selbst rein und gehen zusammen den Flur entlang. Irgendetwas ist anders, fällt mir auf, aber erst als wir in den Postraum kommen, wird mir klar, was es ist. Die Böden sind gewischt und – unglaublich – die Post ist weggeräumt worden. Die Tür zum Wirbelsturmzimmer steht offen, es ist wieder ein Büro. Ich gehe zur Tür. Mitten im Raum ist der kaputte Engel aufgerichtet worden, ein verblüffender Riss zieht sich im Zickzack unter den Flügeln quer über seinen Rücken. Guillermo hatte gesagt, die Risse und Brüche seien das Beste und Interessanteste an den Arbeiten in meiner Mappe, fällt mir ein. Vielleicht ist es mit Menschen und ihren Rissen und Brüchen dasselbe.

Ich schaue mich in dem postfreien, staubfreien Raum um und frage mich, ob Guillermo das Atelier wohl wieder für Schüler öffnet. Noah steht vor dem Kuss-Gemälde. »Da habe ich sie an jenem Tag gesehen«, sagt er. Seine Hand berührt einen dunklen Schatten. »Das ist der Hölzerne Vogel, siehst du ihn? Vielleicht sind sie oft dahin gegangen.«

»Sind wir«, sagt Guillermo, der mit Besen und Kehrblech die Treppe runterkommt.

»Das hat meine Mutter gemalt«, sagt Noah zu ihm, in seiner Stimme schwingt keine Frage mit.

»Ja«, antwortet Guillermo.

»Sie war gut«, sagt Noah, der noch immer vor dem Bild steht.

Guillermo stellt Besen und Blech auf den Boden. »Ja.«

»Wollte sie Malerin sein?«

»Ja. Tief drinnen. Das glaube ich schon.«

»Warum hat sie uns das nicht gesagt?« Noah dreht sich um. Er hat Tränen in den Augen. »Warum hat sie uns nichts gezeigt?«

Guillermo sagt: »Das hatte sie vor. Sie war mit nichts zufrieden, was sie gemacht hat. Sie wollte euch etwas zeigen, das ... ich weiß nicht, vielleicht etwas Perfektes.« Er betrachtet mich und verschränkt die Arme. »Vielleicht war es derselbe Grund, aus dem du ihr deine Sandfrauen nicht gezeigt hast.«

»Meine Sandfrauen?«

»Ich hab sie hier und kann sie dir zeigen.« Er geht an den Tisch, auf dem ein Laptop steht. Er klickt und eine Reihe Fotos erscheinen auf dem Bildschirm.

Ich gehe rüber zum Computer. Da sind sie. Meine fliegenden Sandfrauen sind nach Jahren auf See an Land gespült worden. Wie ist das möglich? Ich wende mich Guillermo zu, und etwas Bemerkenswertes geht mir auf: »Du warst das. Du hast die Fotos an die CSA geschickt?«

Er nickt. »Stimmt, anonym. Ich hatte das Gefühl, deine Mutter wollte, dass ich das mache. Sie war so besorgt, dass du dich vielleicht nicht bewerben würdest. Sie sagte mir, sie würde die Bilder am liebsten selber einschicken. Also hab ich es gemacht.« Er zeigt auf den Computer. »Sie hat sie sehr geliebt, weil sie so sorglos und verrückt sind. Ich liebe sie auch.«

»Sie hat diese Bilder gemacht?«

»Nein, das war ich«, sagt Noah. »Sie muss sie auf Dads Kamera gefunden und sie runtergeladen haben, ehe ich sie alle gelöscht habe.« Er guckt mich an. »In der Nacht, als diese Party bei Courtney war.«

Ich versuche, das alles zu erfassen. Hauptsächlich, dass Mom etwas über mein Inneres wusste, was ich nie gedacht hätte. Ich fühle mich wieder so gewichtslos. Ich gucke runter. Noch berühren meine Füße den Boden. Menschen sterben, denke ich, aber unsere Beziehung zu ihnen stirbt nicht. Sie geht weiter und verändert sich ständig.

Mir wird bewusst, dass Guillermo redet. »Eure Mutter war so stolz auf euch beide. Ich habe nie eine Mutter gekannt, die so stolz war.«

Ich schaue mich im Raum um und spüre Mom so sehr, dass ich mir ganz sicher bin: Sie hat das hier gewollt. Sie wusste, dass jeder von uns einen wesentlichen Teil zu der Geschichte beizutragen hatte. Sie wollte, dass ich erfuhr, dass sie die Skulpturen gesehen hatte, und nur Guillermo konnte mir das sagen. Sie wollte, dass Guillermo und Dad von Noah die Wahrheit hörten. Sie wollte, dass ich Noah von der unterschlagenen CSA-Bewerbung erzähle, und vielleicht hätte ich nie den Mut dazu gefunden, wenn ich nicht zu Guillermo gekommen wäre, wenn ich nicht Hammer und Meißel in die Hand genommen hätte. Wir sollten in Guillermos Leben sein und er in unserem, weil jeder von uns für den anderen der Schlüssel zu einer Tür ist, die sonst für immer verschlossen geblieben wäre.

Ich denke an das Bild in meinem Kopf, das mich überhaupt hierher gebracht hat: Mom am Ruder, die uns über den Himmel steuert und dabei den Kurs hält. Irgendwie hat sie es geschafft.

»Hey, und was ist mit mir?« Das ist Grandma!

»Du bist der Hammer«, sage ich ihr, ohne die Lippen zu bewegen. Ich bin begeistert, dass sie wieder da und wieder ganz normal ist.

»Du hast es erfasst, verdammt. Und fürs Protokoll, wie du so gerne sagst, *ich*, kleines Fräulein, bin nichts, das *du* dir einbildest. Wie anmaßend. Wie undankbar. Keine Ahnung, wo du diesen Wesenszug herhast.«

»Ich weiß auch nicht, Grandma.«

Später, nachdem Guillermo Noah mit Leinwand und Farben ausgestattet hat – Noah konnte nicht widerstehen, als er ihm dieses Angebot gemacht hat –, kommt Guillermo zu mir auf den Hof, wo ich mit dem Tonmodell für Moms Skulptur angefangen habe. »Ich habe noch nie jemanden so malen sehen wie ihn«, sagt er. »Er ist ein Olympionike. Es ist unglaublich, das zu beobachten. Picasso hat mal vierzig Leinwände in einem Monat gemalt. Noah könnte das an einem einzigen Tag machen, glaube ich. Es ist, als wären sie schon fertig und er liefert sie nur aus.«

»Mein Bruder hat den ekstatischen Impuls«, sage ich, denn mir fällt Oscars Essay wieder ein.

»Vielleicht *ist* dein Bruder der ekstatische Impuls.« Er lehnt sich an den Arbeitstisch. »Ich habe ein paar Bilder von euch beiden gesehen, als ihr so klein wart.« Er senkt die Hand Richtung Boden. »Und Dianna, sie hat immer von Jude und ihren Haaren geredet. Ich hätte nie erfahren, hätte nie gedacht, dass du ...« Er schüttelt den Kopf. »Aber jetzt denke ich mir, natürlich bist du ihre Tochter. Noah sieht genauso aus wie sie, es tut mir weh ihn anzusehen, aber du – du siehst ihr überhaupt nicht ähnlich, aber du bist ganz genau wie sie. Jeder hat Angst vor mir. Aber deine Mutter nicht. Und du nicht. Ihr springt beide einfach mitten rein.« Er berührt seine Brust. »In deiner Gegenwart hab ich mich vom ersten Augenblick an besser gefühlt, seit ich dich auf meiner Feuerleiter erwischt habe und du von fliegenden Mauersteinen geredet hast.« Er legt seine Hand über die Lider, und als er sie wieder wegnimmt, sind seine Augen rot gerändert. »Aber ich verstehe, wenn ...« Er zögert, sein Gesicht umwölkt sich, weil die Gefühle so stark sind. »Ich will sehr gern weiter mit dir arbeiten, Jude, aber ich verstehe schon, wenn du das nicht willst – oder wenn dein Vater nicht will, dass du das machst.«

»Du wärst mein Stiefvater geworden, Guillermo«, ist meine Antwort. »Und ich hätte dir das Leben zur Hölle gemacht.«

Er lacht laut los. »Ja, das kann ich mir vorstellen. Du wärst das reine Grauen gewesen.«

Ich lächele. Unsere Verbindung ist noch immer so natürlich, obwohl jetzt ein Hauch Schuld sie trübt, wegen Dad. Ich wende mich wieder meinem Tonmodell zu, beginne, die Schulter meiner Mutter und ihren Oberarm in Form zu streicheln. »Es ist, als hätte ein Teil von mir es gewusst«, sage ich, während ich an der Ellenbogenbeuge arbeite. »Keine Ahnung, was ich wusste, aber ich wusste, dass ich hier sein sollte. Ich habe mich in deiner Gegenwart auch besser gefühlt. Viel besser. Ich war so in mich eingeschlossen.«

»Weißt du, was ich glaube?«, sagt er. »Ich glaube, Dianna hat vielleicht deine Schalen kaputtgemacht, damit du dich auf die Suche nach einem Steinbildhauer machst.«

Ich gucke ihn an. »Ja«, sage ich, es kribbelt mir im Nacken. »Ich auch.«

Denn, wer weiß? Wer weiß schon irgendwas? Wer weiß, wer die Fäden zieht? Oder was? Oder wie? Wer weiß, ob das Schicksal nur die Art ist, wie man sich die Geschichte seines Lebens erzählt? Ein anderer Sohn hätte die letzten Worte seiner Mutter nicht als Prophezeiung verstanden, sondern als von Medikamenten beeinflusstes sinnloses Gefasel, das bald danach vergessen gewesen wäre. Ein anderes Mädchen hätte sich nicht eine Liebesgeschichte über ein Bild erzählt, das ihr Bruder gemalt hat.

Wer weiß, ob Grandma wirklich geglaubt hat, dass die ersten Narzissen des Frühlings Glück bringen, oder ob sie einfach nur gern mit mir im Wald spazieren gehen wollte? Wer weiß, ob sie überhaupt an ihre Bibel geglaubt hat oder einfach nur einer Welt den Vorzug gab, in der Hoffnung, Kreativität und Glaube über die Vernunft triumphieren? Wer weiß, ob es Geister gibt (sorry, Grandma) oder nur die lebendigen, atmenden Erinnerungen an unsere Lieben in uns, die zu einem sprechen und mit allen erforderlichen Mitteln versuchen, unsere Aufmerksamkeit auf sich zu ziehen? Wer weiß denn, wo, verdammt, Ralph ist? (Sorry, Oscar.) Das weiß doch keiner.

Wir schlagen uns also mit dem Geheimnisvollen herum, jeder auf seine Weise.

Und einige von uns dürfen auch darauf herumschwimmen und es Zuhause nennen. Wir haben *Das Geheimnisvolle* heute Morgen angeschaut und Dad ist sofort auf die Besitzerin, Melanie, abgefahren – ich meine, so richtig auf sie abgefahren. Sie wollen heute Abend an Deck der Arche etwas zusammen trinken. Um über den Verkauf zu verhandeln, hat er uns erzählt, und dabei hat er versucht, das Obertrottelgrinsen zu verbergen.

Ich wische meine Hände an einem Handtuch sauber, greife in meine Tasche und hole Guillermos Exemplar von Moms Buch über Michelangelo heraus.

»Das hab ich geklaut. Weiß auch nicht, warum. Es tut mir leid.«

Er nimmt mir das Buch ab und guckt das Bild von Mom an. »Sie hat mich vom Auto aus angerufen an jenem Tag. Sie klang so verstört, so furchtbar verstört. Sie sagte, sie müsse mich später sehen und mit mir reden. Als Noah dann hierher kam und mir sagte ... Ich war sicher, dass es das war, was sie mir sagen wollte: dass sie es sich anders überlegt hatte.«

Auf meinem Weg nach draußen statte ich dem Engel einen Besuch ab und spreche meinen letzten Wunsch aus. Für Noah und Brian.

Das Beste ist, du setzt auf sämtliche Pferde, Liebes.

Zwei Wochen später, an einem Donnerstag, schälen Dad und ich uns vorne auf der Treppe aus unseren Neoprenanzügen. Er ist geschwommen, ich bin gesurft, oder genauer gesagt, ich bin von einer Welle nach der anderen hin und her geworfen worden wie eine Lumpenpuppe – total faszinierend. Beim Abtrocknen klebt mein Blick am Kopf des Wanderpfades auf der anderen Straßenseite, denn ich bin mir ziemlich sicher, dass der Treffpunkt für das 5-Uhr-Rendezvous im Wald liegt, wo Noah und Brian in jenem Sommer all ihre Zeit verbracht haben.

Noah hat mir erzählt, er habe Brians Adresse online gefunden und ihm eine Serie von Zeichnungen mit dem Titel *Das unsichtbare Museum* geschickt, die er gemacht hat – rund um die Uhr, wie ein Wahnsinniger. Ein paar Tage später hat er eine Antwort auf seine Nachricht auf LostConnections bekommen. Die war: *Ich komme.*

Letzte Woche hat Noah eine Einladung zum Besuch der CSA gekriegt, aufgrund der Fotos, die ich von seinem Wandgemälde gemacht hatte. Ich hatte Sandy gesagt, dass ich ihm meinen Platz überlassen würde, wenn nötig. Das war es nicht. Noah hat noch nicht entschieden, was er machen wird.

Der Sonnenuntergang hat den Himmel in einen Rummel von Farben verwandelt, als Noah und Brian Hand in Hand aus dem Wald kommen. Brian bemerkt Dad und mich zuerst und schüttelt seine Hand ab, aber Noah hat sie sofort wiedergefunden. Und da blinzelt Brian ihn an und ein herzzerschmetterndes Lächeln öffnet sein Gesicht. Wie immer, wenn er in Brians Nähe ist, kann Noah kaum an sich halten, so glücklich ist er.

»Oh«, sagt Dad. »Oh, verstehe. Okay. Das war mir nicht klar. Ich dachte, Heather, weißt du? Aber das ergibt mehr Sinn.«

»Stimmt«, sage ich und merke, dass ein Marienkäfer auf meiner Hand gelandet ist.

Schnell, wünsch dir was.

Riskier was, mach einen zweiten, dritten oder vierten Versuch.

Erschaffe die Welt neu.

Danksagung

Diesen Roman zu schreiben hat viel Zeit in Anspruch genommen, viel zu viel Zeit von den Menschen, die ich am meisten bewundere. Meine aus tiefstem Herzen empfundene Dankbarkeit gilt ihnen – letztes Mal habe ich Namen genannt, dieses Mal sind es genau dieselben Namen, deshalb sage ich einfach: meine Freunde, meine Familie, alle Mitarbeiter meines Verlags, ich danke euch dafür, dass ihr in all den Tagen, Wochen und Jahren für freudige Wendungen gesorgt habt, dass ihr bei Gewittergüssen unter eurem Schirm Platz für mich gemacht habt, dass ihr es verstanden habt, wenn ich mich zum Schreiben abgeschottet habe, und mit mir gefeiert habt, wenn das vorbei war. Wie Jude sagt: Manche Leute gehören einfach in dieselbe Geschichte. Ich bin so froh, dass ich mit euch wunderbaren Menschen in einer Geschichte sein darf.

Fürs erste Lesen, als ich noch an der VCFA und diese Geschichte nichts als ein im Werden begriffenes Durcheinander von gebündelten ersten Seiten war, danke ich meinen wunderbaren Mentoren Julie Laorios und Tim Wynne Jones. Für die leidenschaftlichen, vertraulichen, umwerfenden Diskussionen mit mir und diesem Werk während meines Nachdiplomsemesters geht ein großes Dankeschön an Louise Hawes. Für das Lesen früher Versionen, die sich angefühlt haben müssen wie das Robben durchs Unterholz, danke ich sehr: Brent Hartinger, Margaret Bechard, Patricia Nelson, Emily Rubin, meiner fantastischen Mutter, Edie Block, die mein Herz und Ballast ist, und für das Lesen späterer Versionen danke ich: Larry Dwyer und Marianna Baer. Für all die Telefongespräche und E-Mails aufgrund von Notfällen beim Schreiben und für die Orgien noch mal herzlichen Dank von hier bis zum Mond, Marianna. Für den Unterricht in Steinbearbeitung danke ich dem unglaublichen Steinbildhauer Barry Baldwin. Für die Hilfe bei allem, das mit Surfen zu tun hat, danke ich Melanie Sliwka. Bei meinem Bruder Bruce, dem verrückten Wissenschaftler, bedanke ich mich für die Informationen in Sachen Wissenschaft. Und zu Monica sage ich für Paris *merci beaucoup*. Für die ständige Unterstützung und tägliche Betreuung während des Schreibens geht mein besonderer Dank an meinen Bruder Bobby, meine Mutter, Annie und ganz besonders, besonders: meinen Liebsten Paul. Nahezu alle von Judes »Bibelzitaten« habe ich mir selbst ausgedacht, doch ein paar könnte ich vielleicht frankensteinmäßig aus der fantastischen »Encyclopaedia of Superstitions, Folkore and the Occult Sciences of the World« aus dem Jahre 1903, bearbeitet von Cora Linn Daniels und C. M. Stevens, zusammengebaut haben.

Ich habe das Glück, von der Literaturagentin Holly McGhee bei Pippin Properties vertreten zu werden. Jeden Tag bin ich dankbar für ihren Scharfsinn, ihren Durchblick, ihre Unterstützung, ihren Humor, ihre Leidenschaft für Kunst und Literatur. Ihre Freude daran. Bei dieser Geschichte hat sie mir tiefgehendes verständnisvolles Feedback gegeben und war dabei immer völlig begeistert. Wirklich, meistens gibt sie mir das Gefühl vor Aufregung zu schweben! Endloser Dank geht auch an die anderen Pippins: Elena Giovinazzo (für so vieles) und Courtney Stevenson (die das Manuskript auch gelesen und ausgezeichnete Bemerkungen beigesteuert hat – und nicht nur das). Ich stehe tief in der Schuld meiner Lektorin Jessica Garrison bei Dial, die ein feines, absolut richtiges Gespür für diese Geschichte hatte und deren ausgezeichnetes Feedback genau ins Schwarze getroffen hat. Das war unschätzbar wertvoll. Außerdem ist sie geduldig, witzig und bis auf die Knochen freundlich: eine wahre Freude.

Tiefsten Dank allen anderen bei Dial und auch bei der Penguin Young Readers Group, besonders: Lauri Hornik, Heather Alexander, der Korrektorin Regina Castillo, Jenny Kelly und Theresa Evangelista, die das tolle Cover entworfen haben, das mir so unheimlich gut gefällt. Außerdem bedanke ich mich vielmals bei meiner britischen Lektorin bei Walker Books, Annalie Grainger, die dafür gesorgt hat, dass Oscar sich auch wie ein echter Engländer anhört – und noch viel mehr. Dann bin ich auch noch meinen Agenten Alex Webb, Allison Hellgers, Alexandra Devlin, Harim Yim und Rachel Richardson bei Rights People im UK dankbar, ebenso wie meinem Filmagenten Jason Dravis von der Monteiro Rose Dravis Agency. Man braucht ein Dorf … und ich habe ein ganz außergewöhnliches!

Meine liebe Freundin, die kämpferische, gütige, unglaublich brillante und talentierte Dichterin Stacy Doris ist gestorben, während ich dieses Buch schrieb. Diese Geschichte über künstlerische Leidenschaft und Lust, über den ekstatischen Impuls und über Dualseelen ist auch ihr gewidmet.

Jandy Nelson

Über mir der Himmel

ca. 352 Seiten, ISBN 978-3-570-31123-3

Siebzehn Jahre hat Lennie glücklich im Schatten ihrer strahlenden Schwester gelebt. Doch jetzt ist Bailey tot. Es ist, als hätte jemand den Himmel ausgeknipst. Bis Lennie sich verliebt – zum ersten Mal in ihrem Leben und gleich in zwei Jungen: Joes magisches Lächeln wird nur noch von seinem musikalischen Talent übertroffen; Toby ist stiller Cowboy, mutiger Skater – und Baileys große Liebe. Für Lennie sind sie wie Sonne und Mond; einer stößt ein Fenster in ihrem Herzen auf und lässt das Licht herein, bei dem anderen hat ihr Schmerz ein Zuhause. Als Liebe und Schuldgefühl auf Kollisionskurs gehen, explodiert Lennies Welt ...

30284

www.cbt-buecher.de

Angie Thomas

The Hate U Give

512 Seiten, ISBN 978-3-570-16482-2

Die 16-jährige Starr lebt in zwei Welten: in dem verarmten Viertel, in dem sie wohnt, und in der Privatschule, an der sie fast die einzige Schwarze ist. Als Starrs bester Freund Khalil vor ihren Augen von einem Polizisten erschossen wird, rückt sie ins Zentrum der öffentlichen Aufmerksamkeit. Khalil war unbewaffnet. Bald wird landesweit über seinen Tod berichtet; viele stempeln Khalil als Gangmitglied ab, andere gehen in seinem Namen auf die Straße. Die Polizei und ein Drogenboss setzen Starr und ihre Familie unter Druck. Was geschah an jenem Abend wirklich? Die Einzige, die das beantworten kann, ist Starr. Doch ihre Antwort würde ihr Leben in Gefahr bringen...

20274

cbj

www.cbj-verlag.de